Demetrio Almaguer-Olivar

Feb. 2021.

EL MOZÁRABE

EL MOZÁRABE

JESÚS SÁNCHEZ ADALID

Editado por HarperCollins Ibérica, S.A.
Núñez de Balboa, 56
28001 Madrid

El mozárabe
© 2001, 2017, Jesús Sánchez Adalid
© 2017, para esta edición HarperCollins Ibérica, S.A.

Diseño de cubierta: Lookatcia
Imagen de cubierta: Getty Images

ISBN: 978-84-9139-195-1
Depósito legal: M-24662-2017

A mis padres y a mi abuelo Apolinar

Bebe con felicidad lo que te ofrece un hombre noble y lleno de gloria.
¡No se te resista el placer!
Te trajo un vino que se vistió
la túnica de oro del crepúsculo, con orla de burbujas,
en un cáliz en el cual no se escancia
sino a varones principales e ilustres.
No obró mal al escanciarte por su mano oro fundido en plata sólida.
¡Levántate obsequioso en honor suyo!
¡Bebe para que su recuerdo perdure siempre!...

Poema del *Diwan* del príncipe Abu Abdulmalik Marwan,
apodado Al Sarif al Taliq, o «el Príncipe Amnistiado».
Córdoba, año 978

L'alba part umet mar atra sol, poy pasa bigil, mira clar tenebras...
[El alba trae al sol sobre el mar oscuro, luego salva las colinas; mira,
las tinieblas se aclaran...]

Dístico escrito en el siglo x, en una lengua que ya no es latín,
pero no es aún lo que más tarde será el catalán.

1

Córdoba, año 954

Antes de que el insigne Recemundo regresara de Fráncfort, corte del emperador de los sajones Otón el Grande, el taller de copia de la diócesis de Córdoba era un polvoriento cuchitril situado en los altos de una vieja casa del barrio cristiano. En la estrecha y desaseada habitación donde se realizaban las tareas del escritorio había luz suficiente, pero el ruidoso suelo de tablas se movía a cada pisada, impidiendo la concentración en el minucioso trabajo de caligrafía e ilustración de los códices. Había pues que mantenerse durante horas en silencio y en una quietud casi de respiración contenida, a menos que alguien gritara «¡Alto!» porque necesitara desplazarse hasta el armario a por algún frasco de tinta, una pluma o un pliego de vitela o, sencillamente, porque precisara aliviar la vejiga haciendo uso del bacín solicitado al mandadero que vivía en el bajo.

Asbag aben Nabil se había pasado en aquel lugar toda la adolescencia, desde que su padre le llevó para ser aprendiz a las órdenes del maestro Isacio, el anciano monje del vecino monasterio de San Esteban, que por entonces dirigía las labores del taller por mandato del obispo. En sus comienzos, los aprendices se limitaban a observar mientras iban alternando las tareas más bajas del taller con el estudio del *trivium* y el *quadrivium* en la escuela del monasterio; luego dejaban la escoba y aprendían a manejar el pergamino, a utilizar las tintas y a mezclar las pinturas. Su iniciación en la copia y la miniatura solía

coincidir con la recepción de las órdenes menores, el lectorado y aco-
litado, pues suponía la familiarización con los leccionarios y rituales.
Más adelante, algunos optaban por establecerse en la cercana calle de
los libreros o se ofrecían como escribientes públicos; y otros permanecían en aquel taller del obispo, consagrando su vida a los trabajos que
requerían las frecuentes demandas de códices de las diócesis de Alándalus. Al principiante Asbag, cuyas habilidades fueron pronto celebradas, se le propuso oportunamente este segundo camino, y en su
juventud accedió a recibir las sagradas órdenes del diaconado primero
y del presbiterado después, familiarizado como estaba con el *ordo missae*
a fuerza de copiar los misales. Así prosiguió su vida unida al taller,
aunque elevado a la condición de maestro auxiliar y más tarde, ya en
su madurez, a maestro de pleno derecho.

Con el paso de los años, la vista del anciano monje Isacio terminó por ceder ante las largas horas de diminutas filigranas, y el obispo
de Córdoba recurrió entonces a Recemundo, un misterioso sacerdote
cuya celebridad corría por toda Córdoba, por haber prestado significativos servicios al califa Abderramán.

Por eso, cuando aquella mañana se supo en el taller que el insigne clérigo llegaría acompañado del obispo de un momento a otro,
todo el personal se apresuró a adecentar la sucia y polvorienta estancia del primer piso, en lo posible, mientras un mozo montaba guardia
en una de las ventanas que daban al patio de entrada.

Era un precioso día de primavera cuando vieron por primera vez
a Recemundo, que caminaba despacio a lo largo del estrecho paseo de
naranjos en flor; y reconocieron por su aspecto que se trataba de un
hombre cultivado y elegante, llegado de lejos, de esas montañas de
Galicia, donde decían que proliferaban los monasterios nutridos por
monjes venidos de todos los lugares de la cristiandad; llevaba el pei-
nado de la gente del norte, con pequeños bucles plateados asomando
sobre la frente desde la oscura gorra de piel fina; la barba peinada
sencillamente y recortada en punta; el bigote escrupulosamente rasu-
rado; la figura estilizada, las piernas largas; alto y delgado en su conjunto, de aspecto austero; vestido con una basta y corta túnica de lana
parda, que solo animaba el plateado medallón de filigrana calada que

envolvía un crucifijo colgado sobre el pecho. Tenía la nariz recta y los ojos muy vivos, escrutándolo todo.

El anciano obispo de Córdoba, en cambio, vestía a la manera del clero meridional, con hermosa y fina túnica grana, sobrepelliz, racional bordado en oro sobre los hombros y píleo rojo de fieltro cubriéndole la coronilla. Subieron ambos las escaleras, haciendo crujir los carcomidos peldaños de madera, y se presentaron en el diminuto taller, donde el casi ciego monje Isacio, Asbag, un par de maestros y media docena de aprendices los recibieron con profundas reverencias, emocionados ante la presencia de tan renombrado personaje; apretujados entre los pupitres, los fardos de pergaminos, los tintes, los innumerables botes de pinturas, los manojos de plumas de ganso..., en medio de los estantes repletos hasta el techo de nuevos y antiguos libros de todos los tamaños.

—Queridos hijos —dijo el obispo—, os presento al gran Recemundo, presbítero de nuestra santa Iglesia y servidor del califa Abderramán, lo cual es un gran honor para la comunidad cristiana de Córdoba. Desde hoy, y en la medida en que se lo permitan sus importantes obligaciones en la chancillería real, se ofrecerá amablemente para dirigir este taller, aportando sus conocimientos y las modernas técnicas aprendidas en sus viajes por todo el orbe.

Asbag y sus compañeros se maravillaron ante aquella noticia. ¿Había acaso algún cristiano en Córdoba que no hubiera oído hablar de Recemundo? Bien sabían los maestros y aprendices del taller que era cordobés de origen, llamado en árabe Rabí ben Zayd, de familia antigua de cristianos, buen conocedor tanto del árabe como del latín, y celoso en la práctica de su religión. Formado en San Esteban, como tantos otros presbíteros mozárabes, fue enviado a Tuy por el anterior obispo de la comunidad para recibir las enseñanzas de la floreciente cristiandad de Galicia, de boca de los insignes maestros llevados allí por el famoso obispo Remigio, a cuyo servicio estuvo Recemundo varios años. Recorrió el orbe cristiano; Occidente y Oriente, lo próximo y lo lejano: Toulouse, Tours, Narbona, Ravena, Roma y Constantinopla; estuvo en el monasterio de Ratisbona en Bohemia y en el de Passau en Nórica; y, lo más importante, conoció al papa Esteban VII en persona. Pero el destino, o tal vez la Providencia, quisieron que regresara a Córdoba. Y volvió como prisionero, cuando Abderramán al Nasir emprendió una cruel campaña contra Galicia, y se trajo cautivos al propio obispo Remigio y a numerosos nobles y notables personajes de Tuy, entre los que estaban el cordobés Recemundo y el malogrado adolescente Pelayo, sobrino del obispo; aquel rubicundo y hermoso muchacho por cuya figura se sintió atraído el califa Al Nasir hasta la locura que le llevó a matarlo, según decían, con sus propias manos, por no querer doblegarse a sus pasiones.

En su Córdoba natal, Recemundo estuvo en la cárcel hasta que un funcionario real descubrió su origen y que reunía en sí inmensos conocimientos acerca de los reinos que había visitado a lo largo del mundo, los cuales le permitían desenvolverse con gran soltura, además de en árabe y en latín, en las diversas lenguas rústicas cristianas y en griego. De esta manera, el cultivado clérigo pasó a ser esclavo directo de un alto dignatario de la corte del califa, y más adelante, una vez conocidas mejor sus singulares habilidades, fue destinado a la chancillería cordobesa. Se le encomendaron importantes misiones en Siria y Constantinopla, de las cuales volvió con fructíferos resultados; por lo que, finalmente, se le envió como embajador a la corte del emperador Otón el Grande. De Fráncfort precisamente acababa de regresar igualmente distinguido por su habilidad diplomática.

De Recemundo también sabían todos que era el único cristiano de Córdoba autorizado para entrar y salir por la puerta de Zahara. Incluso decían que trataba a Al Nasir cara a cara, pero él nunca habló de ello con nadie. Había cosas de su ajetreada vida que ya eran patrimonio de la leyenda.

Aquella tarde, en el taller de escritura del obispo, el glorioso clérigo embajador se conformó con ojear los manuscritos del taller del obispo, ante las miradas atónitas y emocionadas de los maestros y aprendices. Y esto fue lo único que dijo:

—¡Bien! Comenzaremos por hacer algunos cambios

A la mañana siguiente, se presentó puntualmente con las primeras luces del amanecer portando un gran fardo atado con cuerdas. Cortó con una navaja las ligaduras y extendió sobre la mesa un puñado de láminas de un extraño material que crujía al manejarse.

—Esto es *paper* —dijo mostrándoselo a los escribientes—; así lo llaman en Levante. Pero... podéis llamarlo papel si os resulta más cómodo...

—¡Oh, papel! —exclamó el anciano fray Isacio, lleno de curiosidad, palpándolo con ansiedad, acercando su nariz para olerlo y aguzando cuanto podía sus ojos casi ciegos para intentar verlo—. He oído hablar de esto con frecuencia. Lo usan en Oriente, según creo. ¡Bah! Tal vez pueda resultar útil para tomar anotaciones o enviar misivas, pero... para los libros... nada hay como la buena vitela. Ese dichoso papel terminará deshaciéndose o en boca de las polillas.

—No, no, no... ¡Nada de eso! —repuso Recemundo—. El buen papel, con el tratamiento adecuado, es mejor que el pergamino más refinado. Así que aprenderemos a utilizarlo en este taller y... ¡a fabricarlo! Ya veréis qué gran comodidad supone este novedoso material una vez que llega uno a familiarizarse con él.

Esta no fue la única novedad que Recemundo aportó. Otra mañana, pocos días después, se presentó con la orden de trasladar el taller del obispo a otro lugar. Y enseguida todo fue embalado con meticulosidad y dispuesto en una carreta que esperaba en la puerta, para ser llevado a un hermoso y soleado caserón que había sido donado por una anciana viuda benefactora de la parroquia de San Zoilo. Situado frente al templo, parte del edificio se destinó a escuela de catecúmenos y el resto a escritorio y biblioteca de la diócesis. El cambio no pudo ser más acertado. Y desde aquel mismo día reinó en el taller una nueva manera de hacer las cosas. Junto al papel llegaron mejores plumas, tintas más brillantes, renovados tipos de letras y otra comprensión del ejercicio de la paciencia, que exigía destruir todo aquello que no resultaba bien terminado, lo cual supuso no pocos sufrimientos para los viejos maestros acostumbrados a los antiguos modos. Pero el tiempo y el trabajo bien hecho dieron pronto sus frutos: la llamada *Biblia Coturbensis*, las copias de los rituales del nuevo *ordo missae* y los ricos libros ilustrados por el taller cristiano de Córdoba fueron pronto conocidos en las demás diócesis de Alándalus, desde donde afluyeron constantes demandas y sustanciosos estipendios para pagar los trabajos. El obispo no pudo estar más satisfecho.

Pero no solo los cristianos se beneficiaron de la inteligencia y las habilidades del gran Recemundo, sino que siguió este prestando servicios a la chancillería del reino. Y el califa Al Nasir no encontró mejor forma de recompensar sus habilidades que promoverlo a obispo de la sede vacante de Elvira, haciendo uso del derecho que ya se habían atribuido los antiguos emires dependientes de Bagdad para designar a los miembros de las jerarquías eclesiásticas.

Recemundo fue consagrado obispo, pero no para pastorear la diócesis de Elvira, sino para servir así mejor a los intereses del califa, pues un prelado era un embajador privilegiado en cualquiera de los reinos cristianos; y Al Nasir estaba encaprichado con mantener singulares relaciones con la vieja Constantinopla. Así que el embajador cordobés fue enviado de nuevo a lejanas tierras; a la capital del viejo Bizancio.

Pero, antes de marcharse, el gran experto fue al taller para despedirse y dar las últimas recomendaciones. Finalmente mandó llamar a Asbag y, en presencia del obispo, le dijo:

—Querido maestro, he visto cómo trabajabas en silencio durante todo este tiempo. He hablado de ello con el señor obispo aquí presente. Ambos estamos de acuerdo en que has aprendido mucho últimamente. Conoces bien los métodos y…, ¡en fin!, eres algo más que un simple copista: trabajas con inteligencia… Por ello te he propuesto para que me sustituyas al frente del taller.

—Y yo he aceptado —añadió el obispo—. A partir de mañana dirigirás la escuela de catecúmenos, el taller y la biblioteca.

Asbag se quedó mudo; se dobló en una reverencia que podía leerse como un humilde gesto de aceptación, y se encontró al enderezarse con las complacientes sonrisas de ambos dignatarios eclesiásticos.

No hubo ninguna palabra más. Asbag sintió entonces, como le había ocurrido otras veces, cuánto le imponía la presencia de Recemundo. Y hubiera deseado sobreponerse y preguntarle muchas cosas en un momento tan emocionante, pero aquel porte erguido, aquellos profundos ojos hechos a ver el mundo y aquella misteriosa sonrisa del gran maestro le dejaron una vez más sumido en sus propias incógnitas.

2

Córdoba, año 959

El joven Mohamed Abuámir se alojaba en la casa modesta del barrio viejo que pertenecía a su tío Aben Bartal al Balyi, el magistrado miembro de la tribu de Temim, hermano de su madre, que se encontraba en paradero desconocido desde que emprendiera su peregrinación a La Meca seis meses atrás. El barrio estaba honrando el aniversario del nacimiento del santo Sidi al Muin, fundador de una minúscula mezquita que hacía esquina a la vecina calle de los palacios, donde residían los príncipes más notables. Las procesiones estuvieron desfilando desde la madrugada, y los tambores y las flautas no habían parado de sonar ni un momento.

Abuámir estaba sentado en una alfombrilla junto al pozo y leía el libro de crónicas antiguas, que tan sobado tenía, pues le apasionaban especialmente las aventuras de los ejércitos berberiscos que desembarcaron en Hispania con Taric al frente. Porque, entre los pocos árabes que figuraban en la intrépida empresa de los conquistadores estaba su séptimo abuelo, Abdulmelic, que se había distinguido mandando la división que tomó Carteya, la primera ciudad de la costa hispana que cayó en poder de los musulmanes.

El patio de la casa se veía escrupulosamente limpio y encalado con meticulosidad, como le gustaba a su tío. Mientras, Fadil, el criado más viejo, ayudado con una caña a cuyo extremo se amarraba una pequeña regadera, rociaba cuidadosamente cada una de las macetas sujetas a las paredes, de las que se derramaban unos tallos largos y sarmentosos, repletos de campanillas rojizas o azuladas. Los rosales, en cambio, ocupaban la parte baja de las columnas, ya que exigían la permanente retirada de las hojas muertas y los pétalos secos. Pero a cada momento Fadil tenía que interrumpir su tarea, pues los miembros de la cofradía del santo y los mendigos aporreaban la puerta para solicitar limosnas.

Abuámir, por su parte, empezó a sentirse de mal humor, incapaz de concentrarse en la lectura con tanto alboroto. Aunque rechazó la idea de irse al interior de la casa, donde a buen seguro haría calor y, sintiendo que su ánimo se alteraba más por la contrariedad que le producía el no poder disfrutar del apacible placer de aquellas historias de su amado libro, decidió irse a vagar por ahí, lejos de tanta algarabía.

Ya en la calle se topó de lleno con la fiesta: las banderas ondeaban y los pregoneros se desgañitaban ensalzando los hechos del santo. Se sintió aún más encolerizado al ver a los hipócritas arremolinados en la puerta de la mezquita: conocidos potentados ataviados con falsa humildad, solicitando los panecillos, junto a los míseros desgraciados que buscaban alimentarse más que la bendición del pan del santo.

Luego, en el estrechamiento de la calle, el impetuoso joven se abrió paso vehementemente por entre los fieles.

—¡Eh, tú! ¿Adónde vas con tanta prisa? —le recriminó alguien.

Él se volvió y bastó una mirada de sus ojos enfurecidos bajo el negro ceño fruncido para que el fiel ofendido fingiera que la cosa no iba con él y siguiera a lo suyo en la cola de la puerta de la mezquita.

Entonces Abuámir se marchó de allí y estuvo dando vueltas sin parar; por los barrios de los comerciantes y artesanos; en las plazas donde se amontonaban los tenderetes repletos de hortalizas, pescados secos, hierbas y especias; por retorcidos callejones sin salida; en los adarves que marcaban los confines de la ciudad; pasando por los barrios de los perfumistas, en los que aspiró los penetrantes aromas de los drogueros, de las narcóticas esencias; en los encharcados y coloridos establecimientos de los tintoreros; entre los humos de las apetitosas comidas; por los húmedos túneles de las curtidurías malolientes. En su deambular sin rumbo fijo volvió a experimentar la sensación de que se le escapaba el tiempo entre las manos. Llevaba ya cuatro años en Córdoba y estaba a punto de culminar sus estudios, sin haber perdido ningún año; pero una voraz impaciencia se apoderaba de él: era el deseo insaciable de ser algo, o mejor «alguien», en la inaccesible y piramidal corte del califato. Su familia, los Beni Abiámir, pertenecía a la nobleza, pero no al reducido círculo de los ilustres. Su padre gobernaba un minúsculo señorío en Torrox, un lugar apartado al que de ninguna manera Abuámir desearía ligarse de por vida. Por otra parte, de la familia de su madre, formada por una conformista saga de magistrados y religiosos, tan solo podría esperar la herencia de su abuelo, que por ahora estaba en manos de su tío, el jurisconsulto Aben Bartal, hombre sin hijos y poco preocupado en generar descendencia. Aunque dicha herencia no iba más allá de la modesta vivienda del barrio viejo, donde a la sazón se albergaba Abuámir, y una buena cantidad de antiguos libros de leyes y de teología. Desde que llegara a aquella casa, regida por la austeridad y el ahorro, Abuámir tuvo que someterse a las costumbres de su tío, extremadamente piadoso, cuya vida se regía minuto a minuto por la observancia religiosa. Sin poder evitarlo, empezó a sentir cierto agobio, que se intensificaba a causa de la impaciencia por terminar los estudios, único camino posible para forjarse una vida propia. Últimamente, en el fondo de su alma se agazapaba el presentimiento de que su tío no regresaría de la peregrinación, aunque luchaba para deshacerse de tal deseo, por ingrato, pues Aben Bartal siempre le trató como a un hijo. En todo caso, Abuámir se sentía lejos de aspirar a un periférico castillo poblado de telarañas o a una lúgubre casa repleta de añejos libros llenos de mojigaterías. Se ahogaba pensando en esa vida mediocre de segunda fila. Aunque también detestaba a la inmensa mayoría de los nobles cordobeses, especialmente a los que se habían reblandecido en brazos de la buena vida. Le repugnaban aquellos gordos macilentos, envueltos en ostentosos ropajes y cargados de joyas, que habían sustituido el corcel por la litera, y que se pasaban la vida riéndoles las gracias a los eunucos o a los afeminados cómicos portadores de cotilleos. Porque lo suyo no era un deseo de dinero, ni una envidia malsana del placer de los potentados; era más bien una rabia profunda que nacía del ansia de poder, un poder que le permitiera poner a cada uno en su sitio. Ardía de energía y vitalidad, pero se consumía viendo que su momento no llegaba y que estaba rodeado de un tedioso engranaje que no podía manejar pese a su aventajada inteligencia.

Para su sorpresa y alegría, aquella tarde Abuámir se encontró en su vagar a Qut al Zaini, amigo de juergas, estudiante también de leyes, bajo y gordezuelo, con ojos chispeantes que delataban una avidez insaciable; el compañero ideal para no sentirse solo en la calle de las tabernas a esa hora. Abuámir vio el cielo abierto. En días como ese lo mejor era abandonarse dulcemente a los efectos del vino. «Es la persona adecuada en el momento adecuado», se dijo. Pero Qut tenía que cumplir con sus obligaciones y se negó al principio; cosa rara, pues siempre estaba dispuesto para la fiesta.

—¡Venga, Qut, solo unos tragos ahí al lado! —insistió Abuámir.

—¡No, no y no! —negó Qut tajantemente—. Un rico mercader me ha encomendado que le redacte unos escritos y puedo ganar algunas monedas. Ahora vengo de comprar el papel. Tengo que presentarlo mañana a primera hora; si me lío contigo sé que perderé la oportunidad.

Abuámir se sintió contrariado por la traición de su amigo, pero decidió no enfadarse y, en cambio, utilizar alguna técnica sutil para convencerle. Sonrió ampliamente. Su mirada soñadora se grababa profundamente en los corazones. Qut sonrió también, y su resolución flaqueó a ojos vistas.

—¡Vamos! Pero solo un rato —consintió al fin.

Abuámir echó el brazo por encima de los hombros de su amigo y ambos se encaminaron hacia la calle de las tabernas. Abuámir sentía aprecio por el muchacho, como si fuera un juguete, porque era capaz de hacerle reír como nadie; no obstante no le gustaba encontrárselo cuando no tenía ánimo para la diversión.

En la taberna del judío Ceno, bebieron y bebieron, sentados el uno frente al otro en una vieja y polvorienta alfombra, compartiendo una descascarillada jarra de barro que descansaba, a ratos, en la pegajosa mesita de tablas. Abuámir no se encontraba del todo a gusto y miraba a cada momento en dirección a la puerta. Qut, que hablaba sin parar, como siempre, se dio cuenta de ello.

—Hoy te pasa algo. ¿No querías divertirte? ¿Qué te falta, pues? —preguntó con inquietud.

—No sé… —respondió Abuámir—. El caso es que hoy precisamente no quiero pobretear. Mira esta mesa sucia y el suelo cubierto de escupitajos…

—Tú has querido recorrer las tabernas y no yo, amigo mío. Casi me arrastraste hasta aquí. Además… siempre te gustó el establecimiento de Ceno.

—En efecto, para cualquier día esto no me parece mal, pero hoy he tenido una jornada de esas que solo se entierran con auténtico placer. ¡Necesitamos algo mejor!

—Si quieres podemos ir al lado, a la casa de comidas de Yusuf —propuso Qut, queriendo complacerle.

—No —replicó Abuámir—. Hoy necesito algo muy especial; como…

—¿Como qué?

—Como el Jardín del Loco.

—¡Ah, claro! —repuso Qut—. ¡Sería maravilloso! Pero… ¿con qué dinero?

—¡Vámonos! —exclamó Abuámir, poniéndose en pie y soltando una moneda sobre la mesa.

Recorrieron de nuevo los laberínticos callejones y las plazas. Estaba atardeciendo. Acaso por efecto del vino, todo parecía dulce y espeso: la llamada a la oración de la tarde, el suave calor que desprendían los edificios de piedra, el aroma de los arrayanes. Pasaron de nuevo junto a la minúscula mezquita de la esquina, donde todavía dialogaban las flautas y los tambores, y vieron el estandarte verde y dorado del santo transportado en volandas por los fanáticos devotos.

Abuámir aporreó la puerta de la casa de su tío y al momento apareció Fadil, enfurecido y harto ya de los pedigüeños que no le habían dejado en paz en todo el día. Mientras Qut aguardaba en el patio, Abuámir subió corriendo las escaleras que conducían al alto, a la habitación de su tío Aben Bartal, donde buscó entre la tierra de una maceta la llave del arcón y la introdujo en la cerradura del mueble.

Después de palpar un saquito de cuero en el que el ausente peregrino había depositado unas monedas destinadas a que su sobrino pudiese solucionar cualquier emergencia, Abuámir dedujo que la bolsa contenía quince o veinte piezas. De regreso al patio, agitó la bolsa en la oreja de Qut, y este escuchó con sorpresa el tintineo delicioso del oro.

Todavía faltaba algo más: vestirse para la ocasión. Eso fue cosa de un momento; rebuscaron y encontraron vestidos de fiesta y turbantes de seda. Aunque Qut se vio en un apuro por su estatura y tuvo que recogerse la túnica con un fajín, ya que le arrastraba más de una cuarta. Entonces, cuando se vieron con la compostura y el adorno adecuados, volvieron a poner los pies en la calle, enamorados de la felicidad. Y Abuámir decidió que esta vez se trasladarían a lo grande, cómodamente sentados en un carro de dos ruedas, tirado por un hermoso caballo.

El Jardín del Loco estaba en el extremo sur de la ciudad, al otro lado del puente, al abrigo de las murallas del campamento militar, donde acudían caballeros de paso y grandes negociantes que se alojaban en la otra orilla del Guadalquivir, en las múltiples fondas o en sus propias tiendas de campaña. Al internarse en aquel recinto, completamente rodeado de altos setos, se encontraron en un amplio espacio, iluminado por lámparas que ardían en los rincones, y les llegó una ráfaga de fragantes olores. Había fuentes, rosales, jazmines y palmeras, entre los que se distribuían suntuosos divanes arrimados a unas mesas cubiertas de platos y copas, donde se solazaban distinguidos comensales. Mientras, un músico animaba el ambiente con un laúd.

—¡Los sueños se hacen realidad! —exclamó Qut.

Inmediatamente se instalaron en un buen lugar y se dedicaron a saborear la comida y la bebida, esperando a que sonaran los tambores y panderos, para anunciar la entrada en escena de las danzarinas que convulsionaban sus cuerpos rotundos y bellos.

Con todo esto disfrutaron hasta que, por fin, le llegó el turno de actuar al Loco, el dueño de aquel lugar, un gigantón de barba rojiza e inmensa barriga que recitaba poemas como nadie, el cual, subido en la tarima y acompañado por el laúd, hizo oír su voz cálida y armoniosa mientras perdía su delirante mirada en el firmamento constelado:

 ¡Dame tu cuello de gacela, mujer hermosa, alárgalo hacia
mí!
 ¡Que la vida se va!
 ¡Extiéndeme tus labios de miel y tus dientes brillantes!
 ¡Que la vida se va!

Aquellos poemas acariciaron sus corazones y la bebida sus mentes. Y Abuámir se quedó ensimismado, como le sucedía en algunas ocasiones, momento propicio para lucubrar acerca del futuro y los oscuros misterios del destino.

—Me siento extranjero en este mundo —le dijo a Qut.

—Claro, eres de Torrox —respondió su amigo con sorna.

—¡Bah, no me entiendes!, no se trata de eso —replicó Abuámir—. Quiero decir que me veo de paso en el mundo. Creo que es absurdo vivir sin esperar nada de la existencia. Esta mañana, cuando desperté, me embargó el frenético deseo de hacerme valer frente a todo y frente a todos. Es como una experiencia ardiente en la que se menosprecia lo desconocido.

Qut se le quedó mirando con interés y le preguntó:

—¿Quieres decir que deseas tener poder?

—Todo, todo el poder —respondió Abuámir.

Dicho esto, clavó sus ojos negros en la taza de plata llena de vino que sostenía en la mano, justo cuando la luna llena acababa de asomar por el borde almenado de la muralla.

—¿Qué ves ahí? —preguntó Abuámir extendiendo la taza a su amigo.

—Vino —respondió Qut encogiéndose de hombros.

—Fíjate más. ¿Qué ves?

—Vino, vino dorado y brillante…

—Más aún. ¿Qué ves? —insistió Abuámir.

—¡Ah, ya comprendo! ¡La luna! La luna está reflejada en la plata del fondo.

Abuámir se llevó entonces el borde a los labios y apuró con avidez el contenido de un trago. Después repitió:

—Todo, todo el poder.

—Me asustas —dijo Qut—; eres demasiado ambicioso para tener veinte años.

—¡Vámonos! —exclamó de repente Abuámir—. ¡Vayamos a casa de la Bayumiya!

—¡Ah, no! ¡Nada de eso! —negó ceñudo Qut—. No pienso terminar de emborracharme en el maylis de la Bayumiya mientras ella y tú os dais refregones. He aguantado eso otras veces y me juré siempre que sería la última.

—Bien, si tú no vienes, iré solo.

—¡Pero será posible! De manera que me has arrancado de mis obligaciones para arrastrarme al vino y me has hecho perder todo el día… y… y ahora me dejas plantado aquí en el Jardín del Loco…

—¡Me marcho! —confirmó Abuámir. Se puso en pie y, después de pagar al encargado, se fue hacia la puerta dejando a Qut paralizado por la rabia.

Subió al carro que los había llevado y, mientras se alejaba, escuchó la voz de Qut gritándole a la espalda:

—¡Maldito! ¡Maldito egoísta! ¡Que los iblis te perjudiquen!

Abuámir llegó frente al palacio de Bayum, del cual tomaba su nombre la Bayumiya; un caserón espléndido, cuya portada estaba adornada con esmero con el único fin de impresionar: un friso soberbiamente estucado sobre un fondo de azulejos de verdosa cerámica. La calle estaba desierta, aunque faltaba todavía un buen rato para la medianoche. Llamó a la puerta varias veces y escuchó el movimiento de las persianas en alguno de los ventanucos superiores. «Me hará esperar», pensó. Al cabo salió la joven criada.

—Mi señora dice que aguardes —dijo, antes de volver a cerrar la puerta.

«Me hace esperar para matar de envidia a la vecindad», supuso Abuámir. Miró en derredor; habría deseado que los candiles de la calle se hubieran quedado sin aceite. Por un momento pensó en marcharse.

Pero volvió a salir la criada diciendo:

—Mi señora dice que aguardes en el patio.

El zaguán era toda una exhibición de lujo. Aquella casa había pertenecido a un príncipe mauritano, antes de que el nuevo rico Bayum la comprara para instalarse en el corazón de Córdoba, ensoberbecido por el oro que había ganado avituallando a las tropas de Abderramán. Bayum engordó en aquella casa, dedicando los últimos días de su vida a dar banquetes inigualables a lo más granado de la nobleza; se puso como un saco de sebo y reventó un día en su litera, cuando era transportado a escuchar el sermón del viernes, pues apenas podía ya moverse. Dejó aquella espléndida casa y dentro de ella a un hijo pequeño, dos concubinas y una hermosa viuda, la Bayumiya.

Esta se desligó pronto de las otras dos mujeres y, como el heredero era suyo, se encontró con una suculenta fortuna que derrochaba tan caprichosamente como antes lo hiciera su difunto marido.

El patio comunicaba con el diván, al fondo, cerrado por una cortina que dejaba escapar la luz por las rendijas. «Estará perfumándose y rebozándose en sedas», imaginó Abuámir. No andaba descaminado: cuando se descorrió la cortina, apareció la Bayumiya recostada en los cojines, arreglándose las uñas, rodeada de sus enormes y suntuosos gatos. Era una mujer grande, de cuerpo prieto y bellos rasgos, nueve o diez años mayor que él, tal vez más. Abuámir se acordó de la primera vez que la vio en aquel mismo sitio, hacía un año, cuando ella le solicitó por medio de su criada, con el pretexto de que le redactara unas cartas y ordenara los papeles de su marido. ¿Acaso pensó que el joven estudiante era tonto? Abuámir se dio cuenta enseguida de que ella se había prendado de él, en algún mercado, junto a la fuente o por la calle, y que había intentado invertir los papeles de la seducción –así era más sencillo–, haciéndose la viuda sola encerrada en casa, en cuya vida había irrumpido un impetuoso joven conquistador.

Pero Abuámir tomó las riendas del asunto; no era él un hombre fácil de manejar. Iba a verla cuando le daba la gana, después de unas copas, cuando se sentía solo… Por lo demás, no se veía en absoluto obligado por aquella relación. Eso a ella la sacaba de sus casillas. Había dominado a sus anchas al gordo y fofo de su marido y tal vez creyó que todos los hombres estaban hechos de la misma materia.

Ahora estaba enfurruñada, como otras veces, fruncidos los labios pintados de color cereza y la mirada puesta en la lima de uñas, para no cruzarse con los hipnóticos ojos de su amado. Abuámir se dejó caer sobre los cojines.

—¿Te estás afilando las uñas para arañarme, gatita? —le dijo con sorna.

—¡Tres meses, tres, sin verte por aquí! —refunfuñó ella, sin levantar la cabeza.

Abuámir se aproximó más. Se sabía de memoria aquel juego. Extendió cuidadosamente la mano y cogió con los dedos la barbilla redondita y firme de la Bayumiya.

—Ga-ti-ta —repitió endulzando la voz cuanto pudo.

Ella le apartó de un manotazo. Abuámir entonces se puso en pie.

—¡Bien, me voy! —exclamó.

Pero ella levantó los ojos e hizo un mohín malicioso.

—¡Harisa! ¡Harisa, trae el vino! —ordenó a su criada.

Se arrojó a la cintura de Abuámir y lo atrajo hacia sí sobre el diván. Él se desmadejó y permitió que llovieran las caricias y los besos, mientras sus manos se perdían entre las perfumadas y vaporosas sedas.

Cuando las primeras luces entraron por las ventanas, Abuámir despertó con la boca pastosa y se descubrió amarrado por los brazos de la Bayumiya. Quiso escabullirse con cuidado, como había hecho en otras ocasiones, pero la presa se cerró aún más. Permaneció así un rato, resignado, esperando la ocasión para iniciar de nuevo la maniobra de escape. Lo intentó una vez más. Imposible.

—Hummm —dijo ella en tono casi inaudible—. Quédate para siempre. Aquí nunca va a faltarte de nada.

Abuámir se removió, incomodado por aquella proposición.

—Podrías administrar mi fortuna —insistió ella—. Últimamente me he dado cuenta de que soy una inútil para los negocios.

—¡Ja! —exclamó él incorporándose—. ¡Yo no he nacido para eso!

Ella tiró hacia sí de él, pero al no conseguir rodearle de nuevo con los brazos, apoyó suavemente la cabeza en la espalda del joven.

—El Profeta administraba los bienes de una viuda rica —sugirió—. ¿Eres tú acaso más que el Profeta?

—¡Vamos, no digas tonterías! —replicó él—. Nadie ha dicho que Mahoma fornicara con aquella mujer.

Al oír esto, la Bayumiya le clavó los dientes y las uñas en la espalda. Abuámir se volvió y la abofeteó una, dos y hasta tres veces, antes de levantarse para ponerse la ropa. Ella saltó desde el diván y se acurrucó a sus pies; le abrazó los tobillos y sollozó.

—¡No, por favor, no te vayas así! —suplicó.

Abuámir se desprendió de aquellos brazos que le aferraban como un nudo y corrió hacia el patio.

—¡Maldito, cerdo! —gritó ella—. ¡No vuelvas, no vuelvas jamás!

El muchacho se topó de frente con el fresco de la madrugada. Avanzó con paso firme por la calle en dirección a su casa. Deseaba que aquello no hubiera sucedido, pero se justificó pensando que no había sido culpa suya. Al llegar a la esquina de su calle, pasó junto a la puerta de la pequeña mezquita de Al Muin. La fiesta del santo había concluido. Algunos fieles yacían desparramados sobre las gradas de la entrada, vencidos por la fatiga del delirio místico o por la borrachera.

Abuámir se detuvo y sintió el calor húmedo y blando que salía del interior de la mezquita, almacenado allí por la concentración humana de todo el día anterior y por la multitud de velas encendidas. Vio el túmulo que albergaba las reliquias del santo, cubierto por un paño de lino verde bordado en oro, y que en su soledad parecía descansar de la pasada barahúnda.

—Lo que Dios quiere sucede; lo que Él no quiere no sucede —le dijo a la tumba.

Después tuvo que aporrear varias veces la puerta de su casa, pues el criado Fadil era duro de oído. Una vez en su dormitorio, se desplomó en el colchón y se sumió en un plácido y profundo sueño.

En torno al mediodía le despertaron unos fuertes golpes que venían de la puerta de la calle. Estaba empapado en sudor y se enfureció por no haber podido continuar durmiendo hasta la tarde. En la puerta volvieron a sonar unas llamadas impacientes.

—¡Fadil, idiota, la puerta! ¿No oyes? —gritó.

27

—¡Voy, voy! —respondió Fadil—. ¡Malditos mendigos!

El criado tiró del grueso portalón. Frente a él apareció un hombrecillo andrajoso, con las barbas y el cabello crecidos, grises y grasientos.

—¡No, no y no! —le gritó Fadil—. ¡Mi amo no está! ¡No tengo monedas!

—Pero, Fadil, ¿no me reconoces? —le dijo aquel hombre harapiento.

—¡Señor! —exclamó Fadil. Se arrojó de rodillas y besó los pies de su amo. Luego le besó las manos una y otra vez, sollozando.

Abuámir, por su parte, intentaba volver a conciliar el sueño, ajeno a lo que estaba sucediendo en el zaguán de la casa.

Hasta que le sobresaltaron los gritos de Fadil:

—¡Amo Abuámir! ¡El señor ha regresado de su peregrinación! ¡Mi señor Aben Bartal ha vuelto! ¡Dios sea loado!

El joven saltó de la cama y, desnudo como estaba, se llegó hasta el patio en tres saltos. Allí, frente a él, estaba su tío Aben Bartal, como un muerto resucitado. Jamás imaginó Abuámir que llegaría aquel momento, pues sabía que muchos venerables ancianos morían en aquel viaje extenuante. Miró al peregrino de arriba abajo; estaba decrépito y consumido, pero con los ojos fervientes y vivos. Abuámir le tendió los brazos y su tío le abrazó tembloroso y con el corazón palpitante.

—¡Estoy en casa, Abuámir, querido! —le dijo—. ¡Dios sea loado!

—¡Dios sea loado! —repitió Abuámir.

3

Córdoba, año 959

Había sido un día largo y tedioso para Asbag. Por la mañana estuvo en la escuela de San Zoilo, escuchando una y otra vez la monótona recitación de las oraciones, doctrinas y misterios; y por la tarde, en el taller, donde los copistas se habían mostrado más torpes que nunca, equivocándose varias veces, por lo que hubo que repetir algunas de las páginas que estaban ya casi terminadas. Sería por el calor. A última hora, todavía quedaba uno de los muchachos clavado ante el escritorio, intentando acabar su tarea; el sudor le caía por las sienes y a cada momento se secaba las manos humedecidas en un paño renegrido. Asbag se acercó a él y observó el rollo inconcluso. El copista se puso aún más nervioso y llevó la mano temblorosa al códice, mientras se apretaba con los labios el filo de la lengua; miró al maestro de reojo, y se le fue un largo borrón de tinta sobre el papel.

—Bien, déjalo ya —le dijo indulgente Asbag—; la luz ya no es suficiente. Pero acude mañana temprano para terminar lo de hoy.

El muchacho suspiró aliviado, recogió sus cosas y se despidió sonriente. Asbag cerró el taller y se encaminó con paso firme por la calle de los libreros. Comprobó que había sido el primero en cerrar aquella tarde, pero decidió dejar los remordimientos para otra ocasión. Antes del atardecer todo era suave y vaporoso: los colores, el dorado reflejo del sol en los alféizares y las cornisas, los sonidos de la ciudad, activa aún, pero esperando la llamada a la oración de la tarde.

Faltaba todavía un buen rato para las vísperas y decidió ir dando un rodeo, sin prisas, para despejarse. Mientras caminaba entre la gente que abarrotaba a esas horas la calle, iba pensando en su propia vida, como solía sucederle últimamente cada vez que se encontraba solo. Había cumplido recientemente los treinta años, y una inevitable sensación de rutina había caído sobre él. No es que no le viera el sentido a su misión en la escuela de San Zoilo, ni que creyera innecesaria la función del taller de copia: los códices eran imprescindibles para mantener una liturgia pura y unificada, ahora que se había conseguido que los presbíteros aprendieran a leer, abandonado ya el sistema memorístico que prevalecía entre el clero analfabeto de los últimos años. Desde luego, la confianza que le demostró el obispo encomendándole el taller era para sentirse orgulloso. Pero le faltaba algo. Aunque lo peor de todo era que Asbag no sabía dar con las causas de la desgana y de la apatía que le embargaban últimamente. Sin buscar nada en concreto, fue paseando la vista por los objetos de cobre que colgaban en torno a la puerta de uno de los establecimientos. Finalmente, se fijó en una lamparilla plana que pendía de una fina cadena y pensó que sería la adecuada para el presbiterio de San Zoilo; pero, cuando se disponía a fijar el precio con el artesano, oyó que alguien le llamaba.

—¡Maestro Asbag! ¡Maestro Asbag! —gritó agitando los brazos Seluc, el muchacho que limpiaba el taller y vigilaba la entrada.

Asbag le miró.

—¿Pasa algo, Seluc? —preguntó.

—He ido hasta tu casa —respondió el muchacho—, pero no estabas. Me imaginé que habrías venido al mercado del cobre. —Se detuvo para recuperar el resuello—. Y, gracias a Dios, te he encontrado.

—¿Y bien…?

—¡Fayic al Fiqui ha regresado de la peregrinación! —respondió el muchacho sonriendo—. Envió un criado al taller, y como ha encontrado la puerta cerrada antes de la hora, me ha pedido a mí que venga a buscarte.

—¡Fayic, Fayic al Fiqui! —exclamó Asbag con el rostro iluminado—. ¡Bendito sea Dios! ¿Dónde está?

—Te espera en su casa, donde, por lo visto, ya se han reunido sus amigos y vecinos para felicitarle.

Asbag soltó la lamparilla y, sin decir palabra, corrió calle arriba sorteando a la gente que abarrotaba el mercado.

Las puertas de la casa de Fayic estaban abiertas de par en par. En el mismo umbral se agolpaban los mendigos esperando obtener su parte de la generosidad del peregrino recién llegado. «La noticia ha corrido pronto», pensó Asbag. En efecto, ya en el patio, se encontró con un remolino de gente: parientes, vecinos y curiosos, en actitud bulliciosa, ávidos de conocer los detalles del viaje. Asbag se abrió paso entre ellos. Fayic estaba de espaldas, saludando a unos y a otros, todavía con la ropa sucia y ajada del viaje, los pies ennegrecidos y el cabello grasiento y alborotado sobre los hombros.

—¡Fayic! —le gritó Asbag—. ¡Fayic, Fayic al Fiqui!

Él se volvió y buscó con los ojos a quien le llamaba. Estaba delgado, muy delgado; el cuello le asomaba fino y tostado, la barba crecida, lacia, y el rostro quemado, agrietado por el sol y el polvo de innumerables caminos. En su mirada, brillante y perdida, Asbag adivinó enseguida el vivo delirio del que ha visto el mundo, vasto y multiforme, poblado de gentes diversas y sembrado de indescriptibles paisajes.

—¡Asbag, Asbag aben Nabil! —exclamó el peregrino.

Los dos amigos se abrazaron y el clérigo notó los huesos del peregrino, pegados a la piel, en su cuerpo ligero y debilitado por los largos meses del viaje.

—Lo conseguiste —le susurró al oído—; fuiste a la tierra del Profeta y has regresado, ¡Dios sea bendito!

—¡Bendito y alabado! ¡Misericordioso, rico en piedad! —exclamó Fayic con un hilo de voz temblorosa.

Una mujer se hizo escuchar entonces con autoridad:

—¡Hala, hala! ¡Ya está bien! —Era Rahira, la madre de Fayic, gorda y poderosa, que batía palmas para llamar la atención—. Cada uno a su casa, que Fayic viene muerto. Cuando haya descansado podréis venir a que os cuente. Pero, ahora, ¡por el Altísimo!, dejadle en paz; no vayamos a rematarle entre todos.

31

Los visitantes se resistían, pero terminaron por obedecer. Fayic los acompañó hasta la puerta, visiblemente atontado, con la mirada perdida aún y los labios flojos, casi babeando.

—Pasado mañana después de la oración os espero a todos —dijo apoyado en el alféizar.

Cuando las puertas se cerraron, la gente se alejó por la calle, comentando el suceso, y Asbag a su vez se encaminó hacia Santa Ana, para rezar las vísperas que ya anunciaban las campanas tintineando débilmente.

El jueves por la tarde, amigos y parientes volvieron a reunirse en casa de Fayic. Las losas del patio, recién regadas, desprendían vaho húmedo y fresco, mezclado con el perfume de las enredaderas y los sándalos que trepaban desde las jardineras por las columnas y los arcos. En el centro estaban expuestas amplias mesas cubiertas por finos manteles y repletas de doradas bandejas con dulces, panecillos, empanadas, cabezas de carnero, berenjenas rellenas, aceitunas y alcaparrones. Las copas y las jarras eran de vidrio fino, y las jofainas para la ablución contenían agua con coloridos pétalos de rosa flotando. En los extremos del patio, en las ascuas encendidas se asaban largas broquetas donde se apretaban pajarillos, pedazos de carne adobada y peces de río. El olor era delicioso. No podía ser de otra manera; el regreso de un peregrino exigía lo mejor del menaje, tanto del propio como del ajeno; porque seguramente muchas de aquellas alfombras, cojines, vasos preciosos y macetas habían venido de las casas de los vecinos o de la familia.

Fayic al Fiqui era arquitecto, hijo y nieto de arquitectos, consagrados durante varias generaciones a la gran mezquita. Al no existir diferencia entre lo escrito en papel y lo escrito en piedra, los amigos de la familia eran gente de letras. Entre las amistades predominaban los magistrados y los empleados del cadí: gramáticos, copistas y hombres que pasaban la vida entre libros. Asbag conocía bien a un buen número de los que se congregaban aquella tarde en la casa de su amigo: a Abu Becr, el coraixita; a Abu Alí Calí, de Bagdad, que le había

32

encargado frecuentemente copias de sus tratados sobre curiosidades de los árabes antiguos; a Ben al Cutía, el gramático más sabio, según el parecer de muchos, y a varios de los escribientes y maestros que pujaban por hacerse un sitio entre los grandes. En general era gente de segunda fila; administradores y subalternos de la nobleza, próximos a la corte, pero que no accedían a los principales palacios salvo para prestar algún servicio o pedir favores.

Cuando Fayic llegó al patio, lo hizo junto a su compañero de peregrinaje, Aben Bartal al Balyi, el teólogo jurisconsulto distinguido y muy piadoso, que se veía aún más deteriorado que Fayic, por lo que se apoyaba en su sobrino Mohamed Abuámir. Asbag se fijó en este último. Era un joven alto y bien formado; la expresión del rostro serena, aunque altanera; cejas alargadas y oscuras, y ojos vivos, pendientes de todo. Por ser estudiante, llevaba la blanca túnica de lino de Tamis y el tailasán anudado a un lado, como se estilaba entonces.

Los anfitriones ocuparon sus asientos y el jefe de los criados de la casa fue acomodando a los invitados. El sitio de Asbag estaba a continuación de los miembros de la familia, y a su lado quedó un cojín vacío. Terminadas las breves presentaciones, pues casi todo el mundo era conocido, el joven Abuámir vino a sentarse junto a Asbag, según el orden establecido. Amablemente, el estudiante extendió la jofaina a Asbag, antes de lavarse él mismo, y le dijo sonriendo:

—Te conozco; eres Asbag, el sacerdote cristiano que regenta el taller de copistería del obispo. Me alegro de que me haya correspondido sentarme a tu lado. Soy Mohamed, de los Beni Abiámir.

—¡Ah, tú eres sobrino de Aben Bartal! —respondió Asbag—. ¿Has hecho la peregrinación con tu tío?

—¡Oh, no! —exclamó él—. ¡Ojalá hubiera podido! Aún no he terminado mis estudios y el viaje me habría supuesto una gran pérdida de tiempo. Pero, en la primera ocasión que se me presente, iré a La Meca, pues es tradición en mi familia el hacer la peregrinación.

Ambos comensales se entendieron pronto. Asbag simpatizó enseguida con Abuámir: era un joven sensible e inteligente, aunque de natural exaltado, de imaginación ardiente y temperamento fogoso. Este, por su parte, cautivado como estaba por los libros, vio en Asbag una oportunidad para acceder a las polvorientas páginas de algunas antiguas crónicas que deseaba consultar. Hablaron del asunto en el transcurso del banquete. También conversaron acerca de muchas otras cosas: filosofía, leyes, teología y poesía.

En la fiesta se comió y bebió abundantemente; la ocasión lo merecía. Al cabo llegaron los postres: bandejas y bandejas de dulces, regalo de tantos amigos, conmovidos tal vez por la extrema delgadez de los peregrinos.

Asbag se preguntó, como en otras reuniones semejantes, cuántos estómagos harían falta para albergar tal cantidad de golosinas; aunque sabía que una gran parte de ellas acabaría en manos de los pobres que durante días harían guardia a la puerta.

Con los postres llegaron los vinos dulzones, perfumados con laurel, clavo, miel y frutas. Se brindó varias veces. Asbag se fijaba en su joven compañero de mesa y le veía apurar las copas, una tras otra, sin que su euforia diera paso a síntoma alguno de embriaguez. «Es fuerte y está acostumbrado al vino —caviló—; qué distinto es del viejo Aben Bartal». Él conocía bien al teólogo, tío del joven, un hombre extremadamente piadoso y celoso de la fe musulmana, que había acudido con frecuencia a encargar copias al taller; cualquier insignificante defecto le hacía enojarse y exigir la repetición de la página; ¡un auténtico escrupuloso!

Cuando el ambiente empezó a languidecer a causa de la bebida, entró en el patio un grupo de músicos: un par de laúdes, unos timbales y una conocida cantante, la Egabriya, gruesa y pelirroja, cuya voz ardiente excitaba el corazón y arrancaba las lágrimas. Los invitados enloquecieron de satisfacción al verlos llegar. Enseguida empezó a sonar una moaxaja, dulce y llena de sincera emoción, ensalzando la aventura que habían vivido los peregrinos. Decía:

¿Hasta cuándo competiremos con los luceros en viajar de noche?
Pero los luceros viajan sin sandalias ni pies, y no pesa en sus párpados el sueño que aflige al peregrino vigilante.
Luego, el sol ateza nuestros rostros blancos, y en cambio no dora nuestras barbas ni nuestras melenas ya canas, aun

cuando la sentencia debiera ser igual, si ante un juez pudiéramos litigar con el mundo.

Nunca dejamos que el agua cese de caminar: la que no camina en la nube, camina en nuestros odres...

Mientras sonaba la canción, Asbag observaba a Abuámir, cuyos ojos fijos en el vacío se pusieron enseguida brillantes. Cuando se escuchó el último acorde, el joven se enjugó las lágrimas con el extremo del tailasán, antes de que se le escaparan por las mejillas.

—¡Oh, son versos del gran Mutanabi! —dijo turbado volviéndose hacia Asbag—; nadie como él hubiera podido expresar así lo que hoy festejamos.

—Sí, ha sido verdaderamente hermoso —asintió Asbag.

Uno de los invitados se puso entonces en pie y se dirigió al anfitrión.

—¡Fayic, cuéntanos los sucesos de vuestra peregrinación! —rogó en voz alta.

—¡Eso, habla de ello; ahora que estos versos nos han puesto en ascuas! —exclamó alguien.

Fayic accedió a aquellas peticiones; en realidad era lo que todo el mundo esperaba. Después de dar un trago, se incorporó para hablar a la concurrencia.

—Ciertamente, peregrinar es maravilloso. Las tierras de Dios son vastas hasta el infinito; solo cuando uno se pone en camino puede apreciarse esta realidad. Los hombres somos seres de ida y vuelta. ¿Qué es la vida sino una peregrinación que empieza en el nacimiento y culmina con el retorno al Señor de todos los mundos?

Ante tan hermosas palabras, los convidados se regocijaron en un denso murmullo. Luego, el peregrino continuó su discurso:

—Salimos de Córdoba una mañana, a lomos de corceles, los mejores que pudimos conseguir, dispuestos a que nos sirvieran durante todo el viaje, pues eran de raza fornida, capaces de aguantar las distancias que nos aguardaban. Y, sabiendo que habían de ser varios los meses de camino, nos hicimos acompañar de nuestros criados, y llenamos las alforjas de las mulas con vestidos, provisiones y toda la impedimenta necesaria para tan largo viaje; así como una buena cantidad de monedas de oro, cuyo valor supera las fronteras. ¡Qué equivocados estuvimos al pensar que los bienes materiales eran el mejor salvoconducto para el viajero! Pues en las primeras jornadas del camino es verdad que nos sirvieron todavía en Alándalus, en Mauritania y en Tunicia; pero en Egipto reinaba el caos, y nada más poner los pies allí, los bandidos nos despojaron de cuanto llevábamos y nos dejaron desnudos y apaleados. Entonces vino la disyuntiva: ponerse en las manos del Todopoderoso y seguir la peregrinación, o retornar sobre nuestros pasos y encomendarnos a las autoridades de los países aliados del califato para pedir auxilio en el regreso.

Los invitados prorrumpieron en exclamaciones de emoción ante el cariz que iba tomando el relato. Tras aclararse la garganta con un trago, Fayic prosiguió:

—Decidimos continuar el viaje, pues supusimos que si Dios nos había llevado hasta allí, querría que camináramos despojados y en humildad. A él debemos todos los bienes; él da y toma cuando es su voluntad. ¡Dios sea loado! Confiados en su divina providencia pusimos nuestros pies en el camino, que nos llevó por áridos valles, empinados y serpenteantes senderos de altísimas montañas, vergeles poblados de sombrías arboledas y desiertos polvorientos llenos de alimañas. Pero pudimos apreciar la generosidad de los creyentes, que se vuelcan en el peregrino para curar sus heridas, apagar su sed y llenar sus vacíos estómagos. Así, cruzando el Sinaí, llegamos a las tierras de Arabia; con los pies deshechos y el corazón ardoroso, divisamos los palmerales de Yazrib. Al fin, Al Medina. Nos arrojamos al suelo y besamos la tierra bendita…

Dicho esto, Fayic se deshizo en sollozos y no pudo ya continuar. Fue ahora su compañero Aben Bartal quien siguió con el relato:

—Ahí empezó verdaderamente nuestra peregrinación: junto al Profeta, por el sendero que él mismo emprendió un día camino de La Meca. Recitando la Sahada llegamos al santuario y dimos vueltas a la Kaaba, conmovidos y con los ojos inundados de lágrimas.

—¡Alabado sea el Altísimo que envió al Profeta! —exclamó alguien.

—¡Alabado sea! ¡Bendito y alabado! —secundaron otras voces.

Uno de los convidados se dirigió entonces a los anfitriones:

—Pero, por favor, decidnos: ¿cómo pudisteis regresar luego; sin medios y sin dinero?

—Bien, solo la misericordiosa sabiduría de Dios sabe cómo. El caso es que, después de permanecer tres días en La Meca, viviendo de la caridad de los fieles, nos encontramos con un comerciante de Málaga, al cual relatamos lo que nos había acontecido a la ida. El buen hombre se apiadó de nosotros y, aunque no iba muy holgado de dinero, nos incorporó a su comitiva de regreso, alimentándonos, vistiéndonos y tratándonos como si fuéramos parientes. Así pudimos volver a Alándalus y estar ahora aquí, junto a vosotros, celebrando tan feliz desenlace. Hoy mismo hemos dispuesto que un comisionado parta inmediatamente para Málaga, cargado de obsequios que en manera alguna podrán pagar el don que nos hizo aquel hombre de Dios. ¡Que Dios mismo le premie su bondad y le corone a él y a todos sus hijos con la dicha que solo el cielo puede dispensar!

Así concluyó el relato de los dos peregrinos, dejando a los presentes embargados por la emoción y henchidos de fe. Después continuó la fiesta; volvieron a tocar los músicos y la Egabriya entonó otras canciones. Se siguió bebiendo y conversando, hasta que, pasada la medianoche, los invitados comenzaron a despedirse. El viejo Aben Bartal, fatigado como estaba, se marchó pronto, llevándose consigo a su sobrino Abuámir, que se deshizo en cumplidos con Asbag antes de partir, y prometió pasarse por el taller lo antes posible.

Así, finalmente, quedaron en el patio tan solo los más íntimos. Fayic se dirigió entonces a Asbag y le dijo:

—Querido amigo, deberías peregrinar.

—¿A La Meca? —respondió Asbag con sorna—. Ya me dirás qué hace un presbítero cristiano en La Meca.

—No me refiero a La Meca, ya lo sabes; quiero decir que deberías peregrinar a algún otro lugar...; qué sé yo, Jerusalén, Roma... Adonde pueda ir un cristiano a encontrarse con las raíces de su fe. ¡Ah!, si supieras cómo se me remueve todo por dentro! ¡Es algo maravilloso! Es como ir en pos del sentido último de las cosas...

—Sí —interrumpió Asbag—. Pero cuando se regresa todo sigue igual que antes.

—¡Oh, de ninguna manera creo que sea así! Espero que mi vida continúe siendo como un sendero. Mientras caminaba hacia La Meca, vi con claridad que, en la trama del mundo, la vida del hombre es de todas formas una gran aventura, que supone un crecimiento hacia lo máximo del ser: una maduración, una unificación, pero al mismo tiempo paradas, crisis y disminuciones.

—Te comprendo —asintió Asbag—. Pero es tan difícil arrancarse...

En el momento de despedirse, Asbag vio una vez más el brillo delirante en los ojos de Fayic; y sintió envidia, una sana envidia, hecha del deseo de ver lo que habían encontrado aquellos ojos en la sorpresa de los infinitos caminos del mundo.

4

Córdoba, año 959

Asbag sintió la humedad en las sienes y la nuca; despertó de la siesta empapado en sudor, como solía sucederle desde hacía algunos días. Era una sensación desagradable. Recordó que había comido demasiadas migas con uvas al mediodía y le ardía el estómago. Extendió la mano buscando la cal fresca de la pared y apretó la palma contra el muro durante un rato; estaba templado. Luego dejó caer la cabeza hacia un lado del jergón, buscando las losas de barro del suelo; tampoco ahí encontró alivio. Le pareció que aquel debía de ser sin duda el día más caluroso del año. Se incorporó y se quitó la camisa, llena de agujeros, que tenía adherida a la espalda. Luego descorrió la espesa cortina y, en el maylis en penumbra, tuvo que buscar casi a tientas la tinaja. El agua tampoco consiguió refrescarle. En el exterior el calor seguramente sería insoportable, pues no se escuchaba ruido alguno en la calle, ni siquiera las voces de los muchachos, que son capaces de soportarlo todo con tal de estar fuera de sus casas. Aguzó aún más el oído: desde la terraza llegaba el monótono arrullo de un palomo. Asbag se acordó entonces del haman.

Cuando abrió la puerta, la luz exterior y el sofocante calor fueron como una bofetada. Y todavía tuvo que regresar al interior para vestirse al descubrir que tenía el torso desnudo. Mientras caminaba hacia los baños, iba pensando en que la única forma de vencer al vaho espeso y ardiente del río sería permanecer un buen rato en el vapor del haman; porque a la salida el contraste haría parecer más suave el atardecer.

Al llegar a la plaza, reparó en que había salido de casa demasiado pronto: todavía estaban dentro de los baños las mujeres y los niños, y en los alrededores no se veía ni un solo hombre. Pero le dio pereza volverse y decidió esperar, aunque faltaba más de una hora para la oración de Al' Asr.

El bañero guardaba la puerta bajo un cañizo, sentado en un banco de piedra. Asbag saludó y fue a sentarse al otro extremo. Conocía desde siempre a aquel hombre, demasiado desdentado para su edad, de gesto agrio y de mirada sombría; irónico, extraño y suspicaz; de esos a quienes molesta hasta el vuelo de una mosca. Sintió cómo le observaba de reojo y supo perfectamente que tan desagradable individuo no sería el primero en decir algo. Por eso, aunque hubiera preferido continuar callado, decidió romper el silencio:

—¡Qué calor!

El bañero asintió con la cabeza. Luego carraspeó y lanzó un espeso salivazo contra el suelo polvoriento. Asbag interpretó aquello como un signo de que no habría conversación y lo celebró. Pero enseguida se dio cuenta de que se equivocaba.

—¿Cómo tan pronto por aquí? —dijo el bañero—. A las mujeres les queda todavía un buen rato.

—Mi casa está en el alto y es como un horno —respondió Asbag.

—Comprendo.

Pasó un rato sin que ninguno de los dos dijese nada. Al cabo, el bañero se puso en pie frente a él, esbozando una sonrisa de medio lado y entrecerrando uno de los ojos bajo el ceño poblado y canoso, asemejándose demasiado a un aguilucho, con aquella nariz afilada. Con voz tonante dijo:

—Bien, bien, infiel... El Compasivo me premiará... ¿Quieres pasar un ratito al fresco del haman?

—¿Al fresco...? —respondió con extrañeza Asbag.

—Sí, ya me entiendes; hace calor aquí... ¡Demasiado calor!

El bañero apartó la cortina de esparto y, en el zaguán de los ba-

40

ños, volvió a mirarle con ojos escrutadores y añadió, adentrándose por uno de los arcos:

—Un poco más; por aquí.

Asbag le siguió sin saber por qué. El calor aturde, y esa tarde tenía la mente demasiado embarullada para hacerse preguntas. Ambos enfilaron un angosto corredor, cuyas paredes chorreaban; cruzaron un par de salas y, al final, se encontraron en una habitación rectangular, en penumbra, rodeada de canalillos que conectaban con el aljibe.

—Aquí se almacena el agua fresca de los baños —explicó el bañero—. Como verás se está a gusto aquí.

—¡Oh, qué alivio! —suspiró Asbag—. ¿Adónde da esta cámara?

—Está en la parte más baja; aunque algo elevada sobre el estanque principal del haman.

—¡Ah, comprendo! Desde aquí sale el agua fría para el baño.

—Eso mismo —respondió indulgente el bañero—. Como ves, el agua de este aljibe está pura y fría siempre, pues nadie se ha bañado en ella; a diferencia del agua del estanque, caldeada ahora por los cuerpos ardorosos de toda la jornada. ¡Esto es el paraíso!

Dicho esto, se quitó la túnica y se adentró placenteramente en el aljibe.

—¡Ah, es maravilloso! —exclamó abriendo su enorme boca desdentada.

Asbag sintió entonces un enorme deseo de meterse en el agua para refrescarse y empezó a quitarse también la túnica.

—¡No, no, no…! —replicó el bañero—. Solo yo puedo hacer uso de este sitio.

Asbag, contrariado, hizo ademán de marcharse por donde había llegado, pero aquel hombre le detuvo bonachonamente:

—Un momento, un momento. Todo puede arreglarse. ¿Has traído algo de dinero?, infiel.

—No. Suelo pagar los baños por meses, como sabes bien por la lista de la entrada.

—Bien, bien; no pasa nada —dijo el bañero mientras salía del agua—. Entra un rato mientras yo vigilo.

Asbag se despojó de la ropa y se zambulló en el aljibe. Un tenue rayo de luz entraba por un único ventanuco abierto junto al techo. El agua era clara y fría; todo un placer. Sumergió la cabeza varias veces y notó que el cuerpo se compactaba y abandonaba la flacidez de aquellos días tórridos, volviendo cada nervio y cada músculo a su sitio.

Cuando sacó la cabeza y miró de nuevo hacia el bañero, le vio en cuclillas, aguzando la vista por un agujero de la pared.

—¡Ah, qué maravilla, qué delicia! —decía con su vocecilla quebrada, como la de una vieja bruja.

—¿Qué miras por ahí? —le preguntó Asbag, picado por la curiosidad.

—¡Oh, es un secreto! —respondió el bañero—. Solo yo puedo mirar por aquí.

Asbag se hizo entonces el desentendido y siguió disfrutando del agua; pero, como anteriormente, el viejo se arrepintió pronto de su negativa.

—Bien, bien, sal del agua y ven a mirar —otorgó—. Te permitiré disfrutar un momento.

Asbag salió y se agachó para asomarse. El agujero daba directamente al estanque principal del haman, que quedaba a un nivel más bajo, de manera que podía verse todo el patio central, donde las mujeres estaban bañándose o reposando bajo las arquerías.

—¡Dios mío! —exclamó el clérigo apartándose al momento.

El bañero aguardaba su reacción frotándose las manos y soltando agudas y nerviosas risitas por entre sus encías mondas.

—¿No te gusta? Parece que te asustas…

Asbag estaba paralizado, apoyado en la pared a un palmo del agujero. Poco a poco, fue acercando el ojo otra vez, hasta que se asomó de nuevo. Había allí muchas mujeres, quizá veinte, treinta o más; gruesas, delgadas, altas y bajas; de todas las edades; las maduras charlaban tranquilamente sentadas sobre las losas, y las jóvenes chapoteaban en el agua o correteaban por el borde del estanque. Las más de ellas estaban desnudas. Asbag se fijó en sus cuerpos blancos, extremadamente blancos. La luz entraba por la gran abertura del techo y bañaba todo el estanque, depositándose en los hombros finos y en los cabellos mojados, brillantes. Se fijó sobre todo en las jóvenes; muchachas de contornos delicados, como pulidas estatuas, de labios oscurecidos por el frío, de ojos chispeantes de placer, de gestos libres; carreras, peleas, zambullidas y empujones; y sensuales cuidados mutuos en los que se repartían ungüentos o se peinaban unas a otras con delicadeza. No sabría decir cuánto tiempo estuvo allí, absorto, contemplando aquel espectáculo, pero volvió a la realidad cuando sintió que alguien le tiraba por detrás de los cabellos. Era el bañero que se impacientaba y le decía:

—¡Vamos, vamos!, que tengo que ir a dar la orden de cierre. Si quieres volver otro día, bastará con que traigas un tercio de dinar de plata. Por un dinar te dejo mirar una hora entera…

Asbag, arrobado, siguió al viejo por los corredores húmedos hasta la puerta, ante la cual los hombres se agolpaban ya esperando la orden de entrada. Las mujeres saldrían por la otra puerta, que daba a las traseras del mercado, para no cruzarse con ellos. Antes de que Asbag partiera, el bañero le detuvo sujetándole por el brazo y le dijo:

—De esto ni una palabra a nadie. Y recuerda que has mirado; has visto a las esposas de muchos prójimos que no consentirán tal deshonra. Si quieres volver, ya sabes…

Cuando salió, Asbag se topó avergonzado con los rostros de aquellos hombres. Detestó entonces al bañero, pero al momento reparó en todo el tiempo que estuvo mirando sin hacerse la menor reconvención.

No tenía sentido volver a entrar en el haman en el turno de los hombres, pues se había refrescado suficientemente en el aljibe y decidió irse directamente al taller. Mientras caminaba, sentía una gran opresión en el pecho y deseaba librarse de las imágenes que había contemplado por el agujero, pero le era imposible. Pensó: «¡Dios mío, lo que me faltaba!». A la sensación de rutina y de hastío que le embargaba últimamente vino a sumarse algo peor: una tentación; una inoportuna, súbita y agresiva incitación carnal.

En el taller no pudo concentrarse en su trabajo, por lo que volvió a cerrar antes de la hora, como el día anterior. Y una vez más dio vueltas y vueltas por el mercado sin buscar nada en concreto, como queriendo escapar de sí mismo, esperando la hora de las vísperas.

Entre los próximos y lejanos cantos de los muecines, se escuchó el débil repiqueteo del campanario. Asbag puso rumbo a San Zoilo, mecánicamente, como cada tarde. Al llegar se encontró con el templo casi abarrotado de fieles. Y una vez en la sacristía, el diácono le explicó la causa de aquella aglomeración:

—Ha venido un predicador desde Iria, en nombre del Pontífice, para hablar acerca de Compostela. La noticia ha corrido pronto. ¿Cómo es que no te has enterado?

—Estuve atareado —respondió Asbag despreocupado, mientras se revestía con el ropaje litúrgico.

Al momento llegó el predicador, un monje menudo de vivos ojos azules, ataviado con el ampuloso hábito de los monasterios del norte.

—Mi nombre es Dámaso —se presentó—. Soy de los benitos de Samos.

—¡Oh, un largo viaje! —exclamó Asbag.

—Sí —respondió el monje—. Y lleno de peligros: las vastas tierras intermedias, llamadas «de nadie», están sembradas de bandidos… Pero un monje itinerante que camina sin apenas equipaje no es presa apetecible para las aves de rapiña.

—¿Qué misión te trae a tierras de agarenos? —le preguntó Asbag.

—¡Es algo extraordinario, hermano! Mi obispo, Cesáreo, que antes de su consagración fue abad de Montserrat, quiere que la iglesia que guarda el sepulcro del apóstol Santiago sea conocida en todo el orbe, para que los creyentes acudan a venerar las reliquias.

—¿Es tan asombroso ese templo del apóstol como cuentan?

—Créeme; es el más hermoso de Hispania. Y son muchos y grandes los milagros que allí se obran.

—Si de verdad es así, puedes predicar acerca de ese lugar santo en esta iglesia.

Los Salmos de David se sucedieron entonados por los cantores, siguiendo las dulces notas del rito mozárabe y, proclamadas las Escrituras, le llegó su turno al monje predicador, que, encaramado en el púlpito, lanzó su sermón:

—Hermanos de Alándalus: en Galicia, cerca del fin de la tierra, hace cien años que un piadoso ermitaño vio luces misteriosas y escuchó cantos de ángeles en el llamado *Campus Stellae*, recibiendo de lo alto la inspiración de que allí yacía el apóstol Santiago. Llamose al lugar al obispo Teodomiro, de Iria Flavia, que ordenó la excavación hasta encontrar un sepulcro losado de mármol. El rey de los cristianos acudió con los magnates para aclamar a Santiago por patrono, y el hecho se puso en conocimiento de la cristiandad. Inmediatamente se comenzaron las obras de una iglesia que se terminó de construir con la categoría de basílica, y una comunidad de monjes benedictinos ocupó las cercanías para el cuidado del templo y el culto. Bastaron treinta años para que vinieran peregrinos de toda la cristiandad: obispos, reyes, condes, nobles, caballeros y miles de fieles de todos los países. Llegadas las noticias hasta la mismísima Roma, Su Santidad el Papa declaró santo aquel lugar, proclamando la subsanación del alma en su raíz y la conmutación de las penas del purgatorio a cuantos acudan en peregrinación a venerar el santo sepulcro del apóstol. ¡Acudid, fieles cristianos de los reinos musulmanes! ¡Acudid allí a profesar una sola fe, un solo bautismo y un solo Señor!

Al escuchar aquella arenga, los fieles prorrumpieron en murmullos de sorpresa. Hacía tiempo que llegaban noticias del templo de Galicia y del sepulcro del apóstol; y una tímida corriente de peregrinos empezaba ya a fluir desde las tierras del sur; pero nadie aún había venido expresamente y en nombre del Papa para llamar a los cristianos de aquella manera tan directa.

Animándose al descubrir la sorpresa en los rostros de los devotos, el monje prosiguió hablándoles del mundo ansioso e inseguro, de las epidemias, guerras y carencias del espíritu cristiano; de las ocasiones de pecado que ofrecían los ambientes lujuriosos, el dinero y las armas; de todo lo que él mismo había contemplado, viendo lo difícil que le es al hombre débil llegar hasta Dios. Y finalmente expresó con lágrimas que él se sentía como una paloma enviada fuera del arca hacia el diluvio mundanal, y que sufría contemplando a la humanidad lanzada hacia una segura perdición que solo la penitencia y el sincero arrepentimiento podrían remediar.

Estas palabras cayeron como flechas afiladas sobre Asbag, tan sensibilizado como estaba por lo que le había acontecido aquella misma tarde en el haman. Entonces sintió que el sermón era para él.

Por la noche tardó mucho en conciliar el sueño. Ya de madrugada, cuando al fin logró dormirse, le asaltó una horrible pesadilla: se vio a sí mismo abrazado a un manojo de huesos secos y rodeado de voraces llamaradas que consumían cuanto le rodeaba. Despertó bañado en sudor y con el corazón a punto de escapársele del pecho. Se levantó y se precipitó hacia la terraza buscando el fresco de la noche.

La ciudad dormía bajo un estrellado firmamento sin luna, sumida en un profundo silencio. Asbag elevó los ojos hacia la bóveda celeste y se encontró con la luminosa Vía Láctea. Entonces le embargó una sensación de inquietud y notó que se le erizaba el vello y le recorría un escalofrío.

—¡Es el camino! ¡El camino de Santiago! —exclamó elevando los brazos al cielo.

5

ALMONACID
DE
TOLEDO .

Córdoba, año 959

Asbag se levantó de la cama con una idea fija: emprender cuanto antes su peregrinación a Santiago de Compostela. Sintió que aquella era su oportunidad para librarse definitivamente de la tediosa rutina y de las tentaciones que le acuciaban, y ello le aportaba cierta liberación. Necesitaba estar solo para disfrutar de esa nueva sensación que no tenía precio. En lugar de dirigirse hacia San Zoilo, pasó por la puerta del Sur y siguió adelante, disfrutando de los aromas de la mañana luminosa de verano. Había sido siempre fiel a sus obligaciones, acudiendo sin faltar a la escuela a primera hora del día y al taller de copia por la tarde, a los laudes, a la misa y a las vísperas, desde que fue ordenado sacerdote hacía ahora cinco años, sintiéndose como un buey que diera vueltas sumisamente amarrado a su noria. Aquel era el día más extraño desde hacía mucho tiempo, porque saboreaba ya la aventura que le aguardaba, y rebosaba de gozo...

Providencialmente, vio a lo lejos al monjecillo del norte a lomos de un asno, entre la gente que iba y venía por el camino exterior a las murallas. Corrió hacia él y consiguió darle alcance, antes de que se perdiera por la carretera que conducía a Sevilla.

—¡Fray Dámaso! —le gritó—. ¡Fray Dámaso!

El monje tiró de las riendas y se detuvo.

—¡Ah, el hermano presbítero de San Zoilo! —exclamó—. Parece que vienes en mi busca... ¿He olvidado algo?

—¡Oh, no! Tan solo quiero hacerte algunas preguntas.

—Bien. Marcho para Sevilla, con la misma misión que me trajo hasta aquí —dijo mientras desmontaba—. Si lo deseas, puedes acompañarme un rato durante el camino. Luego podrás regresar. Así no perderé el tiempo, pues es tarde ya.

—De acuerdo —asintió Asbag—. Hoy no tengo prisa; me servirá para estirar las piernas.

—Y bien, ¿qué deseas saber de mí? —le preguntó el monje.

—He decidido peregrinar hacia Santiago de Compostela. Quisiera saber qué he de hacer.

—¡Ah, bendito sea Dios! —exclamó el monje—. Mi sermón te ha removido por dentro. Bien. Lo que necesitas es poco, pero mucho al mismo tiempo: a Santiago se peregrina con una firme decisión y un corazón contrito.

—Estoy decidido a ello, pues he estado sumido en la tibieza espiritual, algo de lo que estoy sinceramente arrepentido. Siento que Dios me pide algo más…

—Entonces, tan solo te falta una cosa: puesto que eres presbítero, necesitas el permiso de tu obispo.

—El obispo —musitó Asbag para sí—; no había contado con él.

—Bueno, es fácil; ve a verle y comunícale tu sana intención de iniciar esa santa empresa, cuyo beneficio necesita tu alma. No podrá negarse.

—Así lo haré. Te doy las gracias, hermano. Y ahora dame tu bendición.

El monje le bendijo y siguió su camino. Asbag se volvió de nuevo hacia Córdoba abismado en sus preocupaciones. El obispo; ¿cómo se tomaría aquel asunto? «Iré a verle hoy mismo –decidió–. Lo entenderá. Tiene que comprenderlo». Mientras caminaba soñaba despierto. Imaginó los caminos hacia el norte; las ciudades de los reinos cristianos sembradas de iglesias, las grandes abadías repletas de monjes, las enhiestas torres lanzando las campanas al vuelo; y cientos de peregrinos fervorosos, entre los cuales caminaba él, renacido, con el alma henchida de gozo, hacia la tumba del apóstol para hincarse de rodillas y solicitar la entrada en la vida eterna…

Perdido en estas cavilaciones, anduvo dejándose llevar por sus pies hasta el barrio cristiano, en cuyo centro se encontraba la casa del obispo. Al llegar al recibidor, se encontró con que no había nadie esperando y entró directamente en el despacho del secretario, donde solo estaba el escribiente, que se sorprendió al verle allí.

—¡Ah, Asbag! —le dijo—. ¿Cómo por aquí? ¿No sabes que el obispo ha ido a San Zoilo para verte?

—¡Oh, no! —exclamó Asbag—. ¡Para una vez que falto...!

Corrió en dirección a la escuela maldiciendo su mala suerte. Y al llegar se encontró con que los catecúmenos, como era de esperar, se habían marchado. En el centro del aula estaban únicamente el obispo y el secretario, que se mostraban perplejos. Asbag se arrodilló, besó la mano de su superior y esperó a que este le pidiera explicaciones.

—Es sábado y no hay nadie en la escuela. ¿Es que nos hemos vuelto judíos? —dijo irónicamente el obispo.

—¡Oh, padre y señor! Cuánto lamento que hayáis venido precisamente hoy —se disculpó Asbag—. Vino un monje de los benitos del norte para predicar y tuve que atenderle.

—Sí; ya lo sé —contestó el obispo—. Cuando llegó vino a verme para solicitar mi autorización, ya que quería predicar acerca del templo del sepulcro del apóstol Santiago.

—De eso mismo quería yo hablaros, con vuestro permiso, señor obispo... He pensado que, dado que ese templo del apóstol...

—¡Está bien, está bien! —le interrumpió el obispo—. Ya hablaremos de ello en otra ocasión. Ahora me trae aquí un asunto sumamente importante que no admite demoras.

El obispo solía ponerse de mal humor. Era un hombre impaciente y poco dado a escuchar. Aun así, Asbag se atrevió a insistir:

—Pero, padre mío, he pensado que, dado que el Papa ha proclamado la remisión de los pecados para los peregrinos que acudan al templo de Santiago, me gustaría hacer la peregrinación. Tengo treinta años; una buena edad para intentarlo.

—¿Cómo? ¡Imposible! —dijo el obispo un tanto molesto—. ¡De ninguna manera! Precisamente ahora, que venía a pedirte un trabajo sumamente importante, me vienes con esas.

—Pero… Se trata de algo espiritual…; una necesidad del alma…

—¡Bah! ¡Tonterías de monjes alucinados! ¿Qué pretenden? ¿Quieren acaso que abandonemos Alándalus? ¿Es que no somos necesarios aquí los cristianos? Nada, nada de eso. Aquí permaneceremos como testimonio vivo de Jesucristo. ¡Es aquí donde debemos estar; entre los infieles mahometanos! Peregrinar al norte, peregrinar al norte… ¡Qué cosa tan absurda!

Asbag vio cómo se desvanecían en un momento todas sus ilusiones. Comprendió que no tenía sentido insistir más y se resignó a olvidarse de momento del asunto de la peregrinación.

—¡Dejemos ya esto! —concluyó autoritariamente el obispo—. Pasemos a tratar el tema que me ha traído aquí. ¿Sabes quién estuvo ayer en mi casa? Pues un enviado del mismísimo príncipe Alhaquén, del heredero en persona. Quería pedirme un encargo: un libro. De todos es conocida la afición a los libros del príncipe; se sabe que su biblioteca es única en el mundo y se ve constantemente enriquecida por nuevos volúmenes, raros y preciosos, traídos desde todos los países. Pues bien, recientemente recibió un libro procedente de Alejandría; un libro escrito probablemente por antiguos cristianos, que contiene homilías y leyendas. Desea que traduzcamos dicho manuscrito y que lo copiemos ilustrándolo para su biblioteca. He pensado que es una gran oportunidad para congraciarnos con él. Nos ha ido mal con su padre, el califa Abderramán, pero presiento que con Alhaquén viviremos una buena época los cristianos de Córdoba. De manera que el taller tiene que esmerarse al máximo.

—¿Habéis pensado en algo en concreto? —le preguntó Asbag.

—Hummm… sí… Algo parecido al antiguo misal de la sede. Debe ser más que una copia bien hecha: hojas de vitela selecta, coloridas ilustraciones y una hermosa encuadernación; tapas de marfil esculpido o de filigrana de plata con piedras preciosas engarzadas… En fin, algo verdaderamente especial.

—Bien, mañana mismo nos pondremos manos a la obra. ¿Dónde se encuentra el manuscrito?

—¡Ah! Esa es otra cuestión. Prometí mandar a un experto a recogerlo, por si él deseaba hacer alguna sugerencia. Y pensé en ti como la persona adecuada. De modo que tendrás que acercarte hasta el palacio de Alhaquén para hacerte con el manuscrito original.

—¿Cuándo? —preguntó Asbag sin salir de su asombro.

—Mañana mismo. No veo por qué hemos de hacerle esperar. Y, por favor, no me defraudes. De este trabajo dependen muchas cosas.

Al día siguiente, Asbag se puso la túnica que reservaba para los domingos y se encaminó hacia el palacio de Alhaquén, que se encontraba en Azahara. Mientras caminaba, se dio cuenta de que no estaba en absoluto decepcionado por haber tenido que aplazar su peregrinación, pues aquel asunto del manuscrito introducía una variante llena de emoción en su vida. Poder entrar en Azahara para recibir un encargo del mismísimo heredero no era algo que le sucediera al común de los mortales. La ciudad de los califas era un lugar absolutamente prohibido, y todo lo que se conocía de ella era a través de quienes alguna vez habían entrado para cumplir alguna misión en su interior o prestar un servicio especial a algún familiar del soberano.

Azahara era una ciudad destinada al lujo y al refinamiento. Abderramán no había economizado en absoluto para construirla a una legua al norte de Córdoba. Se decía que durante veinticinco años, dos mil obreros, que disponían de mil quinientas bestias de carga, se habían ocupado en edificarla, y, sin embargo, aún no estaba terminada. ¿Cómo no alegrarse ante la oportunidad de cruzar las puertas de aquella maravilla?

Los guardias que controlaban el paso registraban e interrogaban con minuciosidad a cuantos aguardaban para entrar en Azahara, por lo que había una gran aglomeración en la explanada, frente a la puerta. Asbag vio que se adelantaban las comitivas de los nobles y embajadores que llegaban de todas partes; les bastaba con dejar algún regalo para el jefe de la policía y se ahorraban las largas horas de espera. Pero el personal de servicio y los que llegaban a pie, confundidos entre el pueblo llano, tenían que aguardar al final de la cola. Asbag se conformó, pues el espectáculo era grandioso. Los magnates llegaban con toda la parafernalia que exigía la ciudad del califa: hermosos corceles, carrozas, lujosos ropajes, escoltas de pulidas armaduras, camellos y hasta un gran elefante, que hacía las delicias de la multitud de curiosos que se acercaban hasta allí desde Córdoba.

Por fin, llegó el turno de Asbag. El oficial desenrolló el documento y, para su sorpresa, le introdujo enseguida en el puesto.

—Este salvoconducto es de preferencia, señor —le dijo el guardia—. Deberíais haber pasado a primera hora.

—No lo sabía —repuso Asbag.

—Es un documento directo de Su Alteza el príncipe Alhaquén, un pase que suele hacer para sus inmediatos colaboradores. Aunque… es la primera vez que venís… ¿No es así?

—Sí, la primera.

—Bien, uno de los guardias os conducirá hasta vuestro destino.

Asbag se encontró de golpe en una ciudad que no parecía construida por seres humanos. Era un auténtico paraíso por su belleza, elegancia, limpieza y fragancia. Había inmensos jardines delante de los edificios, plazas y calles amplias, pobladas de toda clase de árboles y flores. El guardia iba delante y él le seguía por un intrincado laberinto de setos y geométricas disposiciones de parterres, fuentes, corredores y glorietas. Asbag pensó que sería incapaz de retornar sobre sus propios pasos para encontrar la salida, si le dejaran solo, allí en medio. Cuando llegaron frente al pabellón de verano del príncipe, tuvo que esperar todavía un rato delante de la entrada, mientras el guardia iba al interior para anunciarle. Luego apareció un criado que le condujo hasta una amplia sala, decorada con tonalidades rojas y doradas en las paredes y los techos, cuyas ventanas daban a un colorido y frondoso jardín, desde donde llegaban el gorjeo de los pájaros y los arrullos de las tórtolas. Permaneció en silencio a solas, saboreando cierta sensación de irrealidad, y dejando que su imaginación jugueteara con fantasiosas conjeturas acerca de lo que le aguardaba después de aquella sala.

Detrás de él crujieron unos cerrojos. Se volvió. Una gran puerta se abría empujada por dos criados y apareció ante sus ojos la inmensa biblioteca de Alhaquén: una impresionante nave cubierta por un elevado artesonado dorado y poblado de estrellas azules, como un firmamento de leyenda. Todo era belleza y color; vidrieras, muebles, solerías decoradas con adornos florales armoniosamente combinados. Las luces de las lámparas y los reflejos de los cristales se perseguían matizándose, jugando con los parteluces de mármol y con las talladas hojas de las puertas y ventanas. Y, llenándolo todo, aquella quietud, hecha del reposo pacífico de innumerables libros que, ordenados en los estantes, exhalaban suaves aromas de papiro, vitela, fino papel y pergamino, entre los delicados humos del incienso, sándalo y ámbar que se quemaban en los rincones, acentuando el sacro y misterioso ambiente de aquel templo de sabiduría.

Asbag se maravilló. Había pasado gran parte de su vida entre libros. Su abuelo fue librero y su padre también. Después de ordenarse sacerdote, el obispo le confió inmediatamente el taller de copia, convencido de que no había otro hombre en la comunidad cristiana tan preparado para dirigirlo. En sus ratos libres Asbag se dedicaba con amor a la biblioteca de la sede; ordenaba los volúmenes, saneaba los que estaban deteriorados, disponía la adquisición de los que consideraba imprescindibles. Nunca imaginó que el destino le iba a deparar alguna vez la suerte de acceder a un lugar como aquel que ahora contemplaban sus ojos.

Un chambelán le condujo por el pasillo central, a cuyos lados se alineaban numerosas mesas, en las cuales trabajaban copistas y miniaturistas o leían atentamente los numerosos sabios que trabajaban al servicio del príncipe. Al final había una especie de gabinete, donde se arremolinaba un grupo de aquellos afanosos bibliotecarios. Antes de llegar, el chambelán se detuvo.

—Aquel, vestido de blanco y que lee en el rincón, es el príncipe —le dijo en voz baja—. Espera aquí a que yo te anuncie.

El chambelán se llegó hasta el príncipe y le dijo algo. Alhaquén levantó los ojos del libro y miró a Asbag, luego le hizo una seña con la mano. Era un hombre maduro, de unos cuarenta años o más, con la cabeza descubierta y el pelo y la barba canosos, de aspecto venerable y vestimenta descuidada; alguien con toda la presencia de un sabio más que la de un príncipe.

Cuando Asbag llegó hasta él, le hizo una profunda reverencia

53

llevándose la mano al pecho, ya que los cristianos tenían por norma doblar la rodilla solo ante las dignidades eclesiásticas o en los templos.

—¡Ah, el sacerdote cristiano enviado por mi amigo el obispo! —exclamó el príncipe sonriendo.

—A vuestro servicio —respondió Asbag.

—He tenido conocimiento del trabajo esmerado que realizas en el taller de copia del obispo. Algunos de los volúmenes que habéis preparado han llegado hasta mis manos. Te felicito, pues son trabajos de calidad. Por eso, he querido conocer personalmente a quien dirige el establecimiento y hacerle un encargo. ¿Podrás satisfacerme?

—Soy vuestro humilde esclavo —respondió Asbag inclinándose—. Vos me diréis lo que deseáis en concreto.

Alhaquén hizo una señal a uno de sus secretarios, y este trajo enseguida un libro, que entregó a Asbag. Él lo ojeó con detenimiento y sacó sus conclusiones.

—Se trata de un ejemplar de los *Acta Pilati* —dijo con plena seguridad—. Es un libro muy antiguo, escrito en griego, donde se refieren leyendas y memorias de Nuestro Señor Jesucristo compuestas en tiempo de Poncio Pilato. Esta copia es de origen copto.

—Como verás está muy deteriorado —dijo Alhaquén—. ¿Podrás traducirlo e ilustrarlo?

—Sí. Hemos realizado trabajos semejantes.

—Que así sea. Pide cuanto necesites para la obra y empieza cuanto antes.

Dicho esto, el príncipe ordenó que dieran a Asbag una bolsa llena de monedas y que le mostraran la biblioteca. Luego lo despidió con un amplio gesto de satisfacción.

Asbag hojeó libros de todo el mundo: del norte, de Bagdad, de Damasco, de Alejandría, de Roma y de Bizancio. Libros antiguos y modernos. Solo el catálogo de la biblioteca constaba de veinte hojas, y no contenía más que el título de los ejemplares y no su descripción. El chambelán le dijo que Alhaquén los había leído todos, y lo que es más: había anotado la mayor parte de ellos. Escribía al principio de cada libro el nombre, el sobrenombre, el nombre patronímico del autor, su familia, su tribu, el año de su nacimiento y de su muerte y las anécdotas referentes a él. En esto era muy minucioso. Conocía mejor que nadie la historia literaria y constantemente enviaba agentes a Siria, Persia o Damasco, encargados de copiarle o comprarle a cualquier precio las obras de los poetas y cantores árabes. Pero su curiosidad en este tema no tenía límites; buscaba y conseguía libros cristianos y judíos que también leía, así como los antiguos tratados de los filósofos griegos y latinos.

Cuando Asbag salió de Azahara, su cabeza hervía y su corazón palpitaba a causa del fascinante panorama que se había desplegado ante sus ojos. Las palabras del príncipe resonaban en su mente henchida de gozo: «Puedes venir aquí siempre que lo desees». ¿Quién era capaz de acordarse ahora de la peregrinación a Compostela?

6

Córdoba, año 959

Con el regreso de su tío había llegado el aburrimiento para Abuámir. Después de algunos días de reposo, el peregrino recobró la vitalidad, aunque persistió en él un agudo dolor en las rodillas y en los talones que le obligó a sostenerse con un bastón. Cuando Aben Bartal se sintió con fuerzas, inició una nueva peregrinación: visitar cada una de las mezquitas de Córdoba para comunicar su experiencia a los fieles. Y, lo peor de todo, pidió a su sobrino que le sirviera de apoyo en su itinerario. Abuámir se convirtió de esta manera en el segundo bastón de su tío. Cada mañana salían de casa con destino a alguno de los barrios, donde eran recibidos por los jeques, visitaban las escuelas coránicas, acudían a las reuniones de los teólogos, participaban en tertulias y disertaciones piadosas... Abuámir tuvo que tragarse interminables sermones. Se asfixiaba. Durante días repitieron la misma rutina, mañana y tarde. Llegó a saberse de memoria el relato de la peregrinación de su tío, que, si bien le pareció emocionante las primeras veces que lo escuchó, llegó a convertirse en algo odioso e insoportable para él. «¿Cuándo terminará esto?», se preguntaba; pero la tortura parecía no tener fin. Para colmo, a su tío se le habían acentuado las manías. Las costumbres de la casa se volvieron más austeras todavía, con frugales regímenes de verduras y legumbres en las comidas y ausencia absoluta de vino. «Las carnes y las copiosas comidas embotan la mente y adormecen el alma», decía su tío, y aquella frase a él le exasperaba. Se gastaba lo imprescindible, y lo demás se repartía en limosnas, por lo que los mendigos no dejaban de acudir a la puerta, donde algunos se instalaron permanentemente para ser los primeros en el reparto de cada día. Ello, naturalmente, era un foco de suciedad y constante alboroto, con riñas, peleas y conflictos.

Para Abuámir se terminaron por el momento las fiestas y las dulces horas en la taberna de Ceno. El verano avanzaba y no veía la manera de librarse de aquella fastidiosa forma de vida. Hasta que, una mañana frente a la mezquita de Al Hadid, su paciencia llegó al límite cuando su tío, que iba como siempre cogido de su brazo, le dijo:

—¡Ah! Siento que esta es mi verdadera peregrinación: testimoniar cada día la fe del Profeta. Seguiremos infatigablemente hasta que en todas las mezquitas de Córdoba se sepa lo que hay allí, en la tierra santa de La Meca.

—¡Pero, tío, son más de setecientas! —replicó Abuámir.

—No me importa. Aunque fueran siete mil lo haría. Además, cuando terminemos, quiero seguir con las del arrabal exterior. ¡Dios me dé fuerzas!

El terror se apoderó de Abuámir. O ponía fin inmediatamente a aquello o terminaría perdiendo la razón y estrangulando a su tío. Esa misma noche tomó una determinación: dejar su casa y organizarse una vida propia.

Por la mañana, como cada día, Aben Bartal subió hasta el dormitorio de su sobrino para despertarle, preparado ya para iniciar su obsesiva misión. Cuando llegó se encontró la cama hecha y todo recogido. Pensó que Abuámir estaría ya en la cocina comiendo algo y se acercó hasta allí; pero tampoco lo encontró. Entonces preguntó al criado:

—¿Has visto a mi sobrino?

—Sí, amo —respondió Fadil—. Recogió todas sus cosas y se marchó. Me dijo que no te molestara, pues era aún de madrugada, que ya vendría él para darte explicaciones.

Apoyado con las dos manos en el bastón, Aben Bartal se quedó estupefacto, incapaz de entender el proceder de su sobrino.

***

Abuámir hizo lo que tantos estudiantes sin recursos de su generación hacían para mantenerse. Se agenció una esterilla, una mesita, una pluma de ganso, un buen fajo de papeles y se instaló en las proximidades de la puerta del palacio del cadí, para ofrecerse a escribir las exposiciones de los que solicitaban algo. No era un comienzo brillante, pero en todo caso era mejor que seguir aguantando las mojigaterías de su tío.

El primer día de trabajo no se le dio del todo mal. A última hora de la mañana, cuando algunos comerciantes del zoco volvían después de cerrar sus establecimientos, se detuvieron ante la «oficina», tal vez impresionados por la buena presencia de Abuámir, que había escogido concienzudamente su traje y el escueto mobiliario que le rodeaba. Con su gran facilidad de palabra, supo convencer enseguida a sus primeros clientes y extendió hábilmente las instancias que necesitaban, comprometiéndose él mismo a presentarlas ante el secretario del cadí cuando se abriera la audiencia pública en las primeras horas de la mañana siguiente.

Aquella noche tuvo que conformarse con dormir en una sucia fonda del barrio de los hospederos, en una habitación atestada de sudorosos mercaderes. Pero se le hizo llevadero gracias a su ardiente imaginación, pues estuvo recordando las aventuras que había leído en las antiguas crónicas nacionales, cuyos protagonistas, partiendo de una condición inferior, se habían encumbrado sucesivamente a las primeras dignidades del Estado. Así se durmió, saboreando el placer de sentirse el único dueño de su destino, sin importarle el calor ni el aire fétido y sofocante de aquel dormitorio común.

Por la mañana gestionó los asuntos de los comerciantes, como si en ello le fuera la vida, y consiguió que los escribientes del cadí dieran audiencia a sus clientes. Por estos supo que las instancias habían surtido efecto, pues eran muy atinadas. Y se maravilló de su suerte cuando uno de ellos, un orondo comerciante de paños, le dijo:

—¡Vaya con el jovencito! Eres muy listo tú. ¿Te gustaría llevar las cuentas de mi establecimiento?

Abuámir recogió sus cosas y se trasladó al establecimiento de aquel hombre, que constaba de unos almacenes grandes y destartalados, donde trabajaban numerosos dependientes. El dueño, que se llamaba Hasún, era un avispado negociante que había acertado plenamente, importando géneros de moda en grandes cantidades y abasteciendo a los pequeños y medianos propietarios de los bazares; pero era un auténtico inútil para la organización, por lo que sufría mermas importantes en sus ganancias a causa de la picardía de sus empleados y los constantes impagados de sus clientes. En definitiva, lo que necesitaba era un administrador eficiente. Abuámir comenzó haciéndole las cuentas y pronto se volvió imprescindible, hasta el punto de gobernar el negocio. Hasún, encantado, le instaló una habitación en sus locales y le subió progresivamente el sueldo.

De esta manera se adentró Abuámir en el arte de administrar, algo que en su futuro le serviría de forma inigualable para subir peldaños en su ambiciosa escalada. Pero no quiso dejar sus estudios y, pasado el verano, siguió asistiendo a los cursos de Abu Becr, de Aben Moavia, el coraixita, de Abu Alí Calí y de Ben al Cutía, que eran los más afamados maestros de la enseñanza superior del fiq, es decir, la teología y el derecho, porque esta ciencia encumbraba entonces a los puestos más elevados.

Y no se olvidó de sus idolatrados héroes antiguos, cuyas hazañas no dejó de leer en las polvorientas páginas de su viejo libro de crónicas. Precisamente fue este libro el que le llevó una tarde hasta el taller de Asbag, pues reparó en lo desencuadernado y ajado que se encontraba a causa de tanto uso. Recordó al sacerdote que conoció en la fiesta de la casa de Fayic y la promesa que le hizo de pasarse algún día por San Zoilo.

—¡Abuámir, qué sorpresa! —exclamó Asbag, alegrándose sinceramente al ver al joven—. Han pasado varios meses…

—Aquí me tienes; tal y como te prometí.

—¿Cómo se encuentra tu tío Aben Bartal?

—¡Oh, está bien! Pero ya no vivo en su casa. Han cambiado mucho las cosas para mí últimamente. Ahora me defiendo por mi cuenta.

—¿Has terminado ya tus estudios?

—No, no se trata de eso. Decidí abrirme camino solo y probé

suerte en los negocios. Administro los bienes de un mercader de paños. Pero... no hablemos de mí. He venido para que me muestres el trabajo del taller.

—¡Ah! Con mucho gusto.

Asbag le mostró el taller con detenimiento; cada uno de los libros que se estaban componiendo y algunos ya terminados. En un lugar preferente, se encontraban dispuestas las páginas de los *Acta Pilati*.

—Este es un trabajo muy especial —dijo Asbag—. Se trata de un encargo del mismísimo príncipe Alhaquén, el heredero.

—¡Oh, es maravilloso! —exclamó Abuámir—. ¿Has conocido al príncipe en persona?

—Sí. Es un hombre muy cultivado, lleno de serena y humilde dignidad.

—Pero dicen que no le llega ni a la planta del pie a su padre, el gran califa Abderramán. La gente comenta que es un hombre pusilánime y de poca decisión.

—Sí, eso dicen —observó Asbag—. Pero yo creo que es por la misma personalidad fuerte y arrolladora de Abderramán, educado desde su adolescencia principalmente para combatir. Mientras que Alhaquén, formado en tiempos de paz, es un hombre pacífico y conciliador. Lo cual no indica en absoluto que no pueda llegar a ser un gran gobernante.

—¡Bah! —replicó Abuámir—. Un califa debe ser un príncipe fuerte y decidido, capaz de hacer prevalecer su autoridad frente a cualquiera. Abderramán nos libró del desgobierno de los anteriores emires, que habían sumido al reino en el desorden y la división por su poco dominio.

—Sí, eso es verdad. Pero fue a costa de mucha sangre y de muchas vidas inocentes.

—Es el precio que hay que pagar —sentenció Abuámir.

Dicho esto, el joven deslió el envoltorio que contenía sus viejas crónicas de héroes.

—La historia nos enseña que las grandes hazañas son solo fruto del sacrificio —observó mientras extraía el volumen polvoriento—. Y, a propósito, ¿podrías restaurar este viejo libro?

—¡Ah, las crónicas de Aben Darí! —exclamó Asbag al reconocerlo.

—¿Lo conoces?

—Claro. Es un libro muy popular. Pero te advierto de que en él abunda la fantasía.

—Una fantasía que levanta los ánimos —añadió Abuámir.

—Bien. Veré qué es lo que puedo hacer. Te lo restauraremos; le pondremos tapas nuevas y, si falta alguna hoja, buscaré la manera de copiártela de otro volumen semejante. Puedes venir a recogerlo cuando quieras a partir del próximo mes.

Cuando Abuámir se marchó, Asbag se quedó pensativo y algo confuso. La inteligencia de aquel joven y su firme decisión eran de admirar, pero había algo en él, algo extraño en su impetuosa actitud y en su profunda y penetrante mirada que no dejaba de inquietarle.

7

Azahara, año 960

—¡Maravilloso! ¡Exquisito! ¡Inigualable! —exclamó el príncipe Alhaquén mientras hojeaba el manuscrito, delicada y concienzudamente elaborado por Asbag en largos e intensos meses de esmerado trabajo en su taller.

El obispo, que aguardaba su reacción con las manos entrelazadas sobre la barriga, se hinchó de satisfacción al escuchar tales alabanzas y lanzó hacia Asbag una aprobatoria y sonriente mirada. Pero no esperaba lo que el príncipe dijo a continuación:

—Te vendrás a trabajar conmigo, Asbag. Mañana mismo.

—¿Cómo...? —musitó el obispo cambiando el gesto—. Pero... eso no puede ser... Está el taller de liturgia... No puede abandonarlo así sin más.

—Bueno, el taller de liturgia —comentó el príncipe—. Eso no constituye una dificultad. Que se venga aquí con todo el equipo. ¡Que se traiga a todos sus aprendices!

—¿A... aquí? —preguntó el obispo asustado.

—Sí. Aquí tenemos nuestro propio taller, con encuadernadores, expertos filigranistas, miniaturistas... y todo el más moderno y completo material necesario. ¡Venid, os lo mostraré!

Atravesaron un espeso jardín de sombra y agua. El taller estaba ubicado en una gran sala presidida por la luz, donde una multitud de afanados copistas y artesanos ocupaban una infinidad de mesas dispuestas bajo los gigantescos ventanales. Asbag se fijó en los materiales empleados, en las tintas, en los instrumentos y, sobre todo, en la moderna y sofisticada fábrica de papel que el príncipe había traído recientemente desde el lejano Oriente.

—¡Esto es impresionante! —exclamó dirigiéndose al obispo—. Si tuviéramos a nuestra disposición un taller como este podríamos abastecer de rituales, evangeliarios y códices a todas las comunidades mozárabes de Alándalus.

El obispo abrió mucho los ojos, se frotó las manos, nervioso, y por fin dijo:

—Bien, bien. Por mi parte no hay ningún inconveniente. Siempre que, naturalmente, los aprendices y Asbag puedan mantener sus obligaciones cristianas.

—Eso no será ningún escollo —asintió el príncipe—. Pondré a su disposición corceles para que puedan desplazarse a sus iglesias siempre que lo deseen.

—¿Y cuál será nuestra misión concretamente? —preguntó Asbag.

—Ilustrar —respondió Alhaquén—. Ilustrar con alegorías y miniaturas muchos de los libros que poseo. Ya sabéis que nuestras costumbres religiosas no permiten representar figuras humanas ni animales. Nuestros dibujantes son expertos en filigranas vegetales y secuencias geométricas, pero se ven incapaces a la hora de representar escenas con personas o seres en movimiento. Vosotros, en cambio, habéis aprendido el arte de la alegoría, pues vuestros libros y vuestra pintura religiosa se nutren de las escenas bíblicas.

—¿Qué libros habremos de ilustrar? —preguntó Asbag.

—¡Oh! Libros de caza, de viajes, de costumbres…

—¿Y poesía? ¿También libros de poesía? —preguntó el obispo.

—Sí, también. Pero si alguna de las escenas os resulta comprometida o contraria a vuestra moral religiosa podréis omitirla. Soy un hombre respetuoso con la conciencia de cada uno.

—Bien. No se hable más —dijo el obispo zanjando la cuestión—. Mañana mismo os trasladaréis aquí para iniciar vuestra tarea.

***

La luz del amanecer empezaba a iluminar las bajas colinas de la sierra cordobesa, cubiertas de jaras y de pedruscos grises, y la maleza aparecía dorada por el sol invernal. Desde su ventana Asbag contemplaba la medina de Azahara, brillante y luminosa, dentro de sus muros que la libraban de los brezos y las agrestes encinas. Llegaba una brisa fría que traía aromas húmedos de monte y de guijarros cubiertos de musgos y líquenes. Los nuevos y flamantes minaretes empezaron a lanzar sus llamadas a la oración de la mañana.

La vida de Asbag había cambiado en Azahara, más de lo que imaginaba unos meses atrás cuando se instaló definitivamente dentro de sus murallas. Se había enamorado de la biblioteca de Alhaquén y se había apresurado a acomodarse en ella como si no hubiera otro lugar en el mundo. Contenía libros de Oriente y de Occidente; no solo de lengua, mística y teología, también de ciencia y de filosofía. Se encontró con Platón, Aristóteles, Séneca, Plotino, Luciano de Samosata y con los grandes padres de la iglesia, desde san Ireneo a san Agustín. Pero todo no lo aprendió en los libros. Se hizo amigo del príncipe y de él recibió algo más que conocimientos: una amplia visión de la vida y de la historia de los hombres, construida desde el desapasionamiento y la imparcialidad, sin buenos ni malos, sin vencedores ni vencidos.

A pesar de ser el heredero, Alhaquén era un príncipe asequible, poco dado al excesivo protocolo o a los lujos propios de la corte. Su padre, el anciano Abderramán III, gobernaba en solitario con absoluta lucidez y solamente delegaba en su hijo cuando las tareas del reinado suponían algún desplazamiento. El califa llevaba años sin salir de Azahara, desde donde dirigía todo sin agobios, sabedor de que su poder era formidable. Lo que había hecho en medio siglo parecía un prodigio. Había encontrado el Imperio presa del desorden y de la guerra civil, desgarrado por las facciones, dividido entre multitud de señores de distintas razas, expuesto a las constantes correrías de los cristianos del norte y en vísperas de ser absorbido, ya por los leoneses, ya por los africanos. Había sido, casi hasta ese día, un guerrero infatigable que salvó a Alándalus de sí mismo y de la dominación extranjera, haciéndolo renacer más grande y más fuerte que nunca. El tesoro público, que encontró arruinado, estaba ahora en una situación excelente. Se decía que Abderramán era el hombre más rico del mundo, más poderoso incluso que el hamdaní, que reinaba entonces en Mesopotamia. La agricultura, la industria, el comercio, las ciencias, las artes: todo florecía. Su soberbia marina le permitía disputar a los fatimíes el dominio del Mediterráneo y garantizaba la llegada de productos de todo el Oriente. Además, gobernaba Ceuta, la llave de la extensa Mauritania. Los más altivos soberanos del mundo demandaban alianzas con Córdoba; y los emperadores cristianos de Constantinopla y de Alemania, los reyes de Italia y Francia, le enviaban embajadores. Así que en Azahara se reunían todas las maravillas de Oriente y Occidente.

La parte de la ciudad donde se hospedaban los bibliotecarios del príncipe era la zona septentrional, junto al parque que albergaba animales traídos de todos los lugares del mundo. También había un pequeño palacio cuadrangular con techo piramidal, construido con rosados mármoles y rematado con adornos de cerámica verde, amarilla y blanca, donde residía Alhaquén con su harén y sus eunucos de confianza. Los otros edificios principales estaban en el centro de la medina: el inmenso pabellón donde se atendían casi todos los asuntos imperiales, la hermética residencia del califa y los dormitorios de los eunucos reales. Con excepción de los jardines privados que servían de acceso a los palacios, Asbag podía pasear por donde quisiera. En sus recorridos por las calles se cruzaba con hombres de todas las nacionalidades: francos, alemanes, eslavos, bizantinos, sirios, etíopes, castellanos, mauritanos… Y podía entablar conversación con quien quisiera. Esto fue lo más instructivo de su estancia en Azahara: pudo perfeccionar sus conocimientos de idiomas. Si bien manejaba a la perfección el árabe culto, el latín litúrgico y la lengua romance de Castilla, ahora se defendía en provenzal, en galaico, en asturleonés e incluso en los difíciles dialectos sajones.

Cuando Alhaquén se fijó en esta habilidad suya para las lenguas, empezó a solicitarle como intérprete. A menudo le pedía que lo acompañara en sus recepciones privadas. De esta manera, Asbag se enteró de muchas cosas de palacio que pertenecían al secreto. Supo que la salud del califa estaba muy resentida, que desde hacía un año apenas recibía ya y que sufría una grave dolencia respiratoria que le impedía hablar y que le obligaba a toser y a jadear constantemente.

Pero Asbag jamás vio al anciano Abderramán, ni siquiera durante las recepciones que el príncipe daba en su nombre.

Todo aquello era un misterio. Aunque planeaba sobre Azahara la sospecha de la muerte inminente del soberano, Abderramán seguía ejerciendo sobre todo el mundo aquella especie de hechizo, mezcla de terror y de la fanática fidelidad de su ejército. Durante el reinado del viejo califa sus huestes habían logrado dominar a los leoneses y los africanos, y se enorgullecían de ello.

Sin embargo, Alhaquén no tenía prisa por ocupar el trono. A veces daba la impresión de que prefería que todo siguiera en manos de su padre, para poder él dedicarse a su pasión por los libros, las artes y las ciencias. Fue tal vez este talento suyo lo que hizo que las cosas sucedieran por sí solas, sin enfrentamientos ni codiciosos proyectos que buscaran adelantar los acontecimientos.

8

Azahara, año 961

Durante todo el verano reinó en Azahara un silencio lleno de susurros. Al comienzo de la primavera, el califa había cometido la imprudencia de exponerse al crudo viento de marzo en las terrazas de su palacio, empeñado en celebrar el final del ramadán al aire libre como si tuviera veinte años. Se llegó a pensar entonces que había muerto. Pero los médicos lograron una vez más conjurar el peligro, y Abderramán apareció a principios de julio para dar audiencia a los más altos dignatarios, recobrada la salud y con buen humor, según dijeron. No obstante, la curación debió de ser mera apariencia, porque enseguida se supo que había caído de nuevo en cama con una dolencia peor que la anterior. Desde entonces no hubo festines en los palacios ni sesiones de poesía junto a los estanques. No volvió a escucharse un laúd en todo el verano.

Llegó el otoño y cayeron las primeras lluvias. Un viento desagradable levantaba brumas en la sierra y silenciaba los trinos de los pájaros. El espacioso patio del harén real estaba desierto. Ninguna de las mujeres que vivían en las alcobas que lo rodeaban había visto al rey moribundo. Solo los eunucos y Hasdai, el médico judío, tenían acceso a la cámara del califa. Aparentemente no había nadie en los corredores ni en los salones, pero miles de ojos escrutaban el panorama desde las celosías. Las voces se ahogaban presas del temor ante la inminente muerte, que disolvería o trasladaría lejos a la indeseable herencia compuesta de viejos eunucos, esposas y concubinas de Abderramán.

En torno al mediodía se callaron los surtidores y pareció que la niebla se espesaba en la quietud, únicamente quebrada por el canto monótono de los versículos del Corán. Pero la calma no duró mucho rato.

El jefe de los eunucos se asomó al patio desde la cortina que aislaba la alcoba real. Miró a un lado y a otro. Desde una de las cámaras laterales corrió hasta él un eunuco más joven.

Apenas intercambiaron palabras; bastaron los gestos. En la cámara de Abderramán los largos días de agonía habían terminado. El joven eunuco se arrojó al suelo y se retorció gimiendo y sollozando. A través de rendijas, grietas y celosías, las mujeres ansiosas lo espiaban todo con impaciencia. El griterío y el clamor de los lamentos brotó de repente como un fuego y se propagó por todas las estancias del palacio.

Hasdai, el judío que había cuidado de la salud del rey hasta su muerte, irrumpió en la biblioteca de Alhaquén. Avanzó hasta el príncipe y se postró a sus pies, ante la mirada expectante de los maestros libreros.

—El califa, tu noble padre, ha dejado de respirar —dijo.

Detrás del médico judío entraron en la inmensa sala la madre y los hermanos del príncipe. Luego llegaron sus eunucos, sus sirvientes y sus amigos más íntimos. Entre todos rodearon a Alhaquén y este se dejó llevar, como por una corriente, hacia la puerta.

Abderramán había hecho que todos sus hijos, parientes y nobles principales reconocieran con juramento a Alhaquén como heredero, por lo que no había duda acerca de quién debía ocupar el trono. Aun así, la muerte de alguien tan poderoso suscitaba siempre un vendaval de suspicacias. En los días siguientes se desataron algunas venganzas y aparecieron los cadáveres de dos de los eunucos más relevantes, y algunos de los ministros del anterior gobierno desaparecieron, huidos tal vez para evitar represalias.

Pasados los funerales, Alhaquén se trasladó al palacio principal de Azahara con todos los suyos y se iniciaron las reformas que él estimó oportunas. Reordenó las estancias y dispuso la sala del trono a su manera, colocando el sitial del califa más cerca de sus súbditos, pues el anciano Abderramán recibía siempre desde detrás de unos cortinajes semitransparentes, para evitar que se apreciara la debilidad y el deterioro que el tiempo había causado en su persona. Pero las reformas no afectaron solo al mobiliario. El gobierno estaba envejecido, aferrado a sus anquilosadas rutinas, y la corte era una histriónica e inservible exhibición de normas de rigurosísimo protocolo que imposibilitaban la mayoría de las ceremonias palaciegas. El nuevo califa se empeñó en renovar los cargos importantes y en eliminar todo aquello que resultaba superfluo.

Mientras tanto, la biblioteca vio interrumpidas sus actividades. Los funcionarios mantuvieron los servicios mínimos, pero al faltar la dirección de Alhaquén, que antes se dedicaba casi en exclusiva a este menester, se descuidaron las iniciativas más ambiciosas.

Asbag decidió entonces retornar al taller de San Zoilo, convencido de que su vida en Azahara había terminado y presintiendo que las ocupaciones del nuevo califa le impedirían volver a entablar relación con sus antiguos colaboradores.

Córdoba

No era fácil adaptarse a la austeridad del barrio cristiano de Córdoba, después de haber residido durante más de dos años en la espléndida ciudad de los palacios conviviendo con lo más granado del mundo. Asbag comprobó que echaba de menos la vida en Azahara y ello le llenó de remordimientos. Máxime cuando se dio cuenta de que la comunidad de mozárabes flaqueaba. Volvió a la rutina: las monótonas clases en la escuela de catecúmenos, las celebraciones del oficio en el templo casi vacío y la repetición de los códices en aquella sucesión de copias idénticas destinadas a las comunidades religiosas de Alándalus. Por entonces se celebraban las fiestas de la Natividad, y una extraña nostalgia empezó a apoderarse de él. Recordaba las fiestas del nacimiento de Cristo en su infancia, con la familia reunida en cálida intimidad, cuando corrían tiempos difíciles para los mozárabes debido a las luchas contra los reinos cristianos del norte, que propiciaban siempre una cierta animadversión en el pueblo. Entonces las canciones religiosas sonaban a media voz y las celebraciones siempre tenían lugar en las oscuras horas de la madrugada, para evitar el encuentro con los exaltados seguidores de las sectas musulmanas fanáticas. Ahora los fieles parecían carentes de estímulo: acudían a la misa por el mero cumplimiento y festejaban los momentos más importantes del calendario cristiano, pero no había aquella devoción. Muchos vivían de forma idéntica a los musulmanes y hasta daba la impresión de que se divertían más con las fiestas de la Uma; solo les faltaba acudir a las mezquitas. Asbag tuvo la tentación de echarle la culpa al ambiente exterior, pero se dio cuenta de que también en él se había extinguido el ardor de otros tiempos.

Volvió entonces a deambular por las calles, como queriendo escapar de la angustia que le producía la carencia de sentido de la vida. Pero todo cuanto veía parecía volverse contra él. En cada esquina había ciegos, paralíticos, sarnosos, hombres sin piernas o sin brazos, famélicas ancianas sin más cobijo que la maraña de trapos pestilentes que las cubrían, niños sucios y gente harapienta de todo género arrastrando sus miserias. Y el impulso que sintió de escapar de todo aquello se le antojó un insulto, una humillante tentación que ensuciaba su consagración y su ministerio. Sin embargo, ¿qué podía hacer? Se vio en aquel momento como un hombre cobarde, incapaz de enfrentarse consigo mismo; pero eso ya le había sucedido otras veces en su vida. Cayó en la cuenta de que si había sido feliz en Azahara era porque las cosas habían sucedido por sí solas y porque no había tenido que luchar. La lucha le causaba pánico. Recordó que se había hecho sacerdote por no enfrentarse con su padre, que siempre había tenido esa ilusión y desde niño le repetía: «Tú, Asbag, serás presbítero»; y él siempre había asentido. Luego cedió ante el obispo. Cedía ante las exigencias de los fieles y se había resignado a quedarse sin peregrinar a Compostela por satisfacer el capricho de un príncipe musulmán.

Habían pasado dos años y estaba igual que entonces, cuando su amigo Fayic regresó de la peregrinación; incluso peor, porque la vida regalada y placentera de Azahara le había hecho aún más indolente.

«¡Ya está! La peregrinación», pensó. Sintió entonces un espasmo de euforia. Saldría cuanto antes para Compostela y nadie podría detenerle. Lo necesitaba. Era una cuestión de vida o muerte: o peregrinaba ahora hacia el templo del apóstol o su alma se moriría inevitablemente.

De camino hacia la casa del obispo para exponerle su decisión, iba preparando mentalmente su discurso. Sabía que el prelado solo prestaba atención a lo que quería escuchar y que utilizaría todas sus artimañas verbales para desviar la conversación hacia otro tema; pero no estaba dispuesto a ceder.

—¿El obispo? ¿Pero no sabes que está enfermo? —le dijo el arcediano en el recibidor.

—¿Enfermo? —se extrañó Asbag.

—Sí. Lleva en cama dos días aquejado de fuertes temblores y con un agudo dolor en el pecho. Si lo deseas puedes entrar a visitarle. Siempre, naturalmente, que el asunto a tratar no le cause fatiga o preocupación.

Cuando Asbag penetró en la alcoba del obispo vio derrumbarse una vez más su posibilidad de peregrinar a Compostela. El prelado se encontraba hundido entre almohadones, pálido y enormemente desmejorado. Nada más verle, este le habló con un fatigoso hilo de voz.

—¡Ah! Asbag, querido, gracias por venir. Me encuentro muy mal... Muy mal...

Asbag permaneció junto a él un buen rato, sin poder hacer otra cosa que darle ánimos. Y desde luego no se le pasó por la cabeza la posibilidad de plantearle de nuevo el asunto de la peregrinación.

Una semana después, al terminar el rezo de laudes, un criado se presentó en San Zoilo para avisar de que el obispo había empeorado. Los presbíteros y los diáconos corrieron hacia el obispado temiéndose lo peor. Al llegar se encontraron el revuelo en la puerta y, una vez dentro, el rostro del secretario lo decía todo. La puerta de la alcoba permanecía cerrada.

—Están los monjes con él —dijo el arcediano apesadumbrado.

Pasadas unas horas se escucharon los salmos y pudieron entrar. El obispo yacía ya amortajado con la casulla de fiesta, tocado con la mitra y sosteniendo una cruz entre las manos.

Los funerales, celebrados en San Acisclo y presididos por el obispo de Mérida, contaron con la presencia de numerosos abades y abadesas, monjes, relevantes personalidades de la comunidad mozárabe y abundantísimo pueblo. Acudieron a mostrar su condolencia los representantes de las autoridades civiles y religiosas musulmanas y, entre ellos, uno de los príncipes de Azahara, delegado por el califa Alhaquén.

Siguiendo la costumbre, el metropolitano de Sevilla dispuso que el prelado emeritense administrara apostólicamente la diócesis, mientras se elegía al nuevo obispo. Era un trámite que solía durar meses y a veces años.

«Esta es la mía», pensó Asbag. No encontraría mejor momento para iniciar al fin su peregrinación.

Lo preparó todo con agilidad. Se hizo con mapas de las rutas más transitadas, recabó información de boca de los peregrinos que habían concluido felizmente la empresa, solicitó donativos, publicó sus intenciones y propuso la peregrinación a cuantos quisieran acompañarle. Después de un mes, se habían presentado dos voluntarios: un joven liberto que quería dar gracias a Dios y un ermitaño medio loco que cuidaba del lugar donde según decían fue martirizado san Álvaro. No podía esperar más. La primavera estaba encima y escogió para la salida la primera semana de la Pascua; le pareció lo más adecuado.

Aquella Semana Santa fue distinta para él. Todo parecía nuevo y luminoso. Celebró los oficios con devoción inusitada; se fijó en cada lectura y en cada palabra como si estuvieran destinadas a él. Dio limosnas de los donativos recibidos; se quedó casi sin nada. Sintió que no le importaba morir. Tenía treinta y tres años: la edad de Cristo.

Dedicó los últimos días a despedirse de todo el mundo, como hacían los peregrinos que partían para La Meca. En sus visitas supo que todos pedirían por él: cristianos, musulmanes y judíos. Y se regocijó pensando que estarían unidos rezando por él. Era algo maravilloso. Sabía que sería demasiada pretensión despedirse del califa Alhaquén en persona y se conformó con enviarle una carta a sus secretarios, en la que le explicaba el motivo de su peregrinación y le prometía rogar por él ante la tumba del santo. No obstante, como siempre se ponía en lo peor, imaginó que su misiva terminaría ardiendo en alguna chimenea sin llegar a las manos del califa.

Por fin llegó el Sábado de Gloria. Al día siguiente, el Domingo de Resurrección, partiría de madrugada, una vez finalizada la Vigilia en San Zoilo. Dedicó toda la mañana a meditar y a ultimar preparativos, hecho un manojo de nervios.

A mediodía llamaron a la puerta. Imaginando que se trataba de alguien que todavía vendría a despedirse, descorrió el cerrojo. Frente a él aparecieron un paje del palacio, ataviado con las galas de los servidores del califa, y dos miembros de la guardia real.

—¿Mi señor Asbag, el presbítero de los cristianos? —preguntó el criado.

—Yo soy —respondió él.

—Has de seguirme por orden del Príncipe de los Creyentes.

Asbag se quedó mudo durante un rato.

—¿No me has oído? Has de seguirme por orden del palacio del califa —insistió el enviado.

—¿Del... del palacio?

—Sí. Traemos una mula para ti. Se te espera en Azahara lo antes posible.

Asbag cerró su puerta y subió a la montura. Se sintió preso, mientras seguía al servidor delante de los guardias, por las intrincadas callejuelas del barrio cristiano. En el trayecto hacia Azahara su mente construyó mil conjeturas acerca del motivo de aquella llamada. Imaginó que cualquier insignificancia habría motivado el requerimiento:

un capricho en relación con alguna miniatura de la biblioteca, un nuevo encargo, una traducción... Así eran en palacio; no respetaban que los súbditos pudieran tener sus propios planes; cuando se les antojaba algo lo querían de inmediato.

En Azahara fue llevado como en volandas. Atravesó corredores y jardines, pasando de mano en mano, guiado cada vez por un personaje de mayor rango. Por lo poco que conocía de la ciudad de los palacios, supo que estaba en un lugar sumamente importante, aunque el inmenso laberinto que conformaba el centro de la medina no le dejaba orientarse. Más corredores y más jardines. Al final se detuvieron en un amplio despacho, lujosamente amueblado con escritorios nacarados y cubierto de hermosos tapices de vivos colores, donde un funcionario hacía correr una pluma de ganso sobre el papel.

Asbag permaneció allí durante un buen rato, aguardando a que alguien le dijera lo que se deseaba de él; pero nadie soltaba palabra. Fue invitado a sentarse, y el tiempo se le hizo una eternidad, mientras solo se oía el rasgar de la pluma.

Por fin sonó una campanilla. El funcionario se puso en pie como empujado por un resorte y abrió una gran puerta sobredorada. Apareció otra sala aún más lujosa que las anteriores y en ella un amplio diván a contraluz, donde alguien permanecía sentado, pero un ventanal a sus espaldas impedía ver sus rasgos con claridad. Un eunuco se apresuró a correr un visillo y, desaparecido el contraste, se pudo distinguir al señor del diván. Asbag se inclinó cuanto pudo, pues los cristianos solo se arrodillaban delante de Dios.

—¡Mi señor Alhaquén, Príncipe de los Creyentes! —exclamó, al comprobar que era el mismísimo califa quien lo había mandado llamar.

—¿Cómo estás, querido amigo? —le saludó Alhaquén—. Recibí tu carta en la que me comunicabas tu intención de partir en peregrinación hacia tierras de cristianos.

—¿La leísteis? —preguntó Asbag extrañado.

—¡Claro! ¿Creías que me había olvidado de ti? Durante estos meses he estado muy ocupado a causa de mi cargo; pero no he olvidado tus habilidades ni tus conocimientos, puestos a mi servicio durante dos años, antes de la muerte del anterior califa. ¿Por qué no has vuelto por aquí? ¿Pensaste que, una vez coronado yo, detestaría a los cristianos como el rey Abderramán?

—¡Oh, no! Erais tolerante entonces y sé que lo seréis ahora. Pero creí que vuestro rango no os permitiría ya tratar con cualquiera con la facilidad que teníais antes.

—Pues ya ves. Soy rey de los musulmanes de Córdoba y también de los «hombres del Libro». Me interesan los asuntos de los cristianos de mi reino y por eso te he mandado llamar.

—Vos diréis lo que deseáis de mí. El Dios que os ha conferido autoridad me ha puesto a vuestro servicio y os debo obediencia.

—Bien, pues vayamos al grano. Como sabes, estuve al tanto de la muerte del obispo de Córdoba. Una pérdida lamentable, por cierto. Es una pena que mi padre no consintiera en recibirle, a pesar de que habían pasado ya muchos años desde las rencillas entre cristianos y musulmanes de los primeros tiempos de su reinado. Ambos murieron y no llegaron a reconciliarse. Considero que todo aquello está ya pasado y que nos encontramos en una época diferente. Los cristianos mozárabes de Córdoba podéis prestar una gran ayuda al califato en el entendimiento con los reinos cristianos del norte. Los obispos de tales reinos son consejeros de sus soberanos y ejercen gran influencia. Si contáramos con un obispo mozárabe entre los miembros del consejo que me asesora, podríamos llegar a tener mejores relaciones con los cristianos navarros y leoneses.

—Es una buena idea —observó Asbag—. Al anterior obispo siempre le escuché plantear algo semejante. Cuando vino la reina Tota para visitar al califa Abderramán, intentó entrar en Azahara con la comitiva, pero los eunucos se lo impidieron. Se perdió entonces la ocasión de llegar a un entendimiento.

—Esa ocasión se presenta ahora de nuevo —dijo Alhaquén con rotundidad—. Estoy decidido a incorporar a un obispo en mi consejo.

—Sois magnánimo, rey Alhaquén; el metropolitano de Toledo, el obispo de Mérida o el de Sevilla estarán encantados de serviros.

—No —dijo el califa—. Será el obispo de Córdoba.

—Sí así lo deseáis así ha de ser —observó Asbag—. Pero ahora no tenemos prelado. Tendréis que esperar a que sea consagrado algún candidato.

—Los antiguos emires dependientes de Bagdad elegían a los obispos. Y Al Nasir, mi padre, ¿no eligió acaso a Recemundo para ser obispo de Elvira?

—Sí —asintió Asbag—; ciertamente él lo eligió.

—Pues yo elegiré al nuevo obispo —sentenció Alhaquén—. Un califa es más que un emir; y si mi antecesor lo hizo yo también lo haré.

—¿Vos, señor?

—Sí, yo. Tú serás el nuevo obispo de Córdoba —le dijo el califa con rotundidad—. Lo he decidido.

—Pero...

—Nada de «peros». ¿No has dicho tú mismo que mi autoridad me ha sido conferida por Dios? En los *Acta Pilati*, que tú tradujiste y copiaste para mí, tu Señor Jesucristo decía al gobernador romano que «no hay autoridad que no venga de lo alto». Pues con esa autoridad te nombro obispo de Córdoba. Mandaré que vengan los de Mérida, Toledo y Sevilla para que te consagren cuanto antes.

Los mensajeros de palacio partieron velozmente hacia las sedes de las diócesis mozárabes portando las cartas que comunicaban la decisión del califa, y los prelados de Alándalus acudieron pronto a la llamada. Fue todo muy rápido. Antes de que finalizara la Pascua, el metropolitano de Sevilla, el anciano obispo Obadaila aben Casim, recogió el voto del clero, de las personalidades más conspicuas y del pueblo; voto que fue favorable al candidato propuesto por el califa. Gracias a Dios, no hubo contendientes y el arzobispo pudo sancionar con su autoridad el voto y proponer la fecha de la consagración del elegido.

El Domingo de Pentecostés, con el templo de San Acisclo abarrotado de dignidades religiosas, nobles cordobeses, funcionarios reales y fieles, fue consagrado Asbag ben Abdulah ben Nabil, siguiendo las sobrias pero sustanciales líneas del ritual apostólico romano, y entre los hermosos y floridos cánticos ceremoniales del rito hispano-mozárabe.

9

Córdoba, año 961

Aben Moavia el coraixita extendió la cédula de pergamino que servía para certificar la finalización de los estudios en la madraza de Córdoba, lo firmó con su larga rúbrica, la adornó con la fórmula ritual, que daba gracias al Todopoderoso y ensalzaba sus obras providentes, y estampó el sello con el cordón de color verde oliva. Después enrolló cuidadosamente el pergamino y, cuando levantó la vista, se encontró con los ojos emocionados de Abuámir. Puso el documento en su mano y dijo:

—Bien. Esto no significa un final. Recuerda que hay que estudiar durante toda la vida. Un buen alfaquí no deja nunca de prepararse. Y bien…, ¿qué piensas hacer ahora? —preguntó a continuación—. Supongo que no te conformarás con administrar el almacén de un comerciante de paños. Tu familia cuenta con una saga de importantes magistrados…

—¡Oh, no! Lo que he hecho hasta ahora ha sido provisional. Intentaré abrirme camino en la administración.

—Bien, sé que lo lograrás —le aseguró el maestro—. Posees todo lo que un buen hombre de leyes necesita: manejas con habilidad las sutilezas de la retórica, sabes mover la voluntad de la gente y, algo muy importante en estos tiempos, gozas de una magnífica presencia.

—Gracias una vez más —dijo Abuámir.

—Pero… —prosiguió el coraixita—. Permíteme un consejo: no

dejes que tu ánimo, de natural exaltado, y tu temperamento fogoso te traicionen. Templa, Abuámir, templa o te verás perdido...

—Lo tendré en cuenta —dijo Abuámir bajando la mirada.

Llevado por la euforia corrió hasta el almacén de tejidos, donde su jefe estaba atendiendo a unos clientes en el amplio zaguán que servía de muestrario y, llevándolo a un lugar aparte, desenrolló el documento y se lo leyó. El mercader de paños se derrumbó.

—Bueno. Ya sabía yo que esto llegaría algún día. Te felicito. Supongo... supongo que ahora te irás...

—Sí. He estado a gusto aquí, pero deseo algo más.

—Te comprendo. No es este lugar para un alfaquí. En fin, haremos cuentas.

Hasún, el comerciante, extrajo un puñado de monedas de oro y se las entregó a Abuámir.

—¡Es mucho más de lo que merezco! —exclamó Abuámir.

—No, es justo lo que te corresponde —dijo Hasún—. Y, además, no me vendrá nada mal tener contento a un gran magistrado. Tú llegarás lejos. Me lo dice mi olfato de comerciante.

—Muchas gracias, Hasún. Puedes estar seguro de que no te olvidaré.

El mercader se subió a una escalerilla y descolgó algo de un tendedero próximo al techo. Extendió un trozo de tela sobre el mostrador y dijo:

—Es seda de Damasco, de la mejor. Supongo que tendrás a tu alcance alguna mujer hermosa a quien hacer un regalo... La bella viuda que reside en el palacio de Bayum está acostumbrada a la seda de calidad...

—Pero... ¿Cómo...? ¿Qué viuda? —balbució Abuámir con un hilo de voz.

—¡Vamos! No te hagas el tonto. Desde que te contraté se hizo clienta del almacén y no ha pasado ni una semana sin que aparezca por aquí.

—¿Por aquí? ¿Ella?

—Sí. Pero muy rebozada en velos. Aunque a nadie se le escapaba en qué dirección miraban sus ojos: el despacho donde tú hacías las cuentas.

—Esperó a ver la reacción de Abuámir. Su mirada astuta lo escrutó—. ¡Eres un hombre afortunado! ¡Disfruta de ello ahora que puedes! —le arengó palmeándole el hombro.

Para celebrar el final de sus estudios, Abuámir resolvió dedicarse todo aquel día a la diversión. Pero antes quiso ir a casa de su tío Aben Bartal para comunicarle el feliz acontecimiento, sabiendo que se alegraría sinceramente.

Cuando el criado Fadil abrió la puerta se sorprendió al verle.

—¡Amo Abuámir! ¡Gracias a Dios que has venido! —exclamó—. Tu tío acaba de recibir una triste noticia —le advirtió en el zaguán—. Pero será mejor que él mismo te la comunique.

Cuando Abuámir pasó al interior, su tío se encontraba, como casi siempre, orando sobre su alfombra. Elevó los ojos hacia él y le dijo:

—Querido sobrino, ya he sabido que has terminado tus estudios felizmente y que así te has incorporado a la noble saga de jurisconsultos de la tribu de Temim. Tu maestro Aben Moavia me lo comunicó ayer a la entrada de la mezquita. Es una noticia afortunada que honra a los nuestros. Pero, hace unos momentos, he recibido una carta que viene a ensombrecer este momento de dicha. Como recordarás, escribí a tu padre comunicándole el final de mi peregrinación y le alenté a que emprendiera él su viaje de fe a La Meca. Pues bien, acabo de saber que se puso en camino, pero también se me comunica que, cumplida la peregrinación y de regreso a casa, tu padre, el piadoso Abdulah ben Abiámir, murió en el camino, en Trípoli de Berbería. ¡Que Dios le acoja benignamente junto a nuestros antepasados! Así es la vida: el Todopoderoso da y toma cuando Él quiere. ¡Dios sea loado!

Ese mismo día, Abuámir recogió lo indispensable y partió hacia Torrox, el señorío familiar, para unirse a los suyos y presentar sus respetos ante el túmulo funerario bajo el cual reposarían los restos de su padre, una vez que llegaran desde Berbería.

10

Azahara, año 961

Las normas del protocolo califal obligaron a Alhaquén a vestirse
con los ricos ropajes que correspondían al trono: la túnica adamasca-
da de color carmesí; la sobreveste de lana negra, finamente tejida y
bordada con doradas espigas; las babuchas de piel de gacela tachonadas de lentejuelas; y el enorme y complicado turbante a la manera
persa, rematado con guirnaldas de diminutas y brillantes perlas. Visto desde lejos y con la magnificencia del trono, entre coloridos estucos y finos visillos, el monarca resultaba grandioso. Pero, cuando uno
se acercaba, saltaba a la vista el poco agraciado físico de Alhaquén:
tenía el pelo rubio rojizo, canoso ya, grandes ojos negros, nariz agui-
leña, piernas cortas y antebrazos demasiado largos, así como un
perceptible prognatismo. Además, su frágil salud se delataba en su
semblante. Todo lo contrario de lo que, según decían, había sido
su padre Abderramán: hermoso, robusto y saludable casi hasta su
extrema vejez. El anterior califa fue un hombre fogoso, enamoradizo
y preso de sus pasiones, lo cual le llevó a prendarse constantemente de
las doncellas que le traían desde todos los lugares del orbe, sin desde-
ñar a los efebos, que ocuparon también una buena parte de sus deli-
rios amorosos. Todo el mundo conocía lo sucedido en la juventud de
Abderramán, cuando persiguió incansablemente a Pelayo, un adolescente cristiano, y lo mató en un arrebato de celos cuando este no
quiso ceder a sus solicitudes. El cuerpo del muchacho fue trasladado

a un monasterio del norte en olor de santidad. Además de esta, se contaban múltiples historias acerca de las pasiones carnales del padre del actual califa.

Alhaquén, en cambio, dedicado preferentemente al cultivo de la mente, había descuidado los placeres del cuerpo. Por ahí se decía que no le interesaban las doncellas, pero tampoco los muchachos, apartándose en esto sensiblemente de la conducta de su padre. Solo buscaba la compañía de juristas y de teólogos, al mismo tiempo que la de literatos y especialistas en ciencias. Mantuvo el harén de forma puramente testimonial y todo el mundo sabía que apenas lo visitaba. Por eso, cuando subió al trono, a la edad de cuarenta y seis años, no tenía hijos, lo cual era algo inaudito y enojoso para el porvenir de la dinastía.

Asbag compareció ante el califa obedeciendo la orden que había recibido aquella misma mañana. La sala de recepciones estaba vacía, una vez concluido el último turno de visitantes concedido por Alhaquén. El obispo avanzó siguiendo el camino marcado por una larga alfombra situada en el centro. Cuando llegó al final, el eunuco chambelán le anunció y tuvo que aguardar la respuesta del otro eunuco, situado detrás de los cortinajes. Se descorrió la espesa colgadura verde desplegada en primer término y Asbag pudo avanzar hasta el nivel siguiente. El eunuco volvió a anunciarle. Ahora fue la voz del califa la que sonó desde detrás de los visillos.

—Puedes pasar a mi presencia, obispo Asbag.

El obispo se inclinó cuanto pudo delante del trono.

—Está bien, está bien… Tenemos poco tiempo —le dijo Alhaquén poniéndose en pie—. Pasemos a un lugar más recogido.

Asbag le siguió por una galería contigua y llegaron a un patio, en cuyo centro borbotaba una fuente delicadamente adornada con mosaicos de colores.

—Te he mandado llamar porque necesito que me prestes un servicio muy especial —dijo el califa.

—Sabéis que el taller está a vuestra disposición —respondió Asbag.

81

—No. No se trata de eso. El servicio que ahora necesito de ti no tiene nada que ver con los libros.

—Vos diréis entonces de qué se trata.

—Tengo cuarenta y siete años y, como sabrás, porque es de todos conocido, no tengo descendencia... Ni varones ni hembras. Es triste para un soberano no poder perpetuar su linaje...

—Dios puede bendeciros en cualquier momento con el don de los hijos —observó Asbag—. No tenéis una edad tan avanzada como para perder las esperanzas. Los cristianos somos hombres de una sola mujer, pero vosotros contáis con la posibilidad de probar con otras esposas...

—Ese es precisamente mi problema —confesó Alhaquén—. Que ni siquiera he probado una sola vez...

—¿Cómo? ¿Entonces vos no...? —preguntó Asbag sorprendido.

—No. Nunca. Muy poca gente sabe esto.

—Pero... tenéis mujeres y concubinas. Poseéis un serrallo, como todo príncipe.

—Sí. Un harén que formé para no desilusionar a mi padre y por pura obligación de mi rango. Pero soy incapaz de frecuentar a aquellas mujeres. Es tan solo algo..., ¿cómo decirlo...?, decorativo; puramente ornamental.

—¡Ah, comprendo! Si sufrís una inversión en vuestras inclinaciones, podríais al menos intentarlo con la mujer... En la oscuridad de la alcoba un cuerpo es igual a otro...

—¡Oh, no! Tampoco se trata de eso. No siento ninguna preferencia especial por los efebos.

—Entonces perdonadme, príncipe, pero no lo comprendo. Sois un hombre aparentemente normal y... y supongo que dotado de...

—Sí, sí; eso lo tengo perfectamente en orden.

—Pues entonces no comprendo... Yo he sido consagrado por la Iglesia católica y romana; un hombre célibe como sabéis. Y, ya que habéis tenido la valentía de confesarme vuestro problema, he de confesaros a mi vez que la abstinencia es un gran sacrificio para mí... Y... y resulta que me decís que, siendo un príncipe musulmán, con todo un harén a vuestra disposición, y con multitud de siervas dispuestas a sentirse honradas por satisfacer el menor de vuestros caprichos, jamás habéis dado rienda suelta a vuestra naturaleza y habéis vivido siempre en perfecta continencia. ¡Oh, Dios mío! ¡Qué extraño es este mundo! Cuántos sacerdotes y obispos tienen concubinas o visitan mancebías y padecen terribles sufrimientos a causa de las pasiones de la carne... Los misteriosos caminos del Señor son inescrutables... Vos, el Príncipe de los Creyentes, el dueño de medio mundo, casto y puro como un novicio del más recóndito y apartado cenobio. Pero, decidme, ¿no sentís la mordedura de la carne, el aguijón del deseo?

—En cierto modo sí, pero hay algo dentro de mí que rechaza el acto carnal —respondió Alhaquén.

—¿Lo deseáis pero sois incapaz de consumarlo?

—No lo sé, pues no lo he intentado.

—Pero tiene que haber alguna explicación —dijo el obispo con ansiedad.

—Sí. Es algo que viene de mi más tierna infancia. Ya sabes cómo era mi padre, el anterior califa, a ti no puedo ocultártelo, pues conoces bien los relatos que circulan acerca de sus muchos desvaríos lujuriosos. Lo de aquel niño cristiano, ¿cómo se llamaba?...

—Pelayo, pobrecillo; el mártir Pelayo... —respondió Asbag bajando la vista.

—Bien, pues aquello es solo una anécdota al lado de lo que contemplábamos en palacio cuando éramos niños. Mi padre perseguía constantemente a los efebos y doncellas, algunos... algunos de ellos tiernos infantes todavía...

—¡Qué espanto! —exclamó Asbag—. ¡Que Dios se apiade de su alma!

—Sí, era espantoso. Supongo que aquello me marcó. Es triste ver a un rey tan poderoso como él, en su ancianidad venerable, babeando detrás de cualquier criatura para satisfacer su lujuria. Algo asqueroso... ¡horrible! —El califa se apoyó en una de las columnas y sollozó durante un rato, ante el silencio comprensivo de Asbag—. Supongo que por eso mi alma se rebeló contra la naturaleza...

—Sí, es algo comprensible. Pero lo que no entiendo es por qué me contáis a mí todo esto. Soy un sacerdote cristiano y no un maestro de vuestra religión.

—Precisamente por eso. Tú mismo has dicho que eres un hombre célibe. Conozco perfectamente el porqué de vuestras exigencias religiosas, pues lo he leído en libros cristianos. Eres alguien adecuado para comprenderme. Las personas que me rodean andan constantemente preocupadas porque yo consiga cuanto antes esa anhelada descendencia y no me proporcionan el sosiego adecuado. Y además hay otra cosa en la que puedes ayudarme...

—Contad conmigo. ¿De qué se trata?

—Bien. Hay una mujer que me interesa —dijo Alhaquén con sigilo.

—¡Oh, eso es maravilloso! —exclamó Asbag—. Ese puede ser el comienzo de la solución de vuestro problema.

—Se trata de una mujer cristiana, una concubina navarra que me regaló el rey Ordoño para congratularse conmigo. ¿Comprendes?

—Comprendo. Os habéis enamorado de una cautiva a quien no queréis forzar a yacer con vos.

—Eso mismo. Desde siempre me comprometí a respetar las creencias y la moral particular de mis súbditos. Es algo de lo que me enorgullezco y que me llena profundamente de paz. Si irrumpiera violentamente en la vida de esa pobre joven, alejada de su hogar y de los suyos, jamás me lo perdonaría.

—Pero quizás esa joven consienta libre y voluntariamente...

—Pues precisamente por eso te he mandado llamar. Quiero que tú, obispo de cristianos, hables con ella y le expongas mis sinceras intenciones, ya que cada vez que he intentado acercarme a ella la he visto aterrorizada. Es virgen y además no conoce nuestra lengua, pues se crio con los vascones; no comprende que mi intención es intimar con ella y luego... lo que Dios quiera...

—Estoy dispuesto a ayudaros en cuanto necesitéis —dijo el obispo con rotundidad—. Sé que sois un hombre bondadoso y piadoso en vuestra fe. Estoy seguro de que Dios no va a oponerse a este deseo sincero de vuestro corazón.

—Sabía que me comprenderías, querido amigo —dijo el califa con lágrimas en los ojos—. Daré orden inmediatamente a los eunucos de que te conduzcan al harén. Y, por favor, no fuerces las cosas; que sea la naturalidad lo que presida todo este asunto.

11

Azahara, año 961

Asbag fue conducido al interior del palacio, a la zona más íntima, donde se encontraba el harén. Aquella fue la primera vez que vio a los hombres de confianza del califa, los eunucos eslavos Al Nizami y Chawdar, dos extraños personajes en cuyas manos estaban todos los asuntos privados del soberano desde que este era tan solo un joven príncipe.

El obispo se encontró con el primero de ellos, Al Nizami, en un estrecho pasillo que conducía a las dependencias reales. Era un hombretón alto y grueso de endiablados ojos grises y grandes manos, que se encargaba del gobierno de los múltiples negocios de Azahara, ya desde los tiempos de Abderramán. Saltaba a la vista que era un hombre de aguda inteligencia cuyo poder fue creciendo a medida que se iba ganando la confianza de ambos monarcas. Miró a Asbag de arriba abajo y le interrogó con preguntas cargadas de suspicacia, mientras le conducía hacia el patio principal del harén.

—De manera que mi señor te envía para que hables con la concubina vascona, ¿no es así?

—Así es —respondió Asbag.

—De cosas de su religión, supongo…

Asbag, confuso, permaneció en silencio.

—¡Oh! No temas. A mí puedes hablarme con franqueza; entre Alhaquén y yo no hay secretos. Yo cuido de los asuntos de esta casa;

86

manejo su fortuna, sus mujeres, sus criados… Sé perfectamente quién eres, obispo de cristianos; el rey me ha hablado de ti con frecuencia. No debes sentir recelos hacia mi persona. ¿Conocías tú ya a la vascona?

—No —respondió Asbag—. Es la primera vez que voy a verla.

—Hummm… —murmuró el eunuco—. Es una mujer muy hermosa… Pero muy obcecada…, muy obcecada. Supongo que, al ser cristiana, mi señor querrá que le ayudes a hacerla entrar en razón. ¿No es así?

—Bueno… Se trata de algo privado —respondió el obispo sin salir de su confusión.

—Oh, bien. Veo que sigues sin confiar en mí…

Por fin, llegaron al patio principal. Era un lugar espacioso y singularmente hermoso, cubierto en todos sus lados por floridas enredaderas, buganvillas y geranios, con una alegre fuente en el centro, donde revoloteaban blancas palomas y coloridos pajarillos. El denso aroma de las perfumadas flores lo llenaba todo.

—Puedes aguardar aquí —dijo Al Nizami.

Al cabo de un rato el eunuco regresó, seguido de Chawdar y de la princesa vascona, que venía cubierta de unos velos que no permitían adivinar la forma de su cuerpo. El otro eunuco parecía la antítesis física de su compañero: pequeño, delgado y sonriente; cincuentón, algo mayor que Al Nizami; y con una blanca y afilada barbita de chivo. Era el halconero real.

—¡Ah, el obispo! —exclamó al ver a Asbag—. Supusimos que sería un anciano venerable; pero… si nuestro amo y señor se ha confiado a ti, a pesar de que aún eres joven, debe de ser por tu sabiduría…

—Bien. ¡Ocupémonos del asunto que nos trae aquí! —exclamó Al Nizami interrumpiendo a su compañero—. Aquí tienes a la concubina Aurora, puedes despachar con ella.

La muchacha avanzó desde detrás de los eunucos. Asbag pudo ver sus profundos ojos verdes asomando por entre las sedas.

—Soy Asbag, obispo de los cristianos de Córdoba —le dijo.

Aurora se acercó, besó el pectoral del obispo y se arrodilló.

—Levántate, hija —le pidió Asbag—. ¿Cómo te encuentras?

—Como una esclava —respondió ella tímidamente.

—¡Como una reina! —exclamó el eunuco Chawdar.

—Por favor, ¿podríais dejarnos un momento a solas? —pidió el obispo.

—Un momento a solas, un momento a solas… ¿Para qué? —protestó Al Nizami.

—Lo que tengo que decirle es algo exclusivamente privado —respondió Asbag.

Los eunucos se marcharon a regañadientes y, por fin, la joven y el obispo pudieron estar solos.

—Puedes confiar en mí —le dijo Asbag—. He venido con la única intención de confortarte. Y, si lo deseas, puedes descubrirte el rostro. Es más fácil para mí hablar cara a cara.

La joven dejó caer los velos. Asbag se maravilló. Aurora era extremadamente hermosa; de cabellos suaves y dorados, de labios finos y mejillas sonrosadas. Sus rasgos eran delicados y su cuello esbelto. El obispo jamás había contemplado una mujer así y creyó estar delante de un ángel. «¡Dios mío! Ahora comprendo al príncipe», pensó.

—Bien, hija mía; ahora puedes contarme tu historia —le dijo—. Te sentirás aliviada.

Aurora rompió en un desconsolado llanto que enterneció al obispo.

—Bueno, bueno… Hija mía; desahógate. Es bueno llorar.

—Soy de un pueblo de vascones, de las montañas —dijo al fin ella, algo más tranquila—. Mi padre era uno de los condes que no quisieron someterse al rey Ordoño de los navarros y buscó alianza con los señores francos. Pero fuimos traicionados. Nuestras tierras fueron invadidas, el castillo destruido, mi padre muerto… y… yo y mis hermanas traídas a tierras de moros… —La joven volvió a sollozar.

—Bueno, Aurora, querida, pero aquí no has sido maltratada y tu virginidad está intacta ¿No es así?

—Sí. ¡Gracias a Dios! Ordoño pensó que mi persona sería un buen presente para el rey de los moros y nadie se atrevió a tocarme. Aquí el califa me ha visitado varias veces y me ha traído obsequios y dulces; pero jamás me ha puesto la mano encima.

—¡Bendito sea Dios! Alhaquén es un hombre bondadoso.

—Sí, pero es un moro y, además, mi dueño —dijo ella con semblante atemorizado—. Puede hacer conmigo lo que desee.

—¡Oh! Eso no debe asustarte. El califa es un hombre muy culto y refinado, incapaz de hacer daño a nadie. Por eso me ha enviado aquí, precisamente para asegurarse de que te encuentras bien. ¿Es acaso tu vida difícil en este lugar?

—En cuestión de comida y vestido no me falta nada; y el harén es confortable.

—¿Y las otras mujeres, se portan bien contigo?

—Como el califa no se acuesta con ninguna no hay celos ni envidias. Hasta ahora no puedo quejarme.

—Entonces, confórmate y resígnate cristianamente. Al fin y al cabo eres una princesa, la hija de un jefe importante del norte, cuyo matrimonio habría sido sin duda concertado con algún caballero desconocido, para cerrar algún pacto… Al final habrías terminado en cualquier castillo francés, astur, leonés o navarro. La vida no es sencilla hoy día para nadie. AUN EN NUESTROS TIEMPOS

—Sí, en eso tenéis razón —admitió ella serenándose.

—Alhaquén es un hombre solo y débil en el fondo. Su posición no debe abrumarte. Créeme, hoy mismo he hablado con él y he sabido de su propia boca que su vida no fue fácil a causa de los desmanes de su padre, el anterior califa. En el fondo está falto de amor y de consuelo. ¿Crees que si fuera cruel habría respetado de esta manera a los cientos de mujeres que hay ahí dentro? Él no va a pedirte nada que pueda dañarte. Tan solo… tan solo que… —era difícil para Asbag llegar a tratar aquel punto— que llegues a conocerle y, con el tiempo, intentar darle un hijo. Es lo que más desea en este momento.

Aurora escuchaba al obispo atentamente, con los verdes ojos muy abiertos y los labios separados, dejando ver sus blanquísimos y perfectos dientecitos. Se secó las lágrimas y adoptó un ademán de aquiescencia.

—¿Creéis que Dios me pide eso? —preguntó al obispo.

—Hummm… Es difícil saber eso con certeza. Pero, en todo caso, ha de consolarte saber que Dios nos pide siempre que luchemos por salir adelante. Creo que si aceptas esta tarea podrás hacer un gran bien. Alhaquén ha sido siempre respetuoso con los cristianos. Yo mismo, un obispo, me cuento entre sus amigos. Si le das ese hijo tal vez mejore la causa de la cristiandad. ¿Y quién sabe si eso es obra de la Providencia?

—Está bien —asintió ella—. Desde mi infancia me enseñaron a aceptar que un día tendría que entregarme a un hombre para ser su esposa y servir a los destinos de mi pueblo. Nunca pensé que sería en una tierra tan lejana y tan distinta, pero creo que ese día ha llegado. Conoceré a fondo a Alhaquén y, si es tan honesto y bondadoso como decís, le daré el hijo que tanto desea.

—¡Dios te bendiga, hija mía! —exclamó Asbag—. Aquí me tendrás para lo que desees. Perdiste a tu padre un día; hoy Dios te pone en mis manos.

La muchacha se apoyó dulcemente en el pecho del obispo y este la abrazó y la besó con ternura en la frente.

Al día siguiente Asbag volvió al harén, esta vez acompañado por el califa. Sirvió de intérprete entre este y Aurora, y vio cómo entre ambos iba naciendo la amistad. En días sucesivos se repitieron los encuentros. Había bromas y juegos. Aurora empezó a sonreír sinceramente. Todo pareció entonces mucho más sencillo que en un principio.

Con el tiempo, Alhaquén y Aurora se hicieron amigos de verdad. No podía decirse que hubiera entre ambos un enamoramiento y menos aún una pasión, pero compartían aficiones y se divertían juntos. Entonces la vascona se convirtió por fin en la favorita real, adoptando el nombre de Subh Walad, según una moda bagdadí, por la que los soberanos cambiaban el nombre de sus mujeres.

Asbag se sintió satisfecho por haber podido servir a Alhaquén en este asunto. Y, cuando vio que ya no era necesaria su intervención, decidió retirarse prudentemente.

Al fin llegó el momento adecuado para emprender su ansiada peregrinación a Santiago de Compostela. Comprobando la calma que reinaba entonces en la comunidad de mozárabes y que muchos de los problemas habían sido solucionados, decidió ponerse en camino lo antes posible. Nuevamente reunió a los fieles y les expuso su decisión. Envió cartas y solicitó intenciones y rogativas. Realizó los preparativos y fijó definitivamente la fecha: la partida tendría lugar el 8 de abril del año siguiente, coincidiendo nuevamente con el Domingo de Resurrección y con el mes de safar de los musulmanes; una fecha inmejorable. Apenas le quedaban diez meses, el tiempo justo para dejarlo todo en orden.

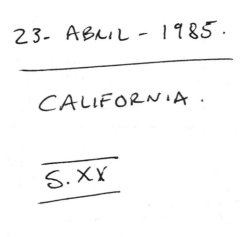

23- ABRIL - 1985.

CALIFORNIA.

S. XX

$ 2, 562, 861. 68

$ 2.70,000.ª

$ 200,000
$ 3,000
$ 2 56 2

12

Torrox, año 961

Abuámir hizo el camino hacia Torrox lo más rápidamente que pudo, sin detenerse siquiera en Málaga, donde tenía parientes. Al llegar a la costa enfiló de noche los senderos que la bordeaban, aprovechando la quietud serena y cálida y la luz de una brillante luna llena. Acompañado por otros viajeros, cubrió el trayecto en silencio, para evitar despertar la atención de los feroces piratas berberiscos que con frecuencia se refugiaban en los acantilados, esperando la oportunidad para cometer sus fechorías.

Mientras caminaban, sus pasos quedaban amortiguados por el bronco y pausado rugido de las olas que rompían sobre las hileras de guijarros de la orilla.

En la tenue luz de la madrugada, Abuámir supo que estaba ya cerca de casa al aspirar el aroma de mil flores, entre las que destacaban los dulces azahares tan familiares, y el cálido vaho de las salinas, grabados en su memoria desde la infancia. El sol de la mañana apareció luego entre las montañas de Iliberis, inmensas, en cuyas pardas laderas brillaban los verdes bancales repletos de frutales y olivares. Y, por fin, el pequeño castillo de sus antepasados, rodeado de apretujadas hileras de casas colgadas en la vertical.

Pasaron junto a las cabañas de pescadores, sortearon la infinidad de huertos, atravesaron los innumerables puentecillos que salvaban las canalizaciones y emprendieron el serpenteante camino de ascenso que, como única posibilidad, discurría entre la hostil maraña de pitas y arbustos espinosos que protegían la pendiente.

Un poco más arriba, cerca ya de las murallas, los rebaños de cabras pacían entre las peñas. Al ver a los pastores, Abuámir cayó en la cuenta de que casi nadie le reconocería ahora, pasados ya siete años desde que dejó Torrox cuando apenas era un muchacho imberbe.

La puerta principal del pueblo permanecía abierta. Era día de mercado y los comerciantes se agolpaban frente al puesto de guardia para pagar el impuesto. Abuámir se abrió paso entre ellos y se identificó ante el oficial:

—Mohamed Abuámir, el hijo del señor Abdulah.

Los guardias y los mercaderes, al escuchar aquel nombre, se inclinaron en una respetuosa reverencia.

Hacía tiempo que los Beni Abiámir no vivían en el castillo, sino en una confortable casa solariega del centro del pueblo. Era un caserón al viejo estilo, sin ventanas al exterior y con varios patios de puertas adentro, con viviendas para los criados, cuadras, caballerizas, gallineros y palomares; todo ello construido en distintos niveles para adaptarse al terreno irregular sobre el que se asentaba Torrox. Abuámir se dio cuenta de que nada había cambiado en aquel tiempo: las macetas alineadas en las paredes, las jaulas de los pájaros colgadas de sus alcayatas, los machos de perdiz contestándose, las palomas revoloteando sobre los tejados… Cada cosa en su sitio y en cada rincón la sensación del tiempo detenido.

Recorrió solo cada una de las estancias principales y fue avanzando hacia el interior, buscando el núcleo íntimo del hogar, donde las mujeres pasaban la vida entretenidas en sus ocupaciones y cuidando de los niños.

Junto al pozo se encontró con una joven que sacaba agua de espaldas a él. Ella sintió su presencia y se volvió de repente; se sobresaltó al ver el rostro de un extraño. Ambos se miraron frente a frente durante un rato. Abuámir se fijó en los ojos de la joven, negros y profundos, en sus cejas oscuras y alargadas, en el color de su piel…

No cabía duda, era alguien de la familia. Le sonrió, pero ella aún dudó durante un instante.

—Soy Mohamed —dijo él—, Mohamed Abuámir.

A la joven se le iluminó el rostro.

—¡Mohamed! —exclamó. Soltó el cántaro y corrió hacia él—. ¡Mi hermano Mohamed!

—¡Dahira! —gritó Abuámir—. ¡Tú eres Dahira! ¡Mi hermana Dahira!

En total eran siete hermanos: cuatro hembras y tres varones. Abuámir era el primer varón, pero la primogénita era una hermana que se había casado hacía tiempo con un señor malagueño. Dahira era la tercera, y detrás de ella iban dos varones y dos hembras más. Según este orden, a Abuámir le correspondía la titularidad del señorío, ahora que su padre había muerto. Pero tenía la impresión de que el hasta entonces señor de Torrox iba a aparecer en cualquier momento por alguna de las puertas traseras, acompañado de sus perros de caza y sus halcones.

Su padre había sido un hombre esencialmente justo, conciliador en los conflictos territoriales y reconocido indiscutiblemente como juez en los pleitos que se suscitaban en las serranías cercanas a la costa. Un hombre omnipresente, pendiente de todo, agobiante a veces. Uno de esos líderes que se consideran llamados por Dios para poner paz en los asuntos de los hombres, lo cual le llevaba a interesarse hasta por las cuestiones más nimias. Jamás delegaba en nadie.

Al pasar por los jardines, Abuámir vio los halcones en las alcándaras y los lebreles amarrados; todo dispuesto, en orden, y como esperando a su amo.

Dahira había corrido hacia las cocinas y había gritado a voz en cuello la noticia. Los criados habían dejado sus ocupaciones y un cierto alboroto turbó aquel sagrado y austero silencio. El jardín se llenó de hortelanos, de cabreros, de criadas alborotadas y de niños curiosos. Finalmente, llegó el resto de sus hermanos junto con su madre, que se abalanzó hacia él para cubrirle de besos.

—¡Oh, Mohamed! —le decía—. Eres un hombre. ¡Se fue un niño y ha regresado un hombre!

Comieron todos juntos en el jardín, bajo la gigantesca palmera, como le gustaba a su padre en la primavera. Abuámir les habló de Córdoba, de la corte, de la gran mezquita… Les enseñó el pergamino que atestiguaba la feliz conclusión de sus estudios.

—¡Hijo mío, qué alegría! —exclamó su madre—. Serás un juez como tu padre; un gran magistrado, justo y amado por todos, en las sierras y entre los pescadores; como él…

Permanecieron un rato en silencio. Luego hubo lágrimas.

—¿Cómo fue? —preguntó Abuámir—. ¿Cómo murió padre?

—Le dije que no fuera —respondió la madre—. Se lo dije mil veces… Todos se lo dijimos. Pero, ya sabes, era muy obstinado. Se empeñó en hacer la peregrinación porque se veía ya viejo y creía llegado el momento. Intentamos convencerle. Que si es un viaje cansado para un hombre de su edad, que si muchos se quedan en el intento… Pero no atendía a razones… Ya sabes cuán obstinado era… ¡Viejo terco! Podría haber tenido una vejez feliz, entre los suyos, rodeado del cariño y la admiración de todos…

—Bien, madre —la interrumpió Abuámir—, no le des más vueltas a eso. Lo que Dios quiere sucede, lo que Él no quiere no sucede. Mi padre era un hombre piadoso, habría sido un orgullo para él culminar sus días haciendo la peregrinación.

—Sí, hijo, tienes razón. Pero se lo dijimos tantas veces…

—Y bien, ¿dónde murió?

—Fue al regreso —respondió su hermano Yahya—. En pleno camino se sintió sin fuerzas y cuando consiguieron llegar a Trípoli de Berbería era ya un cadáver.

—¿Dónde lo habéis enterrado?

—Trajeron su cuerpo en una caja sellada, conservado en sal y mixturas, como saben hacer algunos sepultureros de África. Aún lo tenemos sin enterrar, en la mezquita del castillo. Esperábamos a que tú vinieras.

—Bien. Vayamos allí —dijo Abuámir poniéndose en pie—. Quiero verlo.

Toda la familia, con los parientes llegados de fuera, los criados y los esclavos de confianza, emprendieron la subida al castillo. La mezquitilla de adobe encalado estaba en el centro del patio de armas. En la puerta, un viejo jeque leía el Corán; durante días se habían turnado varios hombres santos para velar el cadáver. Abrieron la puerta. El féretro se hallaba en el medio, orientado a la quibla y cubierto por un amplio paño de seda verde.

Un par de criados se adelantaron y retiraron el paño; introdujeron sendas gubias en las ranuras de la tapa y comenzaron a levantarla.

—¡Un momento! —les detuvo Abuámir. Miró a su madre, que sumida en el dolor se apoyaba en dos de sus hermanas—. Madre, deberías salir para no presenciar esto —le dijo—. Si es padre el que está ahí dentro, bastará con que yo lo atestigüe.

—¿Tan débil me crees? —protestó ella—. He esperado todo este tiempo a que llegaras para venir a verle contigo, por última vez… ¡Vamos, abrid ya esa caja!

Los criados obedecieron. Bajo la tapa apareció un blanco manto de sal. Con cuidado, fueron retirándola a puñados y depositándola a un lado. Al fin asomó la nariz de Abdalah; aquella nariz afilada y recta, inconfundible. Después los pómulos, acartonados y pegados a los huesos; los párpados secos, la barba crecida, lacia y blanca; el cuello tieso y cubierto de vello hirsuto; las manos sarnosas cruzadas sobre el pecho…; y el anillo de Abdulmelic, el antepasado árabe que desembarcó un día en Hispania.

Envolvieron el cuerpo en un sudario blanco y lo llevaron en procesión hasta el viejo cementerio de la ladera de poniente, desde donde se divisaba el mar. Lo depositaron en un hoyo cavado en la tierra junto a las lápidas de su padre y de su abuelo; y, una vez cubierto, Abuámir derramó sobre la tumba un puñado de arena del camino santo de La Meca.

El hombre santo habló entonces:

—Aquí has terminado tu peregrinación y tu testimonio, Abdulah ben Abiámir, que el Misericordioso te aloje en el paraíso que tiene reservado para los que le son fieles.

ALANDAWS.

13 ANDALUCIA.

Córdoba, año 962 HASTA 1492.

A principios del año 351 de la hégira del profeta Mahoma, coincidiendo con el 962 de la era cristiana, se supo que la concubina Subh, antes Aurora, estaba embarazada. La alegría del califa fue inmensa. Y con él se alegró todo el país, cuando corrió la feliz noticia de que se esperaba un retoño del soberano para el final de la primavera.

Eran tiempos de paz; tiempos como nunca antes se habían vivido en Alándalus. Ya en los últimos años de su reinado, Abderramán al Nasir había podido medir en toda su amplitud la extensa obra que había realizado desde el día, tan lejano, de su ascensión al trono. Del reino de Córdoba, disputado sin cesar a sus predecesores, sacudido continuamente por guerras civiles, rivalidades de clanes árabes y choques de grupos étnicos enfrentados unos con otros, había sabido hacer un Estado pacificado, próspero e inmensamente rico. Córdoba era ya una metrópoli musulmana, rival de Qay-rawan y de las grandes ciudades de Oriente, que sobrepasaba con mucho a las otras capitales de Europa occidental y que gozaba en el mundo mediterráneo de una reputación y de un prestigio solo comparables a los de Constantinopla.

Esta había sido la obra de Abderramán III, el primero en fecha y en mérito de los califas de Alándalus. Pero, antes de hacerse cargo del poder, el segundo califa, Alhaquén II, había tenido tiempo muy holgado para completar su aprendizaje de soberano. Llegado al poder hacía apenas un año, se guardó mucho de transgredir las reglas instituidas por su padre, y continuó la misma política. Sin embargo, era evidente que no tenía la misma energía ni el mismo carácter autoritario de Abderramán.

Y en un Estado donde el menor indicio de debilidad era inmediatamente advertido y explotado, los primeros problemas surgieron con los reinos cristianos del norte, que sabían que el nuevo soberano musulmán estaba por naturaleza más inclinado a la paz y a los estudios que a la guerra.

El rey asturleonés, Sancho I, hijo de Ordoño III (aquel que vino a Córdoba acompañando a su abuela, la reina Tota de Navarra, cuando aún vivía Abderramán), recibió la ayuda del califa frente a su competidor, Ordoño IV, a quien obligó a refugiarse en Asturias primero y luego en Burgos. Como precio de su ayuda, Córdoba había logrado que Sancho I prometiese entregar diez plazas fuertes de la frontera; pero este compromiso no había sido todavía cumplido a la muerte de Abderramán III.

Hacía tiempo que el obispo Asbag no iba a Azahara. Después de conocerse la feliz noticia del embarazo de Subh, se sintió profundamente satisfecho y se entregó por entero a los asuntos de la diócesis. Y mientras, estuvo preparando la peregrinación al templo de Santiago de Compostela, la cual decidió que se haría en grupo, incorporando a cuantos quisieran realizar el viaje. La idea recibió una calurosa acogida y fueron muchos los que manifestaron su intención de acompañar al obispo. Asbag sintió entonces que había merecido la pena que la ansiada peregrinación se demorara tanto; supuso que se trataba de un regalo de la Providencia Divina, y se regocijó pensando que lo que de verdad Dios quería era que fueran muchos los que emprendieran el camino. Por ello, envió cartas a los monasterios del norte y solicitó que le mandaran predicadores, monjes experimentados que supieran transmitir al pueblo la necesidad de los fructíferos dones de la peregrinación.

La respuesta a su petición llegó pronto. Una mañana, cuando despachaba en el obispado, se presentó un monje que venía directamente de Compostela. Se llamaba Niceto; un hombre alto y delgado, de profundos y penetrantes ojos grisáceos, de rostro afilado y revestido de un cierto halo misterioso.

Asbag, al encontrarse de repente frente al monje en el recibidor, se sorprendió primero y luego se alegró sinceramente de la impresionante presencia del predicador. «Es justo lo que necesito», pensó. Sabía bien lo importante que era la primera impresión para las gentes del sur y celebró de antemano el impacto que causaría Niceto al presentarse ante la feligresía.

Poco después, mientras comían juntos en la casa del obispo, se dio cuenta de que el monje era un hombre misterioso y apocalíptico, obsesionado por la proximidad del fin del milenio.

—¿Es la primera vez que visitas Alándalus? —le preguntó Asbag.

—Sí, la primera —respondió él.

Ambos siguieron comiendo en silencio durante un rato. Y, viendo la dificultad de iniciar una conversación, el obispo se sintió desilusionado, sospechando que Niceto era un hombre hosco y reservado. Pero de repente se escuchó al muecín de la mezquita cercana y el monje se sobresaltó.

—¿Qué es eso? —preguntó.

—¿Qué? —se extrañó el obispo, acostumbrado a escucharlo.

—Ese extraño canto.

—¡Ah, el almuédano! —respondió Asbag—. Es la llamada a la oración del mediodía. Los musulmanes oran cinco veces en la jornada y un cantor lo recuerda puntualmente desde los alminares.

—¿Y qué es lo que dice el canto? —preguntó el monje.

—Dice: «No hay más dios que Alá y Mahoma es su profeta». Pide que oren y que se adhieran a la única fe.

—¡Oh, es espantoso! —exclamó Niceto abriendo los ojos en un gesto delirante—. ¿Cinco veces al día os veis obligados a escuchar esas blasfemias? ¿Cómo podéis soportarlo?

—Ah, bien, estamos acostumbrados. También ellos oyen cada día el repique de nuestras campanas...

—¡Pero eso es condescender con la impiedad! —protestó el monje—. No es lo mismo el sonido de un instrumento que la voz de los infieles escupiendo insultos a Dios y a Jesucristo.

—No, no, no… no son insultos —negó el obispo—. Es su manera de manifestarse. Es tan solo su profesión de fe, no pretenden insultar a nadie ni ofendernos.

—¿Cómo podéis decir eso, vos, un obispo, un sucesor de los apóstoles? En los reinos de la cristiandad pensábamos que vuestra actitud era la de unos mártires… Oramos mucho por vosotros… Os tenemos siempre presentes, ¿sabéis? Y… y ahora veo que vivís mejor de lo que pensábamos. Pero…, ya comprendo…, es más cómodo condescender…

—No se trata de eso, hermano —replicó el obispo—. Nuestras comunidades han aprendido a vivir en paz; eso es todo. Es la única manera de poder continuar con nuestras tradiciones religiosas y mantener la herencia de Jesucristo en los dominios musulmanes. El califa sigue en esto una máxima del Corán. Nos respetan porque somos lo que ellos llaman «hombres del Libro»; consideran que adoramos al mismo Dios.

—Entonces ¿por qué aquellos mártires cristianos de hace cien años? ¿Por qué murió san Eulogio de Córdoba, cuya cabeza fue segada por la cimitarra musulmana antes de que ocupara su silla de obispo electo de Toledo?

Asbag estaba desconcertado ante la actitud intransigente del monje. Empezó a sudar copiosamente y se sintió verdaderamente a disgusto. Bebió agua para ganar tiempo y luego intentó con suavidad calmar a su contendiente.

—Bien, eran otros tiempos… Aquellos fueron años de persecuciones y de conflictos. No era como ahora… Créeme, querido hermano, es mejor la paz… Vivimos en paz. ¿No es ello algo bueno? ¿No es un don del Espíritu Santo?

—Sí, ya veo; vivís en paz pero sin fervor —volvió a la carga Niceto—. Contemporizáis y transigís. ¿Dónde están la viril fortaleza y el ejemplo? No, no creo que sean otros tiempos, son los únicos tiempos. Es el momento de asumir la cruz que nos ha tocado y adoptar la santa intransigencia. Estamos en el final del primer milenio desde el nacimiento del Señor. Son tiempos difíciles, momentos de ascuas encendidas. El templo del apóstol en Compostela, que contiene los restos de uno de los discípulos del Señor Jesucristo, significa que el Evangelio ha llegado hasta el «confín de la Tierra», con lo cual el tiempo está cumplido. No, no podemos andarnos con absurdos rodeos. Los musulmanes son hoy día la gran amenaza de nuestra fe. ¿No os dais cuenta de que cada vez son más los cristianos que reniegan de su fe y abrazan el islamismo? ¿Acaso podéis negar que es una gran tentación el favor que los emires dispensan a los cristianos renegados, contándose muchos de ellos entre sus más influyentes servidores?

El discurso de Niceto sumió a Asbag en un profundo estado de confusión. El monje era un hombre exaltado, un fanático de esos a los que había escuchado hablar con frecuencia. Se sabía que muchos de los cristianos del norte, entre los que se contaban obispos, abades y clérigos, eran partidarios de entrar en abierta lucha contra los reinos musulmanes, alentados por el emperador de los francos y por una creciente oleada de ansiedad que afectaba al mundo entero.

—Bien, bien, dejemos esto —dijo Asbag al fin, tratando de zanjar la cuestión y viendo que Niceto era inamovible en sus planteamientos.

Al día siguiente, domingo por la mañana, en el sermón de la misa de San Zoilo, el monje debía predicar acerca del templo de Santiago ante una concurrida asamblea de fieles, entre los que se contaban los cargos más significativos de la comunidad mozárabe y un buen número de cristianos llegados desde los monasterios y las alquerías de las sierras. El obispo Asbag presidía la celebración y no podía evitar la inquietud y el desasosiego que le causaba aquella situación. Por una parte, él era el responsable de la llegada del exaltado monje, pues había solicitado el envío de un predicador; pero, por otro lado, intuía que el sermón de Niceto podía causar serios problemas.

No se equivocaba. Cuando llegó el momento, el monje avanzó

hacia el púlpito. Se santiguó y se hinchó de aire los pulmones para tomar fuerza. Con voz potente lanzó su predicación:

—Queridísimos hermanos en Cristo: vivimos tiempos difíciles. La tierra ruge con dolores de parto. En Roma, el Papa, el Vicario de Nuestro Señor, nos exhorta a que vivamos más que nunca la exigencia de la fe. Se acerca el año 1000 y la bestia anda suelta, el momento ha llegado. Es la hora en la que el ángel hará sonar la trompeta para la gran tribulación, en la cual los que han sido sellados en la frente saldrán a relucir. Es la hora de la siega y caerá el trigo bueno junto con la cizaña; y esta será quemada en el fuego. Es el tiempo de aventar en las eras para separar la parva del grano. Los que vivís mezclados con la cizaña y la parva debéis relucir como antorchas más que nunca; debéis ser puestos en lo alto de un monte...

Asbag se aterrorizó. «¡Oh, Dios mío!, ¿qué dice este hombre?», exclamó para sí. Miró los rostros de los fieles; observó los ojos extrañados, las miradas atemorizadas, la inquietud en los semblantes... El monje proseguía:

—... Estarán dos en la terraza, uno será llevado y el otro dejado; estarán dos en el campo, el uno será llevado y el otro dejado; estarán dos en la cama, el uno llevado y el otro dejado...

En aquel momento, sonó la voz del muecín. Ese sonido habría pasado inadvertido cualquier otro domingo. No obstante, el monje se puso entonces desaforado; elevó los brazos y arengó a la muchedumbre de fieles:

—¡Gritad conmigo! ¡Proclamad! «Creo en un solo Dios, padre de Nuestro Señor Jesucristo...».

Los fieles, enardecidos, continuaron el credo a una sola voz; estaban algo confusos, pero se sentían llevados por una exaltada corriente.

Cuando terminó la celebración, muchos se acercaron para felicitar al monje, el cual aprovechó para seguir con sus elucubraciones, sembrando terrores e incertidumbres.

Aquella misma noche, Asbag se revolvió en el lecho sin poder conciliar el sueño. Intentó una y otra vez calmarse quitándole importancia al asunto, pero no conseguía sacarse de la cabeza las frases del discurso de Niceto. Entonces empezó a inquietarse preguntándose si habría algo de razón en las palabras del monje, si tal vez sería un aviso de la Providencia por condescender excesivamente con la sociedad musulmana, si habría indicios de que los tiempos que se vivían eran los últimos... En verdad había muchos signos que apuntaban hacia algo, aunque no podía decirse con precisión qué era ese «algo». ¿Sería verdad que no estaba siendo suficientemente valiente en el ejercicio de su ministerio? Recordó entonces que en cierta ocasión había sido criticado por su excesiva amistad con el príncipe Alhaquén y que muchos cristianos no habían visto con buenos ojos su designación como obispo de Córdoba. Cayó también en la cuenta de que había servido de intermediario con la cristiana Aurora, facilitando así que sus futuros hijos fueran musulmanes, pues el Islam no admitía que los hijos de los matrimonios mixtos no fueran sino musulmanes. Los remordimientos le embargaron.

Y cuando consiguió conciliar el sueño, fueron las pesadillas las que vinieron a llenar su mente de tinieblas. Soñó con el fin de los tiempos, con guerras y catástrofes, sequías, epidemias, plagas... Se vio frente a frente con el mismísimo Satanás, revestido con los ropajes y los signos del poder musulmán. Fueron terribles visiones, en las que imponentes ejércitos arrollaban a la humanidad a lomos de violentos corceles, sembrando la destrucción y el terror. Y, como le sucediera otra vez, se vio a sí mismo abrazado a unos huesos en mitad de un mar de llamaradas.

—¡Mumpti Asbag, mumpti Asbag! —le despertó alguien.

Se encontró bañado en sudor y sumido en la confusión.

—¡Oh Dios mío!, ¿dónde estoy? —musitó. Abrió los ojos y vio al arcediano y a los sirvientes al pie de la cama.

—Gritabas cosas terribles acerca de los jinetes del Apocalipsis y del demonio... —le dijeron.

—Estoy bien —dijo él—; han sido simples pesadillas.

—Veo que tienes demasiadas mantas —observó el arcediano—; el calor azuza los malos sueños...

—Sí, será eso —asintió el obispo—, tuve frío al principio y me arropé demasiado. Además, creo que debo cenar menos, ya no soy un muchacho...

Luego salieron los criados y el secretario permaneció durante un rato junto al lecho. El obispo tiritaba.

—¿Tendrás fiebre? —le preguntó el arcediano.

—No, creo que no; tirito a causa del sudor frío.

—Ese monje nos ha inquietado —observó el arcediano—. Yo no he pegado ojo; por eso he podido oírte cuando gritabas.

—Ese monje es un fanático —dijo Asbag—. No debemos tomar en consideración sus palabras o nos volverá locos a todos.

—Sí. Pero es difícil dejar de pensar en cuanto ha dicho. ¿Y si el descubrimiento de los huesos de Santiago fuera un signo...?

—Sea lo que sea, iremos allí —dijo el obispo con rotundidad—. Iremos y veremos qué hay. Dios nos mostrará el camino.

14

La Axarquía, año 962

Abuámir saboreó por primera vez la miel del poder. En Torrox heredó inmediatamente la posición de su padre, el difunto Abdulah, patriarca de los Beni Abiámir. Ello conllevaba regentar el viejo señorío de Abdulmelic, tomar posesión del castillo, de las llaves del pueblo y de la magistratura de carácter estamentario que le correspondía a los cabezas de familia desde varias generaciones atrás. Era muy joven para tanta responsabilidad a sus veintidós años, aunque no le faltaba preparación intelectual. Pero el dominio sobre la vida de las personas y sus haciendas requiere experiencia.

Los meses pasaron y el luto llegó a su fin. Abuámir se dedicó entonces a recorrer los pueblos que formaban parte del señorío, más de una veintena, situados en su mayor parte entre las sierras del interior. Se dejó agasajar en cada uno de ellos y aceptó cada una de las invitaciones que le hicieron, pues buscaba la popularidad, algo que no le fue difícil conseguir. En su recorrido se hizo acompañar por el antiguo administrador de su padre, su tío Hasib, por sus hermanos y por un nutrido grupo de amigos de la infancia. Fueron días felices. Las cacerías y las fiestas se sucedieron; corría el vino y abundaban los manjares, pues todo el mundo quería congraciarse con él y la diversión seguía a cada uno de los encuentros.

El recorrido era siempre entre tortuosos y empinados senderos sembrados de pedruscos, sorteando las abruptas montañas y surcando profundos y umbríos valles. Fue entonces cuando Abuámir descubrió el misterio y la belleza de la Axarquía. Era una tierra enriscada, de amenazadores peñascos en las cimas, de laderas cubiertas de aromáticas hierbas y extrañas flores, donde brotaban veneros de medicinales aguas. Una tierra idónea para disponer frondosos huertos en nivelados bancales robados a los montes: árboles de jugosas frutas; hortalizas excepcionales; hileras de olivos; almendros y cerezos, nevados de blancas y rosadas flores; viñas sarmentosas con grandes hojas brillantes, con racimos apretados de doradas uvas...

El vino de la Axarquía era famoso desde tiempos antiguos. En ningún pueblo faltaban los lagares y se decía que se hacía tanto vino como aceite. Era un vino dulzón de reconocibles y herbáceos matices, de color dorado. Un vino mágico según el sentir común de la gente. Había muchas leyendas al respecto y se narraban extraños sucesos en los que el preciado jugo era el protagonista.

Mientras estaban en Frigiliana, un blanco y laberíntico pueblo colgado de lo más alto de la montaña como un nido de águilas, un noble organizó un festín y le pidió a Abuámir que le honrara con su presencia. Los hombres de las sierras bebían mucho en las fiestas, pero lo soportaban mejor que los de otros lugares; estaban acostumbrados.

Antes de llegar a la casa del anfitrión, su tío Hasib avisó a Abuámir del peligro que suponía entregarse sin mesura al vino fuerte de aquella tierra, el cual era conveniente mezclar con agua. Además, quien los había invitado era un caudillo poco dócil que había mantenido frecuentes pleitos con su padre.

La sala del festín se había preparado en un amplio granero de adobe cuyo pavimento de roca se había cubierto con coloridos tapices. La disposición del banquete era espectacular: los nobles se habían sentado en cojines con la espalda pegada a las paredes, en torno a un enorme promontorio hecho de frutas y hortalizas, sobre el que se asentaban varios cabritos recién asados que humeaban despidiendo aromas de carne sazonada con hierbas de la zona. Fue una cena copiosa. A los postres llegaron abundantes dulces enmelados e interminables jarras del vino delicioso y legendario que se cosechaba en aquellos montes.

El anfitrión se llamaba Danial, un hombre sabio y astuto que tenía fama de gastar bromas a sus invitados. Abuámir, por scr el agasajado, estaba situado a su derecha y bebió cada vez que a ambos les llenaban las copas. Poco a poco se fue dando cuenta de la naturaleza del juego: querían emborracharle, algo que los serranos solían hacer para divertirse a costa de los forasteros. No era difícil advertir la maniobra, pues a cada momento alguien iniciaba un brindis. Aun así, no rechazó ninguna de aquellas copas, haciendo caso omiso de la advertencia de su tío Hasib, que sabía bien cómo las gastaban aquellos individuos.

La noche fue avanzando y se habló de asuntos intrascendentes, se contaron chistes y se entonaron coplas. Pasadas unas horas, el ambiente empezó a languidecer, y Danial y sus amigos tuvieron que resignarse a aceptar que no se divertirían viendo a Abuámir embriagado, babeando o llevado a hacer cosas ridículas delante de ellos. Entonces tuvieron que conformarse con recordar con socarronería cuánto se rieron cuando desnudaron a tal o cual forastero, o lo vistieron de bailarina, o lo transportaron a otro lugar lejano mientras dormía la borrachera.

Pero la fiesta no podía transcurrir sin que aquel vino causara sus estragos. Antes de la madrugada, la euforia volvió otra vez a la reunión, cuando Abuámir se hizo el dueño de la situación y propuso todavía media docena más de brindis que derrumbaron a varios de los comensales. Entonces acudió a él esa extraña locura que le embargaba a veces y le llevaba a jugar con los demás como si fueran marionetas.

—Me ha gustado a mí esto de las bromas —dijo.

—¡Oh, es algo maravilloso! —dijo Danial satisfecho—. Deberías venir aquí alguna vez cuando estemos en faena. Recuerdo aquella vez que...

—¡Subamos a la torre! —exclamó Abuámir de repente, interrumpiendo a su anfitrión.

—¿A la torre, ahora? —dijo Danial.

—Sí, veamos cuán borrachos estamos —propuso Abuámir poniéndose en pie.

—¡Eso, a la torre, a la torre...! —secundaron los demás.

Contigua a la sala del festín había una terraza que comunicaba con la escalera de caracol que subía a la más alta de las torres. Tambaleándose, los comensales salieron y, siguiendo a Abuámir, ascendieron por la oscura sucesión de peldaños. Al llegar arriba, se encontraron con un espectáculo grandioso. Estaba amaneciendo y el mundo se vestía con sus tonos madrugadores: el mar plateado a lo lejos, la plomiza bruma de los montes y, abajo, el pueblo que blanqueaba, concretándose en cada casa y en cada calle. La brisa, fresca y limpia, transportaba aromas confundidos. Los pájaros cantaban al día nuevo. La altura era de vértigo.

Abuámir se sintió entonces en su espacio particular, dueño de todo y de todos. De un salto, se encaramó en una de las almenas y extendió los brazos para guardar el equilibrio de espaldas al vacío. El corazón de los presentes sufrió un vuelco.

—Querido Danial, señor de Frigiliana, me has traído a tu casa para reírte de mí, delante de tus amigos y de los míos —dijo con voz potente—. Pues bien, aquí me tienes, ya ves que no estoy más borracho que vosotros… El que esté más sereno que yo que se suba aquí.

Las risitas y los gestos divertidos habían desaparecido de todos los rostros menos del de Abuámir, que lanzaba sonoras y rotundas carcajadas que retumbaban en los montes.

—Bien… ¿Qué pretendes? —dijo con seriedad Danial—. Vamos, desciende de ahí, antes de que ocurra una desgracia.

—Yo, descender, ¿por qué? ¿No queríamos divertirnos? ¡Vamos! Si estás tan sereno, si eres tan experimentado bebedor de vino sube aquí conmigo. Si lo haces me bajaré y tomaremos la última copa.

Danial miró a un lado y a otro. Estaba muy bebido y se tambaleaba. A su alrededor vio los ojos aterrorizados de sus amigos. Inspiró como para tomar fuerza e hizo ademán de encaramarse a las almenas, pero de manera torpe. Abuámir le tendió la mano y le ayudó a subir.

—¡Vamos, dejémonos de chiquilladas! —gritó alguien.

Danial tragó saliva al verse en el borde del precipicio. Las piernas le temblaban. Abuámir le sostenía por las manos y ambos se miraban fijamente.

—¡Está bien! ¿Ya estás contento? —preguntó Danial—. Ahora, bajemos…

—¡No! —dijo Abuámir soltándolo de repente—. Una cosa más... Demos una vueltecita.

Abuámir corrió saltando de almena en almena alrededor de la torre, mientras Danial se encogía sobre sí mismo gritando y llorando como un niño.

—¡No, por favor! ¡Basta!

Los amigos corrieron hacia él y le ayudaron a descender. Entre tanto, Abuámir completó su vuelta y, de un salto, se puso a salvo en el centro de la torre.

Danial y sus amigos se marcharon de allí sin decir palabra. Y Hasib y los hermanos de Abuámir se quedaron, enfurecidos.

—¡Eres un loco! —le recriminó su tío—. Eso que has hecho era innecesario. Podríais haberos matado. No estamos en condiciones de hacer equilibrios.

—¡Bah! Así es como hay que tratar a esta gente —replicó él—. ¿Qué se han creído? ¿Piensan que soy un débil hombre de ciudad, cuya vida ha transcurrido solo entre maestros canosos? Así aprenderán a respetarme.

Aquella misma mañana tuvieron que marcharse de allí, porque los habitantes de Frigiliana se habían sentido ofendidos por la actitud arrogante de Abuámir.

Descendieron por la vertiente que conducía a la costa y emprendieron el camino de regreso a Torrox por la orilla del mar. El cielo estaba azul, transparente, y los huertos que limitaban con las playas, en las fértiles llanuras, al borde mismo del mar, aparecían llenos de higueras, olivos, vides, almendros y cañas. Cabalgaban en silencio, tal vez meditando sobre los sucesos de la noche anterior o sumidos en la confusión mental de la resaca.

A lo lejos divisaron a un grupo de jinetes que galopaban en su dirección levantando polvo en el camino. A medida que se acercaban vieron que eran hombres armados; un centenar o más.

—¡Dios nos asista! —exclamó Hasib—. Es Danial con su gente.

—¿Y qué? —preguntó Abuámir.

—Es gente orgullosa y fiera. Después de lo de anoche se habrán sentido desairados y vienen a pedir explicaciones.

—Déjamelos a mí —dijo Abuámir. Espoleó el caballo y galopó hacia ellos directamente.

Cuando estuvo frente a Danial, que ocupaba el centro del grupo, tiró de las riendas y se detuvo. Los de Frigiliana también se pararon. Abuámir miró directamente a los ojos de su caudillo. Hubo un rato de tensa quietud, en el que tan solo se escuchaba el resoplar de los equinos.

Danial echó pie a tierra y avanzó. Abuámir también descabalgó. Los dos permanecieron frente a frente.

—¿Tu padre no te enseñó a despedirte? —preguntó Danial.

—Pensé que el vino te haría dormir durante todo el día —respondió Abuámir.

—Aquí bebemos para divertirnos —dijo Danial—; no para asustar a la gente.

—¿Tú te asustaste anoche?

—Yo no; pero hubo quien lo pasó mal…

—Pues no haber bebido —sentenció Abuámir—. Si hacéis que los hombres beban para verlos privados de juicio y burlaros de ellos, debéis aceptar las consecuencias. Yo también he pasado miedo esta mañana al recordar las locuras a las que ayer me condujo vuestro vino. ¿Crees que vine a tus tierras para ofenderte? Si piensas eso te equivocas y no eres justo conmigo. Anoche quisiste que la diversión a la que estáis acostumbrados me pusiera en evidencia delante de los tuyos. No soy un muchacho estúpido. Entré en la trampa que me tendisteis y os seguí el juego para no desairaros. Lo que pasó después no es culpa mía, sino de los iblis que se adueñan del alma de los hombres cuando están ebrios. Si hubiera sabido que vuestro vino me iba a poner en lo alto de una torre y al borde mismo de la muerte, no habría bebido ni una gota.

Danial bajó la cabeza y depuso su actitud altanera. Luego sonrió, tímidamente primero y ampliamente después. Abuámir le devolvió la sonrisa. Los dos rieron a carcajadas y se acercaron el uno al otro. Danial le besó en las mejillas con sincero afecto.

15

Azahara, año 962

Hacia finales del invierno se recibieron malas noticias del norte. El rey leonés, Sancho I, y el rey de Pamplona, García Sánchez I, rompieron definitivamente el antiguo tratado firmado con Abderramán al Nasir y pusieron en libertad al conde Fernán González, enemigo acérrimo del califato, que permanecía preso desde los tiempos de la reina Tota, en virtud de las cláusulas de la alianza. El conde regresó inmediatamente a Burgos y expulsó de allí a su yerno, Ordoño IV, al cual hizo pasar a territorio musulmán bien escoltado. La vieja amenaza de los reinos del norte volvía a despertarse.

Asbag fue llamado a Azahara, pero no por Alhaquén, sino por el excelso visir Uzman al Mosafi, que ocupaba la Secretaría de Estado.

La casa del visir Al Mosafi estaba en Azahara, junto al palacio del califa; era sólida pero comparativamente modesta. Él siempre había disfrutado de la mayor confianza de Alhaquén, que apreciaba sobre todo su integridad y su celo por no gravar el presupuesto califal con gastos inútiles. Escrupulosamente correcto, siempre evitó la fastuosidad que convenía solo al rey. De origen modesto y de una familia beréber establecida en Valencia, sabía que los rápidos éxitos de su carrera se debieron a los lazos de personal amistad que le unían al príncipe, ya desde que su padre, Uzman ben Nasr, fuera su preceptor. Alhaquén, mucho antes de llegar al poder, había tomado bajo su protección a su condiscípulo, al que nombró su secretario particular, antes de influir para que se le diera el gobierno de la isla de Mallorca. Al subir al trono, el nuevo califa llamó a su amigo, y Al Mosafi fue elevado a visir y promovido a gran magistrado de la shurta. Era sin duda el hombre más poderoso del reino después del califa, pero siempre se mantuvo alejado de todo lo que pudiera hacer sombra a su señor y amigo.

La casa era silenciosa y cerrada. Los únicos ornamentos eran un pórtico estucado y un jardín. Asbag fue conducido por un criado hacia el interior, pues el visir se había retirado de la sala de audiencias a sus aposentos privados. El obispo se lo encontró de frente, al doblar una esquina, y solo supo quién era cuando el esclavo se inclinó en una larga reverencia. Ataviado con la vestidura beréber y con pantuflas bordadas, Al Mosafi era moreno, delgado, de facciones delicadas, de cabellos y barba rizados y ojos oscuros; usaba la gorra marrón de los hombres de África. De momento miró al obispo sin reconocerlo. Luego ambos se saludaron.

—Perdona mi sorpresa —se disculpó Asbag—; siempre nos hemos visto de lejos…

—No tienes por qué dar explicaciones —dijo sonriendo el visir—. Eres amigo del califa y ello es suficiente motivo para que yo te reciba en privado.

—Te agradezco esa deferencia.

—Supongo que estarás al corriente de lo que sucede al norte con los reinos cristianos —dijo el visir.

—Sí; las noticias corren por Córdoba. Aunque imagino que los detalles del asunto no son del todo acertados… Se habla del conde Fernán González; la gente dice que fue puesto en libertad por el rey navarro y que anda instigando a sus bandas de gentes armadas para hostigar y organizar rapiñas desde las fronteras. También se dice que hay orden de guerra santa…

—Hay parte de verdad en tales rumores. El conde es un hombre obcecado y está decidido a volver a las andadas, aunque todavía no se sabe a ciencia cierta quiénes están dispuestos a seguirle ciegamente. Hasta ahora solamente puede hablarse de escaramuzas y meras incursiones; no podemos considerarlo una guerra. Por eso, lo de la yihad es tan solo un rumor del pueblo. Pero no voy a negarte que el ejército se está preparando. Fernán González es una bandera viviente para los rumíes y... nunca se sabe.

—¡Dios bendito! —exclamó el obispo—. Se estaba tan a gusto en paz...

—Sí, pero la paz debe mantenerse con esfuerzo. Por eso te hemos mandado llamar. Nuestro señor, el califa, ha dispuesto que no se escatimen negociaciones con el norte para evitar la guerra. Durante estos últimos años los embajadores que envió Abderramán han envejecido o han roto sus lazos con el reino, y los legados enviados a León y a Burgos han sido desoídos. Nos encontramos en un momento delicado que solo la habilidad y la firmeza diplomática podrán superar. Hemos creído conveniente que parta una embajada formada por cristianos mozárabes, ya que el asunto tiene claros matices de guerra religiosa, algo que se podrá evitar si quienes dialogan son hermanos de fe.

—¿Quieres decir que hemos de organizar una embajada de cristianos cordobeses? —preguntó Asbag.

—Eso mismo.

Asbag reprimió un brusco suspiro. En un momento se dio cuenta de que se le venía encima una difícil tarea, puesto que lo que en realidad se le pedía era que encabezara él dicha embajada.

—En ese caso —dijo con cautela—, ¿se me podría dar tiempo para consultarlo con otras autoridades de la comunidad?

El visir hizo un gesto de contrariedad.

—¿Cuánto tiempo? —preguntó.

—El necesario para reunir a los miembros del consejo...; una o dos semanas, contando con las deliberaciones y la opinión del metropolitano de Sevilla.

—Tienes diez días —sentenció rotundamente Al Mosafi—. Y, por favor, sé consciente de la trascendencia del asunto que ponemos en tus manos. En el fondo, se trata de la paz...

Mientras regresaba a Córdoba, Asbag meditó preocupado. Precisamente ese era un momento difícil en la comunidad. El dichoso monje del norte, Niceto, traía a todo el mundo revuelto con su extraña y apasionada manera de plantear las cosas. Se había inmiscuido en múltiples asuntos, había recorrido las casas de los principales miembros del consejo y había predicado insistentemente sobre la necesidad de entablar relaciones con los reinos cristianos… ¿Quién podría venir ahora a sugerir que la comunidad se alineara rotundamente con la autoridad musulmana? En el fondo, nadie conocía al actual califa, salvo el propio Asbag; ninguno de los cristianos estaba al tanto de las verdaderas y sanas intenciones de paz de Alhaquén. Para ellos el califa era alguien lejano e inaccesible; y, lo peor de todo, hijo del odiado Abderramán. ¿Quién podría convencerlos de que el hijo nada tenía que ver con el padre? Sobre todo, estando aún vivos los que asistieron al martirio cruel del niño Pelayo. Además, Asbag no era el más indicado para defender al actual califa, puesto que, para todos, su elección como obispo había venido directamente de Azahara.

Por un momento se sintió completamente solo frente a este complicado problema. Pero pronto pensó en una persona ecuánime que le comprendería: Walid ben Jayzuran, el juez de los cristianos de Córdoba. Era un sincero amigo suyo y había sido amigo del anterior obispo, por lo cual estaba libre de sospechas. Walid era un hombre justo y comprensivo; un cristiano entero, piadoso y reconocido por todos desde hacía más de treinta años. Asbag pensó en acudir a él sin dilación, antes de enfrentarse con el resto de la comunidad.

Córdoba

El cadí Walid se alojaba en una de las casas señoriales más antiguas de Córdoba, construida posiblemente por cristianos hacía más de doscientos años, porque era vecina de la iglesia de Santa Ana y colindante con el huerto del monasterio más viejo. El juez era un sesentón enjuto y de aspecto distante a primera vista, reservado y meditabundo, pero cordial y amable en el trato. Era un hombre acostumbrado a mantener el tipo en los tiempos difíciles. Había tenido que aceptar el cargo en los tensos días de Abderramán, cuando el visir y gran parte de la aljama habían empezado a mirar con recelo a los cristianos, a causa de los conflictos con los reinos del norte. En definitiva, un hombre firme y valiente, que vio marcharse a lo más granado de la nobleza mozárabe y decidió permanecer. Asbag lo conocía ya desde hacía más de quince años, y sabía cuánto había sufrido junto al anterior obispo por la indiferencia y la frialdad de la corte de Al Nasir, que ignoraba por sistema a la comunidad de mozárabes. Ahora estaba contento, porque la tolerancia de Alhaquén facilitaba las cosas, y veía con ojos agradecidos y admirados que el obispo de Córdoba entrase y saliese de Azahara con entera libertad.

Cuando Asbag llegó a la casa de Walid recibió, como siempre, una cálida bienvenida. Inmediatamente fue conducido hasta la mesa e invitado a compartir la comida, junto con los hijos y nietos. La mujer del juez, María, era una matrona alegre y decidida, un complemento perfecto para él, puesto que sabía animar y sostener la conversación cuando su esposo se sumía en sus silenciosas cavilaciones. Aquella era sin duda la casa donde el obispo se encontraba más a gusto. Comieron y se sintió más aliviado, comprobando que era tratado como un miembro de la familia. Incluso uno de los pequeños había trepado encima de él, y le pasaba las manos pegajosas por el manto limpio, después de haber manoseado los dulces.

—¡Bien, bien! —ordenó enérgicamente Walid—. ¡Fuera niños de la sala! Llevaos a los pequeños, que se están poniendo muy revueltos.

María y sus nueras acarrearon obedientemente a los nietos, y los hijos también se despidieron respetuosos, suponiendo que el obispo y su padre querrían hablar de cosas importantes.

Cuando se quedaron solos, Asbag sintió cierto reparo a la hora de tratar el asunto que le había llevado hasta allí, puesto que el cadí Walid no dejaba de inspirarle cierto respeto; pero reparó en que, en todo caso, él era el obispo, y sabía cuán deferente era el juez hacia las autoridades religiosas. Decidió pues abordar el tema con naturalidad.

—Hoy he estado en Azahara —dijo—. Tuve que acudir allí por orden del gran visir Al Mosafi.

—Me alegro —dijo Walid sonriendo—; es bueno que los muslimes no se olviden de nosotros. ¿Has visto al califa?

—No. Desde su matrimonio y el embarazo de su esposa vive dedicado a sus asuntos privados. Es el gran visir quien se ocupa de los negocios del Estado en su nombre. Al Mosafi es un hombre eficiente y, como todo el mundo sabe, tratar con él es como tratar con el propio califa.

—Y bien, ¿sobre qué habéis despachado? Naturalmente, si es cosa que afecte a la comunidad...

—Afecta y mucho —respondió Asbag en tono grave—. Se trata de algo complicado que me tiene preocupado; por eso he venido a verte. El califa quiere enviar una embajada al norte para negociar con los reinos cristianos sobre el asunto de las plazas fronterizas. Como sabes, el conde Fernán González está libre y anda armando gente para intentar emprender de nuevo la conquista.

—¡Bah! El conde es un fanfarrón; no puede hacer sino molestar como un mosquito.

—Me temo que es mucho más peligroso esta vez. Ha conseguido que le apoyen el rey de León, el de Navarra y un indeterminado número de condes y señores de Portucale y de Francia; las embajadas han sido expulsadas y la guerra parece inevitable.

—¿Es un levantamiento de la cristiandad? —exclamó el juez poniéndose en pie—. ¿Una guerra santa? ¿Está bendecida por el Papa?

—No lo sé. Pero sin duda los obispos del norte y un buen número de abades y monjes andan detrás de todo esto. Algo que... —Asbag hizo una pausa, antes de proseguir cautelosamente—, algo que sospeché desde que Niceto llegó a Córdoba. ¿No habías notado un extraño ánimo belicista en sus predicaciones?

—Ciertamente es un hombre apasionado —respondió el juez con calma—. Supuse que pretendía animarnos a emprender la peregrinación a toda costa... Pero nunca me pasó por la imaginación que fuera un emisario.

—Supongo que habrá más de un predicador de su estilo alborotando por las otras comunidades de Alándalus —dijo Asbag—. Lo cual puede causarnos problemas con las autoridades musulmanas en un momento tan delicado.

El juez Walid volvió a sentarse frente a Asbag y ambos guardaron silencio durante un rato, como reflexionando sobre el tema. Luego el obispo prosiguió:

—Esa embajada que pretende enviar el califa nos afecta especialmente. Porque... porque desea que esté formada por mozárabes. Es más, Al Mosafi me ha pedido que sea yo quien la forme.

—¡Dios, cuánto han cambiado las cosas! —exclamó Walid—. ¡Si tu predecesor levantara la cabeza...!

—He pensado que deberías ayudarme en esta tarea —dijo Asbag con serenidad—. Eres un hombre justo y preparado; no veo a nadie más indicado. —Le dedicó otros elogios, dándole tiempo para pensar. El peligro del momento era grande. Si Walid se negaba, Asbag se vería atrapado en medio del visir y la comunidad—. Bien, esto es algo serio. Puedes meditarlo.

—¿Y la peregrinación? —preguntó el juez con seriedad—. ¿Has pensado en lo que supondrá cambiar la peregrinación, que tanto tiempo llevamos preparando, por un servicio al califa? ¿No lo verán como una claudicación más ante los caprichos de los musulmanes?

—Sí, lo he pensado. Pero si entramos en guerra con los cristianos tendremos que olvidarnos definitivamente de ir a Santiago de Compostela.

—¿Hay alguna otra opción posible? —dijo el juez, huraño.

—Me temo que no. La única manera de poder seguir viviendo en paz es intentar la negociación... y ponernos en manos de Dios.

Viendo que Asbag lo miraba en silencio y esperaba su respuesta, Walid se sintió obligado a contestar.

—Bien, cuenta conmigo. Eres el obispo... Confiemos en el Todopoderoso.

—Te agradezco de corazón la confianza, Walid —dijo Asbag llevándose la mano al pecho—. Hoy mismo mandaré una carta al metropolitano de Sevilla para solicitar su presencia urgente en Córdoba.

Se decía que un despacho llevado por mensajeros reales era aún más veloz que los pájaros. Por eso Asbag le pidió al visir Al Mosafi

117

que se citara al obispo metropolitano de Sevilla desde Azahara. Pero él escribió el pergamino con el siguiente texto:

Graves sucesos amenazan la paz. Te rogamos que acudas a Córdoba a la mayor brevedad.
Tu hermano en el Señor Jesucristo:

Juliano Asbag ben Abdulah ben Nabil,
episcopus coturbensis

Por la carretera real de Sevilla viajaba un correo. Su ágil caballo devoraba las distancias. Antes de que el animal necesitara descanso, habría llegado a la próxima posta, donde otro hombre y otra bestia seguirían adelante con el mensaje del obispo.

16

Córdoba, año 962

Las enormes puertas de las gruesas murallas exteriores estaban abiertas. Una fila compuesta por una veintena de mulas se detuvo. Un grupo de soldados se le acercó. Se intercambiaron algunas palabras y los recién llegados cruzaron la puerta de Alcántara. Era la mañana del sábado y Córdoba hervía de visitantes: soldados veteranos, judíos aprovechando su descanso, cristianos llegados para celebrar el domingo, mercaderes, charlatanes, mendigos...

Nada más entrar en la ciudad, en la explanada de Al Dcha-mí, frente a la gran mezquita, la fila de mulas volvió a detenerse. Un palafrenero guiaba una hermosa bestia torda por las riendas, a cuyos lomos iba un viejo e hirsuto hombre barbado, tocado con el píleo de fieltro rojo y con el racional bordado en oro sobre los hombros, que sostenía el báculo en una mano y el manípulo en la otra, por lo que hubo de ser ayudado a descender de su cabalgadura. Nada más echar pie a tierra, se puso de rodillas y besó el suelo de Córdoba.

El anciano visitante era el arzobispo de Sevilla, cuyo nombre cristiano era Juan, pero todos le conocían como el mumpti Obadaila aben Casim.

Inmediatamente las autoridades religiosas y civiles de la comunidad mozárabe se acercaron a saludarle. Le besaron las manos con reverencia, y él los fue besando en las mejillas uno por uno.

Al día siguiente en la catedral, los principales miembros de la comunidad se prepararon para la asamblea.

Fuera, en el atrio, se había concentrado un buen número de cristianos que esperaban riñendo, conjeturando, rumoreando. En el interior se había reunido el consejo, con el juez Walid a la cabeza, los cadíes, los presbíteros, los diáconos y subdiáconos, los monjes, esperando a que hicieran su entrada el metropolitano de Sevilla y Asbag, el obispo de Córdoba. A veces, cuando crecían la impaciencia y la inquietud, el murmullo subía en oleadas.

Por fin se hizo el silencio. Todos los ojos se volvieron hacia el pasillo central y aparecieron los obispos, tocados con sus mitras y sosteniendo sus báculos. Una vez cerradas las puertas, se dio principio a la reunión.

Asbag se adelantó. Le correspondía hablar a él en primer lugar como pastor que era de la comunidad. Evocó los anteriores conflictos con Abderramán, la memoria del mártir Pelayo y el desdén de la corte de Al Nasir hacia los cristianos de Córdoba. Estuvo acertado en su comienzo; un suspiro ronco de aprobación atravesó la catedral. Prosiguió agradeciendo las deferencias del actual califa y subrayó el bienestar de la comunidad en los dos últimos años. Luego le llegó el momento de hablar de la guerra que amenazaba en el norte y exhortó a la comunidad a que tuvieran deseos de paz, pues la paz es un don del reino de Cristo.

Hubo murmullos de admiración y gestos de conformidad en las filas. El obispo pensó que la cosa sería más fácil de lo que en un principio supuso.

Pero de pronto, sin ser anunciado, el monje Niceto se adelantó, esbelto e imponente con su hábito benedictino. La gente calló para escucharlo; en el fondo era lo que todos estaban esperando. El monje empleó el tono de voz con que hablaba desde los púlpitos, asombrando con su resonancia.

—Hermanos, vuestro obispo tiene razón; la paz es un don muy necesario. Pero yo pregunto: ¿quién debe buscar la paz? ¿Debe ser el rey de los musulmanes, a quien los suyos llaman Príncipe de los Creyentes? No olvidemos que los reyes cristianos lo son por la gracia de Dios. ¿Acaso pensáis que en el norte hay solamente fieros y salvajes montañeses que no se encomiendan ni a Dios ni a los hombres? No, no es así. Yo os diré lo que hay en la cristiandad: templos dedicados a Santa María, miles de monjes que alaban al Creador, esbeltas catedrales, reyes que juzgan conforme a las leyes del Altísimo y a los mandatos de Nuestro Señor Jesucristo...

Hubo murmullos de ansiedad; los miembros del consejo se miraron inquietos. El monje prosiguió:

—Sugiero que, antes de decidir en favor de esa negociación, hagamos nuestra peregrinación a las tierras bendecidas por los restos del santo apóstol. ¡Vayamos allí y veamos la cristiandad floreciente! ¡Veamos los reinos donde reina Cristo!

Sonó un fuerte aplauso. Los hombres secundaron la propuesta del monje:

—¡Eso, vayamos! ¡Peregrinemos al templo de Compostela! ¡A Santiago! ¡A Santiago...!

El cadí Walid pidió silencio. Salió al frente e hizo sonar su voz potente.

—¿Por ventura estamos locos? ¿Queréis atravesar unas fronteras amenazadas por la guerra? ¿Creéis acaso que los desalmados que se aprovechan de los conflictos os van a respetar?

Las voces se calmaron. El juez prosiguió:

—¡Insensatos, recordad los tiempos de Abderramán al Nasir! ¿Cuándo hemos estado como ahora? ¿Cuándo hemos gozado de tanto respeto y consideración por parte de la sociedad musulmana? ¿Queréis volver atrás?

Eso los impresionó. Valoraban y honraban al cadí porque había estado siempre ahí. Incluso se sabía que había sufrido cárcel y azotes hacía más de veinte años; era considerado casi un mártir en vida, un confesor de la fe.

Una nueva voz interrumpió su breve alocución. Obadaila, el metropolitano de Sevilla, se puso en pie y habló con una voz profunda, como desde una caverna.

—Nadie desde el norte va a venir a decirnos lo que debemos hacer —dijo mirando al monje Niceto—. Somos mayores de edad. Hemos permanecido aquí durante más de doscientos años, manteniendo nuestra fe en Jesucristo y su Santa Madre, sufriendo persecuciones, martirios e incomprensiones. Nuestros mártires se cuentan por centenares. No vamos a abandonar esas piedras seculares de nuestra Iglesia por ir detrás de otros templos, a otras tierras... Con ello no os digo que no sea oportuno ir a peregrinar al templo del santo apóstol, pero este no es el momento... Si ahora podemos servir a la noble causa de la paz yendo a transmitir los sinceros deseos del califa para evitar esta guerra, ¿por qué no hacerlo? ¿Quién sabe si no es eso lo que Dios nos pide?

El monje, contrariado, abandonó la catedral. La asamblea se quedó en calma, aceptando la sentencia del anciano arzobispo; su autoridad, como la del juez Walid, estaba sancionada por sus canas, muchas de ellas nacidas de la santa paciencia.

17

Córdoba, año 962

Cuando los señores de las regiones meridionales enviaron los destacamentos que les correspondían, quedó formada una gran hueste. En ella se podían identificar a simple vista los sectores que componían el gran ejército cordobés: falanges y escuadrones en formación, adiestrados por oficiales eslavos; y una ingente masa de campesinos con armas hechas en casa, reunidos por sus jefes locales en bandas sin orden, a los que con frecuencia había que aguijonear desde atrás a punta de lanza o por otros hombres armados con látigos.

Alhaquén, luciendo su armadura de parada, se desplazó hasta la cabecera del puente y pasó revista a la tropa. Toda Córdoba estaba fuera de las murallas, para disfrutar con el espectáculo del califa situado en un pequeño altozano con sus generales, sus estandartes y su esplendoroso séquito guerrero formado por los aguerridos miembros de su guardia personal, armados con enormes alfanjes y lanzas de hoja en forma de hacheta.

Esa misma mañana se puso en camino hacia el norte la primera columna, que iba a engrosar las huestes enviadas por Mérida y Toledo que le saldrían al paso. Era una marcha imponente que se abría con un estruendo de tambores y chirimías capaz de erizar el vello a cualquiera que lo escuchara en la distancia. Los caballeros iban delante, seguidos por un largo cortejo de soldados de a pie, palafreneros con caballos de refresco, herreros, carpinteros, fabricantes de arneses, carromatos, mujeres y esclavos. A cierta distancia, protegida por una escolta, marchaba también la embajada formada por los mozárabes de Córdoba, encabezada por el obispo Asbag y el juez Walid.

Dejaron atrás la fértil campiña de la vegas del Guadalquivir y remontaron las pardas serranías; atravesaron interminables mares de encinas; cruzaron ríos por encima de antiguos puentes, construidos por los romanos en el olvidado y lejano pasado, pero firmes sobre sus piedras intemporales; se adentraron por oscuros y hendidos desfiladeros... Pasaron los días y aparecieron las infinitas llanuras de Al Manxa. La lluvia arreció entonces y convirtió los caminos en un tremedal. Hubo que detenerse y extenderse a lo largo de una enorme distancia bajo llovedizas cabañas techadas con arbustos. Disponer de una buena tienda era un lujo reservado solamente para los oficiales y los altos dignatarios.

Asbag comprobó entonces cuán terrible era para las gentes que un ejército atravesara sus campos y qué gran desolación causaba cuando se detenía en un lugar: todo lo devoraban, grano y ganado; las pobres reservas que sustentan la vida de los pueblos.

Medinaceli

El cuartel general fronterizo estaba en Medinaceli, desde donde el general Galib se encargaba de asegurar las fronteras con los reinos asturleonés y navarro. Aquel era un lugar imponente que se divisaba desde una gran distancia: una inmensa loma coronada por fortificaciones y torres que arañaban los densos nubarrones del oscuro y amenazador cielo. Una parte del terreno que se extendía al pie de la colina estaba desnuda y la otra aparecía cubierta de boscosos repliegues y huecos. Todos los llanos estaban aprovechados por los campamentos asentados por el enjambre de seguidores que venían a buscar su tajada en caso de guerra: vivanderos, mozos, mercaderes, escribanos, tratantes de caballos, cantores, curtidores, danzarines, prostitutas y alcahuetes que se instalaban por las cercanías de la gran fortaleza que coronaba el alto.

El ejército cordobés ocupó el lugar que le correspondía en la margen del río. Y la embajada de mozárabes ascendió hasta la ciudadela para presentarse ante el gobernador. Unos criados se hicieron cargo de los caballos, y los visitantes fueron conducidos hasta el interior del alcázar.

Galib ben Abderramán era el más importante de los generales; se trataba de un liberto del anterior califa, como el visir Al Mosafi, y su ascenso a los más altos puestos militares tuvo ya lugar en el reinado de Al Nasir. Era un guerrero huesudo de barba rojiza y con la frente surcada por una rosada cicatriz que le daba aires de fiereza. Cuando recibió a los legados, tenía el yelmo en una mano y terminaba de leer la carta de presentación que sostenía con la otra. Miró a los recién llegados y sonrió.

—Os apetecerá bañaros después del viaje —dijo—. Os están calentando el agua. Mañana podremos encontrarnos para, con más tranquilidad, tratar del asunto que os trae aquí.

Los mozárabes descendieron hasta los baños del alcázar. Fue un placer extraordinario. Agua caliente primero, fría después, vapores, perfumado bálsamo y masajes dispensados por adiestrados sirvientes. Asbag y Walid se adormecieron de satisfacción.

Por la mañana, dos esclavos les llevaron ropas limpias. Eran prendas de tela muy fina: mantos sueltos de color rojo oscuro, calzones y babuchas bordadas; algo excesivamente lujoso para el gusto de ambos mozárabes.

—Quieren vestirnos como a llamativos pajes —comentó Asbag.

—Supongo que es la norma palaciega para los embajadores —dijo Walid—. No olvidemos que somos representantes del califa.

—Aun así, creo que será preferible que nos pongamos nuestras propias ropas.

Con las vestimentas que habían llevado desde Córdoba comparecieron ante el gobernador en la sala de audiencias.

—Veo que no habéis aceptado los trajes que os envié —dijo Galib.

—Son excesivamente llamativos —respondió Asbag—. No lo tomes a mal. Para otro tipo de embajadores resultarían adecuados, pero nosotros preferimos acudir al encuentro sin atributos de grandeza. No queremos que se identifique nuestra posición con una actitud soberbia y requirente. Somos portadores de deseos de paz.

—Está bien, está bien —dijo el general—. Sois dueños de hacer las cosas como mejor os convenga. Si Alhaquén, mi señor, os ha otorgado esta misión es porque confía plenamente en vosotros... Pero vayamos al meollo de la cuestión. Como sabéis, nos encontramos en un momento muy delicado. Las fuerzas que han llegado junto con vosotros son un recurso intimidatorio frente a la actitud de los reyes del norte. El califa no quiere la guerra; es partidario de continuar con el sistema conseguido por Al Nasir, según el cual los reinos cristianos son tributarios. Pero la actitud de los reyes Sancho y García, tal vez instigados por Fernán González, ha cambiado mucho desde la muerte de Abderramán. Todo apunta a que están ganando tiempo para advertir algún signo de debilidad en Alhaquén.

—¿Se sabe acaso si existe una verdadera alianza entre ellos? —preguntó Asbag.

—Algo hay —respondió Galib—. Pero no se aprecia una total unanimidad. El rey Ordoño se encuentra aquí con veinte señores que le son fieles, pero no se sabe aún con quién están los demás condes gallegos y astures. Sin embargo, es verdad que se adivina un cierto movimiento tendente a iniciar una campaña militar decidida, probablemente instigada por un sector de la Iglesia. Aquí es donde empieza vuestra misión.

—¿Y, concretamente, qué debemos hacer? —le preguntó Asbag.

—En primer lugar entrevistaros hoy mismo con el rey Ordoño para conocer mejor la situación. Y después cruzar la frontera para ir al encuentro de alguno de los obispos del norte para manifestarle cuál es la actitud del califa.

—Y bien, ¿dónde podemos encontrarnos con el rey Ordoño?

—Está esperando en un salón contiguo a este —respondió Galib—. Podemos hacerle pasar ahora mismo.

El gobernador hizo una señal a uno de sus secretarios y este ordenó a los criados que abrieran un grueso portalón. Una veintena de rudos caballeros norteños entró en la sala.

—¡Su Majestad el rey Ordoño IV y los excelentísimos señores que lo acompañan! —anunció el secretario.

Asbag y Walid se fueron fijando en cada uno de los caballeros tratando de identificar al monarca, pero no encontraron ningún signo distintivo. Por fin, se adelantó un hombre de estampa poderosa. No era llamativamente alto, pero su estatura estaba algo por encima de la media. Tenía el rostro alargado y bien perfilado, el cabello rubio y el bigote cuidadosamente atusado. Hincó la rodilla ante Asbag, y este pudo comprobar por primera vez el valor de un obispo en los reinos de la cristiandad. Mecánicamente lo bendijo y el rey se puso de nuevo en pie.

—Señor —le dijo Asbag—, ¿podemos hablar en privado con la anuencia de estos dignísimos señores?

—Así sea —respondió Ordoño con una voz ronca, casi metálica.

Pasaron al salón contiguo y la puerta se cerró detrás de ellos, de manera que el obispo y el rey quedaron solos junto a una gran chimenea donde se amontonaban las encendidas ascuas que caldeaban suavemente el ambiente.

—Señor —le dijo Asbag en voz baja—, oficialmente es el califa Alhaquén quien me envía a parlamentar con vos, pero... pensad que mi único Señor es el Dios Altísimo y Jesucristo nuestro único rey...

Calló y por unos instantes reinó el silencio. Ordoño miró al obispo con los ojos vidriosos, como en busca de ayuda. Luego se derrumbó y sollozó largamente, vuelto de espaldas y apoyado en la fría pared de granito. Asbag se dio cuenta entonces de cuán delicada era su posición en aquel momento. El rey Ordoño IV había sido expulsado por segunda vez del poder. Ya lo fue un día, cuando Abderramán apoyó la causa de su primo Sancho, después de que la reina Tota fuera a Córdoba. Y ahora había sido expulsado de nuevo del lugar donde tuvo que refugiarse entonces, Burgos, donde Fernán González se había hecho el dueño. Era, pues, un rey vejado tanto por los cristianos como por los musulmanes, y eso lo había convertido en un hombre desconfiado y falto de dignidad, que se sentía zarandeado como una caña por los vientos de las conveniencias ajenas.

El rey se desahogó extensamente con Asbag. Le contó las peripecias de una vida llena de zancadillas y de traiciones, en la que él no negaba su parte de culpa. Ahora se encontraba solo e indeciso, en medio de dos mundos que antes le habían fallado: sus primos, los reyes de León y Navarra, que un día lo expulsaron, unidos ahora a su antiguo amigo el conde Fernán González; y, por otro lado, el califa, que ayudó a sus competidores en la afrenta que había sufrido.

Asbag, por su parte, le expuso el motivo de su viaje y las intenciones del califa. Y decidió ir al grano, viendo que no le sería difícil escrutar las verdaderas intenciones de Ordoño.

—¿Qué pensáis hacer, pues? —le preguntó—. Todo el mundo conoce la obcecación del conde Fernán González; jamás os dejará regresar a Burgos...

—Tan solo me queda ya una esperanza —dijo el rey—. Y desde luego no es regresar a Burgos...

—Podéis confiar en mí —le dijo Asbag—. El califa me ha autorizado a guardar reserva en lo que me dicte la prudencia y mi conciencia.

—Deseo volver a ser rey de León —dijo Ordoño con rotundidad—. Un día fui elegido justamente para ello, cuando mi primo Sancho el Graso era ya incapaz de montar a caballo y reinar con dignidad a causa de su gordura. Si él no hubiera encontrado la ayuda de Abderramán nunca habría conseguido expulsarme del trono. Que sea ahora Alhaquén, vuestro califa, quien me devuelva lo que me corresponde...

—Eso tendréis que pedírselo vos mismo en Córdoba —dijo Asbag—. Yo no he venido aquí sino a buscar la paz. Podéis acompañarme de regreso y exponer vuestro deseo; pero, a cambio, jurad ahora mismo que vos y vuestros hombres no intentaréis ninguna maniobra sucia mientras inicio mis conversaciones con los otros reyes.

—¡Lo juro! —dijo en voz alta—. Si el califa me recibe puede contar con mi absoluta neutralidad.

***

128

Asbag quedó satisfecho de la forma en que se había resuelto la primera parte de su misión. Se retiró pronto a sus habitaciones para descansar. Pero, antes de dormirse, habló del asunto con el juez Walid.

—¿Podemos fiarnos plenamente de esos caballeros? —le preguntó el juez.

—Confiemos en Dios —respondió Asbag—. No olvidemos que son hombres cristianos...

—Sí, pero son guerreros acostumbrados a tropelías y traiciones.

—Aun así, Ordoño lo tiene todo perdido. Desde el principio he advertido que su única salida es encomendarse al califa. Después de todo, aunque regresara a tierras de cristianos, no dejaría de ser un simple caballero a las órdenes de sus odiados primos, los reyes Sancho y García, y del conde Fernán González. No creo que opte por ese camino...

—¿Qué piensas hacer ahora? —preguntó el juez.

—Le he pedido al gobernador Galib que envíe misivas a las autoridades eclesiásticas más próximas para solicitarles un encuentro en su propio territorio.

—¿Cruzaremos entonces la frontera? —preguntó Walid con cara de susto.

—Naturalmente; para eso hemos venido. Pero no temas. Son muy respetuosos con las autoridades de la Iglesia.

—Y, una vez allí, ¿qué vamos a decirles?

—Si he de ser totalmente sincero, te diré que no lo sé muy bien...

—¿Quieres decir... que no tenemos claro cuál es nuestra posición? —preguntó el juez sorprendido.

—Hummm... más o menos... Trataré primero de indagar para hacerme una idea de cuál es la actitud de la mayoría de los nobles, obispos y abades, como he hecho con Ordoño. Y luego aprovecharé una baza fundamental... Les diré que Ordoño va camino de Córdoba para pedir el auxilio de Alhaquén y que pretende recuperar el trono de León, como un día hicieron la reina Tota y el rey Sancho. Creo que eso les pondrá los pelos de punta.

—Pero ellos no temen a Alhaquén tanto como un día temieron a Abderramán —replicó el juez.

—Sí. Y ese es precisamente el punto clave de mi plan. Convenceremos a los obispos de que Alhaquén es un musulmán celoso y que estaría dispuesto a llamar a la guerra santa… Eso terminará de disuadirlos.

18

La Marca, año 962

Los emisarios corrieron en un sentido y otro, cruzando la Marca y portando misivas llenas de hábiles y diplomáticas sutilezas. Por fin, el obispo Asbag y sus compañeros recibieron la comunicación que los citaba a un encuentro con las autoridades cristianas al otro lado de la Marca, en Nájera.

Cabalgaron durante tres días. A mitad de camino les salió al paso un joven conde llamado Jerónimo, casi un adolescente todavía, de rostro lampiño y cabellos rubios, pero firme y decidido a la hora de comandar a sus hombres. Durante las tres jornadas siguientes cabalgó junto a Asbag, por lo que este pensó que sería oportuno sonsacarle precisamente lo que se encontraría en Nájera.

—¿Hay muchos nobles caballeros concentrados en Nájera? —le preguntó el obispo.

—¿Es tan grande el ejército del califa como dicen? —respondió el joven.

—¡Ah! Veo que estás adoctrinado para mantener cierta prevención hacia nosotros —le dijo Asbag sonriendo—. Bien, si quieres podemos hablar de otras cosas; no tengo por qué comprometerte.

Durante un rato siguieron montando en silencio. Asbag se dio cuenta de que no conseguiría sacarle nada al joven conde y desistió de su intento. Luego hablaron de cosas intrascendentes, aunque el caballero era reservado y distante.

Al final de la jornada se detuvieron en un claro para pasar la noche. Se encendió una fogata y todos se concentraron alrededor para calentarse, pues la noche empezaba a ponerse fría. Asbag extrajo su breviario y comenzó la oración de vísperas, siendo acompañado de inmediato por su secretario y los demás presbíteros.

Los caballeros se arrodillaron y se santiguaron, asistiendo en silencio al rezo en latín de la salmodia. Los mozárabes se impresionaron al comprobar la actitud devota y reverente de aquellos jóvenes. Y el obispo advirtió que ambos grupos de hombres pertenecían a mundos diferentes, pero que había algo que los unía.

La oración suavizó la situación y favoreció que se acortaran las distancias. Más tarde, mientras compartían la cena, Jerónimo, sin rodeos previos, le preguntó directamente al obispo:

—¿Cómo puede un prelado estar al servicio del rey sarraceno?

El obispo se le quedó mirando un rato y vio que los ojos del joven transparentaban una duda sincera y no una provocación.

—Verás —le respondió Asbag—, es difícil contestar a tu pregunta. Ciertamente, nuestro soberano es un seguidor del profeta Mahoma, un fiel seguidor de la doctrina musulmana... Pero entre sus súbditos no solo se cuentan mahometanos; también hay judíos, como en cualquier otra parte del mundo, y cristianos... muchos cristianos que ya vivían en Alándalus hace siglos, cuando reinaban reyes cristianos. Nosotros somos sus descendientes. No hemos escogido el lugar donde vivimos, como nadie puede escoger a sus padres ni el lugar o el día de su nacimiento. Tampoco pudimos elegir a nuestros gobernantes... Ellos ya estaban allí cuando vinimos a este mundo. Nos guste o no, Alándalus es la tierra de nuestros antepasados; es nuestro país, lo amamos, como cualquier otro hombre ama a su tierra, y queremos vivir y morir allí.

—Eso que decís es comprensible —dijo Jerónimo—, pero no responde a mi pregunta. Vos sois obispo y como tal debéis servir solo a la causa de la cristiandad. Sin embargo, venís aquí como emisario del rey de los moros. ¿No es eso una contradicción? El Papa de Roma apela a todos los señores cristianos, ya sean reyes, condes, obispos, abades o simples caballeros, para que luchen unidos por la causa de Nuestro Señor.

—Eso es fácil para vosotros que vivís en reinos cristianos —replicó Asbag—, pero yo soy el pastor de una amplia comunidad que vive rodeada de musulmanes... Si no aceptamos a nuestras autoridades correremos un serio peligro. Créeme, en todos los sitios hay hombres buenos y malos... Ningún rey es mejor que otro por ser cristiano o musulmán. Lo importante es que el rey sea un buen rey y el cristiano un buen cristiano.

Burgos

Al día siguiente, a las puertas de Burgos, Asbag comprendió por qué al joven conde le había sido tan difícil entenderle. Quien salió a recibirlos fue un caballero de aspecto imponente, revestido de cota de malla y pulida coraza, cubierto con el yelmo y empuñando la espada, rodeado por otros caballeros armados hasta los dientes. Era el obispo de Oca, don Nuño.

Como en una parada militar, pasaron juntos al interior de las murallas. El trotar de los caballos, el tintineo de los hierros y el crujir de los arneses habían alertado a la gente, que se agolpaba en las calles y plazas que servían de mercado, de talleres, de matadero... Burgos le pareció a Asbag un villorrio sucio y destartalado, donde todo se amontonaba como provisionalmente: asnos cargados de leña, sacos de grano, piedras, hierba recién cortada y basura. Cabras, ovejas, perros y gallinas campaban a sus anchas por los lodazales y los estercoleros pestilentes.

En el centro de la villa se levantaba un imponente armazón de troncos y un complejo andamiaje, donde multitud de obreros se afanaban en la construcción de un templo de piedra. El ruido de innumerables cinceles llenaba la plaza, mientras en su ir y venir unas carretas tiradas por bueyes iban depositando el material en gigantescos montones.

Asbag se maravilló contemplando las columnas y los arcos de una inmensa bóveda de cañón aún sin cubierta.

—Si Dios lo permite esta será la sede episcopal —asintió el obispo de Oca mientras descabalgaba.

133

—¡Ah, es una catedral! —exclamó Asbag—. He oído hablar de ellas…

—Sí —dijo don Nuño—. Florecen por toda la cristiandad como brotes de la única sede de Pedro en la cátedra de Roma.

Las conversaciones con el obispo de Oca fueron infructuosas. Intentar convencerle de la necesidad de la paz le pareció a Asbag como darse golpes contra una roca. Don Nuño era por encima de todo un guerrero impetuoso absolutamente obsesionado con la alianza de la cristiandad frente a los musulmanes. Era amigo personal del conde Fernán González y, antes de ser investido obispo, había participado con él en todas las correrías emprendidas contra Al Nasir. Ambos habían desempeñado ya en varias ocasiones el papel de hacedores de reyes y apoyaron en un principio a Ordoño frente a Sancho el Graso. Ahora estaban de parte de Sancho y de García, siempre que siguieran haciendo causa común contra el califa. Pero Fernán González no se encontraba entonces en Burgos, lo cual complació a Asbag, pues supuso que sería aún más obstinado que su camarada el obispo.

Dedicaron los días que permanecieron en Burgos a las cacerías y a las justas, que eran prácticamente las únicas ocupaciones de don Nuño cuando no había guerra. Resultaba inútil intentar negociar la paz con un hombre cuya única ocupación eran las armas. Además, era como conversar en idiomas diferentes. A Asbag le interesaba llegar al fondo del asunto: la necesidad de la paz y la búsqueda de una solución que evitase el encuentro de los ejércitos. Al obispo de Oca, en cambio, tan solo le preocupaba cuántos eran, con qué armas contaban y cómo se desenvolvían los efectivos de Alhaquén. Al final las discusiones derivaban hacia temas puramente militares de los que Asbag no tenía la menor idea. El obispo de Córdoba terminó por descorazonarse.

Pero lo peor de todo no había llegado aún. La situación rebasó el límite cuando don Nuño le propuso a Asbag la formación de una fuerza de cristianos mozárabes para hostigar desde el interior de

Alándalus, animados por los obispos de las diócesis sometidas al califato.

—¡Hasta aquí hemos llegado! —exclamó Asbag enfurecido e incorporándose sobre la mesa en la que almorzaban—. ¿Poner yo a mi gente en pie de guerra? Pero... ¿te has vuelto loco?

—Con la cobardía no se va a ninguna parte —insinuó don Nuño.

—¡Un momento! —gritó Asbag sin poder dominarse—. De manera que vengo aquí a intentar proponerte, como hermano en Cristo y pastor, una solución para evitar que se derrame la sangre de tus ovejas y... y te atreves a pedirme que ponga a las mías frente a los lobos...

—¿Qué lobos? ¿Qué ovejas? —gritó entonces don Nuño, rojo de cólera—. Ya... ya me habían advertido que los cristianos moros erais gente apocada y domesticada por vuestros amos sarracenos...

—¡Juez Walid, vámonos de aquí! —ordenó Asbag retirándose de la mesa y descolgando su capa del perchero.

El obispo de Córdoba y el juez salieron airados de la sala y se encaminaron hacia sus habitaciones para recoger sus cosas. Avisaron a los otros presbíteros y a los criados que los acompañaban y montaron en sus caballos para irse de allí.

Don Nuño, desde la ventana, les gritaba enfurecido:

—¡Obispo de moros, eso es lo que tú eres! ¿Qué predicas allí? ¿A quién predicas... a Mahoma? ¡Ve y dile a tu dueño y señor, a ese sarraceno del demonio, que aquí reina Cristo!

Los mozárabes espolearon a los caballos y pusieron rumbo a la puerta de la villa. Las voces del obispo resonaban aún.

—¡Debería mataros... si fuerais hombres! ¡Pero no sois hombres; sois monjas con diarrea!

Dejaron Burgos y se adentraron en los bosques, por las laderas de los montes. Asbag iba en silencio, con un nudo en la garganta y sumido en la depresión. En su mente daba vueltas a aquella situación absurda y sin salida. Se aturullaba ante lo que no podía entender. Más adelante lloró amargamente, de rabia primero y de tristeza después. El juez Walid intentó confortarle.

—¡Bah, no nos vengamos abajo; no merece la pena! —dijo—. Hemos hecho lo que debíamos y basta… Allá ellos.

—Todo esto me asusta —confesó Asbag—, me asusta mucho. No puedo evitarlo.

En un claro, se toparon con un pequeño santuario dedicado a la Virgen. Desmontaron y se dispusieron a orar un rato. Pero uno de los criados que venía rezagado llegó atemorizado y gritando:

—¡Nos persiguen! ¡Los hombres del obispo nos persiguen! ¡Vienen por el camino al galope y armados!

—¡Oh, Dios mío! —gritaron los demás, angustiados—. ¡Virgen Santísima, asístenos!

Asbag sintió entonces que estaban en peligro. Supuso que el obispo don Nuño no había quedado conforme y quería dar rienda suelta a su odio.

—¡A la ermita! ¡Todos a la ermita! —ordenó.

Él se colocó en la puerta, cerrando el paso. Decidió que ofrecería su persona y pediría que dejaran en paz a sus compañeros. Todo fue muy rápido. Los caballeros llegaron al claro con un repiqueteo de cascos y se detuvieron. Los yelmos y la oscuridad de la tarde impedían distinguir los rostros.

El caballero que venía al frente descendió de su montura y caminó hasta Asbag. Se plantó ante él sin decir nada. Fue un momento tenso. El jinete se desató la correa del mentón y se descubrió la cabeza; aparecieron sus cabellos claros y su sonrisa. Era el conde Jerónimo.

Asbag le miró directamente a los azules ojos buscando penetrar en su alma.

—¿Qué quieres de nosotros? —le preguntó.

El caballero se arrodilló entonces, para sorpresa de todos los presentes.

—Venerable padre —dijo—, bendecidme a mí y a los míos. Hemos cabalgado con vosotros durante tres jornadas, las suficientes para ver que sois hombres de Dios…, hombres de bien. Disculpad a don Nuño. De él diría Nuestro Señor que no sabe lo que hace. Ha pasado la vida luchando y no ve más allá de su celada. Pero no nos hagáis responsables a nosotros de sus desvaríos. Las palabras que pronunció hace un rato son solo suyas. Mi corazón quedaría desconsolado si hubierais pensado que hablaba por todos.

Un reguero de lágrimas se deslizó desde los ojos del obispo Asbag. Había leído en los libros historias de nobles caballeros y, hasta ese momento, creyó que eran fantasías y leyendas. Elevó la mano temblando de emoción y pronunció la bendición:

Benedicat vos Omnipotens Deus:
Pater, et Filius et Espiritus Santus…

Una bandada de pájaros removió entonces la espesura, y del bosque llegó una húmeda y dulce ráfaga de aromas que hizo estremecerse a los presentes.

19

Pamplona, año 962

El conde Jerónimo y sus hombres se dirigían directamente a Navarra, para unirse a los caballeros que llegaban desde los reinos cristianos acudiendo a la llamada de los reyes de León y Navarra, que preparaban la campaña. El propio conde aconsejó a Asbag que hicieran el camino juntos, pues el destino de ambos grupos era el mismo. Cabalgaron por estrechos senderos, por profundos valles, hacia el este a través de un terreno montañoso.

La llegada a las inmediaciones de Pamplona desveló por fin la intención de los reinos cristianos. Los alrededores de la capital navarra eran un inmenso campamento formado por la concentración de huestes procedentes de Galicia, Asturias, León, Castilla, Vasconia, Aragón, Gascuña, Cerdeña, Rosellón… Cientos de caballeros habían acudido a tomar parte en la aventura de la campaña contra el moro.

Desde un altozano, los mozárabes y los caballeros burgaleses contemplaron el panorama: tiendas de campaña de todos los colores y formas, barracones, cuadras, estandartes, talleres, rebaños y miles de rudos guerreros norteños ávidos de lucha y de botín.

—No han perdido el tiempo —dijo el juez Walid—. Esta concentración debió de iniciarse nada más conocerse la muerte del califa Abderramán.

—Sí —comentó Asbag—. Y me temo que será imparable si Dios no lo remedia.

—No lo creáis —dijo el conde—. La mayoría de los señores convocados están aún indecisos. Ni Ripoll, ni Barcelona, ni Urgel, ni Pallars se han presentado. No hay unanimidad acerca de la conveniencia de esta guerra.

—¿Por qué acudes tú entonces? —le preguntó Asbag a Jerónimo.

—Tengo veinte años… Es la edad en la que un hombre desea conocer el mundo —respondió el joven.

—¿Aun a costa de la sangre y el dolor de otros? —preguntó Asbag.

—La guerra es inherente al mundo —respondió Jerónimo—. ¿Creéis que nosotros la hemos inventado? Si nos dedicáramos solo a criar rebaños y a labrar la tierra, vuestro califa vendría y nos quitaría el fruto de nuestro trabajo sin mediar palabra. Así es el mundo…

—Tristemente tienes razón —le dijo Asbag—. Por eso estamos aquí. También alguien tiene que intentar hacer la paz. Sería terrible dejar hablar solamente a las espadas.

—Sí —asintió con sinceridad el joven conde—. Eso lo respeto. Tenéis todo el derecho a intentarlo.

Descendieron de los cerros y atravesaron el gran campamento, pasando ante los pabellones donde lucían las armas de los señores más extraños, cuya vida de hombres de guerra se desenvolvía con naturalidad en aquellas horas de la tarde: bebían vino junto a sus tiendas, jugaban a los dados o conversaban plácidamente, mientras sus escuderos y asistentes les pulían las armaduras, barrían la puerta o les cocinaban la cena.

Las murallas de Pamplona permanecían cerradas a cal y canto, pues aunque aquella multitud guerrera era aliada, no dejaba de suponer una amenaza para la pacífica vida que se desenvolvía dentro de los muros.

Jerónimo y sus hombres se despidieron allí mismo, junto a la barbacana de la puerta principal.

—Rezad por mí, venerable padre —pidió el conde—. Y que Dios lleve a buen término vuestra misión.

—Cuídate, noble caballero —le dijo Asbag—. La vida tiene mucho que ofrecerte; no merece la pena que la pierdas persiguiendo contiendas que no conducen a nada. Siempre es mejor la paz.

—Sí, pero si hay guerra es nuestro deber acudir.

—¡Que Dios te proteja!

Después de identificarse, la comitiva mozárabe tuvo que aguardar un buen rato delante de la barbacana. Después apareció un sacerdote, llamado Silvio, un hombre locuaz y sonriente, bajo, calvo y de rizada barbita de chivo.

—¡Conque el señor obispo de Córdoba! —exclamó desde las almenas—. Ya bajo, un momento…

Se descorrieron los cerrojos y se levantaron ruidosamente las aldabas; la puerta crujió y chirriaron las bisagras.

—¡Vaya, vaya, qué sorpresa! —dijo don Silvio—. ¡Noticias de moros! ¡Frescas noticias de Córdoba! Pasad, pasad, nobles señores.

El sacerdote los acompañó hasta los palacios principales, que se encontraban en el centro de la ciudadela. Se alojaron en un enorme caserón de piedra que pertenecía al obispo, edificado en torno a un claustro de columnas en cuyo centro había un pozo. Todo era frío y austero. Don Silvio los invitó a que se pusieran cómodos y les proporcionó mantas y comida. Durmieron allí aquella noche sin que nadie volviera a decirles nada.

Por la mañana, el sacerdote apareció silencioso como una sombra mientras estaban desayunando y anunció que el obispo de Pamplona los recibiría inmediatamente.

Acudieron a la casa del obispo, que estaba junto a la catedral. El prelado era un anciano de largas barbas blancas al que Asbag recordaba perfectamente, pues había acompañado a la reina Tota cuando esta viajó a Córdoba. Ambos obispos se abrazaron cordialmente. Se hicieron las presentaciones del resto de la comitiva y después se quedaron solos los dos en la sala capitular.

—Supongo que recibirías mi carta —le dijo Asbag—. En ella te expuse el motivo de nuestra visita. ¿Vas a ayudarme?

—Sí —respondió el obispo de Pamplona—. Ya he puesto al rey al corriente de tu llegada. Esta misma tarde nos recibirá en su palacio. Pero, dime, ¿vienes por cuenta propia o te envía el rey moro?

—Un poco de ambas cosas —respondió Asbag—. He salido con la anuencia y las buenas intenciones del califa, pero no traigo un cometido concreto, ninguna carta, ningún mensaje... Mi misión consiste en convenceros de que tendréis mucho que perder en caso de guerra.

Asbag le contó entonces al obispo de Pamplona lo que le había sucedido con el obispo de Burgos. El anciano prelado escuchó atentamente con el rostro lleno de preocupación.

—Don Nuño es un hombre fiero y vehemente —dijo cuando Asbag terminó de narrarle lo sucedido—. Hace tiempo que estamos acostumbrados a sus bravuconerías. Si por él fuera estaríamos constantemente en guerra. Su padre era un conde montaraz y belicoso de los Montes de Oca y él se educó como un guerrero antes de ser sacerdote. Y no es el único; muchos obispos y abades del norte son tan aficionados como él a las armas. Pero... así están los tiempos; son nuevas costumbres que llegan desde Europa.

Por la tarde, los dos obispos fueron recibidos por el rey de Navarra. Asbag decidió esta vez cambiar la táctica. Enseguida se dio cuenta de que don García era un monarca sin carisma; tartamudo y tembloroso, por lo que le llamaban el Trémulo, de rostro redondo y enrojecido y de pequeños ojillos temerosos. Adivinó que era un hombre indeciso, tal vez manejado por el impetuoso conde Fernán González, al que había retenido preso durante varios años en Pamplona según las cláusulas del pacto que le obligaba con Abderramán.

Después de las salutaciones, Asbag se puso directamente frente a él y le habló con seriedad y franqueza.

—Majestad, sin duda os han asesorado mal. Pensáis que el actual califa, Alhaquén II, es un rey apocado y de escaso temperamento. Habéis de saber que no es así. Nada está más lejos de la realidad. Y si os han dicho eso os están haciendo un flaco favor. Ciertamente Alhaquén no es como su padre; no es cruel y despiadado; no ama la guerra a toda costa... Es un sabio; un verdadero hombre de libros y de ciencias, lo cual le ha hecho inteligente y astuto. En fin, es un rey capaz de anticiparse a las reacciones más nimias de sus competidores. Por ello acuden a Córdoba embajadores de todo el mundo: del emperador de Bizancio, Constantino el Porfirogéneta; del propio Otón de Germania; de los califas de Bagdad... Y, últimamente, se encamina hacia allí vuestro propio primo, el rey Ordoño IV de León, con un buen número de condes...

—¿Mi... mi primo Ordoño? —interrumpió el rey—. Pero él ya no es el rey de León, lo es mi primo Sancho...

—¡Ah, sí! —exclamó Asbag—. Lo es vuestro primo Sancho con la ayuda del ejército de Córdoba que le aupó a recuperar su trono... Pero lo será por poco tiempo... Pues si seguís obstinados en no cumplir lo que prometisteis al reino de Córdoba, Ordoño regresará con un gran ejército y será él quien ocupe ahora el trono... Veréis..., al califa le es indiferente uno que otro: antes Sancho, ahora Ordoño... ¿Comprendéis? Lo importante es que respeten los tratados...

El rey García pareció hundirse en su sillón. Miró a un lado y a otro, como buscando apoyo en sus asesores. Pero era evidente que entre ellos cundía el desconcierto. Asbag aprovechó para proseguir:

—Yo soy un obispo cristiano; no puedo mentir. El ejército del califa es enorme, creedme. No como esos caballeros que acampan en las afueras de Pamplona, junto al río Aga, que son libres; si quieren se quedan, si no, vuelven a sus condados y señoríos. No, el ejército cordobés es permanente; una máquina monstruosa y brutal. Son entre treinta y cuarenta mil hombres en total, organizados en milicias de terribles mercenarios: los hasham, agrupados en tropas regulares; los fanáticos musulmanes de las tribus, los chund, que acuden a la llamada de la guerra santa y no temen a nadie más que a Alá; los siervos personales del califa, los daira; los sirios feroces y decenas de miles de africanos que hambrean y desean la guerra a toda costa para enriquecerse. En fin, una masa sedienta de sangre a la cual el califa tiene sujeta fuertemente como a un perro rabioso con una correa... Pero a la que puede soltar cuando no le quede otra solución...

El rey se mordisqueó los dedos, nervioso. Por un momento, a Asbag le pareció estar ante un niño asustado; esperó a ver su reacción.

—¿Y... decís que mi primo Ordoño va camino de Córdoba? —preguntó al fin García.

—Hummm..., me temo que sí —respondió Asbag—. Deberíais avisar a vuestro otro primo, don Sancho, de que pronto pueden llegarle complicaciones. El califa está verdaderamente enojado por la manera en que ha incumplido los compromisos que un día adquiriera con su padre Al Nasir.

—Bien —dijo el rey—. Tenemos que meditar con detenimiento sobre todo esto... Mañana volveremos a vernos... Sí, mañana, cuanto antes mejor.

Por la noche, Asbag le contó a Walid todo lo sucedido.

—Estoy convencido de que he conseguido disuadirle —concluyó—. Seguramente mañana se presentará con intenciones de congraciarse con el califa de cualquier manera.

—¡Dios lo quiera así! —comentó el juez—. Sería maravilloso regresar con una solución a todo esto. Pero, dime, ¿estás seguro de que hacemos lo correcto?

—¿Lo correcto? No te comprendo.

—Sí —dijo el juez, preocupado—. A veces me pregunto si no estaremos poniendo zancadillas a la cristiandad... He meditado sobre ello últimamente...

—¡Oh, juez Walid! Ponemos zancadillas a la guerra. Un ejército en campaña, sea musulmán o cristiano, es siempre un enemigo de la causa de Cristo. ¡Luchemos por vivir en paz! ¿Crees que esos miles de guerreros que acampan en las afueras de Pamplona buscan solamente la causa cristiana? No, querido amigo, buscan la causa de sus alforjas. Las guerras son destrucción y saqueo. Siempre pierden los mismos..., los más pobres.

—Eso que dices me llena de tranquilidad —dijo el juez convencido.

A la madrugada, Asbag celebró misa de alba siguiendo el rito latino, en presencia del rey de Navarra, de la reina y de numerosos nobles de la corte. Luego rezó un responso ante el sepulcro de la reina Tota, en cuya piedra blanca estaba representada la difunta dormida en actitud devota y con los pies descansando sobre un mastín vigilante, esculpido para guardar su sueño. Los monjes entonaron piadosas letanías con voces profundas, como salidas de las entrañas de la tierra. El aroma de las maderas del norte, el incienso y la humedad daban al templo una atmósfera inquietante.

En la misma puerta de la catedral, el rey invitó a Asbag a acompañarle al palacio. Desayunaron juntos; panes calientes y puches de harina tostada, manteca y tasajos de ciervo.

—Decid al califa de Córdoba que el rey de Navarra le ama tanto como un día amara a su padre Abderramán —dijo el rey García, como repitiendo una fórmula cuidadosamente estudiada—. Que ambos compartimos la misma sangre, pues su bisabuela era navarra, hermana de mi abuela, la gran reina Tota. Decidle también que me gustaría conocerle en persona, como un día conocí a Al Nasir, cuando le visité en su palacio de Azahara. Habladle de mi buena disposición para la paz entre su pueblo y el mío…, paz que defenderé a toda costa… No puedo responder por mi primo el rey de León, don Sancho I, pero haré lo posible por hacerle llegar las buenas intenciones del rey Alhaquén, y procuraré convencerle de que cumpla los tratados que nuestra abuela Tota concertó un día con el reino de Córdoba. Y así lo ratifico en una extensa carta que el señor obispo prepara en estos momentos con mis secretarios, la cual firmaré gustoso y sellaré delante de vos y del Dios Altísimo.

—¡Que el mismo Dios premie vuestra buena disposición! —dijo Asbag lleno de satisfacción.

20

Córdoba, año 962

El regreso de los mozárabes a Córdoba fue agotador pero lleno de felicidad, pues llevaban consigo una buena parte de la solución del conflicto. Cabalgaron día y noche hacia el sur, con breves paradas en el camino, buscando llegar antes de que dieran comienzo las celebraciones de la Semana Santa. El viaje fue como una penitencia cuaresmal; no les faltaron enfermedades y dolencias a causa del cansancio, por lo que se demoraron algo con respecto a sus previsiones.

Pero por fin llegaron, el Domingo de Ramos, cuando la comunidad se aprestaba a celebrar la entrada de Jesús en Jerusalén. Fue maravilloso para ellos encontrarse de repente en la plaza frente a San Zoilo, rodeados de fieles que portaban palmas y ramas de olivo, en una mañana reluciente de cielo azul, dorado sol en las cornisas y tejados llenos de palomas. Repicaron las campanas con alegría y se elevaron los cantos de fiesta. Para quienes venían del norte, oscuro y casi invernal todavía, aquella luz y aquel color eran una explosión de vida.

—¡Córdoba divina, espejo de la Jerusalén del Cielo! —le gritó Asbag a Walid, cuyos ojos brillaban emocionados.

—¡Que no nos falte nunca nuestra Córdoba, san Acisclo bendito, que no nos falte! —exclamó el juez.

Celebraron la procesión de ramos y la misa. Reunieron luego al cabildo para comunicarle las buenas nuevas. A mediodía comieron con el obispo metropolitano de Sevilla, que había permanecido allí esperando las noticias.

Por la tarde, Asbag, el juez Walid y el prelado sevillano partieron hacia Azahara para ser recibidos en audiencia por el gran visir Al Mosafi.

Cuando llegaron al palacio, se encontraron con la grata sorpresa de que la primera parte de su embajada había rendido ya su fruto. El rey Ordoño IV había solicitado audiencia al califa y anunciaba su próxima llegada a Córdoba, junto con una veintena de condes dispuestos a reconocer la soberanía de Alhaquén. Al Mosafi estaba eufórico. Pero se alegró aún más cuando leyó la carta del rey García Sánchez I, que anunciaba la próxima llegada de embajadas de Navarra con deseos de paz y hermandad con el reino de Córdoba.

El visir descendió del estrado y besó a Asbag en señal de sincera felicitación.

—Ha sido una gestión impecable —declaró—. El califa estará muy contento. Seréis premiados por esto.

—Todavía falta ver la reacción del rey Sancho de León —dijo Asbag—. Si, como suponemos, se amedrenta al encontrarse sin el apoyo de Navarra, no tardará en enviar también sus embajadores a rebajarse ante Alhaquén; lo cual dejará solo al conde Fernán González y zanjará definitivamente este asunto.

—¡Tengamos paciencia! —exclamó Al Mosafi—. Recibamos ahora a los que llegan para avenirse y aguardemos a que los otros sean lo suficientemente inteligentes para reaccionar. Pero lo peor ya está solucionado; ya no hay alianza entre ellos ni unanimidad a la hora de seguir los dictámenes del conde castellano.

Una semana después, el día 8 de abril de 962 (fines de safar de 351 de la hégira del profeta Mahoma), Ordoño IV llegó a Córdoba. Una gran escolta de honor enviada por el califa salió a su encuentro, recordando aquel día que llegara la reina Tota. Para Alhaquén la llegada de un rey cristiano que venía a rendirse a sus pies suponía alcanzar el prestigio y la grandeza que tuviera su padre Al Nasir en otro tiempo.

Gran parte de la población salió hacia las inmediaciones de Córdoba para contemplar el espectáculo. En la gran explanada del real, al otro lado del puente, aguardaba otro gran destacamento de caballería, más numeroso aún que el que había salido al camino a recibir a los huéspedes. También se encontraban allí los principales cristianos de Alándalus, como Obaidala aben Casim, metropolitano de Sevilla, y Asbag, el obispo de Córdoba, con Walid ben Jayzuran, juez de cristianos, y numerosos vicarios, abades y cadíes mozárabes.

Con Ordoño venía el general Galib y un numeroso séquito de caballeros leoneses. Cuando aparecieron a lo lejos, la multitud prorrumpió en un estruendo de vítores y los tambores tocaron un ensordecedor redoble de bienvenida.

La comitiva cruzó el puente y entró en Córdoba acompañada por el gentío en dirección a los alcázares. Allí Ordoño –tal vez aleccionado previamente– preguntó dónde se hallaba la tumba de Abderramán III. Cuando se la enseñaron se quitó respetuosamente la gorra, se arrodilló, volviendo la cabeza hacia el lugar indicado, y oró por el alma del que un día le arrojara del trono favoreciendo a su actual enemigo; con tal gesto buscó captarse el favor de los oficiales de la escolta.

El rey fue alojado en la munya de Al Manra, junto con los veinte condes que le acompañaban, y se les dispensó un trato magnífico. Después de pasar dos días en aquel lujoso palacio, recibieron el permiso para ir a Azahara, donde el califa les daría audiencia.

Ordoño aprovechó esa ocasión para congraciarse con Alhaquén. Para la recepción se vistió con un traje y una capa de seda blanca –a fin de homenajear a los ommiadas, porque el blanco era el color adoptado por esta familia– y se cubrió con una gorra adornada con pedrería. Por la mañana temprano, lo recogieron Asbag y el juez Walid, que eran los encargados de presentarle ante el califa; le instruyeron en las reglas de la quisquillosa etiqueta de la corte cordobesa y le condujeron a Azahara.

Ordoño y sus acompañantes se admiraron una vez más al pasar ante las filas de soldados apostados a la entrada de Azahara. Cuando llegaron a la primera puerta del palacio echaron pie a tierra todos, menos Ordoño, que era recibido con la dignidad de monarca. Continuaron a paso quedo hasta la puerta de Azuda, contemplando los espléndidos jardines y las fuentes que lanzaban sus chorros al cielo. Finalmente, se detuvieron en el gran pórtico dorado, donde habían puesto sillas para el rey y sus compañeros. Allí se les hizo esperar un buen rato, intensificando así la atmósfera de misterio y grandeza. Asbag y Walid advirtieron la impaciencia y los nervios en los rostros de los cristianos.

Por fin, recibieron los leoneses permiso para entrar en la sala de audiencia. Ordoño hubo de quitarse la gorra y la capa en señal de respeto y avanzó en el silencio del misterioso y solitario salón, donde solo se oían sus pasos y los de la comitiva, hasta el gigantesco velo verde oliva que descendía desde las alturas. Allí permaneció otro rato, sofrenando su propia impaciencia.

Sonó una dulce flauta, y la cortina subió enrollándose sobre sí misma. Apareció Alhaquén solo, vestido de oro, delante del trono, de pie y esbozando su sonrisa de viejo y astuto sabio. Acto seguido entraron los hermanos del califa, sus sobrinos, los visires y los alfaquíes, que se fueron postrando en su presencia. Ordoño, confuso ante el espectáculo, se arrodilló también. Alhaquén se adelantó entonces y le dio a besar la mano, después de lo cual el rey cristiano se retiró cuidando de no volver la espalda al califa, para sentarse en un diván de brocado, destinado para él y que estaba a quince pies del trono. Después los señores leoneses se fueron aproximando con el mismo ceremonial; besaron también la mano y fueron a colocarse detrás del rey. Asbag se sentó junto a ellos para servir de intérprete en la entrevista.

El califa guardó algunos instantes de silencio, para dejar a los visitantes tiempo de reponerse de la emoción. Ellos miraban asombrados los ricos adornos de la sala y los lujosos ropajes de los miembros de la corte, mientras la flauta creaba un ambiente de encantamiento.

La fístula calló. El rey habló entonces en árabe con tono cordial. Asbag tradujo seguidamente:

—Su Excelsa Majestad el Príncipe de los Creyentes, comendador de Alá, descendiente del Profeta…, Alhaquén II al Mustansir Bilá ha hablado en estos términos: «Congratúlate de haber venido y espera mucho de nuestra bondad, pues tenemos intención de concederte más favores de los que te atreverías a pedir».

En el rostro de Ordoño se reflejó la alegría al escuchar estas palabras, se levantó y se deshizo en reverencias.

—Soy servidor de Nuestra Majestad —dijo—. Confío en vuestra magnanimidad y os otorgo pleno poder sobre mí y sobre los míos; en vuestra alta virtud busco mi apoyo. Solicito tan solo una cosa de vuestra bondad: la confianza en mi leal intención.

Asbag tradujo y el califa respondió:

—Nosotros te creemos digno de nuestras bondades; quedarás satisfecho cuando veas hasta qué punto te preferimos a todos tus correligionarios, y te alegrarás de haber buscado asilo entre nosotros y de haberte cobijado a la sombra de nuestro poder.

Cuando Asbag explicó a Ordoño el sentido de estas palabras, el leonés se arrodilló nuevamente, e implorando la bendición de Dios para el califa, expuso su demanda en estos términos:

—En otro tiempo, mi primo Sancho vino a pedir socorro contra mí al difunto califa. Realizó sus deseos y fue auxiliado en la medida en que lo habrían hecho los mayores soberanos del universo. Yo también acudo a demandar apoyo, pero entre mi primo y yo existe una gran diferencia. Si él vino aquí fue obligado por la necesidad; sus súbditos vituperaban su conducta, le aborrecían y me habían elegido en su lugar, sin que yo, Dios me es testigo, hubiese ambicionado este honor. Yo le había destronado y arrojado del reino. A fuerza de súplicas obtuvo del difunto califa un ejército que le restauró en el trono, pero no se ha mostrado reconocido por este servicio, no ha cumplido ni ante su bienhechor ni ante vos, ¡oh Comendador de los Creyentes, mi señor!, aquello a lo que estaba obligado. Por el contrario, yo he dejado mi reino por propia voluntad y he venido para poner a vuestra disposición mi persona, mis gentes y mis fortalezas. Tengo, pues, razón al afirmar que entre mi primo y yo media una gran diferencia, y me atrevo a decir que he dado pruebas de más generosidad y confianza.

Dicho esto, Ordoño se sentó, y los suyos manifestaron su asentimiento con gestos de aprobación. Asbag lo tradujo todo con calma.

—Hemos escuchado tu discurso y comprendido tu pensamiento —respondió el califa en árabe—. Ya verás cómo recompensamos tus buenas intenciones. Recibirás de nosotros tantos beneficios como recibió tu adversario de nuestro padre, a quien Alá haya acogido, y aunque tu competidor tiene el mérito de haber sido el primero en implorar nuestra protección, este no es motivo para que te estimemos menos ni para que nos neguemos a concederte lo que a él le dimos. Te conduciremos a tu país, te colmaremos de júbilo, consolidaremos las bases de tu poder real, te haremos reinar sobre todos los que quieran reconocerte por soberano y te enviaremos un tratado en el que fijaremos los límites de tu reino y del de tu primo. Además, impediremos a este último que te inquiete en el territorio que te tendrá que ceder. En una palabra: los beneficios que has de recibir de nosotros excederán a tus esperanzas. ¡Dios sabe que lo que decimos es lo mismo que pensamos!

Después de hablar así el califa, el gran velo de color verde se desplegó de nuevo y tras él desaparecieron el estrado, el califa, el trono y sus parientes. Ordoño, estupefacto, se deshizo entonces en acciones de gracias y en reverencias y abandonó la sala andando hacia atrás.

En un departamento contiguo manifestó a todos que estaba deslumbrado y atónito por el majestuoso espectáculo de que había sido testigo. Su rostro y sus ojos inundados de lágrimas de emoción así lo confirmaban.

Luego fue conducido hasta la biblioteca, donde aguardaba el visir Al Mosafi. Cuando vio a lo lejos a este dignatario, Ordoño le hizo una profunda reverencia, queriendo también besarle la mano, pues se encontraba confundido y atolondrado. Pero el visir se lo impidió, y después de abrazarlo, lo hizo sentar a su lado y le manifestó que podía estar seguro de que el califa cumpliría sus promesas. Después se firmaron los tratados y los invitados recibieron los trajes de honor que el califa les regalaba. Saludaron al visir y a los eunucos reales con profundo respeto y volvieron al pórtico por donde entraron, encontrando allí un caballo soberbio y ricamente enjaezado, de las caballerizas de Alhaquén. El rey leonés montó y regresó con los veinte señores al palacio que les servía de morada. Allí los esperaba un fastuoso banquete con músicos, danzarinas y manjares exquisitos regados por los mejores vinos. Brindaron numerosas veces por el califa, por toda su gente y por todo Alándalus. No cabían en sí de gozo, y estaban conmovidos por una mezcla de sentimientos entre los que dominaba el orgullo, pues confiaban en que a su regreso podrían humillar a sus enemigos. Cuando Asbag y el juez Walid los dejaron, los leoneses estaban ya casi ebrios, cantando a voz en cuello sus rudas canciones montañesas.

21

Azahara, año 962

Enterado el rey Sancho I de León de los acuerdos obtenidos por su primo Ordoño en Córdoba cobró miedo, y él y el rey de Navarra, García I, se apresuraron a enviar al califa una embajada, cuyos miembros –condes de Galicia y Zamora y algunos prelados– fueron de su parte a reconocer a Alhaquén II como soberano y a prometerle la escrupulosa ejecución de las cláusulas del tratado que habían firmado con Al Nasir. Se vieron recibidos en idénticas condiciones que Ordoño y quedaron igualmente impresionados. La astuta maniobra de Alhaquén, siguiendo las formas aprendidas de su padre, surtió pleno efecto y los reyes del norte no volvieron a importunar por el momento.

Poco después tuvo lugar un feliz acontecimiento que llenó de alegría a toda Córdoba. Subh, la concubina vascona, le dio a Alhaquén un hijo al que el califa llamó Abderramán en memoria del gran Al Nasir, su abuelo.

A mediodía llegó un mensajero que presentó una carta con el sello del gran visir Al Mosafi. La presencia de Asbag era reclamada en Azahara. El obispo mozárabe rezó para que no se le encomendara otra misión como la anterior. Quería dedicarse únicamente al asunto de la peregrinación, que era lo que más le preocupaba en aquel momento.

Apenas llegó al palacio del visir, en la misma puerta salió a su encuentro Al Mosafi, vestido con su característica e insólita humildad; llevaba puesta una sencilla túnica de lana marrón y la parda gorra beréber. Sonrió cordialmente y abrazó y besó al obispo. Le echó un brazo por encima del hombro y le condujo hacia la salida oriental, la que comunicaba con el inmenso palacio del califa.

—Te agradezco que hayas venido tan pronto, Asbag al Nabil —dijo el visir. Se le veía alegre y entusiasmado—. Te debo mucho y deseaba verte para decírtelo en persona. Pero hay alguien más importante que yo que también está satisfecho y lleno de agradecimiento por tus gestiones… Y quiere verte de inmediato.

—¿El Comendador de los Creyentes? —preguntó Asbag sorprendido—. ¿Se trata de él?

—Sí, querido amigo. El propio Alhaquén desea recibirte en privado cuanto antes. No le hagamos esperar.

Cruzaron los jardines, los patios, los corredores, las galerías, más jardines, los laberínticos pasillos… Llegaron a las cálidas e íntimas dependencias interiores, perfumadas y forradas con exquisitos tapices, y, como era de esperar, se encontraron allí con los dos eunucos principales, Al Nizami y Chawdar, rodeados de un enjambre de criados también eunucos.

El visir y el obispo fueron invitados a sentarse a la mesa que ocupaba el centro de un colorido maylis, cuyas paredes y techo estaban cubiertos de infinitas estrellas relucientes de lapislázuli y pan de oro. Les sirvieron agua de rosas fresca y golosinas.

—El califa llegará enseguida —dijo Chawdar—, en cuanto termine su baño de la tarde. Ya ha sido avisado de vuestra presencia.

Los dos eunucos principales habían visto aumentar su poder últimamente. Ya no eran únicamente responsables del palacio con su servidumbre, del harén, del tiraz y de los halcones; además se repartían el mando de la guardia eslava acuartelada a las puertas del Alcázar y de toda la policía de Azahara. Asbag pudo darse cuenta de que, aunque el cargo de gran visir que ocupaba Al Mosafi suponía la más alta responsabilidad después de la del califa, el estatus particular de Chawdar y Al Nizami los situaba en una constante intimidad y convivencia con Alhaquén, por lo que eran dignos del mayor de los respetos.

Mientras aguardaban hablaron de múltiples asuntos y se apreció que los eunucos estaban al corriente de todo. Felicitaron también ellos a Asbag por sus gestiones con los cristianos y le transmitieron la satisfacción del califa. Pero era difícil sustraerse a la sensación de que cierta suspicacia latía siempre en el ánimo de aquel par de extraños eslavos. El obispo razonó que, en definitiva, aquellos hombres eran herencia de Al Nasir y participaban de la peculiar visión de las cosas del que fue su señor durante años; desconfiaban de los cristianos y de todo aquel que se acercara demasiado a la órbita privada del soberano, cuyo consejo y cuidado consideraban patrimonio exclusivamente propio. Por eso, era asimismo patente una tensión disimulada en su trato con el gran visir, pues sabían que era amigo sincero de su califa.

De repente se descorrió la cortina y entró Alhaquén con su recién nacido en los brazos. Sonreía y estaba de un humor estupendo. Vestido con la sencilla futa blanca y con el tailasán de lino sin adornos, era el de siempre; el mismo príncipe que antes de acceder al trono pasaba días enteros en la biblioteca.

Al Nizami se hizo cargo enseguida del bebé, y todos lo rodearon llenos de admiración. El califa saludó a cada uno como si se tratara de un familiar. Luego sacaron al recién nacido de la sala y se sentaron en torno a la mesa. Llovieron las felicitaciones y los parabienes.

Alhaquén entrelazó las manos y se las llevó al regazo, henchido de satisfacción.

—No puedo negarlo —dijo—, soy el hombre más feliz de la tierra. Dios me ha dado por medio de Subh lo último que me faltaba para estar colmado de sus dones. Aunque también debo mi alegría de hoy a mis inteligentes y eficientes colaboradores.

Asbag se topó entonces con la mirada agradecida de Alhaquén e inclinó la cabeza en señal de complacencia.

—Gracias —dijo el obispo—, sublime califa. Todo lo que hemos hecho por vos os lo merecéis sobradamente. Sois un hombre de bien que ama la justicia y la paz. Es bueno que los hombres se entiendan aunque pertenezcan a religiones diferentes. Es lo que Dios quiere, y Dios es uno.

—Sí —respondió el califa—, quiero pensar que hemos hecho la

voluntad de Dios. Es lo único que me mueve a la hora de gobernar sobre mis súbditos; hacerlo en nombre del Omnipotente. Pero... no me quedo totalmente tranquilo con la solución final de todo este asunto de los reinos cristianos. Le prometí al rey Ordoño que le restablecería en el trono de León frente a su primo Sancho; y ahora, como sabéis, he recibido embajadas de este reconociendo los antiguos tratados y suplicando la paz. De ninguna manera nos interesa, pues, iniciar una guerra absurda por la simple rivalidad entre dos primos. Si Sancho se hubiera negado a nuestras pretensiones, indudablemente habría puesto mi ejército al servicio de Ordoño; pero ahora que todo está solucionado ¿qué puedo hacer con él? Le tengo aquí, en Córdoba, esperando a que yo cumpla lo que le prometí...

—Veo, sublime califa —respondió Asbag—, que sois justo a imagen del Altísimo y que sufrís deseando que la justicia triunfe sobre la iniquidad, y ello me hace amaros y admiraros aún más. ¡Que Dios os valga siempre! Cuando le prometisteis a Ordoño ayuda fue en otras circunstancias... Las cosas mudan; solo Dios es inmutable... Ciertamente, si ahora cumplierais aquella promesa por pura fidelidad a vos mismo seríais el causante de muchos males. No creo que Dios quiera eso. Antes Sancho era vuestro enemigo, porque se negaba a cumplir lo que acordó con vuestro padre; pero ahora se aviene y desea la paz con vos prometiendo respetar todas las cláusulas de aquel contrato. Creo, sinceramente, que seríais más fiel a la voluntad de Dios si mantuvierais lo que un día firmó vuestro padre, puesto que nos debemos a la memoria de los muertos ¡Dios se apiade de ellos! Y, además, evitaréis una guerra cruel e injusta.

—¡Oh, qué sabio eres, amado obispo! —exclamó Alhaquén—. Lo que dices llena de tranquilidad mi alma. Pero, dime, ¿qué debo hacer con Ordoño?

—No hagáis nada —respondió Asbag—. Simplemente dejadlo aquí. Tratadle como a un rey, pues lo es; dadle hacienda, criados, cacerías, justas y diversiones. Córdoba es suficientemente maravillosa para impresionar a todos los rudos monarcas del norte. Haced como si se demorara la situación y, siendo feliz, se olvidará de esa absurda venganza. Y entretanto os servirá; porque su primo se verá amenazado mientras su competidor esté aquí y no se le ocurrirá volver a molestaros.

Todos los ojos estaban dirigidos al obispo. Asbag sentía que los presentes aprobaban sus razonamientos, pero esperaban la reacción del califa. Este se puso en pie y exclamó en un tono de sincera satisfacción:

—¡Vaya, obispo! ¡Cuánto me alegro de tenerte por consejero! Haré lo que dices.

—¡Y yo de tener un rey como vos! —respondió Asbag, conmovido.

—Bien —dijo Alhaquén—. Ha llegado el momento de las recompensas. Pídeme lo que desees.

Asbag se quedó pensativo.

—Dad limosnas en mi nombre, amado Comendador de los Creyentes —dijo al fin.

—Lo haré —dijo el califa—. En tu nombre y en el mío. Daremos limosnas para agradecer a Dios tantos beneficios. Pero pide algo para ti.

Asbag volvió a meditar. Luego pidió:

—Un templo; una nueva iglesia para Córdoba. Una iglesia en honor del mártir Pelayo.

—Sufragaré los gastos —dijo Alhaquén—. Y ahora pide algo para ti, insisto.

Una vez más el obispo meditó antes de responder.

—¡Una Biblia! —dijo al fin con alegría—. Una Biblia con ilustraciones, que salga de vuestros talleres para cada uno de los prelados de Alándalus. Y una de ellas para mí. ¡Que Dios premie vuestra magnanimidad, amado Alhaquén!

Asbag obtuvo enseguida cuanto había pedido. Aquella fue la primera iglesia elevada por un rey musulmán. Las limosnas corrieron por Córdoba y Asbag se hizo popular entre los menesterosos. Y las Biblias se comenzaron a copiar con unas ilustraciones tan delicadas como no se habían visto antes en libro alguno.

Fueron tiempos de paz y felicidad para las comunidades de cristianos mozárabes. Todo lo anterior quedó olvidado.

Llegó entonces el momento de hacer la peregrinación a Santiago de Compostela. Se publicaron los favores del santo apóstol y se solicitaron las mandas de los peregrinos. Una gran expectación y un enorme entusiasmo se apoderaron de la comunidad. Asbag se sentía satisfecho y querido y ansiaba emprender el camino para agradecer los dones del Altísimo.

22

Torrox, año 962

El agudo y largo chillido del halcón despertó a Abuámir. Se revolvió entre las sábanas y abrió los ojos. En mitad del arco lobulado de la ventana estaba el pájaro a contraluz, arreglándose las plumas con el pico. Era el viejo Bator, el más querido de los baharíes de su padre; tendría ya más de doce años y no cazaba. Su vida transcurría entre las torres y las almenas, como si se tratara de un espíritu del pasado. Desde que Abuámir había ocupado la alcoba de su padre, el halcón acudía cada mañana a la ventana para recibir su comida, como si el mismo Abdulah, su antiguo amo, estuviera aún vivo. Abuámir había asumido con gusto la obligación de alimentarlo.

Se levantó y abrió la jaula llena de pajarillos vivos que se encontraba en una taca contigua y que uno de los criados rellenaba cada vez que se vaciaba. Metió la mano y empuñó uno de los gorriones. Luego extendió el brazo y Bator saltó como un relámpago hasta la víctima, lo atrapó entre sus garras y lo transportó en una volada hasta el alféizar, donde se dedicó a desplumarlo sin prisas. Abuámir se sentó en la cama y contempló absorto el desayuno del halcón.

Cuando la rapaz terminó su banquete, paseó la mirada por la estancia como buscando algo. Luego alzó el vuelo y desapareció en un triste y cansino planeo. A la mente de Abuámir acudieron unos versos de Mutanabi:

¡Oh Dios! ¿Por qué el halcón sobrevive al halconero?
¡Oh Dios! ¿Por qué la amada sobrevive al amante?
¿Por qué el amante permanece si ha muerto su amada?
Son preguntas que solo entiende el corazón que se ha
quedado en desamparo.

Se asomó a la ventana. Una hermosa luz de madrugada bañaba los tejados, las torres y las almenas. Reinaba el silencio. Luego fueron despertando los sonidos; primero el canto de los gallos, luego algún rebuzno y, más tarde, el ruido metálico de dos martillos de herrero que golpeaban alternadamente sobre el mismo yunque.

Más tarde se alzaron voces, desde algún lugar lejano. Y, de repente, gritos de espanto. Abajo, en el patio de armas, se vio correr a los guardias en desorden, como sorprendidos. Después sonó el cuerno de alarma y seguidamente empezó a oírse el golpeteo rápido de un tambor.

—¡Piratas! —gritaba alguien—. ¡Anoche atacaron los piratas!

Abuámir corrió escaleras abajo. Y, cuando llegó a la plaza, se encontró ya con un gran remolino de gente.

—¡Señor! —le dijo el capitán—. Los piratas han asaltado esta noche el barrio del puerto. Han matado a cuatro pescadores y se han llevado a varios niños y mujeres.

—¿Cómo? —preguntó él—. ¿Y los encargados de vigilar...?

—Se habían confiado —respondió el capitán—. Hacía mucho tiempo que no atacaban...

—¿A qué hora se ha producido el ataque?

—No puede saberse. Pero a buen seguro que estarán ya lejos.

—¡No! —gritó Abuámir—. Algo me dice que andan todavía por la costa.

—Pero... eso es absurdo —dijo el capitán—. Suelen embarcar inmediatamente...

—Eso es lo que nos hacen creer, pero hace tiempo que estoy convencido de que no se arriesgan a adentrarse en alta mar. La flota de Málaga patrulla las inmediaciones y, en la costa de África, hay toda una línea de vigilancia que jamás se atreverían a cruzar a la luz del día. Están todavía aquí, escondidos en cualquier sitio, aguardando la caída de la tarde para cruzar al amparo de la oscuridad; o tal vez estén dispuestos a esperar más de un día a que se calmen los ánimos. ¡Que se arme todo el mundo! —ordenó con energía—. ¡Hay que rastrear toda la costa! ¡Dad aviso hasta Málaga y hasta Frigiliana! —Miró a su alrededor. Los hombres estaban como paralizados—. ¡He dicho que os arméis! ¡No podemos perder tiempo!

De inmediato se inició la batida. Se registraron minuciosamente todas las calas, las alamedas, las cuevas y las laderas. Y todos se sorprendieron al ver que la fina intuición de Abuámir no andaba equivocada. Aparecieron ocho barcas berberiscas, perfectamente camufladas en una arboleda cercana a las playas, y cubiertas con cañas recién cortadas. Pero ni los piratas ni sus cautivos estaban allí, aunque se recuperó todo lo que habían robado.

—Los esperaremos aquí —decidió el capitán—. Tarde o temprano tendrán que regresar para poder marcharse.

—No —replicó Abuámir—. No son tontos. Seguramente nos han visto desde lejos registrando la costa y se han escapado hacia el interior. Destruiremos las embarcaciones y seguiremos buscando. Toda la región está alerta; tarde o temprano caerán en nuestras manos.

Al día siguiente aparecieron los cautivos; seis muchachos y nueve mujeres a los que habían degollado cruelmente. Pero allí mismo, junto a los cadáveres de aquellos infortunados, habían dejado las pistas que sirvieron para continuar la búsqueda, pues se apreciaba claramente que se habían dispersado.

—Quieren confundirse con la población —dijo Abuámir—. Les daremos caza en los pueblos. ¡Que detengan a cualquier beréber que esté de paso en la región!

Las órdenes corrieron y la táctica surtió pleno efecto. En los días siguientes fueron detenidos unos cien beréberes, de entre los cuales se detectó a una cincuentena que con seguridad eran los piratas.

La población estaba enloquecida de satisfacción por el éxito de la operación y esperaba ansiosa ver las cabezas de los piratas clavadas en las murallas. La noticia corrió por todos los pueblos de la costa y las montañas. Acudió una multitud dispuesta a ver cumplida su venganza.

Pero Abuámir, no conforme con aquel éxito, decidió ampliar la operación. En vez de ordenar la ejecución inmediata de los prisioneros, mandó que fueran torturados para obtener de ellos el nombre de sus pueblos de origen. No le fue difícil conseguir aquellas confesiones, puesto que los piratas eran tan odiados que los carceleros se aplicaron con refinamiento en los tormentos. Como Abuámir sospechaba, casi todos los bandidos eran originarios de los pueblos de la costa beréber; rudos campesinos o pescadores en su mayoría, a quienes les resultaba atractivo agruparse esporádicamente en torno a un caudillo para alzarse con un buen botín en las costas hispanas y vivir cómodamente durante una temporada.

Málaga

En cuanto tuvo esta información, Abuámir partió hacia Málaga con la cuerda de prisioneros berberiscos.

El visir de Málaga salió a recibirle inmediatamente, y se encontró con el espectáculo del medio centenar de piratas engarzados en una cadena de cepos y custodiados por los hombres de Torrox y Frigiliana, con Abuámir a la cabeza en su caballo alazán, reluciente y bravo.

El visir de Málaga, Ben Hodair, no disimuló su sorpresa ni su entusiasmo. Durante años había recibido las denuncias de los habitantes de la costa y había intentado por todos los medios poner fin al molesto asunto de los piratas. Pero resultaba imposible. Cuando la flota zarpaba, ya era tarde; los saqueos habían terminado y los piratas se esfumaban. Y, naturalmente, era imposible prever el próximo ataque. Enviar una y otra vez la flota tras ellos era como perseguir mosquitos lanzándoles un halcón.

Esa misma noche, se dio un banquete en el palacio para festejar el acontecimiento. Y, por supuesto, Abuámir ocupó el lugar de preferencia, sentado a la derecha de Ben Hodair y compartiendo su propio plato.

El visir Ben Hodair era un hombre maduro, caprichoso y demasiado apegado a los lujos; pero, al mismo tiempo, culto, inteligente y refinado. Pertenecía a la familia real y su aspecto difería poco del de un verdadero monarca; alto, de rasgos nobles y de elegantes gestos. Se decía que no había sido llamado a la corte de Azahara porque su tío Abderramán III había sentido envidia de su fama de hombre apuesto y distinguido. Sin embargo, esperaba anhelante a que su primo Alhaquén se acordara de él un día u otro.

Como persona de buen gusto, Ben Hodair se quedó extasiado ante el porte y la presencia inmejorable de Abuámir. Y este no perdió la ocasión de congraciarse con su anfitrión, utilizando sus infalibles artes de seducción y su gran facilidad para apoderarse del corazón de las personas; así, le indujo hábilmente a tomar algunas copas de más, pues estaba convencido de que el vino es la llave que abre el alma mejor guardada.

Abuámir empezó contándole al visir la intrépida búsqueda de los piratas, el hallazgo de las barcas y la minuciosa investigación que culminó con la captura de los cincuenta berberiscos. En su relato exageró, adornó e hinchó el hecho con todo lujo de detalles, animándose a medida que veía disfrutar a su oyente.

—¡Ah! —exclamó satisfecho el visir—. Hombres como tú es lo que yo necesito. Has conseguido con un puñado de campesinos un éxito que no lograría el mejor de mis oficiales al mando del mejor de mis destacamentos.

—Y aún no he terminado —se apresuró a decir Abuámir.

—¿Cómo? —preguntó Ben Hodair—. ¿Piensas seguir en pos de los piratas?

—Si cuento con la ayuda providente de Alá y con tu flota, te libraré de los piratas por una buena temporada.

—¡Ah, se trata de eso! —dijo el visir con tono de disgusto—. No te molestes; lo hemos intentado ya mil veces… Es como ir detrás de fantasmas.

—Querido e insigne visir Ben Hodair —repuso Abuámir—, ¡Dios me libre de contradecirte!, pero tengo la solución al enigma de los piratas. Siempre hemos creído que eran hábiles marineros dedicados exclusivamente al bandidaje. Hoy puedo decirte que no es así. Esos malditos que te he traído para que disfrutes viendo sus cabezas cercenadas son súbditos del califato; hombres corrientes y molientes de cualquier pueblo de la costa, entregados al vicio del saqueo. Son piratas temporeros que normalmente se dedican a labrar la tierra o a pescar; pero que no tienen reparos en hacer escapadas, una o dos veces al año, para rapiñar lo que no sembraron ni cayó en sus redes. Luego, como si nada hubiera sucedido, regresan a sus casas y a sus ocupaciones, y cada viernes, al sermón de la mezquita…

—¡Miserables! —gritó el visir—. ¿Y qué podemos hacer frente a esta lacra nefanda?

—Tengo los nombres de una veintena de pueblos beréberes cuyos habitantes han sido piratas ocasionales durante generaciones —respondió Abuámir—. Envía la flota con una misión de castigo. Destruye esos pueblos y, cuando corra la noticia por Berbería, no volverán a importunarnos.

—Pero… ¡pagarán justos por pecadores! —protestó el visir—. ¿Cómo podremos saber quién es quién?

—¡Bah! Todos son culpables —dijo con desprecio Abuámir—. Todos sabían a qué se dedicaban sus padres, hermanos, cuñados, amigos… Todos se han beneficiado de una manera u otra. ¿Cuál es la forma de terminar con las avispas sino abrasar el avispero? Ya se sabe: a grandes males…

—¿Estás seguro de conocer con certeza cuáles son esos pueblos de piratas? —preguntó Ben Hodair.

Abuámir sacó un rollo de pergamino de su manto.

—Aquí tienes los veinte nombres —dijo—. No te duelan prendas. Cuando el visir de Algeciras y el de Almería sepan que les has librado de esa canalla, todo el sur te felicitará. Han sido demasiados años soportando…

Ben Hodair se echó hacia atrás, recostándose pensativo sobre los cojines. Alargó la mano y cogió la copa.

—Brindemos —propuso—. Brindemos a tu salud, Abuámir, hijo de Abdulah; tienes la inteligencia de tu padre, pero has heredado la astucia y el coraje de tu antepasado Abdulmelic. Con tus pocos años y esa inteligencia, llegarás lejos…, muy lejos…

Las cabezas de los piratas rodaron por la mañana. Luego fueron colocadas en una carreta y paseadas por los pueblos de la costa, para que las gentes más perjudicadas por los repetidos asaltos se sintieran protegidas.

Antes de una semana, el visir de Málaga envió la flota a la costa de Berbería. Abuámir no quiso ir con la expedición; se conformaba con haber lanzado él la idea, pero no suspiraba por convertirse en un héroe militar, al menos de momento. De manera que la campaña fue capitaneada por el propio hijo del visir, Mohamed, provisto de la lista que contenía los nombres de los puertos que debían ser castigados.

Fueron ajusticiados centenares de berberiscos. Se destruyeron las barcas, los astilleros y cualquier indicio de actividad marinera, por insignificante que pudiera parecer. La flota regresó pronto, ebria de crueldad.

Entonces surgieron problemas diplomáticos, porque el visir de Berbería se quejó amargamente al califa y en los meses siguientes se pidieron explicaciones. Pero los visires de Almería, Algeciras y Onoba se unieron como una piña con el de Málaga y dieron testimonio de que el temido asunto de los piratas había sido definitivamente resuelto. Los inspectores enviados por Alhaquén comprobaron cuán satisfechos estaban todos los pueblos costeros de la hábil maniobra de limpieza. Llegaron prontas felicitaciones y, según se supo, el visir beréber recibió generosos regalos de consolación.

Abuámir recibió vestidos, caballos, oro y, lo más importante, la plena confianza de Ben Hodair, cuyo ánimo había conquistado ya durante aquel banquete. A partir de entonces, fue llamado constantemente a la presencia del visir para disfrutar de sus fiestas, sus cacerías y las refinadas diversiones que deparaba el lujoso palacio del príncipe malagueño.

23

Córdoba, año 962

Pasó el otoño, vino el invierno y trajo las fiestas de la Natividad del Señor. San Acisclo rebosaba de fieles, y los hermosos cantos litúrgicos ascendían hasta las bóvedas junto con los aromáticos sahumerios. Las celebraciones tuvieron una suntuosidad y una concurrencia como no se recordaba. A todos los actos acudió el rey Ordoño acompañado por su séquito de nobles con sus mujeres, hijos y pajes, que se habían acostumbrado pronto a ataviarse con los ricos ropajes que usaba la nobleza de Alándalus. Acudieron también los embajadores de los reinos del norte: condes, prelados y abades que participaron activamente en las celebraciones. Todos presentaban sus respetos al obispo de Córdoba y reconocían sin pudor el mérito de que una floreciente comunidad de cristianos existiera en medio del reino musulmán más poderoso de la tierra. Era para sentirse orgulloso. Asbag exultaba de satisfacción y felicidad.

No obstante, la tranquilidad de aquellos días duró poco. El rey Ordoño empezó a impacientarse y le pidió a Asbag que solicitara del califa el cumplimiento de cuanto le había prometido. Y el obispo de Córdoba no pudo hacer otra cosa que aconsejarle que tuviera paciencia.

Sin embargo, una mañana las cosas se complicaron. Había terminado el oficio religioso en San Acisclo, al que habían asistido como de costumbre las embajadas del norte, así como Ordoño con toda su

165

familia y los condes que le acompañaban a todas partes. Generalmente, los dignatarios cristianos se sentaban en primera fila, ocupando por su orden los sitiales que estaban dispuestos para los embajadores, según la categoría del reino y del embajador. Pero Ordoño se sentaba en el presbiterio con su mujer y sus hijos, pues se le confería la categoría de rey. Ya antes de comenzar la misa, un conde y un abad leoneses, enviados por Sancho I, habían manifestado su disconformidad con este tratamiento, pues consideraban que constituía una ofensa para quien según ellos era el único monarca legítimo de León, que era el que actualmente ocupaba el trono. Pero Asbag consiguió disuadirlos de su protesta con hábiles razonamientos.

Finalizada la misa, Asbag se estaba despojando de las vestiduras litúrgicas en la sacristía cuando desde fuera llegaron voces. El obispo se precipitó hacia la puerta y vio a una veintena de caballeros discutiendo acaloradamente. Los condes del séquito de Ordoño y el embajador de Sancho I se lanzaban improperios y amenazas, mientras un nutrido grupo de hidalgos y peones iban formando un peligroso cerco, donde unos y otros tomaban partido en la disputa.

De repente, alguien echó mano a la espada y, en un momento, brillaron los aceros en el aire.

Asbag saltó al medio de la contienda con los brazos extendidos.

—¡No! —gritó—. ¡Aquí no, señores! ¡Son los umbrales de la casa de Dios! ¡Guardad las armas!

El abad, que se había sentido molesto antes de la misa, avanzó también hacia el centro de la aglomeración.

—¡Solucionemos definitivamente este asunto! —pidió—. No tenemos inconveniente en acudir al templo junto a Ordoño, pero que ocupe el lugar que le corresponde. ¿Por qué ha de sentarse en el presbiterio frente a los embajadores de los otros reyes? ¿Es acaso él nuestro soberano?

—¡No! ¡No es rey! —secundaron algunas voces—. ¡Que se siente como todo el mundo al pie de las gradas!

—¡Calma, señores! —rogó Asbag—. ¿Es eso tan importante?

—Sí —respondió el abad—. Sí lo es. Hemos venido aquí enviados por los reyes cristianos, entre los que reina la armonía y la hermandad. Ese que cada día se sienta en el presbiterio es el único que rompe esa cristiana fraternidad, no aceptando a su primo Sancho I, el único y legítimo heredero del trono de León. No acudiremos más a las celebraciones religiosas de Córdoba mientras no se dé solución a este asunto.

Asbag miró a Ordoño y vio que estaba enrojecido de rabia. Pero el rey no dio respuesta alguna; se fue hacia su caballo y montó. Tras él abandonaron la plaza todos sus familiares y los condes que formaban su séquito.

Desde aquel día el ambiente se enrareció entre los cristianos. Ordoño seguía asistiendo al oficio en el presbiterio, como de costumbre, lo cual provocó que ninguno de los demás embajadores volviera a las celebraciones de San Acisclo. Ellos se reunían por su cuenta en sus residencias y asistían a las misas celebradas por sus propios capellanes y prelados. Y toda esta cuestión trajo consigo peleas y reyertas callejeras entre los partidarios de uno y otro bando. La situación llegó al límite cuando un hidalgo fue asesinado en una taberna.

Asbag decidió intervenir. Sin embargo, no sabía cómo enfrentarse a aquel turbio asunto sin tomar partido y provocar que la tensión aumentara aún más. Pidió consejo al juez Walid.

—Acude a Alhaquén —le aconsejó el juez—. Él sabrá lo que hay que hacer. Él fue quien hizo las promesas a Ordoño; él debe decidir el estatuto que le corresponde, puesto que es su invitado.

—Sí —asintió Asbag—. Tienes razón. No me queda otro remedio que acudir al califa.

Pero cuando Asbag llegó a Azahara, se encontró con que ni Alhaquén ni el primer ministro Al Mosafi se encontraban allí; ambos habían viajado hasta Sevilla para la toma de posesión del nuevo visir y permanecerían fuera más de un mes. Entonces no tuvo otra alternativa que entrevistarse con el eunuco Chawdar, que era quien se ocupaba de todos los asuntos, junto con Al Nizami, en ausencia del califa.

El eunuco le hizo esperar. En el recibidor, Asbag meditó sobre si era conveniente o no confiarse a Chawdar, pues, desde el principio, su relación con los dos eunucos principales había sido distante. Sabía que no les gustaba a los dignatarios palaciegos, como tampoco ellos le gustaban a él. Pero resolvió encomendarse a la Providencia y al hecho de que, al fin y al cabo, esos hombres participaban de la intimidad de Alhaquén, quien había dicho en repetidas ocasiones que tratar con ellos era como hacerlo con el mismo califa.

Cuando por fin apareció Chawdar, examinó a Asbag con rostro imperturbable, como solía hacer.

Asbag se inclinó ligeramente.

—¡Vaya, obispo Asbag! —dijo el eunuco en un tono que a Asbag le pareció irónico—. ¿Qué te trae por aquí?

—Deseaba hablar con el Comendador de los Creyentes —respondió el obispo—, pero ya he sabido que está ausente…

—¿Qué es lo que necesitas de mi señor? —preguntó con ironía Chawdar—. Si puede saberse, naturalmente.

Asbag explicó en pocas palabras todo lo que había sucedido entre los cristianos del norte que se encontraban en Córdoba. Chawdar lo escuchó atentamente, sin interrumpir. Cuando el obispo terminó sus explicaciones, el eunuco le miró dubitativo.

—¡Vaya, vaya! ¿Y un hombre tan inteligente como vos no ha podido poner orden entre ellos? —preguntó astutamente.

Asbag le miró con seriedad.

—Es un asunto complejo —dijo—. No olvidemos que Ordoño cuenta con la promesa de Alhaquén y confía en recobrar su trono. Y eso… todo el mundo lo sabe.

—¡Ese pendenciero! —exclamó Chawdar, nervioso—. Lo que teníamos que haber hecho es enviarle desde el principio cargado de cadenas a León, para que los suyos le dieran su merecido. No hay nada peor que un fracasado con pretensiones. Desde que llegó no ha hecho nada más que molestar… Es un estorbo; un estúpido e insoportable estorbo.

—Sí —asintió Asbag—. Pero tiene un documento, firmado y sellado por el mismísimo Alhaquén, en el que se le reconoce su legitimidad como rey de León y se le promete un ejército para ser restablecido en su trono.

—¿Quién podía saber que su primo se amedrentaría tan pronto? —se preguntó Chawdar.

—Nadie, desde luego. Pero ahora nos hallamos en un compromiso. Mientras Ordoño esté en Córdoba es un rey..., cosa que los otros no están dispuestos a admitir.

—¡Vaya! Para una vez que estamos a partir un piñón con todos los reyes del norte... —dijo el eunuco cada vez más nervioso—. Hay que hacer algo inmediatamente. No podemos consentir que esos estúpidos lo echen todo a perder.

—Sí. ¿Pero... qué hacer?

—Déjalo de mi cuenta —respondió Chawdar—. Daré una fiesta. Sí, eso, daremos una fiesta; invitaremos a Ordoño y a los suyos y les serviremos vino... mucho vino. El vino obra maravillas entre la gente del norte.

—Con todos los respetos... —replicó Asbag—. No creo que esa sea la solución adecuada. Aunque Ordoño se divierta y esté contento durante la fiesta, los efectos del vino pasan.

—¡Bah! —protestó Chawdar—. ¿Qué sabes tú de estas cosas? Le daremos mujeres..., bailarinas, hermosas bailarinas del vientre; y buenos manjares, carnes especiadas... ¡Que beba! ¡Que beba y se divierta como un verdadero rey oriental! Déjalo todo de mi cuenta...

Asbag salió del palacio sumido en la confusión. Tenía que comunicar a Ordoño y a los suyos que el próximo sábado deberían acudir a la fiesta dada en palacio por los dos grandes chambelanes del califa, y no terminaba de ver con claridad que aquella fuera la solución del conflicto.

Azahara

Ordoño y los veinte condes de su séquito se encaminaron hacia Azahara henchidos de vanidad. La invitación al palacio del califa parecía darles la razón ante los embajadores de sus contendientes, puesto que a las fiestas privadas de la medina real solo en contadas ocasiones acudían los príncipes aliados y los altísimos dignatarios del Imperio. Se engalanaron de un modo fastuoso; rebozados en sedas y brocados; cubiertos con mantos de armiño, como los reyes representados en los retablos; se pusieron joyas, diademas, coronas, toisones... El carácter histriónico, teatral y estudiado de su atavío llegó al extremo en la entrada del palacio, cuyas puertas Ordoño atravesó bajo un palio que sostenían cuatro jóvenes hidalgos.

Asbag y Walid no daban crédito a lo que sus ojos contemplaban aquella tarde.

—¡Pronto han aprendido estos rudos montañeses las maneras orientales! —exclamó el juez.

—No me gusta nada todo este asunto —observó Asbag.

Eran los últimos días de diciembre y fuera hacía frío. Entraron en un amplio salón inundado por una luz tenue, con las paredes estucadas y el techo muy alto. Lo primero que les impresionó fue el ambiente cálido, agradable, y la suave música. Al final había una pequeña galería adornada con columnas, bajo la cual se encontraban los divanes y los cojines que aguardaban a los anfitriones. Salvo los criados, en el salón no había nadie más.

Un ceremonioso mayordomo fue acomodando a los invitados. Cada cual tomó asiento ante la mesa que se le había asignado; y a Ordoño le correspondió un sitial más elevado, forrado con un cojín grueso y provisto de un escabel; detrás de él se habían situado dos negros y altos sirvientes mauritanos dispuestos a servirle con solicitud. Le ayudaron a quitarse la pesada capa y le acomodaron. Asbag y Walid estaban sentados al otro lado de la sala, justo enfrente del rey. Los demás condes contemplaban todo sin salir de su asombro.

La entrada de Chawdar y Al Nizami en la sala del festín fue parte del espectáculo, como correspondía a la intención de aquel banquete, ideado para impresionar a los nobles norteños. Primero hizo su aparición un surtido grupo de invitados, que se fueron acomodando delante de sus mesas. Luego se intensificó la música y entraron unos jovencísimos pajes, completamente vestidos de blanco, que corretearon, saltaron y realizaron hábiles ejercicios acrobáticos sobre las alfombras al ritmo de los tambores y después se situaron en las esquinas del salón, quietos como pétreas estatuas. Entonces se hizo el silencio, y desde el techo se desprendió una suave lluvia de pétalos de rosas que cayó sobre todos arrancando un murmullo de admiración. En ese momento se abrió la puerta del fondo, bajo la galería, y de súbito irrumpió un hermoso caballo blanco portando sobre su silla un blanco y sedoso macho cabrío con un solo cuerno en mitad de la frente. Ambos, corcel y cabrío, dieron varias vueltas en alegre trote y desaparecieron entre los aplausos de todos los presentes.

Walid se volvió entonces hacia Asbag y le dijo:

—No olvidemos que los eunucos son eslavos; y a los eslavos les encanta este tipo de espectáculos.

Asbag asintió con la cabeza.

Pero aún faltaba lo mejor. Un ejército de sirvientes entró portando las bandejas, los cuencos y las fuentes que contenían los manjares que se iban a degustar: cuartos de cordero y de buey asados o hervidos; pajarillos, perdices, liebres estofadas, legumbres, frituras, tortas, frutas, pastelillos… Y, finalmente, en unas andas sostenidas por varios criados, aparecieron dos grandes tinajas de barro que fueron depositadas en el centro.

—¡Qué extraño! —dijo Walid—. Se ha servido el banquete sin que los anfitriones estén presentes. ¿Qué pretenderán estos dos eunucos locos?

De nuevo sonó la música, insinuante y acentuando la expectación. Todo el mundo miró entonces a la galería, esperando, esta vez definitivamente, ver aparecer a los misteriosos anfitriones. Pero en la sala entraron dos fornidos y musculosos jóvenes empuñando cada uno un mazo. Avanzaron hacia el centro y golpearon a la par las tinajas, provocando vehementes exclamaciones entre los comensales, pues se suponía que los recipientes estaban llenos de vino. Pero al desmoronarse las tinajas en pedazos, aparecieron los dos eunucos en cueros, con toda la piel teñida de dorado color azafrán, excepto sus rostros; y todo el mundo contempló sus genitales, provistos de pene pero carentes de testículos, lo que constituía el orgullo de aquella casta palaciega, tan próxima al califa.

Allí mismo, delante de todos, los eunucos fueron vestidos ceremoniosamente, calzados con ricas babuchas, cubiertos con delicadas túnicas de seda, enjoyados y tocados con exquisitos turbantes rematados con fina pedrería, nácar y plumas de pavo real.

Los cristianos contemplaron atónitos aquel inusitado ceremonial impregnado de lujo y sensualidad.

Los chambelanes dieron a los pajes la orden de llenar los vasos. Los músicos ubicados al fondo del salón tocaron al unísono sus instrumentos, flautas, arpa, címbalos, tamboriles y laúdes, anunciando la entrada de las bailarinas. Se sirvieron los manjares sobre las mesas bajas de maderas preciosas, junto a las cuales los comensales estaban sentados en cojines, y todo el mundo se aplicó a degustar los manjares y el vino.

Después de comer algo, Asbag juzgó que no era prudente que el juez y él permanecieran allí mucho tiempo más, sobre todo porque la embriaguez comenzaba a enturbiar las cabezas de los invitados. Se acercó a Walid y le dijo:

—Me parece que ha llegado el momento de que nos marchemos. El vino empieza ya a provocar un efecto indeseable y esta gente va a pasar a la lujuria.

—Tienes razón —dijo el juez—. Levantémonos con discreción y dirijámonos hacia la puerta.

Ambos mozárabes se pusieron en pie y se acercaron a la mesa de los anfitriones para disculparse. Se inclinaron respetuosamente y Asbag dijo:

—Excusadnos, señores, pero no es prudente que un obispo permanezca demasiado tiempo en un banquete… Nuestras costumbres así lo determinan.

—Está bien —dijo Chawdar—, pero antes hemos de hacer un brindis.

El eunuco ordenó a los escanciadores que llenaran los vasos y todo el mundo se puso en pie. Chawdar entonces se colocó en medio del salón, y tras pedir silencio, dijo:

—Brindemos por nuestro señor el Príncipe de los Creyentes; y hagámoslo con un vino especial mandado traer desde Málaga por el anterior califa Al Nasir para las grandes ocasiones… Es un vino reservado para reyes.

En ese momento, un criado se acercó hasta Ordoño con una bandeja en la que había una hermosa copa de oro. El rey la cogió y la apuró de un trago. Todos bebieron.

—¡Excelente! —exclamó Ordoño.

El otro eunuco, Al Nizami, se aproximó entonces al rey cristiano con una preciosa botella en las manos.

—Este vino es el mismo que acabamos todos de apurar. Te lo llevarás a tu residencia y lo tomarás durante siete días en honor de nuestro califa… Es una vieja costumbre que se reserva solamente para los que han sido agraciados a los ojos del Príncipe de los Creyentes. Así será como si esta fiesta durase siete días.

Ordoño recogió la botella y se inclinó profundamente, lleno de agradecimiento por aquella deferencia tan especial.

—¡Y ahora, que siga la fiesta! —ordenó el eunuco.

La música volvió a sonar y las bailarinas saltaron de nuevo al centro del salón arrojando brazadas de perfumados pétalos de rosas. Las muchachas acentuaron entonces sus sensuales movimientos y los leoneses aullaron de emoción.

Asbag y Walid aprovecharon aquel momento de entusiasmo para abandonar la sala del banquete y, cuando aún no había anochecido, pusieron rumbo a Córdoba.

Córdoba

Al día siguiente, Asbag intentó entrevistarse con Ordoño para saber cuál sería su actitud en el conflicto con los embajadores. Pero, cuando llegó a su residencia, uno de los condes del séquito le dijo que el rey se encontraba algo enfermo a causa de los excesos gastronómicos y alcohólicos de la noche anterior.

El obispo volvió a intentarlo a la mañana siguiente; pero una vez más tuvo que regresar sin ver al rey, pues este no se había recuperado. Y así acudió cada día durante una semana, sin que el estado del rey mejorase, por lo que decidió pedir que le llamaran una vez que Ordoño estuviera repuesto.

La noche del sábado, Asbag tardó en conciliar el sueño y luego tuvo pesadillas. No podía apartar de su mente aquella extraña fiesta con todos aquellos excesos, de la que no veía que nadie hubiera extraído beneficio alguno.

De repente, se despertó en plena noche con una imagen fija en la mente: la copa de oro que dieron a Ordoño y la misteriosa botella de vino. «¡Veneno!», pensó.

Por la mañana muy temprano se encaminó hacia la residencia de Ordoño, con la decidida intención de indagar acerca de aquel vino. No obstante, cuando llegó a la puerta se encontró con el griterío y el alboroto. El rey había muerto.

Los funerales se celebraron tres días después en San Acisclo, con la asistencia de todos los embajadores cristianos y un importante número de representantes de la corte del califa. Cuando terminó el oficio religioso, el cuerpo de Ordoño IV, cargado en una carreta, emprendió camino hacia León para reposar con sus antepasados.

Asbag y el juez Walid, junto con el consejo mozárabe, fueron hasta la puerta de Alcántara para despedir el cortejo fúnebre. Mientras el enlutado carromato y el séquito de caballeros dolientes se perdían por la carretera en el horizonte, el obispo se acercó al juez y le dijo en voz baja:

—¿No te ha parecido extraña esta muerte?

—¿Extraña? —respondió el juez—. ¿A qué te refieres?

—Es algo que no he dicho a nadie, pero no puedo evitar la sospecha… Es todo tan extraño. Una vez escuché que los grandes eunucos de Azahara son unos maestros en el uso de los venenos.

—¿Quieres decir que sospechas que Chawdar y Al Nizami han envenenado al rey Ordoño?

—Es algo que necesitaba comunicar, por eso te lo he dicho.

—¡Oh! —dijo Walid con disgusto—. No seamos suspicaces. Si a alguien le interesaba que Ordoño viviera era precisamente a los musulmanes, para mantener en jaque a Sancho y García. No olvidemos que mientras Alhaquén pudiera esgrimir a un pretendiente al trono tendría en un puño a los dos primos. Pero ahora veremos qué pasa…

—¿No has pensado alguna vez que quizás a algún sector de los musulmanes le interesa la guerra? ¿No benefician las batallas a los generales y a los eslavos de confianza del califa? ¿No han amasado su fortuna los más de ellos gracias al reinado belicista y guerrero de Al Nasir?

Walid miró al obispo con gesto aterrorizado.

—¡Oh, Dios! —exclamó—. ¡La guerra, siempre la guerra!

Y, tal como ambos temieron, hubo guerra. Cuando el cuerpo de Ordoño fue sepultado en León, su prematura desaparición disipó el temor de su primo Sancho, que, libre de su competidor, pudo eludir el cumplimiento de las promesas que acababa de renovar ante el soberano musulmán. Sin tardanza, ajustó alianzas con el conde de Castilla, el rey de Navarra y los condes de Barcelona, Borrell y Mirón, y se dedicó a esperar los acontecimientos.

Alhaquén no tuvo más solución que la guerra. Decidido a atacarlos y reducirlos uno tras otro, se puso en persona al frente de la expedición que, en el verano de 963 (352 de la hégira), tuvo como primer objetivo Castilla. Los ejércitos musulmanes se apoderaron de la plaza de San Esteban de Gormaz, sobre el Duero. La guerra fue cruel y sangrienta, con pueblos destruidos y multitud de cautivos.

El conde Fernán González se vio obligado a pedir una paz cuyas cláusulas violó enseguida. Una nueva aceifa musulmana le arrebató Atienza.

Por un lado, García Sánchez I fue atacado en sus propios dominios por el gobernador de Zaragoza, Yahya ben Mohamed al Tuchibí, y derrotado en varias batallas; además, el general Galib le ganó la ciudadela de Calahorra.

Fueron años de guerras, en los que Alhaquén aseguró las fronteras del califato, no con la paz como pretendió, sino con los ejércitos, como hiciera Al Nasir, lo que consolidó su prestigio en el trono. De esta suerte, la superioridad de las armas califales se tradujo en la imposición de una tregua a los reinos cristianos. Durante varios años hubo paz.

El obispo de Córdoba, Asbag aben Nabil, estuvo más ocupado

que nunca, sirviendo de intérprete y de mediador con las numerosas embajadas de la Hispania cristiana que desfilaron por Córdoba hasta el año 964 (363 de la hégira). Llegaron las del conde Borrell de Barcelona; la del rey Sancho Garcés I de Navarra; la de Elvira, tutora del joven rey asturleonés; la de Fernán Laínez, conde de Salamanca; la de Garcí Fernández de Castilla; la de Fernando Ansúrez, conde de Monzón; y la de Gonzalo, conde de Galicia.

El año 965 (364 de la hégira) la hermosa favorita Subh, la vascona, alumbró a otro hijo de Alhaquén, al que se llamó Hixem. El califa, lleno de satisfacción, colmó a la madre de los dos príncipes de generosos dones y la nombró sayida.

24

Málaga, año 966

Al pie del decorado pórtico del salón principal de su palacio estaba Ben Hodair, envuelto en su lujosa túnica negra con bordados de oro, desplegando una sonrisa de oreja a oreja que distendía su plateada y cuidada barba.

Abuámir avanzó hacia él y, tras devolverle la sonrisa, se inclinó en una profunda reverencia.

Ben Hodair extendió los brazos y lo atrajo hacia sí para abrazarlo.

—¡Felicítame! —exclamó el visir malagueño—. He sido llamado a formar parte de la corte cordobesa. Por fin mi sobrino Alhaquén se ha acordado de mí.

—¡Dios sea loado! —exclamó Abuámir—. ¡Te lo mereces! Naciste para vivir en la corte. ¡Por fin se ha hecho justicia!

—Sí, ciertamente —respondió el visir con satisfacción—. He aguardado pacientemente este momento. El anterior califa, mi primo Abderramán, me mantuvo relegado. Hoy, gracias a Dios, mi sobrino se ha fijado en mí. Y yo, a mi vez, he de ser justo y reconocer que un joven tan inteligente como tú debe buscarse su lugar en la capital. Te vendrás conmigo a Córdoba y yo te presentaré a gente influyente que sabrá aprovechar tus cualidades.

—Oh, pero…

—¡Chsss! Todo el mundo sabe que estás preparado para ambicionar un lugar importante. Te vendrás conmigo. Esta será tu oportunidad. ¿Piensas permanecer en Torrox de por vida…?

—¿Cuándo partimos? —preguntó Abuámir con decisión.

—Cuanto antes. Tienes el tiempo necesario para despedirte de los tuyos.

Abuámir llegó a Torrox al día siguiente por la mañana, después de cabalgar emocionado durante toda la noche. Era un brillante día del mes de marzo y soplaba un viento fresco que subía desde el mar; los deslumbrantes rayos del sol lo bañaban todo y los cañaverales se agitaban relucientes.

Enfiló el sendero de subida lleno de entusiasmo, pensando en lo que les diría a su madre y a sus hermanos. Estaba plenamente convencido de que lo mejor para él era regresar a Córdoba. Pondría todo en manos de su hermano Yahya y no se dejaría persuadir si intentaban disuadirle.

Encontró a su madre en el patio, dirigiendo a las criadas que se disponían a arreglar los jardines y las macetas.

—¡Hijo! —exclamó al verle—. ¿Ya de vuelta, tan pronto? ¿Qué quería el visir de ti?

—Madre, ha llegado mi momento… Ben Hodair ha sido llamado a Córdoba y quiere llevarme con él…

Ella le contempló y apretó las mandíbulas. Luego dejó su mirada perdida en el vacío.

—Ya sabía yo que no aguantarías aquí mucho tiempo —dijo sin mirarle—. Tú no eres como tu padre… Te gusta volar alto…

—Yahya se ocupará de todo —aseguró él.

—Tu hermano es apenas un muchacho. ¿No podrías esperar aún unos años más?

Abuámir se acercó a ella y le acarició suavemente la mejilla, buscando que sus ojos se cruzaran con los suyos.

—Madre —le dijo mirándola con ternura—, tú me conoces bien; aquí me asfixio.

—Sí, comprendo, pero es tan difícil hacerse a la idea… Además, está tan reciente la muerte de tu padre…

Aquel mismo día, mientras comía con sus hermanos y con su tío, Abuámir hizo las recomendaciones que estimó oportunas y puso el señorío en las manos de Yahya, renunciando definitivamente a los derechos que le correspondían como primogénito. Luego puso en orden los documentos de su padre y redactó un acta de cesión a favor de su hermano, acompañada de las fórmulas coránicas y las promesas religiosas necesarias para conferirle autenticidad. Era como quemar las naves y desembarazarse de antemano de cualquier tentación de regresar.

Córdoba

Tras una semana de viaje, la caravana del visir Ben Hodair remontaba un altozano y divisaba Córdoba a lo lejos. Por aquí y por allá crecían pequeñas parcelas de follaje, retamas, madroños y encinas. Ya era mediodía, y el sol de primavera arrancaba destellos de las hojas de los olivos salpicados de flores de un color verde pálido, cuyo dulce y acentuado aroma flotaba por todas partes. Los campesinos corrieron desde los rafales próximos hacia el borde de la cañada para ver el espectáculo de los caballos lujosamente enjaezados, las carretas de las mujeres, los camellos cargados y los secretarios con los halcones y los lebreles.

Abuámir se alegró en el alma al ver las doradas murallas, los alminares y los brillantes tejados de la mezquita mayor, como emergiendo del plateado Guadalquivir.

El visir fue a alojarse a Azahara con sus mujeres, hijos, nietos y demás parentela. En la misma puerta de Alcántara se despidió de Abuámir prometiéndole que en pocos días tendría noticias suyas.

Abuámir tomó entonces la dirección del barrio viejo, donde se encontraba la modesta y austera casa de su tío Aben Bartal. Al pasar por la calle de los libreros, cerca de la iglesia de San Zoilo, se fijó en la puerta del taller cristiano de copistería y reparó en que no había recogido su viejo libro de crónicas que, siete años atrás, había dejado allí en depósito para que lo restaurasen. Decidió entrar para recupe-

179

rar el volumen. En el establecimiento solo había dos jóvenes afanados en la meticulosa tarea.

—¿El sacerdote Asbag? —preguntó Abuámir.

Ambos operarios levantaron la cabeza y se miraron extrañados.

—Asbag…, Asbag aben Nabil —insistió Abuámir—. Trabajaba aquí.

—¡Ah! Te refieres al obispo —respondió uno de los jóvenes—, al mumpti Asbag aben Nabil. Hace tiempo que no viene por aquí. Ahora un presbítero supervisa los trabajos en su nombre. Aun así, de vez en cuando viene a echar una ojeada. ¿Podemos servirte en algo?

—Hace siete años dejé aquí un viejo libro de crónicas —dijo Abuámir—; una copia del manuscrito de Aben Darí. Quisiera recuperarlo. Aunque, después de tanto tiempo…

—Sí —respondió el joven—. Lo recuerdo muy bien; yo era entonces aprendiz. El libro fue reparado y estuvo durante mucho tiempo en aquel arcón, esperando a que su dueño viniera a recogerlo.

El copista se levantó del pupitre y fue hasta el arcón. Lo abrió y hurgó en el interior.

—No —repuso—. No está aquí. Pero supongo que el obispo podrá darte razón de él. Acércate a la iglesia de San Acisclo, pues falta poco para las vísperas, y suele presidir él la oración de la tarde.

Abuámir se echó de nuevo el hato al hombro y se internó en el barrio cristiano buscando el centro, para llegar a San Acisclo. Una vez en el atrio, comprobó que las vísperas habían comenzado y aguardó pacientemente junto al pórtico, escuchando los bellos cantos latinos de la salmodia. El perfumado humo del incienso se escapaba por la puerta y se mezclaba con el dulce aroma de los azahares, que reventaban ya a esas alturas del mes de marzo.

Al fin, fueron saliendo los jóvenes novicios de San Acisclo, los fieles, los presbíteros y, finalmente, el obispo, que se detuvo para dar limosna a algunos mendigos que aguardaban en la puerta. Abuámir se aproximó a él. Asbag le miró por un instante y no tardó en reconocerle.

—¡Abuámir! —exclamó—. ¡Cuánto tiempo! ¿Dónde te has metido hasta hoy?

—Oh, es largo de contar —respondió Abuámir—. Murió mi padre y tuve que partir hacia mi tierra para ocuparme de las cosas de mi casa. Pero… ya veo que eres obispo; has progresado en todo este tiempo. ¡Estarás contento!

—Mi vida ha cambiado mucho, ciertamente. Estos siete años han sido los más intensos. Pero ¡acompáñame! Vayamos a mi casa y hablemos de todo ello sin prisas.

Ya en casa, delante de un fresco vaso de limonada, los dos antiguos conocidos se contaron mutuamente cuanto les había sucedido desde la última vez que se vieron.

—Y dime, Abuámir —preguntó el obispo—, ¿no habría sido mejor para ti permanecer en el señorío de tu familia? Allí al menos eras un hombre importante, con hacienda y prestigio; en cambio, aquí, en Córdoba, hay advenedizos llegados desde todos los rincones del mundo buscando hacerse un sitio en la administración del Imperio.

—No creas que no he pensado en ello —respondió Abuámir—, pero confío en poder encontrar mi oportunidad.

—Bien. Quien busca halla. Confío en que esa firme determinación tuya encontrará su recompensa. Pero, en todo caso, si alguna vez me necesitas… aquí estaré.

—Y yo te lo agradezco de corazón. Y ahora, me gustaría saber qué fue de mi viejo libro de crónicas.

—¡Ah! Las crónicas de Aben Darí; tu adorada epopeya árabe…

Asbag se levantó de la mesa y se acercó a unos estantes repletos de libros que estaban al final de la sala. Ojeó cuidadosamente las hileras de volúmenes y extrajo uno de ellos.

—¡Aquí está! —dijo mientras regresaba junto a Abuámir—. Le pusimos tapas nuevas e incorporamos las copias de algunas hojas que le faltaban. Gracias a Dios, en la biblioteca de Azahara había un ejemplar. Espero que te guste el resultado final.

—¡Oh, es maravilloso! —exclamó Abuámir acariciando el libro—. Es un trabajo formidable. —Echó mano a la bolsa y sacó varias monedas—. ¿Cuánto he de darte?

—¡Chsss! Nada de eso. Lo hice yo mismo, con sumo gusto, en mis ratos libres. Acéptalo como un obsequio por este reencuentro.

—Eres muy generoso, mumpti Asbag. Dios te recompensará.

—Bien, amigo Abuámir —dijo el obispo poniéndose de nuevo en pie—, ahora he de visitar a algunos enfermos; mañana es domingo y estaré muy ocupado; debo aprovechar las últimas horas de luz.

El arcediano esperaba ya al obispo en la puerta, junto a los acólitos con los ciriales y el crucero. Abuámir los vio alejarse por las estrechas callejuelas. Luego, satisfecho por aquel reencuentro, partió alegremente hacia la casa de su tío Aben Bartal.

Pasó junto a la minúscula mezquita del santo Sidi al Muin, dobló la esquina y se encontró con el viejo y destartalado caserón de su tío, con sus mendigos a la puerta, como siempre, como si el tiempo se hubiera detenido allí.

25

Córdoba, año 966

—¡Amo Abuámir! ¡Amo Abuámir! —gritó desde el patio el criado Fadil—. ¡Despierta!

Abuámir abrió los ojos y miró a la ventana de su alcoba, desde donde se veía un trozo de cielo que asomaba por el tragaluz del patio interior. Era de noche.

—¡Por Dios! —exclamó con tono perezoso—. ¡Aún no ha clarecido! ¿Es que no se puede dormir en esta casa?

Dicho esto, se revolvió entre las sábanas e intentó de nuevo conciliar el sueño. Sin embargo, oyó los desiguales pasos de la cojera del criado, primero en la escalera y luego en el ruidoso pasillo de carcomidas tablas.

—¡Amo! ¡Amo Abuámir! —insistió Fadil—. Aquí hay un hombre que pregunta por ti.

—¡Voy! ¡Voy! Cuando no es una cosa es otra —protestó Abuámir.

Cuando se inclinó sobre la barandilla interior, vio a su tío de hinojos en su esterilla de oración, como casi siempre, y a un elegante y corpulento hombre que aguardaba en uno de los rincones. Bajó al patio y saludó.

—Vengo de parte de mi señor Ben Hodair, el visir —dijo el visitante—. Ayer me ordenó que hoy, a primera hora del día, viniera a buscarte para reclamar tu presencia en el palacio del cadí de Córdoba, donde él se entrevistará contigo a media mañana.

—¡Oh! ¡Gracias a Dios! —exclamó Abuámir sin poder contenerse—. Dile a tu amo que allí estaré.

Cuando el mensajero se marchó, Abuámir saltó de alegría y gritó:

—¡Por fin! ¡Por fin! ¡Por fin…! Creía que se había olvidado de mí… Han pasado tantos meses… Pero no, no se ha olvidado. ¡Bendito Ben Hodair!

Abuámir tuvo el tiempo necesario para acudir a los baños. Pidió que le dieran masajes y se recortó la barba. Luego se tendió en una de las esteras de la sala fresca del haman dispuesto a relajarse. Lo invadió una extraña tranquilidad al convencerse de que no le sería difícil ganarse al cadí. Confiaba suficientemente en su habilidad para granjearse la voluntad de las personas.

A media mañana estaba en el palacio del cadí supremo de la capital. Aguardó solo un momento, y enseguida uno de los secretarios le condujo hacia el interior del edificio. Entraron en un salón inundado por una luz tenue, con las paredes encaladas y el techo muy alto, rematado con una cúpula. Reinaba una agradable calma y un silencio cortado únicamente por el batir de alas de una paloma que debió de quedarse encerrada a primera hora de la mañana y que revoloteaba de vez en cuando de una esquina a otra. Abuámir estuvo allí un rato, absorto, entretenido con las evoluciones del angustiado pájaro; hasta que lo vio detenerse en uno de los tirantes de la bóveda, justo encima.

Entonces entró en el salón el visir Ben Hodair, impecablemente vestido, como siempre, junto al cadí supremo, Mohamed ben al Salim. Abuámir se inclinó en una profunda reverencia y permaneció así, aguardando a que se le diera el permiso para enderezarse.

—Ah, querido…, querido Abuámir —dijo Ben Hodair—. Deseaba verte; cuánto te he añorado. ¡Vamos, a mis brazos!

—¡Amado señor! —dijo Abuámir abrazando al visir.

—Este es el cadí supremo de Córdoba —dijo Ben Hodair—. El señor Mohamed ben al Salim. Desde hoy mismo te pondrás a su servicio como auxiliar de la suprema notaría. ¿Estás contento?

—¡Dios os bendiga, señores! —exclamó Abuámir mientras besaba la mano del cadí.

Luego se enderezó y lo miró directamente a la cara. Ben al Salim era un hombre de rostro imperturbable, delgado, seco y de piel cetrina; un funcionario que se había hecho a sí mismo, sabio y muy honrado, pero con un espíritu frío y antipático que se delataba en su semblante. Abuámir jugó a esbozar una media sonrisa que no se vio correspondida. En ese momento, como una gota de plomo, cayó sobre la blanca túnica del cadí un excremento de la paloma que estaba justo encima de ellos. A Abuámir se le escapó una sincera y sonora carcajada que retumbó en la bóveda. Sin embargo, a Ben al Salim aquello no le divirtió en absoluto. Por un momento reinó un tenso silencio.

—¡Talab! ¡Talab! —gritó el cadí severamente, llamando a uno de los criados—. ¡Trae al baharí! ¡Trae al halcón inmediatamente! Malditas palomas, malditas y merdosas palomas…

El criado apareció con un halcón en el puño. Ben al Salim le quitó la caperuza y el ave escrutó con ojos fieros la inmensidad del salón. El cadí dio una fuerte palmada y la paloma alzó el vuelo, espantada. El halcón se lanzó como un proyectil y, un momento después, descendía con su presa prendida en las garras.

Mientras un criado quitaba con un paño la mancha de su túnica, el cadí, firme en su seco y frío gesto, preguntó a Abuámir:

—De manera que has estudiado las leyes con Abu Becr, ¿no es así?

—Sí. Y con Aben Moavia y Abu Alí Calí.

—Bien, bien. Mañana mismo empezarás. Preséntate en mi nombre al notario mayor y que te muestren tu despacho. Y, si puedes demostrar esa valía que acredita el visir, pronto ascenderás.

Dicho esto, el cadí se acercó hasta donde estaba el halcón desplumando a la paloma. Llamó al ave de presa y esta saltó hacia su puño. Con paso firme, Ben al Salim se marchó por donde había llegado, acariciando a su halcón, y sin decir una palabra más.

El visir Ben Hodair miró entonces a Abuámir.

—Él es así —le dijo en tono consolador—. Desde luego no es un hombre cariñoso y simpático, pero es justo y goza de la plena confianza del hayid Al Mosafi, que es quien dispone en Córdoba. Tú sabrás ganártelo con el tiempo; no te faltan cualidades…

***

185

A Abuámir no le fue difícil acomodarse a su nuevo cargo en la suprema notaría. No era un adulador, ni se entretuvo en halagar a sus superiores, pero pronto supo ganarse la confianza del notario mayor y de los funcionarios que ocupaban los demás departamentos subalternos. Sin embargo, el cadí Ben al Salim le miraba siempre con cierto recelo; o, al menos, eso era lo que a él le parecía.

Pasaron los meses y el tiempo se le hacía interminable. Si en un principio pensó que aquel puesto en el palacio del cadí sería una oportunidad para conocer a personajes influyentes y abrirse camino a fin de conseguir lo que más anhelaba, o sea un empleo en la corte, pronto se sintió defraudado, pues sus ocupaciones no pasaban de la monótona redacción de los formularios y la rutinaria revisión de las innumerables instancias que llegaban a las magistraturas. Su despacho era lúgubre, y sus contactos se reducían al trato con los magistrados y notarios, que, en definitiva, no podían aspirar a un puesto superior al del propio cadí. No era una posición desdeñable la suya, pues cualquiera que ocupara un cargo en la curia gozaba del respeto y la consideración de los ciudadanos; pero para alguien que ha dejado la cabeza de un señorío, por minúsculo que fuera, aquello no dejaba de ser un subyugado puesto de subalterno escribiente.

Y, para colmo, tenía que vivir en la aburrida casa de su tío Aben Bartal, donde no se hacía otra cosa que rezar y atender a los menesterosos. El tío de Abuámir se había convertido en un místico miembro de la secta fundada por el santo Sidi al Muin, cuyos restos reposaban en la vecina y minúscula mezquita, y constantemente albergaba en su casa a fanáticos predicadores y adeptos fervorosos que miraban con malos ojos las diversiones, la música, la poesía y el vino. En tales circunstancias resultaba imposible trasnochar o llevar a los amigos a casa para hacer fiestas o reuniones con poetas. Una vida así estaba muy lejos de lo que Abuámir había soñado un día.

Cada dos días lo visitaba Qut, su antiguo compañero de estudios, que también había terminado, si bien tenía que conformarse con la modesta ocupación de redactar instancias en un improvisado cuchitril próximo al alcázar y limitarse a vivir del módico salario de un escribano público. Qut era un hombre inteligente, además de un buen amigo. Parecía intuir lo que preocupaba a Abuámir. Cuando un día ambos compartían una jarra de vino en su adorada taberna del judío Ceno, Abuámir se quejó amargamente delante de su amigo, como ya había hecho en otras ocasiones, cuando el vino le contrariaba en vez de producirle alegría.

—Siento que se me echa a perder la vida como si fuera un buen vino que se agria y no puedo evitarlo —dijo Abuámir—. Si hubiera sabido esto, no habría venido de Torrox. Y lo peor es que ya no puedo volverme atrás.

Qut le lanzó una mirada que era como un callado suspiro. Luego bajó la vista y se entretuvo durante un rato haciendo girar el vaso entre sus dedos. Finalmente le dijo:

—Quiero entenderte y no puedo. Lo tienes todo: una buena casa en el barrio viejo, apellidos ilustres, buena presencia, un puesto en el palacio del cadí, una mujer hermosa aguardando para satisfacer el menor de tus caprichos... ¿Qué te falta?

—En primer lugar, estoy desperdiciando el tiempo y no usándolo; esto nunca lo había sentido antes. En segundo lugar, estoy haciendo justo lo que siempre he odiado: conformarme con la rutina y vivir ateniéndome a lo que otros me ordenan. Por las mañanas, mi tío me levanta y me hace repetir interminables letanías; y el resto del día mis superiores me hacen redactar interminables memoriales...

—¿Y qué pensabas que era la vida? —dijo Qut, mirando más allá de Abuámir.

—No sé... —respondió él llevándose el vaso a los labios con ansiedad contenida—. Ya sabes lo que yo soñaba; cambiar este anquilosado y viejo orden... Hacer algo, algo importante en el mundo; como los hombres que aparecen en las crónicas de Aben Darí...

—No eres el único que va por ahí arrastrando sus sueños —dijo Qut con tono apesadumbrado—. Pero, al menos, tú tienes casa, parientes, mujeres y dinero. En cambio, ¿qué tengo yo? Yo también abandoné mi pueblo, pero porque mi padre murió en un ajuste de cuentas a manos de un rival vecino. Mi madre y mis hermanos se dispersaron… He pasado mucha hambre, tú lo sabes bien. Y hoy, no me quejo, aunque vivo en una apestosa casa de huéspedes y mi bolsillo depende de los papeles que me traen cada mañana… Si no tengo instancias que escribir no tengo qué comer.

Abuámir no dijo nada.

—Deberías meditar sobre quién está delante de ti cuando te quejas —continuó Qut—. Siempre has sido un buen amigo, no voy a negar eso; compartes cuanto tienes y nunca me ha faltado nada desde que te conocí. Pero a veces se hace insufrible soportar tu corazón inquieto y tu amarga e infundada rebeldía contra la vida, que, por otra parte, jamás te ha negado nada.

Abuámir seguía mudo.

—Pero tú eres así, Abuámir —dijo Qut, lleno de comprensión—. Nunca he dudado de que un día llegarás lejos. El tiempo te ayudará…

Abuámir sonrió al escuchar aquellas últimas palabras. Extendió la mano y la posó en el hombro de su amigo. Firmemente, como si ya hubiera estado decidido desde tiempo atrás, le dijo:

—Mañana vendrás conmigo a la suprema notaría; trabajarás conmigo en mi despacho y repartiremos mis ganancias.

—¡Oh, no! Es algo que te corresponde tan solo a ti. Con lo que te he dicho no buscaba tu ayuda ni pedía nada…

—¡No se hable más de ello! Vendrás conmigo. Te lo mereces. No tengo por qué ocupar un puesto que solo debo a mi suerte; no es justo. Desde mañana compartiremos el despacho. Además, creo que así me divertiré más. Y ahora… ¡Vayamos al Jardín del Loco para celebrarlo!

Los dos amigos cruzaron el puente como llevados en volandas por su propia alegría y por el vino que habían bebido. Y, al otro lado, se encontraron con las tapias del Jardín del Loco, cubiertas de enredaderas, y les llegó la vaharada de fragantes olores que impregnaban aquel delicioso y placentero lugar: aromas de rosas y jazmines, el húmedo y fresco vaho de las fuentes, el humo perfumado de las velas… Se internaron entre los setos y buscaron un rincón iluminado, para dejarse caer sobre los suntuosos divanes repletos de cojines. Gozaron allí con la comida y la bebida, así como con la absorta contemplación de las hermosas bailarinas.

Luego, el Loco subió a la tarima y, acompañado por el laúd, dejó oír su voz cálida y armoniosa:

¿Dónde está el amor?, dímelo; si el tiempo todo lo ha de separar.
Enviaré mi alma detrás de él y también la perderé.
Mira esa tórtola, ¿adónde va? Así vuela mi juventud.
Si no me bebo yo esta copa la vida la apurará.

Los dos amigos hablaron de muchas cosas aquella noche. Y, más tarde, cuando el ambiente empezó a languidecer, permanecieron un rato en silencio, escuchando los dulces sones del laúd y las tristes letras de las canciones de amor. Hasta que Qut le dijo a Abuámir:

—Estás pensando en la viuda de Bayum… A mí no puedes negármelo; he visto otras veces esa mirada perdida…

Abuámir sonrió.

—Podrías acompañarme —dijo—. Hay una criada que no está del todo mal.

—Bien —accedió Qut—. ¡Vayamos!

Cruzaron de nuevo el puente y pusieron rumbo al barrio viejo; sin embargo, antes de doblar la esquina de la calle donde estaba el palacio de Bayum, Qut se detuvo y le dijo a Abuámir:

—Anda, ve tú solo. Mañana tengo mucho trabajo que hacer.

—¡Vamos! —insistió Abuámir—, será un rato, nada más.

—No. Ve tú solo. Hace mucho tiempo que no frecuentas aquella casa y la Bayumiya estará enfurecida como otras veces. Y… eso es algo que debes arreglar tú solo.

Abuámir se encogió de hombros y tendió la mano a su amigo.

—Como quieras —le dijo—. Mañana, ya sabes, te espero en mi despacho a primera hora.

La calle estaba solitaria, pues ya era tarde cuando Abuámir llegó a la puerta del palacio de Bayum. Llamó varias veces y esperó, como siempre, a que acudiera la criada. «Me hará esperar», pensó. Pero enseguida sonaron unos pasos al otro lado, en el zaguán. Alguien abrió la mirilla y le observó por un rato en silencio.

—¿Qué deseas? —dijo al fin una extraña voz masculina desde dentro.

Abuámir se sorprendió mucho. Una ráfaga de pensamientos confusos acudió a su mente.

—¿Qué quieres? —repitió la voz.

—Soy… soy Mohamed; Mohamed Abuámir—respondió Abuámir.

—Ah, quizá buscas a la antigua propietaria. ¿No es así? —dijo la voz.

—¿A la antigua propietaria?

—Sí. ¿Es qué no sabes lo que le pasó?

—¿Lo que le pasó…? —repitió Abuámir sin salir de su extrañeza.

—Se tiró al pozo hace cosa de cinco o seis meses. Cosas de amores…, dicen; un desengaño o algo así. Ya sabes… Yo compré luego esta casa a sus herederos y me trasladé aquí con mi familia. Si deseas algo…

Abuámir se quedó mudo. Echó a andar y se alejó de allí a toda prisa.

—¡Eh, oye! ¡Eh! —oyó gritar a la voz—. ¿Necesitas algo?

Abuámir corrió y corrió por las calles solitarias, sin rumbo fijo y con la mente en blanco. Vagó queriendo escapar de sus propios remordimientos, haciendo conjeturas, imaginando que en la vida de la Bayumiya había entrado tal vez otro hombre, o dos, o más… ¿Por qué tenía que ser solo él el culpable? A fin de cuentas, nunca le prometió nada, nunca hubo más lazos entre ellos que los que habían fijado sus esporádicos encuentros. Por fin, se tranquilizó. «Lo que Dios quiere pasa; lo que Él no quiere no pasa», pensó.

26

Córdoba, año 966

—¡Recemundo ha regresado! —exclamó el arcediano al irrumpir en el despacho del obispo.

—¿Cómo? —le preguntó Asbag—. ¿Recemundo…? ¿El gran Recemundo?

—Sí, mumpti Asbag. Uno de sus criados se adelantó para traer la noticia. Recemundo viene por la sierra acompañado de un gran séquito; en media jornada estará aquí.

—¡Oh, es maravilloso! ¡El gran Recemundo…! Preparemos todo para recibirle como se merece.

A Asbag le entusiasmó la noticia. Quince años habían pasado desde que el obispo de Elvira fue enviado por Al Nasir a la corte del emperador de Bizancio, cuando él era apenas un maestro en el taller de copia del anterior obispo. Desde entonces habían cambiado mucho las cosas: Abderramán había muerto, le había sucedido Alhaquén, y Asbag se había convertido en el nuevo prelado de Córdoba. La situación de la comunidad cristiana había variado considerablemente. Ahora corrían tiempos de calma para los mozárabes, tiempos como no se habían vivido nunca antes en Alándalus: el obispo entraba y salía de Azahara como un dignatario más de la corte; asesoraba al mismo soberano, mediaba en los asuntos con los cristianos de los reinos vecinos y, cosa inaudita, aconsejaba a la favorita real como si de una feligresa suya se tratara. Asbag pensó que el insigne Recemundo estaría contento, pues él había sido un adelantado en las cuestiones diplomáticas al ponerse al frente de una cancillería cordobesa aun siendo cristiano. Algo insólito en los tiempos de Al Nasir, en los que los mozárabes se veían relegados como ciudadanos de segunda. Entonces Recemundo había sido criticado, no solo por los fanáticos musulmanes, sino también por algunos cristianos que interpretaban su posición de embajador del califa como una claudicación. Pero Asbag había admirado siempre la audacia y la sagacidad del clérigo cosmopolita, sabio y novedoso que se había puesto al día en las avanzadas corrientes que llegaban del mundo entero; incluso le había tenido siempre por modelo. No había olvidado que fue el propio Recemundo quien le puso al frente del taller de copia, lo cual fue definitivo y providencial para alcanzar la sede de Córdoba y seguir desde ahí acercándose al nuevo soberano.

Asbag lo dispuso todo para recibir con dignidad al célebre mozárabe cordobés. Él personalmente se puso en cabeza del comité de recepción y partió hacia la puerta de Amir, que abría la ciudad a la carretera septentrional, por donde habían anunciado la llegada. Era una luminosa tarde de marzo, con cantos de alondras y coloridas flores recién despertadas a la temprana primavera.

Antes del atardecer aparecieron a lo lejos las empenachadas lanzas y los dorados estandartes.

—¡Oh, ya están ahí! ¡Qué emoción! —exclamó el arcediano.

Era un amplio séquito: oficiales y soldados de escolta, porteadores con fuertes mulos, camelleros que tiraban de corpulentos dromedarios asiáticos provistos de doble giba y cargados de enormes y cimbreantes bultos; palafreneros, carromatos, literas, asnos y un sinfín de acompañantes extraños venidos de la otra parte del mundo.

Cuando la caravana se hubo detenido para exhibir las cartas credenciales, Asbag se aproximó hacia la litera que parecía albergar al principal expedicionario.

—¡Mumpti Ben Zayd! —gritó— *Episcopus Iliberrensis!*

Una huesuda y envejecida mano que lucía un dorado anillo retiró los cortinajes desde dentro. Por la abertura asomó un aguzado y delgado rostro de anciano que miró a un lado y otro.

—¡Aquí, padre! —le llamó Asbag—. Soy el obispo de Córdoba.

El enjuto anciano descendió entonces, ayudado por sus criados. Asbag le reconoció, aunque estaba encorvado y envejecido; tenía el mismo porte distinguido y la misma barba, plateada ya, recortada y en punta; pero eran sus ojos, sabios, serenos y a la vez intrépidos, los que retrataban a Rabí ben Zayd, al gran Recemundo.

Apoyándose en un bastón, el recién llegado avanzó hacia Asbag tratando de reconocerle.

—¡Oh, Asbag! —exclamó al fin—. Ha pasado tanto tiempo… Pero te recuerdo muy bien. ¿Te nombraron obispo? ¡Cuánto me alegro!

Al momento llegaron algunos dignatarios de la cancillería real y recibieron de igual manera a la comitiva. Aquella embajada era sumamente importante. Con Recemundo venían legados de Siria y Constantinopla, insignes hombres de letras, varios preciosos regalos, manuscritos, y lo que más le interesaba a Alhaquén, un nutrido grupo de maestros expertos en el mosaico policromo, bello adorno de las iglesias bizantinas, que venían destinados a decorar la mezquita mayor cordobesa.

Después de los recibimientos, ambos prelados se encaminaron hacia el barrio cristiano, mientras se conducía al resto de la comitiva a las residencias preparadas para alojarla, a la espera de que se anunciara la recepción en Medina Azahara. Una vez en casa del obispo, se sirvió una frugal cena y Asbag pudo conversar con Recemundo, circunstancia que aprovechó para ponerle al día de la situación del califato.

—Entonces, ¿por qué has vuelto? —le preguntó Asbag.

—Estaba cansado…, ya soy viejo. Tenía que enviar a los maestros mosaiquistas y aproveché la ocasión.

—¿No piensas volver, pues?

—¡Oh, no! Este último viaje casi me mata. Hace más de tres meses que desembarcamos en el puerto de Pechina y el trayecto terrestre se me ha hecho interminable. Hay un tiempo para cada cosa…, y para mí el de viajar se ha terminado.

—¿Qué harás de ahora en adelante?

—Descansar y aguardar el final. La vida ha sido intensa para mí.

—¿Permanecerás en Córdoba?

—No. Iré a Elvira, a mi sede, es lo menos que puedo hacer. He tenido abandonado a mi rebaño y quiero dedicarme al obispado con la intensidad que mi edad me permita.

—¿Y si Alhaquén te encomienda una nueva misión?

—Esta vez tendrá que aceptar mi renuncia. Conocí al nuevo califa cuando era solamente un instruido príncipe dedicado a sus libros. Es un hombre tolerante y sabio; sabrá comprenderme. Y ahora dime: ¿cómo han ido las cosas desde que subió al trono?

—¡Ah, mucho mejor que con su padre! Gran parte de nuestros anteriores problemas han desaparecido. El califa Alhaquén ama la paz y no escatima esfuerzos para conseguirla. Es una persona de bien.

—Cierto, cierto, pero no olvidemos que no basta con que el califa sea así —repuso Recemundo—; hay otras fuerzas en pugna que pueden hacer peligrar los buenos deseos.

—Sí, desgraciadamente. Hace dos años, por ejemplo, hubo guerra con los reinos del norte, a pesar del denodado esfuerzo por conseguir un acuerdo satisfactorio para todos. Yo mismo tuve que ir a parlamentar con los reyes y los obispos cristianos. Fue una misión difícil...; es muy compleja la situación de esos reinos...

—A los reyes cristianos les interesa la guerra. Es algo que he podido comprobar a lo largo de mis viajes. En el fondo, la causa común de la cristiandad es volver al antiguo poder del Imperio de Roma, lo cual solamente es posible levantándose en armas contra el moro.

—¿Es esa la posición de los reinos de Europa? —le preguntó Asbag con interés.

—Sí; sin duda. Créeme, se acercan tiempos difíciles..., muy difíciles... Esta tensión no puede durar mucho más. Ya sea en el norte o en el sur, se levantará alguna fuerza que hará estallar una guerra cruel y sin tregua. ¡Dios quiera que me equivoque!

—Bueno, confiemos en que la paz de ahora dure.

Con estos tristes presagios, ambos prelados se despidieron aquella noche, pues Recemundo estaba fatigado y debía reponerse para la recepción del día siguiente con el califa.

Por la mañana, un emisario comunicó que los obispos eran bienvenidos, e inmediatamente se prepararon y pusieron rumbo a Medina Azahara.

Alhaquén los recibió en el gran pabellón llamado Al Zahir, pues iban acompañados de los embajadores del basileus, así como de un gran número de sabios, arquitectos, poetas y maestros mosaiquistas. En la puerta aguardaban los dos grandes fatas Al Nizami y Chawdar con un boyante cortejo de bienvenida. Toda la corte del califa fue invitada a la recepción y se encontraba concentrada en el pórtico de Al Machlis. El suelo aparecía cubierto de tapices; las paredes, de colgaduras de seda; las puertas y las ventanas, con cortinas de brocado. El califa apareció como siempre, al levantarse el gran velo, sentado en su trono junto a sus dos pequeños hijos y rodeado de sus parientes y de todos sus altos dignatarios.

Recemundo avanzó por el centro del salón, con pasos vacilantes, apoyándose en su bastón, pero erguido, con la frente alta y la mirada llena de dignidad, seguido del amplio cortejo que formaba la embajada. Asbag admiró una vez más aquel porte distinguido y aquella singular manera de ejercer la diplomacia. Ese era el gran Recemundo, sin artificios, sin ampulosos e histriónicos ropajes, sin joyas ni innecesarios abalorios; con el solo adorno de la seguridad de conocer el mundo, con sus señores temporales, grandes o pequeños, depuestos por el simple paso de los años, según había comprobado en la amplitud de sus viajes.

Al llegar frente al estrado se inclinó solo lo necesario, sonrió y desenrolló la carta que enviaba el basileus de Bizancio, escrita en griego, sobre un pergamino teñido de azul, con letras de oro. Dentro del rollo que formaba se hallaba una cédula, también coloreada y cubierta de escritura griega, en que se especificaban y contaban los regalos enviados al califa. El mensaje llevaba colgado un sello de oro, de un peso equivalente al de cuatro meticales, en una de cuyas caras aparecía la imagen de Cristo y en la otra la del rey y su hijo.

Con voz solemne, traduciendo simultáneamente, Recemundo comenzó la lectura de la misiva imperial: *Nicéforo II Focas, creyente en Cristo, rey augusto, rey de los romanos, al posesor de los méritos magnífi-*

cos, al ilustre, al noble por ascendencia, Alhaquén al Mustansir Bilá, el que busca la ayuda victoriosa de Alá, el califa, el que gobierna a los árabes en Alándalus (¡Alá prolongue su duración!). Gracia y bien, larga vida a él y a sus hijos, nietos y descendencia. Que la gloria del Misericordioso le cubra con su sombra...

Y así prosiguió durante un buen rato, leyendo el largo encabezamiento lleno de fórmulas rituales, hasta llegar a la parte en la que se exponían los sinceros deseos de paz y alianza entre ambos reinos, que dibujaron un amplio gesto de complacencia en el rostro del califa. Luego llegó el momento de enumerar los regalos: pájaros exóticos, pieles, esclavos, una gran taza de mármol esculpido y dorado para la residencia califal y una fuente de ónice verde con bajorrelieves que representaban figuras humanas. Además, el basileus, conocedor de las aficiones de Alhaquén, había enviado numerosos libros, entre ellos dos preciosos manuscritos: una copia en griego del *Tratado de Botánica* de Dioscórides y un ejemplar de la obra de Juliano Orosio, historiador hispanolatino del siglo v. Y como en esta época nadie sabía el griego en la península ibérica, el emperador enviaba a un buen conocedor de esta lengua, con el encargo de formar en Córdoba un equipo de traductores. Ello llenó de satisfacción al califa, pues todo lo que significara traer conocimientos y sabiduría a Córdoba le entusiasmaba más que cualquier otro bien de tipo material.

Como era de esperar, terminada aquella impresionante recepción en presencia de toda la corte, Alhaquén quiso recibir después en privado a Recemundo, así como a algunos de los maestros y sabios que venían con él.

El encuentro tuvo lugar en los interiores pabellones privados del palacio de verano, en un saloncito de mármol rosado que dejaba ver por entre sus arcos las siluetas de los susurrantes árboles agitados por el aire de marzo. Era ya casi de noche cuando llegaron todos los invitados. Encendieron las lámparas y corrieron los cortinajes, pues la brisa soplaba ya fresca. No era una fiesta propiamente dicha, pero había confituras, jaropes, frutos secos y un trío de músicos, expertos en crear el ambiente necesario sin llamar demasiado la atención. Recemundo y Asbag se acomodaron en sus sitios, en un reducido círculo de divanes que fueron ocupados por seis invitados, dejando uno libre para el califa. Cuando Asbag comprobó que los dos eunucos reales no estarían presentes, se sintió sumamente aliviado.

Alhaquén entró sonriendo, y saludó a cada uno como si de familiares se tratara. Al llegar a Recemundo le abrazó con sincero afecto y las lágrimas casi corrieron por el sereno rostro del anciano, sorprendido ante aquel trato, tan lejano del distante y artificioso protocolo de Al Nasir.

Se hicieron las presentaciones. Un poeta, Maruf, llegado de Siria; un filósofo y un teólogo; un arquitecto bizantino y el sabio monje llamado Nicolás, que habría de dedicarse a formar a los traductores de griego según el encargo del basileus; y los dos obispos mozárabes. Después de un rato de animada charla en el que los contertulios pudieron intercambiar saludos y conocerse al menos someramente, Alhaquén pidió silencio y le dio el primer turno al poeta sirio.

Maruf era un oriental puro, de rasgados ojos negros y una lisa y oscura barba que le llegaba al pecho; lucía atuendos llamativos y el estudiado aspecto de poeta cortesano. No era su ingenio a la hora de componer lo que le había alzado hasta los salones principescos, sino su vasto conocimiento acerca de los grandes poetas orientales, así como de lo que se movía en las cortes de Arabia, y, sobre todo, su voz cálida y apasionada, capaz de hacer brotar las lágrimas desde el fondo del alma más endurecida.

—Háblanos de Mutanabi, querido Maruf, ya que tuviste la suerte de conocerle —le rogó Alhaquén.

—¡Oh, bien dices, Comendador de los Creyentes! —exclamó el poeta—. Fue una gran dicha conocer al que según unos fue el último de los grandes poetas y, para otros, el único y primero de ellos.

—¿Dónde lo conociste? —le preguntó el califa.

—En Antioquía, en el reino hamdaní de Alepo, donde yo servía al príncipe Sayf al Dawla, que tenía a la sazón treinta y cinco años y era el prototipo de un príncipe de leyenda: bello, arrogante, admirado por todos; y poseedor de todas las características favorables y desfavorables de los caudillos beduinos, de carácter caprichoso y fluctuante entre la dureza y la magnanimidad, fiel y leal a los suyos, sensual, generoso y letrado. Su corte abundaba en hombres de ciencia, teólogos, filósofos y poetas. En paz con sus reinos vecinos, solo había de luchar contra las sublevaciones de los árabes del desierto y con los bizantinos. Tal era el hombre a quien se entregó Mutanabi con un amor y una admiración que parecen sentidos y correspondidos. Solo con un príncipe así, un poeta se siente inspirado, escuchado y querido lo suficiente para destilar los aromas deleitantes de la verdadera poesía. Como aquel Sayf al Dawla de Alepo, solo hay un príncipe, que incluso le supera: Su Majestad, Alhaquén, sabio y generoso, rico en virtudes…

—Bien, bien —le interrumpió el califa—. Basta de cumplidos y elogios. Ya sabemos lo importante que es para un poeta la unión con un príncipe. Pero, dinos, ¿cómo era en realidad Mutanabi?

—Oh, era un hombre extraño, ciertamente. Pesimista por un lado, apasionado de la vida por otro… Escuchad, escuchad estos versos.

Maruf miró a los músicos, que se aprestaron a hacer sonar sus instrumentos, dulcemente; los versos brotaron cálidos y armoniosos, al ritmo de la música:

> He perdido mi edad y mi vida. ¡Ojalá esta hubiera pasado
> en otro pueblo diferente, en otro mundo, del ya extinguido!
> Esos pueblos fueron hijos de la juventud del tiempo, y el
> tiempo los mimó. Nosotros lo encontramos ya decrépito.

Al cesar la música, se hizo en el salón un silencio tan completo que hubiera podido oírse el sonido de una aguja que cayese al suelo.

Alhaquén entrecruzó las manos y exhaló un profundo suspiro. Luego miró en torno a sí y dijo:

—¡Ah, qué hermosos versos! Me pregunto cuánto de verdad hay en ellos. Muchas veces pienso como el poeta y me siento a disgusto en esta época. Es como ver que un mundo termina y no ser capaz de divisar el que empieza… ¿Me comprendéis, amigos?

—Sí, príncipe, ¿cómo no? —dijo Recemundo—. Es esa una sensación que asalta a todo hombre que se encuentra con la sabiduría. En realidad todo saber es heredero de otro saber anterior. Recordad lo que dice el libro del Eclesiastés en la Biblia:

> Todas las cosas del mundo son difíciles: no puede el hombre comprenderlas ni explicarlas con palabras. Nunca se harta el ojo de mirar, ni el oído de oír cosas nuevas.
> Pero nada es nuevo en este mundo; ni puede nadie decir: He aquí una cosa nueva, porque ya existió en los siglos anteriores a nosotros...

—Porque toda sabiduría viene del Señor Dios —sentenció el teólogo, hombre de aspecto austero y mirada ardiente—, y con él estuvo siempre y existe antes de los siglos.

Alhaquén asintió con profundos movimientos de cabeza. Luego le llegó el turno al filósofo. El califa le miró y le pidió que disertara al respecto. El filósofo era un persa de indiscutible sabiduría, un discípulo del maestro Al Farabi, figura heterodoxa pero muy de moda en Arabia. Se llamaba El Hadar y era un hombre pacífico, huesudo, cetrino y con un hablar gutural.

—Los griegos no existen ya —comenzó diciendo—, pero las obras de Platón y de Aristóteles siguen siendo las únicas capaces de aportar una respuesta a todas las cuestiones planteadas por el hombre.

—¿Quieres decir que ellos descubrieron la verdad? —le preguntó Alhaquén—. ¿La única verdad?

—La verdad existe desde siempre y para siempre —respondió el filósofo—; como bien ha dicho Recemundo, citando el Eclesiastés. Los griegos la sacaron a relucir, con una fuerza y un fulgor imposibles de superar. Eso es lo que quiero decir.

—¿Y, pues, la verdad religiosa? ¿No es acaso una verdad? —replicó el teólogo—. ¿No es la verdad superior a todas por venir directamente de Dios?

—La verdad filosófica y la verdad religiosa son una sola y misma cosa —contestó El Hadar—, a pesar de que finalmente son diferentes.

Asbag escuchaba atentamente. Se incorporó sobre su asiento y se dirigió al filósofo.

—Según eso que dices, la religión es innecesaria para quien conoce la verdad filosófica. Pero... ¿y la revelación? ¿No es la verdad que Dios ha hecho llegar a los hombres a través de los profetas? Y los profetas no eran filósofos...

—Sí, sí; yo creo en los profetas —contestó el filósofo—. Al Farabi creía en ellos. Pero los profetas hablaban con símbolos..., con milagros..., con poesías..., para persuadir a la imaginación. ¿Cómo si no hubieran podido llegar al pueblo? Pero no todos los símbolos equivalen igualmente a la verdad demostrable filosóficamente...

—¡Oh! ¿Quieres decir que el Corán es solo poesía? —replicó el teólogo con tono de disgusto.

—No, no —salió al paso el califa—. Creo que lo he comprendido. El Hadar quiere decir que el Corán es afín a la poesía; algo que llega directamente al corazón del hombre para llevarle la verdad. Verdad que, en cierto modo, no es distinta de la verdad filosófica. Es como en la Biblia, en ese hermoso pasaje que nos recordó Recemundo, donde se nos decía que solo hay una verdad, aunque expresada en forma múltiple, por lo que es difícil para el hombre comprenderla o explicarla con palabras.

—Ya que os gustó lo que se dice en la Sagrada Escritura, amado califa Alhaquén —dijo Recemundo—, escuchad lo que en el libro del Eclesiástico se dice acerca de lo que estamos debatiendo:

La sabiduría fue creada o engendrada ante todas las cosas,
y la luz de la inteligencia existe desde la eternidad...

—Al Farabi dijo que del primer Ser, Dios, emana la primera inteligencia, ya que en Dios conocimiento y creación coinciden —repuso el filósofo El Hadar.

—Ah, el Dios único posee muchos nombres —sentenció Alhaquén con satisfacción—. Es maravilloso estar aquí conversando acerca de Él en armonía de ideas... Es como encontrar la verdadera sabiduría. Tú, Samuel, eres judío —dijo ahora mirando al arquitecto—; aporta tú algo a nuestra charla. Así será más completa.

Samuel era un hombre correcto, de perfilada y nariguda cara

judaica, con pequeños ojos y labios abultados; un judío formado en Bizancio y enviado por el basileus para trabajar en la ampliación de la gran mezquita como regalo para el califa.

—Perdonadme, sabios señores —respondió—; yo soy solamente un humilde maestro dedicado a embellecer lugares destinados a alabar al Creador. Pero me gusta escucharos y estoy plenamente de acuerdo con cuanto habéis dicho. He construido sinagogas e iglesias cristianas, y ahora voy a dedicarme a una mezquita; si no viera a Dios como principio de todo ¿cómo podría verlo en tal multiplicidad de símbolos? Por eso creo que Él es el ser más simple, lo cual no quiere decir que pueda ser conocido por nosotros, que somos complejos.

—Sí, así es —dijo Alhaquén—. Y por eso es tan difícil gobernar a los hombres. Porque somos complejos...

—El universo está gobernado por Dios, amado califa —repuso El Hadar—; y el Estado debe estar gobernado por el filósofo como hombre perfecto y encarnación de la razón pura: como rey y guía espiritual...

—Y como imán, legislador y profeta —añadió el teólogo.

—Oh, sí —asintió Alhaquén—. Pero... es tan difícil...

—Amado Comendador de los Creyentes —dijo Recemundo—. En mis viajes he conocido a muchos soberanos: algunos elevados por el linaje como único título, otros por la fuerza de las armas; muy pocos por la fuerza de la razón. No he conocido jamás la «ciudad perfecta», al menos en el sentido en que la ideó Platón, pero sí he visto reinos que se acercan al ideal, puesto que no es un fin en sí mismo, sino un medio para encaminar a los hombres a la felicidad supraterrestre.

—Contéstame sinceramente —le pidió el califa a Asbag mirándole directamente a los ojos—, tú que conoces Córdoba desde la posición de un hombre del Libro: ¿hay justicia en mi ciudad? ¿Se puede ser feliz en Córdoba?

Asbag bajó la mirada.

—Contéstame, obispo Asbag, no temas poder herirme —insistió Alhaquén.

El obispo alzó la mirada con ojos confusos. Meditó por un momento. Luego respondió:

—No, no la hay, amado príncipe… Siento haceros daño al decíroslo, porque vos sois justo y bueno. Pero, como en cualquier otro sitio, hay mendigos, enfermos, oprimidos, leprosos desalojados de sus casas, funcionarios injustos, extorsiones, fraudes…

Alhaquén enrojeció y los ojos se le llenaron de lágrimas. Durante un buen rato todos permanecieron en silencio. Al fin, el califa se puso en pie y dijo:

—No dudo acerca de lo que me has dicho, obispo Asbag; es más, hace tiempo que sospechaba que sería todo como me lo has descrito; pero necesito comprobarlo con mis propios ojos. Y ahora, amigos, separémonos y vayamos a descansar; estos nobles viajeros, sobre todo, deben de estar fatigados después de sus largos recorridos.

27

Córdoba, año 966

La intensa lluvia repiqueteaba en el tejado de la iglesia de San Acisclo. Aunque había pasado el alba, los densos nubarrones que se cernían sobre Córdoba la sumían en un oscuro ambiente de madrugada. En el interior olía a incienso, a cera quemada y a ropas húmedas, pues los gabanes y los capotes de los fieles se habían mojado en el camino desde sus casas. Era domingo y llovía generosamente. El canto final de la liturgia ascendía por la bóveda central, mientras la cruz procesional y los ciriales avanzaban hacia el altar portados por los acólitos. Asbag había presidido la celebración que terminaba y se puso en pie para impartir la bendición. El diácono colocó el báculo en su mano y el subdiácono recogió el evangeliario del ambón para sostenerlo sobre su cabeza, aguardando a que llegase el momento de abrir la procesión de salida.

No había muchos fieles; Asbag pensó que sería a causa de la lluvia. Mientras avanzaba por el pasillo central se fue fijando, como solía hacer, en los asistentes a la misa: el cadí Walid con su familia, algunos nobles, gente del pueblo llano, artesanos, comerciantes y, eso sí, al fondo un apretado y nutrido grupo de mendigos que esperaban el reparto del pan bendecido.

Cuando salió al pórtico principal, la lluvia había cesado, y un tímido sol matinal hacía brillar las piedras y los tejados. Los diáconos repartían los panes a los menesterosos y se formó el alboroto de costumbre.

Cuando, después de saludar a los miembros de la comunidad, el obispo se disponía a irse a casa para desayunar, se le acercó un extraño hombre y le pidió con sigilo que le acompañara hasta el otro extremo de la plaza, donde aguardaba otra persona que hacía señas discretamente. Asbag se acercó hasta allí. El otro hombre, de mediana estatura, vestía con bastas y descoloridas ropas, mientras que se cubría la cabeza y gran parte de la cara con un espeso turbante. El obispo se fijó en sus ojos, que eran casi lo único que le asomaba del rostro; le resultaron familiares, sobre todo las cejas anchas y rojizas. Pero el desconocido no dijo nada de momento.

—¿Podemos ir a tu casa? —pidió el primer hombre.

—¿Necesitáis algo de mí? —preguntó Asbag—. El arcediano se hace cargo de las limosnas…

—Oh, no —contestó el misterioso hombre—. Mi señor tan solo desea hablar contigo.

Por esto supo Asbag que el primero de ellos era un criado y el más tapado su señor, a pesar de su poco distinguido atuendo.

—Bien, seguidme —dijo el obispo, aunque algo desconcertado.

En esto, el arcediano se les aproximó, viendo que Asbag podía necesitar algo. A lo que el criado rogó:

—Por favor, se trata de algo muy confidencial. ¿Podríamos estar solos los tres?

Con un gesto Asbag despidió al arcediano.

Una vez en el zaguán de la casa del obispo, se limpiaron el barro de los zapatos en una tosca estera de esparto, y nuevamente a Asbag le resultó familiar el misterioso hombre de las cejas rojizas.

—Bueno, ya estamos solos —les indicó en el recibidor—. ¿Podéis decirme ahora qué queréis de mí?

Ambos hombres miraron en todas direcciones comprobando que efectivamente no había nadie más en la estancia. Entonces, el señor comenzó a desliarse el extremo del turbante con la ayuda de su criado. Su rostro apareció ante Asbag.

—¡Oh, Dios mío! —exclamó el obispo inclinándose en una profunda reverencia.

Se trataba del califa Alhaquén en persona. Era un gesto inaudito;

el Príncipe de los Creyentes fuera de Azahara, sin séquito ni escolta, ataviado vulgarmente y en la sola compañía de un criado, algo que a Asbag le costó un largo rato asimilar.

—¡Mi señor! ¡Mi rey y señor! —decía sin salir de su asombro—. ¿Cómo es posible? En mi propia casa…

—Chsss… calla —le ordenó el califa—. Me vas a delatar.

—Pero… mi señor, tomad alguna cosa. ¿Queréis comer algo?

—No, no, no… No llames a nadie. Ninguna persona, aparte de ti, debe saber que estoy aquí; esto es un atrevimiento que solo yo he decidido, sin pedir consejo a nadie.

—Y… ¿qué queréis de mí, querido califa?

—¿Recuerdas la conversación que tuvimos en mi palacio hace diez días?

—Sí, claro; cuando llegó Recemundo con aquellos sabios…

—Pues bien; si lo recuerdas, te dije que quería conocer Córdoba de cerca, para saber si la ciudad es tal y como yo la imagino. Si hubiera venido a ella como otras veces, en calidad de califa, mis funcionarios me habrían ocultado la verdadera realidad, preparándolo todo para que yo quedara contento, lo que no me habría servido de nada. Por eso decidí disfrazarme y recorrer Córdoba a pie, barrio por barrio. En numerosas ocasiones me has hablado de la pobreza y la miseria que conviven en las calles con el lujo y la ostentación… Quiero verlo con mis propios ojos y, luego, obrar en consecuencia…

—Está bien —respondió Asbag—. Creo que lo he comprendido. ¿Cuándo queréis comenzar?

—Hoy mismo. ¿Por qué hemos de esperar?

Los tres hombres salieron a la calle. Hacía un día precioso, con el cielo salpicado de nubes; el aire estaba templado y perfumado de aromas de lluvia. Dejaron el barrio cristiano, que descansaba por ser domingo, y se adentraron en los poblados callejones de la grande y laberíntica Córdoba. A Alhaquén le pareció que necesitaría miles de años para descubrir los secretos de su ciudad. Todo fue de pronto barullo, griterío, deambular codo con codo con la masa callejera que se había lanzado a exprimir la mañana después de la lluvia. Allí estaban las caballerías resbalando por los mojados adoquines y entorpeciendo el paso, en la estrechura acentuada por los improvisados mostradores, los vendedores ambulantes con sus mercancías sobre la cabeza, los campesinos empujando torpemente, los compradores apresurados, los paseantes deambulando con calma, los artesanos golpeteando sobre sus hechuras, los ociosos mozalbetes, los mendigos falsos y verdaderos, los ciegos voceando sus miserias, los enfermos afligidos por sus males, los fulleros engañando a la gente, los cuentistas, los pregoneros vociferando, los afectados de llagas y pústulas supurantes vendadas con infectos trapos... Y todo esto impregnado de los olores de la multitud: de los guisos, de las especias, de los perfumes, de las drogas, de los fritos, del pescado, de los orines, de los podridos desperdicios, de los cueros malolientes, de las aguas revueltas... Había alegría y jolgorio junto al llanto y el quejido lastimero; gente afanada en sus tareas, comprando y vendiendo, arreglándose la barba, comiendo, bebiendo, eructando de satisfacción... Y gente descalza y harapienta aguardando las migajas y las sobreras limosnas. Todo eso en el exterior, porque tras las sencillas fachadas el interior quedaba vedado por las puertas y los balcones y ventanas cubiertas con apretadas celosías. A veces se atisbaba algún fresco patio o alguna lujosa alhóndiga, pero las casas ricas estaban protegidas por las tapias altas, por encima de las cuales se alzaban brillantes ramas de palmeras y los árboles de jugosos frutos de los jardines y huertos que encerraban las espléndidas residencias de los ricos, a cuyas puertas se amontonaban los mendigos.

No obstante, fue en los arrabales más alejados, fuera de las murallas, donde se encontraron con la masa de sucios, hambrientos y desgraciados que venían a buscar un sitio en la ciudad, sin poder aspirar siquiera a cruzar las puertas.

—¿Y estos? —preguntó el califa.

—Son los más miserables entre los miserables —respondió Asbag—. Son las víctimas de las guerras, las sequías y las epidemias. Lo han perdido todo y vienen a la ciudad a intentar pedir limosna, pero mueren ahí, como perros sarnosos y abandonados..., sin poder siquiera entrar.

—¡Oh, Dios mío! ¡Cuánta desgracia! —exclamó Alhaquén.

El califa no se conformó con mirar. Preguntó, indagó; quiso conocer a fondo la raíz del sufrimiento y la extrema desigualdad que le había sido velada durante tanto tiempo. Y los desgraciados le respondían como suelen hacer los que nunca tuvieron nada y saben que jamás lo tendrán: con medias palabras, nacidas de la mezcla de la resignación y la falta de toda esperanza. Así anduvieron, de arrabal en arrabal, por los ponzoñosos barrizales de la miseria, cuyos moradores se arrastraban sin comer, pero comidos de piojos, chinches y lepra; comidos de gusanos aquellos que, muertos ya, no tenían quien les excavara un hoyo en la tierra y se pudrían a la vista de todos, al lado de los caminos o en los más apartados basureros.

Una vez frente a la puerta que mira a la quibla, Alhaquén se detuvo una vez más, al contemplar a un mendigo ciego que aullaba a cuatro patas como un perro.

—¿Hombre de Alá, por qué aúllas?

El desdichado ciego alzó entonces la cabeza y preguntó a su vez:

—¿Darías tú a un perro lo que se le niega a los hombres?

—No —respondió el califa con rotundidad.

—Pues dame al menos lo que corresponde a un perro —contestó el ciego.

Alhaquén entonces extrajo un puñado de monedas y las puso en la mano de aquel hombre. Luego se apoyó en la muralla y sollozó amargamente durante un buen rato.

Asbag y el criado estuvieron viéndole llorar impasibles, sin atreverse a decirle nada, hasta que el califa, tras enjugarse las lágrimas, los miró desde un abismo de tristeza y les dijo:

—Es suficiente. Regresemos.

28

Córdoba, año 966

Siguiendo el modelo que los filósofos de Oriente habían ideado, Alhaquén se consagró a ser un príncipe generoso, protector del pueblo y conocedor de las necesidades de los más débiles. Todas las ramas de la enseñanza debían florecer bajo un califa tan ilustrado. Las escuelas primarias eran ya buenas y numerosas, pero habían estado reservadas para una elite poderosa. Sin embargo, Alhaquén opinó que la instrucción no estaba aún bastante extendida, y en su benévola solicitud hacia los pobres fundó en la capital veintisiete escuelas, donde los niños sin bienes recibían educación gratuita y un plato de comida diario. Él pagaba a los maestros y los alimentos de su propio tesoro. Y no solo se beneficiaron los musulmanes de tan piadosas obras, sino que cristianos, judíos, eslavos y extranjeros, vinieran de donde vinieran, fueron considerados por igual súbditos si andaban en la miseria.

No era un califa religiosamente ortodoxo, en el sentido de que nunca persiguió con las armas a los infieles y evitó ejercer la violencia contra quienes se obstinaban en sus errores. Él mismo adoptó siempre una postura ecléctica, procurando conciliar las doctrinas que le parecían mejores o más verosímiles, aunque procedentes de diversos sistemas. Incluso se rodeó de maestros de otras religiones y se dejó aconsejar por ellos, por lo que no faltaron las críticas de algunos exigentes ulemas. Pero se ganó la admiración y el respeto de los más, porque había dado siempre muestras de una devoción ejemplar, apartándose sensiblemente en este aspecto de la conducta de su padre. No solo buscaba la compañía de los juristas y los teólogos, al mismo tiempo que la de literatos y especialistas en ciencias exactas, obispos y rabinos, sino que se esforzaba en dar a la religión el mayor lustre posible dentro de su reino.

Era un hombre en búsqueda; un peregrino de la vida. Por eso descuidó la suya propia y la de los que formaban el núcleo más íntimo de su entorno.

Sería por ello que la favorita, Subh, comenzó a sufrir de melancolía en el olvido de los suntuosos y escondidos harenes de Azahara. La hermosa madre de los príncipes adelgazó entonces hasta extremos preocupantes y se pasaba la vida llorando. Los médicos la observaron y los eunucos reales emplearon todas sus habilidades y esmeros en el cuidado de su señora, pero todo fue inútil.

Alhaquén llamó entonces a Asbag a palacio y le comunicó confidencialmente el mal que aquejaba a la vascona, con la esperanza de que el prelado, que un día supo entenderla, fuese capaz de dar ahora con la raíz de aquella dolencia, que, según los entendidos, tenía su causa en alguna aflicción del espíritu.

Asbag se personó en Azahara una hermosa mañana de primavera y fue conducido por los laberínticos pasadizos del harén hasta el perfumado jardín que ocupaba el centro del núcleo reservado a la madre de los príncipes. Una vez allí, como siempre, fue lacerado a preguntas por los dos grandes fatas, Al Nizami y Chawdar, hasta que, colmada su paciencia, dejó traslucir su enojo y le dejaron en paz.

Después trajeron a la favorita, rebozada en sedas que sin embargo no bastaban para ocultar su patética delgadez. Y Asbag tuvo que rogar, como siempre, que los dejasen solos, recordando la absoluta confianza que el califa depositaba en él desde el día en que le encomendó por primera vez a la joven.

Cuando estuvieron por fin solos, en un cálido e íntimo saloncito, Subh dejó caer los velos de su rostro y descubrió su semblante pálido, donde se acentuaban sus enormes y verdes ojos sobre unas azuladas ojeras y unos marcados pómulos pegados a la piel.

—¡Oh, hija mía, pero qué te ha sucedido! —exclamó conmovido el obispo.

—¡Ay, venerable padre! —sollozó ella, echándose en sus brazos.

—Bien, bien…, desahógate. Vamos, vamos…

Asbag la abrazó tiernamente. Notó los huesos de aquel cuerpo frágil, sin peso ni consistencia, y sintió una dulce compasión y un paternal cariño hacia aquella criatura. Apoyó su mejilla en los cabellos sin brillo, como de estopa, y los recordó como eran, dorados y llenos de luz, sobre el rostro rosado de la cautiva, casi una niña, que conoció un día en aquel mismo palacio.

—Ya, ya está, hija mía —le dijo dulcemente al oído—. ¿Ahora vas a contarme lo que te sucede?

Subh alzó hacia él los irritados ojos arrasados en lágrimas. Miró a un lado y a otro; sin duda estaba asustada. Asbag se sentó sobre el tapiz que ocupaba el centro del reducido salón y dio unas palmaditas en el suelo, llamando a Subh para que se sentase a su lado.

—Bueno, tengamos calma —le dijo—. Tómate el tiempo que desees. Sabes que puedes contar conmigo… sea lo que sea. ¿Qué te sucede? ¿No eres feliz aquí?

—No, no lo soy —respondió ella—; soy la mujer más infeliz de la tierra.

—Pero… tienes todo cuanto una joven puede desear. Vives en un palacio, rodeada de criados a tu servicio; tienes un esposo bondadoso, culto y querido por todos; y dos buenos hijos, el mayor de los cuales un día será rey.

—Tenéis razón, venerable padre; tengo todo eso y mucho más de lo que habría deseado nunca. ¿Pero de qué me sirve? ¿De qué le sirve a alguien tener el cielo y la tierra si está solo?

—¿Sola? ¿Te sientes sola? ¿Aquí en Azahara?

—Sí, padre, muy sola. Alhaquén está enfrascado en sus asuntos. Antes me visitaba con frecuencia, pero él no es un hombre hogareño. Se educó solo, entre eunucos, y se hizo pronto a los libros y a la ciencia. Lo intenta pero no es capaz; no sabe vivir con mujeres y niños… Quiere complacer, pero con frecuencia se olvida y pasa los días y las semanas sin aparecer por aquí.

—Pero… están las otras mujeres…

—¡Ah, las otras! ¡Qué poco conocéis lo que es un harén! Mirad, antes de llegar yo había esposas y concubinas que llevaban años esperando a ser la favorita. Se hicieron viejas, ¿sabéis?, y Alhaquén ni siquiera entró una sola vez a complacerlas. Podéis imaginar lo que yo represento para ellas siendo la madre de los príncipes. Son cordiales y respetuosas, no voy a decir lo contrario, pero se les nota… Los años de encierro y desengaño las han hecho suspicaces, complejas y expertas en decirlo todo sin decir nada.

—Comprendo —respondió Asbag con gesto apesadumbrado—. Pero aún te quedan los niños. Son algo tuyo. ¿No suponen un consuelo?

—Sí, lo han sido. Y eso forma parte de mi sufrimiento. Cuando eran pequeños estuvieron a mis pechos, pero desde que empezaron a caminar y a decir las primeras palabras todo cambió. —Subh bajó el tono de voz y miró a un lado y a otro, como temiendo que alguien pudiese escucharlos—. Esos dos eunucos, Al Nizami y Chawdar, ya sabéis —prosiguió con tono de disgusto—, se ocupan de todos los asuntos privados del califa. Ellos criaron a Alhaquén y se creen sus madres. No voy a decir que no hayan sido buenos con él. Alhaquén los ama de verdad y es imposible hacerle prescindir de quienes tanto cariño le brindaron en la confusa y oscura vida familiar de la corte de su padre Al Nasir. Pero para mí se han convertido en una pesadilla. Todo lo escudriñan y todo lo quieren manejar a su manera. Al principio pude soportarlo, pero ahora que los niños se van haciendo mayores, pretenden a toda costa que sean solo sus manos las que se ocupen de ellos. Y eso… es algo muy doloroso para una madre. ¿Lo comprendéis?

—Sí, claro —asintió compasivo el obispo—. Pobre, pobre niña.

La princesa se abrazó entonces a él y ambos compartieron de nuevo las lágrimas. Asbag se sintió profundamente conmovido. En cierto modo, se veía a sí mismo como el culpable de todo aquello. Subh era cristiana, alguien sometida a su autoridad, y él la puso en aquella situación difícil y nada clara. Comprendió entonces que era él quien tenía que intentar arreglar aquel asunto. Enjugó con su pañuelo el rostro de Subh y, sujetándole firmemente los hombros, la miró a los ojos y le dijo:

—Confía en mí. Veré qué puedo hacer.

La joven le besó entonces las manos, llena de agradecimiento, y le pidió la bendición. Asbag la bendijo y se despidió, dispuesto a hablar con el califa en cuanto le fuera permitido.

Transcurrió poco tiempo antes de que el obispo de Córdoba fuera llamado de nuevo a Azahara. Y esta vez Alhaquén le recibió en la espléndida biblioteca del palacio de verano, en la galería destinada a los tratados filosóficos llegados de Oriente, donde últimamente el califa pasaba la mayor parte de su tiempo. Asbag fue conducido hasta él y, al ver que el monarca estaba absorto en la lectura de un manuscrito, de espaldas a él y frente a los estantes, se detuvo a una distancia prudencial y aguardó pacientemente. Mientras, daba vueltas en su cabeza a la manera en que abordaría el peliagudo asunto de Subh. Sabía bien cuál era la única solución posible: sacar a la joven y a los niños del harén real y conducirlos a una vivienda propia, donde ella fuera la señora de su casa. Esa era la única manera de librarla del ambiente enrarecido y asfixiante de los eunucos, pero la cuestión era cómo hacer comprender al califa la necesidad de un cambio tan drástico y sin precedentes en las anquilosadas costumbres de los ommiadas.

El obispo se encomendó a la Providencia y confió en la benevolencia de Alhaquén.

Permaneció un largo rato aguardando, pero el califa seguía concentrado en su libro sin apenas moverse, por lo que decidió carraspear para llamar su atención.

Alhaquén se volvió y le miró con ojos todavía perdidos, hasta que descendió de sus cavilaciones y sonrió ampliamente.

—¡Oh, querido Asbag! —exclamó—. Estaba leyendo algo verdaderamente hermoso. Pero... escucha, te lo leeré para que disfrutes tú también de palabras tan sabias y confortadoras. Se trata de la epístola cuarta de *Hermanos de la pureza*, un libro de sabiduría que he recibido recientemente desde Basora. Dice así:

Los hermanos no deben oponerse a ciencia alguna, ni re-

212

chazar libro alguno, ni ninguna doctrina; pues nuestra opinión y nuestra doctrina integran todas las doctrinas y resumen todas las ciencias…

—¿Quiere ello decir que todas las doctrinas son válidas? —le preguntó Asbag.

—No exactamente. Lo que quiere decir es que el único método para llegar a la verdad suprema consiste en conocer cuanto más mejor, sin rechazar nada.

—Y… ¿creéis que es posible alcanzar esa verdad aquí, en el mundo?

Alhaquén sonrió de nuevo, con dulzura, y encogió los hombros en un gesto mezcla de conformidad y de duda.

—Bueno, pienso que la verdad es como un camino; quien está en él ya está en vías de alcanzar su destino.

—Pero… no todo lo que se encuentra en ese camino es igualmente válido —repuso Asbag—. Habrá que dejar de lado las veredas…

—¡Oh, naturalmente! Pero si no conoces las veredas no podrás escoger el itinerario más corto.

—Aun así, el camino principal es siempre el más seguro —observó Asbag.

—Sí. Ese es precisamente el problema; ¿cuál es el camino principal?

—Hay luces que muestran el sendero, hitos seguros que no hay que dejar: el bien, el amor, la justicia…

—¡Ah, ciertamente! —asintió Alhaquén—. Dios es la suprema verdad, la verdad única y universal. Y el Dios único posee muchos nombres.

—Sí —dijo el obispo—. Y el creyente tiene la obligación de contribuir al triunfo de la verdad y a la erradicación de la falsedad.

—Naturalmente. Porque el mal existe solo en la esfera humana, como resultado de la voluntad libre; en el plano cósmico Dios solo puede querer el bien.

—Como un buen rey, que solo debe querer el bien de sus súbditos, a toda costa. Porque el universo está gobernado por Dios y el Estado está gobernado por un rey…

—Sí, querido Asbag. Pienso en ello con frecuencia. Sobre todo desde que leo los tratados de Al Farabi, según los cuales el Estado debería estar gobernado por un filósofo como hombre perfecto y encarnación de la razón pura: como rey y guía espiritual, como imán, legislador y profeta en nombre de Dios. Pero este mundo lo gobiernan hombres de armas, y así es difícil la paz...

Asbag creyó entonces llegado el momento de abordar el asunto que le había llevado hasta allí y pensó que la Providencia no podía haberle puesto mejor las cosas.

—Señor —dijo—, ¿qué es lo más sagrado en este mundo?

Alhaquén se quedó mirándole con evidente confusión.

—Hummm... no sé —respondió—. Déjame pensar... La justicia...

—¿Es justo que alguien sufra en silencio, un día y otro, sin poder expresar la causa de su mal? —se apresuró a preguntarle el obispo.

—No. Creo que lo justo sería que expusiese la razón de tal desdicha: así se vería la manera de poder ayudarle.

—¿Y si al exponer tal razón hiriese sentimientos y transgrediera antiguas e inamovibles normas de cortesía?

—Bien, habría que saber quién sufre de esa manera y por qué.

—Una madre —respondió Asbag—. Una madre que ve cómo le roban a sus hijos a causa de las circunstancias y de las absurdas tradiciones que otros consideran buenas.

—¡Oh, eso no puede ser! —exclamó Alhaquén—. ¡El amor de una madre es siempre sagrado! ¿Quién es esa madre?

—La madre de vuestros hijos —respondió Asbag con rotundidad.

—¿Qué?

—Sí, amado califa. La sayida Subh Walad sufre y languidece como una planta sin luz y sin aire en vuestro harén, viendo cómo los fatas Al Nizami y Chawdar, aunque con buena voluntad, le quitan a sus hijos. Está sola, se aburre; es de otra cultura, de otro mundo, y no comprende aún las costumbres anquilosadas del palacio.

A Alhaquén se le demudó el rostro. En su mirada se transparentó una sucesión de confusiones y dudas. Durante un momento permanecieron en silencio. Luego Asbag prosiguió:

—Creedme, señor, es muy difícil para mí deciros esto, pero es la verdad. Vos mismo decíais hace unos momentos que la verdad es lo que debe alcanzarse a toda costa y que un buen rey debe querer solo el bien de sus súbditos; cuanto más... el bien de los suyos.

—Pero... —replicó el califa— Al Nizami y Chawdar han sido siempre muy buenos conmigo; son mi única familia...

—No —repuso Asbag—. Permitidme, señor, que os recuerde que ya no son vuestra única familia. La princesa Subh y los niños no se encuentran en la misma situación que vos, entre múltiples mujeres, concubinas y multitud de hermanos. Ese no es el caso de vuestros hijos; ellos tienen a su madre y merecen otra forma de vida.

—Oh, todo esto es tan confuso para mí... ¿Qué se puede hacer?

—Dadles una casa, fuera de Azahara si es preciso, en el alcázar de Córdoba. Con sus criadas, sus administradores y todas las comodidades. Sacadlos de este palacio, que es bello, pero oculta sombras del pasado...

—¿Y... si todo sigue igual? —preguntó Alhaquén con lágrimas en los ojos.

Asbag apretó los labios y bajó la mirada.

—Subh morirá con toda seguridad —dijo—. Y vuestros hijos estarán solos, en medio de las intrigas de los eunucos y de las insatisfechas y envejecidas mujeres del harén. ¿Se merecen acaso eso...?

—¡Dios mío! Déjame pensar; déjame ahora y ya te comunicaré mi decisión.

29

Córdoba, año 966

El fastuoso salón principal del visir Ben Hodair resplandecía con la luz emitida por la infinidad de lámparas que pendían del artesonado, y una verdadera fortuna se exhibía en tapices orientales y lujosísimos muebles de finas y pulidas maderas, nacarados y sobredorados, repletos de relucientes piezas de ajuar. Un centenar de invitados se aplicaba a la comida y la bebida en el denso y hospitalario ambiente propiciado por los deliciosos vapores que emanaban de los platos y los perfumados humos de las aromáticas resinas que se quemaban en los braseros de los rincones. Repartidos por las mesas, dispuestas según un estricto protocolo, disfrutaban de la fiesta los principales cargos de la corte, la parentela real, los dignatarios representantes de los reinos aliados y, cómo no, el cadí supremo de la capital, acompañado del más elevado de los notarios y de los funcionarios de la casa de monedas. Cada uno se encontraba en el lugar que le correspondía, según su categoría, más alejado o más próximo a la galería del final del salón, donde se sentaba el anfitrión, acompañado por el gran visir Al Mosafi y uno de los hermanos del califa que representaba al soberano.

Desde que Ben Hodair había sido llamado a la corte, había pensado día y noche en esta fiesta de presentación, pues del impacto que causara en sus invitados dependía su prestigio en el restringido y exigente mundo de la sociedad cordobesa. Era un hombre habituado al lujo y al placer, sin duda, pero cuando era gobernador de Málaga él era el único que imponía las normas, les gustasen a los demás o no. En cambio, en la capital las cosas discurrían por los cauces impuestos por las fluctuantes modas que asaltaban a la metrópoli en un constante ir y venir de embajadores, dignatarios viajeros, reyes y todo tipo de hombres de mundo acostumbrados a visitar las principales cortes del orbe.

Se trataba de impresionar, sobre todo, para no delatar un apocado provincianismo que relegaría de por vida al visir a una no deseada jubilación del mundo elegante y refinado de las fiestas cordobesas. No, él no podía consentir tal cosa. Era ya maduro y consciente de que le quedaba poco tiempo, pero habían sido veinte los años de alejamiento en el digno, aunque apartado, gobierno de Málaga. Demasiado tiempo, el suficiente para que no supiera ya por dónde soplaban los vientos en la añorada Córdoba que se vio obligado a abandonar un día por los celos de su primo Al Nasir, y el necesario para que lo tomasen por un aburrido y desfasado noble de provincias.

Así pues, a fin de evitar cualquier nota de vulgaridad, había decidido buscar a alguien dotado de singular imaginación para encomendarle la preparación de la fiesta. Y no habría podido encontrar a nadie mejor que a su adorado y protegido Abuámir. Había compartido suficientes sesiones de diversión con el joven en Málaga para apreciar que se encontraba provisto de una sensibilidad especial y del tacto y la exquisitez propios del más instruido de los chambelanes palaciegos. Por eso le había llamado semanas antes, una vez finalizado el acondicionamiento de su palacio, y le había espetado el encargo sin darle posibilidad alguna de negociar.

—¿Cómo? —se quejó Abuámir—. Pero… si yo no he participado nunca en ninguna fiesta de los grandes de Córdoba. Si se tratara de una fiesta restringida, algo simple, entre amigos…, bueno. Pero… asistirá toda la gente importante del reino. No, no me atrevo…

—Nada, nada —replicó Ben Hodair—. Confío plenamente en ti. Y yo entiendo de esto. Aunque no tengo imaginación suficiente para idear cosas, sé distinguir lo bueno, lo que vale de verdad. Es como un olfato…, un olfato que me dice que tú serás capaz de idear algo distinto, original, pero sin dejar de ser exquisito. Sí, lo sé, lo presiento...

—Pero... hay en Córdoba maestros expertos en este tipo de cosas —insistió Abuámir—. ¿Por qué yo? ¿Y si me equivoco?

—No se hable más. Lo harás, lo harás y lo harás, porque yo quiero. Te recompensaré. Te saldrá todo perfecto y yo te recompensaré.

Abuámir no pudo negarse, porque el visir estaba totalmente decidido. Por otra parte, le halagaba esa confianza absoluta que Ben Hodair depositaba en él. De manera que se puso manos a la obra.

Lo primero sería decidir qué hacer. Debía ser algo diferente, sin dejar de ser refinado, según las indicaciones del propio Ben Hodair. Puso a trabajar su imaginación, en combinación con su sexto sentido especial para intuir lo que de verdad seduce a las personas, y dio con los ingredientes ideales para cautivar cualquier corazón: vino y sensualidad. Ya lo tenía. Ben Hodair venía de Málaga, y todo Alándalus identificaba a la meridional y marítima región con su vino exquisito de tonos dorados. El primer ingrediente ya estaba decidido: tendría que ver con el vino de Málaga. En cuanto al siguiente ingrediente, no le sería difícil encontrarlo: las sensuales bailarinas del Loco, acompañadas por el penetrante son de los laúdes de los músicos del Jardín.

Sería algo distinto que a buen seguro calaría en las almas de los exigentes invitados a la fiesta de Ben Hodair, porque los poetas cortesanos eran excesivamente dulces, afeminados las más de las veces, y sus poesías se habían vuelto tan enrevesadas que eran tan solo juegos de palabras que sonaban bien al oído pero que no llegaban al corazón. El Loco era otra cosa. Los únicos visitantes de su Jardín eran militares, hombres rudos acostumbrados al dolor de la guerra, y comerciantes del otro extremo de los desiertos, hechos a la sequedad de la vida y al polvo de los caminos. Aun así, el Loco los movía a lágrimas cada noche en su establecimiento. ¿Cómo no iba a poder arrancarlas a los blandos ojos ahítos solo de ver el lujo?

Le hizo una visita al poeta y le propuso que recitara en la fiesta, a lo que el Loco no se negó, puesto que el visir no escatimaba gastos y se le ofreció un buen salario. Él y Abuámir escogieron el repertorio: poesías de vino y rosas, de días felices, de amantes en el éxtasis; luego poemas de fugacidad, de tiempo que corre y no vuelve. Abuámir los había escuchado casi todos una noche tras otra en el Jardín, y nunca le habían dejado impasible.

Durante días lo prepararon todo a conciencia. Comenzarían las bailarinas, con un complejo número en torno al vino, para el cual hubo que construir un singular decorado a base de viñas, racimos y lagares. No hubo problema en conseguir las uvas, puesto que era otoño. También se hizo un dorado sol con un complicado sistema de espejos que reproducirían las horas del día, desde el amanecer al ocaso, en una ágil sucesión que daría sensación de tiempo fugaz. Caería también lluvia desde un sofisticado entramado de regaderas y, finalmente, el Loco descendería desde el techo, sentado en una plateada media luna, simbolizando la poesía, don inestimable caído del cielo. Y todo estaría envuelto en las melodías evocadoras de los músicos del Jardín.

Había llegado el día esperado. Todo estaba rigurosamente dispuesto, revisado y ensayado para que no hubiera ningún fallo. Y Abuámir, consecuentemente, había sido invitado a la fiesta. Su mesa se encontraba en un extremo de la sala, cerca de la puerta de entrada, pero en un ángulo desde el que se podía divisar todo perfectamente.

Se sirvió el banquete sin vino, a propósito, para no restarle protagonismo al número de las bailarinas. En las mesas se escanciaban deliciosos jaropes de frutas y agua fresca de rosas. Sin embargo nadie se sorprendió, porque lo de poner vino en las mesas dependía de la concepción de la piedad que tuviera el anfitrión. De manera que por aquella época se celebraban banquetes con vino y sin él. Generalmente, los nobles peninsulares eran aficionados al caldo de uvas y lo consumían con naturalidad, pero los orientales, y especialmente los africanos, eran reticentes a esta costumbre. No obstante, la mayor parte de las veces que se prescindía del vino era solo para quedar bien ante los ulemas más ortodoxos. Lo que de verdad esperaba cualquiera que fuera invitado a un banquete era encontrarse con el vino en las copas, para sentirse obligado a no declinar la invitación.

Abuámir apuraba con nerviosismo un vaso tras otro de jarabe de moras, pues tenía la boca seca a causa de la tensión, esperando a que se sirvieran los postres para dar la orden de que comenzara el espectáculo. Nunca una cena se le había hecho tan larga.

Finalmente, aparecieron las bandejas con los dulces y supo que el momento había llegado. Vio a Ben Hodair ponerse de pie y buscarle con la mirada por entre los comensales y, discretamente, le hizo un gesto de complicidad con la mano. El visir avanzó entonces al centro del salón y batió las palmas para llamar la atención. Mientras, los criados se apresuraron a apagar parte de las lámparas para crear una penumbra adecuada, según lo habían acordado.

Se hizo el silencio y Ben Hodair inició su discurso. Ensalzó al califa, que se había disculpado por no poder asistir, puesto que se encontraba en Sevilla, y agradeció la asistencia de un pariente presente en su nombre. Aludió al don generoso del Príncipe de los Creyentes, que le había llamado a la corte, y se ofreció a cuantas personalidades y dignidades habían acudido a su casa para darle la bienvenida, agradeciendo asimismo la hospitalidad que le habían manifestado. Y así, prosiguió con toda una retahíla de fórmulas de cortesía que a Abuámir le parecieron interminables. Por último, el visir anunció el plato fuerte del banquete.

—Para esta fiesta —dijo—, amigos, me he permitido prepararos una «bagatela», como regalo de agradecimiento a vuestra solicitud y asistencia a esta humilde casa. Es… poca cosa; digamos… un poema traído desde Málaga… Espero que lo disfrutéis.

El visir se sentó y los criados dejaron en penumbra la sala. Abuámir paseó entonces su mirada por los invitados. Era el grupo de espectadores más selecto que pudiera elegirse, y parecían estar diciendo: «¿Qué puedes enseñarnos?», arrellanados en los cojines y sonriendo con falsa complacencia. Entonces se le hizo un nudo en el estómago, y se arrepintió de haber accedido a organizar todo aquello.

Comenzó a sonar el suave golpeteo de los tambores, que fue acrecentándose, como si de los propios latidos de su corazón se tratara. Se descorrieron los cortinajes y apareció al fondo el dorado sol, que entre sombras fue avanzando hacia el centro de la sala, mientras su luz aumentaba y bañaba las formas circundantes de tenues reflejos dorados. Las bailarinas entraron entonces en escena, cubiertas con hojas de vid, contoneándose suavemente alrededor del astro, como en un sensual acto de adoración, haciendo que los racimos que de ellas pendían bailasen también. La danza no pudo salir mejor, ajustándose al sonido de las dulces fístulas, hasta que desde el fondo penetró un ondulante visillo azul y nacarado que, portado por otras bailarinas, semejaba el mar.

En ese momento, Abuámir advirtió que los invitados estaban extasiados. Pero quedaba aún lo mejor. Entraron las vendimiadoras y robaron los racimos a las vides. Los laúdes irrumpieron entonces con emoción desbordada. El decorado que representaba el lagar apareció también, con un conjuntado trío de pisadores que estrujaban los racimos en una elevada cubeta. Abuámir sabía que este era el momento principal y que el mosto debía caer en las tinajas que había al pie del entarimado, merced a un mecanismo que liberaba un depósito lleno al efecto de delicioso y dulce vino de Málaga.

El chorro saltó de repente y corrió exhalando su exquisito aroma por toda la sala. Los invitados prorrumpieron en un vehemente y unísono grito de admiración; algunos incluso se pusieron de pie. Las bailarinas corrieron entonces entre las mesas portando jarras llenas del caldo y escanciándolo en las copas que los criados habían depositado momentos antes. El efecto deseado se produjo al momento. Aquel fue para los comensales el mejor vino que habían bebido en su vida.

Abuámir respiró satisfecho y, viendo que la concurrencia estaba verdaderamente impresionada, se hundió relajado en los cojines y se aprestó a disfrutar el poético colofón del espectáculo.

La luz del salón volvió a ser tenue y la música se dulcificó. La expresiva reacción de los presentes cedió el paso a una calma expectante. En ese momento, comenzó a descender la luna plateada, mientras retiraban delicadamente el dorado sol y el lagar, y las bailarinas desaparecían por entre los cortinajes.

El estudiado mecanismo de poleas depositó suavemente la luna en el tapiz central, y, desde el interior, el Loco abrió la puerta por la que debía salir. El laúd desgranó entonces delicados sones de acompañamiento y la voz del recitador se convirtió en la única dueña de la sala:

> ¿Por qué hizo la luna, el canto de la tórtola y el vino?
> Los tres se han aliado esta noche para agravar mis nostalgias.
> Se encendieron los jardines de su belleza, y se alejó mi razón.
> ¿Quién soy ahora? No lo sé.
> Cuando miro en el interior para buscar mi alma, solo me encuentro con su hermosura y sus ojos de mar. Se debilitaron mis fuerzas, y me convertí en esclavo sin ataduras.
> Se encendieron los jardines de su belleza, y es dulce la bebida.

Nada como la voz del Loco para avivar las ascuas de la pasión. Abuámir volvió a mirar en torno a sí y comprobó que las lágrimas empezaban a asomar a los ojos. Llevó entonces la copa a sus labios y apuró el reconfortante vino malagueño, se relajó aún más en los cojines y sintió la plenitud de su propia satisfacción.

30

Córdoba, año 966

Durante días se llevaron a cabo obras en la antigua residencia de los emires que se encontraba en el interior de los alcázares. Construida cuando todavía Córdoba dependía del gran califato de Bagdad, ya entonces presentaba las magnitudes y la suntuosidad propias de los palacios principescos. En ella habitó Abderramán, hasta que decidió trasladarse a Medina Azahara, y desde entonces permanecía vacía, como segunda vivienda de los califas, pero apenas utilizada, salvo para las celebraciones de las fiestas del final del ayuno o para recibir a embajadores de carácter excepcional.

Finalizados los arreglos, llegaron interminables recuas de mulas cargadas con fardos, hileras de carretas y un regimiento de sirvientes que fueron introduciendo cuidadosamente toda una serie de enseres embalados. Y Córdoba contempló llena de curiosidad y de extrañeza aquellos movimientos, sin poder explicarse inicialmente lo que estaba sucediendo.

Sin embargo, pronto corrieron los rumores por los mercados, las mezquitas, las alhóndigas y los baños: la favorita, la sayida, madre de los príncipes, se trasladaba al palacio cordobés con sus hijos, sus criadas y sus propios eunucos; dejaba el hermético harén mandado construir por Al Nasir en Azahara y se instalaba definitivamente en la metrópoli. Era algo inaudito.

Nadie había visto jamás a una favorita, nadie había conocido

223

nunca a la madre del que habría de ser su rey, porque la vida amorosa y conyugal de los califas era un asunto que les concernía solamente a ellos, y no se filtraban las noticias. Los matrimonios se celebraban en el secreto del íntimo núcleo de los harenes y quedaban sellados por la presencia de un reducido número de testigos del ámbito familiar y cercano a los soberanos. Luego, lo que sucedía entre las esposas, favoritas y concubinas pertenecía al misterio velado de los jardines interiores y las ocultísimas estancias reservadas al único dominio de los eunucos de confianza. Y todos los que compartían la sangre del Príncipe de los Creyentes, ya fueran hermanos, sobrinos, primos o sus propios hijos, pertenecían al grupo de los «parientes del rey», de entre los cuales el propio califa nombraba a un sucesor y lo presentaba al pueblo, después de que su elección fuera confirmada por el juramento de todos los demás consanguíneos.

La gente podía imaginar cuanto quisiera acerca de lo que sucedía en el lejanísimo serrallo real, pero jamás conocería un dato fidedigno sobre la verdad de su oculto misterio. Por eso, cuando se supo que la sayida se trasladaba a los alcázares, una oleada de curiosidad recorrió Córdoba y comenzaron las conjeturas acerca de cuándo tendría lugar la llegada y cuál sería el recorrido de la esperada comitiva.

El traslado fue repentino, cuando nadie lo esperaba, en la madrugada de la fiesta del Muled, a la hora en que toda Córdoba dormía rendida por las largas horas de diversión para celebrar el nacimiento del Profeta. No obstante, hubo quien llegó a toda prisa por la carretera de Azahara para avisar en su barrio que una gran escolta se dirigía hacia las murallas, acompañando a un importante séquito desde la medina. «¡Ya están aquí», fue la voz de alarma que corrió a la hora del alba por las calles somnolientas y sembradas de restos de la fiesta. Los patios se alborotaron, la gente saltó de las camas y todo el mundo corrió para coger sitio: unos en la puerta del Norte, otros en la carretera y la mayoría en la explanada de los alcázares. Fue algo extraño ver a la ciudad, que se había sumido hacía pocas horas en el silencio espeso del final de la fiesta, recuperar el bullicio y adueñarse de nuevo de las calles y las plazas recién abandonadas.

Los guardias de la munya, previamente notificados, abrieron un gran pasillo a golpes de látigo y porras. No obstante, el pueblo palmeaba y no dejaba de cantar. Volvieron a circular las nueces y los panecillos, los racimos de uva, las granadas, los pastelillos de miel y los pellejos de vino; y pareció que el Muled no había pasado todavía, a pesar de que la noche cálida de primeros de otoño había sido pródiga en jolgorios de todo tipo.

Cuando entró el grupo que encabezaba la comitiva en la plaza de Alqasr, una convulsiva agitación se apoderó del gentío y la masa se abalanzó apretujándose contra el cordón de guardias que protegía el pasillo central.

Delante iba la escolta de Alhaquén, con sus fornidos eslavos cubiertos con pulidas corazas plateadas y metálicas cotas de malla; los seguían los eunucos sobre sus mulas y ataviados con riquísimos ropajes; detrás avanzaban los carromatos con las criadas, cocineras, lavanderas y demás acompañantes; a continuación, la carreta real con la sayida y los príncipes, rigurosamente cerrada a los ojos de todos por espesos cortinajes; y, por último, un nuevo batallón de escoltas sobre robustos caballos.

No supieron prever la reacción que el acontecimiento provocaría en el pueblo y ya no hubo forma de contener a la multitud que, aunque acostumbrada por una parte a las recepciones de grandes personajes venidos del mundo entero, no podía contenerse ante la presencia de lo que para ellos pertenecía al oculto misterio de sus gobernantes y que, por tanto, suscitaba la curiosidad más excitante. El cordón de protección fue desbordado y la gente se abalanzó hacia los caballos, los mulos de los eunucos y las carretas, en un irrefrenable deseo de ver de cerca, de palpar incluso, la realidad de aquel séquito de ensueño salido de las entrañas de Azahara.

Y así se estableció una lucha sin tregua de golpes secos de bastón y latigazos contra una masa convulsiva y delirante de cuerpos sudorosos de mujeres gruesas envueltas en trapos, de muchachos y de viejos que gritaban: «¡Sayida! ¡Sayida!», con los ojos puestos en el suntuoso y herméticamente cerrado carromato que ocupaba el centro de la plaza. Los caballos se encabritaban; los eunucos, acostumbrados al silencio y la quietud del harén, gritaban atemorizados; y el forcejeo no terminaba, de manera que la comitiva no avanzaba hacia el arco que daba entrada a los alcázares. Los capitanes se miraban desconcertados sin atreverse a dar la orden de desenvainar las armas, pues una antigua costumbre prohibía el uso de espadas y lanzas en el interior de las murallas de la ciudad, en observancia del salmo que rezaba: «... haya paz dentro de tus muros y seguridad en tus palacios». Sin embargo, parecía que iba a desatarse la tragedia de un momento a otro, porque amanecía ya y no paraba de llegar gente a la plaza.

Hasta que, repentinamente, todos los ojos se fijaron en el carromato real, cuyos cortinajes habían empezado a descorrerse, ante la sorpresa de una multitud que jamás había esperado tal acontecimiento.

En el centro del carruaje, de pie, apareció Subh, con uno de los niños en brazos y el otro sentado a su lado. La elevada estatura de la joven, su rosado rostro nórdico, sus grandes ojos verdes y su dorado cabello, que asomaba bajo el velo en una densa trenza que le caía sobre uno de los hombros, fueron como una aparición iluminada por el tenue sol de la mañana. Y los bellos príncipes, deliciosamente ataviados, completaban el encanto de la imagen.

Se fue haciendo el silencio, hasta que una contenida expectación se adueñó del momento. Entonces Subh desplegó una radiante sonrisa y saludó delicadamente con la mano; tal vez como había visto hacer a las reinas del norte, que se mostraban frecuentemente en público, en los actos religiosos, en las justas, en las fiestas o en los balcones de los palacios.

La multitud prorrumpió en un griterío de júbilo y, espontáneamente, comenzó a dejar paso a la comitiva. El pasillo central volvió a abrirse y las pesadas ruedas del carruaje tirado por bueyes empezaron a girar.

A paso lento, la escolta y el séquito fueron avanzando hacia el pórtico de los alcázares, mientras la turba cesaba su tumulto y, sin quitar los ojos de su reina, servía también de acompañamiento al carro principal.

Junto al gran arco de entrada, en los jardines que conducían al palacio del cadí supremo y que eran compartidos por la vía principal de acceso a los alcázares, dos jóvenes funcionarios aguardaban a que se abrieran las puertas de la notaría, después de haber pasado toda la noche de juerga, y, aunque rendidos por la diversión y el vino, les había sorprendido la madrugada y habían decidido no irse a dormir a sus casas, temiendo no levantarse a tiempo para llegar puntuales a su trabajo. Uno era Abuámir, y el otro su inseparable Qut. Ambos se habían echado, envueltos en sus capas, bajo uno de los cipreses y descansaban plácidamente.

El vocerío de la gran plaza próxima a los jardines y el ruido de los cascos de los caballos de la comitiva despertaron a Qut.

—¡Abuámir, Abuámir! —gritó a su compañero—. Despierta; algo está pasando.

—Hummm... ¿Ya es la hora? —respondió Abuámir somnoliento.

—¡Se acercan caballos y gente, mucha gente! —exclamó Qut.

Los dos jóvenes se incorporaron y se acercaron a unos setos cercanos desde donde se abarcaba la entrada de los alcázares.

—Es una comitiva —dijo Qut—. Alguien viene a los alcázares. Será alguien de la familia del califa.

Permanecieron detrás del seto, viendo pasar a la fila de acompañantes, que avanzaba despacio a pocos metros, ante ellos, y que había dejado ya atrás al gentío, una vez atravesado el gran arco de los alcázares. Pasaron los soldados, los eunucos, los criados y, finalmente, el carromato de la sayida y los príncipes se detuvo justo delante de ellos, aguardando a que se abrieran las cancelas para entrar.

Entonces Abuámir, llevado por la curiosidad, se acercó aún más, apartando con las manos la densa maraña de arbustos, hasta que pudo asomar completamente el rostro al pasillo abierto en el jardín.

—¿Qué haces? ¿Estás loco? —le reprendió por detrás Qut en voz baja.

Abuámir estaba todavía bajo los efectos del alcohol y aturdido por el sueño del que lo habían sacado, por lo que no era consciente de su atrevimiento. Cuando se quiso dar cuenta, estaba a poco más de un metro del carromato real y tenía frente a sí a Subh, que de perfil aguardaba a que la condujeran hacia la puerta. Se fijó en ella, en su frente perfecta, en sus armoniosos contornos y en sus delicados labios entreabiertos. Se maravilló como si se encontrara ante un ser llegado de otro mundo y, llevado por su arrobamiento, quiso aproximarse aún más. En ese momento crujió una rama seca, y la joven princesa volvió la vista hacia él. Subh no se asustó, tal vez porque venía del fragor de la multitud; esbozó un espontáneo gesto de sorpresa y detuvo sus ojos en los de Abuámir. Luego se turbó visiblemente, pero ambos no dejaron de mirarse. El carro comenzó a avanzar de nuevo, lentamente, mientras Subh mantenía la vista fija en su absorto observador, hasta que se perdió por el pórtico que daba a los jardines interiores.

Qut se lanzó entonces hacia Abuámir y le arrancó de su éxtasis, tirando de él y llevándole hacia las sombras de la vegetación, por donde corrieron, temerosos de que los vieran.

Una vez alejados y seguros, Abuámir seguía fuera de sí y con la mirada perdida.

—¡Oh Dios! —exclamó—. ¿Quién era? ¿Quién era esa mujer?

—Pero ¿no te has dado cuenta? —le recriminó Qut—. ¡Eres un loco! ¡Era la sayida! ¡La sayida Subh Walad; la favorita del Príncipe de los Creyentes!

31

Córdoba, año 966

El mismo día de la llegada de la favorita a los alcázares de Córdoba, Asbag recibió la noticia de que se había producido el traslado. Desde que se entrevistó con el califa en Azahara y le rogó en nombre de Subh que permitiese que ella y los príncipes salieran del dominio de los eunucos reales, no había vuelto a saber nada del asunto, por lo que supuso que Alhaquén habría desestimado la pretensión por considerarla demasiado atrevida. Después se supo que el califa había partido hacia Sevilla y que permanecería allí algún tiempo.

Momentáneamente, Asbag se sorprendió al conocer el hecho de que Subh se encontraba ya en Córdoba, fuera del malhadado harén de Azahara, e inmediatamente se alegró en el alma. Bendijo a Alhaquén en su interior y supuso que había decidido que el traslado se realizara en su ausencia, para evitar tener que estar presente cuando los eunucos Al Nizami y Chawdar tomaran conciencia de que les quitaban a los príncipes.

Pasó el otoño y regresó el invierno a Córdoba. En las fiestas de la Natividad del Señor, Asbag aprovechó la ocasión para comenzar a preparar una vez más la tantas veces interrumpida peregrinación al templo del apóstol Santiago. Como las veces anteriores, fijó el viaje para la primavera y la partida para el Domingo de Resurrección. Al finalizar la celebración del día de Navidad, el cadí de los cristianos Walid se aproximó al obispo y, sonriendo, le preguntó:

—¿Podrá ser esta vez?

Asbag le devolvió la sonrisa y respondió:

—Si Dios quiere…

Córdoba, año 967

Aquel invierno fue muy duro; la escarcha aparecía al amanecer en los estanques y a veces permanecía hasta el día siguiente sin deshacerse. Al frío se unió el hambre, porque el año anterior había sido seco y apenas se había recogido grano. A los arrabales de Córdoba acudieron ríos de gente procedentes de todas partes en busca de algo con lo que sustentarse. En pocos días acabaron con los arbustos y las arboledas del Guadalquivir y empezaron a morirse porque no tenían qué comer ni leña para calentarse.

Alhaquén había regresado hacía poco tiempo de Sevilla y enseguida dispuso lo necesario para que se repartieran víveres, mantas y leña. Como en otras muchas ocasiones pagó todo de su propio tesoro. Nunca se había conocido un rey tan magnánimo y tan sensible a las necesidades de los menesterosos.

Con frecuencia el califa acudía a rezar a la mezquita mayor, cuyas obras mandó que se interrumpieran mientras durase la calamidad de aquel año de frío y necesidades. Ante la sorpresa y la admiración de todos, abandonó las ricas vestimentas que imponía el rígido protocolo ommiada, y comenzó a aparecer en público vestido con una sencilla túnica blanca, a la manera de los teólogos y filósofos que le acompañaban a todas partes. Qué lejos estaba ya de su padre, el soberbio Al Nasir.

En el mes de febrero del calendario romano, que ese año coincidió con rabí'I de 356 de los musulmanes, se levantaron unos ululantes vientos helados que vinieron a sumarse a los largos días de heladas de los meses precedentes.

Una de aquellas ventosas mañanas, Asbag fue llamado a Azahara por el gran visir Al Mosafi. El obispo y el arcediano hicieron el camino sobre sus caballos, envueltos en gruesos capotes, y contemplaron bandadas de avefrías que llegaban desde el norte, por lo que auguraron que los rigores del invierno continuarían.

Ya en Azahara, se encontraron con unos mustios y entristecidos jardines donde no era posible siquiera presagiar la primavera.

El gran visir los recibió en un cálido saloncito, donde notaron que la sangre acudía a sus manos y a sus rostros activada por la proximidad de las ascuas de un gigantesco brasero. Cuando se hubo calentado, el arcediano fue invitado cortésmente a abandonar la sala. Al Mosafi y Asbag quedaron entonces solos, el uno frente al otro, cómodamente sentados en un denso tapiz de lana.

—El califa no se encuentra bien de salud —dijo con circunspección el visir—. Es algo que sabe muy poca gente...; confío en tu discreción.

—¡Oh! ¿Es grave? —preguntó Asbag.

—Padece una dolencia interior que no le abandona ni de día ni de noche y, además, se resiente de las rodillas. Según los médicos es cosa de los humores; pero todo el mundo sabe en palacio que se cuida poco. Demasiadas horas en la biblioteca, pocas horas de sueño y, ahora, esa nueva costumbre suya de acudir a la mezquita mayor a pie, con escasez de ropa. En fin, nunca ha sido muy solícito con su propia persona.

—¿Ha estado excesivamente atento a los pobres últimamente?

—Ah, claro, como siempre. Eso le preocupa mucho y le hace sufrir. Tengo para mí que esa es otra de las causas de sus males.

—Y... ¿qué se puede hacer? —preguntó Asbag.

—Hummm... Alhaquén es un hombre extraño. Le conozco desde que era un niño y, verdaderamente, es alguien singular. Está convencido de que le queda poco tiempo y quiere aprovechar estos últimos momentos para dejar todo en orden.

—¿Cómo? ¿Piensa que va a morir?

—Sí. Sin ninguna duda.

—Pero... ¿tan mal está?

—Oh, ya te he dicho que sufre dolores; pero se queja poco de ellos. Su apreciación de la muerte inminente es algo independiente de la enfermedad. Un... ¿cómo decirlo?, un presentimiento.

—¡Ah, bueno! —exclamó Asbag—. Nadie conoce su hora, solo Dios.

—Sí. Pero ya te he dicho que Alhaquén es alguien especial.

—¿Con eso quieres decir que tú también crees que va a morir pronto?

—Sí, estoy convencido de ello. Aunque no creo que vaya a ocurrir tan pronto como piensa el califa. Dentro de dos años, tres, tal vez cinco…

Asbag se quedó pensativo. Todo aquello le parecía algo extraño e irreal.

—Bueno —dijo al fin el obispo—, yo no puedo aventurarme a creer algo que solo Dios conoce. Pero… ¿puedes decirme por qué me has comunicado a mí este extraño presentimiento?

—Bien, tú conoces la manera en que Alhaquén vio realizarse su mayor deseo: el de ser padre. Ahora un solo pensamiento le preocupa, en los que él cree que son los últimos años de su vida: el asegurar el trono a su hijo mayor, niño aún.

—Dios ha sido generoso con él —respondió Asbag—. Realmente Alhaquén se merecía esos hijos.

—Sí. Y ahora se merece ver completado su sueño. Como sabrás, la favorita Subh y los príncipes se trasladaron a los alcázares de Córdoba. El califa no tiene secretos para mí y me contó que tú intercediste para hacerle ver que los tres necesitaban dejar Azahara. Desde que llegaron a los alcázares, Subh ganó en alegría y en salud…

—¡Bendito sea el Todopoderoso! —exclamó el obispo—. Gracias a Dios, Alhaquén pudo entender que Subh es una princesa venida de otro mundo, de los reinos cristianos del norte, donde la realeza vive de manera diferente. Languidecía; iba a morirse inevitablemente si hubiera permanecido en el harén. Y habría sido una pena que una historia que había empezado tan bien hubiera terminado en infelicidad. Pero dime, ¿cómo se tomaron los eunucos la salida de la favorita y los niños de su poder?

—Se hizo todo en ausencia de Alhaquén. Ya sabes cuánto ama a esos dos eunucos. Gritaron, patalearon, lloraron y rugieron de rabia. Pero la decisión ya estaba tomada…; tuvieron que conformarse, por mucho que les haya dolido. No obstante, pronto han podido prodigar de nuevo sus cuidados maternales: desde que Alhaquén sufre de estas dolencias no le dejan ni a sol ni a sombra.

—Espero que algún día puedan llegar a comprenderlo —observó Asbag.

—Lo dudo mucho. Son personajes de otro mundo, del universo particular y misterioso de Al Nasir, cuyo espíritu parece que mora aún dentro de las murallas de Azahara. Se tardará siglos en olvidar una presencia tan poderosa. Y, en cierta manera, yo creo que la salida de Subh y los príncipes de aquí no les beneficia solamente a ellos, sino que facilita las cosas a la hora de afianzar al heredero. Y pienso que en el fondo Alhaquén opina de la misma manera.

—¿Por qué? No comprendo lo que dices.

—Pues porque aquí hay multitud de hijos, sobrinos y nietos de Al Nasir; y, lo peor, toda una corte de conspiradores y falsos aduladores que nunca terminaron de ver con buenos ojos a Alhaquén.

—Pero si es el monarca perfecto. El pueblo le ama —replicó Asbag con sinceridad.

—¡Ah, el pueblo! A ellos el pueblo les da igual. Se trata de mantener a toda costa sus privilegios y sobre todo la guerra. Es una gran fuente de beneficios, ¿sabes? Pero Alhaquén ama la paz…

—¡Oh, Dios mío! Ahora lo comprendo.

—Sí. Por eso te he mandado llamar, querido Asbag. Aquí en Azahara Alhaquén no puede fiarse de nadie. ¿Por qué crees que acude a ti con tanta frecuencia? ¿Es normal que un rey musulmán pida consejo a un obispo cristiano?

—No, desde luego no es lógico —respondió el obispo.

Los dos hombres guardaron silencio, como meditando sobre cuanto se había dicho en aquella conversación. Ambos se percataron de que amaban y admiraban por igual al califa Alhaquén y de que querían ayudarle de corazón. Asbag decidió pues encomendarse a Al Mosafi y confiar plenamente en cuanto pudiera pedirle desde aquel día.

—¿Y qué es lo que yo humildemente puedo hacer ahora? —le preguntó.

—Volvamos a la favorita —dijo el visir—. Ella confía plenamente en ti. Eso lo sé yo y lo sabe el califa. En el fondo sospechamos que nunca ha dejado de ser cristiana en su corazón. Es algo que escandalizaría a prácticamente toda la corte, sobre todo a los eunucos y a los ulemas. Pero ya sabes que Alhaquén es un hombre tolerante, formado en el eclecticismo y partidario de que la verdad, aunque es una sola, puede revestirse de múltiples formas exteriores. Lo importante es comprender esto y aceptarlo pacíficamente.

—Sí, he hablado de ello con el califa —observó Asbag.

—Pues bien —continuó Al Mosafi—, Alhaquén ha dotado generosísimamente a Subh, a fin de que pueda rodearse de una corte particular que vaya formando partidarios a su favor. En el fondo se trata de alejarla también del círculo de influencia de Azahara, sin que se sienta sola y desprotegida, para que el futuro califa comience a educarse en una situación y un ambiente nuevos y completamente apartados de los viejos modos del sistema.

—Ah, comprendo. Es una maniobra hábil y loable. Pero sigo sin entender qué puedo yo pintar en todo esto.

—Es precisamente lo más importante. Hay que nombrar un administrador. Subh es una muchacha ingenua y poco instruida en el manejo de los bienes. Se necesita a alguien que lleve las cuentas, administre la fortuna, nombre intendentes, gestione las propiedades, elija a los esclavos... En fin, algo parecido a lo que hacen los dos grandes eunucos de Azahara, pero... algo distinto... Lo normal sería pensar en algún eunuco eslavo y seguir la tradición; pero ¿quién nos asegura que no sucedería lo mismo que con Al Nizami y Chawdar?

—¡Ah, comprendo! —exclamó el obispo—. Como un eunuco pero sin ser eunuco...

—Eso mismo. Y ahí entras precisamente tú. La persona que debemos buscar debe ser alguien de confianza total y plena. Un musulmán, naturalmente, para no despertar sospechas; pero alguien que tú también conozcas y de quien puedas responder, para que Subh esté tranquila y se sienta segura.

—El plan me parece perfecto —dijo Asbag con satisfacción—.

Pero siento decepcionarte al decirte que no conozco a nadie con esas características.

—Bien, ya aparecerá. Buscaremos, tú por un lado y yo por otro. Lo importante es que al final estemos de acuerdo. ¿No ha de haber en Córdoba alguien culto, honrado, inteligente y con personalidad suficiente para desempeñar este cometido…?

32

Córdoba, año 967

—¡Oh, Abuámir, querido! —dijo el visir Ben Hodair a Abuámir—. Lo posees todo: eres culto, honrado, inteligente y tienes personalidad suficiente para hacer cuanto desees en el mundo.

—¿Sí?, pues díselo al cadí Ben al Salim, mi jefe superior —se
quejó Abuámir—, que cada día me trata con mayor frialdad.

—Oh, Ben al Salim tiene un espíritu frío y práctico, ya te lo
advertí. Es difícil que comprenda a una persona con imaginación e
ideas propias como tú. Ten paciencia con él, llegarás a apreciarle.

—No. No puedo —replicó Abuámir contrariado—. Lo he intentado, créeme, pero es como golpearse contra un muro. Todo lo
que hago le parece mal, siempre tiene algo que reprocharme. No soporta que los otros funcionarios me estimen, sobre todo los notarios
mayores. Y... sospecho que le irrita en extremo que tú me estimes. Es
superior a él.

—¡Ah! Ja, ja, ja... —rio Ben Hodair—. Claro, es lógico, es un
hombre de origen oscuro, que ha llegado alto desde abajo por su propio esfuerzo, triste, aburrido y con escaso encanto natural; es lógico
que sienta algo de envidia hacia los que, como tú, son capaces de
meterse a cualquiera en el bolsillo con una simple sonrisa. Intenta
ganártelo; a ti no te será difícil.

—Es imposible. Sobre todo después de la fiesta que diste en tu
casa. Seguramente vio cómo me felicitabas y cómo me presentabas al

gran visir Al Mosafi y a otros personajes influyentes. Aquello debió de ser la gota que colmó la medida de su aversión hacia mí. Desde aquel día me ignora totalmente. Con alguien así es imposible trabajar a gusto. Incluso se han dado cuenta los demás compañeros y ya me han advertido de que el cadí me tiene inquina.

—Bien, veo que la cosa es peor de lo que yo pensaba —dijo Ben Hodair meditabundo.

—Amado visir Ben Hodair —repuso Abuámir en tono suplicante—, has sido muy bueno conmigo, y gracias a ti ocupo un puesto importante, pero siento decirte que tendré que dejarlo y regresar a Torrox. Creo que no tengo otra alternativa posible, puesto que presiento que un día de estos las cosas pueden llegar a mayores.

—¡Oh, no, no y no! —exclamó Ben Hodair—. ¡De ninguna manera! Tú vales mucho, querido amigo, y no tienes la culpa de que ese seco y hediondo cadí no haya sabido apreciar tus cualidades. Además —prosiguió enojado—, está en entredicho mi propio honor. Yo te propuse, y lo menos que podía haber hecho es respetar a alguien que yo aprecio de veras…

—Pero, visir —le interrumpió Abuámir—, no debes disgustarte. Lo intentaste y yo estoy muy agradecido. Tengo mi dignidad, compréndeme; si esto no ha salido bien, lo mejor es dejarlo…

—No. No lo consentiré. No te irás de Córdoba. Ya veré qué puedo hacer. Mañana ve a tu trabajo como todos los días. Y espera noticias mías. Te prometo que en menos de una semana me pondré en contacto contigo. Aguanta un poco más; si lo has soportado todos estos meses, podrás soportarlo dos o tres días más.

Abuámir besó las manos de su protector. Ben Hodair le amaba como si fuera su propio hijo, y Abuámir disfrutaba con ello; el visir era un auténtico señor, dotado de la prestancia y la distinción naturales de un verdadero príncipe, como los personajes que aparecían en su viejo libro de crónicas y que él tanto admiraba. Sabía tratarle sin resultar adulador, sin falsos y artificiosos halagos. La amistad entre ambos, a pesar de la gran diferencia de edad, había nacido de la admiración mutua y de las largas horas de conversación acompañada con el dulce y evocador vino de Málaga.

Abuámir alargó la mano y cogió el cuello de la hermosa botella labrada, hizo un guiño de complicidad al visir y este le extendió su copa.

—Bien, dejemos este asunto —dijo Ben Hodair, más relajado ya y sonriendo—. Bebamos y hablemos de nuestras cosas, querido amigo.

Azahara

Esa misma tarde, Ben Hodair se presentó en Azahara y pidió audiencia al gran visir Al Mosafi. Fue recibido en privado, como correspondía a uno de los visires más importantes de la corte y pariente directo del califa.

—¡Oh, querido Ben Hodair! —exclamó el gran visir, al tiempo que ambos se abrazaban y se besaban con sincero afecto—. ¡Qué maravillosa fiesta nos diste en tu casa! No es fácil olvidar una experiencia tan interesante. Créeme, Córdoba la recordará durante mucho tiempo; no es frecuente últimamente encontrar tanto buen gusto reunido.

—¡Ah!, me halagas, insigne Al Mosafi, y esos halagos, viniendo de ti, multiplican su valor, porque eres un hombre sensible que detesta la zafiedad y ama lo auténtico. Gracias, muchas gracias…

—Y bien, ¿qué te trae por aquí? ¿Necesitas algo de mí? Sabes que soy tu servidor —le dijo Al Mosafi cordialmente.

—Sé que amas a mi primo Alhaquén como a ti mismo, inestimable y sincero amigo, y que puedo contar contigo en todo lo que esté en tu mano, siempre que te necesite. Pero no vengo a pedir para mí, no me hace falta nada de momento, ¡gracias al Omnipotente! Lo que voy a solicitar es para un joven servidor mío al cual amo de verdad, porque me ha servido incondicionalmente.

—¿Qué deseas para él? —preguntó el gran visir.

—Una ocupación que esté a la altura de sus cualidades, pues es inteligente, imaginativo, hermoso, firme y audaz; flexible o diestro según lo exigen las circunstancias y dotado de gran talento.

—¡Vaya, vaya! —exclamó Al Mosafi—. Y, habiendo encontrado una joya así, ¿por qué no lo mantienes a tu servicio?

—Es de una familia muy noble que pertenece a la provincia de Málaga. Cuando yo fui gobernador me sirvieron lealmente. Pero este joven merece ahora algo más. Mis ocupaciones aquí son limitadas. Ciertamente, es satisfactorio pertenecer directamente a la corte del Príncipe de los Creyentes; pero, a ti no puedo engañarte, mi vida se ha convertido en un honroso retiro...

—Bien, ¿y qué es lo que buscas para ese joven tan valioso? ¿Qué sabe hacer?

—Actualmente ocupa un puesto de subalterno en la notaría del cadí supremo de Córdoba, pero Ben al Salim no ha sabido sacarle partido a sus cualidades. Puedo asegurarte que sabe hacer de todo; es culto, hábil administrador, ha completado los estudios de leyes y ha gobernado ya un señorío en la costa. Creo que podría desempeñar cualquier puesto de confianza y de cierta relevancia.

Al gran visir Al Mosafi se le iluminó en ese momento la mente. Creyó estar ante una directa inspiración de la Providencia de Dios. Durante días había dado vueltas y vueltas a su cabeza, intentando encontrar a la persona adecuada para administrar los bienes de la favorita. ¿Y si este joven de quien le hablaba Ben Hodair fuera la persona indicada?

—¿Y dices que sabe administrar y organizar negocios y haciendas? —le preguntó con gran interés.

—¡Oh, naturalmente! Ya te he dicho que ha llevado todo un señorío en la costa, e incluso fue capaz de limpiarlo de piratas, algo que nadie hasta entonces había conseguido.

—¿Y dices también que es refinado y que goza de educación?

—¡Ah, singularmente! —aseguró entusiasmado Ben Hodair—. ¿Quién crees que me organizó la fiesta que tanto te gustó?

—¡Claro, lo recuerdo perfectamente! —exclamó el gran visir poniéndose en pie súbitamente—. ¡Se trata del joven que me presentaste el día de la fiesta!

—El mismo. Creí que no lo recordarías; había tanta gente...

—¡Cómo podría olvidarle! Desde luego, su presencia y su apostura no pasan inadvertidas.

—Entonces, ¿crees que podrás encontrar algo para él?

—¡Mándamelo! —ordenó el gran visir con rotundidad—. ¡Que se presente ante mí inmediatamente!

—Puedes solicitarle tú mismo —respondió Ben Hodair—, puesto que mañana por la mañana se encontrará a primera hora en la notaría.

A la mañana siguiente, antes de que llegara Abuámir, un paje de Azahara se personó acompañado de dos guardias reales en la notaría, para citar al joven subalterno en nombre nada menos que del gran visir.

Aquella súbita reclamación causó el efecto que Ben Hodair deseaba, para vengarse de la actitud de Ben al Salim; todos los funcionarios se alborotaron ante la solicitud del hombre más importante del califato después de Alhaquén, y el frío cadí se mordió los labios circunspecto, intuyendo que algo importante iba a suceder.

Abuámir se entrevistó con Al Mosafi en una sesión que duró toda la mañana. El gran visir le preguntó por todo, lo divino y lo humano; quiso saber acerca de sus creencias, de sus aspiraciones, de sus conocimientos, de sus amistades, de su vida... Se interesó especialmente por todo aquello que tenía que ver con la justicia, la lealtad y la concepción que el joven tenía del califato, del poder y de la paz.

Abuámir respondió a todas las preguntas sin vacilación, como si fuera su propia alma lo que se estaba desnudando delante del interrogador. Pero, naturalmente, había sido avisado la noche anterior por Ben Hodair, que le había aleccionado suficientemente acerca del tipo de persona que era Al Mosafi y cuál era su manera de entender el mundo y el reino. Puso en práctica todas sus artes de seducción y representó un papel de sinceridad y firmeza que convenció plenamente a su interlocutor.

Al Mosafi dio gracias a Dios por haber depositado en sus manos a la persona indicada en aquel momento tan delicado. Abuámir le pareció alguien puro, sin malear, una mente franca y decidida, limpia de absurdas y complicadas visiones; alguien ideal para estar al frente de la casa donde habría de educarse el próximo soberano. Sin embargo, decidió no comunicarle todavía cuál iba a ser su cometido, hasta conocer la opinión de Asbag.

—Bien, ahora solo falta una cosa —le dijo el gran visir a Abuámir antes de despedirle—; deberás acudir a casa del obispo de los cristianos para que él te haga también algunas preguntas.

—¿Cómo? ¿A casa del mumpti Asbag aben Nabil? —le preguntó él con una satisfactoria sonrisa.

—Pero… ¿le conoces? ¿Conoces al obispo? —dijo extrañado Al Mosafi.

—¡Ah, naturalmente! Somos viejos amigos.

«¡Oh, Dios, es esta tu voluntad! –pensó entonces Al Mosafi–; son demasiadas coincidencias». Se sentó delante del escritorio y se puso a escribir una carta que, una vez finalizada, firmó y enrolló cuidadosamente, atándola y lacrándola luego con su sello para que resultara estrictamente confidencial.

—Toma —dijo luego—, preséntate ante el mumpti Asbag y entrégale esta misiva de mi parte.

33

Córdoba, año 967

El obispo Asbag se alegró al ver de nuevo a Abuámir. Le causaba admiración el rostro inteligente del joven, pero sobre todo sentía que su persona irradiaba una expansiva vivacidad. Siempre que le veía recordaba aquella conversación que mantuvieron el día que se conocieron en casa de Fayic, cuando este regresó de su peregrinación a La Meca, y la sincera emoción del joven al escuchar los poemas de Mutanabi. Ambos se saludaron con afecto.

—¿Y dices que te manda el gran visir Al Mosafi? ¿Y que traes una carta de su parte? —le preguntó el obispo—. A ver, dámela.

La carta decía:

> *Estimado mumpti Asbag:*
> *Aquí tienes a un joven que puede ser ideal para el asunto que ambos debemos resolver. Despacha con él y juzga en consecuencia. Por mi parte, no veo posible encontrar a alguien mejor. Que Alá te guarde.*
>
> *Abul Hasan Chafar Ben Uzman al Mosafi*

Cuando el obispo terminó de leer sonrió, alzó la mirada hacia Abuámir y pensó: «Joven, demasiado joven». Pero no le disgustó la idea. Al igual que a Al Mosafi, a él Abuámir le parecía alguien nuevo y diferente, lleno de energía y vitalidad, alguien con carisma. El obispo se propuso entonces convencerse del todo, valorando las ventajas de la juventud de Abuámir frente a cualquier otro personaje que tuviera los pies en el pasado. Al fin y al cabo, los eunucos Al Nizami y Chawdar eran unos viejos incapaces de ver que había otro mundo aparte del anquilosado y revenido sistema implantado por Abderramán. Además, el joven le parecía honrado y digno de confianza. Se había educado en la casa del viejo teólogo Aben Bartal, a quien Asbag conocía desde siempre. Sabía que era un hombre piadoso y lleno de religiosa humildad, un musulmán cumplidor y amigo de la caridad. Pensó: «Sí, Al Mosafi tiene razón. No encontraremos a alguien mejor que Abuámir».

Abuámir, por su parte, no dejaba de estar extrañado ante todo aquello, pues ni siquiera podía imaginar el empleo que le estaban preparando. Había pasado dos noches en claro pensando en su futuro, y una emoción aguda y pertinaz le atenazaba el estómago; la pura, decantada emoción de aquel a quien se le empiezan a abrir caminos.

No obstante tuvo que pasar dos noches más de incertidumbre y espera, pues la nueva cita, esta vez con el gran visir y el obispo a la vez, se fijó para dos días después, en la propia notaría del palacio del cadí de Córdoba.

Abuámir aguardó impaciente hasta que a media mañana llegó el obispo, y un poco después el gran visir acompañado de sus secretarios y de su escolta. Ambos fueron recibidos por el cadí Ben al Salim, que se mantuvo serio y circunspecto como siempre.

El gran visir reclamó oficialmente a Abuámir, y este se regodeó al ver la cara del que había sido su jefe hasta ese día, cuyos ojos se endurecieron y adquirieron una opacidad extraña. El cadí trató de sonreír, pero no lo consiguió y el gesto se quedó a medias en una ridícula mueca.

Cuando Al Mosafi, Asbag y Abuámir cruzaron los jardines que se extendían entre el palacio del cadí y los alcázares reales, el joven todavía no sabía cuál era el cometido que le tenían reservado, y su emoción creció a medida que se iban acercando al gran pórtico que daba entrada a los palacios califales de la capital. Ya en la vía principal de acceso, recordó a la joven que días atrás había visto desde su escondite entre los setos la mañana de la fiesta del Profeta.

Atravesaron el arco y nuevamente se adentraron en un amplio espacio ajardinado. Los guardias y los sirvientes que encontraban a su paso se inclinaban en respetuosas reverencias.

A la entrada del edificio los aguardaba un eunuco viejo y desdentado, pero ataviado con la exquisita indumentaria de los chambelanes palaciegos. Ceremoniosamente, los condujo hacia el interior e hizo que les sirvieran agua fresca, perfumada agradablemente con almizcle. Mientras bebía lentamente, Abuámir miraba de soslayo la decoración del impresionante aposento que servía de zaguán al palacio. Todo era viejo y digno. La estancia comunicaba con un pequeño patio con surtidor, perfumado por el aroma de los lirios, que atravesaron para adentrarse en la vivienda. Era una enorme casa antigua, muy fría y llena de habitaciones que daban a los sucesivos patios que fueron atravesando. Todo parecía lustroso y limpio, pero no producía la sensación de estar habitado.

Al final llegaron a lo que parecía ser la parte más noble del edificio. Abuámir pensó que jamás podría orientarse entre aquel laberinto de columnas de mármol, mosaicos de oro, lapislázuli y malaquita, por entre el cual llegaron hasta un espacio abierto y cercado por elevados muros completamente cubiertos de enredaderas.

—Bien, tú aguarda aquí —le ordenó Al Mosafi.

El gran visir y el obispo desaparecieron entonces por una hermosa puerta tachonada con dorados adornos de bronce pulido, mientras unos criados atendían de nuevo a Abuámir, ofreciéndole dulces y refrescos.

Subh recibió a Asbag y Al Mosafi en una acogedora estancia, más pequeña que las anteriores, decorada con tapices de cálidos tonos y perfumada con costosas esencias. Había una preciosa mesa tallada y una alacena con vajillas esmaltadas y figuras de gran calidad.

Pero la belleza de Subh eclipsaba a la más hermosa joya que pudiera haber en aquella sala. Asbag se alegró al comprobar que la joven había recobrado la salud: el color había vuelto a sus mejillas y su cuerpo estaba de nuevo lleno de lozanía. Ella se abalanzó hacia el obispo para besarle las manos, pero él eludió un saludo más efusivo porque el gran visir estaba presente.

—Sayida —dijo Al Mosafi—, como te prometimos, hemos traído a alguien para presentártelo y someterlo a tu aprobación para el puesto de administrador de los bienes de los príncipes. Nosotros le consideramos adecuado, pero, naturalmente, tú tienes la última palabra.

La princesa suspiró. Su mirada vagaba inquieta de un lado a otro. Al cabo, se detuvo en el visir y dijo con tono molesto:

—Ya te comuniqué que prefería que ningún extraño se ocupase de ello. No quiero a nadie más en el palacio. ¡Bastante he tenido ya que soportar!

—Pero, sayida —replicó Asbag—, los bienes con los que el califa os ha dotado a ti y a tus hijos son cuantiosos; si los dejas en manos de cualquiera pueden sufrir mermas. Haznos caso; solamente queremos vuestro bien.

Subh sacudió obstinadamente la cabeza.

—¿Es que no puedo yo hacerme cargo de mis cosas? —protestó.

—Sí —contestó el obispo—, naturalmente; pero de aquello que os incumbe ahora de forma prioritaria: sacar adelante a vuestros hijos para que uno de ellos pueda reinar el día de mañana. ¿Qué quieres ser: una administradora o una reina madre?

Ella sonrió tenuemente.

—Está bien —dijo—, que pase ese hombre; pero os advierto de que si no me parece idóneo no lo admitiré.

—Sí, claro —dijo el visir—; ya te dije que tenías la última palabra. Bien, que avisen al candidato —ordenó.

El viejo y desdentado eunuco se asomó a una de las ventanas que daban al patio donde aguardaba Abuámir.

—Psss... ¡Eh, señor! —le avisó—. Te llaman ahí dentro; pasa por esa puerta.

Abuámir atravesó la puerta sin saber lo que iba a encontrar. En un pequeño zaguán le esperaba Asbag delante de una cortina.

—Ahora deberás ser lo más amable posible —le dijo el obispo al oído—. No hables si no te preguntan.

Asbag apartó la cortina con una mano y con la otra le indicó que pasara al interior de la siguiente estancia. Tanto misterio tenía a Abuámir en el límite de la impaciencia y del nerviosismo, pues aún no podía ni imaginar lo que encontraría al otro lado.

Su corazón dio un vuelco, al encontrarse delante los verdes ojos de la joven que vio días antes en los jardines. No había podido apartar de su memoria aquellos ojos que creyó que no volvería a ver jamás; y ahora estaban allí mirándole. El ambiente cálido y armonioso de aquella salita parecía acompañar a la belleza y la perfección de Subh en su conjunto, vestida con una sencilla túnica de seda azul y calzada con suaves babuchas de piel de gacela; su cabello, dorado, sedoso, caía sobre sus hombros a los lados del blanco y delgado cuello; su figura era esbelta, su frente despejada y sus cejas finas y rubias. Tenía las manos entrelazadas sobre el regazo y el rostro algo ladeado, con un gesto de paciente interrogación que se transformó en una viva mueca de sorpresa cuando se encontró frente a sí al joven que la espiaba en los jardines el día de su llegada.

Subh no había visto a un hombre joven desde hacía años. El califa era ya maduro cuando le conoció, y además había envejecido prematuramente; y los eunucos, ¿podía decirse que eran hombres? Por otro lado, eran ya unos ancianos. El gran visir Al Mosafi tenía la edad de Alhaquén; y Asbag, cercano a la cuarentena, le inspiraba solamente un sentimiento de veneración paternal y religiosa. Cuando la multitud se abalanzó hacia su carroza, el día de su llegada a los alcázares, vio solamente un mar de ojos curiosos y enfervorizados, y no tuvo tiempo de fijarse en sus edades. Pero luego, en el solitario jardín de acceso al palacio, la asaltó aquella mirada furtiva que procedía de un rostro de hombre joven y que la penetró hasta quedarse vivamente grabada en su memoria.

—¡La sayida Subh Walad, escogida por Alá para ser madre de los príncipes! —exclamó el gran visir a modo de presentación.

Abuámir se inclinó en una profunda reverencia y permaneció así, aguardando a que le permitieran enderezarse.

—Este es Mohamed Abuámir de los Beni Abiámir —prosiguió Al Mosafi.

Subh, visiblemente turbada, no apartaba los ojos de Abuámir y tampoco era capaz de reaccionar para ordenarle que se levantara. La reverencia se alargó durante un largo espacio, en una situación que resultaba ridícula, hasta que Asbag le hizo una seña a la princesa para que cayera en la cuenta.

—Pu… pue… puedes alzarte —dijo ella tímidamente.

—Ahora —dijo Al Mosafi—, si lo deseas, sayida, puedes preguntar a Abuámir acerca de aquello que estimes oportuno.

—¿Pre… preguntar? —balbució ella.

—Sí, claro, preguntar acerca de su familia, de sus orígenes…

Subh, que no salía de su azoramiento, se dirigió entonces hacia la ventana y se puso a mirar por ella, haciéndose la distraída.

El obispo y el gran visir se miraron con cara de no comprender nada. Y Abuámir, que seguía extasiado por la presencia de Subh, permaneció con los ojos fijos en ella.

—Está bien —rompió al fin el silencio Al Mosafi—, Abuámir, puedes retirarte.

Cuando Abuámir abandonó la estancia, el gran visir y el obispo se dirigieron hacia la princesa con gesto de gran preocupación.

—¿Qué te sucede, sayida? —le preguntó Asbag—. ¿No te ha gustado ese hombre?

Ella le miró entonces con unos ojos extraños, como perdidos en un mar de ofuscación.

—¿Ese hombre…? Oh, claro, ese hombre… —dijo—. Bueno…, si a vosotros os parece adecuado… En fin, haced lo que mejor os parezca.

—Te alegrarás, sayida —aseveró Al Mosafi—; ya verás cómo te alegras.

El gran visir y el obispo salieron apresuradamente de la estancia y condujeron a Abuámir hasta el machlis, el salón principal del palacio, decorado con ricos y coloridos estucos. El joven seguía sin comprender nada de lo que estaba pasando, y aguardaba con ojos interrogantes una respuesta a todo aquello. Al Mosafi le puso una mano en el hombro y con firmeza le anunció:

—A partir de mañana, estos alcázares, con sus palacios, sus eunucos, sus criados y sus guardias, junto con todas las posesiones de la sayida y de sus hijos, pasarán a tus manos. Tú serás el único mayordomo, administrador y responsable de todo ello. Y... el único a quien se pedirán cuentas de lo que aquí suceda.

Al día siguiente, 22 de febrero de 967 (9 rabí'I 356), en presencia del califa Alhaquén, Mohamed Abuámir ben Abiámir al Mafirí recibió el nombramiento de «mayordomo de palacio» e intendente de los bienes de los príncipes Abderramán e Hixem, y de la madre de estos, la sayida Subh Um Walad, con plenos poderes y dominio sobre haciendas, casas, criados y caudales. Abuámir contaba entonces veintiséis años.

34

Córdoba, año 967

Volvió la primavera. Sucedió de repente, como ocurría en Córdoba algunas veces. Un domingo lució el sol en un cielo despejado de nubes y las palomas se adueñaron del aire, porque el viento había cesado. En pocos días florecieron los azahares y los atardeceres se llenaron de su inconfundible y hospitalario aroma.

Había a quienes el singular ambiente de aquella época del año los sumía en la melancolía. Abuámir era uno de ellos. Pero en esta ocasión no había tenido tiempo de pararse a buscar en sus recuerdos, porque su importante y recién estrenado cargo le exigió un denodado trabajo y una atención constante durante los dos primeros meses. Tuvo que inventariar hasta el más insignificante de los bienes que le habían encomendado, puesto que temió confiarse a la buena voluntad del ejército de esclavos, sirvientes y empleados que formaban parte del lote de aquella ingente fortuna. Recorrió las propiedades e inspeccionó los rafales que, a lo largo del Guadalquivir, formaban parte de la hacienda; dispuso que le visitara cada uno de los administradores e intendentes particulares y que le rindieran detalladamente las cuentas de todo aquello que tenían a su cuidado. Cuando culminó esta inicial tarea de su gestión, se dio cuenta de la magnitud y la relevancia del puesto que le había asignado el destino.

Pronto tomó conciencia de que en los alcázares, en sus fortificaciones y palacios, que eran los más importantes de Córdoba, él era el único jefe y señor. El califa no se hizo presente ni una sola vez en aquellos dos meses, porque sus hijos eran trasladados a Azahara cada vez que quería verlos. Y Al Mosafi le informó de que solamente en dos o tres ocasiones al año el soberano residiría en el palacio cordobés, puesto que estaba aferrado ya a su rutinaria y disciplinada vida de sabio en Azahara. Además, el gran visir le advirtió que a nadie le estaba permitido atravesar el pórtico de los alcázares, por importante que fuera, salvo él y quien el propio Abuámir autorizara. Ello suponía un dominio absoluto sobre todas las llaves, los oficiales, los guardias y el personal, los cuales podían ser castigados, sustituidos o relegados por él en cualquier momento que estimase oportuno.

Solamente había un sector del palacio sobre el que no tenía plenos poderes y en el que no podía entrar: aquel al cual se accedía por la llamada puerta Dorada y que constituía el núcleo interior donde se desenvolvía la vida privada de los príncipes y la sayida.

Casi desde el primer momento, ese vedado reducto se convirtió para Abuámir en un misterio, en el foco de su perplejidad y en el límite de sus facultades reales sobre los inmensos alcázares.

Constituían el enlace con el exterior del prohibido habitáculo principesco el viejo y desdentado eunuco Tahír y sus ayudantes Sisnán y Al Fasí, eunucos también. Dentro había criados y esclavas que apenas tenían contacto con el resto de los sirvientes del palacio. Siempre que se necesitaba algo más allá de la puerta Dorada, salía alguno de los eunucos y lo solicitaba, pero jamás entraba nadie que no perteneciera al servicio personal de la sayida.

El viejo eunuco Tahír, con su delgado y seco pescuezo que sobresalía de entre los ampulosos ropajes, su nariz y su barbilla aguzadas, y sus ojillos perspicaces, se le antojaba a Abuámir como una especie de aguilucho. Era un chambelán al viejo estilo, formado en la misma escuela que Al Nizami y Chawdar, pero posiblemente con menor temperamento, por lo que nunca había pasado de ser un segundón en Azahara. Pospuesto siempre y bajo la autoridad de los dos absorbentes fatas reales, se había vuelto suspicaz y discreto como una sombra, pero solícito y cuidadoso en el cumplimiento de sus funciones. Tal vez por eso, puesta a elegir, la princesa Subh le había escogido entre los demás eunucos de Azahara para ponerlo al frente de su cámara personal. Y Tahír, aunque era un anciano, había visto llegado su momento de ejercer de jefe de sirvientes, con sus dos ayudantes, y la responsabilidad de cuidar directamente a los príncipes. Sin embargo, su cabeza no estaba ya para esos menesteres.

Abuámir se percató enseguida de que el viejo eunuco chocheaba. Algunos días le pedía la misma cosa dos y hasta tres veces, después de que él se la hubiera conseguido a la primera. Con frecuencia le oía cantar canciones infantiles y a veces vagaba de aquí para allá con la mirada perdida y con un hilo de baba descolgándose desde el labio inferior. Aun así, no era un hombre de fácil manejo, pues era receloso y desconfiado, y jamás abandonaba la proximidad de la puerta Dorada.

Los ayudantes Sisnán y Al Fasí, por el contrario, eran jóvenes e ingenuos; tal vez escogidos por su presencia física más que por su inteligencia o sus conocimientos, que no iban más allá de los de dos adiestrados pueblerinos. A Abuámir le costó poco ganárselos, pues eran dóciles y los dominaba una curiosidad insaciable, lo cual era lógico, puesto que no habían visto nada aparte de las aldeas de donde los habían sacado cuando niños y de los muros de los harenes donde los recluyeron nada más sufrir la castración que les confería la condición de sirvientes palaciegos. Sabían aprovechar cualquier oportunidad para atravesar los límites de la puerta Dorada: hacer algún recado o llevar un aviso, ocasiones que aprovechaban para remolonear y demorarse, dedicándose a husmear por los patios o acercarse hasta las cocinas para chismorrear con el personal de servicio.

Abuámir consideró que los dos inexpertos eunucos serían su única posibilidad de indagar en el acotado corazón del palacio y buscó la manera de atraérselos a su terreno. Primeramente los observó, como antes había hecho con su anciano jefe Tahír, y comprobó que le serían más asequibles que el viejo. Para sus pesquisas había elegido una elevada torre, desde la cual se veía el patio cubierto de enredaderas al que daba la impenetrable puerta Dorada. Los eunucos salían a cuidar las plantas, a sentarse a bordar o a iniciar desde allí sus exploraciones del resto de los alcázares. Se llevaban bien, como hermanos, y como tales reñían y se pegaban con frecuencia, lo cual enervaba al viejo, que salía a golpearles con una caña y a recluirlos de nuevo en su jaula de dorada puerta. Abuámir concluyó que se aburrían. A pesar de sus dieciocho o veinte años (la edad de los eunucos era difícil de determinar), no habían dejado de ser como niños, característica esta que solía acompañar a los castrados durante gran parte de su vida, más por la educación que recibían que por la pérdida de sus atributos de madurez.

Un día que Abuámir se encontraba en Azahara para rendir cuentas de su gestión, en la misma entrada del palacio del gran visir, le vino a la mente de pronto la genial manera de conseguir que los jóvenes eunucos acudieran a comer en su mano. Había en los jardines de la medina una especie de apartado destinado a albergar animales exóticos que solían llegar como regalo desde los países tributarios o aliados del califato. Las jaulas contenían panteras, hienas, leones, un elefante, dos jirafas, extraños carneros, toros con joroba y demás. Pero llamaba especialmente la atención un enorme jaulón que encerraba multitud de aves, entre ellas, un buen número de loros y cotorras que causaban la admiración de todo el mundo, pues imitaban la voz humana, incluso llevando a la confusión a los guardianes de las almenas con su perfecta simulación de las rutinarias llamadas de alerta. De manera que, de vez en cuando, uno de aquellos pájaros gritaba: «¡Centinela!», y si el guardia próximo era novato y no sabía distinguir aún la auténtica orden respondía: «¡Alerta estoy!», lo cual producía un general regocijo entre los jardineros, cuidadores y los demás guardias de las almenas.

Antes de entrar en el palacio de Al Mosafi, Abuámir estuvo contemplando durante un rato aquellos curiosos pájaros.

Una vez en el despacho del gran visir, expuso detalladamente la situación de la cuantiosa fortuna de los príncipes y la sayida, las gestiones que había realizado y las posibilidades que ofrecía aquella masa de bienes. Al Mosafi le escuchó con atención, y Abuámir se dio cuenta de que el visir quedaba satisfecho y gratamente impresionado por cómo se había desenvuelto el joven administrador en sus primeros meses.

—Bien, veo que no has perdido el tiempo —le dijo con gesto complacido—. Le transmitiré personalmente al califa mi plena conformidad con este brillante comienzo. Él estará contento y sabrá recompensarte. Y ahora, si no necesitas nada más, puedes retirarte para volver a tus ocupaciones.

Abuámir se puso de pie y se inclinó respetuosamente, besó la mano del visir y se retiró hacia la puerta sin volver la espalda. No obstante, antes de salir, alzó la cabeza y dijo:

—Ah, señor, ¿podría pedirte algo?

—Claro. ¿De qué se trata? —respondió Al Mosafi.

—De esos pájaros que hay a la entrada del palacio, en el jardín de los animales. ¿Podría trasladar algunos de ellos a los patios de los alcázares? Aquello está demasiado triste y silencioso para ser la residencia de unos niños y una joven madre…

—¡Oh, naturalmente! Puedes hacer allí cuantos cambios estimes oportunos, siempre que el eunuco del palacio interior esté conforme.

—Gracias, señor —respondió Abuámir inclinándose de nuevo—. Confía en mí, no te defraudaré.

Cuando el joven administrador salió del despacho, Al Mosafi meditó complacido sobre la acertada decisión de poner a Abuámir al frente de la casa de la sayida. Se acercó a la ventana y vio desde arriba cómo los cuidadores del jardín extraían de las jaulas a una pareja de llamativos loros y los introducían en una cesta que pusieron en las alforjas en las que uno de los criados de Abuámir había traído los rollos de las cuentas y los documentos. «Sí, desde luego es una buena idea; los pájaros animan mucho», pensó el visir.

Abuámir regresó a los alcázares arropado por la tranquilidad de saber que hasta pasados dos meses no tendría que regresar a rendir cuentas a Azahara. Por el momento podía dedicarse un poco a sí mismo. Y dentro de sí mismo era donde se había encendido un deseo que podía más que cualquier otra cosa: volver a atravesar la puerta Dorada y volver a mirar directamente, aunque solo fuera una vez más, los ojos verdes de Subh, que no había visto desde el día que llegó al palacio. Sabía que aquella aspiración era una loca aventura, un atrevimiento peligroso que podría conducir al desastre su afortunado encumbramiento y todas sus ilusiones, pero, como otras veces en su vida, se sentía movido por una fuerza interior superior a cualquier razonamiento, por una pasión irrefrenable que se adueñaba de su imaginación y su inteligencia arrastrándole a no buscar otra cosa que tener la llave de aquel sagrado y prohibido recinto. Y, por ahora, el viejo Tahír y sus ayudantes Sisnán y Al Fasí eran esa llave.

Nada más llegar, atravesó los patios y los corredores intermedios y se encaminó directamente al pequeño jardín de las enredaderas, adonde daba la impenetrable puerta Dorada. En uno de los rincones colocó la cesta con uno de los loros, y llevó al otro pájaro, que había reservado para sí, a sus aposentos, apartados de allí.

Después se subió a la torre que dominaba el patio y desde la que hacía tiempo que observaba los movimientos de los eunucos, aunque sin poder atisbar lo que sucedía más allá de la puerta. Como era de esperar, pasado un rato el loro empezó a gritar desde la cesta:

—¡Centinela! ¡Centinela! ¡Centinela…!

Y, como supuso Abuámir, los jóvenes eunucos ayudantes tardaron poco tiempo en asomarse para ver lo que estaba sucediendo. Miraron a uno y otro lado con cara de sorpresa, pero no repararon en la cesta que estaba al pie de las enredaderas. El loro permaneció en silencio, y los curiosos muchachos, viendo que no había nada extraordinario, retornaron al interior y cerraron la puerta.

Poco después, el loro volvió a gritar sus llamadas:

—¡Centinela! ¡Rrrr…! ¡Centinela…!

Sisnán y Al Fasí volvieron a abrir un poco y asomaron sus rostros con un marcado gesto de desconcierto.

—¡Centinela! —gritó el loro más fuerte.

Y los eunucos se miraron sorprendidos, preguntándose de dónde vendría aquella extraña voz. Salieron al patio y escrutaron los rincones, hasta que Sisnán señaló con el dedo la cesta, que era lo único que rompía el meticuloso orden y limpieza en que los criados solían dejarlo todo. Obedeciendo a las inclinaciones de su curiosidad, los jóvenes avanzaron hacia ella. Pero el loro gritó de nuevo:

—¡Rrrr..! ¡Centinela!

Los eunucos dieron entonces un brinco y se volvieron aterrorizados sobre sus pasos para desaparecer tras la puerta Dorada.

Abuámir, mientras tanto, se doblaba de la risa, arriba en su torre. Sabía que los eunucos tardarían poco en volver a husmear y se aprestó a esperar de nuevo para ver en qué quedaba el asunto.

Efectivamente, al poco volvió a abrirse la puerta. Pero esta vez salió en primer lugar, y con decisión, el viejo Tahír, seguido de sus aterrorizados ayudantes que se guarecían tras su jefe.

—¿Un iblis en un cesto…? —preguntaba el viejo con su voz quebrada—. ¡A ver! ¡A ver dónde está ese iblis!

—¡Sí, señor! —le respondían ellos—. ¡Allí, allí en el rincón!

Tahír se acercó hasta la cesta y retiró con el pie la tapadera. El loro salió entonces de un salto gritando:

—¡Alerta estoy! ¡Rrrr! ¡Centinela!

Los tres eunucos chillaron como mujeres asustadas y retrocedieron espantados. Entonces el viejo, repuesto del susto, se detuvo y rio a carcajadas:

—¡Ah, ja, ja, ja…! ¡Un lorito! ¡Qué iblis ni qué demonios! ¡Es un lorito! ¿Quién lo habrá traído aquí?

Abuámir bajó de dos en dos los peldaños de la escalera de caracol que descendía por el centro de la torre y se hizo presente en el patio donde los tres eunucos observaban admirados al loro.

—Es mío —dijo Abuámir—. Me lo ha regalado el gran visir.

—¡Oh! ¡Es maravilloso! —exclamó Sisnán.

—¡Y habla! ¿Cómo es posible? —secundó su compañero Al Fasí.

—¡Vaya! —replicó el viejo—. Los loritos hablan. ¿Ahora os enteráis? ¿Sois tontos?

—Nadie nos dijo que hay aves que hablan —respondió Sisnán ingenuamente.

—¿Qué come un lorito? —preguntó Al Fasí.

—Nueces, frutas, higos… Cualquier cosa —respondió Abuámir.

Los jóvenes eunucos fueron al interior y trajeron higos secos y otras golosinas que ofrecieron al loro, observando admirados cómo el ave los recogía de sus manos.

—¡Oh, es maravilloso! —exclamaban—. ¡Qué listo es!

Abuámir comprobó con satisfacción que su plan de acercarse a los eunucos iba dando resultado. Estuvieron alimentando al loro y divirtiéndose con las ocurrencias del pájaro durante un buen rato. Pero al cabo el viejo Tahír se impacientó y dio una repentina palmada ordenando:

—¡Bien, se acabó! ¡Ya está bien de loritos! ¡Todo el mundo adentro!

Y como viera que sus ayudantes, ensimismados como estaban en la contemplación del loro, no le hacían caso, la emprendió a cachetes con ellos y los arrastró de las orejas hasta el interior de su encierro.

Sin embargo, Abuámir sabía que los jóvenes subalternos no podrían resistirse a volver a entretenerse con lo que tanto había llamado su atención, y que no tardarían en burlar la vigilancia del viejo Tahír para salir de nuevo al patio. Así que mandó poner un jaulón en una de las esquinas y encerró al loro. Y, como supuso, en los días siguientes Sisnán y Al Fasí no perdieron la ocasión de salir a ver al pájaro, a alimentarlo y a enseñarle palabras, momentos que Abuámir aprovechaba para irse ganando su confianza.

35

Córdoba, año 967

Era el Domingo de Resurrección en Córdoba y las campanas repicaban por encima de la ciudad llamando a las misas de alba, que se habían anticipado a causa de la partida de la peregrinación. La celebración de la vigilia pascual había sido presidida por el obispo, con la asistencia de los peregrinos que habían de partir esa misma madrugada, y ahora solo quedaba aguardar a que la masa de viajeros fuera concentrándose en la gran plaza de Al Dchamí, frente a la mezquita mayor, para iniciar la marcha que se había fijado para antes del amanecer.

Los primeros en llegar fueron los soldados de la escolta que el gran visir Al Mosafi había cedido generosamente al obispo Asbag, como premio a sus servicios prestados al califa. Eran en total doscientos cincuenta hombres de la guardia especial de Azahara, aguerridos guerreros preparados para acompañar al soberano o a los visires en sus desplazamientos, una inestimable protección frente a las bandas de salteadores de caminos y los desalmados señores de algunas zonas montañosas que extorsionaban a los que atravesaban sus dominios. Al frente de la escolta iba Manum, un eslavo liberto.

Era una preciosa madrugada de primavera, y la luna llena presidía aún en el cielo, arrancando reflejos azulados a las torres y los tejados. Un denso murmullo de voces y un cada vez más intenso crepitar de cascos de caballerías se fueron adueñando de la ciudad. Estuvieron llegando las recuas de asnos cargados, los habitantes de las aldeas, los ermitaños, los mozárabes de los rafales exteriores, los cristianos del norte que se habían asociado al califato y vivían en los campamentos de mercenarios, los penitentes, familias enteras de miembros de la comunidad, sacerdotes, diáconos, acólitos y monjas. Acudió también un nutrido grupo de monjes del monasterio de San Esteban, cuya entrada en la plaza fue espectacular, pues llegaron acompañados de la ingente fila de sus compañeros, revestidos todos con las bordadas cogullas de fiesta, con las que habían permanecido en vigilia de oración desde que finalizara la liturgia. Los cantos de la salmodia, los sahumerios y los rezos fueron caldeando el ambiente de emoción y piedad que envolvía a los peregrinos.

Por fin, apareció por la calle que daba al barrio cristiano el obispo Asbag con el arcediano, sus vicarios y sus sacerdotes. Entraron en la plaza a pie, para acentuar el sentido de humildad y penitencia de la peregrinación. El prelado vestía sobrepelliz, racional de fiesta dorado y píleo de fieltro rojo, y sus acompañantes casullas blancas de seda, con coloridos bordados; toda una exhibición de vestimenta ceremonial adecuada para el día más encumbrado de los cristianos, pero totalmente inapropiada para un viaje, por lo que hubieron de cambiarse antes de subir a las cabalgaduras. No obstante, primero hubo plegarias, rogativas y bendiciones, en un emotivo acto de acción de gracias porque había llegado el ansiado momento de emprender la peregrinación al templo del apóstol Santiago.

Solamente una cosa lamentó Asbag: que no pudiera ir con él el bondadoso cadí de los cristianos, su otras veces compañero de viaje Walid, quien, debido a su edad principalmente y a la dureza del pasado invierno, sufría dolores y achaques que le impedían embarcarse en una empresa tan fatigosa. En la misma plaza, una vez finalizadas las oraciones, Asbag y el juez se abrazaron con afecto, y el bueno de Walid no pudo reprimir las lágrimas. Pero, con voz quebrada por la emoción, le encomendó allí mismo al obispo a su hijo Juan, el más pequeño de los varones.

—Esta… esta era la ilusión de mi vejez —dijo el cadí Walid—. Pero el Señor no ha querido que la cumpla. Peregrinaré al templo del apóstol con mi corazón… Y ahí tienes a Juan, querido obispo, para que te sirva en mi nombre. Y, en cierta manera, será como si una parte de mí viajara con vosotros.

Se pusieron en marcha dos horas antes de la salida del sol. Salieron por el extremo septentrional de las fortificaciones, bordearon los caminos de Azahara avanzando entre las huertas y emprendieron el serpenteante camino de las sierras. Desde la puerta de la ciudad, los cristianos cordobeses que se quedaron vieron la fila de antorchas perderse por entre los altozanos, las encinas y las jaras, mientras la distancia ahogaba los cantos y las letanías que invocaban el auxilio divino y la protección de los santos.

Resultaba extraordinario viajar por Alándalus en primavera. Las flores se abrían a los lados del camino y perfumaban el aire con aromas dulces elevados por el vaho del mediodía; los lirios crecían junto a los arroyos y los cardos exhibían sus moradas coronas. Cuando dejaron los intrincados parajes de la sierra, la caravana se extendía a lo largo de la ruta. Los soldados iban en cabeza, seguidos de los peregrinos que se entretenían hablando de mil cosas, bien en lengua cristiana, bien en la lengua árabe que todos hablaban correctamente. El camino culebreaba por los campos donde los trigos se empezaban a dorar y ondulaban suavemente bajo la brisa de la tarde, o discurría recto e interminable en la dirección de la puesta del sol, donde el horizonte se perdía por las ascuas del crepúsculo.

A medida que avanzaban, los hombres, mujeres y niños de los pueblos próximos al camino salían del cobijo de los muros y se precipitaban hacia la carretera para ver pasar a los viajeros: el paso de las caravanas, especialmente una tan variopinta como esta, constituía el mejor entretenimiento después del oscuro e inmóvil invierno.

Antes de que terminara la décima jornada del viaje, se detuvieron en un pequeño alto desde donde se dominaba Mérida y el curso lento del río Guadiana que centelleaba al sol como una gigantesca serpiente de plata. A lo lejos, cerca de sus ribazos, podían distinguirse algunas casas de tierra y, elevado sobre el río, majestuoso, el gran puente de piedra que levantaron los romanos hacía ahora mil años.

Avisado por los mensajeros que los precedían, a las puertas de Mérida salió a recibirlos el arzobispo de la metrópoli Valero aben Gregorio, que puso su casa a disposición de Asbag y se ofreció a los peregrinos para todo aquello que pudieran necesitar de él.

Mientras los peregrinos improvisaban el campamento en la orilla del río, el capitán de la escolta, Asbag, el arcediano y el joven Juan aben Walid se internaron por las calles que llevaban al corazón de la ciudad, siguiendo al arzobispo, que los condujo hacia un promontorio coronado por los muros de ladrillo de la fortaleza donde residía el emir de Mérida, ante quien debían comparecer para presentar sus respetos.

Un tímido sol de última hora iluminaba la pequeña sala de audiencias del visir a través de los arcos de las ventanas. Era una casa elegante, casi un palacete, construida por el gobernador anterior, a quien Al Nasir había mandado ejecutar por ser partidario del califa de Bagdad. El actual gobernador, llamado Abul Yahwar, era pariente directo del anterior califa de Córdoba y por tanto tío de Alhaquén. Su aspecto era el de alguien que debería haber dejado ya el gobierno a uno de sus hijos; anciano, sordo y dominado por el tembleque, convirtió la recepción en una aburrida repetición de las explicaciones, dadas a voz en cuello para que pudiera enterarse. Asbag se dio cuenta de que el viejo noble tenía todos los prejuicios de su raza contra los cristianos peninsulares, porque se limitó a un mero intercambio de frases de cortesía y no les ofreció otras facilidades que las elementales de pernoctar y circular por su territorio. Cuando, a duras penas, el visir se enteró de hacia dónde iban y la finalidad de su viaje, los despidió sin más y se retiró a sus aposentos.

Menos mal que el mayor de sus hijos, un sesentón llamado Abenyahwar, era quien se ocupaba de hecho de los asuntos del gobierno, aunque su padre no consentía en cederle su título.

Abenyahwar se quedó con ellos en la sala, una vez que su anciano padre se hubo retirado, y los puso al corriente de una serie de informaciones llegadas recientemente desde el norte.

—Disculpad a mi padre —dijo el hijo del visir—; los años pesan sobre él. He creído conveniente advertiros acerca de algunos sucesos que acaecen en los territorios que vais a atravesar, ya que los límites del reino que se extienden hasta Galicia están bajo el gobierno directo de mi padre en nombre del Príncipe de los Creyentes.

—Que Dios pague tu deferencia —respondió Asbag agradecido—. Somos todo oídos.

—Pues bien —prosiguió Abenyahwar—. Si yo me encontrara en vuestro lugar abandonaría inmediatamente la idea de ir a los lugares santos de los cristianos de Iria.

Hubo una pausa. Los peregrinos mozárabes se miraron entre sí extrañados. Abenyahwar prosiguió:

—Las malas noticias viajan deprisa.

—¿Noticias? —dijo Asbag sin ocultar su impaciencia.

—Sí, malas noticias —respondió el hijo del visir—. Hace pocas semanas que hemos recibido informes de nuestros generales del norte. Los machus han vuelto a sus correrías. Hacía cuarenta años que permanecían en el lejano silencio de sus fríos países; pero nadie sabe por qué, su sombra se ha despertado esta primavera y se cierne como un terrorífico fantasma sobre Galicia.

Por un momento Abenyahwar calló; pareció que el acuciante fantasma había tomado forma. Todos habían oído hablar de los machus, los normandos daneses, vikingos brutales y sanguinarios que durante siglos aparecían esporádicamente para asolar las costas de Europa. Llegaban en grupos de doce navíos portando cada uno un centenar o más de feroces gigantes rubios de heladora mirada gris, que se adentraban por todos los ríos que desembocaban en los mares que se comunican con el océano Atlántico, incluido el Mediterráneo. Practicaban incursiones fulminantes que sembraban el terror y el pánico en cualquier reino. Toda resistencia era abatida por los incendios y los asesinatos. Acerca de ellos circulaban las historias y las leyendas más aterradoras que un niño podía escuchar cuando, sentado junto al fuego en las noches largas del invierno, los mayores le narraban los sucesos entremezclando la realidad y la fantasía.

Alzando los ojos desilusionado, Asbag dijo en voz baja:

—Dios mío, qué fatalidad.

—Pero llevamos una buena escolta —repuso el capitán—, hombres de la guardia personal del califa, expertos y entrenados frente a cualquier enemigo.

—¿Cuántos? —preguntó Abenyahwar.

—Doscientos cincuenta —respondió el oficial Manum—; lo mejor de lo mejor. Ellos solos se bastarían contra un ejército.

—Sí, frente a bandidos de las sierras —replicó Abenyahwar—, o frente a un regimiento de soldados pueblerinos con armas hechas en casa... Pero los machus son otra cosa. Son expertos saqueadores, conscientes de su fuerza y del temor que infunden; se amparan en la sorpresa, cuyo momento aguardan en la espesura de los bosques; sus movimientos son rápidos y certeros, su eficacia fulminante. Solo quieren las riquezas móviles: tesoros, ganados, hombres y, de forma especial, mujeres, para convertirlas en esclavas en sus reinos de hielo. Creedme, se necesitaría un ejército para acabar con ellos, y lo peor es que nadie sabe dónde y cuándo aparecerán. Es como perseguir a los mismísimos iblis.

—Lo cual quiere decir que no necesariamente hemos de toparnos con ellos —observó el joven Juan.

—No —admitió Abenyahwar—. Pero si os cruzáis en su camino...

—Entonces... ¿qué podemos hacer? —preguntó Asbag con preocupación.

—Siento tener que repetir esto —respondió Abenyahwar en tono grave—; pero si yo estuviera en vuestro lugar volvería sobre mis propios pasos y esperaría a que la ocasión fuera más propicia.

Asbag le miró pensativo. Se concentró en una calma sombría, como si se encontrara en el umbral de una puerta sin decidirse a cruzarla por miedo a lo que había detrás. Había puesto tanta ilusión en preparar aquel viaje, y eran ya tantas las veces que se había suspendido, que ahora que habían recorrido las primeras leguas resultaba muy doloroso volverse atrás.

—Bien, meditaremos durante esta noche sobre ello —dijo—. Rezaremos y esperaremos a que Dios nos muestre lo que hemos de hacer.

Más tarde, cuando el sol se perdió por los encinares del oeste, ya en la casa del arzobispo, Asbag se reunió con una representación de cada uno de los grupos que componían la peregrinación. Les expuso cuanto el hijo del visir les había dicho, y entre todos se dispusieron a tomar una decisión al respecto. Los representantes regresaron al campamento y se reunieron a su vez con sus grupos de peregrinos, para comunicarles los posibles peligros y recoger sus opiniones.

Por la noche, en torno a la chimenea, cuando el arzobispo Aben Gregorio se retiró a dormir, Asbag y Juan aben Walid hablaron del tema. En ese momento, el obispo echaba en falta al reflexivo y sensato padre del joven.

—Nunca pensé que nos encontraríamos con algo como esto —dijo el obispo con evidente disgusto—, precisamente ahora que habíamos conseguido vencer todos los obstáculos internos. ¿Cuándo volveremos a tener una oportunidad como esta?

—Una peregrinación es una peregrinación —dijo Juan con calma.

—¿Cómo...? —preguntó Asbag enarcando ligeramente una de las cejas.

El joven se le quedó mirando en silencio durante un rato, como pensando con cuidado cada una de las palabras que había de decir. Juan era el menor de los hijos del cadí Walid y tenía ya veinte años, pero, como permanecía aún en la casa paterna y estaba preparándose para ser presbítero, el obispo no veía en él sino a un muchacho, despierto e inteligente, pero sin otra experiencia que la de sus pocos años sin haber salido de Córdoba. Era delgado, de expresivos ojos negros, de pelo fuerte y oscuro, cejas negras y cara alargada y resuelta.

—Que una peregrinación es eso; una peregrinación —dijo al cabo, con temor respetuoso en la voz—. Y peregrinar es andar uno por tierras extrañas. Lo cual supone encontrarse peligros y dificultades en el camino. Si no fuera así y todo estuviera resuelto, sería otra cosa.

—Sí, claro —dijo Asbag en voz alta—, pero una cosa es contar con posibles peligros desconocidos y otra muy diferente saber de antemano dónde acechan, en cuyo caso supone una temeridad arriesgar la vida de tantas personas.

Ambos estaban sentados en una alfombra de lana. Juan se recostó en la pared y estiró las largas piernas.

—Nadie ha precisado el lugar concreto donde acechan los machus, ni siquiera si ahora estarán por allí.

—Existe la posibilidad —dijo Asbag huraño—. Y ello es suficiente.

—Posibilidades, posibilidades... —murmuró Juan—; así, desde luego, jamás iremos a Iria...

—Bueno, no hay por qué dejar de ser sensatos. La vida es larga.

El joven alzó la cabeza y se irguió en un gesto que a Asbag casi le pareció un desafío.

—¿Se trata de ser sensato o de vivir siempre en el miedo? —preguntó—. ¿No habéis confundido una cosa con la otra los cristianos que como tú o mi padre habéis vivido siempre subyugados?

Asbag se desconcertó. Jamás habría podido imaginar una actitud así en el joven. No se trataba de una falta de respeto, pero no era esa la manera en la que él estaba acostumbrado a dialogar con el padre de Juan, con quien siempre había estado de acuerdo respecto a todos los asuntos. Era comprensible que el muchacho estuviera contrariado, porque aquella había sido su oportunidad de vivir aventuras y de salir del cerrado mundo de la comunidad cordobesa, pero de ahí a entrar en abierta discusión con el obispo había un abismo que Asbag era incapaz de asimilar. El obispo le miró con gesto de desaprobación, pero decidió no poner fin a aquella disputa.

—¿Miedo? —le preguntó—. ¿A qué miedo te refieres?

—Al que habéis tenido siempre a todo el mundo, a los emires principalmente, a los eunucos reales, a los ministros, a los fanáticos musulmanes, a los cristianos del norte, a Roma incluso...

—¿Quieres decir que nuestro respeto a la autoridad de los musulmanes te parece una postura cobarde?

—Vosotros lo llamáis respeto; pero hay quien piensa que es una sumisión, una servil y muda sumisión fruto de siglos de temor.

—¡Pero bueno! —exclamó alterado Asbag—. ¿También tú te has envenenado con las doctrinas de aquel predicador benedictino?

—¡Oh, no! No es a causa de Niceto. Muchos de los jóvenes ya

pensábamos cosas como estas. ¿Crees que no hemos leído los escritos de san Eulogio y san Álvaro? Ellos arriesgaron sus vidas y las perdieron en el martirio. ¿Cómo ha podido cambiar tanto la Iglesia de Alándalus? ¿Cómo ha podido taparnos la boca de tal manera el miedo?

—Bien, vayamos por partes —repuso el obispo—. ¿Crees verdaderamente que hemos sido tan cobardes? ¿Piensas que no hemos meditado acerca de todo ello? ¿No recuerdas acaso cómo los fariseos quisieron comprometer a Nuestro Señor preguntándole si era lícito pagar impuestos al césar o no? Y él, comprendiendo su mala voluntad, les dijo: «¡Hipócritas! ¿Por qué me tentáis? Enseñadme la moneda del impuesto». Y cuando le presentaron un denario, él les preguntó: «¿De quién son esta cara y esta inscripción?». A lo que le respondieron: «Del césar». Entonces les replicó: «Pues pagadle al césar lo que es del césar, y a Dios lo que es de Dios».

—No me has comprendido —replicó el joven—. No quiero decir que deberíamos habernos sublevado, sino que hay muchas cosas que podíamos haber hecho y a causa del miedo no las hicimos.

—¿Qué cosas?

—Por ejemplo, haber mantenido a nuestros reyes. En los primeros tiempos de la invasión musulmana las comunidades seguían regidas por un comes, una especie de monarca con poder sobre los cristianos, que fue suprimido, y hoy solamente tenemos nuestros jueces y el consejo, pero nombrados siempre por las autoridades musulmanas.

—¡Ah, te refieres a eso! Quizá tengas algo de razón; debería haber permanecido un rey que mantuviese unido a nuestro pueblo. Pero lo deseable es a veces distinto de lo real. Y la realidad fue que los emires quisieron controlarlo todo y no nos dieron esa oportunidad. Hoy día es difícil volver atrás. Nuestra nación es Alándalus y nuestros reyes son los califas de Córdoba, que, gracias a Dios, nos respetan y nos permiten mantener nuestra fe. ¿Podemos pedir más? Recuerda que en la Epístola a los Romanos el apóstol Pablo exhortaba a los cristianos a someterse a las autoridades constituidas, pues no hay autoridad que no emane de Dios, y las que existen han sido constituidas por Él. De modo que, quien se opone a la autoridad, se rebela contra el orden divino, y los rebeldes atraen sobre sí mismos la condenación. Y la autoridad en los tiempos del apóstol era pagana, creyente en falsos dioses y en ídolos. Si él respetaba aquella autoridad, cuánto más debemos respetar nosotros al califa Alhaquén, que es justo y piadoso.

El discurso de Asbag conmovió a Juan, que bajó la mirada con gesto sumiso y depuso su actitud contradictoria.

—Mi señor —murmuró el joven—, no voy a insistir, pues veo que tus razonamientos están fundados en la Palabra; y no he dudado nunca de tu sabiduría. Pero creo sinceramente que deberíamos arriesgarnos a confiar en Dios y continuar esta peregrinación. Se nos dijo que peregrinar es como estar en esta vida, en que se camina a la Patria Celestial. Si nos volvemos atrás una y otra vez, ¿cómo podremos vislumbrar esa meta?

Por un momento, la cara del obispo se iluminó. Había leído en la expresión del joven el sentido de todo aquello. Sintió hacia él una ternura y un cariño especial, pues representaba en sí a la porción más nueva y esperanzada de su comunidad, a los cristianos de los nuevos tiempos, del fin del primer milenio, a pesar de los oscuros y tenebrosos nubarrones que anunciaban el fin de todo.

—¡Iremos! —dijo el obispo con rotundidad—. Si Dios ha querido que aquello esté allí será por algo. Si el Todopoderoso quiso en su Providencia que el cuerpo del apóstol reposara allí, en el fin de la tierra, será porque quiere que no temamos mal alguno. Iremos, sí, iremos y rezaremos junto al sepulcro.

Al amanecer, como estaba previsto, el obispo se reunió con los peregrinos y les expuso con detalle los peligros a los que se enfrentaban, pero los exhortó a afrontar con valentía y confianza en Dios la culminación de la empresa que habían emprendido. Solo unos pocos decidieron regresar a Córdoba. Con las primeras luces del día, la peregrinación puso nuevamente rumbo hacia el norte.

36

Córdoba, año 967

La calma de la siesta había caído sobre los alcázares. Si el invierno pasado había sido duro, aquella primavera apuntaba ya a un verano caluroso, y, a pesar de que era todavía el mes de mayo, toda Córdoba se sumía a esa hora en un denso silencio.

Las bruñidas puertas tachonadas de oro permanecían cerradas, custodiando el fresco y misterioso palacete que albergaba las secretas vidas de la sayida y los príncipes. Pero fuera, en el patio de las enredaderas, los jóvenes eunucos Sisnán y Al Fasí no perdonaban un solo día su oportunidad de salir a entretenerse mientras que el viejo Tahír dormía su siesta. Junto a ellos, Abuámir contemplaba el gran jaulón que había ordenado construir para albergar a la pareja de loros que llevó de Azahara.

—Oh, señor Abuámir —le dijo Sisnán con la cara pegada a los barrotes del jaulón—, qué buena idea tuviste al traer a la hembra para que hiciera compañía al lorito.

—Sí, una buena idea —murmuró Al Fasí huraño—; pero desde que están juntos el lorito habla mucho menos.

—Bueno —respondió Abuámir—, eso es porque están muy ocupados haciéndose un nido.

Los loros, ajenos a sus tres observadores, se hacían arrumacos sobre uno de los palos.

—¡Bah! —insistió Al Fasí—. Cuando el lorito estaba solo era mucho más divertido. Ahora apenas nos hace caso.

—¡Ah, pero será bonito si tienen hijos! —exclamó Sisnán con ingenuidad.

—Naturalmente —observó Abuámir—, no es bueno estar solo. El lorito habla menos ahora, pero acompañado por la lorita nos llenará el palacio de loros...

—¡Ja, ja, ja...! —rieron los eunucos.

—Además —prosiguió Abuámir—, si el lorito hubiera seguido solo durante un largo tiempo, le habría ocurrido lo que a esas personas solteronas y viejas, a quienes se les estropea el carácter y se vuelven gruñonas e insoportables.

—¡Como el viejo Tahír! —exclamó Al Fasí.

—¡Ja, ja, ja...! —rieron de nuevo los tres aquella ocurrencia.

—Sí, pobre Tahír —dijo Abuámir como para sí.

—¿Pobre? —se apresuró a replicar Sisnán—. ¡Nada de pobre, es un cerdo!

De un salto, el joven eunuco volvió el trasero hacia Abuámir y se bajó el rojo calzón abombado, mostrándole una blanca piel surcada de cicatrices.

—¡Mira! —exclamó con rabia—. ¡Mira cómo tengo el culo! ¡Mira lo que esa arpía me hizo ayer!

—¡Claro, se lo merecía! —protestó su compañero.

—¿Que yo me lo merecía? —replicó Sisnán.

—Sí —respondió Al Fasí mirando a Abuámir—. Resulta que el viejo le manda ponerse a los pies de la cama, como si fuera una bolsa de agua caliente, para calentarse, ¿comprendes?, y va este y se mea. ¡Ja, ja, ja...! ¡Cómo no le iba a pegar!

—¡Ah, claro! —replicó Sisnán—. No podía aguantarme más. Si me hubiera levantado para hacerlo en el bacín, el viejo se habría despertado e igualmente me habría azotado por interrumpir su sueño...

—¡Meona! ¡Meona! ¡Meona! —le canturreó Al Fasí en tono de burla.

Sisnán, enrojecido de ira, se abalanzó sobre su compañero y ambos rodaron por el suelo enzarzados en una furiosa pelea, golpeándose, mordiéndose y tirándose de los cabellos.

—¡Eh! ¡Basta! —exclamó Abuámir mientras se apresuraba a separarlos—. ¡Basta! ¿Queréis acaso que se despierte Tahír? ¿Queréis cobrar los dos?

Los eunucos se soltaron refunfuñando y volvieron a sentarse frente a la jaula de los loros.

—Lo que pasa es que este es un pelotillero —se quejó Sisnán jadeando—; por eso soy yo quien recibe todos los palos.

—¿Y cuando me rompió la escoba en la cabeza…? —protestó Al Fasí.

—¡Bueno, bueno, ya está bien! —intervino Abuámir para zanjar la cuestión—. Si el viejo os pega será porque os portáis mal.

—¡Ah, nada de eso! —replicó Sisnán—. Muchas veces le da por ahí sin que hagamos nada… Se está volviendo majareta, ¿sabes?

—Pero… ¿la sayida no os defiende? —dijo Abuámir, bajando la voz—. ¿Deja que el viejo Tahír haga lo que quiera en el palacio?

—¡Ah, la sayida! —respondió Sisnán—. ¡Pobre sayida! No se entera de nada; anda por la casa, a lo suyo, metida en su tristeza…

—¡Cállate, Sisnán! —le interrumpió su compañero—. Sabes que no debemos hablar a cualquiera de la sayida; es la primera norma.

—¡Oh, pero yo no soy cualquiera! —dijo Abuámir haciéndose el ofendido—. Podéis confiar en mí. Soy el administrador de todo esto, nombrado directamente por el Príncipe de los Creyentes. La responsabilidad de cuanto hay en este palacio es únicamente mía. ¿No os han dicho eso?

—Sí, pero no eres eunuco —respondió Al Fasí—. Todo el mundo sabe que los asuntos de los harenes conciernen solo a los eunucos.

—¡Eso será en Azahara! —replicó Abuámir—. Pero esto es otra cosa. Eso de ahí no es un harén, sino la residencia de los príncipes y de su madre.

Los eunucos se quedaron pensativos.

—El señor Abuámir tiene razón —masculló Sisnán—. ¿Dónde has oído hablar tú de un harén con una sola mujer?

Detrás de ellos, el crujido de la puerta Dorada puso fin a la discusión. Apareció Tahír, somnoliento aún, y batió las palmas.

—¡Hala, adentro! ¡Adentro ahora mismo! —ordenó con su femenina y cascada voz.

Abuámir sabía que los eunucos jóvenes ya eran suyos. Todavía se resistirían un poco, puesto que la educación recibida pesaba en ellos, pero había averiguado que la única persona que tenían sobre sus cabezas era Tahír, al que odiaban, y que, como suponía, estaba perdiendo la razón por momentos. También sabía ya que Subh llevaba una vida solitaria, independiente de la servidumbre y por tanto libre de inoportunos confidentes.

En los días siguientes se dedicó por entero a aquilatar la situación y a redondear la estrategia que había concebido. Aunque amaba la siesta, tuvo que sacrificarla para no desaprovechar ninguna oportunidad de estar a solas con los jóvenes eunucos. Y fue comprobando, tarde a tarde, en sus sutiles y agudos interrogatorios, que más allá de la puerta Dorada comenzaba a reinar un cierto caos a medida que progresaba la demencia de Tahír.

—La sayida ya no deja entrar a Tahír en sus aposentos —dijo una de aquellas tardes Sisnán—. El viejo hace tiempo que no se baña ni se cambia de ropa y apesta.

—Sí —confirmó Al Fasí—. Ahora se ocupa ella sola de los niños. Porque a nosotros nadie nos ha dado permiso para acceder a su cámara.

—¿Cómo…? ¿Vosotros no tratáis con ella directamente? —preguntó extrañado Abuámir.

—¿Pero no conoces cómo funcionan las cosas entre los eunucos? —respondió Sisnán—. Generalmente uno o dos viejos y experimentados se ocupan directamente de la señora, como hacían Chawdar y Al Nizami en Azahara, o como ha venido haciendo aquí el viejo. Nosotros somos simples ayudantes.

—Sí —continuó Al Fasí—. Los ayudantes sirven a los eunucos principales, a la espera de sucederlos cuando estos mueran… o sean ya incapaces de cumplir su tarea.

—¡Ah, comprendo! —observó Abuámir—. Según eso, si Tahír

va a peor deberíais vosotros ocuparos de la sayida y de los niños. ¿No es así?

—Sí —respondió Sisnán bajando la voz—. Pero eso, naturalmente, si el gran visir o el Príncipe de los Creyentes lo autorizan.

En aquella conversación, Abuámir comprobó que a los dos jóvenes ayudantes lo que de verdad les apetecía era tomar en sus manos la tarea de cuidar a los príncipes, puesto que esa constituía en definitiva la aspiración de cualquier eunuco real, su meta suprema y su realización; misión para la que se preparaban desde que eran sometidos a la dolorosa operación que sufrían cuando niños. Y ese momento era ya inminente, dada la acuciante demencia senil que sufría Tahír. Ahora, a él se le venía encima una seria responsabilidad y tenía que adoptar medidas para que la residencia de la familia del califa siguiera funcionando perfectamente. Solo tenía dos posibles soluciones: o acudir a Azahara y comunicarle a Al Mosafi lo que estaba pasando, con lo cual se arriesgaba a que le trajeran a otro eunuco viejo y experimentado del harén, o aguardar un poco más para ver adónde conducían los acontecimientos. Decidió inclinarse hacia esta segunda solución ya que no tenía conocimiento de lo que sucedía en el palacete. Al fin y al cabo, era el único sector de los alcázares que escapaba a su potestad.

No obstante, mientras esperaba a que las cosas siguieran su curso, se conchabó con Sisnán y Al Fasí para que le mantuvieran informado de cuanto sucedía en el interior.

La primavera avanzó, y los calores de junio precipitaron los acontecimientos.

La cordura abandonó por completo al viejo Tahír, hasta tal punto que llegó a convertirse en una especie de niño-anciano que recorría el palacio alelado, balbuciendo monosílabos inconexos de los cuales lo único que podía deducirse era que andaba buscando a su madre.

Abuámir le sorprendió más de una vez flanqueado y empujado por sus ayudantes Sisnán y Al Fasí, que risueños y ávidos de venganza se dedicaban a burlarse de quien antes los había tiranizado.

Una noche de luna, en la que Abuámir acababa de vencer al desvelo que le producían sus cavilaciones, le sacó del primer sueño un estrepitoso ruido seco, como de algo que se hubiera desplomado desde algún alto.

A la mañana siguiente, apareció el cuerpo del viejo loco estrellado contra las baldosas del patio de las enredaderas, sobre su propia sangre y con los sesos desparramados. Junto a él, sus ayudantes y varios criados gemían y gritaban:

—¡Se tiró! ¡Se tiró de la torre! ¡Quién podía imaginarlo! ¡No íbamos a tenerle atado!

La puerta Dorada estaba abierta de par en par cuando Abuámir llegó al lugar del suceso. Subh, probablemente sobresaltada por los gritos, se precipitó hasta el umbral vestida solamente con una suave gasa azulada; vio la escena macabra y se desplomó allí mismo de la impresión. Abuámir, sin pensárselo, se acercó a ella y la recogió en sus brazos, la condujo al interior del palacete y la recostó en uno de los divanes. Estuvo abanicándola, mientras las criadas corrían desconcertadas de un lugar a otro. El rostro de la joven estaba del color de la cera, su piel se había puesto fría y no mostraba más señal de vida que una tenue respiración que elevaba su pecho espaciadamente.

Abuámir arrancó una de las cortinas y la tapó. Luego pidió agua. Estaba verdaderamente asustado. Los gritos y las carreras de los sirvientes no cesaban; el pánico y el desconcierto se habían adueñado de todos.

Entonces él se dio cuenta de que en realidad era el único hombre en medio de aquella situación. Las criadas eran media docena de adolescentes atolondradas; Sisnán y Al Fasí, dos histéricos e ingenuos eunucos; y los príncipes, de cinco años el uno y apenas dos el otro, habían prorrumpido en un violento llanto al ver a su madre sin sentido y a todo el personal enloquecido.

Abuámir mojó los dedos en el agua y los pasó por la frente y las mejillas de Subh; luego acercó la taza a sus labios. La princesa abrió los ojos súbitamente y se sobresaltó.

—¡Chsss…! No pasa nada —dijo él—. Soy Mohamed Abuámir, el administrador. ¿Recuerdas, sayida?

Los ojos de ella miraron más allá, escrutando la estancia, y luego buscaron los de Abuámir, como si ese fuera el lugar donde habían de detenerse. Reconoció su mirada y pareció calmarse.

—¿Qué ha pasado? —preguntó más relajada—. ¿Por qué estás aquí?

—Tahír, el eunuco; ¿recuerdas...?

—¡Oh, Dios mío, qué horror! —exclamó ella cubriéndose los ojos con una mano—. ¿Cómo es posible? ¿Qué ha sucedido?

—Debió de caerse anoche. Estaba demente, ya sabes.

—¡Que lo quiten! —exclamó ella con ansiedad—. ¡Qué lo quiten inmediatamente de ahí! ¡Que no lo vean mis hijos! ¡Oh, Dios mío! ¡Mis hijos! ¿Dónde están? ¡Adramí, Hixem! ¿Dónde están?

Enseguida entraron dos criadas con los niños en brazos. Cuando Subh los vio se incorporó y los abrazó gimoteando.

Abuámir regresó al patio y ordenó que fueran a buscar a algunos de los esclavos de los alcázares. Varios hombres acudieron enseguida, retiraron el cadáver de Tahír y limpiaron todo cuidadosamente.

Sisnán y Al Fasí permanecían acurrucados en un rincón, temblando de miedo y sollozando. Abuámir se allegó a ellos y les preguntó:

—¿Cómo sucedió?

—Se... se fue hacia la ventana... —masculló Sisnán—. Pensamos que iría a mirar... Dormía poco últimamente; andaba de aquí para allá toda la noche...

—¡Oh, por todos los iblis! —exclamó Al Fasí desesperado—. ¡Nos culparán! ¡Pensarán que lo hemos empujado!

—¡Basta! —intervino Abuámir—. Decid la verdad, ¿lo empujasteis o se arrojó él?

—¡Se tiró! —se apresuraron a responder—. ¡Lo juramos! ¡Él solo se mató!

—¡Está bien! —sentenció Abuámir—. No se hable más de esto. Confío en vuestra palabra. Cuando se dé cuenta del suceso en Azahara se dirá únicamente la verdad: que el viejo estaba ya loco y que se arrojó de la torre en uno de sus desvaríos. ¡Oídlo bien todos los presentes! Esa será mi versión, y mi palabra vale aquí más que la de cualquiera. ¿Lo habéis comprendido?

Sisnán y Al Fasí se abalanzaron entonces a besar la mano de Abuámir, agradecidos por su firme decisión de eliminar toda sospecha desde el principio. Eran conscientes de que su posición era delicada, puesto que todo el mundo los había visto abusar últimamente de la demencia de Tahír. A la hora de buscar algún culpable ellos eran los primeros sospechosos; y de todos era conocido que las leyes del califato protegían con todo rigor a los eunucos reales, confiriéndoles un estatuto casi sagrado que, naturalmente, regía también para sus subordinados.

Desde ese momento, los dos subalternos estaban definitivamente en poder de Abuámir.

37

Córdoba, año 967

—Tendré que comunicar a Chawdar y Al Nizami la muerte del eunuco —dijo el gran visir Al Mosafi con gesto apesadumbrado—. No me queda más remedio; hasta ahora ellos han sido los encargados de estos asuntos...

—Pero eso supondrá tener que aceptar el nombramiento de otro eunuco en su lugar —replicó Abuámir—. Que es precisamente lo que teme la sayida.

—Sí, lo sé; pero no puedo saltarme más veces las normas del palacio. Los asuntos de la familia real son delicados y pertenecen al gobierno de los fatas reales. Ya fue un gran logro que la favorita saliera del harén...

—¿Y el califa? —sugirió Abuámir—. Si aceptó el traslado de la sayida y sus hijos...

—¡Oh, no, no, no...! Alhaquén no puede ser molestado; su salud es ahora precaria. Sufrió mucho con todo esto y no podemos enfrentarle una vez más a Chawdar y Al Nizami, precisamente en este momento. ¿Comprendes?

Abuámir se quedó pensativo. La cuestión era delicada. Tras la muerte de Tahír habló con Subh, quien le confió su temor a que volvieran a ponerla bajo la tutela de los eunucos reales. Él tampoco deseaba esa situación, pues significaba incorporar de nuevo a alguien en el ámbito que ya casi dominaba del todo. La única solución era convencer a Al Mosafi de que se dejaran las cosas como estaban: con Abuámir al frente de los alcázares y sin efectuar cambio alguno en la servidumbre. No estaba dispuesto a cejar en su empeño a la primera y volvió a la carga, pues había ido a Azahara decidido a hacerle ver al gran visir que eso era lo mejor.

—¿Y si los fatas aceptaran a los ayudantes de Tahír al frente del palacete? —se atrevió a sugerir.

—Es muy improbable —respondió Al Mosafi—. Son jóvenes e inexpertos. Además, no creo que Chawdar y Al Nizami pierdan la oportunidad que este suceso les brinda de volver a tomar las riendas de la familia real.

—¿Quieres decir que lo más seguro es que sean ellos los que vuelvan a ocuparse directamente de la sayida? ¿Y que ella y los príncipes tendrán que regresar al harén de Azahara?

—Hummm… —respondió el gran visir con un rictus de fastidio—. Me temo que sí. Aunque la sayida a ellos no les importa nada; lo que de verdad quieren es volver a tener a los niños.

—¡De ninguna manera! —exclamó en un arrebato Abuámir.

—Bueno, bueno… Calma, amigo. No olvides que eres un mero administrador de bienes; los asuntos personales de la familia del califa no te incumben en absoluto. ¡No nos equivoquemos!

—Perdona, gran señor; me asaltó un brusco impulso —se disculpó él—. He visto de cerca el sufrimiento de la sayida y…

—Bien, dejemos ya esto —dijo el visir zanjando la cuestión—. Solucionaré el asunto lo mejor que pueda. Ya se me ocurrirá algo. Pero, mientras tanto, tú a lo tuyo. Y no olvides que tu único cometido son los alcázares; todo lo que ocurra más allá de la puerta Dorada depende directamente de Azahara. Ah, y no entres allí…, si no es estrictamente necesario.

Lo que tanto temían sucedió. Los eunucos reales tuvieron conocimiento de la muerte de Tahír y se presentaron inmediatamente en los alcázares sin previo aviso.

Abuámir se encontraba en su despacho haciendo frente a los rollos de cuentas con su secretario cuando uno de los criados entró apresuradamente para prevenirle. Pero el esclavo no tuvo tiempo de abrir la boca, porque tras él entraron los dos mayordomos de Azahara acompañados de sus ayudantes. Abuámir se puso instintivamente de pie. Aunque no había visto nunca a los eunucos, algo en su interior le advirtió que eran ellos; o quizá fueron los extravagantes ropajes y abalorios de inspiración oriental que delataban a un par de singulares personajes de la corte.

—Señores…, bienvenidos a esta casa… —balbució.

Al Nizami, el más alto de los dos, se aproximó a él mirándole fijamente con sus endiablados ojos grises. A pesar de los afeites y las pinturas que se habían aplicado, y de la siempre indeterminable edad de los eunucos, era patente la vejez de aquel gigantón. Abuámir no era un hombre bajo, pero la estatura del eslavo le hacía alzar la vista. Sin embargo, no se arredró, y sostuvo la mirada en un duro combate con la del eunuco, hasta que este avanzó un paso más hasta él y traidoramente le echó mano a la entrepierna agarrándole fuertemente por los testículos.

—¡Vaya, vaya! —dijo Al Nizami con ironía—. ¿Dónde se ha visto un mayordomo real con esto colgando?

Abuámir contenía la respiración. Aquello le había cogido por sorpresa y no se atrevía a abrir la boca. El otro eunuco, Chawdar, que era la antítesis física de su compañero, pequeño, delgado y sonriente, se acercó también a Abuámir y le miró de arriba abajo, con gesto arrogante, y apuntándole con su afilada barbita de chivo.

—¿A ver? —dijo—. Déjame…

Apartó la mano de su compañero y palpó él también los genitales de Abuámir.

—¡Anda! —exclamó—. Era verdad lo que nos habían dicho; resulta que tiene…

A todo esto, Abuámir se encontraba sumido en la confusión, turbado y con un frío sudor recorriéndole la espalda. Sabía que tenía que tragarse su orgullo y pasar por aquello, pues nadie, incluido el gran visir Al Mosafi, trataba tan directa y continuamente con el califa como lo hacían aquellos dos personajes.

—¡Bueno, bueno! —comentó Al Nizami—, de manera que tú eres el chambelán de los alcázares; el tan cacareado jovencito protegido por el visir Ben Hodair. Eres aún más apuesto de lo que decían. Pero… solo te falta una cosa…, o mejor dicho, solo te sobra una cosa… ¿Te la cortamos?

Abuámir permanecía mudo. Se daba cuenta de lo delicada que era su situación, pues su cargo rompía con la secular costumbre, importada desde Persia, de confiar la administración de los palacios y los bienes del rey y su familia únicamente a los eunucos, que se sucedían entre sí en una casta que, aunque designada por el califa, guardaba un orden y una génesis propios. Alguien como él, salido de otro ámbito que no era el del frío bisturí del judío experto que cercenaba los atributos de virilidad, suponía una amenaza para todo un orden que solamente ellos controlaban.

Al Nizami echó su enorme y blando brazo por encima de los hombros de Abuámir y, con falso tono de cordialidad, le dijo:

—Bien, muchacho, no te asustes. ¿No sabes acaso encajar una broma? Y ahora, por favor, condúcenos hasta la cámara de la sayida.

Abuámir avanzó delante de ellos. Verdaderamente estaba aterrorizado, pero a la vez lleno de rabia. Nunca en su vida se había encontrado en una situación como aquella, y se estaba viendo castigado su orgullo casi hasta el límite; pero su fina inteligencia le decía que debía controlarse, por lo que decidió poner en práctica algo que otras veces le había dado resultado en circunstancias no tan difíciles: mirar el asunto desde fuera y jugar consigo mismo a que todo aquello no le afectaba. Mientras iba por el pasillo, escuchando tras de sí los pasos de los eunucos, se sintió más tranquilo. Se dijo que ellos mandaban de verdad y que, a fin de cuentas, él era únicamente un advenedizo, cuya relación con el califa o la sayida se limitaba a poco más de una docena de palabras. Si se inmiscuía en todo aquel embrollo y lo tomaba como propio tendría mucho que perder y nada que ganar. «Sí, es mejor distanciarse», pensó.

Cuando llegaron al patio de las enredaderas, Chawdar golpeó con los nudillos la puerta Dorada. Esta se abrió y aparecieron los jóvenes eunucos Sisnán y Al Fasí, que se arrojaron con reverencial respeto a los pies de sus superiores, sin poder disimular en sus expresiones el temor y la contrariedad que les causaban. Todos se dispusieron a entrar entonces, pero Al Nizami se volvió hacia Abuámir y le ordenó seca y fríamente:

—¡Tú aguarda aquí!

Con ellos allí todo estaba claro; cada persona en su sitio: Abuámir no era eunuco, y de ninguna manera tenía permitido entrar en el recinto que solo a ellos estaba reservado.

Desaparecieron por entre las puertas, pero nadie las cerró; de manera que Abuámir se acercó cuanto pudo a la entrada para intentar escuchar lo que sucedía en el interior. Aunque se apreciaban las voces y los ruidos, no pudo entender nada de lo que se decía. Solamente, al principio, distinguió claramente los emocionados griteríos de los dos viejos eunucos al encontrarse con los niños. Era como si dos abuelos fueran al encuentro de sus nietos: sonaron restallantes y repetidos besuqueos, exclamaciones desmedidas y cariñosos piropos de los que solo se dirigen a los infantes. Después hubo silencio, y más tarde voces y evidentes signos de discusión; objetos arrojados y el estrépito de vajilla al estrellarse contra las paredes.

—¡Fuera! ¡Fuera de mi casa! —escuchó con claridad una voz que reconoció como la de Subh.

Al cabo salieron los eunucos enfurecidos.

—¡Fiera! —gritaba Al Nizami—. ¡Eres una fiera, siempre lo has sido y no cambiarás nunca!

—¿Crees que te echamos en falta? —secundaba Chawdar—. ¡Menuda loca nos hemos quitado de encima!

Subh salió a la puerta, con los ojos fuera de las órbitas, enrojecida y con el cabello rubio alborotado.

—¡Fuera! ¡Fuera! —gritaba—. ¡Asquerosos, cerdos! ¡Fuera de mi casa!

Todavía, desde el umbral, les lanzó un par de macetas que se hicieron pedazos contra el suelo. Los loros se alborotaron y revolotearon ruidosamente por la jaula chillando y repitiendo:

—¡Rrrr…! ¡Centinela! ¡Alerta! ¡Rrrr…! ¡Centinela! ¡Alerta estoy…!

Abuámir se mantuvo inmóvil, como un mero espectador en medio de aquel altercado. Luego, cuando los eunucos decidieron irse, los acompañó hasta la puerta. Por los pasillos, los dos fatas iban echando humo.

—¡Ah, no, esto no quedará así! —despotricaba indignado Al Nizami—. ¿Se cree esta loca que va a hacer lo que le da la gana?

—¡Por nosotros como si se pudre en este caserón! —secundaba Chawdar—. ¡Pero los niños no! ¡Ellos se vuelven a Azahara!

—¡Por supuesto! —añadió Al Nizami—. Hablaremos inmediatamente con el califa. Esto hay que solucionarlo cuanto antes. ¡Volveremos a por ellos; ya lo creo que volveremos!

En el atrio exterior aguardaban las literas que los habían llevado hasta los alcázares; se subieron airados a ellas. Antes de dar la orden de partida, Chawdar se asomó por entre los visillos con su aguzado y enfurecido rostro; miró a Abuámir fijamente y le advirtió:

—Y tú ten cuidado, no te metas donde no te llaman.

Cuando las literas cruzaron el pórtico, Abuámir entró de nuevo a toda prisa. En el patio de las enredaderas los criados limpiaban el enlosado, retirando los fragmentos de las macetas y barriendo la tierra. Sentados en el umbral de la puerta Dorada, Sisnán y Al Fasí permanecían como paralizados en la calma que sigue a la tormenta.

—¿Y la sayida? —les preguntó Abuámir.

Sisnán señaló con el dedo hacia el interior. Abuámir vaciló por un momento; pero en su mente resonaron las palabras del gran visir: «Entra únicamente si es estrictamente necesario». «Ahora es necesario; desde luego que lo es», pensó. Con decisión, subió en dos saltos los escalones y atravesó la puerta.

El fresco y oscuro zaguán estaba vacío. Apartó hacia un lado la cortina y pasó al interior de la cámara. Sintió bajo sus pies el crujir de los pedazos rotos de cerámica y percibió un cierto desorden a su alrededor. Cuando sus ojos se hicieron a la penumbra, vio el fino tul que separaba la estancia principal del aposento privado de la sayida. Aspiró entonces el delicado aroma de las costosas esencias y su corazón empezó a latir fuertemente. Era como penetrar en lo más reservado de un santuario.

Al fondo, junto a la ventana, Subh estaba tendida boca abajo sobre un delicado tapiz, sumida en un espasmódico y desconsolado llanto. Abuámir se aproximó a ella y se arrodilló a su lado.

—Sayida —susurró—, eh, sayida...

Ella suspiró entonces profundamente. Abuámir se fijó en sus hombros finos, en sus dorados cabellos desparramados sobre los colores de la alfombra y en su delgado talle que se adivinaba bajo la gasa azul de la túnica.

—Bueno, bueno, sayida... ¿necesitas algo? —insistió con dulzura.

Subh alzó entonces la cabeza, la volvió hacia él y le miró desde un abismo infinito de tristeza con sus grandes ojos verdes.

«¡Oh, Dios mío, qué hermosa es!», exclamó para sí Abuámir. La habría abrazado en aquel momento; la habría cubierto de caricias y consuelos; pero se sintió paralizado y como retenido por un invisible muro, como si se encontrara ante un ser sagrado y divino.

Ella se incorporó entonces y se sentó con naturalidad delante de él, con las piernas cruzadas y la espalda reclinada sobre la pared. Los cabellos le caían sueltos sobre los hombros y las lágrimas le corrían por las mejillas. Con la voz entrecortada por el llanto, dijo:

—¿Sabes?, en mi pueblo los niños eran criados por sus madres, por sus abuelas o por alguna mujer de la parentela... Cuando llegaban a la adolescencia pasaban al cuidado de los hombres... para aprender a montar, a usar la espada y... todo eso... Entiendo que cuando un hijo se hace mayor su madre tenga que resignarse a perderlo; es la ley de la vida. Pero aquí en vuestro país las cosas son diferentes. He tenido que soportar un día y otro que esas arpías asexuadas baboseen a mis hijos delante de mí.

—Oh, no, sayida —dijo Abuámir—. Esa es solamente una costumbre de la familia real. A mí me crio mi propia madre como a todo el mundo.

—¿Y no tengo yo derecho a hacer lo que todo el mundo? —se quejó ella—. No pido nada extraordinario; no quiero joyas, ni criados... No quiero nada. Solo quiero que me dejen en paz.

Abuámir la miró a los ojos con ternura. Las razones que ella demandaba escapaban a sus facultades.

—Lo siento —respondió compadecido—, pero no sé darte una respuesta… Aunque, en todo lo que me necesites, puedes contar conmigo…

—¡Oh, si estuviera aquí el obispo Asbag! —exclamó ella.

—Sí, quizás él podría servirte mejor que yo en estas cosas; pero está muy lejos de aquí, camino de Iria. ¿Qué otra cosa podemos hacer?

—Si alguien pudiese hablar con el califa… Tal vez Al Mosafi…

—Oh, lo siento, sayida; se lo sugerí cuando le comuniqué la muerte del viejo eunuco y se negó rotundamente a molestarle más con este asunto. Me dijo que su salud es delicada.

—¡Su salud siempre ha sido delicada! —replicó ella—. Lo que sucede es que, en el fondo, Al Mosafi teme a Chawdar y Al Nizami. Pero si alguien pudiera hablar con Alhaquén en mi nombre, el califa le escucharía y posiblemente vendría a verme…

—Yo mismo lo intentaría, sayida —observó Abuámir—; pero sabes bien que no tengo acceso a su palacio. Los chambelanes jamás permitirían que alguien como yo se entrevistase con el Príncipe de los Creyentes. Y menos ahora que se encuentra recluido en sus aposentos.

Ambos se quedaron pensativos. Abuámir se recreó en la belleza de Subh. La luz del mediodía entraba por la ventana y arrancaba reflejos de sus cabellos y de sus largas y rubias pestañas. Así, con los labios entreabiertos y el dolor grabado en el rostro, suscitaba en él arrebatadores deseos de protegerla, como si se tratara de algo propio, pero a la vez distante y prohibido. En su cabeza daba vueltas buscando la manera de ofrecerle su ayuda.

—¡Ya sé! —exclamó él de repente—. ¡Los príncipes! ¡Llevaremos a los príncipes! ¡Nadie impedirá que el heredero visite a su padre!

—Pero son los fatas quienes los presentan cada sábado al califa. No consentirán que entre nadie más.

—Nos anticiparemos —repuso él con rotundidad—. Iremos el viernes, a la hora del sermón de la gran mezquita. Hace tiempo que el califa no acude a causa de sus dolencias, pero Chawdar y Al Nizami no faltan nunca acompañando a Al Moguira, el hermano de Alhaquén. Mientras ellos estén en Córdoba nosotros iremos a Azahara y nos presentaremos en el palacio real. Nadie se atreverá a impedir la entrada de los príncipes, puesto que el gran visir también asistirá al sermón.

Subh reflexionó durante un momento, analizando en su interior esa única posibilidad. Al cabo dijo:

—Es una buena idea; pero sería un escándalo que yo abandonase una vez más mi residencia. Recuerda lo que sucedió cuando me trasladé aquí…

—Nadie tiene por qué saber que sales de los alcázares.

—¡Oh! Las noticias corren. Si no es en la ida, a la vuelta puede formarse el revuelo. Y eso sería fatal. Demasiadas violaciones de la intimidad de la favorita en tan poco tiempo… Los eunucos tendrían algo más con lo que atacarme.

—Nadie se enterará —repuso él—. Viajarás de incógnito. Ni siquiera la escolta y los criados sabrán que vas en el séquito. Irás junto a mí en tu propio caballo, con el cabello recogido bajo un turbante y con ropas de hombre. ¿Quién podrá suponer que no eres uno de los jóvenes eunucos? Iremos al palacio, como cada sábado, y los sirvientes nos dejarán pasar, puesto que nadie de mayor categoría estará allí para impedírnoslo, y ninguno de los eunucos inferiores se atreverá a negarle la entrada a los sirvientes de la sayida que acompañen a los príncipes.

A Subh se le iluminó la mirada; a su semblante asomó una expresión de intrepidez y decisión.

—¿Qué día es hoy? —preguntó.

—Miércoles —respondió Abuámir.

—¡Ah, es pasado mañana! —exclamó ella—. Nadie debe saber nada de esto. Levantarás a todo el mundo por sorpresa la madrugada del viernes y nos pondremos en camino. ¡Ahora sabrán esas viejas brujas quién soy yo!

38

Córdoba, año 967

A primera hora de la mañana del viernes, los muecines de la mezquita mayor de Córdoba lanzaban sus llamadas desde el alminar principal. El séquito de los príncipes había salido temprano de los alcázares y aguardaba detenido en una calle adyacente a la gran plaza de Al Dchamí. Abuámir se adelantó en su caballo hasta una esquina próxima y estuvo observando. Por fin, apareció la comitiva de los fatas, con la escolta, los esclavos de Azahara en sus mulas y las pomposas literas de Chawdar y Al Nizami. Un poco después, entró otro destacamento de la guardia acompañando a los visires, entre los que se encontraba Al Mosafi. A medida que iban llegando, los ilustres personajes desmontaban, se descalzaban, procedían al riguroso ritual de la ablución en la fuente principal y desaparecían entre el denso bosque de columnas hacia el corazón de la mezquita para participar en la oración.

Cuando el gran visir cruzó el arco seguido de sus secretarios y ministros, Abuámir espoleó a su caballo y retornó junto al séquito de los príncipes, a cuya cabeza iban el jefe de la guardia de los alcázares, Subh rebozada en las llamativas sedas que solían vestir los eunucos de palacio, Sisnán y Al Fasí.

—¡Vamos, no hay tiempo que perder! —ordenó Abuámir.

La comitiva salió de Córdoba por la puerta del Norte y puso rumbo a Azahara a trote ligero, levantando una densa polvareda que relucía con el primer sol de la hermosa mañana de primavera.

Al llegar, los guardias del palacio se inclinaron en respetuosas reverencias y se apresuraron a sujetar los caballos. Abuámir y Subh descabalgaron, bajaron a los niños de la carreta y cruzaron deprisa los jardines de entrada. Una espectacular exhibición de coloridas flores pareció recibirlos frente al pórtico del palacio.

En el suntuoso aposento que servía de recepción a la parte más íntima y privada de la residencia del califa, un negro y grueso chambelán dormitaba recostado sobre unos mullidos cojines junto a una gran puerta de bronce bruñido que permanecía cerrada. Los apresurados pasos de Abuámir y Subh con los niños en brazos le sobresaltaron.

—¡Pero…! —balbució el chambelán somnoliento.

—¡Nada de peros! —se apresuró a exclamar Abuámir con autoridad—. ¡Abre inmediatamente la puerta! ¿No ves que traigo a los príncipes?

El mayordomo obedeció mecánicamente y tiró de la argolla que hacía sonar la campana del interior. Al momento cayeron las aldabas y la puerta se abrió. Otra pareja de eunucos apareció.

—¡Dejadnos pasar! —ordenó Abuámir—. Traemos a los príncipes.

—¿Hoy viernes…? —se extrañaron los chambelanes.

—Sí. ¿Y qué? —dijo Abuámir con energía—. Soy el administrador de la sayida, y estos son los eunucos de los alcázares. ¡Dejadnos pasar!

—A ese no le reconocemos —replicó uno de ellos señalando a Subh.

—¿Cómo? ¿Es que me vais a decir a mí a quién puedo traer? —se enfureció Abuámir.

—Pero… no están los grandes fatas —dijo el eunuco—. Nadie puede entrar en el palacio sin su permiso. Ellos son los que acompañan cada sábado a los niños hasta la cámara del Príncipe de los Creyentes.

Abuámir entonces apartó al chambelán de un empujón y cruzó la puerta sin dar más explicaciones.

—¡Vamos! —dijo con enérgica autoridad y enfiló a paso rápido el interminable pasillo pavimentado con mármol pulido.

Subh le siguió con el pequeño de los niños en sus brazos, mientras él llevaba al mayor, que sonreía divertido ante tanto revuelo. Tras ellos, los chambelanes y los guardias protestaban desconcertados, pero sin atreverse a cerrarles el paso, puesto que portaban a los hijos del califa.

Abuámir se dejó llevar por su instinto y atravesó los sucesivos patios que conducían al núcleo del edificio. Por fin, llegaron al amplio gabinete amueblado lujosamente con escritorios nacarados y con tapices de vivos colores en paredes y suelos, donde otro chambelán permanecía guardando una puerta de bruñido metal dorado.

—¡Oh! ¿Pero qué…? —balbució el mayordomo.

—¡Esta es la sayida y estos son los príncipes! —reveló Abuámir.

El chambelán se inclinó entonces respetuosamente. Abuámir empujó la puerta y, frente a ellos, apareció un íntimo y cálido saloncito, cuyas paredes estaban decoradas con caligrafía cúfica y el suelo cubierto de alfombras. Al fondo, un viejo jeque de largas y canas barbas leía versículos del Corán, mientras alguien vestido con una sencilla túnica blanca oraba postrado de hinojos, de espaldas a ellos y mirando a la quibla.

El anciano lector interrumpió su letanía y alzó los ojos. El orante entonces se incorporó y se volvió hacia la puerta. Era el mismísimo Alhaquén, que al reconocer inmediatamente a Subh y a sus hijos, exclamó:

—¡Oh, mi pequeña! ¡Mi querida Subh Walad! ¡Y mis niños! ¡Abderramán, Hixem!

Subh se abalanzó hacia el califa, cuyo aspecto estaba enormemente desmejorado y envejecido; le cogió las manos temblorosas para besárselas, él la estrechó contra su pecho y la besó repetidamente en la frente y en las mejillas.

—¡Ay, mi niña! ¡Mi pequeña! —no dejaba de repetir Alhaquén.

A Abuámir aquello le pareció más el recibimiento de un padre que el de un esposo.

Luego el califa abrazó a sus hijos y no pudo reprimir unas lagrimitas de emoción que acudieron a sus vivos ojos. Al ver la escena, el regimiento de oficiales, chambelanes y criados, que habían acudido alarmados por la violenta irrupción de los recién llegados en el palacio, se retiraron respetuosamente.

—Este es Mohamed Abuámir —dijo ella señalando a Abuámir—, mi administrador. Tú mismo, señor, le diste el nombramiento. ¿Lo recuerdas?

—¡Ah, sí, naturalmente! —respondió Alhaquén—. El joven que me recomendaron mi primo Ben Hodair, el gran visir y el obispo. ¡Pero… levántate, joven!

Abuámir, que permanecía rigurosamente postrado, se puso en pie. Se fijó entonces en el califa, a quien únicamente había visto una vez, el día de su nombramiento, pero en la lejanía del inmenso salón de recepciones del palacio, un día en que el monarca estaba revestido con los excelsos atavíos de su poder; por lo que ahora Alhaquén le pareció pequeño, débil y anciano, aunque de aspecto sabio y bondadoso.

Subh, que seguía abrazada al soberano, prorrumpió entonces en un nervioso y desconsolado llanto que resonó en la bóveda de la estancia.

—Pero… bueno, ¿qué es esto? —dijo extrañado el califa—. Mi querida niña, ¿qué te pasa?

—¡Oh, señor! —se quejó ella sollozando—. Se trata de tus eunucos, Chawdar y Al Nizami… Otra vez han vuelto a importunarme… Siguen empeñados en hacerse cargo de los niños…

—¿Cómo? ¿Han estado en los alcázares? —preguntó Alhaquén.

—Sí, señor, anteayer estuvieron allí con el ánimo de organizarlo todo, y me dieron un gran disgusto…

—¡Ah! Pequeña, debes comprenderlos; ellos aman a los niños…

—¡Pero yo soy su madre! —protestó ella enérgicamente—. Son superiores a mis fuerzas… ¡Además no me quieren, y tú lo sabes! Ellos odian a cualquiera que comparta tu amor…

—Bien, bien —dijo él con disgusto—. No hablemos más de esto; sabes que me hace sufrir…

—Ya lo sé, señor; perdóname —suplicó Subh—. Pero, si no hay solución para este problema, un día de estos me tiraré por una ventana…

El rostro del califa se demudó. Miró a Subh verdaderamente aterrado y luego a sus hijos.

—¡No, eso no! —exclamó—. Mañana mismo les prohibiré que vuelvan a poner un pie en tu residencia. ¿Es eso lo que quieres?

Subh, en agradecimiento, se apresuró a cubrir de besos las manos del califa.

—Bien, ahora dejemos esto de una vez —dijo Alhaquén zanjando la cuestión—. Acompañadme a la mesa; es hora de comer algo.

En un saloncito contiguo, estaba servido un almuerzo a base de caldo caliente, legumbres y verduras, pero en vista de que todos habían de incorporarse a la mesa, el califa ordenó que lo sustituyeran por algo más sustancioso. De manera que los criados trajeron carne, dulces y frutas. Y los cinco, incluido Abuámir, se sentaron en torno a los platos.

Alhaquén, sonriente y con el pequeño Abderramán en su regazo, le parecía a Abuámir un complaciente abuelo dispuesto a repartir golosinas entre sus nietos. Durante la comida se mostró sumamente afable y divertido, haciendo chistes, riendo y disfrutando sinceramente de aquella reunión íntima y familiar.

En un determinado momento, cuando el califa había ya conversado un buen rato con su favorita y había examinado los progresos en el habla del pequeño Abderramán, que a sus cinco años ya poseía un dominio suficiente para charlar sobre sus cosas de niño, Alhaquén se dirigió directamente a Abuámir y le preguntó:

—Y tú, Mohamed Abuámir, ¿cursaste tus estudios en leyes en la escuela de Córdoba?

—Sí —respondió Abuámir—. Mis maestros fueron los insignes Abu Alí Calí, Abu Becr y Ben al Cutía.

—¡Oh, buena enseñanza tuviste! —exclamó el califa.

A partir de aquel momento, Abuámir y el soberano estuvieron hablando de leyes, de teología y de literatura, especialmente de poesía, en la que el joven intendente estaba suficientemente versado, lo cual agradó a Alhaquén en sumo grado. Y, puesto que la preparación intelectual de Abuámir era muy completa, no le fue difícil ganarse la simpatía de su sabio monarca, que escuchó atentamente y lleno de satisfacción los razonamientos que iba desgranando sobre lo divino y lo humano; muchos de los cuales eran expuestos intencionadamente por Abuámir, que se anticipaba agudamente a las propias concepciones de Alhaquén para regalarle el oído. Al fin, tras una larga conversación, el califa dijo:

—Bien, ahora debo retornar a mis ocupaciones. He disfrutado sinceramente compartiendo este rato con vosotros. Os acompañaré hasta los jardines de la salida.

La familia se dispuso entonces a atravesar de nuevo las estancias del palacio. Subh llevaba en sus brazos al pequeño Hixem, Abderramán iba de la mano de su padre el califa y este, que caminaba con cierta dificultad a causa de los dolores que sufría en las articulaciones, se apoyaba en el joven Abuámir, que, henchido de satisfacción, hubiera deseado en aquel instante que toda Córdoba hubiera contemplado aquella escena.

Sin embargo, quienes la contemplaban fueron precisamente los menos indicados: los eunucos Chawdar y Al Nizami, que en ese momento regresaban de la mezquita mayor y se disponían a subir las escalinatas que ascendían hasta el pórtico de entrada al palacio, justo cuando el califa, Subh, los príncipes y Abuámir cruzaban el gran arco.

Los rostros de los dos fatas evidenciaron su sorpresa y su indignación. Pero, hábilmente, se apresuraron a disimular su enfado detrás de un esforzado y artificioso gesto de extrema consternación por Alhaquén.

—¡Pero... señor! —exclamó el pequeño Chawdar, mientras se daba prisa en subir los escalones hacia el califa—. ¿Cómo es que estás fuera de tus aposentos? ¿Y tus dolores?

—¡Este esfuerzo puede perjudicarte! —agregó su compañero.

Alhaquén besó a los niños y a Subh, y se dejó transportar casi en volandas hacia el interior del palacio por los dos maduros chambelanes que, como unas madres solícitas, aparentaban que su única preocupación era la salud del califa.

El gran visir Al Mosafi, que también había llegado momentos antes, contempló la escena desde su caballo; descabalgó y se acercó con paso firme hasta Abuámir. Con duro semblante, le dijo:

—¿Cómo se te ha ocurrido…? Acabas de ganarte como enemigos a las dos hienas más peligrosas del califato. A partir de hoy ve con sumo cuidado…

Pero aún había de ser peor, porque no bien terminaba de decir esto el visir, apareció de nuevo el califa bajo el gran arco de entrada haciéndoles una seña para que se aproximaran a él. Abuámir y el gran visir subieron la escalinata obedeciendo a la llamada, y una vez en el alto, Alhaquén se dirigió a Al Mosafi en estos términos:

—Said Al Mosafi, a partir de este momento, el joven Abuámir será el único responsable de la residencia de la sayida y de mis hijos; nadie debe inmiscuirse en sus decisiones. Ya he ordenado a los chambelanes Chawdar y Al Nizami que en lo sucesivo se abstengan de aparecer por los alcázares. Bajo ningún concepto debe ser importunada la sayida Subh Walad. Supongo que de ahora en adelante quedará bien entendido que esa es mi única voluntad en este asunto. Confío suficientemente en la que escogí para ser la madre de mi descendencia y nadie, absolutamente nadie, debe poner en duda esta decisión mía. ¿Has comprendido?

El gran visir, con gesto conmovido, se reclinó respetuosamente en señal de acatamiento.

39

Camino de Iria, año 967

Más de una jornada de camino transcurrió por la llamada «tierra de nadie», una sombría y triste región que se extendía hasta la frontera de Galicia. Las montañas del interior eran abruptas y estaban sembradas de peligros, por lo que decidieron seguir la ruta del oeste, hacia Coimbra, para después continuar hasta Porto e ir bordeando la costa por una conocida carretera que protegían los condes de Portucale.

Los días de camino fueron entonces hermosos. El aire, fresco y estimulante, cargado de aromas de bosque, se aliaba con la cercana brisa del mar. Estuvieron encantados de atravesar tierras tan distintas y de detenerse en pueblos de costumbres tan diferentes, por lo que los peregrinos empezaron ya a sentir la emoción de la proximidad de su meta. En realidad estaban ya cerca, puesto que Iria distaba de Porto apenas una decena de jornadas de camino, y el trayecto de Iria al templo del apóstol podía cubrirse en una jornada.

Pero un día después de cruzar el río Duero, empezó a llover fuertemente y de forma ininterrumpida. Avanzaron lentamente bajo el aguacero, empapados, y por caminos encharcados que dificultaban los movimientos de los hombres a pie, los caballos y bestias de carga, hasta que no tuvieron más remedio que detenerse, pues la marcha resultaba ya excesivamente penosa.

Efectuaron la parada junto al río Lima, frente a la ciudadela fortificada, cuyos habitantes, hoscos y recelosos, se negaron a abrirles las puertas de sus muros para que se alojaran en el interior, puesto que desconfiaban de los musulmanes armados que servían de escolta a la peregrinación. Por consiguiente, tuvieron que montar el campamento junto a la cabecera del gran puente de piedra que se elevaba sobre el turbulento y caudaloso río.

Amparados bajo la lona de la tienda, Asbag, el arcediano y Juan compartían la cena, mientras la lluvia golpeaba en el exterior y una densa humedad se colaba por las rendijas creando un ambiente frío y desagradable. El arcediano, arropado con una gruesa manta, comentó tiritando:

—Me pregunto cuándo llegara aquí el verano... Quiero decir que, para ser ya casi finales de mayo, no parece siquiera primavera.

Juan se encogió de hombros.

—Bueno, el norte es el norte. Mientras encontremos lluvia y barro... Lo malo sería encontrarse normandos.

—El capitán se adelantó esta tarde con algunos de sus hombres —observó Asbag—. Al parecer la invasión de los vikingos tuvo lugar el pasado verano, según le dijeron los lugareños; pero fue más al norte, en las rías.

—¿Falta mucho para llegar a esas rías? —preguntó el arcediano.

—Poco, muy poco —respondió Asbag—; apenas falta una jornada para alcanzar la desembocadura del Miño y, en fin, en los territorios de más arriba es donde puede haber algún peligro.

—¡Oh, que Santiago nos valga! —exclamó el arcediano.

—Bueno, bueno —dijo Asbag—, confiemos en la Providencia; Dios no nos abandonará. Además, el hecho de que el año pasado se produjera una incursión de normandos no significa que este año tengan que regresar necesariamente.

—¡Ay, que Dios le oiga! —rezó el arcediano.

Durante aquella noche llovió, pero antes de amanecer cesó el martilleo en las lonas. De madrugada, cuando iniciaron la marcha, flotaba a unos palmos del suelo una neblina fría, y los peregrinos parecían una extraña fila de fantasmas desplazándose por el camino que se abría entre helechos y arbustos que brotaban de los andrajos de bruma. Pero a mediodía lució el sol, cayendo finísimo y brillante, como cintas de luz que descendían desde los claros de los tupidos árboles. Todo estaba silencioso y cargado de misterio. Los monjes y los capellanes iniciaron entonces sus cánticos, y el entusiasmo retornó a los peregrinos.

Llegaron frente al río Miño y divisaron la ciudad amurallada de Valença, que era entonces un pequeño burgo concentrado en lo alto de un cerro frontero al estuario del río. El sol brillaba en un cielo magnífico, sin una nube.

Cruzar el río fue una experiencia espectacular, en grandes balsas de troncos, sobre un agua helada y transparente que corría hacia el océano, mostrando en el fondo enormes y oscuros peces.

En los transbordadores interrogaron a los barqueros acerca de los machus. Los rudos hombres del río se hicieron cruces y se les dibujó el terror en el rostro. No obstante, dado lo avanzado de la estación primaveral, confiaban en que las temidas incursiones no se produjeran esta temporada; aunque nunca se podía predecir la actuación de los fieros navegantes del norte. Narraron las tropelías del anterior verano y señalaron con el dedo los lugares donde habían recalado sus naves, así como las lejanas montañas por donde habían desaparecido en busca de los núcleos de población para arrasar y saquear cuanto encontraban a su paso.

En la otra orilla del Miño, frente al río y coronando un elevado promontorio, se veía el fuertemente guarnecido burgo de Tuy.

Al divisar a lo lejos la fila de peregrinos, precedida por el contingente de hombres a caballo, los pastores que apacentaban a sus rebaños de cabras y los hortelanos que laboreaban los huertos cercanos corrieron despavoridos a refugiarse dentro de los muros de la ciudad. Inmediatamente, las campanas empezaron a repicar llamando a rebato, y pronto apareció una fila de hombres que se distinguían a lo lejos corriendo por las almenas y las torres para ocupar los puestos defensivos.

Cuando llegaron frente a la barbacana, las puertas de la ciudad estaban cerradas a cal y canto, y una amenazadora hilera de arqueros apostados sobre las murallas guarnecía el área que cubría el alcance de sus flechas.

—¡Alto! —ordenó el capitán Manum—. Hay que detenerse a una distancia prudencial. Esta gente esta pertrechada y en guardia.

—¡Hay que identificarse! —le gritó Asbag desde el medio de la fila—. Según los mapas y la información que llevamos, en Tuy reside un obispo. Cuando conozca quiénes somos y la finalidad de nuestro viaje, nos recibirá.

—Sí —respondió Manum—, pero primeramente hay que aproximarse para manifestar nuestras intenciones. Lo mejor es que lo haga alguien que no esté armado y que vaya provisto de una tela blanca.

—Yo iré —dijo Asbag.

El obispo se cubrió con las vestiduras litúrgicas y se hizo acompañar por dos monjes, revestidos también con sus cogullas monacales. Los tres enfilaron el camino que ascendía hacia la puerta principal de la muralla, enarbolando cada uno un pedazo de blanca tela atado a un palo. Arriba, los defensores de Tuy los dejaron acercarse sin decir nada.

—*Ego, Cordubae Episcopus!* —les gritó Asbag desde el pie de la muralla.

En la torre principal de la barbacana, los oficiales que parecían estar al frente de la defensa intercambiaron algunas palabras entre ellos.

—*Ego, Episcopus!* —insistió Asbag.

Aquellos hombres parecieron entenderle entonces, y uno de ellos desapareció aprisa por detrás de la muralla, mientras otro le hacía señas a Asbag de que esperase un momento.

Enseguida apareció arriba el obispo de la ciudad, tocado con la mitra y acompañado por sus sacerdotes. Asbag y él intercambiaron varias frases en latín que bastaron para que inmediatamente llegaran a un entendimiento. Al momento, se oyeron caer las pesadas aldabas y la puerta se abrió emitiendo un bronco chirrido. Asbag descabalgó y se aproximó a paso quedo. En el otro lado apareció el obispo de Tuy con los brazos abiertos, exclamando:

—¡Bienvenidos, hermanos! ¡Sed bienvenidos a Tuy!

La acogida no pudo ser más calurosa. Una vez que todos los peregrinos hubieron entrado en la ciudad, se celebraron misas, se intercambiaron regalos, se cantaron coplas y un bullicioso ambiente de fiesta se apoderó del burgo. En el centro de la plaza se encendieron grandes hogueras donde se asaron las carnes de varios carneros sacrificados al efecto; corrió el vino y dispuso los cuerpos para las danzas, que uno y otro grupo de personas alternaron para mostrarse mutuamente sus costumbres de regocijo.

Pero los que iban a la cabeza de la peregrinación, esto es, Asbag, el arcediano, Juan aben Walid y el capitán Manum, fueron invitados a una recepción en el palacio del obispo donde intercambiaron saludos y primeras impresiones, tras las cuales pasaron a compartir la mesa en un austero pero cálido refectorio.

El obispo de Tuy se llamaba Viliulfo y era un hombre vigoroso, de unos cincuenta años, tupido pelo grisáceo e importante ceño sobre unos vivos ojos claros que, a pesar de su inconfundible aspecto de natural norteño, se comunicaba con gran abundancia de gestos y palabras, más propios de la gente del sur. Pellizcaba la hogaza de pan con avidez y rebañaba con grandes trozos las salsas de los cuencos, acompañando cada bocado con largos y sonoros tragos del blanco tazón donde le escanciaban vino con frecuencia.

—Pues sois la primera peregrinación que llega desde tierras de moros —dijo entre bocado y bocado—. Bueno... algunos sueltos han pasado por aquí..., pero más de un centenar, así, de golpe...

—¿Pasan muchos peregrinos? —le preguntó Asbag.

—Más habían de pasar —respondió el obispo Viliulfo—. Bueno, quiero decir que sí, que sí pasan abundantemente; pero que si las circunstancias fueran más favorables vendrían más.

—¿Más favorables...? —preguntó el arcediano.

—Hay peligros —respondió arrugando el entrecejo y achicando uno de sus brillantes ojos—. Por ejemplo, antes venían peregrinos desde las islas de la Gran Bretaña; gente ilustre, príncipes, grandes duques, abades y damas importantes...; también gente sencilla de los campos y las ciudades. Desembarcaban en la ría de Arosa y se acercaban con gran devoción hacia el *Campus Stellae*. Pero ya vienen pocos de esos.

—¿Por qué? —le preguntó Asbag.

—¡Ah! —respondió asestando un golpe con el puño en la mesa—. ¡Por culpa de los endiablados vikingos!

Todos se callaron, sumidos en un silencio lleno de preocupación.

—Pero ¿son tan terribles como dicen? —le preguntó Asbag.

—A todos los pueblos les gusta fabricar leyendas —respondió Viliulfo—, pero puedo asegurar que esto es verdad y que los habitantes de esta región no han inventado nada. El año pasado, cuando empezaron a remitir las lluvias y todo el mundo se aprestaba a recoger las cosechas, se presentaron como el mismísimo demonio a los pies del monte Tecla; y desde allí emprendieron una feroz orgía de sangre y fuego por toda la comarca. Gracias a Dios, nosotros nos libramos, porque estas murallas, ya lo habéis visto, son casi inexpugnables. Pero en los demás sitios fue algo espantoso: quien no pudo escapar y ocultarse en los bosques cayó en sus manos y… podéis imaginar lo peor de lo peor… Cuando zarparon de nuevo y desaparecieron en el océano, yo mismo recorrí la zona. No habían respetado nada, ni lo humano ni lo divino: gente mutilada, abierta en canal como reses, abrasada en sus propias cabañas, iglesias quemadas…

—¡Oh, Dios mío! —exclamó el arcediano llevándose las manos a la cabeza.

—¿Y qué se puede hacer frente a esa plaga maligna? —le preguntó Asbag.

—¡Ah! —respondió Viliulfo mirando al cielo—. Nuestra tierra vive atormentada por las invasiones. A principios de este siglo se alternaban normandos y sarracenos. Mi antecesor, el obispo Naustio tuvo que retirarse a vivir al monasterio de San Cristóbal de Labruxe, ya en territorio portugués. Durante treinta años esto estuvo abandonado, porque nadie se atrevía a exponerse al peligro. Luego, hace ahora veinte años, el obispo se trasladó a Iria, porque la ciudad empezó a restaurarse. Hemos tenido quince años de paz desde que yo regresé a ocupar la sede; rehicimos las murallas y establecimos todo tipo de vigilancia en las costas, las rías y el estuario. Nadie pisa la región sin que suenen las campanas. Pero, últimamente, esos malditos han regresado. El verano pasado se quedaron con las ganas de echarnos mano y este… ¡Dios nos proteja!

—¿Entonces teméis que puedan regresar? —preguntó Asbag.

—Eso es algo que nadie puede saber. Comprenderéis que su mejor aliado es la sorpresa. Es… como el juicio final: nadie sabe el día ni la hora… Por eso vivimos en constante alarma.

—¿Y nosotros? ¿Qué podemos hacer? —le preguntó preocupado Asbag.

—Lo siento, hermano —respondió Viliulfo llevándose las manos al pecho y con expresión sombría—, pero no me atrevo a aconsejarte en este tema. Habéis realizado un largo viaje hasta aquí, y estáis ya a las puertas del sepulcro del apóstol. Si os dijera que no hay peligro mentiría; los vikingos son una sombra que nunca se disipa…

—¿Entonces…?

Viliulfo se encogió de hombros y miró al cielo.

—Pero… vinieron el pasado año —insistió Asbag—; tal vez este cuenten con que todos están prevenidos y elijan otro lugar…

—O tal vez cuenten con que suponemos que no han de venir —observó Viliulfo.

—Bien —dijo Asbag—, hemos llegado hasta aquí y no vamos a volvernos por una mera posibilidad. Ya discutimos acerca de esto en Mérida y decidimos encomendarnos a Santiago y seguir nuestro camino. Pero, dime, ¿qué camino es el menos peligroso?

—Os aconsejo ir directamente a Iria, lo más rápidamente posible; es la plaza mejor protegida. Desde allí se llega al templo del apóstol en poco tiempo.

—Así lo haremos —dijo Asbag con decisión—. Nos pondremos en camino mañana mismo. Confiemos en Dios. Sería demasiada mala fortuna que precisamente cuando nos quedan apenas cuatro jornadas fuéramos a encontrarnos con los machus.

40

Córdoba, año 967

El verano de Córdoba era sofocante; impregnado durante el día por el calor de las piedras que el sol azotaba y dominado en sus noches por el vaho cálido del Guadalquivir. Pero el aroma de los jazmines aliado con el impetuoso perfume de los arrayanes se apoderaba del aire tórrido e inmóvil, bajo un limpio y oscuro firmamento poblado de brillantes estrellas.

Desde su torre de los alcázares, Abuámir contemplaba la luna llena, que se elevaba majestuosa y proyectaba su rostro plateado en el nocturno espejo del río. En el interior de los muros, los candiles de aceite que daban luz a las esquinas de los barrios nobles de Córdoba dibujaban un tortuoso laberinto de callejuelas y plazas, de donde se elevaban columnas de humos cargados de apetitosos olores a carnes asadas, especias, buñuelos y fritos; y un denso murmullo de conversaciones y lejanas risas se confundía con el frenético canto de grillos y chicharras y con el croar de la infinidad de ranas repartidas por los múltiples estanques de los jardines.

Abuámir hinchó su pecho y quiso adueñarse en una única y honda inspiración del delicioso ambiente de aquella noche. Luego suspiró feliz, y una profunda laxitud de satisfacción le invadió de pies a cabeza.

La reciente confirmación en su cargo, con plenos poderes y confianza, hecha por el propio califa en su palacio de Azahara, delante del gran visir, le hacían subir vertiginosamente un montón de peldaños más en su afortunada carrera. Ahora no era ya un mero administrador de bienes o un amo de llaves de los alcázares de Córdoba, sino que la propia familia del Príncipe de los Creyentes le había sido encomendada, convirtiéndose, sin ser un esclavo eunuco, en un gran chambelán de la corte, que a partir de ahora podría entrar y salir libremente en Azahara para acompañar a los príncipes.

Estaban, eso sí, los envidiosos Chawdar y Al Nizami; y flotaba en el aire la advertencia de Al Mosafi. Pero, si desde aquel momento quedaban inhabilitados para ir a los alcázares, ¿por qué había de temerlos? Decidió ser prudente y no perder de vista a sus dos feroces enemigos, pero no estaba dispuesto a que ese difuso nubarrón oscuro le aguase la dulce satisfacción de verse momentáneamente, por sus méritos y por la misteriosa magia del destino, encumbrado a la cúspide de sus sueños.

Y estaba Subh, cuya presencia próxima, y ahora accesible, le hacía estremecerse, al pensar que podría mirarla directamente cuando lo quisiera, hablar con ella, servirla, sin más requisito que golpear la dorada aldaba de la puerta del palacete y pasar al interior como el único mayordomo de las privadas estancias.

Parecía que todo aquello se lo estaba diciendo a la luna, cuando instintivamente bajó la mirada hacia el patio de las enredaderas, justo debajo de la torre. La puerta Dorada estaba entreabierta, y una tibia luz salía de su interior; Abuámir fijó su atención. Su vista se hizo entonces a la azulada penumbra de la noche. Alguien estaba en el patio, junto al surtidor. Era Subh. La joven introducía delicadamente su mano en la pulida taza de mármol de la fuente y jugueteaba con los pétalos de rosa que flotaban en la superficie del agua. Luego se llevó la palma mojada a la frente, al cuello, a las mejillas y finalmente a la nuca. Hacía calor allí abajo, en el pequeño patio cerrado por todas partes por altos muros cubiertos de espesa hiedra; Abuámir reparó en ello. El tradicional celo por preservar las estancias interiores convertía el centro del palacio en el núcleo de un complejo laberinto, hermoso en su conjunto, pero sin vistas exteriores; algo agobiante.

En ese momento tomó conciencia de la situación de la princesa.

Había pasado de un encierro a otro, de una dorada jaula a la otra. ¿Cuánto tiempo haría que aquella criatura no contemplaba el horizonte? Porque cualquier traslado lo efectuaban en la hermética reserva de una litera cerrada por toldos a la vista del exterior. Y cuando llegó a los alcázares, la pobre no vio otra cosa que la multitud de la plaza y las elevadas paredes de los suntuosos edificios cordobeses.

No obstante, la vista desde la torre era maravillosa: los brillantes tejados, las recortadas hileras de almenas, las palmeras abiertas a la noche desde el corazón de los patios, el río plateado con el majestuoso puente volando sobre él, la fértil y serena vega cubierta de mieses, las montañas lejanas, oscuras... y el encanto del verano que reinaba en la ciudad, alargando las veladas y llenándolas de canciones y poesía.

Subh seguía abajo, en el umbrío patio de las enredaderas, iluminada tan solo por la delgada línea de claridad que se colaba por entre las hojas de la puerta Dorada. Visto desde la altura, a Abuámir aquello le pareció un pozo, y sintió un irrefrenable deseo de sacarla de allí. Obedeció a su corazón y corrió por el oscuro túnel de caracol hacia el fondo de la torre. Al final se atravesaba una pequeña galería justo antes de salir al patio.

—¡Ah! —exclamó ella, sobresaltada—. ¿Quién está ahí?

—No te asustes, sayida —respondió él—, soy yo.

—¿Qué... qué pasa? —preguntó ella con cierta prevención.

—Oh, nada. Te vi desde la torre y bajé por si necesitabas alguna cosa.

—Bueno..., hacía calor dentro y me acordé de la fuente... Pero ya me marchaba...

—Aquí apenas corre el aire —se apresuró a decir él—. Pero arriba, en la torre, a estas horas corre una brisa fresca. Deberías subir y respirar un poco antes de irte a dormir.

—¿A... arriba?

—Sí. La vista es maravillosa. Desde allí se domina toda Córdoba. La luna está preciosa hoy; pero aquí no se ve, porque la tapan las torres. ¡Vamos! La escalera es estrecha, pero merece la pena.

—¡Oh! No sé si... No tengo permitido abandonar el palacete...

—¿Permitido? ¿Aquí, en tu propia residencia? Todos los que estamos dentro de estos muros somos tus servidores. Puedes ir adonde quieras y cuando quieras; es tu casa… Nadie va a decirte nada.

Subh se quedó pensativa. Miró hacia lo alto de la torre y preguntó:

—¿Podrá verme alguien allí arriba?

—¡De ninguna manera! ¿No ves lo alto que está? Nadie puede distinguir una cara en la noche y a tanta distancia.

—¡Bien, vayamos! —dijo ella con resolución.

Abuámir descolgó una lamparilla que se encontraba al principio de la escalera y dijo:

—Con tu permiso, yo iré delante. Cuidado con los peldaños; se estrechan hacia el eje interior de la escalera.

Abuámir fue subiendo despacio, alumbrando detrás de sí a la princesa, cuyo rostro dibujaba un sonriente gesto de audacia aventurera, casi infantil.

—¡Uf! —se quejó a mitad de camino—. ¿Falta mucho?

—Dame la mano —dijo él, extendiendo el brazo hacia ella—. Un poco más y ya estamos.

La princesa, afanada en la fatigosa ascensión, alargó mecánicamente su mano hacia Abuámir; este la agarró y tiró de ella, sintiendo unos delicados y sudorosos dedos entre los suyos.

—¡Bueno, ya hemos llegado! —dijo al subir el último peldaño—. Verás cómo te alegras.

Un suave y fresco vientecillo los envolvió al llegar a la plataforma, en contraste con el calor del esfuerzo en la estrecha y cerrada escalera. Todavía de la mano, avanzaron hacia las almenas.

El soberbio espectáculo se desveló de repente ante sus ojos: los tejados de los palacios bañados por la luz azulada de la luna llena, las callejuelas tortuosas con sus candiles de dorado resplandor, las hileras de murallas, los minaretes de la mezquita mayor, el Guadalquivir y, más allá, las estrellas lejanísimas que casi tocaban el oscuro horizonte.

—¡Oh! ¡Es… maravilloso! —exclamó Subh jadeando aún.

—Ya te lo dije —comentó Abuámir con satisfacción.

Él le mostró desde lo alto toda la ciudad. Señaló los principales palacios, las calles, las plazas, las mezquitas y los baños; le describió las costumbres, las fiestas y los mercados; la vida de los cordobeses con su día a día, con sus soldados, sus comerciantes, sus ricos, sus pobres, sus nobles, sus plebeyos, sus ancianos y sus niños.

Ella, con la mirada perdida en la contemplación, lo escuchaba todo extasiada, como si un nuevo y fantástico mundo se desplegara ahora ante sus ojos.

Abuámir, en cambio, la miraba solo a ella. Le hablaba cada vez más cerca, con un tono cálido y susurrante, pero no fingido. Estaba ya tan próximo que percibía el perfume de su piel y el calor de su cuerpo. Se estremeció al notar que un mechón del dorado cabello le rozaba el rostro movido por el aire.

Tuvo que cerrar los ojos para no sucumbir a la tentación de adelantar las manos hacia ella para abrazarla. Olvidó de inmediato lo que estaba diciendo y se quedó inmóvil y mudo, como si de repente estuviera embrujado, concentrado solo en la proximidad de aquella criatura, cuya mano estaba todavía sujeta a la suya, como un mágico conducto que los unía.

—¡Ah! ¡Ja, ja, ja! —rio Subh repentinamente.

—¡Eh...! ¿Qué...? —Él abrió los ojos, sobresaltado.

—¡Que te duermes, hombre! —le dijo ella.

—Ah... no. Pensaba en una poesía.

—¿Una poesía? —dijo ella, divertida—. ¿Puedes recitármela?

Abuámir se concentró entonces en una flauta que destacaba entre los instrumentos que enviaban lejanas melodías desde los patios de la ciudad. Comenzó a recitar:

Mi alma se echa a volar, entre cipreses y mirtos.
Mi alma es una paloma.
La veo en el alféizar de tu ventana contigo.
Mi alma es una paloma.
Si ella te tiene, ¿por qué yo estoy solo conmigo?
Mi alma es una paloma.
Te busca y siempre te encuentra, entre almendros y olivos.

Mi alma es una paloma.

Si ella te sabe hallar, ¿por qué yo me encuentro conmigo?

Mi alma es una paloma.

Subh le dirigió una larga mirada, pero no pronunció ni una palabra y se volvió hacia el lejano panorama de la noche, como sumida en sus pensamientos. Luego se mordió los labios y un reguero de lágrimas se descolgó desde sus ojos.

—¡Oh, sayida, te he puesto triste! —se disculpó Abuámir—. Perdóname.

—No... no es nada —dijo ella—. Lo que has recitado es muy hermoso... Se trata solo de eso...

Abuámir se hizo de nuevo consciente de la mano de Subh, que estaba entre las suyas. Entonces, impulsado por un sentimiento de deseo y ternura a la vez, se llevó la mano de la princesa a los labios y los posó en ella, besándola suavemente por un momento.

Luego alzó la vista y creyó descubrir en su mirada una ternura que le sorprendió; pero, de repente, ella se apartó diciendo con voz aterrorizada:

—¡Es muy tarde ya! Volvamos abajo.

Abuámir descolgó el candil. Los dos, en silencio, emprendieron la bajada por la escalera de la torre. Por el camino, él iba sumido en la confusión, enojado consigo mismo por no haber podido dominarse. Las dudas acudían a su mente y temió haberlo echado todo a perder.

Ya en el patio de las enredaderas, sostuvo la lámpara para que Subh no tropezase en su camino hacia la puerta. No cruzaron ninguna palabra más y el portón se cerró detrás de ella. Abuámir se quedó allí, como paralizado, escuchando sus miedos.

Pero la puerta Dorada se abrió otra vez, y ella apareció corriendo hacia él por el patio. Cuando estuvo a su altura, sonrió y le dijo:

—Gracias, Amir, muchas gracias.

Luego volvió sobre sus propios pasos y desapareció definitivamente detrás de la puerta Dorada.

Abuámir se sorprendió, y llevado por sus pies volvió hacia la es-

calera de caracol, cuyos escalones subió de dos en dos. Arriba de nuevo, en la torre, extendió los brazos lleno de felicidad como si quisiera
abrazar aquella noche. Y sintió dentro de sí: «¡Gracias, Amir, gracias,
Amir, Amir, Amir...!»; palabras que se repetían como en un eco. Y
cayó en la cuenta de que nunca le habían llamado así.

41

Iria, año 967

Si Viliulfo, el obispo de Tuy, les había parecido un hombre vigoroso, en Iria se encontraron con un obispo que era un autentico guerrero. Se llamaba Sisnando, y salió a recibirlos a la cabecera del puente romano de Cesures, sobre el río Ulla, montando un robusto caballo acorazado con petos de espeso cuero, provisto de pulida armadura y cota de malla. Era un enorme hombre de crecida barba rojiza, que iba a la cabeza de su hueste de caballeros que enarbolaban flamantes estandartes y vistosos escudos. Los seguían las damas, los palafreneros, los halconeros, los monjes y los miembros del concejo de la ciudad, que avanzaban por el puente animados por los sones de los tamboriles, las gaitas y las fístulas.

Si no hubiera sido porque sostenía el báculo en la mano, Asbag jamás habría adivinado que aquel caballero gigantón era el obispo de la ciudad. Cuando estaban todavía a cierta distancia, le comentó al arcediano:

—Bueno, este es otro de esos obispos de armas...

—¡Por Dios! —respondió el arcediano—. Señor obispo, haced memoria de lo que sucedió con el de Oca... No vayamos a entrar en pendencia, que estos obispos del norte son de temperamento.

—No te preocupes —le tranquilizó Asbag—. Ahora lo más importante es llegar al templo del apóstol y, ya que estamos a un paso, no pienso echarlo a perder.

Pero el obispo Sisnando nada tenía que ver con el de Oca. Por el contrario, era un hombre divertido y bondadoso, que desde el primer momento se dedicó a obsequiar a los peregrinos. En Iria él era la única autoridad reconocida; los caballeros y el concejo de la ciudad le respetaban y amaban como si fuera el padre de todos.

En la iglesia se veneraba una gran piedra, a la que llamaban «el pedrón», donde les dijeron que estuvo amarrada la barca en la que llegó el cuerpo del apóstol Santiago; fue lo primero que les mostraron de la ciudad.

Hubo, como en Tuy, misas en acción de gracias, festejos y carnes asadas en la plaza principal. Acababan de ser consumidas las viandas cuando empezó a caer la lluvia y apagó las hogueras. Los cordobeses no podían acostumbrarse a ver llover en pleno verano, un día tras otro, pero para la gente de Galicia era lo más normal del mundo, y su vida seguía como si tal cosa.

Sisnando invitó a Asbag a subir a la más alta de las torres de la ciudad. Estaba orgulloso de sus murallas, de su colina y de su río, que atravesaba la triple hilera de muros de piedra como una vía de acceso de todo tipo de productos del comercio: especias, armas, tejidos… y peregrinos, riadas de peregrinos que afluían desde hacía cien años. Entre ellos, gente ilustre: obispos, abades, príncipes y legados del Papa.

Era media tarde. La lluvia caía incesante e incansable, fina, suspirando a través de los árboles y la verde y espesa vegetación como si llevara cayendo desde el principio del mundo y no tuviera intención de cesar. La tierra rezumaba agua. Ambos obispos, bajo un toldo, contemplaban el panorama.

—¡Ah, qué distinto de Córdoba es esto! —exclamó Asbag.

—¿De veras es tan diferente? —le preguntó Sisnando.

—Sí, ya lo creo que lo es. Los últimos años han sido muy secos; los más secos que se recordaban, según los viejos. Faltó el trigo y consiguientemente el pan. La gente se moría de hambre. El propio califa tuvo que enajenar su tesoro para paliar tanta miseria. Sí, fue algo terrible.

—Entonces… —dijo Sisnando con gesto de sorpresa— el emperador de los musulmanes es tan generoso como dicen.

—Más, mucho más de lo que te hayan podido contar. Es un rey bondadoso, sabio, inteligente y temeroso de la ley de Dios. Respeta a sus súbditos por ser hombres, hijos del Omnipotente, independientemente de su origen, credo u otra condición.

—Estoy convencido de que así ha de ser —observó el obispo de Iria—. Si no sería incomprensible que una peregrinación de cristianos cordobeses viniera protegida por una escolta de soldados del mismísimo rey de los musulmanes.

—Bueno, somos sus súbditos. Para él cristianos, musulmanes o judíos son el mismo pueblo.

—¡Ah, qué amable es la paz! —exclamó Sisnando—. ¿Cuándo descubrirá el hombre el valor de la concordia?

Asbag permaneció un momento en silencio. Esa misma mañana, a su llegada, había visto a Sisnando sobre su caballo, armado y pertrechado como un imponente guerrero. Ahora le desconcertaban aquellas palabras del obispo de Iria. Dudó por un momento, pero no pudo aguantarse y le dijo:

—Hermano, no te comprendo. Esta misma mañana me has recibido como si fueras un jefe militar, un soldado acostumbrado a las contiendas… y ahora… me hablas de la paz.

Sisnando sonrió ampliamente en su rostro ancho de espesa barba.

—Hermano Asbag —respondió—, tú tienes a tu rey, con sus generales y sus ejércitos; tal vez los más poderosos de la tierra. Él te defiende, y tú sirves a tu rey, en la paz de Córdoba, ciudad de la cual dicen que es la más armoniosa y bella de cuantas puedan verse. Pero… ¿a mi pueblo y a mí, quién nos defiende? Mira hacia allá —prosiguió señalando con el dedo las colinas—. Detrás de esas montañas hay señores, condes o simples hidalgos, cristianos de nombre, pero que no se encomiendan ni a Dios ni a los hombres; feroces pendencieros dispuestos a adivinar signos de debilidad en cualquier señorío vecino para lanzarse como lobos sobre su presa. Y más allá de esas montañas —dijo ahora señalando al oeste—, están las rías que dan al océano, por donde acuden piratas sarracenos, normandos daneses y vikingos. Y, además, a unas leguas de aquí está el templo de Santiago, donde cristianos de todo el orbe acuden, como vosotros, a orar y traer ofrendas de todo tipo, las cuales suponen un apetitoso tesoro para los desalmados de este mundo. Y ahora dime: ¿si no fuéramos guerreros, quién podría vivir tranquilo aquí? Yo soy el pastor, ¿cómo puedo dejar a mis ovejas a merced de tantos lobos?

Asbag asintió con la cabeza. En ese momento lo comprendió. Los dos razonamientos de Sisnando le hicieron ver que no se debe simplificar. Eran tiempos difíciles, convulsivos, y vivir en paz no era tan fácil para todos.

—¡Ha dejado de llover! —exclamó Sisnando—. ¡Gracias sean dadas a Dios! Creo que mañana podréis continuar vuestro camino.

Los dos obispos abandonaron el toldo y se acercaron hasta el borde de la torre. Se observaba un hermoso paisaje. Desde el margen del río subía un olor a savia y a flores jóvenes. El sol se asomó un momento antes de desaparecer por detrás de las colinas, sembradas de tupidos y umbríos bosques. Una espesa bruma comenzó entonces a descender.

Sisnando puso la mano en el hombro de Asbag, como en un amigable gesto de conciliación, tal vez por la pequeña disputa anterior. Señaló hacia el tupido horizonte y dijo:

—Mira, ¿ves esa niebla venir hacia nosotros? Una vieja leyenda dice que viene de Finisterre, de donde termina el mundo. El sol se pierde por allí, y dicen que se apaga en el mar infinito; la bruma es el vapor que se levanta al hervir el agua con el fuego del astro. Deberías ir allí, es un lugar muy especial.

Cesó su ronca voz. El silencio era tan absoluto que podía escucharse el agudo canto de un pájaro y un lejano parloteo en alguna de las calles del burgo.

Sisnando prosiguió:

—Nuestro Señor dijo que el Evangelio llegaría hasta los confines de la tierra. Pues bien, ese momento ha llegado. Ahí tienes el confín de la tierra. A veces… a veces me pregunto si estaremos en el final de este mundo. Dentro de poco más de treinta años se cerrará el milenio… ¿Puede haber más tiempo? Pero el hombre no ha escuchado… «Convertíos, cambiad y creed», se dijo… Pero el hombre no ha querido oír.

Se le quebró la voz y se frotó los ojos con los dedos. Emitió un ruido ronco; era un sollozo. No hubo más palabras. Desde la torre, cada uno se retiró a su dormitorio.

Asbag despertó presintiendo que era ya por la mañana. El aposento que le habían asignado era pequeño y confortable, en el interior de la fortaleza, de manera que ningún rayo de luz exterior podía indicar el amanecer. «¡Hoy mismo estaremos en Santiago!», pensó el obispo, y se regocijó entre las mantas saboreando la proximidad de la ansiada meta. Recordó las vicisitudes que se habían sucedido desde el lejano día que decidió proyectar la peregrinación. Entonces acudieron a su memoria las palabras que el arquitecto Fayic le dijo cuando regresó de La Meca: «En la trama del mundo, la vida del hombre es como un sendero, una gran aventura, que supone un crecimiento hacia lo máximo del ser: una maduración, una unificación, pero al mismo tiempo paradas, crisis y disminuciones». Sintió que, ciertamente, la vida era así, como un camino en pos del sentido último de las cosas; pero en todo caso un camino impredecible, con sus peligros, sus incertidumbres y sus retrasos, en el que el hombre tiene que abrirse paso por sí mismo, tomar decisiones por su cuenta y luchar batallas por su propio brazo. En ese momento se alegró de haber emprendido la peregrinación y de no haberse arredrado cuando se atisbaron los primeros peligros. Sí, la vida no es algo fácil, pensó; y el riesgo de la vida es el ejercicio de la Divina Providencia, frente a la incógnita del futuro incierto e indeterminado. Pero lo que cuenta al fin de la vida es el acto humano, la entrega personal, la libre elección. Nunca se había sentido más él mismo que en aquel momento, erguido y sereno en medio de la vida, midiendo el horizonte con la mirada, examinando cada vereda y escudriñando el paisaje, sintiendo en los ojos el reto de los colores y en el rostro la llamada de los vientos. «Sí, todo hombre debería peregrinar —concluyó—; el arquitecto Fayic tenía razón». Dejó surgir dentro de sí su ser pacificado y alerta, en medio del camino que se define por sus curvas, como el hombre por sus decisiones. En ese momento se arrepintió de las veces que se había dejado llevar por la comodidad, la indecisión y el miedo; y de las veces que se había quejado. «¿Por qué no marcha esto? ¿Por qué nuestros esfuerzos no dan fruto?, el mundo sigue sin cambiar, el Reino de Dios está lejos, a pesar de los mil años transcurridos, y nuestras vidas languidecen en cansada rutina». Quejas que habían sido frecuentes en su vida, que le habían acompañado hasta ahora. Y preguntas que no le habían dejado ser feliz. «¿Dónde están los frutos del Espíritu y el poder de la resurrección? ¿Dónde quedan las promesas de Dios y la garantía de los evangelios y el testimonio de los santos? Y ¿dónde nos deja eso a nosotros en medio de esta vida desolada, incierta, y este triste desierto…? Dios tiene la respuesta».

Asbag recordó entonces la gran tentación de los hombres de todos los tiempos: el deseo de saber lo que va a suceder. La ocupación tan ancestral como moderna de predecir el futuro, en la cándida torpeza de los dados y cartas, en caparazones de tortuga, en las entrañas de animales… Es decir, vaticinar lo que va a hacer Dios con el mundo, y conmigo que estoy en él. La gente quiere saber el futuro para ajustarse a él, para facilitarse la vida. Por eso los astrólogos se permiten elevar cada día más sus honorarios.

El salmo brotó espontáneo en la mente de Asbag: «Señor, muéstrame tus caminos». Era la plegaria fundamental de Israel, el pueblo hecho a vagar peregrinando en el desierto. «Saber, señor, tus caminos —rezó—, para la humanidad y para mí, para la historia de tu pueblo y para la rutina de mi vida, para los grandes acontecimientos y las decisiones diarias. Conocer, Señor, tu mente, conocer tu voluntad en medio de tantas veredas; porque conocer tu voluntad es conocerte a ti y llegar al final del camino».

La puerta de la habitación se abrió, sacándole de su meditación. Apareció Sisnando con una amplia túnica y una lámpara en la mano.

—¡El sol está ya en lo alto! Creo que por este año la estación lluviosa va a terminar. ¡El camino nos está esperando!

Asbag se levantó de un salto, se envolvió en una manta y salió a ver. Un pálido sol se elevaba por encima de las verdes hojas. Hasta sus primeros rayos despedían calor. Todo era lozano y hermoso. Se comprendía fácilmente que era algo más que una simple pausa en la lluvia.

Ya era más de mediodía y los peregrinos avanzaban por las faldas de las montañas próximas al templo de Santiago, pero aún no se divisaba ningún signo del santuario. Arriba, los pinos eran bastantes más grandes y jamás habían sido tocados por el hombre; había troncos de árboles muertos tirados por allí, y a los lados del sendero los pies se hundían en el negro humus acumulado durante miles de años. Por aquí y por allá crecían pequeñas parcelas de follaje, quejigos, madroños y retama. Los cantos de los peregrinos se elevaban a ratos, disminuían y volvían a elevarse, enardeciendo a las demás voces. En los rostros, junto al cansancio de tantos días, se apreciaban las sonrisas y la emoción por la cercanía de la meta.

A la cabeza de la peregrinación iban Asbag y el obispo Sisnando, pues este había decidido acompañarlos hasta el templo con un buen número de sus caballeros, dado que era el rector del santuario y quiso dar realce a las celebraciones con su presencia.

—Estamos orgullosos del templo —comentó Sisnando—, y de los tesoros que en él se guardan. Los reyes de la cristiandad, ya sea en persona o a través de insignes emisarios, envían joyas, obras de arte y cuantiosos donativos que nos permiten irlo ampliando y mejorando año a año. Desde que fue rescatado por el emperador Carlomagno del poder de los musulmanes, son enviados contingentes de jóvenes caballeros de los reinos cristianos que se turnan para guardarlo y protegerlo. Gracias a eso los normandos no se han atrevido a aparecer por allí.

—Entonces —dijo Asbag—, ¿en estos tiempos de peligros y amenazas podemos confiar en que el templo está seguro?

—¡Nadie se atreverá a poner allí los pies si no es para orar! —aseguró Sisnando con rotundidad—. ¡Dios mismo cuida de él!

El camino torció hacia los matorrales de las laderas de las montañas por una empinada pendiente, en dirección a un elevado monte que estaba aún distante. El sol había cobrado fuerza y hacía calor.

—¡Ah, al fin! —exclamó Sisnando—. Desde aquella montaña, hacia la que nos dirigimos, se divisa ya el santuario.

La fatiga del ascenso ahogó durante un rato los cantos. Se hizo entonces un espeso silencio, roto solo por el ruido de las pisadas y por los jadeos que arrancaba el esfuerzo a quienes iban a pie.

Más adelante, el camino atravesaba un poblado de pastores. El sol caía a plomo y levantaba un cálido vaho de la tierra húmeda. No se veía a nadie junto a las puertas y solo algunos animales –bueyes escuálidos, y cabras flacas y enfermas que no valía la pena conservar– vagaban desamparados por los campos.

—¡Qué raro! —murmuró el obispo de Iria—. Esta gente suele salir a saludar a los caminantes. Está todo como desierto...

Más adelante, vieron a unos niños semiocultos en la espesura. Uno de los jinetes se adelantó a preguntar, pero cuando vieron que se dirigía hacia ellos, todos echaron a correr.

Sisnando hizo un gesto de impaciencia que agitó su manto.

—¡Algo está pasando! ¡Apresurémonos hasta lo alto del monte!

Ante ellos, y hasta los primeros árboles, se extendía una franja de terreno cubierta de pastos que surcaba el camino. Alrededor de esta zona, roquedales, zarzales y la tupida vegetación impedían avanzar por otro sitio que no fuera el sendero que ascendía hacia la cumbre. Sisnando espoleó su caballo y se adelantó con la intención de llegar cuanto antes a la cima para observar desde allí. Se oyó entonces un prolongado toque de trompas y luego un feroz griterío, como de hombres furiosos y enloquecidos. Del bosque salieron cientos de guerreros, y los zarzales se agitaron cuando los hombres que en ellos estaban ocultos aparecieron lanzando nubes de dardos y piedras.

—¡Dios! —exclamó Sisnando—. ¡Los vikingos! ¡Sacad las armas!

El caballo de Asbag, que no era un animal de guerra, se encabritó sorprendido por el estruendo y Asbag rodó por el suelo, entre el polvo y los cascos de las otras bestias. Como pudo, se arrastró tapándose la cabeza instintivamente. Por encima del escándalo se elevaban algunas voces que parecían provenir de los oficiales, que proferían recriminaciones e inútiles órdenes intentando organizar la defensa. Se oían también los gritos aterrorizados de las mujeres y los relinchos de las mulas, entre el fragor de las armas que chocaban y los golpes secos de las piedras que caían.

La multitud se arremolinaba y movía hacia uno y otro lado; los peregrinos se amparaban los unos en los otros, presas del pánico y la confusión. Los soldados de la escolta intentaban inútilmente penetrar en la espesura para hacer frente a los asaltantes, y la angostura del terreno impedía una visión completa de lo que estaba sucediendo.

Asbag se sentó a horcajadas, y se dio cuenta de que una de sus piernas estaba atorada bajo el cuerpo de su caballo, que había caído y era incapaz de levantarse. Miró a su alrededor. Sisnando estaba todavía a caballo, enarbolando la espada y tratando de organizar a sus hombres, que estaban dudosos y que no podían hacer otra cosa que cubrirse con sus escudos.

Voces gruesas, expertas en emitir órdenes, intentaban aclarar la confusión; pero la lluvia de proyectiles no cesaba.

—¡Marchad camino adelante! —gritó alguien—. ¡Avanzad, corred por el camino!

Asbag miró a su alrededor; se dio cuenta de que había pocas posibilidades de moverse de allí. Pero el tropel de personas y animales empezó a seguir el camino, de manera que tuvo que soportar el pisoteo y los golpes de la estampida que comenzó a pasarle por encima.

Sisnando vio lo que le estaba sucediendo. Le gritó:

—¡Vamos, levántate! ¡Te van a matar!

—¡No puedo! —contestó él angustiado—. ¡Tengo la pierna debajo del caballo!

Sisnando descabalgó entonces y corrió hacia él para socorrerle. Punzó con la espada las ancas del caballo y este se removió, con lo cual Asbag pudo verse libre y ponerse en pie. Varios caballeros y algunos soldados de la escolta acudieron en ese instante para proteger con sus escudos a los obispos, mientras que los demás hombres armados de la peregrinación se batían ya contra una cantidad innumerable de vikingos.

Asbag estaba casi paralizado en medio del combate, aturdido por el relincho excitado de los caballos, el resonar metálico de las armas, los gritos de los hombres que respondían a la llamada de los jefes y de los alaridos de dolor de los que sufrían heridas. Pero logró guarecerse entre unas rocas cercanas.

Sisnando, en cambio, se abrió paso entre los hombres y se lanzó a combatir con ferocidad. Había perdido su caballo, pero resaltaba por su estatura en medio de la refriega. A muchos de los caballeros les había sucedido lo mismo. Una cosa era luchar en campo abierto contra otra fuerza similar, en la que cada jinete tenía las mismas posibilidades de caer que el adversario; pero otra muy distinta era enfrentarse a una masa desorganizada y convulsiva que surgía en oleadas de la espesura del bosque. En las partes rocosas del terreno, los combatientes se arremolinaban en torno a las piedras más grandes y se los veía caer de los lugares donde se habían encaramado cuando los alcanzaba alguna lanza.

Asbag se acordó entonces de sus peregrinos e intentó ver por encima de la refriega si habían conseguido escapar hacia lo alto del monte. Pero lo que vio terminó de desalentarle. Los guerreros normandos descendían como una plaga desde la cima y hacían presa en los pobres desventurados que escapaban hacia el bosque o buscaban algún lugar donde ponerse a salvo.

—¡Es inútil, son demasiados! —oyó decir a uno de los oficiales.

—¡No, no desfallezcáis! —los animaba Sisnando.

El fragor de la batalla, el olor a sangre humana que arrastraba el viento y los terribles gritos de agonía de los heridos convertían aquello en una verdadera pesadilla. Asbag sintió por un momento que aquella visión atroz era algo ajeno, irreal. Se echó mano al crucifijo pectoral y se aferró a él hasta hacerse daño, como queriendo escapar en una desgarrada oración de súplica.

Sin embargo, la encendida oposición de los hombres de Sisnando y de la entrenada escolta de guerreros musulmanes empezó a ceder ante la presión feroz de los vikingos, que los superaban con creces. Al cabo solo veinticinco o treinta hombres oponían resistencia; agotados, gruñendo, sudando, blasfemando, acuchillando, empujando, jadeando, golpeando y cayendo poco a poco bajo la enfurecida lluvia de hachazos, flechas y pedruscos de los asaltantes.

—¡Rindámonos! —suplicó alguien—. ¡No tenemos nada que hacer!

—¡No! ¡De ninguna manera! —se opuso enérgicamente Sisnando—. ¡Nos matarían! ¡De todas formas nos matarían!

En ese momento, Asbag vio desde su escondite cómo un puñado de normandos rodeaba al obispo de Iria y le agredía con tremendos golpes por todos los lados. Sisnando se revolvía una y otra vez como un mastín acosado por los lobos, con la cara ensangrentada, dando mandobles a diestro y siniestro con las últimas fuerzas que le quedaban. Hasta que un enorme vikingo de puntiagudo yelmo se abalanzó sobre él y le asestó varios porrazos con una especie de martillo. El obispo se desplomó entonces, como una inmensa torre vencida en sus cimientos.

Los hombres que resistían, al ver caer a su jefe, se desalentaron y aflojaron en su actitud. Algunos retrocedieron e intentaron escapar, otros soltaron las armas y algunos cayeron también bajo los golpes del enemigo.

El estruendo del combate cesó. Y los gritos de júbilo de los normandos se adueñaron del lugar, proferidos en extraña lengua, mientras los fieros atacantes se extendían como fuego a lo largo del claro, sobre los cuerpos de los vencidos.

Asbag estaba temblando, detrás de unas rocas, observando el curso de los acontecimientos. Vio llegar a los jefes de los vikingos y la cruel manera en que fueron apresados los que quedaban vivos, reducidos con palos, patadas y empujones. También vio cómo traían a los pobres e indefensos peregrinos capturados en la espesura adonde habían huido.

Luego oyó una voz detrás de sí. Se volvió y alzó la vista. En lo alto de una de las rocas, uno de aquellos guerreros le había descubierto y estaba señalándole con el dedo. Enseguida acudieron varios y le agarraron por todos lados, arrastrándole hasta el claro.

Los cuerpos yacían a lo largo del camino, en las orillas del mismo y en el abierto pastizal donde se había librado la batalla. Los normandos recorrían el escenario del combate de arriba abajo, registrando a las víctimas para quedarse con sus objetos de valor.

Uno de los jefes se fijó en Asbag; observó sus atuendos y no disimuló su alegría, al comprobar que debía de ser alguien importante del grupo de los vencidos. Al momento apareció el que por sus ademanes y aspecto parecía el jefe supremo de todos los demás. Rugió en su metálica lengua normanda, y los soldados aplaudieron y se dieron palmadas en los muslos o golpearon con las armas en los escudos, como felicitándose por las capturas.

Le echaron a Asbag una soga al cuello, con la que enlazaron a otros cautivos, formando una hilera tambaleante que fue conducida a golpes y voces por un sendero que se abría en la espesura, montaña abajo.

—¡Ay, señor obispo! —le dijo llorando una pobre mujer—. ¿Adónde nos lleva esta gente?

Asbag la miró con un gesto de dolor compartido, pero el nudo que se le había hecho en la garganta le impidió articular palabra.

Caminaron durante mucho tiempo, hasta que se hizo de noche. Luego prosiguieron detrás de la fila de antorchas que sus captores agitaban en el aire. No se podía hablar, ni gemir, ni quejarse, porque el que lo hacía recibía inmediatamente una paliza. De manera que anduvieron, renqueando y tambaleándose, en el silencio de la noche, por lúgubres y húmedas veredas del oscuro bosque.

42

Córdoba, año 967

El judío Ceno se frotaba las manos hecho un manojo de nervios y se deshacía en reverencias.

—¡Oh, señores, cuánto honor! ¡Pasad, pasad y poneos cómodos!

El establecimiento estaba como siempre. Nada había cambiado desde que Abuámir era casi un imberbe estudiante cordobés que empezaba a descubrir el prohibido paraíso de las tabernas. El suelo seguía pavimentado con irregulares, sucias y ennegrecidas baldosas de barro sobre las que las mesas se asentaban inestablemente, cojas y rodeadas de toscos cajones que servían de taburetes, cuyos cojines, tiesos, acartonados, habían perdido su color. El zócalo era antiguo y delataba el esplendor ajado de lo que debió de ser un lujoso salón en otro tiempo. La bóveda era inmensa, de ladrillos oscurecidos por el humo y las telarañas. Pero eran los arcos del fondo, asentados sobre viejos capiteles romanos, y las orondas tinajas que cobijaban, lo que convertía la taberna de Ceno en uno de esos templos donde lo que cuenta es la adoración del tiempo detenido, en el éxtasis del vino, y la magia de la conversación que el sagrado caldo libera. En el rincón del fondo había un espacio elevado, con una parrilla humeante y mugrienta, un desordenado conjunto de ánforas, embudos y botellas, y un ventanuco que comunicaba con un cuartucho que servía de almacén. Al fondo, un grueso y desvencijado portón abierto a un pórtico de arcos en herradura, como de un viejo palacio en ruinas,

317

donde las gallinas canturreaban y escarbaban, y las palomas venían a posarse levantando polvo con sus aleteos y adormeciendo el mediodía con sus arrullos.

Para entrar en el establecimiento de Ceno había que descender del nivel de la calle, así que Abuámir y el visir Ben Hodair bajaron la media docena de escalones y se introdujeron en el hospitalario ambiente de la taberna. Había siempre una clientela ajustada al lugar, ni excesiva ni escasa, para que la amplitud no resultase destartalada o la muchedumbre ahogara en su parloteo el deseo de conversar.

En la parte más próxima a la entrada se reunían los comerciantes, vestidos con sus coloridos mantos que delataban su procedencia, africanos, murcianos, sevillanos, gaditanos; un poco más adentro, los criados, dispuestos a abastecer a sus señores de cualquier cosa que necesitaran de la cocina o de las bodegas. Como en cualquier otra afanada taberna, allí se cerraban tratos, se concertaban transportes o se buscaba información sobre la ciudad en general. Las mesas se agrupaban en los laterales, pegadas al zócalo de azulejos, y en ellas abundaban los ricos judíos, los viejos cristianos de origen visigodo, a los que se llamaba dimíes, los cristianos llegados de fuera, conocidos como rumíes (romanos) y los jóvenes estudiantes o los musulmanes de mundo. Y por último, un apartado rincón, alejado de la visión de los ventanucos que daban a la calle, era el lugar de los borrachos, donde podían hablar para sí sin molestar, babear, tambalearse o caerse finalmente rendidos por su vicio.

Había también un reservado, nada especial, pero ligeramente adecentado en comparación con los demás y susceptible de incomunicarse mediante el corrimiento de un mugriento cortinaje que algún día debió de ser de color rojo adamascado.

—Ah, señores, si me hubierais avisado con tiempo... —decía el judío, mientras los acompañaba hacia aquel lugar—. Habría cerrado todo para vosotros. Ya lo creo... habría cerrado...

—Bueno, bueno, Ceno —replicó Abuámir—; queríamos que todo estuviera en su salsa. Está bien así, como siempre...

—Sí, ya, señores —insistía Ceno—, pero, ya sabéis, viene mucha gente... Habría limpiado...

—Está bien —le decía Abuámir—, está bien así. Lo importante ahora es lo que nos vas a servir.

El tabernero se inclinaba una y otra vez, solícito, lleno de agradecimiento. No es que su establecimiento fuera un tugurio, pero un visir y el administrador de los alcázares eran dos clientes situados muy por encima de los asiduos visitantes de la taberna: tratantes, soldados, funcionarios y demás.

—Poneos cómodos —rogó Ceno mientras se afanaba en limpiar con un paño los asientos y la mesa del reservado—, y pedid, pedid lo que se os antoje; aquí tenéis a vuestro siervo…

—¡Vino! —dijo Abuámir con decisión—, vino de Cabra, o de Lucena; de ese bueno, del mejor. Y para comer…

—¡Ah, eso corre de mi cuenta! —le interrumpió el tabernero—. Déjame señor que os sorprenda. Ay, pero si me hubieras avisado con tiempo…

—Muy bien —respondió Abuámir—. Tenemos tiempo; tómate todo el que desees. Hoy tenemos todo el tiempo del mundo.

El judío se apresuró a ir en busca de uno de sus esclavos y le estuvo instruyendo aparte. Al momento, el criado salió hacia la calle provisto de una enorme cesta.

—¡Aquí está! —dijo el tabernero poniendo una jarra labrada y dos delicadas copas en la mesa—. De Cabra, del mejor. El gran rabino de Lucena me lo manda expresamente, del que hacen mis hermanos allí… Es un producto selecto…, puro…, ya me entendéis.

—Sí, claro —respondió Abuámir—. Un vino de judíos hecho para judíos, con todas las purificaciones que ello requiere.

—Siempre es un placer servirte, sabio Abuámir —observó Ceno, mientras se retiraba sin darles la espalda—, porque no solo sabes apreciar las cosas, sino que además entiendes su sentido.

Cuando el judío se hubo retirado, el visir Ben Hodair se aproximó a Abuámir y le preguntó con gesto intrigado:

—¿Y cuál es el sentido de ese vino? ¿Por qué es tan especial?

—Oh, cosas de hebreos —respondió Abuámir—. Ya sabes que ellos son muy exigentes en el cumplimiento de sus normas religiosas. Sus alimentos no pueden estar manipulados de cualquier manera. Se someten a estrictas normas de purificación. No se trata de algo meramente relativo a la limpieza, sino algo más profundo. Como se consideran el pueblo predilecto de Dios, sienten que no deben contaminarse. Y el vino es algo noble; el regalo más exquisito de la tierra. Por eso debe ser elaborado siguiendo unas leyes que afectan a los vendimiadores y a los pisadores. Se les exige un estado de pureza especial. Los rabinos son quienes controlan todo el proceso y, consiguientemente, quienes se hacen con el mejor vino.

El visir escuchaba atentamente y asentía con la cabeza. Cuando Abuámir terminó de hablar, le posó paternalmente la mano en el hombro y le dijo:

—¡Ah, cuánto te envidio, querido Abuámir! Tú conoces el mundo, con su velado misterio. Sabes saborearlo; le sacas partido. Eres exquisito en tus gustos, pero el lujo externo te es indiferente. Escrutas todo con tu mirada penetrante y vas al sentido de las cosas, para apropiarte de su esencia; para disfrutarlas en lo que tienen de singulares. Y eres tan joven aún… Llegarás lejos. Estoy seguro de ello. Alguien tan singular como tú ha de estar llamado a un alto destino.

—¡Vaya, visir! —replicó Abuámir sonriendo pudorosamente—, sabes que agradezco tus halagos, pero no me benefician. Un hombre tan refinado y tan admirado por mí como tú no debería envidiar a nadie.

—Sí. Debo decírtelo ahora, antes de que el vino nos lleve a sublimar las cosas. Es algo que pienso sinceramente. Ahora tienes una posición muy aceptable como administrador de los alcázares, pero… no… no es suficiente. Nuestra nación necesita hombres como tú, impetuosos e inteligentes a la vez; hombres que no se detengan ante nada y que sean capaces de hacer crecer nuestro Imperio.

—Pero la hábil diplomacia del califa ha logrado mucho últimamente —respondió Abuámir.

—¡Bah! —replicó el visir descargando un puñetazo en la mesa—. Mi primo Alhaquén está llenando las cancillerías de mojigatos: teólogos, filósofos…, hasta obispos cristianos. ¿Qué me dices de ese Asbag aben Nabil? Entra y sale en Azahara con más libertad que cualquier visir…

—Bueno. El obispo cosechó un buen puñado de logros en sus gestiones con los reyes cristianos del norte...

—¿Y qué? Tenemos paz, pero una paz que solo conviene a los rumíes. Mi tío Abderramán al Nasir estudió cuanto pudo el reino, fijando las fronteras que tenemos ahora. ¿Y qué hace mi primo Alhaquén? Mantener, mantener y mantener. Solo eso. Y mientras tanto se dedica a sus beaterías y a sus lucubraciones filosóficas rodeándose de mansos consejeros a los que únicamente interesa que todo siga como está, para charlar y charlar acerca del destino del hombre, de la paz de los pueblos, de los idílicos y absurdos proyectos de los antiguos filósofos... Pero en el norte los cristianos se arman y se preparan esperando su momento.

—¿Y el gran visir Al Mosafi? —dijo Abuámir inexpresivamente—. A mí me parece firme en sus decisiones.

—¡Ah, el peor de todos! Es un teórico, un aburrido e insoportable burócrata criado entre libros. Alguien que no ha empuñado jamás una espada.

—¿Y qué se puede hacer? —preguntó Abuámir, casi para sí.

—Poca cosa, desgraciadamente —respondió Ben Hodair con rabia—. Quienes manejan Azahara son los eunucos Chawdar y Al Nizami, intocables y muy peligrosos. El gobierno está en manos del imbécil de Al Mosafi, y el califa vive encerrado en su biblioteca o abismado en sus meditaciones. Solo el tiempo dirá la última palabra. Pero no creo que Alhaquén viva mucho más; es débil y apenas se cuida. Jamás se ha divertido y, ya sabes, el placer alarga la vida.

En ese momento, como llamado por aquella reflexión, apareció descorriendo la cortina el judío Ceno, seguido de sus criados con humeantes platos en las manos.

—Aquí tenéis, dignísimos señores; pollo con almendras, berenjenas rebozadas, cabrito a la miel, fritura de pescaditos... Y más vino de Lucena, puesto que ya veo que habéis dado buena cuenta de la jarra.

Comer y beber fue maravilloso para Abuámir en aquella ocasión. Se sentía seguro, asentado en su puesto, tratado como un importante señor y escuchando las opiniones del visir Ben Hodair. La comida resultaba excelente, el vino exquisito. A los postres llegaron los dulces, crujientes, recién hechos por la vieja buñolera que acababa de enmelarlos en el patio contiguo. Y, como final, Ceno apareció con una hermosa botella entre las manos.

—Señores —dijo—, esta es mi sorpresa final. Guardaba este vino para unos clientes que de verdad supieran apreciarlo. Es viejo, pero aún es dulce; es fuerte, pero podría seducir a la más delicada mujer... Y es la última botella, que permanecía aguardándoos en mi bodega.

Ceno llenó dos hermosos vasos de plata con incrustaciones y se retiró prudentemente.

—¿Ves? —dijo Ben Hodair—, a esto me refería cuando te dije que conoces de verdad lo bueno. Tengo de todo en mi palacio, pero jamás habría descubierto un lugar como este si no hubiera sido por ti. Brindemos ahora por tu porvenir.

—Y por el tuyo —respondió Abuámir.

—¡Ah! —suspiró el visir—. A mí me queda poco; yo casi he apurado mi copa. Brindemos por la tuya que está llena hasta el borde.

Permanecieron todavía allí, hasta que dieron fin al contenido de aquella última botella. Luego se pusieron en pie y se aprestaron a abandonar el local. Ben Hodair se tambaleaba. Abuámir, en cambio, estaba firme y con la mirada brillante. Antes de salir, se aproximó disimuladamente hasta donde estaba el judío Ceno, mientras los criados del visir ayudaban a su amo a subir a la litera.

—¡Eh, Ceno! —le dijo—. Ese último vino... ¿Era de verdad el último?

El judío sonrió y le guiñó un ojo. Luego entró a toda prisa en la bodega. Enseguida apareció con una botella semejante a la anterior, le quitó el polvo con un paño y le dijo:

—Esta sí que es la última.

Abuámir le lanzó una moneda de plata y se guardó la botella entre los pliegues de la capa.

En la puerta le aguardaba el visir desmadejado en su litera.

—¿No quieres venir conmigo al Jardín del Loco? —le preguntó Abuámir.

—¡Oh, no, no…! —respondió quejumbroso Ben Hodair—. Ve tú. Yo ya soy viejo para tanta juerga. Con lo de esta tarde he tenido ya suficiente. Ahora necesito dormir.

La litera se internó en las callejuelas, y Abuámir se dirigió hacia la argolla donde había amarrado su caballo.

Cuando iba atravesando el puente se fijó en el cielo nítido, poblado de estrellas. Divisó a lo lejos las tibias luces del jardín y percibió la dulce música que le era tan familiar. Entonces se detuvo y se quedó absorto. Un laúd acompañaba con una triste melodía la voz de una mujer que cantaba en solitario. Decía:

> No, sin ti no…
> Ni música, ni rosas, ni vino…
> No, sin ti no…
> Ni noche, ni estrellas, ni luna…
> No, sin ti no, no, no…

El rostro de Subh le vino entonces a la mente. Tiró de las riendas del caballo y le hizo dar media vuelta. Todavía era temprano. Había anochecido hacía poco, y en verano nadie se acostaba, aunque fuera noche cerrada, sin haber aguardado a la primera brisa. Si se apresuraba podría charlar con ella todavía un momento. Ahora no deseaba otra cosa. Espoleó al caballo, y los cascos rugieron sobre los rollos de la calzada.

En la cabecera del puente, junto a la pared de la mezquita, un viejo vestido de blanco vendía golosinas a la luz de un candil. Desde el caballo, Abuámir le compró media calabaza llena de peladillas, caramelos y frutas azucaradas. Lo puso todo en la alforja junto a la botella de vino y se encaminó hacia los alcázares.

Los jóvenes eunucos Al Fasí y Sisnán aprovechaban el fresco para regar las plantas en el jardín de las enredaderas. Cuando vieron llegar a Abuámir parecieron leerle el pensamiento.

—Está arriba —dijo Al Fasí, sin que nadie le preguntara nada.

—¿Arriba? —preguntó Abuámir.

—Sí, en la torre —respondió Sisnán señalando con el dedo.

Abuámir les dio un puñado de golosinas y se dirigió hacia la galería que conducía a la escalera de caracol. El corazón le palpitaba como queriendo salírsele del pecho.

Cuando llegó arriba, Subh estaba de espaldas, sumida en la contemplación de la ciudad nocturna. Oyó los pasos detrás de sí, se volvió y se encontró con él, mirándola de frente y sosteniendo una bandeja con la botella, dos copas y la calabaza repleta de dulces.

Los dos se quedaron en silencio, mirándose, como solía sucederles cuando se encontraban. Luego ella dijo:

—He pensado mucho estos días en aquella poesía... ¿Cómo era...? «Mi... mi alma es una paloma...».

No pudo continuar. Abuámir dejó a un lado la bandeja, y la sostuvo a ella por las manos sin dejar de mirarla a los ojos. Él prosiguió:

Mi alma se echa a volar, entre cipreses y mirtos.
Mi alma es una paloma.
La veo en el alféizar de tu ventana contigo...

—Mi alma es una paloma... —dijo ella tímidamente.

—Te busca y siempre te encuentra, entre almendros y olivos —prosiguió él.

Abuámir extendió entonces su capa y ambos se sentaron sobre ella. Vertió el vino en las copas y dijo:

—Esto lo he traído para ti. Necesitas alegría en tu corazón.

—Nunca he probado el vino —respondió Subh.

—Pues no encontrarás mejor momento que este.

Ella se llevó la copa a los labios y bebió con cuidado.

—¡Oh, es dulce! —exclamó—. Pero quema la garganta...

Abuámir la contempló extasiado. La luz de la lámpara jugaba con su rostro; hacía brillar sus ojos claros, matizaba su dorado y suelto cabello, arrancaba destellos a sus blancos dientes. Ahora la tenía más cerca que nunca y le parecía mentira. Estaban solos, allí, sin prisas, sin temores. ¿Cómo había podido obrarse aquel milagro?

Ella bebió un par de veces más. Él apreció la magia del vino a través de su mirada y el efecto sensual que provoca en los labios, que se relajan y se entreabren como queriendo mostrar el espíritu. Entonces la acarició suavemente en la mejilla con el dorso de la mano. Seguían mirándose fijamente. Pero ella bajó la vista.

—¿Qué pasa? —le preguntó Abuámir.

—Me dan miedo tus ojos.

—¿Por qué?

—Es… es como si entraran dentro de mí…

Él se acercó entonces un poco más y aproximó su mejilla a la de Subh. Algo se soltó entonces dentro de ella, y se dejó caer sobre el pecho de Abuámir. «Es mía», pensó él.

43

Córdoba, año 967

Como cada sábado, a media tarde, la comitiva de la sayida y los príncipes regresaba a Córdoba desde Azahara, después de visitar al califa y pasar la jornada con él en su palacio. A la cabeza avanzaba la guardia de los alcázares, detrás, la litera de los niños rodeados de los eunucos y los sirvientes, seguidos de Sisnán y Al Fasí en sus mulas vistosamente enjaezadas. Y, antes de que la guarnición de cola cerrara la fila, Abuámir en su caballo conversaba con un jinete, que por su atavío bien podía ser un eunuco prominente del harén real, que se cubría parte del rostro con un embozo que se descolgaba desde el turbante. En realidad, se trataba de Subh.

—Aún bendigo la hora en que tuviste la brillante idea de sugerirme este disfraz —le decía ella—. Nadie, absolutamente nadie, ha concebido la menor sospecha de las veces que hemos venido.

—Bueno —respondió él—, nadie podría sospechar nada, puesto que nadie te había visto antes.

—Sí. ¡Ja, ja, ja! —rio ella—. Es tan divertido; es como nacer de nuevo.

—Claro, pero también es de agradecer que el califa se haya prestado al juego.

—¡Oh! Y además a él también le divierte. Desde que me vio así vestida, como un criado de palacio, ha empezado a llamarme por el nombre masculino de Chafar. Lo cual significa que piensa seguir colaborando con la farsa.

—El Príncipe de los Creyentes es el más sabio de los hombres. Sabe que lo más sencillo es a veces lo conveniente. Si se hubiera opuesto a este juego todo se habría complicado. Así puede verte cuando quiere, podéis compartir la misma mesa y disfrutar en familia junto a los niños sin necesidad de vulnerar el rígido protocolo de la corte ommiada.

—Sí, es maravilloso —dijo ella, mirando hacia el cielo azul de la tarde—; todo esto es como un sueño. Ir por aquí a caballo, al aire libre, contemplando esas montañas y ese cielo inmenso; respirando este aire puro de verano... Es como recobrar cosas que ya casi había olvidado... ¿Sabes?, en Vasconia yo solía montar a caballo.

—Pero... ¿es eso posible? —se extrañó Abuámir.

—Naturalmente. En Vasconia las costumbres son muy diferentes de las vuestras. Bueno, no es que las mujeres sean iguales a los hombres, pero si el padre quiere puede disponer de las hijas para otros menesteres que no sean los propios de la casa. Mira si no la famosa reina Tota. Era hermana de mi bisabuelo, y todo el mundo sabe que acudía a la guerra como un caballero más. Incluso tenía su propia espada. Aunque eso no es lo más corriente. Pero aquí sería impensable.

—Si quieres, puedo conseguirte una espada —dijo él con ironía.

—Hace unos meses la habría necesitado... Soñé con una de ellas cuando Chawdar y Al Nizami me hacían la vida imposible...

—¿Para matarlos a ellos?

—O para darme muerte yo. Pero ahora soy tan feliz...

El verano había seguido su curso y había dorado los campos, pero los pinos que se erguían descomunales aquí y allá mostraban orgullosos el verde brillante de sus enormes copas redondeadas y despedían un perfume suave de estío. Las bandadas de palomas torcaces giraban en el horizonte buscando sus encinares, y una tenue banda rojiza empezaba a desplegarse en el infinito.

—¡Cómo...! —exclamó ella de repente—. ¡No vamos hacia Córdoba!

—Bueno —respondió él—, hoy no voy a regalarte una espada; pero reservaba para ti una sorpresa.

—¿Eh…? ¿Una sorpresa? ¿Adónde vamos?

Dejaron a un lado la ciudad y avanzaron hacia la margen derecha del Guadalquivir. Las torres, los alminares y los elevados tejados de los palacios asomaban por encima de las murallas. Las arboledas de las orillas guardaban el río, junto a la inmensidad de juncales donde empezaban a guarecerse multitud de aves acuáticas. Parecía un paisaje de encantamiento.

—Vamos a un lugar que te pertenece —dijo Abuámir—, pero que no has visto nunca.

Enseguida llegaron a unos muros que cercaban una propiedad espesamente poblada de árboles. En el pórtico de entrada aguardaba un batallón de sirvientes.

—¡Bueno, hemos llegado! —dijo Abuámir mientras descabalgaba—. Estás en tu propia casa de campo; la munya de Al Ruh.

Pasaron al interior de la propiedad. No ocupaba una gran extensión, como los jardines de los alcázares o los de Azahara, pero tenía el encanto de los terrenos plantados desde muy antiguo, donde los gruesos troncos brotan ingobernables y en las alturas crecen a sus anchas, escapando a las manos de los jardineros. Los setos eran viejos y tupidos, y las marañas de enredaderas y emparrados se adueñaban de los pasillos formando apretados techos bajo cuya umbría crecía la hierba fresca y húmeda. En el centro, semioculto por tanta espesura, se levantaba un hermoso palacete, cuyas ventanas ya estaban iluminadas. Era una de esas edificaciones de la época del emirato, construida en dos pisos y pintada en verde malaquita oscuro, tal vez para conseguir una perfecta integración en el ambiente que formaban juntos la alameda y el río.

Atravesaron los jardines y cruzaron la puerta principal, que los condujo a un patio abierto rodeado de habitaciones. En el piso superior había una galería, que al igual que la inferior se sostenía con viejas columnas romanas de granito. No faltaban la fuente central, con su gran pila de piedra, y una serie de naranjos y limoneros plantados en hileras paralelas.

—¡Oh, Dios mío! —exclamó Subh, mirando embelesada a su alrededor—. Esto es maravilloso.

—Aguarda a que subamos al piso superior —dijo Abuámir.

En el alto se encontraron con un hermoso saloncito, iluminado por cuatro faroles sostenidos por leones sentados, que una esclava acababa de encender con una antorcha. El suelo estaba cubierto de alfombras y las paredes decoradas con coloridas pinturas vegetales. El techo era un firmamento azul ahumado repleto de doradas estrellas.

—¿Y… dices que este lugar me pertenece? —preguntó Subh.

—Bueno, esta y cuatro munyas más. Forman parte de la ingente fortuna con la que el califa te dotó como premio a tu maternidad, junto con una buena extensión de tierras, además de joyas, dírhams de oro, esclavos… En fin, como a una reina.

Recorrieron las estancias y ella se maravilló al contemplar que cada una era diferente en su estilo, aunque costaba determinar cuál era la más hermosa.

Más tarde, cuando Subh fue a llevar a los niños a dormir, pues les había llegado la hora, Abuámir se encargó de que los criados prepararan una mesa en el centro del salón principal, donde fueron disponiendo una serie de manjares que él había elegido previamente.

Las ventanas estaban abiertas al jardín exterior; se veían las oscuras copas de los árboles casi queriéndose entrar en la estancia. Un mirlo cantaba en la espesura. Los aromas frescos del río subían, mezclados con los de la tierra regada por los canales que empezaban a llenar las norias a la caída de la tarde.

Cuando la mesa estuvo dispuesta, Abuámir despidió a los criados, con la orden de que se retiraran a sus viviendas después de cerrar las puertas del palacete. Si no fuera por el mirlo, todo habría quedado en silencio.

Al fondo del salón había un gran espejo, rodeado por un dorado marco con forma de herradura. Abuámir se miró. Su rostro estaba brillante por el sudor y su turbante le pareció descompuesto. Deslió con cuidado la banda y se descubrió completamente la cabeza. Estaba orgulloso de su pelo abundante, largo y oscuro. A un lado había una jofaina de las que se usaban para lavarse antes de las comidas, con su toalla de fino hilo con bordados y su perfumado jabón. Se estuvo lavando delicadamente los brazos, el cuello, los cabellos y la cara. Luego mojó las yemas de los dedos en aceite y los pasó por algunas mechas de su cabello. Solía hacerlo cuando pensaba estar con la cabeza descubierta. Junto a la jofaina había una pequeña piedra de almizcle en su cajita de plata. Él la tomó y la frotó entre las manos percibiendo su peculiar y sugerente olor. Luego se extendió el aroma por el pecho y la nuca sin excederse. Se fue hasta el balcón, se recostó en él e inspiró varias veces con profundidad para sentirse relajado. Las sombras envolvían ya el jardín, y un criado fue encendiendo los faroles.

No pudo evitar que una especial excitación lo invadiese cuando oyó los pasos de Subh en el pasillo de la galería. Ella apareció ataviada todavía con los ropajes de eunuco, con sus amplios calzones de estilo persa y un holgado blusón con bordados. Aun así estaba muy bella, pero él se sintió algo defraudado. Sin poder reprimirse le dijo:

—¿No te descansa cambiarte de ropa después de un viaje?

—Bueno, no tengo nada más que esto. Nadie me había dicho que no íbamos a retornar a los alcázares.

El cayó entonces en la cuenta. De un brinco se puso en pie y la cogió de la mano. Tirando de ella hacia la puerta, dijo:

—¡Ven! Te mostraré algo.

En un dormitorio contiguo, decorado con un lujo desbordante, había uno de esos armarios empotrados en la pared y separados por una cortina. Abuámir la descorrió. Colgados en sus perchas había una veintena o más de vestidos.

—¡Oh! —exclamó ella—. ¿Y esto?

—No sé —respondió él—. Cuando hice el inventario de la propiedad me encontré con ellos. Una vieja criada me dijo que el anterior califa había alojado aquí a una de sus favoritas antes de que se construyera Medina Azahara. Seguramente todos esos vestidos le pertenecieron.

Abuámir los descolgó y los extendió sobre las alfombras. Había sedas, brocados, damascos, suntuosos velos de encaje y dorados fajines ricamente bordados. Al verlos, el rostro de Subh se iluminó.

—¿Habrá habido alguna vez una reina con mejores vestidos que estos? —exclamó.

—¡Vamos, ponte uno! —le pidió Abuámir.

—Oh, no, no, no…

—Pero… ¿por qué? Son tuyos.

—No, no sería capaz. Pertenecieron a una de esas mujeres. Sería como enfrentarse directamente a ellas.

—¡Bah! ¡Supercherías de gente del norte! —se enojó él—. Las cosas son cosas, independientemente de sus dueños o poseedores. Además, según eso, no podríamos vivir en ninguna casa si no hubiera sido edificada solo para nosotros, ni andar por los caminos, pues por ellos pasaron ya otros que murieron… Las cosas son cosas, solo eso.

—Hummm… No sé…

—¡Vamos, escoge uno! —insistió él—. Son maravillosos. ¿Quién puede asegurar que no estaban aquí para ti, esperándote?

Subh se mordió los labios indecisa. Miraba los vestidos con un deseo imposible de disimular. Por fin se decidió.

—¡Espérame en el salón! Y… dame tiempo; tardaré un rato en decidirme.

Abuámir regresó al balcón de la sala. El mirlo solitario seguía emitiendo su agudo y solitario canto. Se había hecho de noche, pero el jardín estaba más hermoso si cabe, sumido en su misterio y alumbrado por los faroles que ardían en los ornamentados rincones. El aire del río se había hecho más fresco. Un grillo se unió entonces al mirlo, secundado enseguida por otro y más tarde por un coro de ranas desde la orilla. Abuámir se regocijó con aquellos sonidos del verano y se acercó hasta la mesa para servirse una copa de vino. Lo saboreó largamente e intentó no imaginar qué vestido habría elegido Subh, para no estropear la sorpresa que le aguardaba. Entonces le vino a la mente un amago de remordimientos. Luchó para no sucumbir a la idea de que todo aquello era algo prohibido. «Lo que Dios quiere sucede –pensó–, lo que Él no quiere no sucede». Eso le tranquilizó.

Creyó estar delante de uno de sus sueños. Ella había escogido el largo vestido de color azafrán, con dorados bordados alrededor del cuello, en las mangas y en los bajos. Le caía suelto y perfectamente asentado en sus formas. Se había calzado unas delicadas sandalias de cordones de oro, y su pelo rubio, libre sobre los hombros, no podía completar mejor el conjunto. Él la contempló durante un rato. Luego dijo:

—Dios te creó para ser una reina. La luna es siempre la misma. Incluso cuando solo aparece en un delgado reflejo. Pero un día desvela su cara y eclipsa a todos los demás astros. Hoy tú eres la luna llena.

Subh se turbó visiblemente. Apartó rápidamente sus ojos de los de Abuámir y los paseó por la mesa donde estaban dispuestos los platos para la cena.

—¿Y todo esto? —preguntó sorprendida.

—Ven, ocupa este sitio —le rogó Abuámir.

Se sentaron el uno frente al otro. Abuámir retiró a un lado una complicada lámpara de varios brazos que ocupaba el centro de la mesa. Subh seguía con la mirada atenta a los diversos platos.

—Prueba eso de ahí —le sugirió él.

Ella alargó la mano y tomó algo entre los dedos. Lo examinó con gesto de extrañeza y luego preguntó:

—¿Qué es? Parecen personitas.

—¡Ja, ja, ja…! —rio Abuámir—. Pruébalo y te diré lo que es.

Subh se lo llevó a la boca y lo masticó cuidadosamente.

—¡Hummm…! —exclamó—. Está muy bueno, pero tiene huesecillos. ¿Puedo saber qué son?

—Son ranas —respondió él con gesto divertido.

—¿Ranas? Ranas de…

—Sí. Ranas del río, como esas que cantan a la noche.

—Nunca pensé que se comieran.

—¿No hay ranas en tu tierra?

—Bueno, sí, pero supongo que menos que aquí. Nunca había oído croar tan intensamente… Están enloquecidas.

—Cantan al amor. Un poeta antiguo, Al Turabi, decía que llaman a la luna para que venga a mirarse a su espejo.

—¿A su espejo? ¿Qué espejo?

—Sí, el río. ¿No has oído nunca que la luna se mira en el agua como en un espejo?

—¡Ah, cuántas cosas bonitas sabes! —exclamó ella verdaderamente admirada.

Siguieron hablando, comiendo y bebiendo vino. El tiempo parecía detenido en la magia de aquel salón; pero la noche avanzaba, mientras ellos empezaban a languidecer arropados por la mutua compañía.

—¿Eres ahora feliz? —le preguntó Abuámir.

—¡Claro! Creí que nunca podría volver a ser feliz. Me siento como un pájaro a quien le han abierto la puerta de su jaula. Todo me parece nuevo y distinto. En tan poco tiempo han cambiado tanto las cosas para mí... Pero, a veces, siento miedo. No puedo evitarlo.

—¿Miedo? ¿A qué? ¿No estoy yo contigo?

—Sí. Si no hubiera sido por ti nunca habría encontrado esta felicidad. Tú has abierto la puerta de mi jaula. Pero ha sido todo demasiado rápido. Algunas veces me asaltan las dudas. Cuando estaba en el harén pensaba que ese era únicamente mi destino y que no debía esperar nada más. Que Dios me había hecho para eso y que lo único que me quedaba era aceptarlo.

—Bueno. ¿Es que no tienes derecho a ser feliz?

—¡Oh, sí! Pero esta felicidad me asusta. Es como si... Dejémoslo, no vas a entenderlo.

—¡Vamos, habla! —le pidió él cogiéndole las manos—. ¿Vas a desconfiar ahora de mí?

Subh le miró entonces abiertamente. Sus ojos claros reflejaban una luz especial, y su semblante se hizo transparente.

—Se trata de eso. Creo que confío demasiado en ti. Antes debía pensar por mí misma, aunque todo fuera oscuro y difícil. Ahora espero continuamente a que tú decidas por mí. Con frecuencia, me sorprendo esperando a que llegues y digas que hay que hacer esto o aquello. Te has vuelto demasiado importante para mí, y mi corazón antes era libre, aunque lo demás estuviera en una jaula.

Las lágrimas corrieron por su rostro. Abuámir las recogió con sus dedos en una caricia. La contemplaba con dulzura, pero su mirada era penetrante e ineludible.

—¿Y eso es malo acaso? —preguntó él.

—No, si yo fuera libre —respondió ella con sinceridad—. Pero mi destino está unido al hombre al que pertenezco.

—¡Pero tú no le amas! Te unieron a él contra tu voluntad.

—Sí. Pero es el padre de mis hijos. Y eso es algo sagrado, según me enseñaron mis mayores. Y yo consentí voluntariamente en aquella relación. Además, siempre se portó muy bien conmigo. Y, en ese sentido, le amo…

—Eso es cariño. Pero el verdadero amor entre un hombre y una mujer…

—Por favor, no sigas —dijo ella angustiada—. Dejémoslo todo como está. ¡Es maravilloso así!

—¡No! Este mundo lo separa todo, pone barreras, se opone a lo que de verdad puede hacer feliz al hombre. ¿Vas a consentir que lo que de verdad amas no te pertenezca por causa de esos temores?

—¡Ah! Necesitaría hablar con alguien más, aparte de ti. Tienes demasiada fuerza; me dominas. ¡Oh, el obispo Asbag! ¡Cuánto le he echado en falta últimamente!

—¡Vaya! El obispo Asbag. Pero si no está aquí será por algo. Está muy lejos y de momento no va a regresar. Lo que Dios quiere sucede, lo que Él no quiere no sucede. Si el obispo estuviera en Córdoba habría sembrado tu alma de absurdos prejuicios de cristianos, y hoy no estaríamos aquí los dos. ¿No será esto lo que Dios quiere?

Subh se quedó pensativa. Abuámir decidió no seguir por aquel camino. La discusión estaba echando a perder la magia de la noche. Durante un momento permanecieron en silencio. Las ranas no paraban de croar abajo en el río.

—¿Oyes? —dijo él.

—Sí —respondió ella—. Llaman a la luna para que venga a mirarse a su espejo.

Abuámir la tomó de la mano y la condujo hacia el balcón. A lo lejos, entre los árboles, el río reflejaba a la luna en sus aguas mansas. Ninguno de los dos dijo nada, pero ambos sintieron un estremecimiento con aquella visión.

Él le pasó entonces el brazo por la espalda y subió la mano hasta sus cabellos; la acarició suavemente en los hombros y en la nuca.

—Ven —le pidió—. Te mostraré algo.

Ambos se situaron frente al gran espejo que había en el fondo del salón. Abuámir extrajo algo de un pequeño cofre que había en una alacena, junto al espejo. Era una brillante diadema de oro y piedras preciosas. Con cuidado, ciñó con ella la cabeza de Subh.

—Ahora sí que eres una reina —le dijo—. Y estás frente a tu espejo. Por eso cantaban las ranas.

Ella se miró y se asombró al verse radiante, con aquel vestido y aquella joya a la luz de aquel salón. Luego miró a Abuámir a su lado; se fijó en su tez morena y en el contraste de sus cabellos negros, brillantes, y en sus ojos profundos de árabe.

Él sabía bien que la mejor manera de seducir a una persona es hacerle ver que es la más maravillosa del mundo. A través del espejo le transmitió eso a ella con sus ojos.

—¿Ves? —le dijo—, somos tan diferentes... Tu piel es clara como la luna y tus cabellos tienen luz. Yo, en cambio, soy la noche. No puede haber luna sin noche...

Dicho esto, fue retirando el vestido de Subh. Primero lo deslizó dejando al descubierto sus hombros, que besó suavemente; luego, sin que ella pudiera moverse, la delicada tela de color azafrán cayó a sus pies dejando al descubierto su blanco cuerpo desnudo, como el de una pulida escultura.

44

Mar del Norte. Costa occidental de Jutlandia, año 967

Asbag se dio cuenta de que era incapaz de pensar. Nunca antes le había sucedido algo semejante. Tendido de costado en la cubierta del barco, sentía un espeso y frío adormecimiento en las piernas, y su cadera derecha parecía haberse fundido con las duras tablas. Junto a él, otros cautivos se arracimaban atados unos a otros, para evitar que, llevados por el terror y el descontento, se arrojaran por la borda a las frías aguas, como ya habían hecho algunos a lo largo de aquel viaje. A su lado, una mujer joven llevaba días emitiendo un pausado y lastimoso quejido, que ya no era un llanto, sino un mecánico gemido semejante al maullido de un gato.

La mente de Asbag estaba tan en blanco que no le permitía concebir el más leve pensamiento esperanzador, y mucho menos expresar palabras de consuelo para sus compañeros de desventura.

Se pasó la lengua por los labios y notó la sequedad en ellos, las grietas en la piel, algunas llagas y el desagradable sabor de la sal. Tenía la boca reseca y la garganta le ardía. Recordó entonces el odre de agua que uno de aquellos vikingos pasaba entre ellos dos veces al día, no más, con el fin de dejarles chupar el suficiente líquido para que no se muriesen de sed. Hacía ya tiempo que no reparaba en la pestilente mezcla de orines y heces sobre la que solían descansar, mientras no viniesen a arrojar sobre ellos algunas cubetas de agua helada de mar, para que los excrementos resbalasen hacia los aliviaderos de los extremos. De vez en cuando, si no tenía a nadie a los pies, buscaba la manera de estirar las piernas y sentía un inmenso alivio.

La nave subía y bajaba al ritmo del oleaje, permitiéndole de vez en cuando divisar un horizonte gris, hecho de un mar encrespado que se fundía con un plomizo y denso cielo dominado por los escasos nubarrones. Era como navegar hacia el vacío. Y el constante mareo no le dejaba saber si su cabeza estaba en sus pies o viceversa.

Al principio de aquel viaje, poco después de que los embarcaran en las costas de Galicia, Asbag había percibido con fuerza que aquello era un reto de la propia existencia. Incluso había tenido entereza para musitar algún salmo, sintiendo que las palabras le traspasaban y le penetraban buscando el reducto último de su fe, buscando su esperanza. En esos momentos se acordaba especialmente del Salmo 106:

> Los que surcan el mar en naves
> y están maniobrando en medio de tantas aguas.
> Contemplaron las obras de Dios,
> sus maravillas en el océano.
> Él habló y levantó un viento tormentoso,
> que alzaba las olas a lo alto:
> subían al cielo, bajaban al abismo,
> el estómago revuelto por el mareo,
> rodaban, se tambaleaban como borrachos,
> y se desvaneció toda su sabiduría.
> Pero clamaron al Señor en la tribulación,
> y Él los sacó de sus apuros.

Eran frases que se sabía de memoria, por haberlas repetido en el salterio una y otra vez desde su juventud. Frases que ahora cobraban pleno sentido al proyectarse en la atroz realidad. Asbag nunca había navegado antes, pero había visto en su taller la sucesión de ilustraciones que se copiaban unos a otros en las páginas de las Biblias: el mar Rojo abriéndose para tragarse a los soldados egipcios, la ondulante representación del océano con la ballena en cuyo seno estaba Jonás, el Leviatán, a Jesús calmando la tempestad en medio del oleaje que amenazaba a la barca donde él y sus discípulos navegaban, a Pablo surcando el Mediterráneo para ir a encontrarse con los pueblos gentiles y, por último, las oscuras y amenazadoras aguas del apocalipsis devorándolo todo. Pero aquellos dibujos casi infantiles jamás habrían podido representar la terrorífica visión de aquel inconmensurable volumen de agua embravecida.

Los prisioneros se encontraban en el centro de la nave, junto a los fardos del botín y al resto de la carga, mientras que cuatro hileras de remeros se extendían a un extremo y otro, dos a cada lado. Los jefes y los fieros guerreros se reservaban la bodega, donde estaban libres de la lluvia y de las salpicaduras del oleaje.

Asbag había perdido la cuenta de los días de viaje y de los puertos donde habían recalado para que los vikingos intercambiaran los frutos de su rapiña. Eran lugares escondidos entre oscuros y escarpados acantilados, desde cuyas calas les habían hecho señales con antorchas grupos de despiadados mercaderes, cuyas fortunas posiblemente dependían de la implacabilidad y la barbarie de los daneses. Al principio, el obispo se había fijado en aquellos tratos, realizados a través de experimentados intérpretes; también había reparado en las fortificadas poblaciones que asomaban desde las montañas. ¿De qué lugares podía tratarse? Jamás habría podido saberlo. Sus moradores eran hombres distintos; fríos y distantes habitantes del norte, hechos al océano y a las inclemencias de los vientos. En un estrecho, donde el mar se abría paso entre lejanas colinas, se habían cruzado con otras naves, y había podido ver a sus tripulantes saludar alegremente desde las cubiertas. Asbag había advertido entonces el cruel absurdo de su situación; apretujado contra sus compañeros de cautiverio y contra los fardos del botín, formaba parte de una simple mercancía transportada hacia algún mercado desconocido en otra parte del mundo.

Uno de aquellos días, había visto morirse a una muchacha, tal vez de frío y de miedo. Era una adolescente de bello rostro, pero de naturaleza visiblemente débil. El vikingo encargado de los prisioneros la había descubierto inconsciente al amanecer y le había acercado su rudo rostro de rojas barbas al pecho, para escuchar si su corazón latía. Asbag vio con claridad la contrariedad de su gesto y casi pudo adivinar las blasfemias de rabia que el vikingo escupió en su extraña lengua cuando comprobó que la muchacha estaba muerta. Como quien retira un objeto inservible, la arrastró hasta la borda y la arrojó sin más, después de quitarle el vestido y las sandalias. Asbag no pudo reprimir un sonoro sollozo y todavía tuvo que soportar el ver la indiferente sonrisa de un despiadado remero que había contemplado la escena próximo a él.

Era la última vez que había llorado. Después se vio sumido en una especie de letargo. Con la mirada perdida en las nubes grises del horizonte, había llegado a intuir que aquel viaje no tenía por qué terminar, puesto que era como navegar en el vacío de la muerte. Su mente se sumergió entonces en la nada y dejó de hacerse preguntas. Ni siquiera llevaba la cuenta de los días que pasaron sin que la nave se detuviera en algún puerto, perdida ya la esperanza en que pudieran pisar tierra firme alguna vez.

Pero cuando conseguía dormirse acudían los sueños, llenos de claridad y de color, con tal fuerza de realidad que le hacían llegar a pensar que soñar era estar despierto, mientras que despertar era sumirse en la pesadilla de aquel barco. Sentía sus pies en Córdoba, en la medina, en la calle de los libreros, sobre las losas de granito que pavimentaban el suelo de San Acisclo. Veía el cielo intensamente azul y las bandadas de palomas que surcaban el aire. Llegaba a oler el azahar, los jazmines y el incienso. Sentía el bullicio del mercado, escuchaba las voces de los muecines y el tintineo alegre de las campanas. Soñaba con pergaminos, con libros, con códices y con ilustradas Biblias. Todo su mundo le acudía a la mente cuando el sueño le rendía.

Una mañana le despertaron bruscamente las voces de los remeros. Todos los vikingos corrían alborotados hacia la borda, gritando y agitando los brazos. Asbag se irguió cuanto pudo y por encima de las cabezas de aquellos hombres alcanzó a ver a lo lejos una hilera de montañas que emergían de un mar grisáceo y tranquilo. Por la euforia de los tripulantes y por la alegría que se había dibujado en sus semblantes supo que habían llegado a su destino.

A los cautivos les costó trabajo enderezarse cuando cortaron sus ligaduras, pero no les dieron tiempo para que estirasen sus miembros, y tuvieron que descender renqueando la rampa que deslizaron desde el muelle del puerto.

Asbag sintió su ropa acartonada y pegada al cuerpo, y un agudo dolor en las rodillas y en los tobillos. Cientos de caras los observaban, llenas de curiosidad. Mujeres, niños, ancianos y campesinos se aglomeraban junto a los embarcaderos para recibir a los recién llegados. Un intenso olor a pescado podrido y a salazón inundaba el ambiente, mientras que un pálido sol se abría camino entre las brumas y empezaba a iluminar las extrañas construcciones de madera que se agolpaban a lo lejos, dentro de una elevada empalizada hecha de gruesos troncos de árboles. Un poco más arriba, un sendero subía hasta una compacta fortificación de piedra que sobresalía de la espesura de los bosques que tapizaban las laderas abruptas.

El Salmo 106 acudió casi mecánicamente a la memoria de Asbag, cuando sintió el suelo firme bajo sus pies:

> … Y enmudecieron las olas del mar.
> Se alegraron de aquella bonanza,
> y Él los condujo al ansiado puerto.

Allí mismo, los vikingos se repartieron el botín. Esparcieron sobre el suelo las joyas, las telas, los objetos preciosos, los tarros de las esencias y las especias. Hicieron lotes que contenían las piezas más valiosas, las mejores cautivas y algún caballo para los jefes; el resto se distribuyó entre los demás hombres en una larga discusión que amenazaba con llegar a las manos. Pero por fin llegaron a un acuerdo y quedaron todos como amigos. Hubo abrazos, brindis e incluso lágrimas de despedida. Después cada uno recogió lo suyo y se puso en camino hacia sus pueblos, sus granjas o nuevamente hacia el mar, los que serían de alguna isla.

Asbag fue considerado alguien valioso y pasó a engrosar el lote que le había correspondido al jefe de la embarcación, junto con dos hermosas muchachas, un par de caballos árabes y varias sacas de monedas y alhajas. Los criados del capitán vikingo se ocuparon de la mercancía y todo fue cuidadosamente dispuesto sobre bestias de carga. A él le miraron de arriba abajo y, como vieron que estaba aturdido y anquilosado por el viaje, le hicieron subir en un asno. El obispo se preguntó qué habrían visto en él para tratarlo con tal consideración.

El viaje duró dos jornadas y media, discurriendo por caminos que se abrían paso entre densos bosques, por tierras de labor, por extensos y verdes prados donde pastaban los rebaños, cruzando ríos caudalosos, pasando por pequeños e insignificantes villorrios, hasta que divisaron a lo lejos una ciudad que se extendía a lo largo de una amplía ría por donde entraban y salían los barcos, desplegando sus velas, y las pequeñas barcazas a golpe de remo. Aquel le pareció a Asbag un lugar extraño, con las construcciones iguales y los tejados revestidos de oscuras lajas cubiertas de secos líquenes. Todo era primitivo y austero.

Entraron en la ciudad por una puerta cuyas hojas de madera estaban abiertas y sin vigilancia, y un bullicio de chiquillos que jugaban junto a los muros los acompañó desde entonces hacia el interior. Eran niños de raza nórdica, de sonrosados rostros y enmarañados cabellos rubios, que gritaban: «¡Torak!, ¡Torak!».

Ese era el nombre del jefe de los vikingos que se había adueñado de Asbag; el obispo lo sabía bien, pues lo había oído con frecuencia a bordo de la nave.

Cruzaron la ciudad y llegaron al otro lado, a un caserón que se encontraba al borde mismo de la ría, donde salieron a recibirlos algunas mujeres, más criados y una manada de perros que se abalanzaron sobre Torak para lamerlo de la cabeza a los pies.

A Asbag volvieron a mirarlo y remirarlo, como a las desdichadas doncellas. Nada entendía de lo que hablaban en su extraña lengua. Sin embargo, vio el alboroto que se armó cuando descubrieron las alhajas, que hicieron las delicias de las mujeres, al igual que las telas y los vestidos, que se pusieron inmediatamente.

Se hizo de noche, y condujeron a Asbag hasta unas dependencias oscuras, en donde lo hicieron entrar de un empujón. La puerta se cerró y cayó una pesada aldaba. A tientas, el obispo buscó un lugar donde recostarse, pues estaba deshecho por el agotamiento. Palpó a un lado y a otro y dio con una especie de jergón relleno de paja y con una áspera manta de lana. Y casi sintió un alivio placentero al encontrarse fuera de aquel horrible barco. Pero enseguida acudieron a su mente las crueles escenas de la captura y los rostros de los peregrinos aterrorizados. ¿Qué habría sido del joven Juan aben Walid?, se preguntó. Y un nuevo salmo acudió a su mente:

Has alejado de mí a amigos y compañeros:
Mi compañía son las tinieblas…

45

Córdoba, año 967

Abuámir sostenía en sus brazos al pequeño Hixem frente a la jaula que había mandado construir en una glorieta de los jardines, y en la cual jugueteaban, saltaban y se peleaban los monos que había traído del parque de Azahara. A su lado, el príncipe Abderramán brincaba de placer viendo las evoluciones de los simios.

Era una deliciosa tarde del final del verano, con un suave sol que se colaba en finos rayos entre las hojas de las parras y un dulce aroma de mosto exhalado por los dorados racimos. Un momento antes, se habían estado bañando los tres en el fresco estanque, donde flotaban ya algunas hojas amarillentas. Durante todo el verano habían bajado cada tarde a chapotear allí, lo cual hacía las delicias de los niños.

Un poco más allá, Subh estaba sentada bajo un sauce tejiéndose una túnica, ayudada por las criadas. De vez en cuando, levantaba los ojos del bastidor y contemplaba la escena de sus dos hijos y Abuámir divirtiéndose juntos. Su semblante transparentaba el alma de una mujer feliz, cuyo pasado se había borrado en los últimos meses y cuya mente había dejado de hacerse preguntas. El verano se iba, y desde aquella noche de luna en la munya de Al Ruh parecía que hubiese pasado una vida.

No habían dejado de ir un solo sábado a Azahara para ver al califa, y ella le había contado a su esposo lo feliz que era; aunque hubiese deseado contarle también el motivo último de tanta dicha. No obstante, Alhaquén se alegraba viéndola así, y con eso bastaba. Era mejor dejarlo todo estar, en la ingenuidad culpable. ¿Qué otra cosa podía hacer? Eso sí, ninguno de aquellos sábados había perdido el tiempo a la hora de ensalzar al joven administrador de su casa y de su pasión. Le había hablado al califa constantemente de los progresos de la hacienda, de lo cuidado que estaba todo y de las habilidades de Abuámir a la hora de tratar con la servidumbre. Pero sobre todo le hablaba del trato con los niños, que le adoraban. Inventaba cuentos para ellos, los instruía constantemente y sabía tratarlos como lo que eran, niños que habían añorado siempre el mundo de los juegos y la imaginación, que les había faltado en el enrarecido ambiente del harén de Azahara.

A ella le habría gustado que el califa los viera así, en el vivir cotidiano del palacio, y que sus propios ojos contemplaran la armonía y el encanto que reinaba bajo la mano firme y delicada a la vez de Abuámir.

Y fue como si alguien hubiera escuchado su deseo. Aquella tarde, en uno de los pasillos que formaban los setos, Alhaquén en persona estaba quieto como un poste deleitándose con la escena.

Las criadas se sobresaltaron y se arrojaron repentinamente de bruces, dejando lo que estaban haciendo. Subh se puso de pie y no pudo evitar una exclamación.

—¡Señor! ¡Mi señor!

Abuámir se volvió y se encontró de frente con la mirada bondadosa del califa. Entonces dejó al pequeño en el suelo y se dispuso a postrarse.

—¡Oh, no! —dijo el califa—. Seguid como estabais… No os alborotéis; me gusta veros así.

Alhaquén avanzó hasta la jaula y, después de besar a sus hijos, se divirtió un rato contemplando a los monos.

—Ha sido una buena idea poner esto aquí —observó—. Cuando yo era pequeño disfrutaba viendo a los animales. Y… ese estanque… Os he visto jugar en el agua fresca. ¡Ah, si no me dolieran tanto los huesos…!

—Ya ves, señor —dijo Subh mientras se aproximaba—, como te decía, somos felices.

—Sí, sí, ya lo veo —dijo él con satisfacción—. Y ello me hace feliz a mí.

Inmediatamente, los eunucos mandaron traer una mesa, donde sirvieron golosinas y refrescos. Nadie podía disimular la impresión que le causaba la presencia del califa. Subh se apresuró a llenar un vaso con jarabe de granadas y se lo ofreció a su esposo. Alhaquén lo saboreó, cerró los ojos e inspiró profundamente. Luego miró a su alrededor, deteniendo la mirada en cada ángulo, como reconociendo los jardines donde pasó su infancia.

—¡Ah, cuántos recuerdos! —exclamó—. Si pudiera volver atrás miraría la vida de forma diferente. Pero ningún zorro viejo es capaz de cambiar de madriguera…

Subh se abalanzó a él y rodeó su cuello con los brazos. Le besó y dijo:

—No, tú no eres un zorro viejo.

—¡Ah, ja, ja, ja…! —rio él—. Mi pequeña, mi pequeña Chafar, eres tan adorable…

Las criadas se ruborizaron, sonrieron y se miraron con ojos tiernos, después de contemplar aquella escena. Y Abuámir se vio dominado por una extraña perplejidad.

—¡Bien, Abuámir! —El califa se volvió hacia él—. Ahora tú y yo tenemos que hablar.

El corazón le dio un vuelco.

—Ha… hablar —balbució.

—Sí. Tú y yo; a solas. Pero… hagámoslo paseando; me encanta respirar este aire.

Abuámir se situó a su lado y ambos se encaminaron por uno de los pasillos del jardín, cuya tierra estaba cubierta de claro y limpio albero.

Al principio anduvieron en silencio, mientras se alejaban, y Alhaquén se detenía de vez en cuando a olisquear las plantas o arrancar algunas hojas de romero, lavanda o mirto, que apretaba entre sus dedos y se llevaba a la nariz para apreciar su aroma.

—¡Hummm…, qué familiar me es todo esto! —exclamó el califa.

Abuámir estaba atemorizado y confuso. Las preguntas se agolpaban en su mente. ¿Podría haberle contado alguien al califa lo suyo con la sayida? ¿Algún criado? ¿Los eunucos tal vez? Se angustió entonces al comprobar que no había sido suficientemente precavido. ¿Cómo había podido dejarse llevar por la pasión de aquella manera? Presintió que Alhaquén desearía primero desahogarse a su forma; haciéndole ver cómo había abusado de su confianza y de su magnanimidad. Sí, el califa no era un hombre impetuoso. Cualquier otro hubiera irrumpido allí con sus guardias y habría ordenado que le cercenaran la cabeza en el acto, o tal vez lo habría hecho él mismo. O, algo peor, habría ordenado que le torturasen lenta y cruelmente para completar una merecida venganza. «¡Oh, Dios! –pensó–. ¡Cómo he podido ser tan insensato!». Un frío estremecimiento le recorrió entonces la espalda y las sienes, y una especie de zozobra le llenó la cabeza de tinieblas. Presentía que de un momento a otro el califa soltaría su perorata y luego le pondría en manos de los alguaciles, que a su vez le llevarían ante los jueces, cuya sentencia estaría ya dictada. Sí, por eso le había apartado de Subh y de los niños, porque a ellos no deseaba dañarlos.

—¡Pero bueno! —exclamó Alhaquén—. ¿Te ocurre algo? Te has puesto pálido. Ah, esto de bañarse por la tarde en agua fría… Ya no estamos en pleno verano.

Abuámir se quedó desorientado ante aquellas palabras tan paternales.

—No… no es nada… —balbució.

—Bien, vayamos al grano —dijo el califa—. Quiero que sepas que estoy muy satisfecho con tu misión de administrador de los alcázares. La sayida me ha contado cómo confía en ti y cuánta alegría has traído a mis hijos. El propio gran visir me ha dicho que las haciendas que te han sido encomendadas prosperan como nunca antes lo habían hecho. Veo que eres un administrador impecable y que las cuentas no tienen secretos para ti. Pero, sobre todo, te estoy inmensamente agradecido por una cosa: has devuelto la paz y las ganas de vivir a la madre de mis hijos. Eso para mí, muchacho, vale más que nada...

—Oh, señor —dijo Abuámir—, no ha sido tan difícil. Solo necesitaba algo de aire puro y divertirse un poco; nada más.

—Sí, y tú has sabido hacer ese milagro. La sayida no había estado nunca como ahora: hermosa, resplandeciente, llena de vitalidad... Todo lo necesario para que mis hijos crezcan en un ambiente sano. Lo cual yo agradezco de corazón.

—Yo soy el que debe agradecer tu confianza, señor —repuso Abuámir.

—Bueno, pues dicho esto —prosiguió Alhaquén—, quiero manifestarte ahora mis deseos de que ocupes otro cargo; espero que sabrás desempeñarlo con la misma eficacia que has demostrado hasta ahora.

Ambos se detuvieron junto a un verde granado salpicado de rojizos frutos. Abuámir miraba al califa con unos abiertos ojos de sorpresa. Alhaquén arrancó una de las granadas y, mientras la observaba, prosiguió:

—Mi primo el visir Ben Hodair te aprecia de verdad. Hace pocos días nos encontramos en una reunión familiar y me habló de ti. Me dijo que tienes amplios conocimientos de leyes y que las cuentas se te dan de maravilla; lo cual salta a la vista al comprobar la manera en que administras los bienes de la sayida. Pues bien, resulta que necesito un jefe para la Ceca, la casa de la moneda. El que ocupaba dicho cargo se ha retirado recientemente a causa de su avanzada edad. Mi padre lo nombró de entre los eunucos administradores de Azahara y, como es natural, no tiene ningún hijo que herede su posición. He pensado que no encontraré a nadie mejor que tú para sucederle. Mañana irás a prestar juramento al palacio del cadí.

Abuámir cogió las manos del califa y las besó con fervor, lleno de agradecimiento.

—Bien, bien —dijo Alhaquén—. Te mereces el cargo, no tienes nada que agradecer. Pero no olvides que es un puesto de gran responsabilidad. Por esa casa pasa todo el oro y la plata del Imperio, y desde que mi padre la fundó hace cincuenta años ha sido uno de los motivos de orgullo del califato.

—Señor —respondió Abuámir—, no te arrepentirás.

—Sé que no. El Todopoderoso te ha dotado singularmente y yo he de aprovechar esos dones.

46

Hedeby, año 967

Asbag se vio a sí mismo frente a un inmenso y resplandeciente mosaico que brillaba con luz propia. En el centro estaba representado un rey, sentado en un trono y sosteniendo un libro abierto en su mano izquierda, mientras alzaba la derecha en una especie de gesto de poder. Sintió que aquel personaje majestuoso era el mismo Jesucristo, porque lo había visto así en múltiples códices llegados desde Bizancio, Venecia o Ravena. A su derecha estaba la Virgen envuelta en un amplio manto azul bordado con relucientes estrellas. A continuación, se extendía una interminable saga de varones santos, vírgenes, mujeres ejemplares y hombres de toda raza, pueblo y nación que acudían a postrarse ante el trono de la Gloria. A la izquierda, en cambio, se arrastraba una sucesión de infieles pecadores que eran conducidos al tormento de las llamas por personajes diabólicos y figuras infernales. Estaban representados los pecados, las bajezas, las iniquidades.

Asbag se vio a sí mismo sentado a un escritorio, con una extensa página de pergamino delante y una pluma de ganso afilada en la mano. Sintió que debía copiar aquella visión y mojó la pluma en una de las tintas. Pero la imagen se borraba delante de él. Lo intentaba una y otra vez, las tintas se derramaban, la punta del cálamo se tronchaba, los borrones se multiplicaban y era incapaz de plasmar lo que había visto. Rompió a llorar amargamente. La angustia se apoderó de él y notó que sus propias lágrimas se le descolgaban hacia los labios en un interminable reguero que se colaba por su boca haciéndole beberlas a tragos. Se vio solo e impotente, como un niño perdido en la oscuridad de la noche. Recorrió las calles de desiertas ciudades, se asomó a la hondura y la negrura de un nocturno y amenazante océano y sintió el corazón agitado por el pánico, latiendo frenético dentro del pecho.

Entonces despertó. Sus ojos se abrieron a la total oscuridad de un lugar desconocido. Palpó la dureza del lecho, sintió la aspereza de un basto cobertor en el cuello y extendió una mano buscando tocar algo conocido. No estaba el cabecero de la cama, ni la mesilla junto a ella; en su lugar había una fría pared de tacto irreconocible. «¡Dios mío, he muerto!», pensó. Tenía el cuerpo entumecido, pesado y espeso; la espalda helada y adherida a la superficie sobre la que lo habían tumbado. Entonces, con un gran esfuerzo, despegó la lengua del paladar y comenzó a rezar en alta voz el padrenuestro.

De repente se escuchó un crujido, y una intensa luz le deslumbró. Alguien había abierto una puerta y su silueta se recortaba a contraluz sin que pudieran verse sus facciones. Cuando los ojos de Asbag se hicieron a la claridad su mente volvió a la realidad. Se trataba de uno de los criados de Torak, el fiero vikingo que le había apresado.

Parecía que había pasado una eternidad, pero había transcurrido una sola noche desde que llegaron a aquella extraña ciudad del país de los machus y los criados le encerraron en aquella estancia.

Junto al que había abierto la puerta entró otro criado. Entre los dos ayudaron a Asbag a levantarse. Luego le desnudaron. Le condujeron al exterior de aquella especie de cuadra y el obispo pudo sentir el frío y la humedad de la mañana en el cuerpo. Una fresca brisa llegaba desde la ría y arrastraba retazos de bruma.

Mientras uno de los criados le arrojaba agua con una cubeta, el otro le frotaba con una especie de hisopo hecho de ramas y estopa que le arañaba la piel. Los dientes le castañeteaban por el frío y el dolor, lo cual divertía a los afanados limpiadores. Se sintió como un caballo en manos de sus cuidadores.

Estaba encogido y con los brazos cruzados sobre el pecho. Uno de los criados le tiró de las manos para que la limpieza le llegara a todos los lados y, en ese momento, reparó en el crucifijo pectoral que le pendía del cuello con su cadena. Era una hermosa pieza de oro hecha por orfebres cordobeses que los nobles de la comunidad mozárabe le habían regalado el día de su consagración. Los ojos del criado se abrieron desmesuradamente descubriendo su codicia. Pero el otro también se fijó en la joya. Los dos forcejearon y discutieron a voces en su extraña lengua. Asbag creyó que le seccionarían el cuello de los tirones que le daban a la cadena. Los tres rodaron por el suelo, hasta que uno de ellos se hizo con el crucifijo y se apresuró a colgárselo del cuello y a esconderlo entre las ropas. El otro, enfurecido, la emprendió a patadas y a golpes con Asbag, como si él fuera el culpable. El obispo advirtió entonces que el anillo aún estaba en su dedo. Rápidamente se lo quitó y se lo ofreció para que lo dejase. El criado lo cogió y lo miró satisfecho. Una vez conformes, ambos criados volvieron a la tarea como si nada hubiera pasado.

Le recortaron los cabellos y la barba sin el menor de los cuidados. Le pusieron una especie de túnica, le echaron encima un deslucido manto, pues sus ropas estaban destrozadas y sucias; y, terminada la obra, los criados llevaron a Asbag frente a su amo. Torak le miró de arriba abajo con gesto de satisfacción y dio las órdenes oportunas.

Al poco rato, el vikingo, los sirvientes, las dos desdichadas cautivas, Asbag y un buey cargado con objetos del botín iban camino del mercado.

El puerto que estaba en la misma ría servía de embarcadero y de emporio, adonde acudían innumerables barcazas, lanchones y otras embarcaciones con todo tipo de mercancías para intercambiar: pieles, tejidos, ámbar, hierro, cerámica, vidrio y esclavos. El tumulto que había en los muelles emitía una especie de rugido metálico de tono monocorde; y el olor que emanaba de los tenderetes era una extraña mezcla de olores de sebo, pescado seco, cerveza y pieles curtidas. Todo era absolutamente diferente de cualquiera de los mercados del sur, donde predominaban las musicales tonalidades de los acentos meridionales y en el aire flotaban los densos aromas de la especias y las esencias de Oriente.

Asbag se dejaba arrastrar entre la muchedumbre que circulaba mirando los tenderetes, llevando las mercancías o deteniéndose a hacer los tratos. Oíanse ya los gritos de los acróbatas y juglares, de los mercachifles que pregonaban golosinas, carnes, panecillos y pescados; y entre todo ello, el rumor de las conversaciones en la extraña e incomprensible lengua. Caminaba con el vientre oprimido y con un intenso escalofrío en la espalda. Sentía náuseas y la desagradable presión en el estómago de la amarga y espesa papilla que le habían introducido a la fuerza en la boca, pues era incapaz de ingerir alimentos. Se detuvo a vomitar. Un desvanecimiento le nubló entonces la vista y las piernas le flojearon. El criado que lo llevaba sujeto con una soga por el cuello se dio cuenta y, en vez de asistirle, le propinó un puntapié. Más adelante, cogió un cazo y le echó agua por la cabeza. Se la tiró con fuerza y le hizo boquear de la impresión. Torak se enojó entonces con el criado y lo abofeteó, tal vez porque había mojado las ropas y los cabellos del obispo, dejándolo aún más impresentable.

El mercado de los esclavos estaba al aire libre, al pie de un gran edificio fortificado. Tuvieron que abrirse paso por entre la multitud que se agolpaba en los aledaños para acceder al lugar donde se hacían los tratos. Torak entregó a Asbag y a las muchachas a una especie de encargado que los situó en un lugar apartado, y tuvieron que aguardar allí toda la mañana. La compraventa y el intercambio se llevaban a cabo siguiendo un complejo sistema que determinaba el jefe de la lonja mediante una especie de sorteo hecho con dados y piedrecillas arrojadas sobre un tablero. Aquello parecía divertir a la gente, que se amontonaba alrededor de la tarima que servía para exponer a los esclavos.

En primer lugar se dio salida a las mujeres. Asbag se sentó en el suelo y, recostado en la fría pared del edificio, se cubrió la cabeza con los brazos para aislarse de todo aquello. La angustia le oprimía la garganta y su mente seguía en blanco. Las voces de los pregones, los gritos de protesta y los murmullos de admiración se sucedieron durante un largo rato.

Le llegó su turno. Alguien tiró de él y lo condujo al interior del edificio. A diferencia de lo que sucedía con las mujeres o con los adolescentes y los jóvenes, él no fue exhibido en público sobre el entablado, sino en un amplio salón donde aguardaban cuarenta o cincuenta hombres de aspecto más refinado. Por sus ropas, Asbag supo que eran comerciantes llegados de diversos lugares del mundo. Había árabes, musulmanes africanos, judíos, bizantinos, venecianos y sirios; todos ricamente ataviados. Por entre ellos circulaban los sirvientes portando bebidas y pasteles, y el ambiente era más distendido y silencioso que en el mercado exterior.

El encargado dio unas fuertes palmadas para reclamar la atención de los presentes y habló durante largo rato en la lengua vikinga. Cuando acabó su discurso, salió al centro un hombre de aspecto oriental que habló en la lengua árabe y en lengua latina. Presentó a Asbag como un hombre sabio, educado en el seno de la Iglesia, cordobés, escribiente, instruido en diversas ciencias y conocedor de varias lenguas. En ese momento, Asbag cayó en la cuenta de dónde residía el valor de su persona y de por qué había sido traído a este lugar lejano.

Los comerciantes se removieron en sus asientos y el interés se hizo patente. Uno de ellos, un judío ceñudo y macilento, se aproximó hasta él y le escrutó detenidamente. Luego, le miró directamente a los ojos y le preguntó en perfecta lengua latina:

—¿Cómo te llamas? ¿De dónde eres?

Asbag, confuso, permaneció en silencio.

—¡Contesta! —le gritó el encargado.

—Mi... mi nombre es Asbag aben Nabil —masculló.

—¿Eres cristiano? —le preguntó el judío.

—Soy un obispo de la Iglesia de Jesucristo. Soy el obispo de Córdoba —respondió con mayor decisión.

Un intenso murmullo sonó en la sala. El barboteo de las diversas lenguas se transmitió confusa y atropelladamente, hasta que todos se hubieron enterado de lo que Asbag había dicho.

—¡Cómo...! —exclamó el judío—. ¿Un obispo...? —Entonces se dirigió directamente al encargado de la lonja—. ¿Te has vuelto loco, Erbug? ¿Cómo se te ha ocurrido intentar vendernos a un obispo? Sabes que nosotros comerciamos en puertos donde la cristiandad es influyente y poderosa. Si las autoridades supieran que llevamos a un obispo entre nuestros esclavos perderíamos nuestras licencias y... posiblemente todas las mercancías.

—¡Y la vida! —gritó otro de los comerciantes—. Yo soy de Venecia. ¿Imaginas lo que sucedería si intento vender a un obispo en Roma?

La concurrencia prorrumpió en una sonora carcajada.

—¡Bueno, señores, calma, calma...! —pidió el encargado—. ¿Vais a fiaros de lo que diga un esclavo? Este hombre es un sabio y astuto cordobés que sabe la manera de librarse de su destino. ¿Cómo va a ser un obispo? ¿Creéis que no conocemos perfectamente lo que se ofrece en este mercado? Este hombre ha sido comprado por Torak en Galicia. Es una oferta muy especial. ¿Tiene acaso aspecto de obispo?

—¡Ah, Erbug! —replicó el judío—. No sería la primera vez que tratas de endilgarnos a algún individuo engorroso. Si ese hombre sabe tanto como dices, la oferta es interesante; pero si es un obispo no nos sirve para nada. Ni siquiera en Siria o en Alejandría se puede hoy día intentar una operación así. No, no podemos arriesgarnos.

—¡Un momento! —exclamó alguien. Se trataba de un árabe de mediana edad y aspecto distinguido—. Amigos, creo que podemos solucionar este asunto ahora mismo. Aquí, en Hedeby, hay un importante mercader del califato cordobés. Se trata de Ibrahim at Tartushi, al que muchos de vosotros conocéis por haber hecho tratos con él. Yo mismo lo vi llegar ayer en su embarcación. Le localizaremos y él nos dirá la verdad acerca de este hombre.

Un rayo de luz penetró en el interior de Asbag al escuchar aquel nombre. Conocía perfectamente a At Tartushi, puesto que no había nadie en Córdoba que no lo conociera. Incluso había hablado con él en cierta ocasión, para pedirle que buscara determinados códices, ya que el comerciante recorría numerosos puertos del mundo, por lo que era una referencia obligada en Córdoba para hacerse con cualquier cosa del extranjero.

Al cabo de un rato, apareció uno de los sirvientes que había salido en busca de At Tartushi y anunció que el mercader llegaría enseguida. Y así fue; al momento se presentó. Avanzó hacia donde estaba Asbag y le miró lleno de extrañeza.

—¡Oh, mumpti! —exclamó sobrecogido—. ¡Mumpti Asbag! Pero… ¿cómo has llegado hasta aquí?

Asbag, llevado por la alegría de contemplar ante sí la posibilidad de librarse de todo aquello, se abrazó a At Tartushi y prorrumpió en un sonoro sollozo, mezcla de emoción y de desconsuelo por lo que le había sucedido.

Los comerciantes, enfurecidos, se dirigieron entonces a los dueños de la lonja despotricando y pidiendo explicaciones y se armó un gran revuelo.

Mientras tanto, At Tartushi y el obispo estuvieron hablando. Asbag le contó cómo había sido apresado en la peregrinación y las calamidades que había sufrido desde entonces. Luego suplicó al comerciante que hiciera cuanto pudiera por sacarlo de allí.

—¡Oh, Alá sea loado! —respondió At Tartushi—. Veré lo que puedo hacer. Pero todo esto es complicado, muy complicado. Los machus venden a los prisioneros, pero si tienen a alguien importante buscan la manera de conseguir el rescate… Ellos jamás pierden. Intentaré comprarte. Pero no te garantizo nada…

At Tartushi estuvo negociando un buen rato con el jefe de la lonja y con Torak, ante la mirada impaciente y angustiada de Asbag, que rezaba en su interior, suplicando a Dios que llegaran a un acuerdo.

Al cabo, el comerciante cordobés se volvió hacia el obispo con la mirada sombría. Con gesto apesadumbrado, le dijo:

—Lo siento, mumpti, nada puede hacerse. Como me temía, piden una cantidad desmesurada por tu persona. He sido imprudente al decirles que eres un miembro de la chancillería del califa y consejero suyo. En vez de ayudarte te he perjudicado; ahora están engolosinados con la idea de conseguir un sustancioso rescate.

—¿Entonces…? —preguntó Asbag angustiado.

—Lo malo es que yo no puedo regresar ahora a Córdoba. Una importante operación comercial me aguarda en el este y no puedo faltar a mi palabra… Pero… te prometo que la próxima primavera volveré, después de hablar con tu comunidad en nuestra ciudad y con el propio califa si es preciso.

—¡Oh, Dios mío! ¿Y mientras tanto…?

—Se me ocurre una cosa —respondió At Tartushi—. No lejos de aquí hay una abadía de monjes cristianos. Los conozco muy bien, porque me han hecho pedidos en alguno de mis viajes anteriores. Iré allí y hablaré con ellos. Les diré que busquen la manera de que los dejen custodiarte mientras llega el rescate desde Córdoba.

—¿Consentirá Torak en ello?

—Oh, posiblemente. A los machus no les interesa otra cosa que las ganancias. Pagaremos una especie de alquiler a cambio de que te permitan vivir en el monasterio y, además, se ahorrarán la manutención.

Ibrahim at Tartushi se apresuró a ir al monasterio aludido. Asbag se quedó mientras tanto en la lonja, viendo cómo se negociaba con los esclavos que aún no habían sido vendidos. Pasó la jornada en el mercado. En el salón permanecía apenas media docena de cautivos, sobre los cuales no había habido acuerdo. Erbug y Torak se impacientaban a medida que la luz que entraba por la ventana se amortecía por la caída de la tarde.

Finalmente, en la lonja solo quedaban el encargado, que bostezaba a cada momento, Torak y los criados de este, aburridos y a punto de perder la paciencia. Asbag empezó a hacer conjeturas y a temerse que Ibrahim no regresaría. Sin embargo, cuando, llegada ya casi la noche, había perdido toda esperanza, apareció el mercader cordobés acompañado por dos monjes. Se dirigió directamente a Torak y habló con él durante un rato en su extraña lengua.

Los dos monjes se aproximaron mientras tanto a Asbag. Ambos vestían con túnicas oscuras de amplios pliegues. Uno de ellos era un anciano de largas barbas blancas y el otro apenas un muchacho.

—¿Eres de verdad un obispo? —preguntó el más viejo.

—Sí, lo soy —respondió Asbag—. ¿No vais a creerme?

—Ah, estos lugares son muy complicados —comentó el monje—. Hay tantos oportunistas…

—Mirad —dijo Asbag—. Aquel criado tiene en su pecho mi pectoral y el otro que está a su lado guarda en su bolsa mi anillo.

El monje se acercó renqueando hasta donde At Tartushi y Torak estaban discutiendo y le habló al vikingo en su lengua señalando a los criados. Torak se fue hacia ellos y les recriminó con grandes gestos. Los criados extrajeron al momento el crucifijo y el anillo y se los entregaron a su amo atemorizados. Torak se enfureció y comenzó a gritar al tiempo que la emprendía a golpes y a puntapiés con sus sirvientes. Después le entregó los objetos al monje.

El anciano monje observó de cerca el pectoral y el anillo. Se volvió hacia Asbag y recitó una oración en latín. Asbag sonrió y dijo:

—Es la oración de consagración de los sacerdotes. ¿Crees que no la he repetido más de un centenar de veces?

El monje abrió desorbitadamente los ojos, pero comprobó que Torak y Erbug los miraban. Entonces, cambió su gesto y le propinó una bofetada a Asbag en la mejilla. Como si estuviera muy enojado empezó a vociferar y a encararse directamente con Torak y con el jefe de la lonja.

—¿Qué... qué sucede? —le preguntó Asbag a At Tartushi.

—¡Chsss...! —respondió el mercader—. El monje dice que tú eres un impostor. Se queja de que le hayan sacado de sus oraciones para engañarle y amenaza con acudir al rey de los machus para protestar ante él.

Asbag contempló lleno de confusión y angustia cómo el monje discutía con los vikingos. Unas veces la disputa subía de tono, otras parecían llegar a un acuerdo. Finalmente, el anciano monje extrajo una bolsa de entre los pliegues de su capa y la dejó sobre la mesa. Torak la abrió y esparció un montón de monedas que estuvo contando atentamente. Sonrió y dio unas palmaditas en el hombro del monje, como si estuviera satisfecho.

Todos salieron de la lonja. Era ya casi de noche. Torak y Erbug se despidieron y el monje tiró de la soga que Asbag llevaba atada al cuello. At Tartushi los acompañaba por la larga vía del embarcadero.

—¡No, no soy un impostor! —se quejaba Asbag—. Soy el obispo de Córdoba. Díselo tú, Ibrahim. Por el amor de Dios, díselo.

—¡Chsss…! —le mandó callar una vez más At Tartushi.

Recorrieron varias calles y llegaron al exterior de la ciudad, a una especie de descampado. Asbag vio entonces un amplio edificio que identificó inmediatamente como una iglesia, junto a la que había varias casas apiñadas y un cementerio, cuyas cruces se recortaban contra el crespúsculo en una loma. Una fría brisa empezó a levantarse desde los bosques trayendo su húmedo aroma envuelto en oscuridad.

Cuando se cerró la puerta detrás de ellos, Asbag se encontró en el pequeño y austero claustro de la abadía, rodeado por una docena de monjes que lo miraban con gran curiosidad. El monje de las largas barbas se aproximó entonces a él, le cogió la mano y le puso el anillo. Luego extrajo de su bolsillo el pectoral con su cadena y, sin decir nada, lo colgó del cuello del obispo. Una vez hecho esto, se arrodilló delante de él. Los demás monjes también se pusieron de rodillas. El anciano monje tomó entonces la palabra.

—Venerable obispo de Córdoba —dijo—, sed bienvenido a esta humilde casa. Antes os abofeteé delante de esos infieles para hacerles creer que no teníamos un especial interés en vuestra persona. Las cosas son difíciles en estas frías tierras y hay que seguir el mandato del Señor de ser sagaces como las serpientes y sencillos como las palomas. Ahora, seguros entre los muros de esta casa dedicada a Dios, imploro vuestra bendición. Sois un sucesor de los apóstoles, y todo lo que hay en esta humilde abadía, incluidas nuestras personas pecadoras, está bajo vuestra autoridad. Nada tenéis que temer entre nosotros.

Asbag, conmovido, bendijo a los monjes. Seguidamente, entraron en la capilla, se postraron delante de un gran crucifijo y comenzaron el canto del *Te Deum*:

Te Deum laudamus: te Dominum confitemur…

El obispo sintió entonces, más que nunca, resonar dentro de sí el sentido de aquellas palabras latinas que había repetido tantas veces:

A ti, oh Dios, te alabamos,
a ti, Señor, te reconocemos.

A ti, eterno Padre,
te venera toda la creación.
Los ángeles todos, los cielos
y todas las potestades te honran…

Sintió cerca la presencia de Dios, como si estuviera allí mismo, mirándole de frente, acogiéndole en sus brazos. Se agolparon entonces en su mente los recuerdos de los largos días de sufrimiento. Peligro y rescate: ese era el ciclo que cobraba ahora sentido en su mente. La forma y el nombre de los peligros cambian, pero el miedo que experimentamos cuando vienen es el mismo, como es el mismo el respiro cuando se van. Y la misma es la mano del Señor que nos salva de ellos.

El canto del himno proseguía, pausado y profundo, en la voz de los monjes:

Padre de inmensa majestad,
Hijo único y verdadero, digno de adoración,
Espíritu Santo, Defensor…
Tú, rotas las cadenas de la muerte,
abriste a los que creen el reino de la vida…

Un intenso y extraño sentimiento de irrealidad se apoderó de él mientras escuchaba estas palabras. El humo del incienso, la luz de las velas proyectándose en los muros del pequeño templo y los doce monjes que lo rodeaban se convirtieron como en una aparición. La angustia que le acompañaba durante días desapareció. Sus músculos y sus nervios se aflojaron. Entonces, su visión se oscureció, le flaquearon las piernas y se desplomó envuelto en un éxtasis de placidez.

47

Córdoba, año 968

La Dar al Sikka o Ceca, como todos la conocían, estaba instalada en un viejo caserón próximo a la gran mezquita y sus traseras daban directamente al barrio de los judíos ricos, donde se encontraban los más prósperos establecimientos bancarios de Córdoba. El propio califa Abderramán se ocupó de organizar el gobierno de la fábrica de las monedas del califato, siguiendo el esquema clásico de Oriente, con un buen depósito de material precioso, unos patrones estables y, al frente, un eunuco inteligente y de confianza, formado a los efectos en Damasco. Sin embargo, desde entonces, nadie más había sido incorporado a la Ceca; de manera que allí trabajaba una veintena de ancianos, algunos de los cuales incluso casi habían perdido ya la vista, a causa del resplandor de los fuegos de la fundición. Las monedas repetían aún los nombres de Al Nasir y de los imanes de su época, puesto que ninguna variación se había hecho después de la muerte del anterior califa. Aun así, las monedas cordobesas seguían siendo las más valiosas y apreciadas en el mundo entero.

Como es natural, a Abuámir lo miraron mal desde un principio, pues no se conformó con que las cosas continuaran como siempre. Además, todavía había quien recelaba de que se hubiera nombrado a alguien que no era eunuco para un puesto tan relevante y de tanta responsabilidad. Pero él no se arredró. Sabía que para poder dominar a los subordinados solo bastaban dos cosas: mostrarse cariñoso con ellos y tenerlos contentos o, en el caso de que se mantuvieran obcecados, sustituirlos por otros. Y es lo que hizo, pero con una naturalidad y una delicadeza tales que nadie quedó finalmente insatisfecho. Los reunió a todos y les propuso que sus hijos o nietos entraran a formar parte de la fábrica. A los de edad más avanzada les ofreció una especie de jubilación, con sustanciosas indemnizaciones y la posibilidad de continuar asistiendo cómodamente para transmitir sus enseñanzas a los más jóvenes.

Al principio pareció que la solución no resultaría, porque es difícil cambiar las costumbres de un lugar que lleva funcionando con las mismas rutinas durante más de cincuenta años; pero cuando se dieron cuenta de que nadie les gritaba ya, ni les golpeaba, ni los insultaba, empezaron a sentirse más a gusto. El edificio fue reformado, las ventanas se ampliaron y la ventilación fue un alivio. En pocos meses la Ceca parecía otra. También aumentó el personal.

Y luego vino lo más complicado: escoger nuevos modelos de monedas y adaptar los patrones a las necesidades de los nuevos tiempos. Para ello, Abuámir estudió a fondo los sistemas monetarios de Siria, Persia, Arabia y Constantinopla. No se trataba de imitar nada, puesto que el sistema cordobés era superior a los demás, pero había que modernizarlo y situarlo todavía en un estadio más elevado. Y encontró a la persona precisa. No tuvo el menor inconveniente en incorporar a un judío inteligente e instruido en estos menesteres. Para ello, buscó a un conocido banquero que dirigía además a todo un regimiento de orfebres judíos que trabajaban el oro y la plata. Asesorado por él, Abuámir pudo presentar nuevos diseños de las monedas al califa y recibir las felicitaciones del mismo.

Pero sus enemigos no dejaron de vigilarle. Los eunucos de Azahara, Chawdar y Al Nizami, intentaron por todos los medios convencer al califa de que todas aquellas modificaciones en la casa de la moneda no hacían sino poner en peligro uno de los más importantes baluartes del califato. Y no dejaron de molestar. Fueron allí una y otra vez a husmear y a criticar todo lo que se estaba haciendo. En realidad, su poder era tan grande en Córdoba que se permitían meter las narices en todos los asuntos de la ciudad. Y Abuámir no podía quejarse al califa, puesto que ya lo había hecho cuando se entrometieron en su administración de los alcázares. No era cuestión de enfrentarse una vez más a ellos. Simplemente, se armó de paciencia y se vio recompensado al final. El califa tuvo que reconocer que la Ceca funcionaba y, aunque tuviera que escuchar las protestas y los chismes de sus eunucos, su extremado sentido de la justicia lo movió a premiar una vez más los esfuerzos del joven administrador. Añadió a sus funciones las de tesorero y curador de sucesiones. Con ello, Abuámir se convirtió en uno de los personajes más influyentes de Córdoba.

Este reconocimiento público le revistió de seriedad y de aplomo. Ya no era un mero administrador de bienes que tenía que rendir cuentas de sus funciones. Ahora hacía y deshacía a su antojo: compraba y transformaba, siguiendo los dictados de su fina intuición de intendente.

Durante meses había estado tan ocupado que casi se había olvidado del visir Ben Hodair. En realidad, aparte del propio visir y de algunos de los amigos de este, Abuámir contaba todavía con pocas amistades importantes en Córdoba; aunque su nombre ya iba siendo conocido en los círculos de influencia.

Nadie podía entrar en la Ceca sin un permiso expreso de Azahara. Era uno de los lugares verdaderamente prohibidos bajo severa amenaza de pena de muerte. Desde que Abuámir había llegado para hacerse cargo, solo el califa, el gran visir Al Mosafi y los eunucos Chawdar y Al Nizami habían puesto los pies en el edificio, además de los nuevos trabajadores que él había nombrado.

Una mañana, cuando Abuámir supervisaba el recuento de un contingente de antiguas monedas que acababan de llegar como pago del impuesto de alguna región, se enteró de que alguien importante se encontraba en el salón principal del establecimiento. Se acercó hasta allí y se encontró con Ben Hodair. El visir estaba visiblemente desmejorado, algo encorvado y se apoyaba en un bastón. Le miró con gesto grave y le espetó:

—¡Vaya! ¿Nadie te ha dicho que he estado enfermo?

—¡Oh, querido amigo! —le respondió Abuámir con preocupación, mientras se acercaba para besarle—. No, nadie me dijo nada.

El visir deslió un rollo de papel que llevaba en la mano y se lo enseñó a Abuámir. Este lo leyó y luego dijo:

—¡Ah, has tenido que solicitar un permiso de Azahara para poder venir a verme! Claro, nadie puede entrar aquí...

—¡Naturalmente! —exclamó el visir forzando una sonrisa de medio lado—. Resulta que ahora eres un hombre importante y se necesita un permiso del Príncipe de los Creyentes para poder acudir a verte en tu trabajo.

—Perdóname, querido Ben Hodair; he estado verdaderamente ocupado. ¡No puedes imaginar la de reformas que necesitaba la Ceca! Pero, dime, ¿qué es lo que te ha sucedido? ¿Qué males has padecido?

—¡Ay, amado Abuámir! Soy un viejo. He querido huir de esa realidad, pero el destino tiene sus años contados.

—Bueno, bueno... No se te ve tan mal.

—¿Que no? Mírame; sin este bastón no puedo ir a ninguna parte. Las rodillas me están matando...

—Anda, pasemos a mi despacho —le pidió Abuámir, mientras le sujetaba por el brazo.

Ben Hodair se esforzaba por mantenerse erguido. Su planta era la del hombre que había sido siempre, pero el color de su piel estaba cetrino y enfermizo, y el blanco de sus ojos se había enturbiado con una especie de acuosidad amarillenta. Una vez en el despacho, sentados el uno frente al otro, Abuámir se dio cuenta de que su amigo se había hecho un verdadero anciano en aquellos meses. Aun así, se acercó a la alacena y sacó una botella.

—Vamos, bebamos un trago. Yo también estoy cansado. Ambos nos sentiremos mejor.

—No, no, no... —dijo el visir apartando con decisión el vaso—. Esto se terminó para mí. El físico me ha dicho que un vaso me puede llevar a la tumba. ¡Ah, es terrible! El alimento no para en mi estómago... ¡Cuánto he vomitado! Era como si todo el vino que he bebido en mi larga vida quisiera escaparse de mi cuerpo...

—Pero... ¿ha sido para tanto? —se preocupó Abuámir.

El visir se acercó y le miró de frente. Su cara estaba aguzada y flaca y sus ojos reflejaban un fondo de temor.

—Créeme —le dijo—, pensé que moriría…

A Abuámir aquello le resultaba extraño y casi irreal. Ben Hodair le había parecido siempre un hombre fuerte, arrollador y de naturaleza invencible, a pesar de su edad. Un hombre que jamás rechazaba una copa de vino o un buen manjar. Ahora lo tenía frente a sí como un odre deshinchado, con grandes bolsas bajo los ojos y macilentos pellejos que le colgaban de la mandíbula.

—Nos creemos que somos para siempre, pero… ¡todo se va! —prosiguió el visir—. Por eso he querido venir a verte. Tengo que darte muchos consejos, querido amigo, muchos consejos…

Abuámir le posó una mano en el hombro y le dio un cariñoso apretón, como queriendo infundirle fuerza. Le animó:

—Vamos, vamos; una enfermedad la puede tener cualquiera. Verás como dentro de unos días estamos otra vez en la taberna de Ceno disfrutando.

—¡Ay, qué más quisiera yo! Pero me temo que la próxima copa, si el Todopoderoso quiere, será con las huríes del paraíso.

Dicho esto, el visir se deshizo en un brusco llanto que desarmó a Abuámir. Pero inmediatamente se secó las lágrimas y, rehaciéndose, prosiguió con tono más firme:

—Y ahora dejémonos de quejas. Lo que tengo que decirte es muy importante. Ya ves que podemos desaparecer en cualquier momento. Por mi parte…, ya te he dicho que no espero durar mucho. Pero la salud de mi primo el califa tampoco es buena. Dos años, cinco…, siete tal vez. ¿Quién puede saberlo? En todo caso, no creo que sean muchos más, puesto que cada vez sufre recaídas más largas. Todo el mundo habla de ello en Azahara. Hay que estar preparados. Eres ya alguien importante, más de lo que podríamos haber deseado para ti en tan poco tiempo y con tu corta edad. Administras la familia del propio Príncipe de los Creyentes; tienes al mismísimo heredero en tus manos. Y ahora esto. Todo el tesoro del reino está en esta casa. Pero hemos descuidado algo importantísimo: no tienes las espaldas bien cubiertas.

—¿A qué te refieres? —preguntó Abuámir extrañado.

—Si yo falto y el califa también, lo cual puede suceder en cualquier momento, ¿quién te defenderá? No tienes un partido de seguidores, nadie te debe favores, ni siquiera tienes amigos en la corte…

Abuámir escuchaba con atención, cada vez más preocupado. El visir proseguía.

—Y, lo peor de todo, tienes enemigos entre la gente más importante de Azahara. ¿Has pensado lo que podría sucederte cuando el califa dejara de protegerte de los fatas Chawdar y Al Nizami?

—Pero… el único heredero posible es el hijo legítimo de Alhaquén… —repuso él.

—¡Eso es lo que tú te crees! —exclamó enojado Ben Hodair—. ¿Crees que los fatas van a consentir que reine un hijo de la sayida Subh, a quien odian a muerte porque los ha puesto en ridículo delante de toda la corte?

—¿Y qué podrían hacer?

—¡Ah, Alhaquén tiene muchos hermanos! A diferencia de él, Abderramán fue prolífico y dejó un regimiento de hijos. Hasta ahora todos han estado conformes, pues juraron delante del Omnipotente a Alhaquén como heredero. Pero cuando este falte su promesa no tendrá ya valor ante los imanes. Además, es público y notorio que los fatas quieren a Alhaquén tanto como a su hermano Al Moguira…

—¡Pero… se dice que Al Moguira es el más apocado e inepto de los hijos de Abderramán!

—¡Precisamente por eso! Ese afeminado ha sido siempre protegido por los eunucos. Se ha criado aparte. Si un día reinara, el partido de Chawdar y Al Nizami podría hacerse con las riendas de todo el Imperio. ¿Crees que no lo están deseando?

—¿Tantos partidarios tienen?

—¡Ah, amigo! Unos los temen de verdad y se enfrentarían a cualquiera con tal de no tenerlos como enemigos. Y otros les deben favores. Así es el poder.

—Bueno, ¿y qué puedo hacer yo? —preguntó Abuámir lleno de preocupación—. Aparte del gran visir, no conozco a casi nadie en la corte.

—Empieza por ahí —respondió Ben Hodair elevando el dedo con energía—. Nunca me ha gustado el gran visir Al Mosafi, ya lo sabes, pero es una pieza clave en todo este asunto. Es un intelectual, un filósofo…, como mi primo el califa. Hazte el interesante, visita la biblioteca, frecuenta si puedes sus aburridas tertulias de sabiondos… Y, mientras tanto, hazte con un partido de incondicionales entre la nobleza y los potentados.

—Pero… ¿cómo?

—¡Fiestas! ¡Fiestas y vino! A Córdoba le gusta eso. Desde que reina el mojigato de mi primo los actos sociales se han reducido a oraciones en la mezquita y sermones en el mimbar de la plaza principal. Proliferan los santurrones y las sectas iluminadas campan a sus anchas. Judíos y cristianos nunca han estado más a gusto. Hacen falta juergas que permitan a los que aman algo el placer y el dinero aliviar sus deseos reprimidos. ¿Hay mejor lugar para la conspiración que una fiesta privada?

—Dicho así parece fácil…

—¡Bah! Eres la persona más adecuada para meterte a Córdoba en el bolsillo. Si te ganaste mi voluntad, ¿podría alguien escapar a tu encanto? ¡El mundo es tuyo!

—Y… ¿por dónde habré de empezar?

—Agénciate una buena casa, donde puedas recibir a quien quieras y cuando quieras. Tienes todo esto —dijo Ben Hodair aguzando la mirada como un aguilucho y señalando los paquetes de monedas de oro que se amontonaban sobre la mesa de Abuámir.

—¿Esto? ¿Te has vuelto loco? —exclamó él.

—¡Bah! ¿Crees que alguien puede llevar las cuentas aparte de ti? ¿O es que puede entrar alguien a inspeccionar sin que peligre su cabeza?

—Pero… están los fatas. Vienen aquí algunas veces.

—¡Esos no tienen ni idea! Tendrían que ponerse a contar todo esto y, créeme, sus cabezas no están ya para un esfuerzo tan grande. ¿Por qué crees que era tan complicado nombrar un jefe de la Ceca y un tesorero general? Porque quien tiene la llave de esta casa tiene las llaves de Córdoba. ¿No te has dado cuenta aún?

Abuámir paseó la mirada alrededor. Había innumerables arcones apilados, cuyo contenido solo él conocía: miles de monedas de oro, plata y cobre; una de las fortunas más grandes del mundo.

—No te digo que te apropies de ello —prosiguió Ben Hodair—. Pero presta, presta sin miedo; a generales, banqueros, nobles venidos a menos… Y, recuerda, un puño firme siempre sobre la mesa y una mano larga extendida por debajo.

48

Hedeby, año 967

A Asbag le invadió un inmenso bienestar al sentir el contacto del agua muy caliente en su cuerpo. Sentado en aquella cubeta de madera donde le proporcionaron un reparador baño, se miraba las piernas y los brazos, comprobando cuán delgados estaban. Uno de los monjes le frotaba la espalda para despegar la porquería adherida durante los largos días del viaje en la cubierta del barco. Mientras, otro canturreaba sentado en una banqueta, entretenido en hilvanar una túnica que había cortado después de tomarle las medidas. El obispo, aunque débil, quería conversar.

—¿Y decís, hermanos, que he estado durmiendo más de dos días?

—¡Ah, ya lo creo! —respondió el que cosía—. Desde el día que llegasteis, cuando os desvanecisteis en las vísperas del domingo, hasta la hora nona de ayer martes. Es decir, dos días y medio exactamente.

—Sí —añadió el otro monje—, creíamos que moriríais. Incluso el abad oró recomendando vuestra alma, puesto que vuestra respiración era muy débil y vuestro pulso se perdía.

—¡Hablabais muchísimo mientras dormíais! —prosiguió el primero de los monjes—. Vociferabais en sueños…

—¿Qué decía? —preguntó el obispo lleno de ansiedad.

—Cosas incomprensibles. Seguramente serían frases en lengua

árabe. Pero en cierta ocasión os escuchamos invocar a san Jacobo, y el padre Étienne aseguraba que te había oído recitar versículos del Apocalipsis de san Juan en latín perfectamente reconocible.

Cuando estaban en esta conversación entró el abad, que era el anciano monje que rescató a Asbag de los vikingos en la lonja de los esclavos. Llevaba en sus manos un tazón humeante que acercó a los labios del obispo, diciendo:

—Vamos, vamos, ya está bien de conversación. Tomad esto, beatísimo señor; necesitáis alimentaros.

No sin esfuerzo, Asbag tragó el cuajo caliente. Era como si sus entrañas se hubieran cerrado y no permitieran el paso de alimentos. Al momento le vinieron unas arcadas, pero no hubo vómitos.

—Es normal —dijo el abad—. Cuanto menos se le da al cuerpo menos quiere. Ya os devolverá Dios el apetito.

—Por favor, hermano —pidió Asbag—, ¿podrías repetirme tu nombre? Mi mente está perezosa y apenas retiene. No puedo recordarlo.

—Bueno —respondió el abad—. Creo que no ha habido ocasión de decíroslo. Ha sido todo tan precipitado… Me llamo Clément y soy de origen bretón. Como muchos de mis hermanos, llegue aquí con los monjes picardos hace cuarenta años, siguiendo la herencia de Anscario, que fue quien fundó esta iglesia hace más de un siglo.

—¡Oh, Dios mío! —exclamó Asbag—. ¡Pero las gentes de estas tierras son paganas!

—Sí, pero gracias a la Divina Providencia hoy por hoy nos respetan. Aunque lo cierto es que hemos pasado lo nuestro. En tiempos del rey Gorm murieron muchos sacerdotes y otros muchos padecieron terribles tormentos.

—Entonces, ¿vuestra misión es evangelizar a los vikingos?

—¡Ah, es una tarea muy difícil! —respondió uno de los otros monjes—. Esta gente es fiera y de corazón frío.

—Bien, bien —interrumpió el abad—. No es ahora el momento de hablar de estas cosas. El obispo está convaleciente y necesita descansar. Cuando se reponga podremos explicarle todo acerca de este lugar.

Quince días después de su llegada, el obispo Asbag estaba completamente restablecido. Al principio se limitaba a dar pequeños paseos por el reducido claustro del monasterio, pero más adelante se aventuró a salir por la puerta trasera que daba a una extensa huerta. Desde allí, contemplaba una amplia vista del paisaje que le resultaba tan raro: las oscuras montañas, el ensanchamiento del estuario-fiordo del Shlei, los elevados árboles y la ciudad vikinga de casas de madera, con graneros y establos, cuya visión le producía escalofríos. «Esto sí que es el fin del mundo», pensó. En ese momento se sintió ajeno y extraño, como si se hubiera visto recientemente arrancado de su propio suelo por las garras de un águila y transportado a un lujar lejano y diferente por los aires. Algo le sacudió entonces por dentro y tuvo deseos de correr, de volar si pudiera, de escapar de allí. Apresuró sus pasos y se dirigió al límite del huerto, hasta una valla hecha de piedras donde se detuvo. Su garganta se contrajo al sentir la angustia y quiso llorar, pero no pudo.

Mientras estaba allí quieto, tomando conciencia de que estaba atrapado en los confines del mundo, oyó pasos detrás de él. Volvió la cabeza y, al ver al comerciante cordobés At Tartushi, se encendió dentro de él la esperanza.

—¡Oh, Ibrahim! —exclamó el obispo—. ¡Ibrahim at Tartushi! ¡Cómo agradecerte lo que hiciste por mí!

—Me alegro de verte repuesto —dijo el mercader—. Aquel día en la lonja temí que pudieras morir en cualquier momento; estabas flaco, débil, con la mirada perdida y con la muerte dibujada en tu semblante. ¡Esos malditos machus transportan a los hombres como si fueran ganado!

—Ha sido horrible, amigo —balbució Asbag—. Solo Dios sabe cómo he podido resistirlo. Pero dime, ¿cómo es que permaneces aún aquí? Pensé que irías ya camino del este.

—Han surgido complicaciones.

El rostro de Asbag se iluminó.

—¿Regresarás entonces a Córdoba?

—Siento defraudarte —se lamentó el mercader—, pero no puedo regresar a nuestra tierra. Si de mí dependiera te juro que lo haría, tan solo por devolverte allí, pero la embarcación no me pertenece totalmente en propiedad y no puedo disponer a mi antojo de ella. Tengo socios venecianos a quienes no puedo traicionar.

El rostro del obispo se ensombreció.

—Te he prometido que el próximo verano regresaré a por ti —prosiguió At Tartushi, preocupado.

—Un año... aquí —observó Asbag como para sí—. ¿Y si desciendo hacia el sur por el reino de los francos?

—¡Ah, es una locura! —exclamó alarmado el mercader—. Se te echaría encima el invierno. No podrías tú solo llegar a ningún sitio. Hay montañas elevadísimas, extensas zonas que se cubren de nieve y cuyos caminos desaparecen, bandidos, fieras... Es imposible. Solo un navegante experimentado podría sacarte de aquí. Esta tierra se encuentra allende la civilización, en los reinos del viento del norte. ¿Por qué crees que estos endiablados machus son tan diferentes?

El obispo miró directamente al mercader, buscando sus ojos. Le habló sinceramente de sus temores.

—Me asusta todo esto —dijo—. Estos hombres son tan crueles...

—No tienes nada que temer —aseguró At Tartushi—. Esos buenos monjes te compraron a buen precio. Les debes tu vida. Permanece confiadamente con ellos y espera al verano. Te juro que volveré a buscarte.

El mercader cordobés se marchó al día siguiente llevándose consigo la única esperanza que el obispo tenía de regresar a Córdoba. Y en pocos días, como de repente, un frío viento trajo densas nubes que oscurecieron el cielo. Todo se volvió entonces gris y sombrío. Luego vino una fina y helada lluvia que no cesaba ni de día ni de noche.

El abad Clément reunió entonces a los monjes en el refectorio, una mañana después de los laudes, y les habló en estos términos:

—Hermanos, el verano ha pasado. Nos ha parecido corto, como siempre sucede en estas tierras. Pero estamos contentos, puesto que hemos recogido nuestras cosechas y hemos podido trasladarnos en varias ocasiones a las tierras de Aarhus y Ribe, para evangelizar en los territorios intermedios y visitar a las comunidades más alejadas. Ahora, el invierno nos sumirá como cada año en la meditación de la Sagrada Escritura y en la lectura de los libros que, felizmente, hemos recibido de nuestros hermanos de la abadía de Saint-Sever.

Uno de los monjes levantó entonces la mano para hacer una pregunta.

—¿Abriremos, pues, la biblioteca?

—Hoy mismo —respondió el abad—. Nos ocuparemos de desembalar los libros esta mañana y pondremos en funcionamiento el *scriptorium*. Hay mucho que hacer.

Desde allí, los doce frailes y Asbag se dirigieron hacia la biblioteca, que estaba al otro lado del pequeño claustro de la abadía. El abad descorrió un pesado cerrojo y, al empujar la puerta, apareció una estancia oscura. Fray Étienne entró y tiró de los postigos de las ventanas. Cuando la luz penetró, iluminó una biblioteca amplia, con estantes repletos de volúmenes de papiros y de códices de pergamino.

—¡Oh, es maravilloso! —exclamó Asbag.

El abad se acercó hasta uno de los estantes y fue señalando uno por uno los libros.

—Aquí tenéis lo indispensable para mantener fresca vuestra sabiduría. En primer lugar las Sagradas Escrituras y los principales padres apologéticos, libros exegéticos y vidas de santos. Mas allá —dijo yéndose hasta el estante contiguo—, la filosofía, Platón y san Agustín son fundamentales. Pero también tenemos algunos de los tesoros del saber griego y romano: Plotino, Prodo, Virgilio, Horacio, Cicerón, Tibullo... Incluso obras gramaticales como esta que ves aquí, que es de Prisciano. Pero también de aritmética, de astronomía, de música y de geopónica. Y si os interesa, más allá tenéis tratados de farmacopea, botánica y cirugía. En fin, si habéis de permanecer aquí un año no tenéis por qué aburriros.

—Pero... ¿Cómo es posible? —se extrañó Asbag—. ¿Cómo ha llegado esto hasta aquí?

—Ah, padre, este lugar está apartado y, ciertamente, somos como una isla cristiana rodeada de un mar pagano y hostil, pero nuestra abadía tiene ya más de cien años. Durante todo ese tiempo nuestros predecesores primero y luego nosotros nos hemos preocupado de que el estudio cuente con lo necesario. Aquí recibimos los libros que nos envían cuando pueden nuestro obispo, que reside en Brema, y nuestros hermanos de la abadía de Saint-Sever. Nosotros copiamos las obras y las enviamos al resto de los monasterios, que empiezan ya a propagarse por el territorio de los vikingos.

—¿Tenéis un taller de copia? —preguntó Asbag, sorprendido.

—Naturalmente —respondió el abad—. Seguidme y os lo mostraré.

Desde la misma biblioteca, accedieron al *scriptorium*. Nada más entrar, Asbag percibió el aroma tan familiar de los pergaminos nuevos y las tintas. Era un taller pequeño, pero no faltaba de nada. El maestro escribano, el padre Vaast, le mostró los baños donde se adobaban las pieles de oveja, para pulirlas luego con piedra pómez y fabricar los pergaminos. Le enseñó también los escritorios inclinados, los cálamos y los cuadernos plegados, trazados con líneas horizontales. Asbag y él cambiaron impresiones acerca de los componentes de las tintas. El monje le hizo demostraciones con tinta a base de vitriolo y cerveza; y el obispo ponderó a su vez las excelencias de los componentes usados en Alándalus: goma, agalla de encina y vinagre.

—Parece que entendéis del arte de la escritura —observó el abad.

Asbag sonrió. Se sentó en el escritorio, se remangó y pidió con resolución:

—Padre Vaast, pásame un cuaderno, tres tintas primarias y un cálamo.

Con gran facilidad y limpieza, empezó a trazar una hermosa y complicada secuencia de filigranas. Se las sabía de memoria, sin necesidad de copiarlas de ningún sitio; las había repetido cientos de veces desde que ingresó en el taller de Córdoba. Los monjes contemplaban maravillados los dibujos que brotaban de su mano.

—¡Dios sea loado! —exclamó el abad.

—¡Fantástico! —secundó Vaast.

—No es nada para mí —dijo Asbag—. Ingresé con catorce años en el taller de copia del obispo de Córdoba, y luego lo dirigí durante un largo periodo. Por mis manos han pasado todo tipo de obras.

—¡Es un milagro! —sentenció el abad—. ¡Justo lo que necesitábamos! Podrás ayudarnos a perfeccionar las técnicas; nos enseñarás nuevos métodos… ¡Oh, es maravilloso!

—Contad con ello —dijo Asbag—. Si Dios ha querido que venga aquí no será en vano. ¡Bendito sea Él, que sabe sacar bienes de los males!

49

Córdoba, año 968

La estrella de Abuámir no podía brillar con mayor fulgor. Sobre todo desde que decidió llevar a la práctica los consejos de su amigo el visir Ben Hodair. No le fue difícil procurarse una de las mejores munyas de Córdoba y prepararse una magnífica residencia a la altura de su nueva dignidad. Los poderosos y los ricos poseedores de las mayores fortunas del califato acudieron presurosos, como moscas a la miel, para presentar sus respetos y su consideración al flamante tesorero. Muchos de ellos se habían mostrado reticentes durante años a cambiar en monedas contantes y sonantes las cantidades de oro y plata que atesoraban, puesto que temían ser gravados por los feroces impuestos de la administración. Pero Abuámir supo templar con habilidad los ánimos, y con ello consiguió un doble efecto beneficiosísimo para su persona: que los metales preciosos que permanecían ocultos en cantidades ingentes florecieran, por un lado, y ganarse la incondicional fidelidad de muchos de los potentados cordobeses, por otra parte.

Se dio cuenta de que, tal y como le había anunciado el visir, la mejor forma de prosperar en el poder es tener detrás un regimiento de partidarios deudores de favores recibidos que se encarguen por su cuenta de ensalzar el nombre de su benefactor. Y pronto se empezó a hablar de Abuámir más que de nadie en el reino.

La tesorería de Abderramán había sido la más estricta que se conocía. Por eso, seguramente, habían engrosado las arcas del tesoro como nunca antes. Pero también es verdad que habían sido tiempos de guerras, de divisiones internas que necesitaban ser aplacadas y de conquistas en las fronteras con los cristianos y en África. Ahora las cosas eran diferentes. Esta era una época de paz, de comercio y de generosos impuestos de regiones y países vasallos que fluían ininterrumpidamente hacia las arcas del tesoro. Eran tiempos de invertir. Y para invertir se necesitaba dinero líquido, el cual no podía salir de otro sitio que no fuera la Ceca.

Abuámir se dio cuenta también de que podía hacer y deshacer cuanto quisiera, puesto que nadie podía vigilarle ni pararle los pies. La vieja tesorería de Al Nasir estaba en edad de jubilarse y nadie se había encargado de renovar los cargos. Él era pues el único artífice del nuevo sistema, al igual que le había sucedido en la casa de la moneda.

Le visitaban todos los banqueros, y ninguno quedó insatisfecho. Un optimismo económico invadió entonces la ciudad y se transmitió a otros lugares del Imperio. El comercio, que había estado algo aterrorizado, reverdeció; los préstamos se aligeraron, y los mercaderes empezaron a acudir desde otros sitios, animados por circunstancias tan favorables.

Abuámir tenía tasado, medido y contado cuanto formaba parte del tesoro que le había sido encomendado. Pero solo él y el judío Benzaqueo conocían con exactitud las cantidades. De manera que podía manipular a su antojo lo que entraba o salía de las arcas. Al principio tuvo miedo en alguna ocasión, al darse cuenta de que se había excedido en sus operaciones y de que la fortuna se hallaba considerablemente menguada. Pero luego llegaron las devoluciones, las gratificaciones y los intereses. Era como si el dinero brotara mágicamente entre sus manos. Tal vez por ello se acostumbró a arriesgarse con demasiada frecuencia.

En cierta ocasión, fue invitado a compartir la mesa de uno de los nobles de más rancio abolengo de Córdoba. Se trataba de Mohamed ben Afla. Durante años había sido visir de Murcia, y su linaje árabe era uno de los más reconocidos desde antiguo en Alándalus. Era miembro de la auténtica y genuina nobleza, refinada, discreta y digna en su comportamiento, oculta en su vida privada a los demás, pero admirada y deseada por todo el mundo: aquella a la que de verdad aspiraba Abuámir, pues le seducía el prestigio que no proviene de la riqueza ni del lujo exterior, sino de ese inalcanzable halo de misterio que rodea a veces a algunas dinastías.

Abuámir preparó bien su visita. Cuidó especialmente su aspecto exterior. Nada de artificios ni de vestidos llamativos: su sencilla, limpia e inmaculada túnica blanca y el tailasán de alfaquí; sobre los hombros la capa negra de fieltro, sin más adorno que la fina tira de seda en el mismo color por el borde, como había visto siempre a su padre, el austero cadí Abdulah. Y se llevó consigo a un criado nada más.

Ben Afla le recibió en el zaguán de su casa, acompañado solo por un viejo esclavo de confianza. El atuendo del noble le dijo enseguida a Abuámir que no se había equivocado al escoger su propia vestimenta: su anfitrión llevaba una sencilla futa de buena calidad, sin otro adorno que un ancho cinturón de cuero con remaches. Era un hombre alto, de edad madura, pero con una barba oscura aún, fina y bien recortada. Sus ojos destilaban dignidad, y su frente era amplia y despejada.

Una vez en el patio interior, acudieron todos sus hijos, que fueron, uno por uno, presentando sus respetos al invitado. Las mesas estaban dispuestas y sobre ellas había pequeños platos con nueces, aceitunas, pastelillos de queso y caña de azúcar impregnada de agua de rosas. Se acomodaron en los almohadones y se sirvió la comida: bien cocinada y en la cantidad suficiente, pero sin vino. Ben Afla era un hombre de profundas convicciones, de fuerte sentido religioso y estricto cumplidor de la tradición; alguien tan noble como Ben Hodair, pero con una concepción de la vida absolutamente diferente. Abuámir se dio cuenta enseguida de que el trato con él había de ser otro. No obstante, conocía perfectamente esa forma de pensar, puesto que su propio padre, su tío Aben Bartal y muchos de sus familiares cercanos eran de esa manera. Así que puso en funcionamiento los resortes de su mente para hablar el mismo «idioma» que su anfitrión.

Ben Afla era un hombre honrado que había ejercido su cargo de gobernador de Murcia por estricto sentido del deber, en obediencia al Príncipe de los Creyentes. Sin embargo, una sucia maniobra política le había separado de su cargo. Así se lo contó a Abuámir, con amargura, cuando hubieron intimado un poco. Ahora era un noble venido a menos y endeudado en extremo.

—Quise servir solamente... —le dijo casi a punto de romper a llorar—. Desempeñé mi cargo con justicia, pero nunca fui capaz de inmiscuirme en asuntos turbios. Y ya ves...

Abuámir percibió que aquel hombre hablaba con el corazón. Además se identificó rápidamente con el sentimiento de desazón y rabia que embargaba a Ben Afla. Le escuchaba con atención, sintiendo como propias la vergüenza y la humillación que suponía para aquel auténtico señor tener que contar sus penas.

—¿Ves esta casa? —prosiguió Ben Afla—. Es lo único que tengo. A mí no me importa, puesto que he pasado casi toda mi vida luchando, soportando los rigores y la dureza de la guerra, ya que nunca dudé en poner mis armas y mis hombres al servicio de la causa del califato. Pero temo por mis hijos...

Abuámir los miró. Eran nueve jóvenes de inmejorable presencia, discretos y austeros como su padre. Reparó en que esa estirpe llevaba escrita en su sangre a Alándalus, lo que había sido, lo que era y lo que debía llegar a ser. Eran hombres capaces de vivir con lo puesto, pero sin perder jamás la dignidad. Hombres templados como fiero acero, como los que retrataban los viejos libros de crónicas a los que Abuámir era tan aficionado; justo lo que él pensaba que necesitaba el reino.

Miró fijamente a Ben Afla, diciéndole con los ojos que podía confiar en él.

—¿Por qué me has contado a mí todo esto? —le preguntó con franqueza.

—Seré sincero —respondió Ben Afla—. Conozco tu linaje. Luché codo con codo con tu difunto padre; aunque tuve poco tiempo para tratar con él, pude apreciar su fortaleza interior y su piedad verdadera. Córdoba es hoy por hoy falsa e inconstante. He sabido que estás triunfando y deseaba prevenirte...

—¿Prevenirme…? ¿Acerca de qué?

—Acerca del propio poder. Ten cuidado, Abuámir, y fíjate en mí. Quien ahora está arriba, mañana puede caer… Son muchos los que no miran con buenos ojos los ascensos rápidos.

—No te entiendo.

—Cuidado con la gente que te rodea, sobre todo eso. No todo en la vida se gana con fiestas, vino y adulaciones. El que hoy te agasaja mañana puede apuñalarte.

Aquellas palabras cayeron como un mazo sobre Abuámir. Sobre todo por la persona de la que procedían; un hombre recio y piadoso.

—¿Y qué crees que puedo hacer? —le preguntó.

—Fundamentalmente una cosa: acércate a los militares. Estás contentando demasiado a los potentados, pero no olvides que las armas pueden mover el tablero a su antojo. Y cuida también a los hombres de fe. La verdad está más cerca de los hombres de Dios que de ningún otro sitio. El reino no es solo de los ricos.

—Te agradezco tus consejos, noble Ben Afla. Puedes estar seguro de que te haré caso. Y ahora, dime, ¿necesitas algo de mí?

—¿Crees que te he llamado para pedirte algo? —replicó Ben Afla irguiendo el cuello, como molesto.

—No. Sé que serías incapaz de pedir un favor para ti. Pero debes velar por esos hijos tuyos. No pretenderás que sigan aquí y menosprecien sus vidas lamentándose…

Ben Afla miró a sus nueve hijos y se derrumbó. Sollozó durante un rato.

—Desearía que al menos fueran militares. Nuestro ejército campa ahora en África y me duele sinceramente que ellos no puedan ocupar el puesto que les corresponde según su casta.

—Vamos, ¿qué necesitan?

—Armas, armadura, caballos, palafreneros y hombres que los sigan. Solo eso. Luego podrán subsistir con el botín de guerra. ¡Oh, cuanto siento no haberles podido dotar como un día hizo mi padre conmigo!

Abuámir se aproximó a Ben Afla, le puso la mano en el hombro y le dijo en tono amable:

—Mañana, a primera hora, ven a verme a mi casa.

Al día siguiente, el noble se presentó muy temprano en casa de Abuámir con un envoltorio en las manos. Lo deslió y se lo mostró. Era un antigua brida ornada con pedrería. Apesadumbrado, dijo:

—Esto es lo último de valor que me queda. Perteneció a mis antepasados… Si quieres aceptarlo como prenda por algún dinero en préstamo…

Abuámir llamó a uno de sus criados y le ordenó que trajera una balanza y que llamase al judío Benzaqueo. Cuando este llegó, Abuámir le mandó que pesase la brida y diera a Ben Afla su peso en monedas de plata. El noble se sobresaltó, porque el hierro y el cuero de la brida eran muy pesados, y le costó creer que aquello fuera en serio. Pero diligentemente el judío metió las monedas en una saca y las depositó a sus pies. Entonces Ben Afla se rindió a la evidencia y exclamó:

—¡Oh, por Alá, es demasiado! ¡Es una fortuna! ¿Cómo podré agradecer tal favor?

Abuámir se aproximó a él y le abrazó con afecto.

—Bastará con que hagas una cosa —le dijo—: que tus nueve hijos vengan con sus flamantes armaduras y sus caballos a despedirse de mí, para que yo pueda verlos como les corresponde, antes de que partan para África…

50

Hedeby, año 968

Asbag comprobó que el frío y la oscuridad se adueñaban de todo. Entonces comprendió por qué el mercader At Tartushi le había disuadido de emprender su viaje de regreso a las puertas del invierno. Como le anunció, los caminos se borraron bajo el denso manto de nieve, que hizo desaparecer los colores y las formas, convirtiendo la tierra vikinga en un blanco, silencioso y mágico lugar. El fiordo se heló casi totalmente; y los barcos, con sus maromas, quillas y mástiles cubiertos de escarcha, permanecían varados y solitarios, dándole al embarcadero un aspecto fantasmagórico.

El obispo subía de vez en cuando al campanario para contemplar el espectáculo de una vista tan extraña y tan poco familiar para él. Le asombraba sobre todo la quietud de la cercana ciudad y de los caseríos próximos al estuario, donde las actividades estaban totalmente detenidas y el único movimiento perceptible era el de los hilillos de humo que se alzaban desde todas las chimeneas. Meditó entonces acerca de aquellas gentes y comprendió por qué durante generaciones se habían dedicado a recorrer el mundo con sus embarcaciones asolando cuanto encontraban a su paso. Recordó que cuando era niño alguien le había hablado de los osos, diciéndole que durante el invierno permanecen en sus madrigueras durmiendo, sin necesidad de alimentarse, como si su vida se hubiera interrumpido. Sin embargo, llegada la primavera despertaban con un hambre feroz, y era tal su voracidad que se atrevían incluso a acercarse a los pueblos, y si uno tenía la mala fortuna de topar con una de estas fieras, recién salida de su sueño, era devorado sin remedio. No obstante, una vez satisfecho su apetito, los osos eran mansos, inofensivos e incluso amigos de los hombres.

«Estas gentes son como esos animales –concluyó el obispo–; permanecen durante meses retraídos en sus pueblos, aislados y sin posibilidad de salir de ellos, con sus energías contenidas. Pero son hombres, y sus mentes no dejan de funcionar en ese tiempo. Su encierro no es un letargo como el de los lagartos o las serpientes en sus madrigueras. Mientras aguardan al verano, los machus sueñan con tierras lejanas, donde los hombres cultivan y cosechan durante todo el año, porque las estaciones son más suaves y los benefician. La envidia llama a la codicia, y esta a la ira y a la lujuria que los lleva a ensañarse en sus tropelías».

Meditaba Asbag acerca de estas cosas envuelto en una densa manta de pieles, arriba en el campanario, cuando oyó crujir los peldaños de la escalera de madera. Era el abad, que ascendía fatigosamente.

—¡Ah, hacía tiempo que no subía aquí…! —exclamó resoplando cuando llegó a lo alto—. ¡La vista es hermosa!

Ambos estuvieron contemplando el panorama en silencio durante un rato, hasta que Asbag observó:

—Es casi mediodía y estamos en febrero. En Córdoba, a estas alturas, es preciso buscar la sombra…

—Ciertamente, el sol no sale igualmente para todos —sentenció el abad.

—Sí, y eso hace a los hombres ser diferentes. Con frecuencia me he preguntado qué sucedería si el sol brillara igual para todos. Quiero decir, si no hubiera diferencias entre los hombres del mar y los de tierra adentro, entre los de la montaña y el llano, entre los de la ciudad y el campo… Entre los de piel clara y oscura…

El abad se quedó pensativo durante un rato.

—¡Hummm…! —dijo al cabo—. Pienso que cambiarían poco las cosas. El hombre es hombre siempre, aquí, allí o más allá… ¿O es que no hay diferencias entre los de un mismo lugar? ¿Son iguales y se entienden perfectamente todos los de la montaña entre sí? ¿Y los del llano? ¿Y los de las ciudades…?

—Tienes razón, querido abad Clément. No he planteado acertadamente la cuestión. Quiero decir: ¿qué sucedería si los hombres pudieran ver la vida desde el mismo ángulo?

—¡Ah, eso es otra cosa! —exclamó el abad—. Pero eso, ya sabes, solo será posible cuando Dios lo sea todo para todos.

—El reino de Dios entre los hombres y su paz gobernando el mundo —dijo Asbag con la mirada perdida en el horizonte—. ¡Cuándo, Señor, será eso!

—Cuando Él quiera —observó el abad—. Pero, mientras tanto, a nosotros nos corresponde anunciarlo, siguiendo el mandato de Nuestro Señor.

—A propósito —dijo el obispo—, háblame acerca de vuestra misión aquí.

—Es muy difícil, creedme, pero supongo que la vuestra en el reino de los moros tampoco debe de ser fácil.

—En efecto, no lo es, pero nuestras comunidades son muy antiguas, mucho más incluso que las de Germania o Francia. Además, los musulmanes están obligados por su religión a respetar a los cristianos y judíos. Aunque no voy a negar que hayamos sufrido persecuciones e incomprensiones. En cambio, vosotros estáis en medio de hombres paganos, idólatras y contumaces. ¿Cómo es que os toleran?

—¡Ay, gracias a la Providencia Divina! Ya os dije que al principio fuimos muy perseguidos. Los vikingos no toleraban a otros dioses que los suyos. Todavía no me explico cómo nuestro fundador, Anscario, se atrevió a aventurarse por estas tierras. Murieron muchos monjes, obstinados en traer a estos pueblos la fe en Jesucristo. ¡No puede saberse cuántos! Ni siquiera los antiguos romanos habían intentado acercar la fe a estos hombres, puesto que estaban aferrados a su idolatría y mataban a quienes pretendieran mostrarles otro camino.

—Entonces, ¿cómo se hizo el milagro?

—Nuestro padre Anscario allanó el terreno, pero fue un obispo impetuoso el que logró acercarse al corazón de los jefes vikingos. Sucedió hace cuarenta años, y yo mismo fui testigo de ello.

—¿Quién era ese obispo? —se interesó Asbag.

—El arzobispo Unni. Ya Anscario había consagrado Nordalbingia, con gran esfuerzo, y se había ganado a gran parte de la nobleza, consiguiendo que cesaran los sacrificios humanos cuando…

—¡Sacrificios…! ¿Sacrificios humanos…? —le interrumpió Asbag horrorizado.

—Sí, obispo Asbag, sacrificios humanos. Algo verdaderamente terrible. Los vikingos han sido siempre aficionados a esa aberración y, desgraciadamente, aún se siguen dando…

—¡Dios mío!

—Y habréis de horrorizaros más si permanecéis aquí, pero… en otra ocasión hablaremos de ello. Bien, como os decía, fue el arzobispo Unni, con el cual yo llegué a estas tierras, quien logró acercarse hasta el mismísimo rey de los vikingos. Por entonces dicho rey era Gorm, que se mostraba muy hostil hacia los cristianos, hasta el punto de hacer perecer a muchos monjes con atroces tormentos. Pero justamente en aquel tiempo, gracias a Dios, el rey Enrique I de Germania consiguió grandes triunfos militares contra los príncipes paganos normandos. Gorm cobró miedo, sobre todo porque el príncipe Chnuba, que gobernaba aquí en Hedeby, se convirtió al cristianismo. Unni lo bautizó en esta iglesia de la abadía, y yo asistí como diácono en la celebración.

—¡Qué interesante! —exclamó Asbag—. Pero ¿se convirtió de corazón?

—Bueno, ya sabéis cómo son estas cosas. Al principio estaba atemorizado, porque las naves del rey germano amenazaban la costa. Posiblemente eso le empujó a decidirse… Pero dejad que os cuente lo que sucedió a continuación. Días después, el arzobispo Unni no lo dudó más y se dirigió directamente a Helling, a la corte de Gorm y, aunque no logró convencerlo, sí se ganó, al menos, la estima de su hijo Harald Blaatand.

—¿Quieres decir que el heredero del trono se convirtió?

—Sí, plenamente, gracias a Dios. Y cuando murió Gorm, accedió al trono. ¡Ah, qué tiempos aquellos! Fue lo más maravilloso que pudo pasarnos. Entonces se fundaron varios monasterios y en Jutlandia se crearon tres obispados: Ribe, Aarhus y esta sede, la de Hedeby. Pudimos recorrer libremente el reino, la tierra interior y las islas, anunciando la fe a los paganos y reconfortando en Cristo a los prisioneros que, como vos, eran traídos desde otros lugares.

—Y el rey, ¿llegó a bautizarse?

—El arzobispo Unni no lo consiguió. El rey era muy pecador y temía no ser capaz de cumplir los mandamientos y condenarse, por lo que demoró cuanto pudo su bautismo. Hasta que, hace dos años, se sintió decaído y enfermo y fue bautizado por el obispo de Ribe.

—Entonces, ¿qué sucedió con el arzobispo Unni?

—Después, aunque era ya viejo, marchó sobre las huellas de Anscario, el gran apóstol, atravesó el Báltico y llegó, no sin dificultades, a Suecia, a la ciudad de Birka, adonde ningún sacerdote cristiano había vuelto desde los tiempos de Rimberto. Allí, el buen arzobispo Unni encontró el final de sus fatigas. Abatido de cansancio y por la enfermedad, murió en otoño del año del Señor 936.

—¿Está allí enterrado ese santo?

—Yo iba con él en el viaje. Enterramos su cuerpo en Birka, pero nos cuidamos de quitarle la cabeza para llevarla a Brema como preciosa reliquia.

—Ciertamente, habéis tenido que luchar mucho —sentenció Asbag—. ¿Cuál es la situación actual?

—Es muy compleja. El rey Harald es cristiano, pero gran parte de la nobleza y el pueblo están descontentos. El viejo espíritu vikingo está siempre deseoso de efectuar expediciones lejanas, saqueos y conquistas y de llevar consigo el odio contra la fe cristiana, a pesar de las concesiones ya realizadas.

—¿Continúan con sus ritos? —le preguntó el obispo, con gesto grave.

—Naturalmente, y podéis estar seguro de que si no fuera por el rey Harald duraríamos muy poco. Nos respetan porque él nos protege, pero temo el día en que falte.

—¿Y el heredero?

—¡Dios nos libre de él! —exclamó el abad santiguándose—. Es un joven arrogante, pendenciero y violento. Se bautizó obligado por su padre, pero odia a los cristianos. Además, se rodea de los más fieros jefes vikingos.

—Dime una cosa más, abad Clément —le pidió Asbag—. Antes has dicho que esto fue sede episcopal...

—Y lo es —le interrumpió el abad—; fue aprobado por el papa Agapito II el 2 de enero de 948. En la biblioteca tenemos el pergamino con la bula, firmada y sellada.

—¿Por qué no tenéis, pues, obispo?

—Corren tiempos difíciles. El arzobispo de Hamburgo-Brema teme que podrían atentar contra quien él escogiera. Hedeby es una ciudad nacida del comercio y la piratería; una Babilonia donde moran todos los pecados. A los monjes nos toleran de momento, ya os he dicho el porqué; pero un obispo es otra cosa... Cuando llegue el verano tendréis ocasión de comprobar cómo es esta gente.

51

Hedeby, año 968

El sol cobró fuerza en el cielo y comenzó a obrar el milagro. Los hielos se derretían y el agua corría por todas partes. Luego brotó la hierba. Aparecieron pájaros en el aire y los vientos fríos se fueron haciendo más suaves. La primavera vino entonces al corazón de Asbag con la esperanza de poder regresar a Córdoba. Pero todavía faltaba tiempo para que llegara el verano.

Antes de que brotaran las hojas en los árboles, los hombres de Hedeby se lanzaron a los bosques para hacerse con troncos. Comenzó entonces una febril agitación en la ciudad vikinga. Había que reparar los barcos, repasar las velas, revisar las armas y prepararlo todo para la nueva campaña. Salieron también los campesinos a sus labores, los ganados a los frescos pastos y los pescadores a faenar en la ría.

En la abadía habían transcurrido largos meses destinados al estudio y al escritorio; el trabajo había rendido su fruto: los códices estaban preparados para esperar el momento de ser enviados a los otros monasterios del país. Y el abad no podía estar más contento. A la luz de una de las ventanas de la biblioteca, hojeaba cada una de las copias. Asbag, frente a él, sonreía satisfecho.

—¡Sensacional! —dijo el abad, cerrando el último de los volúmenes—. Y todo gracias a vos. Nunca podremos agradeceros todo lo que nos habéis enseñado.

—Bueno —contestó el obispo—, pagasteis una gran suma por mí a los vikingos; de alguna manera habré de compensaros.

—En realidad guardábamos esas monedas para adquirir más libros. Dios ha querido que no se perdiera su destino. Lo único que siento es que pronto empezarán a llegar los comerciantes desde todos los lugares del mundo, y entre ellos Ibrahim at Tartushi; con lo cual perderemos a tan hábil colaborador.

—He estado muy a gusto entre vosotros —dijo Asbag en tono dulce—, pero debes comprenderme; deseo ardientemente regresar con mi comunidad.

—Sí, os comprendo.

Pocos días después, las nieves y el hielo habían desaparecido por completo. Los días se hicieron más largos. Era como si un paisaje completamente diferente hubiera sustituido de repente al anterior. Los huertos de la abadía se llenaron de brotes verdes y todos los árboles se cubrieron de hojas. Daba gusto mirar los prados salpicados de florecillas de múltiples colores y apreciar el contraste de las montañas que aún permanecían nevadas.

Asbag siguió colaborando con Étienne en el *scriptorium*. Era un monje de unos treinta años, silencioso y reservado, al cual el obispo llegó a apreciar sinceramente. Le enseñó todas las técnicas que conocía y él las asimiló sin reserva, humildemente agradecido. Pero lo que de verdad le encantó al monje fue aprender a hacer papel. Aunque lo poco que pudieron fabricar era de pésima calidad, a todo el mundo le maravilló que con viejos trapos pudieran llegar a fabricar prácticos cuadernos de notas y láminas destinadas a hacer bocetos para pinturas.

Cuando terminaban el trabajo, cada tarde, fray Étienne acompañaba al obispo hasta el puerto, para mirar las embarcaciones nuevas que arribaban con el fin de realizar transacciones comerciales. En los aledaños del embarcadero los vikingos se afanaban poniendo a punto sus naves. La primera vez que Asbag se topó con ellas de frente no pudo evitar un profundo estremecimiento. Los navíos que sembraban el terror en medio mundo estaban allí, con sus proas curvadas y sus mascarones en forma de cabezas monstruosas.

Más adelante se alineaban los barcos de diversas procedencias.

Fray Étienne le fue diciendo el origen de cada uno de ellos: Bizancio, Asia, Normandía, Danelaw, Birka, Trus... Ninguno era de Alándalus, ni siquiera del norte de África o de Galicia.

—Esos mares están muy castigados —lo justificó el monje—. Casi nadie se atreve a venir por allí.

—Entonces, ¿por qué estos se arriesgan? —preguntó Asbag.

—Son viejos conocidos del príncipe que gobierna Hedeby. A la ciudad le interesa que vengan mercaderes. Son «intocables», por decirlo de alguna manera. Pero no perdáis la esperanza; At Tartushi es uno de ellos. Nadie le impedirá al cordobés arribar a este puerto. ¿Cómo creéis si no que los vikingos podrían vender su botín?

Siguieron caminando por el largo embarcadero hasta que llegaron a las afueras de la ciudad. Asbag no había vuelto allí desde que los monjes lo rescataron en la lonja de los esclavos, de manera que se topó por primera vez desde entonces con la casa de Torak. Los criados estaban en la puerta martilleando unas maderas y su amo se encontraba un poco más alejado, entretenido en pulir sus armas.

—¡Oh, Dios! —exclamó sobresaltado Asbag—. Ese es Torak, el que me aprisionó.

—No temáis —le dijo Étienne—. Con esas ropas de monje y más gordo que la última vez que os vio no puede reconoceros. Además, vos ya no tenéis nada que ver con él. Las normas de la compraventa son sagradas para ellos. Fuera de Jutlandia todo está permitido, pero en el reino las leyes contra el robo y la usurpación son muy duras.

Asbag se tranquilizó. En efecto, al pasar frente a él, Torak ni siquiera alzó la cabeza.

Antes de entrar en Hedeby, se detuvieron delante de una descomunal piedra tallada con escenas en relieve.

—¿Qué significa eso? —le preguntó Asbag a Étienne.

—Son sus dioses. Esas figuras labradas en la piedra representan a Thor, el temible dios guerrero, sujetando su martillo. Los paganos creen que los truenos son los golpes que descarga el dios sobre la tierra. Lo temen y por eso lo adoran.

Asbag contemplaba sorprendido aquella piedra. En ella había multitud de símbolos enredados unos en otros, como en un complicado rompecabezas. Se veían extrañas caras y amenazadores ojos circulares, entre trazos y formas sin sentido aparente.

—Los vikingos no tienen un número de dioses definido —prosiguió Étienne—. Por otra parte, son dioses concebidos como hombres de naturaleza superior, mortales e inmersos en la ley de contingencias del destino. Tened en cuenta que los inventaron hombres fieros y de espíritu guerrero. Incluso las diosas, cuyo número es escaso, se muestran ocasionalmente como combatientes.

—¿No tienen un dios supremo, superior a todos los demás?

—Bueno, Wodan u Odín era un espíritu de la tempestad que acabó por convertirse en la divinidad suprema de los nórdicos. Es según ellos el padre de Thor, Balder y Vale. Pero, como los demás, es un dios de la guerra. Ellos creen que puede metamorfosearse según le apetezca, apareciendo bajo cualquier forma: pez, lobo, ave o serpiente. Cuando entra en la lucha, su sola presencia inmoviliza a sus enemigos dejándolos ciegos y sordos.

—¡Dios mío! —exclamó Asbag—. ¡Qué idolatría tan repugnante!

—Sí —añadió Étienne—. Con unos dioses como esos, ¿qué puede esperarse de estas gentes?

—¿Tienen sacerdotes? —quiso saber el obispo.

—¡Uf! Los godi —contestó espantado el monje—. Son una especie de brujos que viven el invierno en la ciudad, pero cuando llega el buen tiempo se internan en los bosques para realizar sus ritos. Constantemente alientan los temores de la población y alteran las mentes con sus sortilegios, amuletos y hechicerías.

—¿Cómo son esos ritos?

—Los hay de todo tipo: sacrifican animales, preparan pócimas, organizan reuniones para adorar a la luna… Pero los más aterradores y diabólicos son aquellos en los que creen invocar a las valquirias. En ellos se emborrachan con cerveza, zumo fermentado de manzanas o hidromiel y corretean con las mentes enajenadas por los bosques en la noche… Incluso… incluso llegan a sacrificar jóvenes a sus ídolos.

—¡Dios santo! —exclamó el obispo haciendo la señal de la cruz con su mano—. No sigas, te lo ruego, estoy horrorizado.

Continuaron su paseo y se adentraron en la ciudad. Reinaba una animación considerable. Había gente comprando y vendiendo en las calles, artesanos, tropeles de muchachos, mujeres charlando en las puertas y ancianos sentados para recibir el último sol de la tarde.

—Me es todo tan extraño… —comentó Asbag.

—¿Cómo es Alándalus? —le preguntó a su vez el monje—. ¿Cómo es la vida entre los sarracenos?

—¡Ah, es tan diferente de esto…! Alándalus, vistas estas tierras, es como una eterna primavera. En Córdoba puede pasearse tranquilamente por las calles hasta en los días crudos de su invierno. Hay días fríos, no voy a negarlo, pero no son como los de aquí, ni mucho menos. Sin embargo, son sus cielos, sus colores y, sobre todo, sus aromas…

La voz de Asbag se quebró y tuvo que interrumpir su descripción.

—Bueno, padre, todos echamos de menos nuestra tierra —le consoló Étienne.

—Sí, hijo, tienes razón. Pero es distinto escoger el dejar tu ciudad como vosotros hacéis por el reino de Dios, lo cual es de admirar, a ser arrancado violentamente y traído lejos.

—Eso es cierto. Pero, por favor, proseguid, ¿cómo es la vida entre moros?

—La vida no es fácil en ningún sitio —suspiró el obispo—. Pero no podemos quejarnos. Aunque vivimos bajo el poder de los mahometanos, los cristianos llamados «mozárabes» o sometidos a los árabes somos herederos de una Iglesia antigua y consolidada. Tuvimos padres, como san Isidoro de Sevilla, que crearon una sólida tradición. En Córdoba hay iglesias, monasterios, cenobios y ermitas cuyo culto florece cada día.

—Siendo obispo, debéis de tener allí un gran poder, ¿no es cierto?

—Ciertamente, en nuestras comunidades el obispo es alguien relevante. Pero no pienses que sucede como en otros lugares de la cristiandad, en Germania o en Francia, donde los obispos son señores temporales, guerreros con ejércitos, tierras y castillos. No, nada de eso. Los fieles cristianos deben estar gobernados por hombres de paz, independientes de los poderes mundanos.

—Así debería ser —asintió Étienne—. Servidores de Dios y no de los reyes. Pero eso hoy día es muy difícil, puesto que, empezando por el emperador y siguiendo por los reyes, duques y demás, todos los poderosos desean asegurar la unidad en sus dominios. Yo, por ejemplo, vengo de Sajonia, donde nuestro arzobispo Bruno, con sede en Colonia, era hermano del emperador Otón.

—Sí, así están hoy las cosas, pero lo principal es que haya siempre hombres de buena voluntad —aseveró el obispo.

Regresaron a la abadía a la caída de la tarde, poco antes de que se iniciara el rezo de vísperas. Ambos entraron en la capilla y se postraron delante del altar. Durante un rato estuvieron orando en silencio. Después, se acercaron a la sacristía. Allí estaban el abad y el monje que cuidaba los ornamentos litúrgicos.

—Seguidnos, por favor —le pidió el abad al obispo, en tono misterioso.

Asbag los siguió. Delante iba el monje sacristán llevando una palmatoria con su vela. Anduvieron por un estrecho pasillo y descendieron unos cuantos escalones, hasta una cripta fría y húmeda. El sacristán se ocupó de encender un par de lámparas que colgaban de las paredes laterales de la pequeña cámara. En el centro había un ostensorio de oro delicadamente repujado y de filigrana, en cuya parte superior se exhibía un hueso. Todos se arrodillaron.

—Es una reliquia de san Martín de Tours —explicó el abad—. El propio Anscario la trajo desde Reims para fundar esta abadía.

Después de rezar el padrenuestro, el abad se dirigió hacia un gran arcón que había al fondo de la cripta. Lo abrió y sacó de él varias cosas: una casulla bordada, una mitra y un báculo.

—¿Y esto? —preguntó Asbag.

—Pertenecieron al anterior obispo —respondió el abad—. Llevan aquí más de veinte años sin utilizarse. ¡Vamos, ponéoslos! Podéis hacerlo. Agradeceremos a Dios el final del invierno, vuestra liberación y la conclusión de los trabajos del *scriptorium*. Serán unas vísperas solemnes presididas por un obispo.

Asbag no vio inconveniente alguno en contentar al abad. Se revistió con los ornamentos y todos se dispusieron para la celebración.

El obispo ocupó la silla que estaba delante del altar. Uno de los monjes incensó ampliamente al crucifijo y entonaron un salmo. Asbag recibió especialmente en su interior el sentido de la alabanza.

Alabad el nombre del Señor,
alabadlo, siervos del Señor,
que estáis en la casa del Señor,
en los atrios de la casa de nuestro Dios.
Yo sé que el Señor es grande,
nuestro dueño más que todos los dioses.
Él todo lo que quiere lo hace:
en el cielo y en la tierra,
en los mares y en los océanos.

52

Sevilla, año 969

Abuámir contemplaba Sevilla desde la ventana de su despacho
en el palacio de los emires. El edificio era viejo, pero suntuoso y rico en
sus ornamentos, por estar edificado a la manera persa, experta en el
más exquisito refinamiento en el arte de impresionar a los visitantes.
Abderramán lo había desechado, como todo lo que perteneció a sus
predecesores dependientes de Bagdad, y se había construido una munya en las afueras. Pero fue poco amante de Sevilla, o al menos era ese
el sentimiento de los sevillanos, que habían visto engrandecerse a su
rival Córdoba, mientras que ellos sostenían con sus impuestos una
administración desmesurada que en poco o casi nada los había beneficiado. Después de sus campañas militares, el anterior califa se asen-
tó definitivamente en Azahara, que era al fin y al cabo la misma
Córdoba. Y Alhaquén era poco aficionado a salir de la proximidad de
su biblioteca. Sevilla pasó pues de ser la principal ciudad del emirato
a ser gobernada por un cadí que generalmente venía de Córdoba.

Pero sucedió algo últimamente que renovó las ilusiones de los
sevillanos. El antiguo palacio de los emires pasó de ser un caserón
cerrado y condenado a la ruina a ser rehabilitado. Algo en el centro
de Sevilla empezaba a recuperar su antiguo brillo.

Desde que fuera nombrado cadí de Sevilla y Niebla, hacía un
año, Abuámir no había dudado ni por un momento que, por incómodo que resultase estar viajando cada cierto tiempo, debía alternar

su cargo de tesorero e intendente general en Córdoba con periodos más o menos estables de residencia en la ciudad cuyo gobierno le había sido encomendado.

Todo en Sevilla había marchado mal con el antiguo cadí; el tesoro de la ciudad, el cobro de los impuestos, la administración; y, lo peor de todo, el estado de ánimo de sus ilustres, que empezaban a estar hartos de ser nobleza de segunda clase al lado de la prepotencia de Córdoba. Había malestar, desconcierto y apatía, lo cual había llegado hasta el gran visir Al Mosafi, que había decidido definitivamente dar un golpe de efecto en el cadiazgo. Y había pensado en Abuámir, que empezaba ya a convertirse en el gran enderezador de cuanto de torcido había en el reino. Aquel nombramiento a él le pilló por sorpresa, pero no le hizo ascos porque, aunque suponía dejar Córdoba por temporadas, le concedía dominio y poder directo sobre algo más que los meros bienes y dineros: administradores, funcionarios, militares y toda una nobleza dispuesta a entregarse sin reservas a cualquiera que le hiciera algo de caso.

A Abuámir no le fue difícil convencer al califa de que le permitiera rehabilitar el antiguo palacio de los emires. Alhaquén se encogió de hombros y sencillamente observó: «Pero ¿está todavía en pie?». Tres generaciones completas habían visto cerrado el palacio, día a día, frente a la gran mezquita, cuando acudían a las oraciones. Los más viejos habían contado la vida que aportaba a la ciudad el antiguo edificio de estilo persa: llegada de embajadores de todas las ciudades del reino y de países lejanos, recepciones, fiestas, bodas… Hasta que Al Nasir mandó degollar a la familia de los emires dependientes de Bagdad. Entonces, las mujeres, los eunucos, los mayordomos y los criados se dieron a la fuga. Nadie podía asegurar si el propio califa en persona llegó a poner los pies en el palacio, pero sí que las puertas fueron cerradas y tapiadas, así como las ventanas; y la inmensa arboleda que crecía en su interior se había convertido con los años en un cerrado bosque que se escapaba por encima de los muros. Y luego, como suele suceder en estos casos, corrieron los relatos y los rumores acerca de fantasmas, iblis y demás extrañas presencias que habían venido a aposentarse con los años en las dependencias abandonadas.

El día que Abuámir ordenó derribar las paredes de ladrillos que sellaban las entradas, una multitud de curiosos se concentró frente al palacio para husmear. Pero cuando entró el regimiento de esclavos, albañiles y artesanos que debían restaurarlo, solo salieron de su interior una manada de gatos y una nube de murciélagos.

A pesar del polvo y las telarañas acumuladas durante años, Abuámir se maravilló cuando se descorrieron los cortinajes ajados y la luz invadió los salones.

Repasar las pinturas vegetales, reparar los azulejos, retocar los estucos y reponer los tapices fue una tarea que emprendieron con gusto los sevillanos, convencidos como estaban de que no puede concebirse una ciudad con encanto sin que la presida un fastuoso palacio.

Las dos, Córdoba y Sevilla, tenían mucho en qué parecerse; ambas estaban junto al Guadalquivir, eran vetustas y nobles, estaban llenas de riquezas, pero qué distintas eran a la vez. Abuámir lo pudo comprobar cuando, reunida toda la nobleza para inaugurar el palacio, se dispuso a divertirse con los sevillanos en el delirio de una fiesta que preparó a conciencia para que les sirviera de primera impresión. Y no tuvo necesidad de exprimirse la imaginación para idear un ambiente y un espectáculo idóneos; ya había experimentado uno que sabía que funcionaba: el que preparó para la fiesta de su amigo el visir Ben Hodair. No podía concebir nada mejor que aquella deleitosa sucesión de danza, vino y poesía. Mandó traer los mismos decorados, las mismas bailarinas, al Loco y un buen cargamento de vino de Málaga. Al fin y al cabo, él era de la Axarquía, con lo que la temática de la fiesta quedaba justificada.

Como en Córdoba, el espectáculo fue un éxito. Pero en Sevilla la reacción de los convidados fue mucho más efusiva, tal vez porque llevaban años sin que nadie los convocara para el fausto. Los vestidos, las joyas y las espadas en el cinto que pudieron verse aquella noche parecían ser las de un cuento oriental que se hubiera hecho realidad.

Abuámir los recibió sentado en su diván, bajo una lujosa galería sostenida por preciosas columnas de mármol verde. Los nobles sevillanos fueron entrando y se maravillaron al ver el salón de recepciones del palacio, restaurado y brillante por la luz de multitud de lámparas. Lo que durante años había permanecido en el misterio y la leyenda cobraba forma ahora ante sus ojos. Contemplaban de arriba abajo el artesonado y los tapices; a un lado y otro, los divanes, los almohadones y las mesitas donde estaban servidas las nueces, aceitunas, frutas, pastellillos de queso y cañas de azúcar empapadas en agua de rosas; mientras, un grupo de músicos y muchachas proporcionaban ambiente al recibimiento con sus canciones. Sin embargo, nadie imaginaba lo que los aguardaba una vez que se hubieran sentado.

El salón se quedó en penumbra y, como aquella vez en casa de Ben Hodair, apareció el dorado sol, las bailarinas, los vendimiadores y el generoso chorro de vino aromático. Los sevillanos se quedaron estupefactos. Luego vinieron las poesías del Loco, llenas de sentimiento y melancolía, y, finalmente, la música: el rabel, el laúd, la cítara y diversos tipos de flauta, entre panderos y tambores. Sevilla vibró aquella noche.

No obstante, aunque la nobleza estaba loca de contenta, Abuámir sintió por primera vez que se había equivocado. En los círculos religiosos de la ciudad se levantó una feroz polémica en torno a la fiesta.

Aquella mañana, Abuámir estaba preocupado. Algunas personas de confianza le habían advertido del malestar nacido entre los maestros teólogos de la cercana escuela suní.

Miraba la ciudad desde su ventana y meditaba sobre la manera de arreglar todo aquel embrollo.

Había algo en Sevilla que la diferenciaba de cualquier otro lugar conocido. Todo brillaba bajo su luz envolvente. Los edificios presentaban un sello propio, resultado de una especie de fusión entre algo arquetípico y un confuso universo de influencias romanas, godas, orientales y africanas. Tal vez por eso se hacía difícil controlar el singular carácter de los sevillanos.

Podían pasar de la pasión a la desgana, de la calma a la zozobra o de la admiración al desencanto sin que pudiera encontrarse un motivo lógico. Abuámir no terminaba de entenderlos. Por eso se había apoderado de él un cierto malestar interior. Quiso triunfar también allí, como antes en otros retos que le presentaba la vida; pero temía haberse equivocado y no poder ya enderezar la situación.

Vino a verle el imán de la mezquita mayor. Cuando se lo anunciaron, le invadió un sentimiento contradictorio: por un lado, no deseaba encontrarse con él, pues suponía que le echaría en cara el asunto de la fiesta; pero, por otro lado, pensó que hablar con él sería la única manera de ganarse al sector ortodoxo que tan en contra tenía.

El imán se llamaba Guiafar. En cuanto Abuámir lo vio, comprendió que tendría que soportar una típica reprimenda suní. Era anciano y de aspecto venerable, pero de airada y dura mirada bajo un níveo ceño.

Abuámir le invitó a sentarse. Sin embargo, Guiafar lo rechazó con un expresivo gesto de la mano.

—No voy a quitarte tu tiempo —dijo el imán—. Sé que tienes mucho que hacer. Pero te pido que me escuches con atención. Yo tampoco puedo perder mi tiempo; me aguardan en la madraza.

Abuámir asintió con un amplio movimiento de cabeza y se dispuso humildemente a escuchar.

—¡Óyeme, joven cadí! —le soltó el imán con tono autoritario—. Ser cadí supone juzgar a los hombres y dictar sentencia, llevando a cabo una tarea de la que solo Dios debería encargarse; pero como el Dueño de todo quiso que Su justicia fuera impartida en Su nombre por hombres justos y sabios, a nosotros nos toca la enorme responsabilidad y la carga de obedecerle. Por eso, una vez elegido, hasta el propio príncipe debe mostrarse respetuoso con el cadí, incluso aunque este expresara alguna opinión contraria a la suya. Se cuenta, por ejemplo, que cuando el califa Abderramán se estaba construyendo, en su palacio de Medina Azahara, un pabellón con el tejado hecho de tejas recubiertas de oro y plata, los cortesanos a los que invitó a visitarlo se quedaron admirados, pero el entonces cadí, el padre del actual, se quedó ceñudo y silencioso, desaprobando aquella ostentación de riqueza. Cuando el califa le pidió su opinión, él dijo: «Jamás hubiera pensado que Sahytan, el diablo, tuviera tanto poder sobre vos como para poneros al nivel de los infieles». Piensa lo peligroso que resultaba hacerle un comentario así a Al Nasir, un hombre acostumbrado a que nadie pusiera en duda sus actos. Se hizo un silencio absoluto, con la tensión flotando en el ambiente, y de pronto Abderramán ordenó que se retiraran aquellas tejas ofensivas y se reemplazaran por otras de barro.

Abuámir estaba avergonzado. Bajó la cabeza y comprendió lo que el imán quería decirle con aquel discurso. Permaneció en completo silencio. Entonces el viejo Guiafar entornó los ojos e hizo memoria de la sura cuarta:

> ¿Por qué no queréis combatir por Dios y por
> los oprimidos –hombres, mujeres, niños–, que dicen:
> «¡Señor, sácanos de esta ciudad, líbranos de sus impíos
> habitantes! ¡Danos un amigo designado por ti!»?

—Y ahora me marcho —concluyó Guiafar—. Ahí te dejo con tu conciencia. ¡Basta ya de dispendios, fiestas y desenfrenos!

Y dicho esto, abandonó el despacho.

Al día siguiente era viernes. Vestido con una sencilla futa blanca, Abuámir se presentó en el sermón de la gran mezquita. Ocupó su sitio en cuclillas y se humilló delante de todos. Con ello terminó con la polémica suscitada por la fiesta.

53

Hedeby, año 970

Pasaron dos años más, con sus respectivos veranos, sin que el mercader At Tartushi apareciera con su barco en el puerto de Hedeby. Se supo que eran tiempos difíciles para la navegación porque los vikingos noruegos estaban enemistados con los daneses e impedían el paso de las embarcaciones que venían del país de los eslavos. Los daneses, en respuesta, cerraron el paso del mar del Norte, con lo que parte de las rutas comerciales se quedaron bloqueadas. Por otra parte, los piratas sarracenos de Frexinetum sembraron el terror entre los navegantes del Mediterráneo y nadie se aventuraba a hacerse a la mar en empresas de largo alcance. Resultaba arriesgadísimo pretender embarcarse para ir a cualquier sitio.

En todo este tiempo, Asbag se habituó plenamente a vivir en la abadía de San Martín y continuó colaborando en el *scriptorium*, siguiendo el régimen monacal como si fuera uno más de los monjes. Pero decidió que no esperaría un verano más a que apareciera un barco que pudiera devolverlo a Córdoba. Empezó pues a estudiar la manera de regresar por tierra. Habló de ello con el abad una mañana en la que el comienzo de la primavera había iniciado el milagro del deshielo y se podía ya pasear por los senderos del huerto de la abadía.

—No voy a esperar este año al final del verano —le dijo al abad—. Cuando mejore el tiempo tendré que ponerme en camino hacia Hamburgo y desde allí a Sajonia… No puedo pasarme la vida aguardando el barco de At Tartushi.

—¡Vaya! Me lo temía —respondió el abad, entristecido.

—¿Podrás ayudarme a preparar mi viaje? —le pidió Asbag.

—Naturalmente. Dos hermanos pueden acompañaros hasta Hamburgo. Os daré una carta para el arzobispo y él os aconsejará la forma más conveniente de proseguir vuestro viaje de regreso.

—Que Dios te lo pague.

—Con vuestro trabajo en el escritorio lo habéis pagado con creces —repuso el abad.

Los días de deshielo se alargaron esta vez, porque todavía llegó una gran nevada seguida de helados vientos del norte. Pero por fin brilló el sol y el agua fluyó por todos lados; brotó la hierba y florecieron los prados, completándose el ciclo.

Una mañana llegó un mensajero que trajo noticias de Brema. Era una carta del arzobispo. El abad reunió a todos los monjes y les leyó la misiva. Decía así:

Adaltag, arzobispo de Hamburgo-Brema
a Clément, abad de San Martín en Hedeby

Querido hermano en el señor Jesucristo: Próximamente nos pondremos en camino con destino a Helling para encontrarnos con el rey Harald de los daneses. El cual, gracias a Dios Todopoderoso y a la intercesión de los santos, ha cedido a la efusión del Espíritu Santo y resuelve consagrar su reino al único y verdadero Dios, uno y trino. En nuestro viaje pasaremos por vuestra casa y permaneceremos en ella el tiempo necesario para reparar nuestras fuerzas e inspeccionar la abadía.

Que Dios Todopoderoso os bendiga y os guarde en la caridad.

Los monjes se entusiasmaron con la noticia. Debido a los conflictos internos del reino y a la oposición de algunos de los nobles más relevantes, hacía ya tiempo que el arzobispo no se acercaba a Jutlandia. Y Asbag se entusiasmó aún más, por la posibilidad de incorporarse a la comitiva para ir con ella hasta Hamburgo en su viaje de regreso.

Apenas un mes después de la llegada de aquella carta, se presentó en la abadía el arzobispo Adaltag con su séquito de clérigos y su escolta de caballeros germanos. Todo el mundo pensó que arribarían en barco, por la ría; pero llegaron por tierra, sobre grandes y fuertes caballos, seguidos de una larga fila de bueyes que portaban la impedimenta.

Acamparon en la ensenada que se extendía frente a la abadía, y la gente de Hedeby se acercó rápidamente para curiosear. Al principio no hubo problemas, pero luego todo se complicó, aunque aquel día la cosa no pasó de una encendida bronca con insultos y amenazas. Germanos y daneses se aborrecían.

El arzobispo se alojó en la abadía. Los monjes, y Asbag con ellos, salieron a recibirle al pórtico principal. Entraron todos en la iglesia y se rezó la hora tercia. Adaltag era un prelado de barba gris y mejillas flácidas, serio, frío y distante. Sentado en la sede, mantuvo todo el tiempo los ojos fijos en el gran libro del salterio que ocupaba el centro del templo. Y solo al final de la celebración paseó la mirada por quienes habían rezado a su alrededor, manteniendo inmutable la expresión de su rostro.

Más tarde, ya en el capítulo, el abad le presentó a Asbag y le contó con detalle quién era y cómo había llegado hasta allí. El arzobispo se mostró entonces sorprendido y quiso saber un montón de datos acerca de Córdoba y de la corte del califa.

La conversación prosiguió ya de noche, después de la cena, junto a la gran chimenea que caldeaba la estancia donde los monjes solían juntarse para departir. El arzobispo siguió con atención la conversación, pero al poco tiempo perdió todo interés en ella y se quedó inmóvil en su asiento, con la mirada vacía. Al cabo se le cerraron los ojos. El clérigo que le asistía se apresuró entonces a ayudarle a levantarse y le condujo hacia sus aposentos.

Al día siguiente daba comienzo el gran mercado de la ciudad, en el que los habitantes de los alrededores vendían el botín acumulado en sus correrías a las costas, al otro lado del mar. El arzobispo no tuvo la precaución de prohibir a sus hombres que se acercaran al suburbio. A media mañana se formó el hervidero de costumbre: campesinos, pescadores, navegantes, guerreros vikingos, oportunistas, aldeanos, mercaderes y magnates con sus escoltas y servidumbre. La cerveza empezó a correr a mediodía encendiendo de euforia la atmósfera. Y los soldados germanos del arzobispo se sumaron al ambiente festivo del mercado.

Los daneses siempre habían recelado de los deseos imperiales de los alemanes y pronto se caldearon los ánimos. Se desató una tremenda pelea que degeneró en una auténtica batalla en el corazón de la ciudad. Hubo varios muertos, casas destruidas y pillaje.

Por la tarde los vikingos rodearon el campamento y la abadía. Los soldados germanos se vistieron las armaduras y se subieron a los caballos, manteniéndose en guardia, pues era evidente que en cualquier momento se iba a producir el asalto.

El arzobispo estaba desconcertado, estupefacto ante una situación inesperada que le sobrepasaba por completo. Se encerró en la capilla y se postró en oración delante del crucifijo. Los monjes, por su parte, no sabían qué hacer.

El gobernador de la ciudad, enfurecido, permanecía al frente de sus hombres en un promontorio cercano, aunque no se atrevía a ordenar la carga. No obstante, Torak y un nutrido grupo de aguerridos vikingos lanzaban alaridos desde el límite del bosque y se preparaban para arrojarse al combate en cualquier momento.

El abad se empeñó en salir a parlamentar y, aunque los demás monjes trataron de disuadirle, al final atravesó la puerta de la abadía y el campamento germano. Todos le vieron alejarse con su caminar trabajoso hacia los daneses y se temieron lo peor. Pero el anciano monje pasó entre los guerreros vikingos y consiguió llegar hasta el gobernador de la ciudad sin que nadie lo tocara. Estuvo parlamentando durante un largo rato y luego se le vio regresar.

El arzobispo aguardaba angustiado en la capilla. El abad se dirigió hacia allí. Los monjes y los clérigos esperaban con ansia que hubiera alguna posibilidad de evitar el combate.

—¿Tenéis monedas, joyas y objetos de valor? —le preguntó el abad al arzobispo.

Adaltag le miró con ojos perdidos y ajenos.

—Solo una cosa puede contentarlos —prosiguió el abad—: el oro. Si lleváis con vosotros la cantidad suficiente para que se sientan compensados evitaremos la batalla. En el fondo temen a vuestros caballeros, aunque no están dispuestos a marcharse con las manos vacías. Son orgullosos, pero el oro les puede.

—¡Que venga el conde Brendam! —ordenó el arzobispo.

El conde era quien comandaba a los caballeros germanos. Cuando se presentó en el claustro de la abadía, el arzobispo le pidió algo en lengua germana. Brendam salió con gesto contrariado y al poco rato regresó con dos criados que portaban entre ambos un baúl. Abrieron la tapa y, sobre una manta extendida en el suelo, fueron depositando diversos objetos preciosos: vasos de oro, cálices, camafeos, medallones, crucifijos, monedas, etc.

—¡Oh! ¿Qué es todo esto? —exclamó el abad.

—Es un obsequio del emperador Otón el Grande para el rey Harald de los daneses —respondió el arzobispo.

En el baúl quedaba todavía un envoltorio de telas. Adaltag se acercó hasta él y lo deslió cuidadosamente. Apareció una preciosa corona de oro y pedrería rematada con una cruz.

—Y esta es la corona bendecida por el Papa con la que he de coronar a Harald como rey católico y romano. Con ello, este reino quedará integrado definitivamente en la cristiandad.

Al escuchar aquello, los clérigos que estaban presentes prorrumpieron en un murmullo de sorpresa.

—¿Será suficiente todo esto para contentar a esos bárbaros? —preguntó el arzobispo, señalando con el dedo los objetos preciosos que estaban sobre la manta—. ¡Naturalmente, me refiero a todos excepto la corona!

Volvieron a colocar todo en el baúl, lo llevaron al exterior y lo cargaron sobre los lomos de un buey. Uno de los monjes jóvenes salió de la abadía conduciendo al animal con el preciado tesoro en dirección a los sitiadores.

Los vikingos se apresuraron a inspeccionar el contenido del bulto, rodeando el baúl. El gobernador se acercó y puso orden, pues enseguida había estallado una violenta discusión. Un griterío, mezcla de júbilo y de furia, sonó durante un rato cuando se encontraron con el oro.

—Parece que están satisfechos —comentó el abad.

Pero todavía no estaba resuelto el problema. Se oyeron los gritos lejanos del gobernador, que controlaba el sitio desde el promontorio.

—¿Qué dicen ahora? —preguntó el arzobispo, pues no comprendía la lengua vikinga.

—Quieren los bueyes —tradujo el abad.

El conde Brendam se enfureció y echó mano a la espada. Pero el arzobispo le contuvo.

—No, no, no… —dijo—. Nada de violencia. Dadle los bueyes. Acabemos de una vez con este asunto. Si provocamos ahora un conflicto haremos peligrar la alianza del reino con la causa de la cristiandad. ¡Dádselos! ¿Qué son unos bueyes al lado de lo que está en juego?

El conde obedeció y los bueyes fueron conducidos hacia el exterior del campamento. Poco después, los vikingos depusieron su actitud y regresaron a Hedeby.

—Bueno, parece que todo ha terminado —dijo el abad.

—¡Gracias a Dios! —exclamó el arzobispo—. Bien, mañana mismo partiremos hacia Helling. Cuanto antes lleguemos, mejor. El demonio campa por estas tierras y es urgente expulsarlo consagrando el reino al Señor Jesucristo.

Luego se volvió hacia Asbag y le dijo:

—Y tú, hermano obispo de Córdoba, vendrás conmigo a la corte de Harald. Un prelado más en la celebración aumentará la solemnidad. Así se hará más presente la Iglesia universal.

405

54

Córdoba, año 970

Envuelto en el agradable calor de las mantas, Abuámir percibió el fresco y húmedo aroma de madrugada. Abrió los ojos. Por la rendija de la tienda de campaña entraba una tenue claridad. En el exterior comenzaron a sonar las pisadas de los criados y el rumor de los preparativos y, al momento, el estruendoso coro de ladridos de la jauría impaciente.

Cazar en la montuosa extensión que comenzaba al pie mismo de los muros, en las traseras de Azahara, era un lujo reservado solo para unos pocos: la parentela real, los altos dignatarios y los extranjeros invitados a la corte. Alhaquén jamás se concedió ese placer, posiblemente porque no suponía para él un goce comparable con su amor a los libros. Pero tampoco opuso inconveniente alguno a que las cacerías continuaran efectuándose en su territorio como en los tiempos de Abderramán. Lo cual suponía que solamente los fatas Chawdar y Al Nizami decidían quién podía participar en las mismas.

Abuámir fue invitado por primera vez. Le sorprendió que los grandes eunucos de palacio contaran con él, pero de ninguna manera podía negarse. Le embargó un sentimiento contradictorio: por un lado, era muy atractivo codearse con lo más granado del reino; pero por otro, intuía que Chawdar y Al Nizami pretendían liarle en una de sus complicadas intrigas palaciegas. Echó en falta más que nunca a su amigo Ben Hodair, pero el visir no estaba en condiciones de acudir a ningún evento social, y mucho menos a una cacería.

La sierra de Córdoba era única para la caza del ciervo y el jabalí. Su bosque era tupido, con manchas de apretada jara y agrestes roquedales; pero permitía al caballero divisar desde su montura los amplios claros que se abrían de vez en cuando, limpios de carrascas, aunque con monte bajo hasta la cintura, donde los perros sabían conducir hábilmente a las piezas.

El día precedente a la cacería, los invitados se iban reuniendo en un campamento improvisado en las proximidades de la sierra, para evitar la pérdida de tiempo de trasladarse, aunque fuera temprano, desde Córdoba. Las tiendas estaban ya montadas, y los criados servían una frugal cena de bienvenida, donde todo el mundo tenía oportunidad de saludarse antes de irse temprano a dormir.

Los eunucos, que habían organizado la cacería, no se presentarían hasta el día siguiente, una vez finalizada la misma, puesto que no cazaban desde hacía tiempo, aunque seguían disfrutando de la concentración que suponía cada uno de estos eventos.

Cuando Abuámir llegó, conoció a una veintena de invitados: embajadores de los reinos cristianos, parientes del califa, visires y miembros de la familia real de alguno de los reinos asociados. Hubo presentaciones, saludos y algo de conversación por pura cortesía. Sin embargo, cuando el chambelán encargado de acomodar a los participantes comprobó que habían llegado todos, ordenó que se apagaran las antorchas, y los presentes se retiraron cada uno a su tienda.

Se permitía que, además de sus criados, cada invitado llevara a una persona de confianza, a modo de secretario o ayudante de armas, pero sin derecho a abatir piezas. Abuámir había escogido a Qut. Hacía tiempo que había incluido a su amigo en la administración de la tesorería real, como jefe de intendentes. Qut era un trabajador impecable y una inestimable persona de confianza a la hora de prestar un servicio especial. Nadie como él entendía a Abuámir, y solo de él aceptaba este una sugerencia o un consejo. Era un subordinado, pero a la vez un amigo, con el que no podía andarse con secretos.

De madrugada, Abuámir se incorporó y vio el bulto menudo de Qut bajo las pieles al fondo de la tienda.

—¡Eh, Qut, es la hora! —le despertó.

—No he pegado ojo —dijo Qut sacando la cabeza—. Nunca he ido a una cacería, y en la primera que voy participan príncipes y visires. ¿Crees que podía dormir en medio de todo esto?

—¡Vamos! Nos espera un día maravilloso.

Los palafreneros aguardaban ya a la puerta, con los caballos enjaezados, sujetos por las bridas y con la aljaba repleta de picas de varios tamaños. A lo lejos, el estruendo de los ojeadores y los ladridos de los perros indicaban que habían comenzado ya su trabajo de levantar las piezas y espantarlas hacia la línea de caza.

A Abuámir y a Qut les correspondió ir al lado de un navarro grueso y de temperamento animoso, cuyo semblante resplandecía por la emoción.

Subieron a un cerro, descendieron por una vaguada y durante un rato fueron siguiendo el cauce de un arroyo.

—¿Tú has cazado alguna vez? —le preguntó Qut a Abuámir.

—Naturalmente —respondió él—. En la Axarquía solíamos salir con frecuencia a buscar jabalíes.

—¿Y qué hay que hacer?

—¡Ah! ¿Pero no lo sabes?

Qut se encogió de hombros.

—Bueno —prosiguió Abuámir—, si tenemos suerte, verás cómo se hace.

Detrás de una loma lejana, se oían las voces, los gruñidos y el jaleo de la refriega, pero no se veía nada.

—¡Por allí deben de estar liados con uno! —gritó el gigantón navarro.

En ese momento se escuchó a un lado un estrépito de pisadas, matas secas partidas y rugidos de mastín. Abuámir picó al caballo y se dirigió hasta allí. Enseguida aparecieron varios criados con lanzas.

—¡Dejadme a mí! —les ordenó él con firmeza.

Abuámir se lanzó al trote por entre las carrascas hacia un espacio cercano donde la espesura de las jaras se removía violentamente.

—¡Aguarda! —le gritaba desde atrás el navarro con su acento del norte—. ¡Uno solo no! ¡Nunca debe ir uno solo!

Abuámir volvió la cabeza y vio cómo el navarro se golpeaba contra una rama y caía de espaldas desde el caballo. Por un momento vaciló, dudando si volverse a socorrerle o seguir hacia donde los perros luchaban con algo.

De repente, apareció lanzado desde la espesura un enorme jabalí, exhibiendo unos gigantescos colmillos y perseguido solamente por un par de perros. Pasó por delante del caballo de Abuámir y tomó la dirección del navarro. Este estaba aún sentado en el suelo y, grueso como era, se revolvió trabajosamente buscando su pica; sin embargo no pudo alcanzarla, puesto que había caído a varios metros.

Los criados, a pie, estaban aún lejos, pero vieron lo que sucedía y comenzaron a gritar aterrados.

El jabalí embistió al navarro. Le pasó por encima como una centella varias veces, dando vueltas sobre sí mismo y haciendo jirones las ropas de su víctima, al tiempo que los perros lo acosaban sin poder alcanzarlo.

Enseguida Abuámir llegó al sitio de la refriega. Vio que desde el caballo no podía hacer nada y echó pie a tierra sin pensárselo. El jabalí, al verlo, se volvió hacia él dejando al navarro. En la primera embestida Abuámir le hirió en la garganta. Luego le introdujo la pica en las fauces, pero la fiera se deshizo de ella cabeceando, enfurecida. Aprovechando que los perros estaban encima del jabalí, desenvainó la espada. Vio cómo uno de los mastines volaba por el aire y cómo el otro se arrastraba gimiendo y con las tripas colgándole del vientre. Al momento lo tenía a un palmo. Descargó un mandoble sobre él, pero el animal lo asió por el muslo y lo derribó. Sintió la cuchillada limpia del colmillo y pensó que en pocos segundos moriría destrozado. Pero en ese momento los criados estaban ya allí, cosiendo a lanzadas al jabalí. Abuámir se puso en pie de un salto y aún tuvo tiempo de rematarlo.

Cuando la fiera yació muerta se hizo un extraño silencio, roto tan solo por el jadeo de los criados y el lastimero quejido de los mastines. Entonces apareció Qut al galope y se tiró del caballo. Vio al jabalí en el suelo y el resto de la escena.

—¡Dios! —exclamó—. ¡Pero qué…!

Abuámir se miró la pierna, tenía un enorme roto en el jubón y el blanco lino estaba manchado de sangre. Los criados se apresuraron a ver qué le había sucedido. Pero él les ordenó:

—¡No es nada! ¡Id a ver al navarro; debe de estar herido!

El navarro estaba lleno de magulladuras y tenía dos heridas, una pequeña en el antebrazo y otra mayor en la cabeza, por la que sangraba abundantemente.

—¡Ay, gracias a Dios! —se felicitaba de estar vivo—. ¡Creí que me mataba! ¡Por Santa María! ¡Por la Virgen bendita…!

Pusieron al navarro encima de su caballo y regresaron al campamento. Los criados se encargaron de transportar el jabalí muerto, sobre una mula, y todo el mundo se sorprendió al ver su tamaño.

La herida de Abuámir era alargada, pero poco profunda. Después de limpiarle la sangre y aplicarle ungüentos, se la cubrieron con una venda. Al navarro hubo que llevarlo a Córdoba. Pero él decidió quedarse para aguardar a la fiesta del final de la cacería.

La tarde se reservaba para la caza con halcones. Entonces fue cuando llegaron Chawdar y Al Nizami, junto con un buen número de eunucos del harén real. Y con ellos llegó también el príncipe Al Moguira, el hermano del califa Alhaquén. Nada más llegar, se fueron hacia donde aguardaba el resto de los cazadores.

La sesión de cetrería tuvo lugar en el llano que se abría justo al pie de la sierra, en una extensión donde se alternaban los grandes alcornoques con los olivares salpicados de almendros florecidos.

Desde donde estaba instalado el campamento, Abuámir pudo contemplar a sus anchas el fantástico espectáculo que se desenvolvía en un amplio panorama con el Guadalquivir y Córdoba al fondo. La línea de ojeadores avanzaba desde el horizonte, barriendo las mieses verdes, los huertos y las vaguadas. Los cazadores se dirigían hacia ellos formando un abanico, cada uno en su caballo conducido por un palafrenero a pie, con su halcón sobre el puño, seguidos por los secretarios que tiraban de las mulas que transportaban en sus alcándaras a las otras aves de reserva encapuchadas.

Cada vez que volaba una paloma, una perdiz o una tórtola, uno de los halcones se lanzaba como una exhalación y hacía presa en ella, para gran regocijo de todos los participantes.

Más tarde les llegó su turno a las grandes águilas, para las que dieron larga a varias liebres. Algunas escaparon, pero la mayoría cayó bajo las garras de las nobles rapaces.

Cuando todos los cetreros regresaron, agotados por la larga jornada de caza, tuvo lugar una ablución general, con el agua que había llegado en grandes cubas transportadas en carretas. Después se llamó a la oración y cada uno se postró en su alfombra, frente a su tienda y en dirección a La Meca. El fuego del sol se apagaba en los montes, mientras los rezos se iban hacia la quibla, perdiéndose en el inmenso valle del Guadalquivir.

Más tarde vino la oscuridad y el campamento se convirtió en un remanso de luz en medio de las negras sombras del bosque.

En la tienda, Abuámir y Qut se preparaban para asistir a la fiesta.

—Nunca pensé que la caza del jabalí fuera algo tan peligroso —comentó Qut.

—Eso es porque nunca has ido a la del oso —repuso Abuámir, divertido.

—¿Del oso? ¡Qué locura!

—La próxima vez iremos. Verás qué emocionante.

—¡Ah, no! Muchas gracias. No cuentes conmigo. Con este susto he tenido suficiente.

—Bueno, uno no tiene por qué salir siempre herido. Lo de esta mañana fue un accidente. Lo normal es que se abata a la pieza sin más complicaciones.

—Y… ¿qué me dices del miedo que se pasa?

—Eso es el mayor aliciente. En cierta ocasión mi padre me contó que se acercó una vez hasta las cercanas regiones de África para cazar leones. En mi casa hay todavía una piel gigantesca que trajo de aquel viaje. ¡Eso sí que tiene que ser emocionante!

—La verdad —dijo Qut con resignación—, no le veo la gracia a jugarse la vida frente a una fiera. ¡Bastantes peligros tiene ya la vida!

Abuámir le miró con ternura. Era absurdo discutir; Qut siempre había sido completamente diferente de él. Para zanjar la cuestión dijo:

411

—Bien, vayamos a la fiesta. Allí nos aguardan peores fieras que las del bosque.

—¿Te refieres a los eunucos?

—Sí. Te confieso que estoy preocupado. Nunca puede saberse lo que tienen tramado esos dos.

—Te han invitado a la fiesta... Es un buen signo. Quizá pretenden ponerse a bien contigo de una vez por todas.

—Esperemos que así sea. Pero lo dudo; tienen demasiado odio hacia mí, acumulado desde todo aquel asunto de la sayida. Nunca podrán verme de otra manera, sino como a aquel que les quitó a los príncipes.

La fiesta del final de la cacería estaba preparada en una gigantesca tienda de campaña. Era el comienzo de la primavera y el rocío de la noche caía frío desde el firmamento despejado, por lo que se hacía necesario estar a cubierto.

Pero lo que no pudieron imaginarse es que habían improvisado un lujoso palacio en mitad del campo, despejando para ello un enorme claro en el bosque de encinas, completamente rodeado de largas varas clavadas en la tierra para sostener antorchas encendidas. Y en el medio habían levantado un espacioso aposento hecho con lonas, cuyo suelo estaba cubierto de alfombras y sus lados tapizados con vivos colores. Todo estaba lleno de suaves almohadones, de bajas mesitas nacaradas, figuras, jarrones y macetas; y se había esparcido un blanco manto de pétalos de flor de almendro, como una perfumada nevada que brillaba bajo la luz de infinidad de lamparillas colgantes.

—¿Esto es un sueño? —comentó Qut al entrar y contemplar aquella visión.

—Esto es para gozar —repuso Abuámir.

Los invitados fueron entrando y acomodándose a sus anchas, mientras iban siendo perfumados por los esclavos. La música sonaba ya y el vino estaba servido en sus bellas jarras sobre las mesas. Pero los anfitriones aún no habían aparecido.

Abuámir y Qut ocuparon su lugar y brindaron un par de veces, emocionados por la suerte de vivir aquel momento.

De repente, irrumpieron en el salón los eunucos Chawdar y Al

Nizami, prodigando saludos y sonrisas, pero orgullosos y soberbios, cargados de la seguridad de saberse los hombres más poderosos del reino. Fueron a sentarse al fondo, sobre el lugar elevado que les correspondía, flanqueando el sitio reservado para el hermano del califa.

Siguiendo el protocolo, el último en llegar fue el príncipe Al Moguira. Entró cargado de joyas, vestido con seda bordada en oro, vanidoso, presumido, rodeado de un enjambre de jóvenes eunucos y criados de palacio. Su rostro y sus maneras no contradecían en absoluto el rumor que todo el mundo había escuchado de él: su origen oriental; puesto que su madre era una concubina de singular belleza enviada a Abderramán por el hamdaní de Oriente. Debía de ser una mujer de un país lejano, de más allá de Persia, pues sus rasgos, sus costumbres y su lengua eran absolutamente desconocidos en Córdoba. Tal vez por eso, Al Moguira había vivido una vida aparte, diferente a la del resto de sus hermanos; aunque había sido mimado especialmente por los eunucos, seducidos por su temperamento exótico y femenino.

Casi resultaba un ser extraño, en medio de los cazadores navarros, astures y leoneses, de rudos rostros y espesas barbas; o frente a los nobles árabes de refinado aspecto, pero de recia pose y ásperas maneras militares. Por eso se guarecía entre su peculiar servidumbre, que permanecía rodeándole en todo momento.

Cuando se hubo acomodado en su lugar de preferencia, se descubrió el cabello, largo y brillante, liado con finas cintas doradas. Era muy delgado, de piel oscura y de verdosos ojos ribeteados con pintura azulada. Movió la cabeza hacia uno y otro lado, con soltura, y dijo con voz afectada:

—¡Señores, que Alá os bendiga! ¡Sed bien recibidos en esta prolongación del palacio del Príncipe de los Creyentes! Yo, en su nombre, deseo que os divirtáis. Que a nadie le falte de nada. Esta cacería ha sido un obsequio a vuestras personas por lo que sois y lo que representáis. Que esta fiesta acerque nuestros corazones. ¡Gozad con ella!

Se sirvieron los platos: enormes pasteles de hojaldre rellenos de carne de paloma, suculentas tajadas de carne de las piezas de caza, pájaros ensartados en broquetas pasadas por las brasas, marmitas con humeantes, aromáticos y especiados estofados, frutas, dulces y guirlache.

Los visitantes disfrutaban distendidamente de la cena, moviéndose de una mesa a otra para conocerse mejor entre sí, hablando de sus experiencias de caza y recordando los mejores momentos de la jornada. Hasta la mesa de Abuámir y Qut se acercaron dos navarros trayéndose una de las jarras llenas de vino.

—Así que tú eres quien ha salvado esta mañana a don Julio —dijo uno de ellos—. Acaban de contarnos hace un momento cómo sucedió. Es compañero nuestro. Te agradecemos lo que hiciste por él.

—Vuestro amigo tuvo suerte —respondió Abuámir—. Por un momento creí que había salido mal parado; pero, según me han dicho, se encuentra bien. ¿No es así?

—Sí —contestó el navarro—. Al final todo quedó en una herida en la cabeza, algunos cortes y los golpes de la caída. Está demasiado gordo para defenderse con agilidad de la embestida de un jabalí como el que mataste esta mañana. Si no hubiera sido por ti, no sabemos qué habría pasado. Por eso queremos brindar contigo. Es lo menos que podemos hacer.

El navarro llenó las copas, se volvió hacia toda la concurrencia y gritó a voz en cuello:

—¡Amigos, un momento de atención! ¡Amigos, silencio!

La música cesó, y los invitados callaron, fijando la atención en el que los reclamaba por un momento. El navarro prosiguió:

—¡Amigos, perdonad que os interrumpa! A todos nos ha traído aquí el noble arte de la caza. Esta fiesta que tan gentilmente nos ha brindado el príncipe Al Moguira es para que celebremos unidos los lances de la jornada. Nosotros estamos llenos de agradecimiento a su magnanimidad y a la gran generosidad del Príncipe de los Creyentes a quien representa, pues gracias a esta reunión podemos conocernos mejor y compartir lo que nos ha deparado este día maravilloso. Por eso, es justo que recordemos aquí un acontecimiento singular acaecido en este día memorable. Aquí tenéis al señor Abuámir, noble y valiente, que no dudó en arriesgar la propia vida para salir en defensa del conde don Julio, al que amenazaba un enorme jabalí herido. Todos habéis visto el tamaño de la bestia y la entidad de sus defensas, con las cuales hirió a nuestro compañero y al propio Abuámir. Por ello, propongo que brindemos por él, por su arrojo y valor, y por el feliz desenlace del trance del ilustre don Julio.

Los presentes, enardecidos por el discurso del navarro, alzaron sus copas en dirección a Abuámir y prorrumpieron en vítores. Luego, algunos se acercaron para felicitarle directamente o para interesarse por su herida. En un momento, Abuámir se vio rodeado por efusivos comensales deseosos de conocerle. La fiesta prosiguió con las animadas conversaciones repletas de anécdotas de cazadores, encendidas por el vino y la música, hasta que el ambiente empezó a languidecer cuando el cansancio de la dura jornada en el monte afloró con lo avanzado de la noche.

Entonces se acercó hasta Abuámir un discreto criado del príncipe y le habló con sigilo al oído:

—Mi señor Al Moguira desea que te acerques.

Abuámir miró hacia donde estaba el príncipe. Tanto Al Moguira como los eunucos Chawdar y Al Nizami mantenían los ojos fijos en él, como aguardando a que obedeciera de inmediato. Se disculpó ante los que compartían su mesa, que charlaban animadamente, y se dirigió hacia allí. Muchos de los convidados dormitaban ya, rendidos por el vino, o mostraban signos de embriaguez. Abuámir pasó entre unos y otros.

Al llegar al fondo de la tienda, donde estaba el príncipe, hizo una moderada postración, le tomó las manos y se las besó. Luego alzó la vista y buscó los ojos de Al Moguira, quien, si bien le sostuvo la mirada momentáneamente, se turbó después de un modo visible.

—¡Vaya, vaya! —salió al paso Chawdar, con ironía—. ¿Qué es lo próximo que harás para que no deje de hablarse de ti en Córdoba?

Abuámir sonrió ampliamente, el tiempo necesario para pensar su respuesta. Luego dijo:

—Nadie puede prever que un jabalí y un rumí de más de dos quintales cada uno van a cruzarse en el mismo camino... Alá quiso que yo estuviera entre ambos.

A Al Moguira se le escapó una risita que trató de dominar.

—¡Tan ingenioso como arrogante! —observó Al Nizami—. Será esa manera de ser tuya lo que tiene cautivada a la gente.

—¡Bueno, bueno, ya está bien! —interrumpió el príncipe la discusión, dándose sonoras palmadas sobre el muslo—. ¡No vais a acosar a mi invitado en mi presencia!

—Pero, amo, ¿vas a consentir esta desfachatez? —replicó Chawdar, contrariado.

—¡He dicho «basta»! —exclamó el príncipe con gesto de enojo—. Y ahora, ¡fuera de aquí! —les dijo a los eunucos—. Ya no tenéis edad para estar a estas horas en una fiesta; debéis descansar. Dejadme a solas con el invitado. Ya sabré yo lo que tengo que decirle.

Los eunucos torcieron los morros, hicieron la reverencia sin decir nada más y se retiraron de la tienda.

Entonces Al Moguira se arrellanó sobre los almohadones y suspiró fingiendo alivio.

—¡Uf! Se ponen a veces insoportables —dijo—. A medida que van haciéndose viejos lo quieren tener todo controlado. ¡Bueno, qué te voy a contar a ti! ¿Crees que no sé todo lo que te han hecho pasar con el asunto de la favorita de mi hermano?

Abuámir permaneció en silencio. No consideró oportuno dejarse llevar poniéndose a murmurar en perjuicio de los que eran los hombres más importantes del palacio, y mucho menos delante del príncipe al que habían cuidado desde niño, de modo que optó por hacer un ambiguo gesto con los hombros, como si la cosa no fuera con él.

Al Moguira dejó entonces el tema y llenó una copa de vino, que acercó a Abuámir.

—Dicen por ahí que entiendes mucho de poesía —le dijo con gesto malicioso.

—¿Yo? —respondió extrañado Abuámir—. ¿De poesía?

—¡Vamos! No te hagas el tonto. Preparaste una fiesta para mi primo Ben Hodair.

—¡Ah, te refieres a aquello! Bueno, yo solo tuve la idea de montar aquel espectáculo. Pero la poesía la puso el Loco.

—Entonces, algo sabrás —insistió el príncipe—. A mí la poesía me encanta. ¿Conoces algún verso adecuado para este momento?

Abuámir no quiso contrariar a Al Moguira en aquel primer encuentro. Buscó en su mente, pero no acudía nada que le pareciera adecuado. Apuró la copa hasta el fondo. Por fin dio con algo. Hizo un gran esfuerzo y endulzó la voz cuanto pudo:

No olvidaré la rosa
mientras su espina esté clavada en mi mano.
No olvidaré tu cuerpo
mientras el deseo punce mi alma.
Y este recuerdo me mata;
porque abrazo el aire, buscando tu cintura,
y voy detrás de la brisa, por si llevara el olor de tu pelo.

El príncipe cerró los ojos y se recostó en el almohadón con un expresivo gesto de embelesamiento.

—¡Ah, es maravilloso! —exclamó—. ¡Exquisito!

Abuámir empezaba a sentirse molesto. Temió tener que pasar el resto de la velada recitándole a Al Moguira. Por otra parte, la afectación y el aspecto del príncipe le ponían nervioso. Pensó en la manera de librarse de aquella situación. Se removió en su asiento y, con tono quejumbroso, dijo:

—Y ahora, señor, si me lo permites, quisiera retirarme. Me está doliendo la herida que me hizo el jabalí y me encuentro muy fatigado. Me encanta estar contigo, pero quisiera continuar esta maravillosa conversación en un momento más favorable.

—¡Oh, naturalmente! —exclamó el príncipe, saliendo de su éxtasis—. Lo comprendo. ¡Pobrecillo! No había reparado en tu herida. Qué lástima; con lo bien que estábamos… Pero no quiero yo que sientas dolor por mi causa. Cuando te recuperes ven a verme. ¿Me lo prometes?

—Claro, señor. Ya sabes dónde encontrarme. Puedes llamarme cuando lo desees.

El príncipe le hizo un guiño de complicidad, y Abuámir terminó de incomodarse. No obstante, sonrió exteriormente, se postró e hizo ademán de levantarse. En ese momento, Al Moguira le cogió la mano y la sujetó durante un momento que a él le pareció una eternidad. Pero finalmente le soltó y pudo retirarse.

—Ya sabes —insistió Al Moguira—, te espero. No te olvides.

Abuámir se dio cuenta de que quedaban pocos invitados en la fiesta, y los que no se habían marchado estaban ya derrotados por la bebida. Se dirigió hacia donde se hallaba Qut y tiró de él. Su amigo anduvo vacilante con sus cortas piernecillas en dirección a la salida, detrás de los pasos decididos de Abuámir.

Salieron al fresco exterior. Estaba amaneciendo y una suave luz de madrugada bañaba las blancas flores de las jaras que brillaban por el rocío. Un ave emitía un pausado y matutino canto.

Una vez en la tienda, Qut le preguntó con sorna a Abuámir:

—¿Cómo te ha ido con la princesita?

—¡Bah! Ha sido horrible. Me ha hecho recitar poesías, como si yo fuera un maldito poeta cortesano. ¡Qué asco!

—¡Ja, ja, ja…! —rio Qut—. Ya sabes lo que se dice por ahí del príncipe Al Moguira: que ha heredado todas las debilidades de su padre Al Nasir, pero nada de su temperamento y su fuerza. ¡Ándate con cuidado! —le advirtió, divertido—. Lo único que te falta ya es que te pretenda un príncipe.

55

Helling, año 970

Helling no era otra cosa que una robusta fortaleza rodeada de un apretado caserío; a Asbag le pareció primitivo e insignificante para albergar en su seno la corte del rey de los daneses. En los exteriores del burgo se habían asentado caballeros normandos llegados de todos los rincones del reino, hombres rudos del interior de la península, isleños y escandinavos casi albinos que habían acudido con sus mujeres y sus hijos, aliados de Danesland de Bretaña y toda una suerte de príncipes secundarios y señores de pequeños dominios afiliados al reino de Dinamarca, que tenía su sede en el lugar de residencia del rey Harald. El campamento se extendía como una amplia exhibición de poderío guerrero que impresionaba en el horizonte.

La comitiva del arzobispo Adaltag se detuvo para contemplar el panorama desde lejos. Se veía el castillo de Harald, que sobresalía de las apiñadas casas, con una gran torre en el medio y varios niveles de murallas; y el extenso valle poblado de barracas, tiendas de campaña y humeantes hogueras. En una amplia extensión, pacían los caballos y los rebaños de bueyes, ovejas y cabras.

—Bien —comentó Adaltag—, veo que han acudido multitud de súbditos a la llamada. Ahora solo falta que Dios mueva sus corazones hacia la fe y sepan seguir a su rey en este paso tan importante.

—¿Queréis decir que muchos de esos caballeros aún no son cristianos? —le preguntó Asbag.

—La mayoría no lo son —respondió el arzobispo con visible inquietud—. Calculo que solamente la décima parte de los que componen ese inmenso campamento han sido bautizados.

—¿Y aceptarán la consagración del reino sin rebelarse? ¿Consentirán en abandonar sus viejos ídolos?

Adaltag se santiguó y puso cara de gran preocupación.

—Eso es lo que no podemos saber —respondió—. Solo Dios lo sabe todo.

La comitiva llegó hasta las primeras tiendas. Delante iba el conde Brendam sobre su caballo acorazado, sosteniendo el estandarte de seda blanca que tenía bordada en el centro una gran cruz de color escarlata. Detrás de él iban otros dos caballeros, también con brillantes corazas y grandes escudos decorados con los símbolos del emperador. En el medio de la fila, el arzobispo y Asbag, flanqueados por sacerdotes sajones y monjes de oscuro hábito. Detrás, toda una fila de caballeros germanos con largas lanzas y espléndidos penachos en los cascos.

Al verlos llegar, se precipitaron hacia el borde de la carretera tropeles de muchachos, hoscos vikingos y mujeronas. Miraban con asombro el paso del arzobispo y su séquito, pero nadie decía nada; no había gestos jubilosos ni cantos de bienvenida.

Adaltag iba impartiendo bendiciones, pero nadie se santiguaba ni hacía reverencias a su paso.

—Dudo mucho que sepan lo que es un arzobispo —observó.

Más cerca del burgo estaban instalados los campamentos de los caballeros normandos. Su aspecto era diferente del de los guerreros que acampaban en el extrarradio: sus cascos eran cónicos, sin cuernos, y sus ropas estaban mejor tejidas; algunos llevaban buenas armaduras y jubones de estilo sajón, ceñidos y con aberturas a los lados para facilitar la subida al caballo. Pero su recibimiento fue también frío e indiferente.

A las puertas de la ciudad, sobre un alto, se elevaban las enormes piedras rúnicas con las representaciones de los dioses nórdicos. El arzobispo, al verlas, hizo la señal de la cruz y exclamó:

—¡Dios santo! ¡Todavía están ahí sus diabólicos ídolos!

Al pie de las piedras yacían los despojos de los animales sacrificados, y las brasas humeantes impregnadas del sebo que se iba consumiendo desprendiendo su olor a grasa quemada.

—No puedo entrar en la ciudad mientras el demonio sea adorado en sus mismas puertas —dijo el arzobispo.

Descabalgó y se fue directamente hacia las piedras. Uno de los sacerdotes le siguió y le colocó la mitra, mientras dos monjes acudían con un recipiente de agua bendita y un hisopo. Adaltag, con la mirada fría y fija en los monumentos levantados a los dioses, comenzó a proferir un enérgico exorcismo. Con un crucifijo en una mano y el hisopo en la otra, trazaba cruces en el aire y lanzaba agua bendita al tiempo que recitaba oraciones en latín.

En ese momento se empezaron a oír voces. De una cabaña cercana salió un viejo y desdentado hombre de largas barbas blancas y cabellos enmarañados, vestido con oscuras pieles y cubierto de colgajos, amuletos, colmillos y huesos. Detrás de él aparecieron dos hombres de aspecto semejante. Al ver al arzobispo empezaron a gritar enfurecidos en su lengua, a patalear y a realizar gestos amenazadores con sus manos crispadas.

—¿Creéis que os tengo miedo? —les gritó Adaltag—. ¡Venid aquí, malas bestias! ¡Hijos de Satanás!

El arzobispo corrió entonces hacia ellos y los roció con el agua; a lo que los tres extraños brujos respondieron abalanzándose sobre él. Rodaron todos por la pendiente, enzarzados en una rabiosa pelea. Los monjes y el sacerdote acudieron prestos a ayudar a su superior. Se golpeaban con puños y pies, se mordían y se agarraban por los cabellos.

Asbag, momentáneamente, se quedó estupefacto ante aquella escena. Luego se bajó del caballo y corrió hacia la pelea gritando:

—¡No, por el amor de Dios! ¡Ese no es el camino! ¡Parad, señor arzobispo, por la Santísima Virgen!

El conde Brendam y alguno de los caballeros acudieron también. Entre todos consiguieron separarlos. Por un lado sujetaban a los brujos y por otro al arzobispo y a sus ayudantes. Unos y otros seguían enfurecidos, dispuestos a continuar peleando si los dejaran.

—¡Llevaos a esos hombres! —ordenó Asbag a los soldados germanos—. ¡Lleváoslos antes de que ocurra una desgracia!

El arzobispo, fuera de sí, se subió de nuevo al caballo.

—¡Vosotros lo habéis visto! —gritaba—. ¡Cómo se han puesto esas fieras al ver a un representante de Cristo!

—Pero… es inútil enfrentarse así a esa gente —repuso Asbag—. Son sacerdotes de su religión. Nadie puede cambiarles la forma de pensar…

—¿Cómo…? —replicó el arzobispo—. ¿Pretendes insinuar que hemos de tolerar sus repugnantes supersticiones?

—No. Quiero decir que hemos de luchar con otras armas: con la paciencia y la esperanza. Solo el tiempo podrá construir aquí una civilización cristiana.

—¡Lo siento, pero no puedo darte la razón! —protestó enérgicamente Adaltag—. ¡Tú no sabes nada de estos pueblos! No tienes ni idea de los sufrimientos que ha costado traer la cruz del Señor a este reino. No, no podemos dar tregua al Maligno en este combate. Hay que conseguir a toda costa que desaparezcan los brujos y hechiceros que pululan por doquier.

—Sí, estoy de acuerdo —respondió Asbag—. Pero eso ha de suceder cuando la gente descubra al Dios verdadero, confíe en él y alcance la paz del corazón. ¿O es que pretendemos que nos teman a nosotros más que a esos chamanes?

Estando en esta discusión, alcanzaron una empinada calle que conducía directamente a la puerta principal de la fortaleza. Pasaron al interior y se encontraron en un amplio patio de armas donde aguardaba el rey Harald con su esposa, sus hijos, su corte, los obispos de Aarhus y Ribe y un nutrido grupo de monjes.

Adaltag bendijo a todos desde el caballo. Luego echó pie a tierra y abrazó al rey con afecto.

Harald llevaba una amplia túnica de paño, de color gris azulado. Era alto y robusto, de escaso cabello encima de la frente, pero con una larga trenza de color rubio canoso. Como único signo de realeza exhibía una diadema de oro. Nada más verlo de cerca, los recién llegados pudieron apreciar por qué se le llamaba Harald Blaatand (es decir, «el de los dientes azules»), al ver que su sonrisa descubría una dentadura del color del plomo.

Una vez en el interior del edificio principal de la fortaleza, se ofreció una suculenta cena en un gran salón, a base de carne de ciervo, pescados y aves. Después sirvieron cerveza e hidromiel en abundancia.

Salieron a danzar algunos jóvenes y, un poco más tarde, un grupo de bufones empezó a evolucionar por entre las mesas haciendo acrobacias y juegos malabares.

De pronto Asbag sintió una extraña intranquilidad que le impedía disfrutar del espectáculo. Todo aquello le resultaba amenazador y hostil, sin saber por qué, y deseaba que terminara cuanto antes para retirarse a descansar. Sin embargo, la cena se alargó durante un tiempo que le pareció eterno.

Por el contrario, el rey y su corte se divertían de verdad, al igual que los caballeros invitados.

Asbag experimentó un gran alivio cuando el arzobispo se quedó con la mirada perdida, sin decir nada. En ese momento se dio cuenta de que pronto llegaría la hora de retirarse. Y en efecto, enseguida apareció el asistente de Adaltag y le ayudó a ponerse en pie. Asbag aprovechó para salir con él, después de que ambos se despidieran del rey.

Al día siguiente, el arzobispo fue recibido en privado por Harald. Asbag aprovechó la ocasión para dar un paseo por el burgo. Iba todavía vestido con la amplia túnica oscura que los hermanos de la abadía le habían confeccionado.

Un grupo de monjes no tardó en confundir al obispo con uno de los suyos. Eran unos diez, todos jóvenes.

—¡Eh, hermano! —le gritaron desde una esquina.

Asbag fue hacia ellos.

—¿De qué monasterio provienes? —le preguntaron.

—Oh, no —respondió él—. Os confundís conmigo. No soy monje, aunque visto este hábito.

—Pero... —se extrañaron ellos—. ¿Cómo es que...?

—Es una larga historia —prosiguió Asbag—. Soy un obispo.

Iba en peregrinación desde mi sede de Córdoba hacia el templo del apóstol Santiago cuando me apresaron los vikingos.

—¡Oh! —se asombraron—. ¡Claro! —exclamó uno de ellos—. Vos ibais ayer con el arzobispo de Hamburgo. Os vi cuando la comitiva entró en la ciudad.

—Y vosotros, ¿de dónde sois? —les preguntó Asbag a su vez.

—Somos de la abadía de Sankt Gallen de Constanza —respondió el que debía de ser el superior—. Hemos venido con la misión de fundar un monasterio aquí en Helling, aprovechando la conversión del reino.

—Si no tenéis nada mejor que hacer podéis acompañarnos —le sugirió otro de los monjes.

Asbag se fue con ellos. No muy lejos de allí estaba el edificio, pequeño y todavía en obras.

La iglesia era una nave de apenas veinticinco o treinta pies, levantada en las paredes laterales con piedras y con la cubierta aún sin construir.

—Queremos terminarla este año —explicó el mayor de los monjes—, para consagrarla, Dios mediante, en las próximas fiestas de Natividad. Después, en la primavera, llegarán más hermanos desde Sankt Gallen.

Los monjes se alojaban en una cabaña próxima a las obras. Invitaron a Asbag a compartir con ellos la mesa, y durante el almuerzo les contó cómo había sido apresado en Galicia y llevado a Jutlandia. Y ellos le hablaron de los lugares de donde provenían y le pusieron al corriente de la situación de la cristiandad en aquellos momentos.

—¡Ay, son tiempos feroces! —se quejaba el superior de los monjes—. Hoy no se puede ser nada más que guerrero o campesino. Solo hay hombres fuertes y bien armados, capaces de matar e impávidos ante el dolor, o pobres necesitados de protección y capaces de pagar con el sudor de su frente, trabajando para los demás, aquello que los más fuertes pagan con su sangre o con la sangre ajena.

Asbag estaba espantado de lo que los monjes le contaban.

—¿Y los reyes cristianos no pueden nada frente a tanta barbarie? —preguntó.

—¡Bah! —respondió el monje—. Está todo disgregado. ¿Creéis que hay un poder central capaz de poner orden? Nada de eso. Los hombres campan por sus fueros. Se comportan como lobos nocturnos, como peces que se devoran unos a otros. Ya solo se habla un único lenguaje: la violencia, el miedo y la necesidad de seguridad. Pero para alcanzar seguridad se ha de pagar un alto precio.

—¿Y la Iglesia tampoco puede hacer nada?

—¡Nada! Una parte de ella vive esclava de sus propios vicios. Muchos ministros de la Iglesia se sacian de carne; están ebrios de orgullo, enardecidos por la avaricia, atormentados por la maldad, lacerados por la discordia...

—Pero ¿quién nombra a tales pastores? —preguntó Asbag sin salir de su espanto.

—¡Ah, padre, ahí está el problema! Los reyes, que deberían ser jueces de la aptitud de los candidatos a los cargos sagrados. Pero son corrompidos por los abundantes regalos y prefieren, para gobernar iglesias y almas, a aquellos de los que esperan recibir las ofrendas más valiosas.

—Me abrumas con lo que me cuentas, hermano —dijo entristecido Asbag—. Aunque supongo que, como en todo tiempo, habrá también hombres santos en Europa. ¿No es así?

—Sí, desde luego que sí —respondió el monje—. Hay monasterios donde se vive la pobreza, la castidad y la obediencia, que cultivan la liturgia y la formación de los monjes y que irradian espíritu y exigencia evangélica. Y muchos hombres buenos claman con ansia que todo cambie.

—Me gustaría ver eso en persona. Pronto he de emprender mi viaje de regreso a Hispania. ¿Puedes aconsejarme un monasterio en mi camino donde poder respirar ese ambiente del que me hablas?

—El más famoso, sin duda, es el de Cluny.

—¡Ah, he oído hablar de él! —se entusiasmó Asbag—. ¿Dónde se encuentra exactamente?

—En la Borgoña francesa. No os será difícil llegar hasta allí. Se trata de una abadía exenta, es decir, independiente de toda autoridad civil o religiosa, ofrecida como propiedad a los apóstoles Pedro y Pablo, con lo cual depende directamente del Papa, que es su único defensor.

Con esta magnífica referencia, Asbag se despidió de aquellos monjes y regresó a sus aposentos en la fortaleza, ilusionado con que terminaran pronto los acontecimientos que retenían al arzobispo Adaltag, para iniciar con su comitiva su anhelado retorno.

El domingo, con las primeras luces del día, un gran cortejo partió desde la fortaleza de Helling con destino a la cercana iglesia dedicada a la Santísima Trinidad que el rey Harald había mandado construir a costa de su propia fortuna.

Los cánticos habían empezado muy temprano y habían servido de llamada para que una multitud se fuera concentrando en torno a la nueva iglesia. El cielo amanecía con un color extraño, pero todo indicaba que ni el viento ni la lluvia vendrían a estropear el lucimiento de la ceremonia. La gente del burgo y del campamento montado en las afueras se mezclaba en un gran barullo: pastores de cabras, leñeros, campesinos, vendedores que ofrecían sus productos, guerreros, caballeros y lanceros que enarbolaban un bosque de banderas y pendones de todos los colores. Abierto entre tal maraña, un amplio sendero era custodiado por centinelas muy bien armados.

Asbag se había vestido ya y aguardaba a que terminaran de preparar al arzobispo, contemplando el panorama desde el ventanal de la torre donde habían sido alojados. No pudo evitar un cierto estremecimiento al prestar atención a los cantos sacros que sonaban entre el rugido de la multitud. No había amanecido del todo y las antorchas encendidas acentuaban el ambiente inquietante del momento. ¿Podría alguien predecir cómo terminaría aquel acontecimiento? Aunque los daneses temían y respetaban al rey Harald, era sabido que una gran parte de los jarl (jefes) eran contrarios a la conversión al cristianismo y a la consagración del reino. Y además estaban los goder, los brujos y hechiceros que se habían reunido en los bosques, según decían, para practicar ritos y sacrificios a sus dioses enfurecidos por lo que estaba sucediendo.

Cuando todos los obispos estuvieron listos, se concentraron en la plaza de armas de la fortaleza, sosteniendo los báculos, rodeados de sacerdotes que portaban velas e incensarios humeantes. Allí habían de aguardar al paso de las reliquias y a la llegada del rey.

Harald apareció con un amplio manto de pieles y con la cabeza descubierta, mostrando su amplia y brillante frente y la larga trenza rubia. Con una leve inclinación saludó desde lejos a los prelados y se detuvo en el centro de la plaza mirando hacia la puerta, acompañado por su esposa, hijos y miembros de la corte.

Poco después llegaron las reliquias, portadas por acólitos y custodiadas por una larga fila de monjes. Los obispos se situaron detrás y comenzó a avanzar la procesión, a la cual se incorporaron los reyes y el séquito.

La gente vitoreó entusiasmada al paso de la solemne comitiva, y un gran número de caballeros y jefes vikingos la siguieron hasta las puertas de la iglesia.

La coronación de Harald, con la corona que el arzobispo había llevado desde Roma, tuvo lugar dentro de la misa. Hubo cantos, bautismos e investiduras de caballeros. Estos actos ocuparon casi la mañana entera. Una vez finalizados, al mediodía, la comitiva salió de la iglesia para ir al cercano promontorio donde estaba la tumba del anterior rey Gorm.

Llevó casi toda la tarde cavar para sacar el gran barco enterrado hacía más de treinta años, en cuyo interior se encontraba el cadáver. Pero cuando la tierra fue retirada, apareció la pavorosa realidad de los ritos funerarios vikingos: Gorm había sido enterrado en su barco con numerosos esclavos vivos amarrados, junto a varios caballos, perros, armas, ropas, camas y diversos objetos. Todo, excepto los esqueletos humanos, fue quemado en una gran pira por orden del arzobispo, ante los ojos atemorizados de muchos de los que un día contemplaron aquel enterramiento.

Luego, el cuerpo del gran antiguo rey fue conducido hasta la iglesia de la Santísima Trinidad y sepultado a la manera cristiana entre responsos de los sacerdotes.

A Harald solo le faltaba una cosa para cristianizar el reino: consagrar sus dominios. Para ello, se bendijo una gran piedra labrada a la manera de los ancestrales monumentos a los dioses daneses, pero con la diferencia de que en ella estaba representado Jesucristo, aunque circundado por extrañas figuras, por haber sido obra de artistas locales que hicieron lo que pudieron siguiendo las indicaciones de los monjes.

56

Córdoba, año 970

Subh corrió hacia Abuámir y se abrazó a su cuello. Él percibió la suavidad de sus mejillas y el peculiar aroma de sus cabellos; cerró los ojos y degustó profundamente aquel perfume. Le pareció mentira una vez más estrechar su cuerpo delicado y se sumergió por un momento en un dulce arrobamiento. Sin embargo, oyó unos pasos en la estancia y abrió los ojos, encontrándose al fondo con los mayordomos Al Fasí y Sisnán.

Entonces se puso rígido y apartó a Subh con cuidado. Ella volvió la cara y también vio a los jóvenes. Por un instante se hizo un tenso silencio. Aunque era evidente que los mayordomos sabían perfectamente lo que estaba sucediendo entre la sayida y su administrador, había una especie de acuerdo tácito de fingir que no ocurría nada especial.

—¿Qué hacéis ahí parados? —les gritó ella para salir de la situación—. ¡Traed ahora mismo agua caliente, vendas y ungüentos!

Los criados subieron deprisa, ella se volvió de nuevo hacia Abuámir y lo estrechó entre sus brazos.

—¡Ay, gracias a Dios que estás vivo! —le susurró al oído—. Llegaron noticias de que te había atacado un jabalí y te había herido. ¡Qué miedo he pasado! Dijeron que estabas grave.

—¡Qué exagerados! —dijo él—. Apenas ha sido un rasguño.

Ella se separó entonces y le miró de arriba abajo. Se fijó en el jubón desgarrado y en la mancha de sangre seca.

—¡Oh! —exclamó horrorizada—. ¿Y eso?

—¡Bah! No es nada, créeme, es solo una herida poco profunda.

En ese momento aparecieron los mayordomos con las cosas que Subh les había encargado: una palangana con agua, paños y algunos frascos.

—Vamos, échate ahí —le pidió ella a Abuámir.

Él se recostó en el diván y estiró la pierna. Sisnán y Subh se pusieron a limpiarle la herida, mientras Al Fasí le acercaba una copa de vino.

—Deberías vivir aquí —comentó ella maternalmente—. Desde que te fuiste a esa casa tuya no dejan de sucederte cosas.

Él sonrió. Verdaderamente, en ningún sitio se encontraba tan a gusto como junto a ella. Aquel palacio del alcázar lo había preparado él para que Subh viviera como una verdadera princesa. Había mandado abrir ventanas a los patios interiores, había dispuesto surtidores que daban frescura, azulejos con alegres motivos vegetales, macetas, jardineras, coloridos tapices… ¡Qué lejos estaba del lúgubre y austero lugar que se encontró Subh a su llegada! Y para él se había convertido en un remanso de amor y descanso. Los pequeños príncipes le adoraban, los eunucos sentían verdadera devoción por él y Subh vivía pendiente de que apareciera por la puerta Dorada. Pero su nueva posición y el hecho de tener abiertas las dos residencias, la de Córdoba y la de Sevilla, le impedían ir allí todas las veces que él hubiera deseado.

Cuando terminó de curarle la herida, los eunucos salieron y ella se recostó en su pecho.

—Cada vez vienes menos —suspiró—. No sabes cuánto deseo que todo vuelva a ser como antes…

—Bueno —repuso él—, estamos juntos ahora; ¿no es eso lo que importa? ¿O vas a estropear el momento con reproches?

—¡Ah, tienes razón! Pero no puedes imaginar lo largo que se me hace el tiempo cuando estás lejos.

—Sabes que no puedo pasarme aquí la vida; podrían llegar a sospechar.

—¡Afuera es primavera! —exclamó ella de repente, incorporándose.

—¡Hummm…! ¿Y…? —murmuró él.

—¡La munya de Al Ruh debe de estar preciosa! —insinuó.

—¡Vaya, una vez más me has leído el pensamiento! —exclamó Abuámir.

—¿Qué? —se entusiasmó Subh—. ¿Vamos a ir allí?

—Sí. Te lo prometo.

—¿Cuándo?

—Bueno, déjame que antes lo prepare todo.

—Oh, por favor, que sea cuanto antes.

Pocos días después Abuámir se presentó nuevamente en el alcázar. Subh estaba en los jardines, debajo de una acacia, tejiendo una complicada túnica de seda verde con la ayuda de sus criados. Los niños jugaban como de costumbre junto a la jaula de los monos.

Abuámir avanzó con paso firme por el camino que se abría entre los parterres repletos de flores. Subh, enojada, se hizo la desentendida y disimuló su emoción prosiguiendo con su tarea.

—¿Nadie me saluda? —preguntó él, en fingido tono de reproche.

Subh le miró de reojo y dijo entre dientes:

—¿No quedamos en que iríamos a la munya? Han pasado ya seis días…

—Bueno —respondió él—, es el tiempo que necesitaba para prepararlo todo.

—¿Tantos preparativos son necesarios? —le preguntó ella con acritud.

Abuámir dio una fuerte palmada. Ante el sonoro estallido, Subh y los criados se sobresaltaron. En ese momento, empezó a sonar una hermosa melodía tocada por una flauta y un pandero en algún lugar del fondo del jardín.

A lo lejos, apareció avanzando hacia ellos una especie de palacete plateado, portado en andas por media docena de esclavos. Era una hermosa pieza de orfebrería, profusamente decorada con filigranas y con la forma de un templete con brillantes cortinas de seda roja en los costados.

—¡Oh! ¿Qué es eso? —preguntó Subh, maravillada.

—Pensé que no tenías por qué ir a la munya a lomos de un caballo —respondió Abuámir—. Ahí tienes una litera que mandé construir para ti.

Subh soltó la túnica y corrió hacia el palacete. Con el rostro iluminado, dio vueltas alrededor de él para contemplarlo bien. Los esclavos lo depositaron en el suelo. Entonces ella descorrió las cortinas y vio los mullidos cojines tapizados con damasco.

—¡Es… es maravillosa! —exclamó.

—¡Sube! —la animó Abuámir—. Es tuya.

Subh se acomodó en la litera y él hizo un gesto con la mano a los esclavos para que la elevaran. Luego dieron un paseo por entre los árboles del jardín. Los criados corrían detrás alborotando, entusiasmados.

Esa misma tarde, lo prepararon todo y se pusieron en camino hacia la munya del Al Ruh. Los niños enloquecieron de alegría por la novedad de hacer el recorrido dentro de la nueva litera de su madre. Cuando salieron de la ciudad, descorrieron las cortinas y fueron viendo los campos, con las mieses verdes todavía, los rebaños de cabras a lo lejos y los chivos triscando por las peñas.

Abuámir iba detrás en el caballo, satisfecho por el efecto que había causado la ocurrencia. Había gastado para aquel capricho dos sacas de monedas de plata de la Ceca, y de ninguna manera le parecía un dispendio. ¿No se lo merecía ella todo? Ya habría ocasión de devolver las cantidades; de momento, era primavera y la munya los aguardaba envuelta en aromas de juncias frescas.

Al día siguiente, salieron a pasear por la orilla del río. Abuámir y Subh caminaban delante, mientras los eunucos Sisnán y Al Fasí portaban a los pequeños príncipes, detrás de ellos. Brillantes mariposas alzaban el vuelo cuando rozaban los juncos a su paso, y algunos verdes lagartos que tomaban el sol sobre la hierba corrieron hacia sus guaridas. Cuando avanzó la mañana, el calor levantó un denso y vaporoso ambiente cargado de aromas a néctar de las flores.

Se detuvieron en un pequeño claro tapizado de grama en cuyos márgenes el agua se remansaba. Abuámir se quitó el albornoz y se metió en el río. Cuando los eunucos y los príncipes les dieron alcance, él ya nadaba plácidamente en la parte más profunda. Mientras, Subh permanecía sentada en la orilla, chapaleando con los pies en el agua.

El pequeño Abderramán, al verlo, se reconcomía de envidia, así que suplicó que le dejaran bañarse también. Subh se negó, pero él prorrumpió en una violenta rabieta.

—¡Déjale! —intercedió Abuámir desde el agua—. ¿Qué puede pasarle? Yo estoy aquí. Le enseñaré a nadar.

Subh accedió. Los eunucos desnudaron al príncipe y este corrió hacia donde estaba Abuámir. Enseguida llegó adonde el agua le cubría hasta el cuello y empezó a chapotear alegremente, asomando la cabecita de cabellos dorados. Abuámir se aproximó y estuvo enseñándole a flotar y dar brazadas.

Mientras tanto, Subh y los eunucos comenzaron a jugar en la orilla, arrojándose agua y persiguiéndose para empujarse, hasta que acabaron los tres en el río. Y, finalmente, terminaron bañando al pequeño Hixem.

A mediodía, cuando el sol estaba en todo lo alto, se echaron todos sobre la hierba para secarse. Fue una gran imprudencia, puesto que, excepto Abuámir, los demás no se habían expuesto nunca tan directamente a los rayos del astro, y se quedaron dormidos un buen rato recibiendo el placentero baño de calor.

Abuámir cayó en la cuenta demasiado tarde. Las blancas pieles de Subh y los príncipes se pusieron de color rosado. Y a los eunucos les sucedió lo mismo, aunque solamente en parte de su cuerpo ya que no se habían quitado la ropa.

—¡Vamos! —dijo Abuámir—. Me parece que os habéis quemado.

Esa tarde los cinco se pusieron enfermos. Lo cual era lógico, pues el único sol que les había dado en años era el que entraba en los jardines filtrado por la espesura de los árboles. Sufrieron grandes escalofríos, vómitos y dolor de cabeza. Y a los niños les salieron sarpullidos que les escocían.

Tardaron casi una semana en reponerse. Entonces regresaron a los alcázares, pero el pequeño Abderramán no se encontraba todavía bien del todo. El mayor de los príncipes era el más rubio, y su piel había estado durante más tiempo expuesta al sol, por lo que la insolación se complicó con una tos persistente y una fiebre que no terminaba de írsele.

Abuámir fue a buscar a Hasdai, el médico judío de Azahara. Cuando este reconoció al muchacho puso cara de preocupación.

—¿Cuántos años tiene ya? —preguntó.

—Ha cumplido ocho años —respondió Subh.

—Bueno. Es fuerte. Dentro de unos días estará bien —dijo el médico con rotunda seguridad—. Mientras tanto, que permanezca acostado en un lugar fresco y poco iluminado. Los males del sol se curan con sombra.

Abuámir estuvo muy consternado. Para colmo, un confidente de Azahara le dijo que los eunucos Chawdar y Al Nizami habían tenido conocimiento del desplazamiento de la sayida en el palacete de plata que Abuámir le había regalado. Le dijo que se habían escandalizado en grado sumo y que lo habían considerado un atrevimiento y una desfachatez sin precedentes.

Una de aquellas mañanas se presentó en su despacho un paje enviado desde Azahara. Abuámir se atemorizó. O el asunto de la enfermedad del príncipe había llegado a oídos del califa o los fatas de palacio habían decidido llamarle la atención por el asunto de la litera. Pero resultó ser una misiva que no tenía nada que ver ni con una cosa ni con la otra. Se trataba de un mensaje de parte del príncipe Al Moguira.

El hermano del califa le pedía que acudiera a su palacio. De entrada, Abuámir se sintió aliviado, mas luego se agobió pensando que tendría que ir a complacer al empalagoso príncipe en un momento tan inoportuno. Pero no podía negarse. Si desairaba ahora a Al Moguira los mayordomos de Azahara llegarían al colmo de su odio contra él. En todo caso, la única posibilidad que tenía de ganarse la simpatía de los eunucos era acercarse al príncipe.

Se presentó en Azahara esa misma tarde. Un chambelán le condujo hasta el palacio de Al Moguira.

La residencia era el reflejo de la personalidad de su dueño. No se trataba de un edifico grande, pero el espacio estaba aprovechado al máximo desde el mismo zaguán, en una sucesión de objetos decorativos que producían la sensación de que se estaba en un bazar. Los colores se multiplicaban en los zócalos y los dibujos de plantas y aves exóticas llegaban hasta los artesonados, que continuaban aquella profusión decorativa en complicadas formaciones geométricas tachonadas de doradas estrellas.

Al Moguira le recibió en un patio situado en el centro del palacio. Se trataba de un espacio rectangular, con palmeras plantadas en macetas a un lado, y una gran jaula llena de pajarillos de colores al otro. En el centro había un estanque azul donde nadaban rojizas carpas. El príncipe se encontraba en su borde arrojándoles migas de pan.

Al ver entrar a Abuámir, Al Moguira corrió hacia él y le besó en la mejilla, luego le abrazó con fuerza. Abuámir, incómodo, intentó hacer una reverencia protocolaria.

—¡Oh, no! —exclamó el príncipe sujetándole por los hombros—. Somos amigos, ¿no es cierto?

Abuámir forzó una sonrisa.

—Ven, sentémonos —le dijo Al Moguira llevándole hacia el diván.

Sobre una mesita estaban servidas algunas golosinas junto a una jarra y dos copas.

—¡Brindemos! —dijo efusivamente Al Moguira. Llenó las copas y elevó la suya hacia Abuámir—. ¡Por la primavera y…! ¡Y por nosotros dos, eso, por ti y por mí! ¡Por nuestra recién nacida amistad!

Al Moguira rompió a hablar sin parar. Abuámir contestaba «sí», «no» o simplemente asentía con la cabeza. Empezó a sentirse mareado, entre la voz chillona y cargante del príncipe y el monótono canturreo de los cientos de pájaros de la jaula. Estaba demasiado preocupado por la enfermedad del pequeño Abderramán como para prestar atención a la retahíla de fantasías de aquel monólogo. Su mente se evadió.

—¿… No piensas así? —preguntó Al Moguira—. ¡Eh, Abuámir…! Digo que ¿qué te parece?

—¿Qué…? ¿Cómo?

—Pues, eso, ¿qué te parecería si tú y yo fuéramos hoy a ese lugar?

—¿A ese lugar? —murmuró él—. ¿Adónde?

—Vaya, ¿qué te sucede?

—Ah, perdona, estaba embelesado un momento escuchando a los pájaros —reaccionó él.

—¡A que son maravillosos! —exclamó el príncipe—. Pero... ¡a lo que estábamos! Digo que tú y yo podríamos acercarnos hoy hasta el Jardín del Loco. Todo el mundo dice que allí eres el rey.

—¿Al Jardín del Loco? —se sobresaltó Abuámir—. ¡Tendríamos que haber avisado con anterioridad! Eres un príncipe; no puedes presentarte allí, sin más.

—Eso es lo que pretendo; ir de incógnito. ¿No te parece divertido? Mira —dijo él, enrollándose la larga trenza sobre la cabeza—, me sujetaré así el pelo debajo de un turbante y nadie me reconocerá. Iremos en un carro poco llamativo. ¡Vamos, por favor!

Abuámir estaba contrariado, pero ¿cómo negarse? Minutos después iban camino de Córdoba en un pequeño carro, con la única compañía de uno de los criados de confianza del príncipe, que se llamaba Hami.

Cuando llegaron a las puertas del Jardín casi había ya anochecido. Hacía tiempo que Abuámir no iba allí, pero se fijó, como solía hacer, en los caballos que se encontraban atados a las argollas del muro. Reconoció enseguida la yegua menuda y dócil de Qut. «Lo que faltaba», pensó.

Antes de entrar, el príncipe se dirigió a su criado:

—Tú, Hami, aguarda aquí.

Entraron y se fueron directamente a los divanes que estaban a un lado, en el lugar que Abuámir solía ocupar. El encargado estuvo encantado de verle por allí después de tanto tiempo y se deshizo en reverencias y cumplidos.

Al momento apareció Qut y vino a sentarse con naturalidad a la mesa de su amigo. Momentáneamente no advirtió que quien estaba con Abuámir era el príncipe, pero pronto adivinó lo que estaba pasando e hizo ademán de disculparse.

—¡Oh, no! —dijo el príncipe—. Quédate con nosotros. Vosotros haced como siempre, como si fuera un día cualquiera.

Comieron y bebieron, como solían hacer en aquel sitio. Y soportaron pacientemente la inagotable palabrería de Al Moguira.

No obstante, por fin, se hizo el silencio, porque subió el Loco a la tarima. El laúd sonó templado y la voz del poeta voló por su Jardín:

Rumor de golondrinas
¿qué me traes de madrugada?
Los sueños de la que aún duerme
abandonan fugaces su almohada.
Vuelan por su ventana;
dejan la alcoba y escapan
hasta encontrarse conmigo
y rozar con sus alas mi alma.
Palabras de golondrinas,
algarabías aladas.
Nadie podrá traducirlas;
solo el amor desvelarlas.

El príncipe miró con ojos tiernos a Abuámir, y este, a su vez, adivinó de reojo la suspicacia de Qut. Para romper con la situación dijo:

—¡Bueno, más vino! ¡No nos pongamos melancólicos!

Llenó las copas y los tres bebieron. Después, Al Moguira dijo:

—¿Por qué no? La melancolía es maravillosa. Si no fuera por ella no habría poesía.

Dicho esto, prosiguió su incesante parloteo, manoteando y gesticulando.

Abuámir decidió entonces lanzarse a la carga y pensó que el mejor contraataque era tumbar al príncipe con la bebida para evitar que se alargase en exceso una velada que se presentaba insoportable. Qut adivinó el juego, y ambos se turnaban proponiendo brindis sin darse respiro. Sin embargo, Al Moguira, lejos de adormilarse, parecía animarse por momentos, aunque en su rostro aparecían ya claros síntomas de embriaguez.

El Loco recitó su último poema, y les llegó su turno a las bailarinas del vientre, que salieron al medio del jardín evolucionando frenéticamente al ritmo de la música mauritana. El príncipe, al verlas, abrió unos ojos como platos y se levantó súbitamente de su asiento.

—¡Danza! —exclamó—. ¡Me encanta!

Y salió corriendo hacia la explanada ante el estupor de Abuámir y Qut.

—¡Por Alá! ¡Ese hombre está loco! —exclamó Qut—. No sabe dónde se mete.

Sin salir de su asombro, vieron que Al Moguira empezó a contonearse como una más entre las bailarinas, mientras los espectadores acudían con morbosidad para ver de cerca el inusitado espectáculo.

—¡Rápido! Hay que hacer algo —apremió Abuámir, lleno de preocupación—. Vayamos antes de que la cosa se complique.

Se acercaron abriéndose paso entre la gente, pero cuando llegaron al borde de la tarima, ya se habían subido unos cuantos forasteros que rodeaban al príncipe seducidos por su aspecto extravagante y exótico.

—¡Lo que me temía! —se lamentó Abuámir—. Lo han confundido con un mozo y creen que forma parte del espectáculo.

—¡Aguarda aquí! —le dijo Qut—. Me acercaré y lo traeré como pueda.

Abuámir le vio subirse a la tarima y avanzar a empujones hasta Al Moguira; luego bailoteó torpemente, para disimular, entre los demás que rodeaban al príncipe y que ya incluso le echaban el brazo por encima o le besuqueaban. Qut le tomó de la mano y tiró de él. Pero un grueso y alto hombre vestido con una túnica verde se dio cuenta y le detuvo gritando:

—¡Eh, tú! ¿Adónde vas con el muchacho?

Qut hizo caso omiso y trató de nuevo de sacar de allí al príncipe, pero el de la túnica verde le dio un fuerte empujón, haciéndolo caer rodando de la tarima. El grueso hombre se apoderó entonces del príncipe como si fuera algo suyo. Varios de los espectadores se abalanzaron también para disputarse al danzarín y se produjo un forcejeo entre ellos. Al Moguira se empezó a sentir agobiado e intentó huir, pero numerosas manos hicieron presa en él.

Abuámir subió entonces de un salto y propinó un puñetazo al de la túnica verde, que se desplomó sobre los músicos que estaban a un lado. El tumulto fue ya algo inevitable. Unos golpeaban a otros entre los gritos de las bailarinas, el estrépito de las pisadas y las caídas sobre las maderas del entarimado. Algunos rodaban por el suelo y otros se agredían ferozmente con los laúdes o con los candelabros de las mesas.

El Loco y sus criados subieron para poner orden, pero el grupo de forasteros era numeroso y estaban muy bebidos, por lo que la situación se puso muy peligrosa.

A duras penas, Abuámir consiguió sacar de allí al príncipe y corrió tirando de él por entre los árboles del jardín. Y ya creía estar a salvo cuando oyó un estrépito de pasos detrás de él. Se volvió y se encontró con tres de los violentos forasteros que le seguían enfurecidos espada en mano.

Abuámir comprendió que les darían alcance y se detuvo. Él no llevaba espada, pero a un lado había una gran barra de hierro clavada en el suelo para sostener una antorcha; la tomó y se dirigió directamente a sus perseguidores. Hecho una furia, empezó a gritar y a blandir el hierro a uno y otro lado. El primero de los forasteros que llegó hasta él recibió un tremendo golpe en un hombro y se desplomó. Los otros dos se detuvieron. Abuámir hirió a uno en la cabeza, y el otro, atemorizado, se dio a la fuga.

Abuámir agarró de nuevo al príncipe y corrió hacia la salida. Fuera aguardaban el esclavo y Qut, que había conseguido salir por otra puerta.

—¡Hay que escapar de aquí inmediatamente! —rugió Abuámir—. ¡Trae la carreta!

Se subieron los cuatro y el esclavo arreó a los caballos. Pero Qut miró hacia atrás y vio que el peligro no había pasado.

—¡Oh, no! —exclamó—. ¡Nos siguen!

Detrás de ellos, varios jinetes espoleaban a los caballos y ya casi les daban alcance. No obstante, debido a la angostura del puente, no podían rebasarlos.

—¡Hay que llegar a la cabecera del puente! —le gritó Abuámir al esclavo—. ¡Una vez allí, advertiremos a los guardias de la puerta de la muralla!

Los perseguidores llegaron frente a la puerta de Alcántara casi al mismo tiempo que ellos. No se podía entrar, pues era tarde y había que identificarse. Los jinetes echaron pie a tierra y se dispusieron a asaltar la carreta. Abuámir vio al enorme forastero de la túnica verde, con sangre en el rostro y fuera de sí, enarbolando un gran alfanje. Le seguía una docena de fornidos hombres con espadas.

—¡Guardias! —gritó Abuámir—. ¡Abrid al príncipe Al Moguira!

Los agresores vacilaron por un momento.

—¡Guardias! —insistió Abuámir—. ¡Abrid! ¡Soy el tesorero real!

Se oyeron caer las aldabas y la puerta crujió. Los forasteros corrieron hacia sus caballos y montaron maldiciendo. Cuando salieron los guardias, ya iban huyendo por el puente.

—¿Qué sucede? —preguntó el capitán de la puerta.

Abuámir no tuvo más remedio que identificarse.

—Soy el tesorero real y acompaño a su alteza el príncipe Al Moguira —dijo—. Hemos sufrido un percance con unos forasteros.

A pesar de la oscuridad, el capitán los reconoció inmediatamente y se postró temeroso. Después ordenó a sus hombres que persiguieran a los forasteros.

—¡No! —los retuvo Abuámir—. Dejadlo estar. No daréis con ellos. Y, además, es mejor no remover más este asunto. ¡Dejadnos pasar; es muy tarde ya!

La carreta avanzó y cruzó la puerta. Fue bordeando la mezquita mayor y recorrió la amplia y solitaria calle donde fluían las fuentes para las abluciones. Se detuvieron y descendieron para asearse y beber.

—¡Eh, pero qué…! —exclamó de repente Abuámir al ver a Qut a la luz de un farol en la calle—. ¡Estás herido!

Qut presentaba una gran herida en la frente y sangraba profusamente. Todo su cuello y su pecho estaban teñidos de rojo. Entre el esclavo y Abuámir lo estuvieron lavando bajo el chorro y luego lo acostaron en un banco, pues se había mareado.

El príncipe, que estaba mirando la escena atentamente, comentó sonriendo:

—¡Ah, qué maravilla! Esta noche tenía que terminar así. Ha sido como en la poesía: vino primero y sangre después. El vino es como la sangre. ¿No opinas así, querido Abuámir?

Abuámir se volvió hacia él encolerizado. Sin poder reprimirse, le gritó:

—¡Estúpido fantoche! ¿Qué sabes tú de poesía? ¡Cállate de una vez con tus idioteces de concubina mimada!

El semblante de Al Moguira se demudó.

—Pero..., Abuámir, querido... ¿Qué estás diciendo? —balbució.

—¡Que eres un insoportable charlatán! ¡Y que te olvides de mí para siempre!

Dicho esto, Abuámir levantó a Qut del suelo y se lo cargó sobre los hombros. Sin despedirse, puso rumbo hacia su casa, mientras el príncipe y su esclavo los veían alejarse petrificados.

57

Sajonia, año 970

Finalizados los fastos que el rey Harald había organizado con motivo de su coronación cristiana, Asbag emprendió su viaje de regreso a Córdoba, tras unirse a la comitiva del arzobispo Adaltag.

En el puerto de Hamburgo pudo haberse embarcado hacia Bretaña, para iniciar desde allí el largo recorrido marítimo de la costa occidental, con destino a cualquiera de los puertos de Alándalus. Pero finalmente le sedujo una posibilidad mucho más segura: unirse al conde Brendam y a sus hombres, que, una vez cumplida la misión de custodiar al arzobispo, habían de incorporarse de nuevo a las huestes del emperador en Aquisgrán.

Atravesaron Sajonia y fueron a detenerse en Colonia, donde Asbag debía presentarse al arzobispo para entregarle una carta de Adaltag. La llegada fue de madrugada, pues habían cabalgado durante toda la noche bajo una brillante luna llena.

Por encima del río se levantaba una neblina que ocultaba la ciudad, aunque sobresalían de ella las torres de la catedral como misteriosas formas surgidas de la nada. Cruzaron el puente y se dirigieron directamente al centro del burgo, donde se encontraba el palacio arzobispal.

El arzobispo de Colonia era grueso y de sonrosado rostro. Desenrolló la carta de Adaltag y la leyó con gesto grave. Sin levantar los ojos del escrito, comentó:

—De manera que eres obispo de tierra de sarracenos. ¡Vaya, vaya! ¡Qué interesante!

—Sí, obispo de Córdoba, para servir a Dios —respondió Asbag.

—¡Hummm…! Ahora que lo recuerdo —comentó el arzobispo—; en tiempos conocí a un clérigo de tu país. A un tal… ¿Cómo se llamaba? ¡Ah, sí! ¡Recemundo! Así se llamaba.

—¿Conocisteis a Recemundo? —se sorprendió Asbag.

—Sí. Era embajador del califa de Córdoba en Fráncfort. Entonces yo era un simple monje que trabajaba al servicio de la cancillería de mi tío, el duque de Metz. ¡Ah, qué culto y sabio era Recemundo!

—Es —se apresuró a responder Asbag—. Vive aún. Yo tuve la suerte de colaborar con él y conocerle en profundidad. Actualmente es obispo de Iliberis, en el sur de Alándalus.

—Entonces, le oirías hablar acerca de Luitprando.

—¡Naturalmente! —asintió Asbag—. En Córdoba copiábamos los libros de Luitprando. El sabio monje fue amigo de Recemundo y le dedicó su *Antapodosis*, obra que se encuentra repartida en varias copias por las bibliotecas más importantes de Alándalus. Es el libro que nos sirve para conocer los advenimientos de los reyes europeos y los papas. Lo conozco muy bien, puesto que lo copié varias veces.

—¡Oh, es sensacional! —se entusiasmó el arzobispo—. Luitprando vive también; actualmente es el obispo de Cremona. ¿Te gustaría conocerle en persona?

—¿Cómo? ¿Es eso posible?

—¡Claro! Dentro de una semana he de emprender viaje hacia Italia con el emperador y he de reunirme en Cremona para concretar con Luitprando algunos asuntos. Si piensas regresar a Alándalus, no encontrarás mejor puerto de embarque que el de Génova, que se halla apenas a un par de jornadas de Cremona. Puedes acompañarme hasta allí, conocer al emperador Otón en persona y al obispo Luitprando, y luego embarcarte. ¿Se te presentará mejor ocasión que esta?

Asbag dio gracias a Dios. Por fin, las cosas empezaban a enderezarse para él. Contó los años, y resultó que hacía más de quince que Recemundo había regresado de la corte del emperador Otón, cuando él era apenas un joven aprendiz en el taller del obispo de Córdoba. Ahora, esa corte lejana y esa cristiandad, de las que tanto había oído hablar al insigne embajador, iban a hacerse realidad ante sus ojos.

Una semana después, acompañó al arzobispo de Colonia hasta Aquisgrán. La ciudad imperial de Carlomagno estaba erigida alrededor del reconstruido palacio, que englobaba en su recinto rectangular cuarteles, patios, gineceo, hospicio, amplios salones, capilla y la célebre escuela que atraía a clérigos y sabios. Y en una amplia extensión, fuera de las murallas, se encontraba acampado un ejército impresionante; tropas de señores que gobernaban las provincias y los reinos del Imperio: parques de caballos, regimientos de peones, carros de bagajes, centinelas bien armados. Toda una ciudad de tiendas, un bosque de banderas y pendones con los colores de las casas más significativas: duque de Aquitania, conde de Chalon, barón de Borgoña, duque de Detmold, arzobispo de Reims, señor de Dijon...

El emperador recibió al arzobispo y a Asbag en la intimidad de una acogedora sala de palacio, sin las solemnidades de una recepción oficial. El arzobispo de Colonia era pariente cercano de la emperatriz Adelaida.

Otón el Grande era tal y como Asbag lo imaginaba, a través de las descripciones de Recemundo: fornido, de espesa barba y cabellos grises, velludo, de poderosa y viril voz; con vivos ojos azules y semblante firme, a pesar de sus sesenta años.

El emperador también recordaba perfectamente a Recemundo, el hábil embajador del califa Abderramán llegado a su corte hacía casi veinte años. Durante un buen rato conversaron acerca de Alándalus, del califa Alhaquén y de la situación de los reinos cristianos del norte. Después, el arzobispo de Colonia y él hablaron en lengua germana, por lo que Asbag permaneció ajeno, pero en varias ocasiones oyó nombrar a Luitprando, a Roma y al papa Juan XIII, por lo que supuso que se trataba de importantes asuntos de Estado.

Nada más despedirse del emperador, en el amplio pasillo que conducía al patio de armas, el arzobispo le dijo a Asbag:

—Bueno, tal y como me imaginaba, mañana mismo nos pon-

444

dremos en camino. El emperador tiene la intención de permanecer definitivamente en Roma. Pero antes hemos de entrevistarnos con Luitprando en Cremona.

Al día siguiente emprendieron el camino de Roma, regresando a Colonia para seguir la ruta que discurría por Maguncia, Estrasburgo, Basilea, Lausana y Milán. Fue un largo viaje, con una primera etapa a lo largo del Rin, que transcurrió durante la primera quincena de julio, para continuar durante el resto del mes hasta finalizar en Cremona a orillas del Po. Incorporado a la comitiva de clérigos que formaban parte del séquito del emperador, Asbag visitó las importantes ciudades que encontraron en su camino; conoció catedrales, monasterios; a famosos hombres de letras, dignatarios eclesiásticos y nobles que salían a recibir a Otón el Grande en cuanto tenían noticias de su llegada a sus dominios. Era una tierra de ciudades, de fortalezas que reunían una abigarrada población concentrada dentro de las murallas para encontrarse a salvo de la confusa e intempestiva vida de los campos y los bosques. Habían pasado de las manos de los reyes a las de los duques y los condes, pero, a pesar de ser antiguas y ocupar espacios reducidos, seguían llamándose reinos. Por lo demás, había castillos, aldeas fortificadas y, en todos sitios, un temor secular al paso de los caballeros, que suponían la ruina de los lugareños.

Las huestes estaban formadas por el gran ejército de los guerreros y por el segundo ejército que lo servía, formado por armeros, ingenieros, carpinteros, constructores de tiendas, mozos de cuadra, las mujeres y los niños de todos ellos y los esclavos. Y los seguía una masa de aprovechados que no sabían vivir de otra manera que no fuera ir detrás de las tropas: tratantes de caballos, vendedores, músicos, prostitutas, rufianes y todo género de buscavidas. En cuanto a los grandes nobles, vivían como pequeños reyes; poseían su propia corte, que los seguía en caravanas, con criados, palafreneros, escuderos y nobles secundarios, pero el emperador no podía renunciar a tal plétora de acompañantes, puesto que a ella debía la grandeza y la solidez del Imperio.

Como había sucedido en otras ciudades, los nobles de Cremona salieron a recibirlos a las puertas de la ciudad, al frente de una gran comitiva formada por monjes, clérigos y caballeros. El emperador se alojó allí solamente una noche, en la que tuvo tiempo suficiente para entrevistarse con Luitprando. Al día siguiente, la gran horda se levantó temprano al toque de la trompeta y continuó su avance hacia Roma.

Sin embargo, Asbag y el arzobispo de Colonia se quedaron, para calibrar su propio encuentro ese mismo día con el famoso prelado.

Luitprando de Cremona era uno de los clérigos más importantes de la corte del emperador. Otón I, rey de Alemania, había querido heredar el plan carolingio, tras hacerse coronar en Aquisgrán. Se había apoyado en una Iglesia imperial de obispos que al mismo tiempo eran funcionarios públicos y que sabían combinar las necesidades políticas y administrativas con las de una religiosidad vivida de forma más responsable. Luitprando se había unido a este sistema y logró vivir una serie de experiencias diplomáticas brillantes: permaneció en la corte como consejero y fue enviado a Constantinopla como embajador ante el basileus Nicéforo Focas. Después había sido promovido a la sede episcopal de Cremona. Estuvo presente en la coronación de su protector y presenció la elección de Juan XIII. Era pues un testigo de lujo de cuanto había sucedido en los últimos treinta años, además de ser uno de los hombres más sabios de Occidente.

Cuando al fin recibió a Asbag era casi mediodía. Ya hacía un largo rato que los últimos componentes de la gran hueste del emperador habían desaparecido en el horizonte, por la carretera que conducía a Roma por Parma. El arzobispo de Colonia, después de entrevistarse con Luitprando, le había rogado que aguardase a que el prelado pudiera atenderle, puesto que había un buen número de dignatarios eclesiásticos que querían entrevistarse con él.

Después el arzobispo se había marchado, alegando que debía continuar su viaje hasta Roma para tratar asuntos importantes con el Papa. Asbag no comprendía nada de lo que estaba sucediendo, mientras esperaba en una salita contigua al despacho principal del palacio del obispo. Confiaba en que el propio Luitprando pudiera decirle qué era lo que tenía que hacer para embarcarse próximamente hacia Alándalus. Y lo único evidente era la febril actividad que se desarrollaba en las oficinas secundarias, donde entraban y salían clérigos cargados de volúmenes.

El monje que avisaba de los turnos de entrada voceó desde la puerta.

—¡Señor obispo de Córdoba!

Asbag entró en el despacho. Luitprando estaba de espaldas, de pie, dictando una crónica a un joven escribiente, que levantó la cabeza del escritorio e hizo una seña a su obispo al advertir la presencia del recién llegado. Luitprando se volvió. Durante un momento estuvo mirando a Asbag de arriba abajo.

Asbag a su vez se fijó en la cara que lo escrutaba. Luitprando estaba flaco, consumido, tenía la frente arrugada, los ojos hundidos pero profundos y con un iris gris. Debió de haber sido un hombre alto, pero ahora estaba encorvado y tenía el hombro izquierdo ligeramente caído, de manera que un brazo le resultaba más largo que el otro. Con menos de setenta años, su aspecto era el de un verdadero anciano, acentuado por un ligero tic que le hacía mover la cabeza hacia el lado de su inclinación.

—Adelante —dijo—. Pasa…

Despidió al joven escribiente y ambos obispos se quedaron solos en el despacho. Luitprando seguía contemplando a Asbag como asombrado.

—Así que eres el obispo de Córdoba. ¡Qué barbaridad! —exclamó—. ¡El mundo es insignificante! Te secuestraron los daneses y has venido a parar aquí.

—Ya lo ves —respondió Asbag—. Dios lo ha querido así.

—Sí, sí, ya veo… ¡Dios es maravilloso! Pero ven, sentémonos y charlemos con calma; tengo muchas cosas que preguntarte.

Ambos obispos se sentaron frente a una ventana y hablaron durante un largo rato. Más tarde les anunciaron que la comida estaba servida, y la charla continuó mientras almorzaban en el comedor. Parecía que la curiosidad de Luitprando no tenía fin. Quiso saber acerca de Córdoba, del califato, de los reinos de África. También preguntó por su amigo Recemundo, del que, una vez terminada la comida, le mostró varias cartas. Y la conversación se prolongó durante toda la tarde. Hablaron de literatura, de los autores religiosos y profanos, de los antiguos griegos, de los astrónomos árabes, de los poetas persas... Atardecía y paseaban por el amplio jardín del palacio, entre los verdes emparrados, aspirando el aroma que exhalaban con el calor los setos repletos de flores de lavanda.

58

Córdoba, año 970

Abuámir se ausentó de Córdoba durante un par de semanas. En realidad, hacía ya tiempo que tenía que ir a Sevilla para hacerse cargo de algunos asuntos. El engorroso suceso con el príncipe Al Moguira precipitó su decisión de partir. Durante el viaje rezó preocupado, rogando que el príncipe no se hubiera sentido desairado hasta el punto de contarle a sus eunucos de confianza lo que pasó aquella noche en el Jardín del Loco. Si Chawdar y Al Nizami se enteraban, tendrían una afrenta más que añadir a su lista de motivos para quitarle de en medio.

Se sintió angustiosamente atrapado por la situación. Era como si hubiera sabido siempre que las cosas terminarían complicándose y, finalmente, todo se hubiera precipitado sobre él sin poder remediarlo. Primero el traslado de la sayida a los alcázares, algo que no habían podido aceptar nunca. Más tarde, el atrevimiento de presentarse en Azahara a espaldas de los mayordomos, con Subh y los príncipes, con la complacencia del propio califa. Después el asunto del palacete de plata y el desplazamiento de la sayida a la munya de Al Ruh. El día de la cacería, Al Moguira los había humillado expulsándolos de la tienda para quedarse a solas con él. Y, para colmo, si había sido zarandeado y ultrajado en el Jardín del Loco, ¿cómo hacerles comprender que se debía al capricho y a la imprudencia del príncipe? Jamás serían capaces de verlo de esa manera. Como siempre, veían en Abuámir al único culpable.

Esta vez tuvo auténtico pavor. Temía el momento de tener que regresar para enfrentarse cara a cara con la situación. Llegó incluso a pensar en aprovechar aquel distanciamiento de la capital para ponerse en fuga y marcharse lejos, a Mauritania, a Egipto o a Persia.

Pero algo le retenía: su manía de jugársela una vez más ante la posibilidad de conservar sus cargos, su posición y el delicioso calor del amor de Subh.

Así, derrotado, confuso y aturdido se presentó en Sevilla. Durante varias noches no pudo dormir. Se levantaba y se tiraba de bruces en la alfombra para suplicarle a Dios que todo pasara sin más. Unas veces le venía una especie de claridad que disipaba sus temores; pero otras una maraña de oscuridad le nublaba la mente y no le dejaba ver otra cosa que los funestos augurios de lo que podía estar aguardándole.

No faltó a ni una sola de las oraciones de la mezquita. Como uno más, sin protocolo alguno, se mezclaba con los fieles y aguardaba hasta el final, humildemente vestido y codo con codo con campesinos, artesanos, malolientes curtidores y pastores de cabras. El imán Guiafar estaba verdaderamente admirado, porque no sabía lo que pasaba por la mente del joven cadí y suponía que se había obrado en él una conversión fulminante y definitiva. «Este es el juez que la ciudad necesita», pensaba el anciano, henchido de satisfacción, mientras recitaba las suras del Corán.

Pero a los pocos días se presentó en el palacio una fatídica comisión reclamando a Abuámir. Se trataba nada menos que del antipático cadí de Córdoba, Ben al Salim, con el prefecto de policía, varios oficiales de Azahara y el secretario personal del gran visir.

Abuámir los vio entrar, mientras paseaba por entre los arcos de la galería que había en el piso superior y que daba al patio principal. Su primer impulso fue correr hacia la ventana de su aposento y saltar a los tejados para buscar la manera de escaparse, pero una especie de invisible y pesada losa cayó sobre él dejándole paralizado.

—¡Que salga el cadí Mohamed Abuámir! —oyó decir, con tono áspero, a alguno de los recién llegados.

—¡Enseguida bajo! —contestó él desde arriba con fingida tranquilidad.

Pusieron de inmediato rumbo a Córdoba, sin decirle una palabra una vez que le hubieron leído la orden escrita por Al Mosafi requiriéndole en la Ceca. El camino fue un infierno para él. El calor apretaba y sus dudas, temores y angustias le ardían por dentro.

Entraron en la ciudad y se dirigieron a buen paso hacia la casa de la moneda. Nadie decía nada por el camino. Pero no hacía falta. Cuando llegaron a la puerta de la Ceca, Abuámir vio las literas de los chambelanes y se lo imaginó todo.

En el patio interior de la Ceca había un gran desorden. Los obreros permanecían atemorizados, viendo cómo la guardia del cadí revolvía los estantes y las alacenas para sacar las planchas, las herramientas y los utensilios que eran arrojados sin cuidado al enlosado. En el despacho de Abuámir, Chawdar y Al Nizami revisaban junto con el gran visir los cuadernos de notas y los pliegos de cuentas. El suelo estaba tapizado de papeles arrojados desde los cajones y las arcas permanecían abiertas.

—¡Vaya, aquí está nuestro hombre! —exclamó Chawdar al ver entrar a Abuámir.

—A ver ahora cómo explicas todo esto —le dijo Al Nizami, que revisaba un cuaderno sentado frente a su mesa.

Los rostros de los eunucos delataban su interna satisfacción. Era como si le dijeran con los ojos: «Al fin te hemos pillado». Llevarían allí horas, tal vez días, repasando las cuentas, hurgando en la amplísima relación de pesos y medidas que tenía que coincidir necesariamente con el número de monedas acuñadas. Habían solicitado además los servicios de dos contables de Azahara: los jefes de la oficina real de recaudación de tributos, que permanecían sentados en el suelo revisando con minuciosidad los estados de cuentas de la tesorería y la Ceca.

Abuámir buscó la mirada de su ayudante, Benzaqueo, que estaba lívido, relegado a un rincón del despacho. El judío alzó los ojos y encogió ligeramente los hombros, como queriendo ocultar su cabeza dentro de su cuerpo. Con aquel gesto se lo dijo todo. Muchas veces había advertido a Abuámir que no bastaba con que la relación de cuentas fuera fiel a la realidad de lo acuñado; era necesario además no tocar el fondo compuesto por las sacas de monedas nuevas almacenadas ni los lingotes de oro y plata de la tesorería.

Nadie podía entrar en la Ceca, era cosa sabida pero tampoco había que confiarse, sobre todo conociendo a los fatas. Ahora sus temores se habían hecho realidad.

Los contables de Azahara concluyeron su intervención de cuentas. Tomaron sus últimas notas y se dispusieron a confeccionar la relación de conclusiones. Uno de ellos se acercó discretamente a Al Mosafi y le habló al oído.

El gran visir se volvió hacia Abuámir.

—Si no te importa, ¿puedes aguardar en el patio? —le pidió.

Abuámir salió. Su mente era un hervidero de confusión, y la espera se le hizo una eternidad. La situación no tenía salida posible: se había arriesgado demasiado; había distribuido los fondos en una serie de préstamos destinados a ganarse a los hombres influyentes de Córdoba y Sevilla. Ahora ese oro y esa plata estaban repartidos entre más de treinta familias.

¿Cómo recuperarlo? Imposible. Daba vueltas en su cabeza a la situación. Necesitaba ganar tiempo. Debía encontrar una coartada para que le dieran la oportunidad de hallar la solución.

—¡Vamos, puedes entrar! —le llamó el cadí.

Los dos contables, los eunucos, el gran visir, el cadí y el prefecto de la policía estaban allí, frente a él, alineados esperando su respuesta. Sus caras revelaban la pregunta: «¿Qué puedes decirnos ahora?».

El gran visir hizo una señal a uno de los contables, quien, con la vista en un pliego de notas, dijo:

—Las cuentas están en orden. El número de monedas acuñadas concuerda con las salidas y con las entradas en el tesoro real. En Azahara se han recibido exactamente las cantidades que aparecen en los registros de tus libros. Pero… —El contable miró hacia Al Mosafi, y este le instó a continuar con un gesto de la mano—. Pero es necesario cotejar las entradas de la oficina de contribuciones con los fondos de la Ceca y, naturalmente, los fondos acuñados en las últimas siete semanas. Lo cual asciende a una suma considerable que aparece en tu contabilidad.

Abuámir adoptó un tono sereno. Miró de frente al gran visir y dijo:

—¿Y qué es lo que se me pide, pues?

El visir miró de nuevo al contable. Este, dándose por aludido, contestó:

—Mi compañero y yo necesitamos ver esas cantidades, donde quiera que las tengas almacenadas, para comprobar si están completas y disponibles.

—¡Ah, ja, ja, ja…! —rio Abuámir a carcajadas.

Los presentes le observaron perplejos. Él enarcó las cejas, puso un semblante fiero y, mirando de frente a los eunucos, dijo con enérgica voz:

—¿Qué pretendéis? ¿Os creéis que me he vuelto majareta? Pensabais que iba a tener todo ese oro y esa plata aquí. ¿Es esto acaso la tesorería de un tendero? ¡Vamos, ya está bien! ¿A que viene todo esto? ¿Sospecháis que me he quedado con algo?

—¡Eh, un momento! —saltó Chawdar—. ¡No te pongas como un gallo!

—¿Es que acaso no se te pueden pedir cuentas? —secundó su compañero—. ¿No podemos, en nombre del califa, venir a ver qué pasa en sus tesoros?

—¡Naturalmente! —respondió él—. Pero no así; por sorpresa. No se trata de guardar unas monedas en un calcetín. ¡Esto es muy serio! No soy un imprudente que deje en cualquier sitio lo que pertenece al Príncipe de los Creyentes.

—¡Esta casa está perfectamente custodiada! —replicó el cadí.

—No lo dudo —contestó Abuámir—. Pero el único responsable de lo que en ella se guarda soy yo. Tengo el derecho de fiarme solo de quien yo quiera; no de los guardias que me asignen.

—¿Quieres decir con eso que guardas el dinero en otro lugar? —le preguntó el gran visir.

—Exactamente eso —respondió él con rotundidad.

—¿En otro lugar? —se enfureció Chawdar—. ¿Dónde?

—¿Crees que voy a decírtelo aquí, a gritos, delante de todos? —repuso él, como ofendido.

—¡Tiene razón! —salió al paso Al Mosafi—. ¿Habéis olvidado acaso lo que sucedió en tiempos de Al Nasir con lo que se recaudó para pagar las soldadas de la campaña contra Fernán González?

Todos callaron. Abuámir suspiró aliviado en su interior. Su táctica había surtido efecto. Contraatacar, huir hacia delante; por lo menos servía para ganar tiempo.

—¡No se hable más! —sentenció el gran visir Al Mosafi—. Tienes una semana para traer ese tesoro de dondequiera que lo tengas escondido. Mientras tanto, no tienes por qué preocuparte; sigue con tus asuntos. ¡Ah! Y disculpa todo este revuelo. Cuando los contables hagan su comprobación, aquí no habrá pasado nada.

Las miradas de los eunucos traspasaron a Abuámir, cargadas de odio contenido. Todos salieron de allí. Cuando la Ceca recuperó su calma, él se dirigió a los encargados y a los obreros que estaban aterrorizados.

—¡Vamos, cada uno a lo suyo! No tengáis ningún temor. ¡Poned todo en orden y seguid con el trabajo!

Después se encerró con Benzaqueo en su despacho. El judío se derrumbó y rompió a sollozar apoyado en un arcón.

—¡Yahvé! ¿Qué va a pasar ahora? ¡Said Abuámir, tengo mujer, hijos y nietos, no puedo morir ahora!

—¡Cálmate! —le rogó Abuámir—. ¿No has oído al gran visir? ¡Aquí no ha pasado nada!

—¡Pero cómo no va a pasar nada! ¿Tenemos acaso ese oro y esa plata? ¡Oh, Yahvé! ¡Una semana, una semana…!

—¡Basta! —le gritó Abuámir con energía—. ¡Confía en mí! Ordena todos esos papeles y haz la relación exacta de lo que falta.

Era impensable reunir una cantidad tan enorme en un tiempo tan reducido. Aunque estaba seguro de que su amigo el visir sería el primero en echarle una mano, le pediría que le prestara lo que pudiera y luego recorrería las casas de los nobles conocidos para tratar de juntar el resto.

Era algo humillante. Su carrera había llegado a su fin: si no era capaz de reunirlo, le esperaba la cárcel. Podía devolver algo, pero no todo. También estaba la litera de plata que mandó hacer para Subh;

la fundiría y añadiría la plata al montante. Aun con eso, seguiría siendo imposible llegar a la suma total.

El mayordomo de Ben Hodair se alegró sinceramente al verle por la mirilla. Descorrió rápidamente los cerrojos y le franqueó el paso al lujoso zaguán.

—¡Mi amo será feliz! —exclamó.

Abuámir le siguió hacia los aposentos interiores. Por la escalera, el criado le habló con franqueza:

—El mawala está mal, muy mal… Hace ya días que no se levanta.

Abuámir sintió una terrible opresión en el pecho. Subió los escalones de dos en dos y corrió desesperadamente por los pasillos. El dormitorio del visir era una estancia interior, lujosísima, pero oscura si no había lámparas. Un denso olor a orines mezclado con el aroma de las pócimas lo golpeó como una bofetada al entrar. El criado llegó detrás y acercó una vela, con la que fue encendiendo cada uno de los candelabros.

Ben Hodair yacía en su espacioso lecho, con los rasgos de la muerte reflejados en el rostro, dormido, con la boca abierta y seca.

—¡Amo, amo! —le voceó el mayordomo, sacudiéndole la cara de un lado a otro—. ¡Amo, despierta! ¡Es el said Abuámir!

—¿Eh…? ¿Abuámir…? —musitó el visir con voz casi inaudible.

—¡Ben Hodair, amigo! —le dijo Abuámir.

El visir abrió los ojos, le miró, sonrió y alzó las manos temblorosas hacia él. Estaba decrépito, amarillento, moribundo. Abuámir le abrazó, y percibió ese perfume dulzón del ser humano marchito, maduro para la muerte.

—¡Ay, qué alegría! —decía el visir—. ¡Qué alegría tan grande!

—Bueno, os dejo solos —dijo el mayordomo, retirándose.

Abuámir le cogió las manos a Ben Hodair, como queriendo infundirle vida. El moribundo alzó hacia él unos ojos abiertos e inyectados en sangre.

—¡Me muero! —le dijo.

—¿Qué? ¡Nada de eso! —replicó Abuámir.

—¡Me muero, me muero, me muero y me muero! —insistió el visir.

Hubo un rato de silencio. Abuámir sintió que sucumbiría también bajo la hermosa bóveda del aposento de su amigo. A su angustia anterior venía a sumarse esta triste escena.

—¿Cómo estás tú? —le preguntó Ben Hodair—. ¿Por qué no has venido a verme antes?

—He estado ocupado…

—¡Bah! —le reprochó el visir—. ¡Estarás bebiendo todo el vino que yo no puedo beber!

Abuámir rio con ganas. Luego llegaron las lágrimas. El moribundo lloró amargamente, convulsivamente. Él le abrazó de nuevo. Lloraron juntos.

—¡Vida traidora y ladrona! —se quejó el visir en su oído—. ¡Quién estuviera en Málaga! ¡Quién pudiera ver el cielo y el mar!

De nuevo brotaron las lágrimas. Ante la presencia implacable de la muerte, Abuámir se olvidó del oro, de la plata y del mundo entero.

—¡Bueno, ya está bien de penas! —dijo al fin el visir—. Y ahora dime cómo te van las cosas. ¿Sigues prosperando?

—Tengo problemas —le confesó rotundamente Abuámir—, graves problemas.

—¿Qué? ¿Problemas? ¿Qué clase de problemas?

—Ya sabes… Chawdar y Al Nizami.

Ben Hodair se incorporó en el lecho, como si hubiera cobrado vida. Sus ojos brillaban de rabia. Enfurecido, gritó:

—¡Malditos eunucos! ¡Malditas e insatisfechas viejas brujas!

Abuámir le contó lo que le había sucedido. No se ahorró los detalles de su propia culpa: la construcción del palacete de plata para Subh, los regalos que había hecho y la imprudente salida nocturna con el príncipe Al Moguira. Esto último fue lo que más disgustó al visir.

—Todo lo que te ha sucedido es lógico —dijo Ben Hodair—. Has recibido mucho poder en tus manos siendo muy joven. A cualquiera le habría pasado lo mismo. Pero acepta un consejo de este viejo. —El visir se acercó a Abuámir mirándolo fijamente. Le dijo—: No vuelvas a acercarte a mi primo Al Moguira. Hazme caso, es un descentrado peligroso. No hay nada peor en este mundo que un tonto caprichoso y con pretensiones. Su madre es una de esas circasianas que, sabedoras de su belleza, se creen capaces de conquistar a cualquiera por la rareza de su raza. Le metió pájaros en la cabeza a ese muchacho y, ya ves, siendo un hombre, tiene mentalidad de favorita del rey. Aléjate de él. Sobre todo porque es el ojo derecho de las hienas asexuadas.

Abuámir asentía con la cabeza, pero al tiempo pensaba que tal vez ya era demasiado tarde.

Ben Hodair sacó una blanca y delgada pierna por entre las mantas y la puso en el suelo.

—¡Vamos, ayúdame a levantarme! —le pidió a Abuámir.

—¡Levantarte! —se sorprendió—. ¿Necesitas alguna cosa? ¿Llamo al mayordomo?

—¡Chsss…! ¡Todavía no estoy muerto! —exclamó el visir—. ¡Sígueme! Te conduciré a un sitio.

Trabajosamente, se puso en pie. Abuámir le ayudó a apoyarse en él y ambos enfilaron con cuidado el pasillo. Descendieron dos niveles de escaleras y llegaron a una planta subterránea. Se trataba de uno de esos baños antiguos que tenían algunos palacios, pero que ya no se utilizaba, por haberse construido otro más moderno o porque se acudía al haman público; de manera que ahora servía de aljibe. La luz entraba por unos ventanucos cuadrados casi a la altura del techo, pero la iluminación resultaba suficiente. Se oía el goteo pausado que resonaba bajo la bóveda y se respiraba el ambiente fresco y húmedo, producto de la mezcla de olores a moho y ladrillos mojados.

El visir se sentó en las escaleras, casi al nivel del agua, y le pidió a Abuámir:

—Entra en el agua y acércate hasta aquella esquina.

—¿Eh…? —se extrañó él.

—¡Vamos, hazme caso! Entra en el agua, ve hacia la esquina y sujeta aquella cadena.

Abuámir, aunque confuso, obedeció al visir. Se quitó la túnica y avanzó con el agua hasta la cintura. Asió una cadena y preguntó:

—¿Y ahora?

—¡Tira, tira fuertemente!

Él tiró. Algo venía hacia él por debajo del agua; algo muy pesado.

—¡Tira! ¡Arrástralo hasta aquí! —le pedía el visir.

Abuámir fue tirando hasta regresar a los escalones. Al subir por la rampa que ascendía hacia el primer peldaño, sintió mucho más pesado el bulto. Entonces vio que se trataba de una especie de carretilla con cuatro ruedas de hierro que sostenían una plataforma cubierta de bultos: arcas y sacos de cuero impregnados de pez.

—¿Qué es esto? —le preguntó al visir.

—Ábrelo.

Abuámir soltó las ligaduras de uno de aquellos sacos. Miró dentro y se quedó asombrado.

—¡Monedas! ¡Monedas de oro! —exclamó.

—Esas arcas y esos sacos están repletas de ellas —le explicó el visir—. No creo que mi primo el califa guarde en Azahara un tesoro como este.

Abuámir extrajo un puñado de aquellas monedas y las examinó.

—Son de los primeros años de Abderramán —dijo—. ¿De dónde han salido?

—Son las cantidades que recibía anualmente en Málaga para habilitar lo necesario para terminar con la piratería africana.

—¡Cómo! —exclamó Abuámir—. ¿Se trata de los impuestos que se recaudaban entre los comerciantes para garantizar la seguridad en el estrecho?

—Sí, hijo —desveló el visir—. Me quedé tranquilamente con todo ese dinero. Tendría que haber contratado mercenarios berberiscos, construido embarcaciones y establecido sistemas de patrullaje costero. Pero ya ves… Durante años me beneficié de aquellas cuotas. Hice mal, naturalmente, pero ¿iba a hacerle ese trabajo gratuitamente a mi primo Al Nasir mientras él se construía un paraíso en Azahara? Así es la vida. No siento ningún remordimiento. Además, todo eso te va a librar a ti de la cárcel o del degüello. Al fin y al cabo, ¿no fuiste tú quien limpió de piratas el litoral? Ese dinero te pertenece en justicia.

Abuámir no daba crédito a sus oídos. Removía con sus manos aquellas monedas húmedas y ennegrecidas; miraba hacia el cielo, agradecido, y sentía cómo le invadía una tranquilidad y una misteriosa confianza en alguna fuerza protectora y providente. Luego se abrazó a su amigo y le besó las manos, sin ser capaz de decirle nada, ni poder expresar todo lo que en aquel momento pasaba por su mente.

59

Cremona, año 970

El verano avanzaba en Cremona, haciendo madurar los racimos de las vides que crecían a orillas del Po. Llegaban aromas de mosto dulce envueltos en frescas ráfagas de la brisa húmeda del río. La gran campana de la catedral llamaba a misa de alba con sus tañidos nobles, potentes, que hacían temblar los espesos muros del palacio episcopal. Asbag se asomó a la ventana de su dormitorio y contempló la ciudad silenciosa a la luz incierta del amanecer.

Como cada día, acudió a oficiar la misa a una de las capillas de la catedral. Y después de desayunar queso fresco e higos secos, subió a la biblioteca que se encontraba en el piso superior del palacio.

Luitprando se encontraba ya allí, encorvado sobre un grueso volumen y aguzando la vista a un palmo de una de las páginas. Al oír los pasos de Asbag sobre las maderas del pavimento, dijo:

—¡Ah, Asbag! Esperaba que subieras. Acércate un momento, por favor.

Asbag se acercó hasta donde estaba él y se fijó en la página del libro. Se trataba de diminutas letras griegas agrupadas formando un apretado texto. Luitprando se aproximaba más y más a los caracteres señalándolos con un dedo largo y sarmentoso.

—¡Esta maldita vista se me va apagando día a día! —se quejaba—. ¿Puedes leerme lo que pone aquí?

Asbag cogió el libro en sus manos y leyó en perfecto griego lo que estaba escrito. Después, sin que Luitprando se lo pidiera, lo tradujo:

Uno solo debe ser el poder terrenal, porque uno solo es el señor en el que se sustenta y descansa; el que Dios ha elegido para gobernar a su pueblo, como Moisés guiara a Israel hacia la tierra de promisión. Ese poder sagrado debe recaer en el supremo defensor y guía de la cristiandad: el emperador de los romanos...

—¡Claro, claro, claro...! —le interrumpió Luitprando—. «*Hierocratos*», esa es la palabra. «Poder sagrado», único poder por eso mismo.

—¿Qué es esto? —le preguntó Asbag.

—Es una crónica bizantina del año de Nuestro Señor 800, escrita por un monje griego para justificar la autoridad del rey de Bizancio.

—¿Se llama «emperador de los romanos»? —se extrañó Asbag—. ¿A pesar de residir en Constantinopla?

—¡Exactamente! —se enardeció Luitprando—. Ahí precisamente radica el problema. Ellos consideran que su rey es el genuino sucesor de Constantino, emperador por ello de la cristiandad; gobernador de romanos y griegos, según la conversión obrada en el siglo IV por el Espíritu Santo.

—Y eso ¿en qué lugar deja al emperador germano?

—¡No, no y no! —se enardeció aún más el obispo de Cremona—. ¡No digas «germano»! Eso es lo que ellos quieren; es como darles la razón. El emperador Otón I fue coronado legítimamente por el Papa de Roma en el año 963, lo cual le convierte en el único emperador legítimo ante Dios y los hombres, como ya lo fuera Carlomagno en el año 800.

—¿Quieres decir que ambos emperadores se disputan la legitimidad del antiguo Imperio de Roma?

—¿Qué disputa...? —replicó Luitprando—. ¡Nada de eso! La Historia es clara. Roma es solo una y está ahí; donde Dios quiso que ocupara el centro de este mundo, para que un día Su Hijo reinara entre los hombres. Ahora, por fin, estamos en camino de que ese reino se instaure definitivamente. ¡Pero esos presuntuosos griegos lo pueden echar todo a perder por su maldita soberbia!

—Pero, según esa misma teoría —repuso Asbag—, ellos tienen derecho a quejarse de que el emperador de Roma sea un sajón, descendiente de los bárbaros conversos. ¿No es así?

Luitprando se le quedó mirando perplejo. El tic de su cuello se agudizaba con la tensión y su cabeza daba bruscas sacudidas hacia un lado. Quizá no esperaba que lo contradijesen en aquel momento.

—Mira esto —dijo, acercándose hasta los estantes para extraer un libro.

Se trataba de un gran volumen, en cuyo interior había diferentes mapas ilustrados por zonas con colores y símbolos.

—¡Mira! —prosiguió señalando con el dedo varios puntos—. Bizancio crece: Tesalónica, Antioquía, Creta, Corinto, Atenas, Patras, Bulgaria… Todos esos lugares pertenecieron a la cristiandad romana; la única cristiandad. El basileus bizantino nombra obispos para todas esas sedes. Naturalmente, son obispos griegos, propuestos por el patriarca de Constantinopla, que hincha cada vez más su poder y su influencia en Oriente. ¿A quién perjudica eso…? ¡Al primado de Roma, naturalmente!

—Eso que dices es razonable —respondió Asbag—, pero no termina de contestar a mi pregunta. Ciertamente, ellos nombran obispos griegos para favorecer el poder y el control de Constantinopla; pero ¿no hace lo mismo Otón al nombrar obispos sajones, germanos y francos? En definitiva, se trata de lo mismo.

—¡Ah, no es lo mismo! —replicó Luitprando—. Los obispos y arzobispos de Occidente deben su obediencia a la sede de Roma. El Papa es el único primado, porque la Santa Iglesia Romana es cabeza de todas las Iglesias por haber sido fundada por Pedro, su primer obispo, pues en ella ha dejado su herencia y su tradición, en ella se encuentra su sepulcro y sigue viviendo en sus sucesores.

—¿Los obispos de Bizancio niegan eso? —preguntó Asbag.

—No lo niegan directamente —respondió Luitprando—. Pero, desde Focio, intentan a menudo esgrimir la pretensión de que la sede de Constantinopla sea la más importante después de Roma. De ahí a afirmar que ambas son igualmente importantes hay solo un paso…

—No te ofendas, hermano, pero hay una cosa que no comprendo —le dijo Asbag con cautela—. Tú mismo, en tus crónicas históricas, has atacado con frecuencia directamente a los papas de Roma…

—¡Lo hice porque eran indignos! Hemos vivido momentos sombríos y alguien debía echar luz para que se disiparan los pecados y los errores. Juan XII, especialmente, representa la podredumbre y la corrupción que han reinado en Roma en los últimos años. Papas débiles, culpables de muchos pecados, adoradores de la carne, que no eran sino víctimas de los nobles que se disputaban el poder.

Llegados a este punto de la conversación, Asbag vio cómo el rostro de Luitprando se ensombrecía. Era este el tema que más le preocupaba; había sido su caballo de batalla constante, el empeño en el que había consumido su vida.

—¿Por qué crees que me uní ciegamente al emperador? —prosiguió el obispo de Cremona—. Tenías que haber visto, como yo lo vi con mis propios ojos, cómo era Roma cuando reinaba Berengario; ese diabólico, falsario, infiel… Manejaba al entonces papa Juan XII a su antojo, como a un pelele. Todo el mundo conocía los pecados del joven noble que hacía las veces de Pontífice: celebraba misa sin comunión, ordenaba a destiempo y en una cuadra de caballos, consagraba simoniacamente a obispos y a uno de diez años de edad; y otros sacrilegios: hizo de su palacio un lupanar a fuerza de adulterios, vivía para la caza, mandó castrar y asesinar a un cardenal, provocaba incendios armado de espada y yelmo…

—¡Dios santo! —se aterrorizó Asbag.

—¿No era todo ello motivo para que fuera depuesto? —prosiguió Luitprando—. Por eso se hace necesario un poder firme, capaz de poner las cosas en su sitio; césares que unidos a papas santos y leales constituyan una nueva cristiandad.

—¿Y crees que las armas y la violencia serán capaces de mantener un orden permanente? —replicó Asbag—. ¿No es ilusorio pensar que todos esos pecados desaparecerán? ¡Ah, el hombre es hombre! Se puede gobernar una nación, pero no el corazón de los hombres…

—Entonces, ¿qué hacer? ¿Los dejamos que campen por sus fueros? ¿Nos cruzamos de brazos y dejamos que la cristiandad sucumba? ¿De qué sirvió pues que se derramara la sangre de tantos mártires?

Durante un momento se hizo el silencio. Parecía que ambos obispos no se iban a poner de acuerdo en sus postulados. Pero Asbag decidió rebajar la intensidad de la discusión. Con tono conciliador dijo:

—Puedes tener razón, amigo Luitprando, en cuanto a que este emperador sea un hombre de fe, leal y decidido; es algo que la cristiandad necesita; y en que hay que nombrar papas santos, dedicados solo al cuidado de las almas. Pero eso no te garantiza que aquellos que han de sucederlos sean como ellos. Si basamos el reino de Cristo en el poder de las armas y en las guerras de fronteras, ¿no podemos llegar a convertirnos en unos tiranos peores que los gobernantes paganos? ¿Es eso lo que Dios quiere de nosotros?

Luitprando meditó por un momento. Después se frotó las manos con nerviosismo y sentenció:

—Hemos de ser santos nosotros. Hemos de rezar a Dios continuamente. Con frecuencia, andamos demasiado preocupados con las cosas de este mundo. Pero para él todo ha de ser más sencillo… Comprendo lo que me quieres decir y te lo agradezco de corazón, pero has de comprenderme a mí. Es todo tan difícil… Cuando el emperador Otón fue coronado, apenas sabía leer y escribir… Si nosotros que hemos recibido la gracia del conocimiento no los ilustramos, ¿quién lo hará? Esa es nuestra misión: mostrarles el sendero, enseñarles a vivir… Mostrarles lo que creemos que Dios quiere.

—Sí —asintió Asbag—. Pero no con la violencia. La verdad se abre camino con la paciencia.

Luitprando se aproximó a él. Afectuosamente, le puso la mano en el hombro. Sus ojos grises estaban vidriosos, fatigados, a fuerza de ver tanto, de escrutar, de buscar en los libros, de sufrir queriendo ver las cosas en orden según la voluntad de Dios. En tono amable, dijo:

—¿Sabes una cosa? Ahora me has recordado a Recemundo. Él hablaba como tú; tenía la rara virtud de allanar lo que parece abrupto y complicado. Supongo que esa gracia es un fruto de la paciencia que Dios concede a los que viven rodeados de infieles. Tú, como Recemundo, eres un obispo de mozárabes, de cristianos en tierras de sarracenos. Los obispos griegos tienen a su basileus, yo tengo a mi emperador; y todos vivimos en la cristiandad. ¿Será por eso por lo que no nos ponemos de acuerdo? En cambio, vosotros lo veis todo desde lejos, como quien se ha subido a un altozano para contemplar desde allí la ciudad en su conjunto. Por eso no habéis olvidado que la ciudad es de Dios… y no de los hombres.

Esa misma tarde, en el rezo de vísperas, el chantre de la catedral entonó con una potente y melodiosa voz el Salmo 126:

> Si el Señor no es el que edifica la casa,
>   en vano se fatigan los que la fabrican.
> Si el Señor no guarda la ciudad,
>   inútilmente se desvela el que la guarda.

Asbag y Luitprando levantaron los ojos del gran breviario central y cruzaron una mirada cargada de mutua conformidad.

60

Córdoba, año 970

Durante varios días trabajaron denodadamente en la Ceca. Parte de las monedas fueron fundidas para hacer lingotes, otras se limpiaron y se reservaron como fondos, y una gran parte se utilizó para acuñar nuevas piezas. Las cantidades superaban con creces lo que faltaba, pero Abuámir decidió que todo el montante se incorporara a la tesorería; consideró que, si aquel dinero venía del cielo, él no debía quedarse con nada.

Los trabajos se hacían día y noche. Durante toda la semana comían, dormían y permanecían en la Ceca, sin salir para nada de allí. Varias veces fueron a preguntar por Abuámir criados de los alcázares, enviados por Subh, pero él no pudo atenderlos, pues andaba entregado por entero a la tarea de configurar el tesoro.

El viernes, a primera hora, oyeron un gran revuelo en la calle. Benzaqueo abrió un poco uno de los postigos de las ventanas del piso alto y miró.

—¡Ya están ahí! —gritó desde la celosía.

Abuámir subió los peldaños de la escalera de dos en dos. Se asomó por una rendija y vio lo que estaba sucediendo fuera: habían llegado los dos eunucos chambelanes, el cadí Ben al Salim, el gran visir Al Mosafi, el prefecto de policía y un gran contingente de guardias, pero todos permanecían sin llamar aún a la puertas de la Ceca, como aguardando.

—Algo pasa —musitó Abuámir—. Es extraño todo esto.

De repente, apareció por el final de la calle principal un destacamento de hombres armados a caballo y una litera portada por fornidos esclavos ataviados con las libreas reales de Azahara.

—¡Será posible! —soltó Abuámir—. ¡Es la litera del califa! ¡Malditos! Se lo han contado todo al Príncipe de los Creyentes.

El judío Benzaqueo se aterrorizó. Llevándose las manos a la cabeza exclamó:

—¡Oh, Yahvé! ¡El mismísimo califa!

—No hay nada que temer —le tranquilizó Abuámir—. ¿Está todo en su sitio?

—Tal y como lo has dispuesto —respondió el judío.

—Pues, entonces, bajemos.

El propio Abuámir abrió la gran puerta de la Ceca. La mañana era espléndida y el sol bañaba las blancas paredes. Como si lo estuviera aguardando, avanzó hacia la litera del califa con paso firme. Los esclavos la habían hecho descender y Alhaquén bajaba ya. Chawdar y Al Nizami corrieron para ayudarle; el califa se apoyó en el hombro del segundo, que era el más bajo de estatura; miró alrededor, sonrió y pidió con un gesto de la mano que todo el mundo se alzara de la postración protocolaria. Entonces se encontró frente a él con el rostro de Abuámir, que se apresuraba a besar su mano.

—¡Ah, Abuámir querido! Me alegro de verte —dijo.

—Altísimo señor, Comendador de los Creyentes, estás en tu casa; pasa y toma posesión —le rogó Abuámir.

El califa avanzó hacia la entrada, seguido del resto de las autoridades que se habían concentrado frente a la puerta. Pasaron al interior del amplio patio de la Ceca: todo estaba limpio, ordenado y cuidadosamente dispuesto; los encargados, obreros y criados en fila; los materiales, planchas y utensilios en los estantes; los moldes alineados; las series de las antiguas monedas, limpias, brillantes, en las vitrinas de los lados. La Ceca resplandecía.

Avanzaron por la estancia. Abuámir fue explicando los procedimientos de acuñación, el patrón de los valores, el aprovechamiento de los residuos. El califa lo miraba todo con interés y le hacía preguntas con frecuencia. Pasaron después al despacho principal. Allí el judío mostró los cuadernos y explicó el sentido de las cuentas y la amplia relación de trabajos hechos. Todo parecía en regla, y la cara de Alhaquén mostraba satisfacción.

—Muy bien —observó el califa—. Todo parece en orden. Esto ha cambiado mucho desde la última vez que lo visité. Y ahora, Abuámir, se hace necesario que nos muestres el resultado de todo este trabajo. A ver, gran visir, ¿qué era lo que nos traía? —preguntó, dirigiéndose a Al Mosafi.

—Bueno, señor, según las cuentas y según las investigaciones de tus chambelanes, sirviéndose de los tesoreros de la medina real, esas cuentas deben coincidir con una serie de fondos. ¿No es así? —preguntó el gran visir a los eunucos.

—Naturalmente —respondió con severidad Chawdar—. Según Abuámir, esas cantidades que ya has visto, señor, que son cuantiosas, están por ahí escondidas o algo así…

—Ese dinero es tuyo —terció Al Nizami—; y hemos pensado, señor, que debes comprobar si está disponible.

El califa miró a Abuámir. Este se encogió de hombros y respondió con naturalidad:

—Muy bien, seguidme.

Abrió una puerta que estaba al fondo del despacho y apareció una escalera que descendía a un amplio y oscuro sótano. Abuámir encendió las lámparas y se vieron montones de sacas arrimadas a las paredes. Todos descendieron hasta el centro de la estancia.

—Aquí están esas cantidades —dijo él—. Cada saca lleva escrito el valor exacto de su contenido, sea oro, plata o cobre.

El cadí se acercó entonces a la primera de las sacas, tiró de las correas, deshizo el lazo y metió la mano. Sacó un puñado de brillantes monedas de oro y las acercó al califa. Este las miró y, satisfecho, dijo:

—¡Hummm…! ¡Qué bien hechas están!

—Como verás, señor —explicó Abuámir—, aparece ya en todas tu nombre y tu lema. Nos hemos tomado la molestia de refundir las antiguas y dedicarlas a ti.

—¡Ah! Me parece muy bien —dijo Alhaquén—, pero no era necesario. El dinero es dinero; los hombres pasamos…

En ese momento, Chawdar le arrebató la espada al prefecto de policía y se lanzó hacia las sacas. Se puso a rajarlas, enfurecido, gritando:

—¡Ya está bien de pamplinas! ¡Sabemos perfectamente que ese dinero no puede estar aquí! ¡Se acabó el teatro!

Jadeando, agotándose, fue rajando cuantas sacas pudo, mientras todos veían esparcirse las brillantes monedas por el suelo. Al Mosafi, el cadí y los recaudadores de Azahara las iban comprobando extrañados. Había miles de piezas, lingotes y antiguos modelos de gran valor. El eunuco, extenuado, cejó en su empeño. Entonces se hizo un espeso silencio, en el que solo se escuchaba el tintineo de los preciosos metales al caer desde las hendiduras, el cual fue roto por Abuámir, que dijo:

—No quiero pecar de vanidad, pero podéis contar las monedas. Comprobaréis entonces que no solo están las cantidades a las que se refieren las cuentas, sino que sobreabundan con un montante que es el resultado de una minuciosa y eficiente gestión de la tesorería.

—¡Basta! —exclamó el califa. Se fue hacia Abuámir y le besó en la mejilla con afecto. Después, miró con un áspero gesto al cadí, al gran visir y, sobre todo, a sus dos eunucos mayordomos—. ¡Jamás se me volverá a hablar de este asunto! —sentenció con voz cargada de amargura—. Sabéis que lo que más odio es el juicio temerario. Y ahora, regresemos a palacio; tengo mucho que hacer.

Todos se quedaron perplejos. Alhaquén pasó delante de ellos y se dirigió hacia su litera sin decir una palabra más. Los eunucos, abochornados y confundidos, se fueron detrás de él. El cadí Ben al Salim miró a Abuámir con una expresión indescifrable y luego bajó la cabeza; con él salieron los recaudadores y el prefecto de policía. Finalmente, en el despacho quedaron el gran visir, Abuámir y el judío Benzaqueo. Al Mosafi se dirigió a Abuámir y le dijo:

—Creo que a partir de ahora los eunucos Chawdar y Al Nizami no volverán a molestarte. Ha sido una acusación demasiado grave. Temí por ti, no voy a ocultarlo ahora…

—Pero… ¿llegaste a desconfiar? —le preguntó Abuámir.

—Bueno, ellos son muy listos. Pensé que si se habían atrevido a levantar la denuncia sería porque tenían datos muy precisos —contestó el visir.

—¿Quieres decir que alguien pudo haberme traicionado? —dijo él, sorprendido—. ¿Quién? Nadie excepto yo sabía que ese dinero faltaba de las arcas… Bueno, nadie excepto yo y…

Abuámir se volvió hacia Benzaqueo. El judío se turbó.

—¡Tú! —le acusó Abuámir.

—Sí, él —confirmó Al Mosafi—. No sé qué ayuda divina o humana has tenido para recuperar esas cantidades y nadie puede ya acusarte. Pero has de saber, porque tienes derecho a ello, que Benzaqueo ha ido llevando a los chambelanes puntuales noticias de tus actuaciones. De ahora en adelante, ten mucho cuidado con la elección de las personas que te rodean. Ya eres demasiado importante para ser tan confiado.

Benzaqueo se arrojó a los pies de Abuámir.

—¡Por Yahvé! ¡Said, perdóname! Ellos me obligaron… ¡Lo juro!

Abuámir le miraba, sorprendido, casi sin poder comprender todo aquello. Después empezó a sentir que la ira le subía desde los pies hacia el cerebro, en un arrebato que le dominaba, en un deseo feroz e incontrolable. A un lado, había una gran pesa de hierro, de las que se usaban para las balanzas de pesar los lingotes. Abuámir la cogió con una mano y la arrojó con furia sobre la cabeza del judío. Fue un golpe seco, como si algo cerrado se cascara, como el crujido de la madera al estallar. Benzaqueo empezó a convulsionarse violentamente, emitiendo un extraño quejido, mientras un denso y viscoso charco de sangre se extendía sobre el suelo. Luego aquel cuerpo se quedó inerte, y un raro silencio dominó la estancia.

Abuámir se volvió hacia Al Mosafi. El gran visir permanecía inmóvil, inalterado, aunque con cierta lividez en el rostro, con la mirada puesta en el cadáver del judío.

—¡Oh, Dios! —exclamó Abuámir llevándose las manos a la cabeza.

Al Mosafi se quedó mirándolo un rato en silencio, como adivinando todo lo que se amontonaba en ese momento en su mente. Luego, sin abandonar su hieratismo, dijo:

—Me parece que este es el primer hombre al que has dado muerte. Pero no te preocupes demasiado por ello. Puedo asegurarte que su vida no habría pasado de esta noche. Los eunucos no pueden descansar cuando el deseo de venganza les pica por dentro. ¿Qué mejor muerte que esta podía haber deseado el judío en estos momentos? Si hubiera caído en sus manos, los tormentos habrían sido diabólicos. Todo lo que hubieran deseado hacerte a ti habría recaído sobre él hoy mismo. Y, por lo demás, no temas; diremos que ha sido un accidente…

Abuámir salió de la Ceca sintiendo una gran opresión en el pecho. Corrió hacia los alcázares; no deseaba estar en ningún otro sitio en aquel momento.

Al llegar, se encontró con Subh a los pies de la cama del príncipe Abderramán. Hasdai estaba a un lado, removiendo un fármaco para el niño. Si el médico no hubiera estado allí, se habría derrumbado; se habría abrazado a ella para desahogar su angustia. Pero fue Subh la que rompió a llorar al verle.

—¿No mejora? —preguntó él.

Hasdai le llevó aparte, fuera de la estancia.

—Creo que es más grave de lo que pensábamos en un principio —le comunicó apesadumbrado—. Su pecho se va cerrando y la fiebre no le deja.

61

Cremona, año 970

Profundamente dormido en el lecho, Asbag soñaba. Miles de caballos galopaban sobre la tierra yerma; miles de guerreros, a sus grupas, blandían relucientes espadas. El cielo era rojo, de sangre y de ascuas del fuego que había abrasado las ciudades. Una vez más aquel fuego implacable, voraz, de consumación y final. Después el océano, la masa infinita del mar de la nada, y él sobre una precaria balsa, una especie de plataforma inestable de maderas y restos de algo; con gente alrededor, hombres y mujeres sin rostro conocido, asiéndose todos a las inseguras maderas. De repente, una luz al fondo. Una luz que se intensificaba y se aproximaba… Y una voz insistente llamándole.

—¡Asbag! ¡Asbag! ¡Asbag!

Abrió los ojos. Una lámpara de aceite le deslumbró justo delante de la cara. Se colocó la mano a modo de visera. En la oscuridad del aposento, apareció el rostro de Luitprando frente a él, con sus agudos ojos grises hundidos en las cuencas oscuras, y con el acentuado tic nervioso.

—¿Eh…? —se sobresaltó Asbag—. ¿Qué sucede?

—¡Nada, nada! —dijo Luitprando—. No te asustes. Tan solo deseaba hablar contigo.

—¿Ahora? Pero si aún no ha amanecido…

—Lo siento —se disculpó el obispo—. No podía dormir. Tengo que hablar contigo ahora mismo. Por favor, levántate.

Asbag se incorporó, tiró de la manta, la echó sobre sus hombros y se levantó.

—Vayamos a la biblioteca —le propuso Luitprando—. Estaremos más tranquilos allí.

Recorrieron los pasillos, subieron la escalera de peldaños de madera y entraron en la biblioteca. Debía de ser un poco más de medianoche, todo estaba muy oscuro y reinaba un absoluto silencio. Luitprando encendió un candelabro y ambos se sentaron junto al escritorio.

—Bien, tú dirás —le dijo Asbag en tono de resignación.

Luitprando se santiguó, cruzó las manos sobre su regazo e inició un largo discurso que Asbag escuchó con atención.

—En primer lugar, he de pedirte perdón por haber interrumpido tu descanso de esta manera. Soy viejo, eso salta a la vista, pronto cumpliré los setenta años y no me he cuidado. Siento que el tiempo se me escapa de las manos y hace tiempo ya que casi no duermo. Debes comprenderme; las horas en el lecho se hacen interminables. Antes me levantaba y subía aquí a leer. Pero ahora la vista me falla. No me queda más remedio que darle vueltas y vueltas a las cosas en mi cabeza…

—Te comprendo —le dijo Asbag—. Por mí no te preocupes. Seguramente lo que vas a decirme es muy importante. Aquí me tienes.

—Gracias, gracias —prosiguió Luitprando—. Pues bien, resulta que estos días he pensado mucho en todo lo que tú y yo hemos hablado. ¡Ah, cuánto me has recordado aquellas conversaciones con Recemundo! Ambos nos hicimos buenos amigos en Fráncfort, aunque discutíamos. Sí, discutíamos con frecuencia… Entonces éramos jóvenes. Queríamos que la Iglesia se reformase, que la verdadera fe triunfase sobre la mentira y la falsedad del mundo. Buscábamos la verdad… Él representaba para mí la tradición isidoriana, la Iglesia heredera de san Agustín. Yo, en cambio, reunía en mi persona el deseo de tantos clérigos francos, lombardos y sajones de instituir una gran Iglesia, asentada en su tradición pero mirando hacia delante. Pensábamos que el mejor medio de llevar la fe al mundo era un imperio firme, cristiano y dispuesto a servir al Evangelio…

—¿Aun a costa de germanizar a las otras tradiciones? —le interrumpió Asbag.

—Bueno, bueno, no quiero ahora discutir —repuso Luitprando—. Por favor, déjame continuar. Lo que yo pensaba entonces ahora no importa, pero debía explicártelo. Pues bien, ahora veo que tanto esfuerzo carece de sentido. Tenías razón cuando decías que lo importante es el corazón de los hombres, no las estructuras, ni los reinos, ni los poderes terrenales, que tienden a corromperse en la vanidad y el orgullo. Eso es lo que yo necesito, que alguien desde fuera me ponga las cosas en su sitio. Yo he tenido la gracia de estar cerca del poder en los últimos veinte años, o la desgracia, si lo miras de otra manera; porque mi visión del mundo es la que patrocinaba Carlomagno...

Asbag se dio cuenta de que Luitprando se repetía. Era un hombre obsesionado. Era comprensible, puesto que se había pasado la vida intentando unir a la Iglesia. Había luchado contra papas y dignatarios eclesiásticos corruptos, contra la ambición de Berengario, contra el deseo de preponderancia del patriarca de Constantinopla, contra las herejías que nacían en Oriente, contra los viejos errores que se despertaban nuevamente... Era un hombre extremado.

—Bien, bien, ¿eso era lo que tenías que decirme? —le preguntó Asbag.

—No, no... Perdóname, he vuelto a enredarme... ¡Esta cabeza mía me falla! Quería comunicarte un proyecto que creo que será la última misión que Dios me encomiende en este mundo. Y debo hacerlo. ¡Que Dios me dé las fuerzas necesarias! Pero necesito ayuda.

—Tú dirás, hermano.

—Hace un par de años me trasladé por última vez a Constantinopla. Intenté algo que pudo ser la solución definitiva del conflicto entre el Oriente y Occidente.

—¿Quieres decir que la separación entre Roma y Constantinopla podría tener solución si se realizara algún tipo de gestión? —se interesó Asbag.

—Sí, estoy seguro de ello —respondió Luitprando con rotundidad.

—¿Y cuál es esa gestión?

—Un matrimonio.

—¿Un matrimonio? —se sorprendió Asbag.

—Sí. Un matrimonio real. Una boda entre una princesa bizantina y el heredero legítimo del Imperio: Otón II, el hijo del actual emperador, el cual ha sido ya coronado por el Papa en Roma; con lo cual su sucesión está ya consagrada.

—¿Y ellos consienten? Me refiero al basileus y al patriarca.

—De eso se trata —respondió Luitprando—, de que consientan. Esos bizantinos son unos presuntuosos, se creen los únicos descendientes de la clase patricia romana y de la sangre helena más pura; por eso la cosa es complicada. Como te decía, hace dos años me trasladé allí para negociar el asunto. Pero todas mis gestiones fueron infructuosas, porque el basileus de entonces, Nicéforo Focas, era un fanático de la legitimidad oriental, influido como estaba por los monjes del monte Atos. Pero, gracias a la Providencia, ha muerto, tal vez asesinado... Y su actual sucesor, Juan Zimisces, tiene una hija que puede ser la más adecuada para mi propósito. Si alguien pudiera ir y convencerle...

—¿Quieres decir que piensas ir una vez más a Constantinopla?

—Si Dios me da salud, he de ir. Es la única posibilidad de unir el Imperio.

—¡Pero, Luitprando —le recriminó Asbag—, tienes setenta años! ¿Cómo se te ocurre lanzarte a un viaje como ese?

—¡Aunque me cueste la vida! —repuso él, cargado de convencimiento—. Si alguien culto, ecuánime, sabio y conocedor de las lenguas quisiera acompañarme...

Asbag bajó la cabeza; temió que Luitprando quisiera implicarle en la aventura.

—¡Tú eres esa persona! —confirmó el obispo sus suposiciones—. Eres el más indicado. Es más, estoy absolutamente convencido de que Dios te ha traído hasta aquí para eso. Dios saca siempre beneficios de nuestros males. Él te arrancó de tu tierra y te transportó por el mundo para que vinieras a parar aquí. ¿Vas a negarte acaso a la voluntad del Todopoderoso?

Asbag se quedó confuso. Fue como si un gran mazo le hubiera golpeado en la cabeza. Escuchaba aquellos razonamientos y era incapaz de razonar por sí mismo.

—Pero… —balbució—. ¿Y mi diócesis? Córdoba…

—¡La Iglesia es universal! —sentenció Luitprando.

El obispo de Cremona se puso en pie y fue hasta los estantes para buscar uno de los códices que contenían tratados de cartografía. Sobre el mapa, con su dedo largo y seco, trazó el recorrido:

—Primero Venecia, aquí… Allí nos embarcaremos y, con estas y estas escalas, por fin ¡Constantinopla! No necesitamos ir a Roma para nada. Ya he hablado de todo ello con el emperador; tengo las cartas credenciales y los obsequios protocolarios. Mañana mismo escribiré a un conde lombardo que nos escoltará con sus hombres.

—¡Ya lo tenías decidido! —exclamó Asbag.

—¡Naturalmente! —asintió él—. Durante meses he soñado con emprender esa misión trascendente para la cristiandad. He rezado día y noche a Dios para que me enviara una señal. Suplicaba encontrar a alguien adecuado para compartir con él el proyecto… Cuando llegaste a Cremona, hace un mes, y hablé contigo por primera vez, vi con claridad que la señal había sido enviada.

Asbag se puso también en pie, lleno de confusión. Se acercó a la ventana de la biblioteca. Amanecía sobre Cremona. Los campos de viñas empezaban a destacarse a lo lejos y las carretas de los viñadores recorrían los caminos que conducían a la labor otoñal.

—Estamos a las puertas del invierno —objetó Asbag—. ¿No es peligroso hacerse a la mar en esta época?

—Esperaremos a la primavera —respondió Luitprando con resolución.

62

Córdoba, año 970

El príncipe Abderramán murió una calurosa tarde cordobesa en la que el cielo había perdido su color azul a causa de una espesa calima traída por el viento tórrido de levante. El cuerpo fue trasladado a Medina Azahara, donde se celebraron los funerales en la estricta intimidad del palacio con la sola presencia de los familiares próximos, por expreso deseo del califa Alhaquén.

Después del entierro, Subh cerró las ventanas, corrió las cortinas y se encerró en la oscuridad de sus aposentos, como si deseara que todo el mundo exterior desapareciera para quedarse a solas con su pena. Pero Abuámir no lo consintió, y se entregó por entero en los días siguientes a ella, como si el hijo muerto le perteneciera también a él.

Pasadas algunas semanas, se presentó en los alcázares el gran visir Al Mosafi para comunicarle que el califa había decidido que se celebrase cuanto antes el juramento de fidelidad al único heredero que quedaba, el príncipe Hixem.

—Esta ceremonia es muy importante —le dijo Al Mosafi, refiriéndose al juramento—, puesto que si le sucede algo al califa, ¡Dios no lo quiera!, es la única manera de asegurar a su hijo en la sucesión.

—¿En qué consiste concretamente el acto? —le preguntó Abuámir.

—Deben estar presentes toda la corte, los funcionarios reales, los chambelanes, la nobleza y, sobre todo, los parientes próximos al califa.

—¿Quiere ello decir que puede haber quien aspire al trono de entre ellos?

—Naturalmente. Cualquiera de los hermanos de Alhaquén tiene el derecho de sucesión. A no ser que juren ante Dios respetar la dinastía del actual Comendador de los Creyentes. Por eso precisamente hay que actuar con rapidez. Si Al Moguira llegara alguna vez a sentarse en el trono, el reino caería en las manos de Chawdar y Al Nizami.

Aquel fue un año de muertes. Pocos días después de aquella conversación, le llegó su hora al visir Ben Hodair. Abuámir lo lamentó de veras; no solo se iba un buen amigo, sino que perdía a su consejero y protector.

Pero no estaba dispuesto a sentirse solo frente al oscuro entramado del poder, y en las semanas anteriores a la ceremonia del juramento se dedicó a visitar a numerosos hombres influyentes, sobre todo a aquellos que le debían favores a costa de los fondos de la Ceca. Era la manera de sembrar para el futuro; para el momento en que faltara el actual califa, momento en el que él estaría más próximo que nadie al príncipe heredero. También procuró acercarse más a Al Mosafi, puesto que era el personaje más influyente en el que podía confiar sin temor a equivocarse. Además, ya hacía tiempo que se había dado cuenta de que el gran visir acudía a su vez con frecuencia para confiarse a él, sobre todo en lo tocante a sus eternos enemigos, los mayordomos de Azahara. Resultaba curioso, pero las intrigas de los eunucos habían terminado finalmente por unirlos a ellos. Al Mosafi se preciaba de haber descubierto la valía de Abuámir, y el hecho de que este saliera tan airoso de la acusación de los fatas le había aportado la satisfacción de quedar por encima de ellos.

La tarde anterior al juramento, Abuámir y Al Mosafi se juntaron para ultimar los preparativos. Era la primera ceremonia en muchos años que no había sido programada y dispuesta por los eunucos reales; un triunfo sin precedentes sobre el poder inamovible de los fatas para controlar todo lo que sucedía en Azahara. El gran visir estaba nervioso pero no ocultaba el gozo que le proporcionaba ocuparse de algo que afectaba tan directamente al trono. Abuámir y él se sintieron en aquel momento más unidos que nunca; sobre todo, porque sabían que después del acto, cuando todo el mundo hubiera visto a Chawdar y Al Nizami relegados a un segundo puesto, ellos tomarían el relevo para acceder al dominio de los actos oficiales de la medina real. Era lo que Al Mosafi había esperado siempre. De nada le servía haber sido el primer ministro durante años si los eunucos podían disponer a su antojo de lo que sucedía en el entorno cercano al califa. Las recepciones, las embajadas y los nombramientos habían estado durante décadas sometidos al refrendo y al orden que ellos establecían, guiándose en la mayor parte de los casos por los dictados de su capricho.

—Solo hay una cosa que me preocupa —le confesó el visir a Abuámir—: hasta ahora, ni siquiera han aparecido; lo cual significa que están tramando algo.

—¿Pueden acaso evitar el juramento? —dijo Abuámir con desdén.

—No, desde luego que no. Si se opusieran a él, sería como oponerse al propio califa, puesto que se trata de su único heredero. Y eso es lo que les trae tan enrabietados. Por primera vez, las cosas no están sucediendo como a ellos les gustaría.

—¿Crees que después de esto se retirarán definitivamente?

—¡Ah, Dios lo quiera! Pero me temo que son demasiado orgullosos y obstinados para eso.

—¿A qué esperan ya? —preguntó Abuámir como para sí—. Son viejos y han tenido todo en sus manos. ¿Es que no se cansan?

—¡Qué poco conoces a los eunucos! —repuso Al Mosafi—. No tienen descendencia a la que dejar todo cuanto tienen y por eso se aferran a sus vidas como nadie. ¡No, no cederán jamás! Y ahora que peligra su dominio son más peligrosos que nunca. Como si fueran fieras heridas… Andémonos con cuidado.

—Hay una cosa, visir Al Mosafi, que aún no he llegado a comprender —le dijo él con sinceridad—. Tú eres, después del califa, el hombre que desempeña el más alto cargo en el reino, puesto que eres el hayid. Y, siendo así, ¿cómo es que te preocupa tanto lo que puedan hacer esos viejos eunucos? ¿No dependen de ti los más altos funcionarios y el ejército?

—Ciertamente —respondió Al Mosafi—, debería ser como dices. Pero la realidad no es esa, ya que las cosas son mucho más complejas que su mera apariencia externa. El anterior califa, Al Nasir, dio mucho poder a sus eunucos, especialmente a esos dos, Chawdar y Al Nizami, que cuidaron de él desde que entraron a su servicio siendo apenas unos niños. No solo se encargaban de asearlo y vestirlo; además de eso, cuidaban de sus pertenencias más queridas: sus mujeres, sus hijos, sus efebos, sus halcones, sus caballos y sus perros. Eso les dio el derecho de vivir la propia vida del hombre más temido y admirado de Córdoba. Todo el mundo sabía que en la verdadera intimidad del califa solo ellos tenían parte. Por eso, los más de mil eunucos que hay en la ciudad no tienen otro modelo en que fijarse que los fatas, y entre ellos están los mandos del ejército que custodia Azahara, la guardia personal del califa, el prefecto de la policía y la multitud de mayordomos que vigilan el protocolo del palacio.

—¡Me dejas perplejo! —le dijo Abuámir—. ¿Quién puede contra todo eso? Ahora comprendo por qué todo el mundo les tiene miedo.

—Así es, Abuámir, nos enfrentamos con un gigante poderoso, al que solamente la audacia podrá vencer. ¿Por qué crees que confié en ti desde el principio? Eres inteligente, decidido y valiente; además de joven y emprendedor. Solo con personas así podremos modificar este orden de cosas.

—¿Quieres decir que pretendes cambiar la estructura de la corte?

—Sí —le confesó Al Mosafi—. El viejo sistema quizá funcionara para Al Nasir, pero hoy día no tiene sentido. Si queremos un imperio grande y fuerte, no podemos seguir arrastrando la pesada carga de tener que pasar todas las decisiones importantes por las «criadas» de la casa. Es necesario que los mayordomos se ocupen solo de las cosas domésticas y que los gobernantes se ocupen de la política.

—Pero eso supone buscar hombres válidos, dispuestos a colaborar, fuera de los eunucos —sugirió Abuámir.

—De eso se trata. Ahora es el momento más oportuno. Hay en Córdoba muchas familias nobles, con miembros preparados, aunque venidos a menos muchos de ellos a causa de las arbitrariedades de los fatas. Ahí es donde hemos de buscar.

—¡Conozco a uno de esos hombres! —aseguró Abuámir con

entusiasmo—. Se trata de Ben Afla, el que fue visir de Murcia. Es un hombre honrado, de noble linaje y de espíritu limpio, que cuenta con diez hijos que son el mejor regalo que Dios haya podido darle.

—Le conozco muy bien —dijo Al Mosafi—. Contaré con él, puedes estar seguro de ello. Sigue buscando por tu cuenta y yo haré lo mismo. Una vez que termine la ceremonia del juramento, hemos de empezar a formar partido con vistas al futuro. Hay mucho de donde escoger. ¡Alá nos mostrará el camino!

Cuando el gran visir se marchó, Abuámir se quedó invadido por una agitación interior. Subió entonces a la torre, pues era el lugar que escogía para encontrarse consigo mismo. La noche empezaba a caer sobre Córdoba y los faroles lucían ya matizando las esquinas y los rincones de las retorcidas calles. Descollaban los palacios, los alminares y los campanarios. «¡Qué maravillosa ciudad!», pensó él. No había otra como ella en el mundo. En ningún sitio como allí se concentraban la sabiduría, la poesía, el lujo y el refinamiento. Le parecía que algo de todo aquello empezaba a ser suyo. Después de la conversación de la tarde con Al Mosafi, sentía que sus manos estaban tocando ya lo más alto, el cenit de sus aspiraciones. Era como si una misteriosa fuerza le hubiera transportado a las alturas, para que pudiera contemplar desde allí cuanto podía poseer y dominar. Juró para sí que no se pondría frenos. Había llegado su momento y había optado por jugárselo todo, aun a riesgo de sucumbir, pero de ninguna manera se dejaría arrastrar a la anónima mediocridad.

Al día siguiente, fue a recoger temprano al pequeño Hixem. Los eunucos Sisnán y Al Fasí lo habían vestido como lo que iba a ser desde esa misma mañana: el príncipe más importante del Imperio. El niño parecía un diminuto califa; con sobrepelliz, túnica bordada, plumas de pavo real y broches de rubíes prendidos en el turbante. Y los eunucos a su vez, de acuerdo con las órdenes de Abuámir, se habían ataviado con libreas de ceremonia, conforme a la categoría que les correspondía por su proximidad en el trato con el heredero.

Subh los despidió en la puerta llorando, pero en el último momento esbozó una media sonrisa.

El traslado se efectuó en la litera de plata, con toda la pompa y el boato que Abuámir pudo reunir: los precedían bandas de panderos, tambores, chirimías y cascabeles; no faltaron dromedarios, caballos árabes con jaeces de lujo ni palafreneros esclavos con uniformes de gala; tampoco una veintena de pregoneros que lanzaban sus hondas y prolongadas alabanzas.

Al llegar a la plaza de Al Dchamí, la multitud rugía contenida por las barreras de guardias que acordonaban los accesos a la mezquita mayor. Toda la nobleza se encontraba ya reunida frente al pórtico principal, al que conducía un pasillo flanqueado por dos hileras de magnates, funcionarios reales y oficiales del ejército.

Abuámir descabalgó y se dirigió directamente hacia la litera del príncipe, al cual ayudó a descender. Tomó al pequeño de la mano y avanzó sonriendo hacia el arco de entrada, pero consciente de que el momento más delicado de la ceremonia había llegado. En efecto, junto a la puerta aguardaba Chawdar rodeado de sus colaboradores y, dentro ya de la mezquita, Al Nizami con el príncipe Al Moguira. El rostro del primero de los eunucos reflejaba su vacilación: dudaba si acercarse o no para hacerse cargo del pequeño príncipe, puesto que en otro orden de cosas le debería haber correspondido a él tal honor. Pero el mayordomo de los alcázares era Abuámir, y el viejo eunuco temió que el niño estuviera previamente advertido e hiciera una escena al verse arrebatado de las manos de quien le conducía, lo cual no le convenía nada en aquel momento.

Abuámir y el niño cruzaron la puerta con decisión, mientras todos los presentes, incluidos los fatas, se inclinaron reverencialmente. Se adentraron por el fresco bosque de columnas y arcos y avanzaron hacia el mihrab que señalaba la dirección de la quibla, seguidos por todos los demás.

Abuámir apreció las reformas recién terminadas, cuyas obras se habían apresurado para ese día. La ampliación diseñada por su amigo el arquitecto Fayic al Fiqui era espléndida. La inmensidad de las naves nuevas daban la sensación de un espacio infinito que se perdía en interminables hileras de columnas, como en un eterno palmeral de piedra. Por fin, llegaron al mihrab. La impresión era deslumbrante: las teselas de los mosaicos hechos por los maestros bizantinos brillaban como una infinidad de minúsculos espejos, a la luz de mil lámparas, creando una atmósfera dorada.

A ambos lados del mihrab, bajo la bellísima y multiforme bóveda, aguardaba Al Mosafi con los notarios, los imanes y el cadí. Todos se postraron. Cuando se hubo enderezado, Abuámir cruzó su mirada con la del gran visir y ambos sintieron la mutua complicidad. Durante un largo rato hubo silencio, en espera de la llegada del califa.

Alhaquén apareció con aspecto sencillo, acompañado por un grupo de teólogos. Últimamente parecía restarle importancia al protocolo y no prestar atención al boato que debía rodearle según la etiqueta palaciega. Se arrodilló en dirección al mihrab y oró en silencio durante un buen rato, con el rostro pegado al suelo, mientras todo el mundo permanecía postrado.

Después se puso en pie y ordenó al imán que comenzara el acto.

El Corán descansaba sobre una mesa de bronce, entre dos grandes lámparas, abierto por la página que contenía la sura escogida a los efectos. Se pronunció la recitación y todos respondieron a las invocaciones. Después, con los brazos cruzados sobre el pecho, cada uno de los miembros de la corte fue jurando fidelidad al heredero, en el nombre de Dios, de su profeta Mahoma y de la Sharía, por la propia salvación y respondiendo con la propia vida.

63

Constantinopla, año 971

En la gran luz del Bósforo, Constantinopla se tornaba violácea, resplandeciendo con sus cúpulas ilustres y sus brillantes palacios que miraban hacia el sol que despertaba en Oriente. El Cuerno de Oro hervía en embarcaciones de todos los tamaños que comenzaban a desplegar sus velas o a remar hacia el mar de Mármara. Multitud de esquifes se acercaban a los grandes barcos que arribaban para ofrecerse a llevar a los viajeros a los muelles de Gálata y ahorrarles así la espera que suponían los trámites del amarradero en las oficinas del puerto.

Asbag se hizo consciente de que tenía frente a sí a la otra Roma, la que abría a la cristiandad los puertos de Asia, la que había cimentado su Iglesia en las reliquias de san Andrés apóstol, el cual no solo era hermano de Pedro sino que había sido llamado por el Señor antes que él.

La nave veneciana, moderna y ligera, plegó sus velas y avanzó a golpes de remo por el agua mansa, mientras dos marineros hacían sonar dos grandes trompetas para avisar al resto de las embarcaciones. En el palo más alto ondeaba la bandera papal; más abajo, los escudos imperiales, los colores de Sajonia y, finalmente, el pendón de Cremona. Era la forma de advertir, siguiendo las leyes del mar, que los insignes viajeros que transportaba el barco eran súbditos y legados del Sacro Imperio.

La embajada papal estaba compuesta por cuatro dignatarios:

Luitprando de Cremona, prelado con poderes de representación del Sumo Pontífice; Fulmaro, obispo de Colonia; Asbag, con poderes de canciller honorífico; y Raphael, un joven conde lombardo al frente de treinta caballeros que hacían de escolta de los legados.

Los cuatro permanecían en la cubierta, contemplando desde la baranda de proa cómo el capitán del barco se alejaba en un esquife hacia los muelles para presentar las credenciales al oficial del puerto.

El obispo de Colonia, hombre grueso y fatigoso, se felicitaba de que por fin fueran a tomar tierra, poniendo término a un viaje que había resultado para él un continuo mareo. Asbag, en cambio, apenas había sufrido en la travesía, por contraste con la que hiciera amarrado y a la intemperie cuando le trasportaron cautivo los vikingos. Y el conde Raphael y sus hombres, por su parte, ya habían llevado a cabo misiones semejantes y podría decirse que eran experimentados custodios de las legaciones que con frecuencia eran enviadas a Bizancio. Pero lo que resultaba sorprendente era la fortaleza de Luitprando. El anciano obispo era un encorvado manojo de huesos, que se alimentaba diariamente con un puñado de uvas pasas y algunos higos secos. Parecía sustentarse solamente con el empeño de culminar con éxito su misión y, desde que vio de madrugada en el horizonte la línea de edificios de Constantinopla, permaneció mudo, como concentrado en cuanto había de argumentar frente al basileus y el patriarca para cumplir su cometido.

Luitprando miraba a Constantinopla con una mezcla de atracción y recelo. Representaba para él lo otro, lo incontrolable, lo que escapaba a su concepto del *ordo* como sumisión a un único poder investido de autoridad sagrada en el Imperio; lo que venía una y otra vez a confundir sus planes de unidad y restitución de la vieja idea teodosiana. Pero, por otra parte, tenía que reconocer que la ciudad era hermosa y que guardaba en su interior el tesoro de la concepción oriental de la fe: la singularidad de la liturgia bizantina, el misterio de sus iconos, el respeto a la oculta majestad de Dios y la insignificancia ante la trascendencia a pesar del fasto de los ritos. Todo un legado que estaba en las raíces mismas del origen del cristianismo y que de ninguna manera habría de perderse.

Pero no podía evitar sentir desprecio hacia los gobernantes bizantinos. No podía soportar que fueran tratados como partícipes del aura de santidad del mismo Cristo o la Virgen María, cuando vivían en el lujo y la sensualidad de una corte seducida por los influjos que le llegaban de Asia.

Ya en el año 968, durante el reinado del basileus Nicéforo Focas, había sentido ese fatal contraste, después de contemplar el hermoso culto bizantino en Santa Sofía, tras el cual la nobleza patricia había banqueteado y se había embriagado al estilo de las decadentes bacanales del viejo imperio sucumbido. Eso no podía caber en la mente de un austero clérigo lombardo que admiraba el monacato occidental por su rigor y por lo que transmitía al mundo de su austeridad.

Pero, además, en aquella ocasión había comprobado por sí mismo el desdén y la indiferencia con los que en Bizancio se miraba hacia Roma. Entonces había intentado ya concertar el matrimonio entre los dos imperios, solicitando en nombre del Papa romano a una princesa bizantina para el emperador de Occidente. La elegida por Luitprando había sido Ana, una joven hija de Romano II que reunía en sí lo mejor de la sangre constantinopolitana. Pero el basileus y el patriarca casi se habían reído de su petición, considerando que el pretendido «emperador romano» no era sino un bárbaro sajón, descendiente de conversos invasores del Sacro Imperio. Luitprando había tenido que regresar a Roma con las manos vacías, y albergando en el corazón un inconfesable odio hacia quienes se habían burlado de la entidad de su embajada.

Entonces, casi una década atrás, Luitprando estaba dominado por la soberbia de saberse el secreto artífice de la nueva visión de las cosas. Se había enfrentado al propio papa Juan XII, al que había conseguido deponer en un sínodo, arrojándole las feroces acusaciones que había reunido en su *Antapodosis* y aireando sus pecados por toda la cristiandad.

Pero ahora los años habían templado su ímpetu, aunque dentro de él permanecían encendidas las ascuas del deseo de ver finalmente su obra terminada antes de abandonar este mundo.

Durante el viaje le había confesado a Asbag la intención de llevarse a la princesa a toda costa; incluso si tenía que humillarse y arrastrar su concepto de la legitimidad imperial a los pies del basileus. Lo único importante era unir esas dos sangres: la de los descendientes de los griegos fundadores de la civilización y la del nuevo Occidente cristiano y romano. Era la única forma de restituir en su integridad el perdido orden constantiniano.

Ahora Constantinopla estaba ahí enfrente una vez más. ¿Qué sucedería? Esa era la gran incógnita que daba vueltas en la privilegiada mente del obispo de Cremona. Si el actual basileus Juan Zimisces tampoco se tomaba en serio la embajada, como hiciera su predecesor, se perdería la última oportunidad de unir los dos imperios que se iban alejando año a año. No volvería a haber un joven heredero, como Otón II, coronado ya emperador por el Papa desde los doce años, con su padre gobernando sobre Occidente en nombre de Cristo, y dispuesto a unirse en matrimonio con una descendiente de la sangre helena.

La visión de Constantinopla era imponente. El viajero que llegaba por mar veía un horizonte dominado por las cúpulas de las iglesias. Por encima de todas ellas —en el promontorio que constituye la espina dorsal de Bizancio— se elevaba Santa Sofía. Luitprando miraba allí, queriendo fijar sus ojos cansados en el maravilloso conjunto que formaba la catedral.

—¡Ah, es sensacional! —exclamó Asbag.

—Sí que lo es —secundó Luitprando—. Ya en el siglo VI, el escritor Evagrio la describió como «gran obra incomparable, cuya belleza excelsa supera toda posible descripción».

—¿Aquello otro de allí qué es? —le preguntó Asbag, señalando unas magnas construcciones próximas a Santa Sofía.

—Se trata del vasto palacio de los emperadores —respondió él—. Es tan grande como una ciudad que se extiende en una serie de terrazas, galerías y patios hasta el borde del mar.

—¿Y aquello de allí? —preguntó Asbag, señalando ahora al otro lado del Cuerno de Oro.

—Son las fortificaciones que vigilan la entrada de los barcos. Lo más elevado es la torre de Atanasio. Y más abajo, en los muelles, puede tenderse una cadena para impedir la entrada de los barcos enemigos a través de la boca del Cuerno de Oro.

Mientras aguardaban el regreso del capitán con la orden de paso, Luitprando siguió dando explicaciones acerca de los diversos puntos que se divisaban en el horizonte; la costa de Asia a la derecha, la gran hilera de murallas, que según él continuaba al otro lado de la ciudad, y los principales monumentos que se erguían en diferentes lugares.

Después de un largo rato, llegó el permiso de entrada y la nave se abrió paso hacia el Cuerno de Oro, buscando el puerto donde arribaban las embarcaciones de altos dignatarios.

Hicieron su entrada en la ciudad por una de las puertas principales y circularon a lo largo de uno de los ejes que iban al gran palacio. Se trataba de una amplia calzada romana que convergía con otras en una espaciosa plaza con soportales, el foro Bovi, de donde partía el Cardo máximo que atravesaba el foro Tauri y el de Constantino y, finalmente, el Augusteon; para terminar frente al hipódromo, con la catedral de Santa Sofía a un lado y el gran palacio al otro.

El gentío de las calles era el reflejo de lo que Constantinopla había llegado a ser como capital de un gran imperio, en la principal ruta comercial entre Europa y Asia, y en el punto más estrecho del canal que unía el mar Negro con el Mediterráneo. Ese ambiente estaba escrito en cada esquina y cada plaza: árabes, sirios, asiáticos, búlgaros, siberianos, romanos, eslavos, normandos; todas las razas, todas las lenguas y todas las culturas se entremezclaban allí en un colorido y múltiple bullicio que se había lanzado a tomar la ciudad desde las primeras horas de la mañana, convirtiéndola en un caos donde se hacía eterno intentar llegar a cualquier sitio. La comitiva de los prelados romanos, con los caballos de escolta, los criados, asnos y carretas cargados de regalos, tuvieron pues que armarse de paciencia para avanzar entre la multitud.

Por fin, llegaron frente al arco de Milion. Los guardianes de palacio les dieron entonces paso a una gran explanada, que se extendía entre la catedral de Santa Sofía y la gran puerta de Bronce que servía de entrada junto a los inmensos cuarteles de la guardia imperial. Allí tuvieron que aguardar un buen rato bajo el sol del mediodía. Luitprando se impacientaba y el tic de su cuello se acentuaba. Iba de la carreta a la gran puerta metálica que permanecía cerrada y regresaba una y otra vez, con sus pasos renqueantes.

—¡Siempre igual! —se quejaba—. Nos harán esperar una y mil veces más, para cada recepción, antes de cada ceremonia... ¡Para ellos no existe el tiempo!

—Vamos, vamos, cálmate —le pedía Asbag—. Impacientándonos no vamos a ganar nada. Descansa mientras tanto; no te agotes...

El grueso obispo de Colonia había descendido del carro y, sentado a la sombra en un butacón, daba cuenta de un plato de comida que le había servido uno de los criados, mientras otro le echaba aire con un abanico de mimbres. El conde Raphael y sus hombres se habían sentado en el suelo y bromeaban entre ellos.

Al cabo apareció un oficial y les franqueó el paso a los cuarteles, donde un funcionario imperial los recibió y se hizo cargo de las cartas de presentación y de los regalos para el basileus. Después los condujo hacia un cercano palacio donde se les dio alojamiento, haciéndoles saber que en breve serían avisados para participar en la recepción de bienvenida.

64

Córdoba, año 971

Cuando Abuámir fue nombrado magistrado de la shurta y comandante general de las fuerzas de la policía de Córdoba, acababa de cumplir los treinta años. Lo de magistrado no le sorprendió, pero lo de verse elevado repentinamente a la condición de militar le causó un gran sobresalto.

Estaba en el despacho del gran visir Al Mosafi, y tuvo que leer un par de veces la cédula de nombramiento que sostenía desenrollada entre sus manos.

—¿Ma-wa-la de la shur-ta? —deletreaba—. ¿Pero cómo...? ¿No se tratará de un error?

—No, de ninguna manera —confirmó Al Mosafi—. Lo que estás leyendo es tan real como que tú y yo ahora estamos aquí. Como puedes comprobar, la firma del Comendador de los Creyentes y su sello no ofrecen duda.

—¡Pero esto es un cargo militar! —replicó él.

—Sí. ¿Y qué?

—Pues que yo no soy hombre de armas...

—¿Y no ha llegado ya el momento de que lo seas? En tu familia ha habido valerosos militares. ¿No vas a unir tú esa faceta a tu destino? Piensa que el poder se funda en las armas en gran medida. Muchos de los grandes cargos del reino pertenecen a hombres que son o han sido importantes guerreros. Aunque el actual califa sea un hom-

490

bre de paz, ¿puedes imaginar el engrandecimiento del imperio que consiguió Al Nasir si no hubiera sido un inteligente estratega militar? Además, están los generales, que solo seguirán a un líder que pertenezca a su estamento.

—Sí, sí, no niego nada de eso. No necesitas convencerme de la importancia de las armas. Los héroes que más admiro eran guerreros. Pero yo me he pasado la vida estudiando; mi padre escogió para mí la carrera de los libros y dejó las armas para mi hermano Yahya. No entiendo en absoluto del arte de la guerra. Ni siquiera sé manejar una espada.

—¡Qué tontería! —replicó el gran visir—. Eres un hombre fuerte, joven y decidido. Has demostrado más de una vez tu coraje. ¿Tan difícil te va a resultar aprender a ser un buen guerrero?

Abuámir se quedó un rato pensativo. No rechazaba la idea, pero le había tomado por sorpresa, puesto que era algo que nunca se había planteado. Al fin, dijo:

—Bien, bien. Lo intentaré, pero necesito tiempo. ¿Por dónde he de empezar?

—Búscate un buen maestro. Alguien maduro, noble y con gran experiencia. Un general retirado, algún mercenario…

—¡Ya está! —exclamó Abuámir—. ¡Ben Afla! Él me ayudará. Combatió con mi padre y me aprecia sinceramente.

—¡Perfecto! —asintió Al Mosafi—. No encontrarás a nadie mejor que él. Sabe de caballos, de maquinarias de guerra, de armas… Fue comandante de las fuerzas de África, gobernador de Murcia… Y, lo más importante, es un noble con prestigio; un caballero de la vieja escuela. Él te pondrá al corriente de todo lo que necesitas.

Aquella misma tarde, Abuámir se presentó en el palacio de Ben Afla. El noble militar se alegró sinceramente de la visita y enseguida le agradeció una vez más lo que meses atrás había hecho por sus hijos.

—¿Qué ha sido de ellos? —le preguntó Abuámir.

—Los tres mayores partieron hacia África, incorporados a las huestes del mawala Walid; el que le sigue en orden se encuentra en Toledo, al servicio del gobernador, y los demás, por ser jóvenes aún, siguen su adiestramiento en las armas.

—¿Dónde reciben esas enseñanzas? —se apresuró a preguntar él.

—Donde debe ser; aquí mismo, en Córdoba. Yo los entreno, como hizo conmigo mi propio padre. Aunque ya no tengo edad para estar constantemente en campaña, soy aún lo suficientemente ágil para mostrar cuanto sé acerca de las armas.

Abuámir se separó unos cuantos pasos de él y le pidió:

—Mírame bien. Tengo treinta años y nunca me ejercité en las artes de la guerra. ¿Crees que un hombre como yo podría aprender lo necesario para defenderse en el campo de batalla sin ser temerario?

Ben Afla abrió mucho los ojos y en su rostro se dibujó la sorpresa.

—¡Dios sea loado! —exclamó—. Cuando te conocí lamenté en el fondo de mi corazón que tu padre, el valeroso Abdulah, no te orientara hacia el noble arte de la guerra. Eres grande, esbelto y fornido; revestido con una armadura resultarás… ¡imponente!

Abuámir sonrió sin disimular su satisfacción. Luego dijo:

—Y ahora, dime pues, ¿qué me falta?

—Tienes la materia —contestó el noble militar—, pero necesitas la forma.

—¿La forma…?

—¡Hummm…! Quiero decir que, aunque tu aspecto es saludable y todavía no has engordado, necesitas tensar esos músculos, endurecer las piernas, adquirir agilidad y reflejos, fortalecer tu brazo derecho… En fin, nada que no pueda conseguirse con disciplina y un buen entrenamiento.

—¿No será ya tarde para eso? —le preguntó Abuámir con ansiedad.

—No, de ninguna manera. Aunque habrás de renunciar a muchas cosas de tu actual forma de vida: al vino, por supuesto, y a muchos placeres. El placer ablanda la mente, y es ella la que domina el cuerpo. Una voluntad fortalecida es capaz de tensar cada uno de los nervios como si fueran las cuerdas de un arco.

—¿Podrás tú ayudarme a conseguirlo?

La expresión de Ben Afla se llenó de sorpresa y alegría.

—¿Yo? ¿Adiestrarte a ti en las armas…?

—Si tú no lo haces, creo que no lo lograré. Combatiste junto a mi padre. Te admiro. Sí, te admiro de verdad; y me infundes un gran respeto. Además, sé perfectamente que sabrás ser sincero conmigo si ves que no soy capaz de avanzar en mi adiestramiento.

—¡Acepto con sumo gusto! —respondió Ben Afla—. Pero... has de saber que soy muy duro en esta disciplina y que no te trataré mejor que a mis hijos. Si he de hacer de ti un gran guerrero, tú y yo deberíamos convertirnos en enemigos durante un tiempo.

—Haz las cosas como tú sabes —le dijo Abuámir—. Trátame como si yo tuviera quince años. He de recuperar todo el tiempo que he perdido. ¿Cuándo empezamos?

—¿Dispones, primeramente, de tres meses completamente libres? —preguntó Ben Afla.

—¿Libres...?

—Sí. Quiero decir que es preciso retirarse de todo. La primera disciplina es muy importante, puesto que supone dominar el propio cuerpo. Yo tengo una munya en la sierra, apartada del mundo, donde se encuentran mis hijos pequeños y una veintena de jóvenes caballeros de nobles familias, preparándose. Allí tengo también al mejor de los maestros de esgrima, y yo mismo acudo una vez a la semana para supervisar el entrenamiento. Si vamos a hacer esto, hagámoslo como Dios manda.

Abuámir se quedó perplejo.

—¡Vaya! —dijo—. No contaba con esto. Creí que no tendría que interrumpir mis actividades. Pero si piensas que es absolutamente necesario...

—Es fundamental —sentenció el militar.

—Bien. He dicho que haría todo como tú lo mandes. Iré allí. El gran visir Al Mosafi es quien me ha animado a esto. Le pediré ese tiempo y me lo concederá gustoso.

—Perfectamente —dijo Ben Afla—. Mañana antes de amanecer te esperaré en el camino para acompañarte a la escuela de la sierra. Trae pocas cosas: ropa ligera, tu caballo y calzado fuerte. No necesitas nada más.

—¿Eh? ¿Y la armadura? ¿Y la espada? Habré de adquirirlas antes de irme, ¿no?

—¡Ja, ja, ja…! —rio con gusto Ben Afla—. No, nada de eso. Allí no necesitas para nada esas cosas. Primero hay que preparar el contenido; más tarde, el continente.

Esa misma tarde, Abuámir puso en orden todas sus cosas. Llamó a Qut y le contó sus intenciones. Después se sentó en el escritorio e hizo una relación de cuantas gestiones habían de realizarse en su ausencia. Redactó una carta para el visir Al Mosafi y se la confió a su amigo para que se la entregara sin falta al día siguiente en Azahara. Dio órdenes a sus criados y dispuso la manera en que habían de gestionarse sus propiedades, como si fuera a realizar un largo viaje, pero no dijo a nadie que se encontraría recluido durante cien días con sus noches a escasas leguas de Córdoba.

Siguiendo las instrucciones de Ben Afla, metió cuatro cosas en un hatillo y sacó de la cuadra al mejor de sus caballos. Ahora solo faltaba una cosa, y era lo más doloroso: despedirse de Subh.

Una vez en los alcázares, le explicó todo, el sentido de aquella separación y la importancia de convertirse en un hombre de armas para proseguir su carrera de ascensos en el complicado ámbito del poder. Le comunicó cuanto el visir Al Mosafi le había dicho acerca del valor que los militares le atribuían al hecho de que los altos cargos del gobierno fueran o hubieran sido guerreros, y la necesidad que tenía de hacer previsiones para el futuro, ahora que todavía era un hombre joven. Subh lo comprendió todo, pero no era capaz de aceptarlo, porque estaba sumida en el dolor de la reciente pérdida de su hijo, y Abuámir suponía para ella el único consuelo. Se aferró a él y lloró con rabia y amargura. Finalmente, se rindió ante la inamovible decisión de él y se dejó caer suspirando sobre los almohadones.

Abuámir la acarició dulcemente y aspiró el perfume de sus cabellos, como queriendo llevarse algo de ella dentro de sí.

Cuando dejó la ciudad, un fresco viento removía los alcornoques. Cabalgó solo, experimentando una extraña sensación de libertad, como si en aquel momento algo nuevo diera comienzo en su vida. Era como apreciar en su plenitud que todo marcha hacia delante, sin que el dolor por lo que se deja atrás tenga la fuerza suficiente para detener las cosas, paralizarlas y hacer languidecer las empresas.

Un poco más adelante, en un cruce de caminos, le esperaba Ben Afla para conducirle hacia su escuela de guerreros. Ascendieron por serpenteantes caminos de sierra que se perdían en una espesura de brezos, roquedales, encinas y madroños; por las montuosas extensiones donde solo habitaban misteriosos y solitarios ermitaños; y siguieron más allá, hacia las perdidas serranías donde tenían sus secretas guaridas los enormes osos pardos. Cabalgaban en silencio, saboreando la soledad del bosque, hasta que Ben Afla dijo, como para justificarse:

—Es necesario sentirse alejado; es la forma de encontrarse con la fiereza que guarda el espíritu del hombre… Pero aprendiendo la serenidad y la templanza de la naturaleza…

Después de avanzar por diferentes veredas, en lo que a Abuámir le pareció dar vueltas por el bosque, llegaron a un claro donde se levantaban casitas de barro y unas cuadras junto a un pozo.

—¡Utmán! ¡Utmán! —gritó Ben Afla.

Apareció un hombretón de espesa y oscura barba por la puerta de la casa, que se acercó a toda prisa al caballo y ayudó a Ben Afla a descabalgar. Luego le besó las manos respetuosamente.

—Este es Utmán ben Casí —le dijo Ben Afla a Abuámir—. Es una persona de mi absoluta confianza. Me acompañó durante años en mis campañas militares y ahora se hace cargo de mi escuela de armas. Maneja la espada, el arco y la lanza, y sabe de caballos como nadie. Puede reparar una armadura o coser una herida con igual habilidad. Deberás obedecerle como si fuera yo mismo. Si aprendes solo una mínima parte de lo que él sabe acerca de la guerra, habrás ganado muchas posibilidades de escapar de la muerte en un campo de batalla.

El hombretón sonrió de medio lado, mostrando una sucia e imperfecta dentadura.

—¿Y los muchachos? —le preguntó Ben Afla.

—Están en el bosque, noble señor. No regresarán hasta la noche.

—Bien. Este es Mohamed Abuámir, se incorporará como uno más al grupo. Quiero que aprenda todo lo que puedas enseñarle en los cien días que estará aquí. Después yo me haré cargo de él para instruirle en lo demás.

Ben Afla le mostró la casa. Se trataba de una austera construcción de un solo cuerpo, que servía de cocina, dormitorio común y única estancia, sin otro mobiliario que un montón de ásperas mantas, unas esteras de esparto y una chimenea con varios pucheros ennegrecidos.

—¿Aquí hemos de vivir? —preguntó Abuámir, perplejo.

—No necesitarás nada más —respondió Ben Afla—. Cuantas menos cosas mejor. Ahora se trata de centrarse.

—¿Centrarse? —preguntó él.

—Sí. Ya lo comprenderás. Todo a su tiempo.

Antes de que anocheciera, Ben Afla se despidió para regresar a Córdoba. Les dio los últimos consejos y desapareció por donde habían llegado.

Abuámir y Utmán se quedaron sentados en un tronco, con la espalda recostada en la pared de adobe. Ninguno decía nada, y reinaba un tenso silencio en el que solo se escuchaban los quejidos de un lejano mochuelo. Abuámir percibió en ese momento que aquello iba a resultar mucho más duro de lo que imaginó en un principio.

Casi de noche ya, fueron regresando los alumnos de la escuela, una veintena de muchachos atezados por el aire y el sol, rudos y vestidos con usadas ropas llenas de remiendos. Abuámir se presentó a ellos y notó que se extrañaban de su presencia allí, tal vez por su edad.

—Es un señoritingo de ciudad —apostilló Utmán con una desagradable voz cargada de ironía.

Los jóvenes rieron la ocurrencia, y Abuámir le lanzó una de sus miradas feroces.

—¡Bueno, bueno! —dijo el hombretón—. ¿No sabes aguantar una broma?

Más tarde cenaron unos insípidos puches de harina y castañas, un puñado de aceitunas y un pedazo de queso salado. Luego cada uno se envolvió en su manta y enseguida empezó todo el mundo a roncar.

Abuámir se revolvió con rabia en su rincón, sintiendo el duro suelo y el hedor a sudor de sus compañeros. Intentó convencerse de que aquello era necesario, pero no podía evitar una aguda impresión de absurdidad y ridículo por encontrarse allí. Ben Afla le pareció entonces uno de esos fantasiosos ascetas, como los que seguían a Nasarra, que hacían de su vida una renuncia inútil para ir en pos de algo desconocido. Se arrepintió de haberse dejado convencer para terminar allí, rodeado de un montón de adolescentes que querían ser caballeros a fuerza de comer puches de harina y dormir en el suelo, cuando él ya había accedido a los más altos puestos sin haberse privado de un solo momento placentero.

65

Constantinopla, año 971

Bizancio era una sociedad rica, y también educada, aunque solo una minoría gozaba de los lujos materiales y del legado intelectual que la hacían famosa. La vida social y política se centraba en la capital, en el conjunto de edificios conocido como el gran palacio. Junto a la puerta de la magnífica catedral de Santa Sofía se celebraban los encuentros cotidianos de los altos personajes, los legados de los reinos y los miembros de la corte. No podía entenderse el movimiento y el orden de aquella brillante sociedad si no era en torno a la fe cristiana y los edificios y obras de arte relacionados con ella. El palacio, las habitaciones, las salas de recepción, los puestos de guardia y los patios abiertos se alternaban con iglesias grandes y pequeñas; todas revestidas de espléndidos mosaicos y de luminosas pinturas que representaban escenas de la vida de Cristo, la Virgen o los santos. Y el número de iglesias y fundaciones religiosas en la ciudad era enorme. En la mayor parte de ellas se conservaban reliquias de gran significación religiosa, por lo general encerradas en relicarios de marfil, oro, plata, esmalte o piedras preciosas; mientras que la elaborada decoración a base de mármoles, mosaicos y pinturas formaba también parte de la gran profusión de elementos hermosos del culto, que junto con los vasos y vajillas de materiales preciosos le valió a toda esta concepción de la fe el calificativo de suntuosa.

En los días que el riguroso protocolo bizantino les hizo esperar a que les llegara el momento de ser recibidos, Asbag tuvo tiempo de empaparse de toda esa belleza. Salía temprano cada mañana y se lanzaba a descubrir la ciudad. En los bazares se amontonaban los mercaderes y comerciantes, visitantes de todas las razas y mendigos. Los forasteros, tales como los rhos, tenían sus propios barrios, y sus actividades y privilegios estaban cuidadosamente regulados por un convenio que hacían con los gobernantes. Bajaban desde Rusia por las rutas fluviales y compraban armiño, martas y otras pieles, así como esclavos, miel y cera. Del comercio oriental, especialmente con los árabes, provenían los perfumes, especias, marfil y más esclavos. Los comerciantes locales y los artesanos de la ciudad, tales como panaderos o mercaderes de seda cruda, pescadores y perfumistas, se organizaban por calles, en las cuales predominaban los olores de sus productos y las peculiares formas de disponerlos en sus expositores.

Asbag caminaba entre la gente, fijándose en la diversidad de formas de vestir, prestando atención a los diferentes acentos de las lenguas, deteniéndose en cada plaza, en cada mercado. Cuando pasaba delante de las innumerables iglesias, le llegaba ya desde la puerta el aroma del incienso mezclado con el humo de las velas que se amontonaban en los lampadarios. Entraba y se deleitaba contemplando los iconostasios con sus escenas maravillosamente pintadas en las paredes y en los techos: el Señor vestido con elegantes túnicas llenas de pliegues ampulosos, la Virgen con el niño como si fuera una emperatriz, los santos apóstoles dignificados en sus vestimentas como si fueran miembros de un senado, los mártires con los símbolos de su pasión… Los sacerdotes y los monjes celebraban la liturgia revestidos con brillantes y coloridas vestimentas, y lucían grandes barbas sobre el pecho que les conferían dignidad y un aspecto grave y respetuoso. Ya en Córdoba el obispo había oído hablar de todo ello a los viajeros, pero nunca imaginó cómo sería en realidad el renombrado Bizancio.

Luitprando por su parte no tenía ningún interés en adentrarse en el multiforme y variopinto mundo de las calles de Constantinopla. Durante aquel tiempo permaneció en la residencia que les habían asignado cerca del gran palacio. Se había llevado algunos de sus libros, sus cálamos y el material suficiente para continuar con sus escritos, y se pasaba las horas frente al escritorio. A medida que transcurrían los días sin que fueran llamados a palacio, su indignación iba en aumento. «Pero ¿quién se ha creído que es ese presuntuoso griego?», se preguntaba cuando llegaba al colmo de su enojo.

El joven conde Raphael era un genuino lombardo; un noble de escasa cultura pero de gustos refinados, especialmente en lo que a las mujeres se refería. Y ello vendría a traerles problemas, como ya veremos más adelante. Su buena presencia, su simpatía de rostro y sus modales corteses eran las armas de un seductor mujeriego que no pasaba inadvertido en la corte bizantina, máxime cuando los otros veinte caballeros venían a unírsele para formar un conjunto homogéneo.

En tales circunstancias, con Luitprando enfrascado en sus escritos y permanentemente indignado con los bizantinos, con Fulmaro dedicado a la comida y la bebida y la escolta obnubilada por la belleza de las mujeres de Constantinopla, Asbag se dio cuenta de que él era el único que estaba en condiciones de llegar a comprender convenientemente la cultura bizantina para poder llevar a buen fin la misión.

Verdaderamente, el Imperio de Oriente era absolutamente distinto de su homólogo occidental. Era comprensible por eso que las embajadas enviadas hasta entonces desde Roma hubieran fracasado en sus intentos de entrar en diálogo. Occidente estaba germanizado, lo cual saltaba a la vista, especialmente desde los tiempos de Carlomagno. Los movimientos de la corte, la forma de entender la vida, las costumbres, la liturgia, el derecho, todo era absolutamente diferente. Resultaba absurdo enviar obispos francos, sajones o lombardos a intentar dialogar en un ámbito genuinamente oriental.

Asbag se dio cuenta de ello enseguida. Si algo era parecido a Bizancio en Occidente, ese lugar era sin duda Córdoba, a pesar de la gran distancia que separaba un punto del otro. Por eso se comprendía que la embajada de Recemundo hubiera dado tantos frutos y que ahora la mezquita mayor de Córdoba estuviera recubierta de mosaicos de estilo bizantino, como muchos palacios de la capital hispana.

Córdoba se había hecho abriéndose a Oriente a través del Mediterráneo, y creando una singular cultura en Alándalus cimentada en el viejo y sólido mundo romano. Algo semejante a lo que le había sucedido al Imperio Romano de Oriente, que se había mantenido más abierto a la filosofía y a la especulación, mientras que en el mundo latino la mayoría de los problemas se concebía como algo «práctico».

Al principio no le sucedía, pero más adelante las calles de Constantinopla le transportaban a Córdoba. Serían los olores, el bullicio, el elevado tono de las voces, el ambiente cosmopolita o el contraste entre el lujo y la miseria. A veces sentía que al doblar una esquina o al remontar una cuesta se iba a encontrar con uno de los barrios cordobeses tan familiares. Pero faltaba el canto de los muecines, que allí era sustituido por un constante campaneo: repiques alegres de mañaneros monasterios, reiteradas llamadas a las largas misas bizantinas, tañidos constantes desde alejadas ermitas, profundos y sabios toques de la gran iglesia del Pantocrátor o de Santa Sofía. Bizancio era un reino de campanas.

Por más que Luitprando renegara de la liturgia bizantina, por considerarla excesivamente suntuosa, ostentosa e histriónica, a Asbag empezaba a seducirle el simbólico ritmo cargado de misterio en el que el tiempo y el espacio no contaban ante la presencia majestuosa de lo oculto, latente en la veneración de los iconos, en las largas ceremonias, en las procesiones abundantes, en cruces de plata, velas, estandartes, tablas pintadas, incienso y prolongados cánticos de amanecer. Oriente estaba allí con todos sus signos: lo invisible en lo visible; el camino de la búsqueda de Dios, las ofrendas, los libros sacros, los paños de culto, los humos que ascienden, los oros relucientes que representan lo puro y luminoso; todo lo que conduce al absoluto reunido ceremonialmente en el litúrgico tiempo sin tiempo.

Todo ese esplendor se puso de manifiesto en las magnas celebraciones que tuvieron lugar con motivo de la victoria del ejército del basileus en Bulgaria, donde consiguió por fin expulsar a los rusos de Kiev. Era un triunfo que Constantinopla aguardaba impaciente desde hacía tiempo, y tal vez por esa causa tardaron los funcionarios reales en organizar una recepción para los embajadores.

Pero el basileus Juan Zimisces estaba por fin en la ciudad. Se organizaron desfiles al estilo del viejo imperio, con las tropas discurriendo en largas formaciones por las avenidas centrales, atravesando los arcos y los foros. Sin embargo, el espectáculo más grandioso fue la llegada de la flota de guerra al Bósforo y su entrada en el Cuerno de Oro, con el ensordecedor sonido de las trompetas y el atronador redoble de los tambores en el puerto.

Después hubo festejos: carreras de caballos y de carros en el hipódromo, representaciones teatrales y pasacalles.

La recepción llegó por fin. Un funcionario real se acercó para avisar a los legados romanos de que tendría lugar en el gran palacio, en el Chrysotriclinos, o salón Dorado.

—¡Vaya, ya era hora! —exclamó Luitprando—. Pensé que no iba ya a llegar el momento. Cuando se meten en fiesta estos griegos se olvidan de todo.

Los tres prelados se prepararon a conciencia, cubriéndose con las lujosas ropas que habían llevado en un baúl desde Roma al efecto: túnicas, cogullas, racionales, píleos, báculos y mitras. Los capellanes, diáconos y los criados que los acompañaban también se vistieron a juego, siguiendo todos las directrices de Luitprando, que ya había dicho con ironía:

—El aspecto exterior es aquí muy importante. Son orientales, y en Oriente el lujo vale más que la inteligencia.

Y los caballeros lombardos obedecían puntualmente, pero no por mor del éxito de la embajada, sino por impresionar a las damas de la corte. No faltaron jubones de seda, brillantes corazas ni penachos de plumas.

La ceremonia se celebró en el maravilloso salón cuyo techo y paredes estaban recubiertos de dorados mosaicos, donde los emperadores ocupaban un lugar elevado al fondo, junto al patriarca y rodeados por toda la parentela real. Hubo cantos, danzas y simbólicas representaciones. Luego se leyeron las cartas credenciales de los embajadores, y se concedió el primer lugar a la legación romana para satisfacción de Luitprando.

Desde aquel lugar, toda la corte con los invitados y los generales del ejército se dirigieron hacia la puerta de Bronce, para asistir a la gran celebración que tenía lugar en Santa Sofía en acción de gracias. Avanzaron en procesión por orden, correspondiéndoles el último lugar al basileus y a su esposa. Unos hábiles maestros de ceremonias se encargaban de organizarlo todo para que no hubiera errores que restaran esplendor al acto.

Frente a la puerta principal de la catedral aguardaba el patriarca en medio de un ejército de obispos, sacerdotes, diáconos, archidiáconos, monjes y acólitos, que cantaban alabanzas y manejaban centenares de incensarios que elevaban al cielo espesos y olorosos sahumerios.

66

Córdoba, año 971

Transcurrido un mes de estancia en la recóndita escuela de armas de Ben Afla, Abuámir no podía aún explicarse por qué permanecía allí. Era como si se hubiera trasladado a vivir a un nido de locos, a la guarida en el monte de una irracional e incomprensible banda de enajenados que había invertido el orden lógico de la existencia. Utmán era un fanático, cuya religión consistía en la exaltación del dolor, la incomodidad y la barbarie, que había convertido la munya de Al Dchihad (que era como llamaban a la austera casa de campo) en una especie de cenobio retirado donde la única regla de vida era el fortalecimiento de la voluntad y el endurecimiento del cuerpo. Los veinte jóvenes que habían sido enviados allí por sus padres para hacerse valerosos guerreros pertenecían a las más célebres sagas de militares cordobeses: los Banu Afla, los Al Mafirís, los Beni Baharís, los Tahirebís… Todos ellos, muchachos que podían vivir en las comodidades de la vida relajada de la ciudad, pero que seguían con fervor las obcecadas directrices de su maestro como si no hubiera más verdades en el mundo.

Nadie discutía, nadie plantaba cara, aunque lo que se le pidiera fuera ir a por la misma luna. Se levantaban antes del amanecer y se lanzaban a una fatigosa y febril actividad que duraba todo el día, subir y bajar cerros, correr, acarrear enormes piedras, cortar leña, manejar con destreza un enorme y pesado mazo para endurecer el brazo que luego habría de sostener la espada, dominar al caballo como si fuera una prolongación del propio cuerpo y realizar todo tipo de ejercicios de lucha. Todo ello con el único sustento de los dichosos puches de avena y el puñado de aceitunas como única ración diaria, con algo de carne seca el viernes, que era el único día en el que se descansaba media jornada.

Para unos adolescentes, cuyas edades estaban entre los dieciséis y los veinte años, ese sistema de vida podía llegar a ser soportable, pero para los treinta años de Abuámir se hacía una carga pesada. Contaba los días, que le parecían eternos, y se consolaba calculando cada noche los que quedaban para completar los cien que Ben Afla le había puesto como meta. No obstante, cada mañana le asaltaba la duda de si aguantaría una jornada más.

Pero las contrariedades no provenían solo del duro entrenamiento físico; lo peor era el trato humano. Utmán le resultaba absolutamente insoportable. Era todo lo contrario de lo que habían sido sus maestros en las ricas enseñanzas que recibió en la madraza de Córdoba. El fanático guerrero funcionaba movido tan solo por sus instintos; era brusco, terco, mal hablado y carente del mínimo sentido de la cortesía. Se trataba de uno de esos hombres que se habían pasado la vida obedeciendo y que consideraba llegado su momento de mandar, pero que entendía la autoridad como un descontrolado deseo de que los demás hicieran lo que a él se le antojaba en cada momento. Y, como era natural, a Abuámir le cogió ojeriza desde el principio. No soportaba que fuera instruido, educado y de buena posición, y confundía estas cualidades con blandura y debilidad de carácter. Lo cual no podía estar más alejado de la verdad, puesto que el temperamento de Abuámir y su fortaleza de ánimo se manifestaron enseguida. Aunque estuviera agotado y deshecho por dentro, él jamás lo dejaba traslucir, para evitar que Utmán se saliera con la suya y le pusiera en evidencia delante de los demás muchachos.

Porque una cosa tuvo clara Abuámir desde el principio: allí se encontraban concentrados los futuros jefes del ejército de Córdoba, que eran los hijos y nietos de los cargos militares más relevantes. Eso lo mantuvo siempre firme, y por más que Utmán se empeñara en conducirle a situaciones límite, nunca consiguió que hiciera el ridículo.

Transcurrió un mes más, en el que se perfeccionaron sus habilidades en el manejo del caballo, la lucha cuerpo a cuerpo y la resistencia en la naturaleza. Abuámir descubrió que no hay nada como aguantar el hambre y la sed con frecuencia para convertir en algo relativo todo lo que rodea a la persona. Después de esos primeros sesenta días, llegaba un momento en que su identificación con aquella sierra le hacía sentirse como una parte de ella. Había adelgazado bastante, lo notaba en los nuevos agujeros que tuvo que hacer en su cinturón, sus pulmones se habían ensanchado y sus piernas se habían fortalecido; apenas se fatigaba en las cuestas, y dormir en el duro suelo no difería de hacerlo en el más mullido de los colchones, ya que se quedaba dormido nada más cerrar los ojos. Aquel duro entrenamiento empezaba a rendir sus frutos: su cuerpo, de natural vigoroso, se había convertido en una máquina potente, cuyas posibilidades jamás habría descubierto de no ser por el adiestramiento intensivo. Pronto aventajó a sus jóvenes compañeros casi en todo.

Sus innatas cualidades de líder no tardaron en aflorar. Sin quererlo empezó a convertirse en el centro de atención de los demás: de los muchachos, puesto que veían en él a alguien mayor, mejor preparado, culto e inteligente, con una vida llena de interesantes experiencias; y, por otro lado, de Utmán, al que esta situación parecía irritarle cada día más. Ya apenas se dirigía a Abuámir. Incapaz de dar marcha atrás en su posición, el maestro no disimulaba el odio que sentía hacia el mayor de sus alumnos, que día a día le iba robando la admiración del resto. Al cabo, los veinte muchachos y Abuámir llegaron a formar una piña en la que se hablaba, se comunicaban experiencias y se transmitían sentimientos; algo bien diferente del sistema distante y de hosco trato que antes prevalecía. Utmán fue apartándose y encerrándose aún más en sí mismo, viendo de reojo cómo aquella situación empezaba a superarle. La convivencia era cada vez más tensa.

Hasta que reventó. Fue un miércoles, el día que tocaba la lucha cuerpo a cuerpo, a la que ellos llamaban «lucha greca». Era un ejercicio que se había practicado desde muy antiguo en los ejércitos. Consistía en untarse el cuerpo con aceite y emprender un combate de dos en dos o en grupo, intentando hacer presas que llevaran a rendirse al contrincante o derribarlo de espaldas en el suelo. Con ello se desarrollaban los reflejos, la fortaleza muscular y, sobre todo, la conciencia real de estar enfrentándose a alguien. Con frecuencia se enardecían los ánimos y había algún golpe, pese a que estaban terminantemente prohibidos en ese género de lucha.

Estaban todos preparados delante de la casa para iniciar el ejercicio, como cada miércoles. Se organizaron las parejas y Utmán dejó aparte a Abuámir. Este lo comprendió, puesto que últimamente resultaba siempre vencedor, debido a su altura y a su mayor consistencia física. Se libraron todos los combates, sin mayores incidentes.

Pero antes de concluir la sesión, Utmán se untó con el aceite y llamó a Abuámir para que saliera al centro. Todos se extrañaron, ya que el maestro no solía participar, limitándose a mostrar tácticas o a hacer de árbitro.

En los primeros momentos la lucha consistió en un tenso forcejeo, sin que ninguno de los dos lograra dominar la situación. Abuámir era de mayor estatura, pero Utmán resultaba el doble de ancho. Se hicieron presa un par de veces, pero consiguieron escurrirse.

Abuámir se fijaba en la cara de Utmán; este tenía una extraña sonrisa y un delirante brillo en los ojos. Su contrincante pronto se dio cuenta de que la cosa iba en serio y comprendió que lo que pretendía era humillarlo delante de los muchachos. No estaba dispuesto a darle esa satisfacción y se armó de valor. Se engancharon un par de veces más. A él el corazón le latía fuertemente y una rara carga de agresividad empezaba a dominarle. Utmán enseñaba los dientes como un perro furioso y parecía decirle con la mirada: «Ahora vas a saber a quién te has enfrentado».

De repente, el puño de Utmán voló como un mazo compacto y golpeó la mejilla izquierda de Abuámir, que sintió como si un bloque de acero le hubiera impactado.

—¡Eh! ¡Eso no vale! —gritaron los muchachos.

Utmán sonrió satisfecho. Contestó:

—¡Aquí las reglas las pongo yo! ¡Ya es hora de pelear en serio!

La sospecha de Abuámir se confirmó: quería darle una lección delante de todos. Decidió no dejarse ganar terreno y, aprovechando la sorpresa y la rabia por el golpe recibido, se lanzó de repente contra su adversario y le rodeó la cintura con los brazos, derribándolo de espaldas. Los jóvenes espectadores aplaudieron, silbaron y gritaron:

—¡Vamos! ¡Dale lo que se merece! ¡Que se rinda!

Utmán se revolvió como un animal salvaje y se soltó de la presa de los brazos de Abuámir. Entonces empezó a propinarle golpes con ambos puños, sin que él pudiera reaccionar. Pero Abuámir logró empujarle y lanzarse sobre él una vez más, intentando inmovilizarle. Era imposible, Utmán estaba dispuesto a llevar las cosas hasta el límite. Los puñetazos y las patadas llovían sobre Abuámir, que empezó a defenderse como pudo, con la impresión de que su adversario quería matarle. La pelea se encarnizó, la sangre le llenó la nariz y le corría desde los labios, salpicando a cada golpe. Por su parte, se puso también a descargar puñetazos y patadas sin sentido; pero enseguida sintió que la fortaleza de Utmán era superior.

Cayó de espaldas, y el corpulento maestro se arrojó encima, cerrando sus grandes manos como si fueran tenazas en torno a su cuello. Abuámir se asfixiaba, y la luz desaparecía a su alrededor. Luego los tremendos golpes empezaron a caer sobre su cara de nuevo, hasta que perdió el sentido.

Cuando despertó no sabía dónde estaba. Era de noche y una tenue lamparilla se encontraba encendida a un lado.

—¿Cómo estás? —le preguntó alguien.

Era Hamed, el mayor de los jóvenes, con el que había hecho buena amistad.

—¿Eh? ¿Qué ha pasado? —se preguntó Abuámir.

—Es un animal… —dijo el joven en baja voz.

Abuámir tomó entonces conciencia de lo que había sucedido. Su rostro estaba completamente hinchado y no podía abrir un ojo. Notaba en la boca el sabor de la sangre y todo el cuerpo le dolía. En aquel momento comprendió lo que significaba la expresión: «Sentirse como si a uno le hubieran dado una paliza».

Cuando se despertó, al día siguiente, apenas podía moverse. Tenía moratones por todas partes y un agudo pinchazo en el tórax, a la altura de un par de costillas que flotaban rotas. Se sentía confuso y le costaba pensar; era como si algo pesado le hubiera caído encima de repente.

El resto de los alumnos vagaba por los exteriores de la casa, sin algo concreto a lo que dedicarse. Utmán no aparecía por ningún sitio.

—¿Qué sucede? —preguntó Abuámir—. ¿Dónde está Utmán?

—Desapareció esta mañana muy temprano y aún no ha regresado —respondió Hamed.

—Debe de estar atemorizado —aventuró uno de los jóvenes—. Él sabe bien que Ben Afla tiene prohibida toda violencia entre nosotros, bajo amenaza de expulsión inmediata en caso de transgredir la norma. Si nosotros hemos de ser estrictos en eso y en otras cosas, ¡cuánto más él que es el responsable!

—¡Vaya! —dijo Abuámir apesadumbrado—. Siento haber sido causa de problemas entre vosotros. Hoy mismo me marcharé.

—¡Nada de eso! —replicó Hamed—. Utmán es el que ha hecho mal. Si alguien debe irse, ese debe ser él.

Abuámir recogió en el hato sus escasas pertenencias. Sin embargo, decidió aguardar un tiempo antes de marcharse; no se encontraba bien del todo y quería ver cómo se desarrollaban las cosas.

La sensación que le embargaba era extraña. Pasó la mañana bajo un alcornoque, echado sobre un espacio sombrío cubierto de fresca hierba. Pensó acerca de todo aquello. Entonces reparó en que jamás nadie antes le había golpeado de aquella manera. Un cachete de la criada de casa, alguna bofetada de su padre; eran las únicas veces que le habían pegado en su vida. Después siempre había sabido imponer sus criterios, mediante hábiles razonamientos o por la fuerza; pero nunca lo habían humillado de aquella manera, y mucho menos delante de un montón de jóvenes que le admiraban de verdad. Intentó hallar un sentido a todo aquello. Hacía pocos meses que su libertad o su vida habían estado seriamente amenazadas con todo aquel asunto de la Ceca. ¿Sería esto una pequeña represalia del destino por haber salido airoso de aquel trance? Concluyó que debía de ser así, y que Utmán había sido solo una herramienta del oculto y misterioso orden del destino. Entonces recordó: «Lo que Dios quiere sucede, lo que Él no quiere no sucede». ¿Por qué buscar un responsable? Y, en definitiva, ¿no había ido allí para someterse al rigor de la vida militar? Si mañana habría de afrontar los riesgos del campo de batalla, esto debía tomarlo como un anticipo.

Reunió a los jóvenes dentro de la casa. Se situó en medio de ellos y con severidad les dijo:

—Aquí no ha pasado nada.

—¿Eh? —replicó Hamed—. ¿Vas a dejarlo así?

—Sí. Utmán ha hecho mal, rompiendo las normas de la escuela, pero ¿acaso ninguno de nosotros comete errores? Hagamos un esfuerzo para ponernos en su lugar. Lleva años aquí apartado, domando las voluntades y las rebeldías de montones de hombres como nosotros, cada uno de una manera, de unas costumbres y forma de vida. Seguramente está cansado. Y, además, yo he roto sus esquemas. Desde que llegué os habéis fijado demasiado en mí, por mi edad y por mi condición de hombre relevante. Lo que ha sucedido es solo un reflejo del sino que me acompaña siempre en la vida: despertar amor y pasión en unos y celos y aversión en otros… A él le ha tocado este último papel…

Los jóvenes se quedaron pensativos y asombrados. Abuámir vio que el desagradable incidente, lejos de perjudicarle, se había vuelto completamente a su favor.

—¿Sabe alguien dónde puede estar Utmán? —les preguntó.

—Yo creo saberlo —respondió uno de ellos—. Hay un lugar en el monte, a media jornada de aquí, al que él llama «la guarida del oso»; una vez me condujo hasta allí para observar desde lejos a un gigantesco oso y me dijo que aguardaba a estar un día lo suficientemente loco para enfrentarse a él cuerpo a cuerpo, armado tan solo con un cuchillo.

—¡Vamos allí! —ordenó Abuámir con resolución.

Anduvieron durante un buen rato por tortuosas veredas, que más tarde desaparecieron en los abruptos roquedales, entre zarzas, quejigos y enmarañados espacios de encinas bajas. Llegaron a un altozano desde el que se dominaba un pequeño valle limitado por unos enormes peñascos.

—Es ahí abajo —dijo el muchacho.

—Tú, Hamed, ven conmigo —indicó Abuámir—. Los demás aguardad aquí.

Descendieron por una irregular pendiente, sujetándose a las rocas y a las raíces que crecían entre ellas. Abajo reinaba un gran silencio. Anduvieron por una especie de desfiladero mirando a un lado y a otro.

De repente, un impresionante rugido los aterrorizó. Miraron en esa dirección y vieron un oso tan grande como cuatro hombres robustos, que se erguía bajo un árbol, en cuya copa se encontraba Utmán encaramado, agarrado a las ramas y con un cuchillo grande en las manos.

—¡No os acerquéis! —les gritó Utmán—. ¡Tiene una herida! ¡No se moverá de ahí hasta que yo baje!

Efectivamente, el oso estaba herido y custodiaba el árbol aguardando a que su agresor descendiera.

—¡Por Alá! —exclamó Hamed—. ¡No podemos hacer nada!

En ese momento, Utmán se tiró del árbol, tal vez por amor propio, por la inesperada presencia de los espectadores. El oso se volvió, amenazador, levantando polvo con las garras que batía contra el suelo, al tiempo que enseñaba unos enormes dientes y rugía ferozmente.

Abuámir sacó su cuchillo y avanzó decidido hacia él. Cuando llegó, la fiera ya estaba encima de Utmán asestándole un sinfín de zarpazos. Abuámir le empezó a propinar puñaladas a diestro y siniestro, atravesando la gruesa capa de piel y grasa, mientras Utmán lo acuchillaba desde abajo. Hamed se unió a ellos cuando consiguió vencer su temor. Y entre los tres pusieron fin a la vida del oso.

Se produjo una rara escena. Utmán yacía en el suelo cubierto de sangre, junto al gigantesco cuerpo de la fiera, que aún temblaba por los últimos estertores. Hamed, mecánicamente, seguía hendiendo el cuchillo una y otra vez en la carne inmóvil. Y Abuámir permanecía de pie, con una expresión delirante y unos perdidos ojos muy abiertos, jadeando, bañado en sudor.

—¡Déjalo ya, que vas a dejar inservible la piel! —soltó de repente Utmán, como si tal cosa.

En ese momento llegó el tropel de los demás jóvenes. Como un coro comenzaron a exclamar:

—Pero… ¿Será posible? ¡Qué barbaridad! ¡Alá! ¡Por los iblis!

Abuámir ayudó a Utmán a levantarse. Estaba cubierto de profundas heridas, en los hombros, en la espalda, en el cuello, en la cabeza, en los muslos… Todo él era una llaga sangrante. Entre todos cargaron con él y con el cuerpo del oso, que desollaron en poco rato.

Al llegar a la casa, lo primero que hicieron fue curarse las heridas. Era como si todo se hubiera olvidado, al comprobar que nadie había sufrido ningún daño de gravedad. El ambiente se había cargado de emoción y todos iban de aquí para allá, poseídos de una gran ansiedad.

Abuámir comenzó a impartir órdenes:

—¡Tú, Malec, enciende el fuego! ¡Vosotros limpiad todo eso! ¡Hamed, corta tiras de carne magra! Hoy comeremos oso.

A la caída de la tarde, unas humeantes brasas doraban los deliciosos pedazos de carne. El asado de oso se consideraba desde siempre un raro manjar, lleno de connotaciones mágicas y guerreras.

Abuámir fue hacia las cuadras y buscó en el fondo de su alforja una gran garrafa de vino delicioso de Málaga, que guardó allí secretamente el mismo día que llegó, sin que hubiera habido ocasión de descubrir su existencia. Regresó con él adonde estaban sentados esperando a darse el banquete. Sin decir nada, fue llenando los vasos. Al verlo, Utmán se quejó:

—¡Eh, adónde vas con eso! Ben Afla lo tiene prohibido terminantemente.

—Bueno —repuso Abuámir con naturalidad—, ¿es acaso esta la única norma que se ha trasgredido últimamente?

Nadie dijo nada más, pero una incontrolable risa se apoderó de ellos.

A partir de aquel día cambió todo en la escuela de Ben Afla. Utmán y Abuámir decidían lo que había que hacer, de común acuerdo. Y la enorme piel del oso permanecía secándose a cincuenta pies de la casa, como un extraño estandarte, extendido y lleno de agujeros.

67

Constantinopla, año 971

Era la Pascua en Constantinopla. Toda la corte, con los emperadores y el patriarca al frente, se disponía a celebrar con las primeras luces de la mañana la liturgia del Domingo de Resurrección, con la que se ponía fin a las larguísimas ceremonias que se habían sucedido durante días en memoria de la pasión y muerte de Jesucristo.

Como en tantas otras ocasiones, la procesión a la Gran Iglesia discurría por el trayecto que unía los apartamentos imperiales del palacio y el *mitatorion* de Santa Sofía. Era una fase preparatoria, prácticamente el traslado a la iglesia, que suponía un desplazamiento de aproximadamente un kilómetro. No obstante, el tiempo que podía durar era imprevisible. Intervenían algo más de sesenta categorías distintas de sirvientes, militares, hombres de la Iglesia, pequeños, medianos y altos funcionarios, el tribunal y grandes autoridades del Estado, sin contar a los embajadores extranjeros que, en caso de estar de visita en la corte, se mantenían a derecha e izquierda, junto a las luminarias, en determinado punto del recorrido; y sin contar tampoco a los mercaderes de sedas y a los plateros que, precisamente ese lugar del palacio, se habían encargado de adornar, por encargo del eparca, con paños de seda purpúrea, velos de oro y valiosas alfombras, haciendo que resplandeciera con incontables vasijas de oro y plata.

Todo lo que había de hacerse en el ceremonial estaba previsto en un texto compuesto por el emperador Constantino VII Porfirogéneta, cincuenta años atrás, que establecía con minuciosidad las normas para que, en el desarrollo ordenado de la vida de palacio, se reflejara «el movimiento armonioso que el Creador ha imprimido al Universo». Era el *Ekthesis tes basileron taxeos* o, en su título latino, *Liber de ceremoniis aulae bizantinae*, del que Asbag oyó hablar en cierta ocasión a Recemundo, cuando regresó de su embajada en Bizancio.

Precisamente el día anterior, Asbag había estado observando el códice del ceremonial, que descansaba en un gran atril sobre una preciosa mesa de ónice iluminada por dos candelabros de oro en el medio de la espléndida sacristía de la catedral. Se maravilló contemplando la caligrafía griega, las filigranas y las miniaturas de iconos que representaban a los arcángeles Miguel, Gabriel, Rafael y Uriel. Al principio, tras un prólogo, se exponían las «normas que se han de respetar en una procesión a la Gran Iglesia», es decir, a la Santa Sofía justiniana, y que eran válidas para la Pascua, Pentecostés, la Transfiguración, Navidad y Epifanía, cinco veces al año. Y, a continuación, con las dos mil quinientas primeras palabras se describía lo que debía ocurrir solo entre los apartamentos imperiales y el *mitatorion* donde los soberanos habían de revestirse con los ropajes de honor para la celebración.

Ahora había llegado el momento de poner en práctica tal cantidad de rigurosas normas del ceremonial.

Luitprando, Fulmaro y Asbag iban en el cortejo, próximos a los emperadores, por su categoría de miembros de un legado de amplia significación política y religiosa. Desde su lugar privilegiado veían de muy cerca el paso de los soberanos vestidos, en ese momento, solo con el *skaramangion*, una larga túnica ajustada a la cintura.

Delante de ellos avanzaba el eparca —o *praefectus urbi*, uno de los personajes más importantes del Imperio—, que, entre otras cosas, se había encargado de «mandar limpiar y preparar para la fiesta los lugares privilegiados de acceso al palacio, desde los que avanzaría el cortejo imperial, y todas las calles a lo largo de las cuales tendrían que pasar, esparciendo en ellas serrín de madera tierna y perfumada y juncias, adornándolas con decoraciones florales trenzadas con hiedra, laurel, mirtos y romero, y además con otras flores de olor de temporada». Todo ello, según lo ordenaba el libro de ceremonias.

También iba el patriarca, con un vestuario exquisitamente bordado para la ocasión, sosteniendo en sus manos el cetro de Moisés (valiosa reliquia que había de llevarse en procesión junto con la cruz de Constantino el Grande) que había sido recogido del oratorio de San Teodoro.

En el triclinio de los *excubitos*, los cancilleres del cuestor, los miembros del servicio del hipódromo y los *nomiki* o funcionarios subalternos entonaban motetes en latín y cantos de alabanza a los soberanos. Más adelante, todos habrían de detenerse para efectuar seis recepciones sucesivas, o encuentros con representantes del pueblo. Y, con solemnidad hierática, excitación sin desorden y colorido multiforme, el armonioso avance proseguía bajo la brillante luz de la mañana.

Asbag iba maravillado, contemplando tal exhibición de símbolos y saboreando la plenitud del momento. Sin embargo, había algo que no le dejaba disfrutar del todo: el aspecto fatigado de Luitprando, la incertidumbre y la preocupación de si el anciano y enfermo obispo de Cremona podría soportar la larguísima celebración que los aguardaba, después de las agotadoras sesiones precedentes.

Luitprando iba en la procesión, encogido bajo el peso de la casulla tan profusamente bordada que le habían puesto. Su rostro parecía desaparecer por momentos, consumido, y su forma de caminar daba verdadera lástima, pues era una fatigosa lucha con la mitad de su cuerpo que estaba ya casi inmóvil por la hemiplejia; el brazo izquierdo le caía muerto al costado, y avanzaba con la otra mitad, rendido sobre el báculo, y tirando de su arrastrada pierna. Asbag llegó a temer que se derrumbara de un momento a otro.

Como era de esperar, la procesión se alargó, pues cada veinte pasos se acercaban las comitivas de representantes del pueblo, artesanos, panaderos, pescadores, soldados y monjes con sus ofrendas para el emperador; se arrodillaban, besaban la cruz de Constantino, eran bendecidos por el patriarca, depositaban en manos de los acólitos sus presentes y se retiraban con sumo respeto y sin volverse de espaldas. El sol alcanzó su punto más alto y el calor vaporoso de Constantinopla comenzó a mortificar a todos los presentes. Asbag seguía preocupado por Luitprando, cuyo aspecto era cada vez más lastimoso. Fulmaro, a su vez, resoplaba y sudaba copiosamente.

Santa Sofía lucía esa mañana todo su esplendor, en un juego de luces que entraban desde las ventanas más altas en blancos rayos que teñían los humos que ascendían hacia las bóvedas. Más abajo, miles de lámparas que colgaban de los techos arrancaban destellos de los ornamentos dorados. Los mosaicos relumbraban desvelando el misterio de sus imágenes: el pantocrátor, con todo su poder y su fuerza; la *theodotokos*, madre de Dios; Juan Prodromo, es decir, el Bautista, en el lado de la entrada; Anunciación, Natividad, Purificación y Bautismo en las pechinas.

Cuando la extensísima liturgia llegó a su fin, una atmósfera densa y casi irrespirable llenaba la basílica. Fuera el sol brillaba con fuerza, y el gran colorido de la fiesta se desplegaba en todos los rincones de la ciudad. Pregoneros, equilibristas, magos, malabaristas, vendedores de dulces, de guirnaldas de flores, de cintas de seda, de tortas con carne especiada, aguardaban en las plazas a los invitados de la gran celebración. Casi había que abrirse paso a empujones entre el gentío, que a pesar del calor no renunciaba a sus anchos, complicados y adornados trajes de fiesta. Parecía que el lujo era la única norma de vida en Constantinopla.

En el salón Dorado se ofreció un gran almuerzo para los que habían participado en la comitiva procesional de los emperadores. Nada más entrar, los criados perfumaban a todos los convidados y les mostraban los lugares donde podían acomodarse.

Los legados romanos avanzaron por el gran salón junto a un centenar o más de dignatarios extranjeros, en medio de la multitud de nobles cortesanos. Verdaderamente, la belleza de las mujeres de Constantinopla era singular, y resaltaba especialmente aderezada por los lujosos vestidos y la gran cantidad de joyas que lucían.

Luitprando caminaba trabajosamente, apoyándose en el hombro

de Asbag y susurrándole amargas quejas al oído, contra aquella exhibición de fausto oriental.

—No voy a poder soportarlo —decía—. ¿De qué les sirve haber celebrado los misterios del Señor con tanto esplendor si ahora piensan arrojarse en los brazos de Satanás?

—Bueno, es la Pascua —repuso Asbag—. ¿No pueden expresar su alegría? ¡Es la fiesta más grande para los cristianos!

—Sí, espera un rato y verás…

Ocuparon el lugar que les correspondía, junto al eparca, en un estrado cercano al de los emperadores, rodeados por lo más granado de la corte, y jamás podrían haberse imaginado lo que los aguardaba.

Fue como si se hubiera destapado el cuerno de la abundancia y de él manara un verdadero río de manjares y vino. El salón, que era un largo rectángulo, con invitados a un lado y otro, tenía un enorme pasillo en el medio y dos grandes puertas en ambos extremos, por las que empezaron a entrar interminables filas de criados que portaban bandejas con todo tipo de frutas, carnes, pescados, dulces y golosinas. Pero lo verdaderamente espectacular fue una especie de caravana de carretillas tiradas por pequeños asnos, en las que llegaban humeantes asados, montañas de frituras, capones ensartados en espadas y dorados al fuego, carneros enteros, pavos reales cocinados, pero con sus espectaculares plumajes desplegados, y hasta un pequeño elefante asado que levantó una gran ovación de los comensales.

—Pero… ¡Qué barbaridad! —exclamó Asbag espontáneamente.

—Ya te lo dije —comentó Luitprando—. Son una gente derrochadora, soberbia y sin freno.

Fulmaro, en cambio, estaba encantado, eufórico. Quería probarlo todo y constantemente hacía señas a los criados solicitando esto o aquello. Y los caballeros lombardos se dedicaban al vino y a coquetear con guiños y furtivas sonrisas con las muchachas griegas que tampoco los perdían a ellos de vista.

Pero no bien habían iniciado la comida, Luitprando empezó a removerse incómodo en su asiento, mirando nervioso a un lado y otro.

—¡Bien! —dijo repentinamente—. Es el momento de irse de aquí. Ya hemos cumplido y no podemos condescender con todo esto. Dentro de un rato empezarán a emborracharse y darán comienzo las voluptuosas danzas orientales.

—¿Cómo? —protestó Fulmaro—. ¿Marcharnos ahora? Si esto no ha hecho más que empezar.

—¡No hemos venido aquí a comer y a beber! —dijo con rotundidad el obispo de Cremona—. Mira a esos caballeros lombardos; parece que se les van a escapar los ojos. No están acostumbrados a estas cosas y pueden meter la pata.

—Podemos quedarnos un rato más —intercedió Asbag—. Tal vez si nos retiramos tan pronto lo tomen como un desprecio…

—No, no, no —se negó Luitprando—. Hacedme caso a mí, que conozco muy bien a esta gente. ¡Anda!, ve hacia donde está el eparca y dile que me encuentro muy cansado, que estamos muy agradecidos por todo, pero que hemos de descansar.

Asbag no quiso insistir más, puesto que a Luitprando se le veía verdaderamente agotado. Se levantó de su asiento y fue hacia donde estaba el eparca, se disculpó y se despidió en nombre de la legación romana. El eparca afirmó comprenderlo, pero Asbag leyó perfectamente en su sonrisa que la situación le molestaba.

De malísima gana, Fulmaro y Raphael accedieron a abandonar el banquete, protestando todo el tiempo. Luitprando iba delante, deseoso de salir cuanto antes, mientras que los demás se hacían los remolones. Asbag vio que no le quedaba más remedio que mediar.

—¿No veis cómo va el padre Luitprando? —les decía—. ¿Queréis acaso que empeore?

Una vez fuera del Chrysotriclinos, en los jardines donde aguardaban los criados con las mulas, estalló la discusión. Fulmaro no dejaba de protestar:

—¡Esto es absurdo! Solo pido que terminemos la comida. Después nos marcharemos a casa.

El tic nervioso de Luitprando se intensificaba. Ayudado por los criados, subió a la mula y la arreó sin responder, alejándose hacia la salida del gran palacio.

—¡Pero bueno! —se quejó el joven Raphael—. De manera que hemos tenido que asistir sin rechistar a esas pesadas ceremonias y ahora no podemos divertirnos un rato. ¡No es justo!

—Por favor, tened calma —pidió Asbag—. Él es el responsable de esta misión y hemos de obedecerle. Es viejo y está cansado. ¿No podéis entender eso?

En ese momento, apareció el eparca y las cosas se complicaron aún más.

—¡Vaya! —dijo—. Veo que aún no os habéis marchado. Menos mal. El emperador deseaba departir un rato con los legados de Roma.

—El venerable padre Luitprando se marchaba ya —lo excusó Asbag—. No se encuentra del todo bien.

—Pues alcánzale y comunícale el interés del basileus —dijo el eparca—. ¿Es que va a desairar así al emperador?

Asbag corrió hacia la mula de Luitprando y le dijo lo que sucedía. Luitprando puso cara de fastidio y respondió:

—Lo siento mucho, pero no puedo permanecer ahí ni un momento más. Ve tú a la mesa del basileus y conténtale. Seguramente solo pretenderá fijar la entrevista. No regreses sin una fecha y una hora. ¿Harás eso por mí?

—Naturalmente —respondió Asbag—. Déjalo todo de mi cuenta y vete a descansar tranquilo. ¡Que Dios te acompañe!

Asbag regresó a la puerta del salón Dorado, donde el eparca aguardaba una respuesta.

—Yo iré a representarle ante el basileus —dijo.

—Mejor —respondió el eparca—. El viejo no es muy complaciente que digamos. ¡Vamos adentro!

—¡Eh! ¿Y nosotros? —protestó Fulmaro.

—Eso —añadió el conde Raphael—. ¿Hemos de regresar acaso a la residencia? ¿No formamos parte también de la legación?

—¡Nada de eso! —dijo el eparca—. Si Luitprando no soporta nuestra manera de divertirnos es cosa suya. Vosotros sois invitados especiales del basileus y vuestro sitio os espera ahí dentro. ¡Volved a vuestros asientos en el banquete!

Asbag no podía oponerse, puesto que era uno más, y todos entraron de nuevo en el Chrysotriclinos.

Él se dirigió directamente hacia la mesa del basileus, conducido por el eparca, mientras los demás regresaban a sus asientos para seguir dando cuenta del suculento banquete.

El basileus Juan Zimisces era un hombre alto, delgado y distinguido, cuyo aspecto revelaba su origen patricio de Ierapolis y su pasado como *domestikos* (comandante militar supremo), pues su porte de guerrero saltaba a la vista a pesar de los ropajes imperiales. A su lado se encontraba la emperatriz Teodora, con la que había contraído matrimonio recientemente y, no muy lejos, la anterior emperatriz, la viuda de Nicéforo Focas. El eparca presentó a Asbag.

—¡El legado del Papa de Roma!

El basileus le sonrió y repuso:

—Querrás decir del Papa de Roma y del rey de los sajones.

Asbag le devolvió la sonrisa.

—Bueno, si se hubiera tratado del viejo Luitprando habríamos entrado ya en disputa —comentó el basileus.

—Os ruego que lo disculpéis —dijo Asbag—. Tuvo que retirarse. Su salud no es buena. Pero me pidió que transmitiera a vuestra grandeza la bendición del Papa y los saludos de vuestro hermano Otón y su esposa Adelaida.

El basileus acogió con un gesto complaciente el saludo y le pidió a Asbag que se sentara a la mesa. Este se acomodó, pero comprobó enseguida que no tendría ocasión de hablar con el basileus, puesto que eran numerosos los dignatarios y generales que rodeaban al soberano. Por ello, aguantó durante la comida, pero una vez iniciadas las danzas de la sobremesa se acercó al eparca y le dijo directamente:

—He de retirarme. Me preocupa el estado del venerable padre Luitprando.

El eparca se acercó entonces al basileus y le dijo algo al oído. Juan Zimisces, a su vez, respondió algo al eparca. Este se volvió hacia Asbag y propuso:

—El basileus dice que el próximo sábado se entrevistará con

Luitprando en mi villa de las afueras, donde yo daré una fiesta campestre con motivo de la Pascua.

Asbag se puso en pie, hizo una reverencia y se retiró. Y, aunque no pudo arrancar a Fulmaro, a Raphael y a los caballeros del banquete, regresó a la residencia contento por poder llevarle a Luitprando la cita con el soberano bizantino.

68

Constantinopla, año 971

La residencia campestre del eparca de Constantinopla se alzaba en un amplio claro, abierto en los espesos bosques que crecían fuera de las murallas. Era un gran edificio de estilo griego, con sus clásicas formas policromadas, sin renunciar a las doradas cúpulas orientales. Delante del palacio se extendía un prado, donde se elevaba una gran tienda sostenida por largas varas recubiertas de plata. En torno a ella, un regimiento de criados se esforzaba en poner todo a punto para los invitados que comenzaban a llegar.

Fulmaro se frotó las manos al contemplar las mesas donde estaban ya dispuestos los manteles sobre los que se exhibían numerosos platos con exquisitas viandas. Y Asbag se dio cuenta en aquel momento de lo difícil que le sería controlar la glotonería del grueso obispo y la avidez de mujeres de los caballeros lombardos, como una semana antes en la fiesta del salón Dorado.

Luitprando había empeorado desde el Domingo de Resurrección, y su parálisis se había acentuado, hasta el punto de torcérsele algo la boca hacia un lado y casi cerrársele el ojo izquierdo.

Cuando Asbag le dejó en su lecho aquella mañana su aspecto era verdaderamente lamentable, pero su estado de creciente incapacidad física no le impedía mantener la mente perfectamente despierta y ocupada en la obsesión que le había llevado a embarcarse en aquella misión.

—Ve allí en mi nombre —le había pedido a Asbag—. Y no escatimes ningún esfuerzo para conseguir a la princesa. Recuérdalo bien, la que nos interesa es Ana, la hija de Romano II, basileus legítimo, ella es porfirogéneta, es decir, nacida de la púrpura, hija del emperador. Y está en edad aún de ser fértil...

—No te preocupes por nada —le tranquilizó Asbag—. Haré todo cuanto esté en mi mano para ganarme la confianza del eparca y del patriarca. Ellos me conducirán hacia Juan Zimisces.

—¡Gracias a Dios que estás aquí! —exclamó trabajosamente Luitprando, fijando en el techo el único ojo que tenía sano—. Si Dios no te hubiera mandado...

—Bueno, bueno. Descansa ahora. Confía en mí.

—Acércate un momento —le pidió todavía Luitprando—; he de decirte algo.

Asbag acercó su oído a la boca del malogrado obispo, el cual casi entre dientes, le dijo:

—Cuidado con esos dos. Me refiero a Fulmaro y Raphael. No es que sean malas personas, pero no se enteran de nada... El gordo solo piensa en su estómago y me preocupa que alguno de los caballeros pueda cometer algún desatino. La corte de Constantinopla es muy compleja; no es oro todo lo que reluce... ¿Me comprendes? Y esos lombardos son tan ardientes...

—Sí, sí —respondió Asbag para tranquilizarle—. Estaré en ello. Lo prometo. Te ruego que no te preocupes tanto; si no descansas no te recuperarás. Ya te he dicho que confíes en mí.

Por eso, al llegar a la villa del eparca, Asbag se preocupó sinceramente. Enseguida se dio cuenta de que el ambiente allí sería mucho más distendido y de que, al no tener cada uno un sitio fijo asignado, pues la fiesta transcurriría por los jardines con plena libertad de los invitados, le sería mucho más difícil vigilar a los caballeros de la escolta, que podían andar a su aire detrás de las bizantinas.

El eparca se encontraba frente a las blancas escalinatas de mármol que daban acceso al edificio principal del palacio, recibiendo a cada uno de los recién llegados, junto a su esposa y a sus diez esclavos eunucos de confianza.

—¡Ah, los legados del Papa! —exclamó cuando llegaron a su lado—. ¿No ha mejorado Luitprando?

—No —respondió Asbag—. Su salud es cada vez peor. Pero una vez más me pidió que transmitiera al emperador y a vuestra dignidad sus saludos y sus disculpas.

—Bien. En ese caso, entiendo que debemos considerarte a ti el legítimo representante —concluyó el eparca.

Asbag se percató de que el eparca se sentía aliviado al no tener que tratar con Luitprando, con el que había tenido frecuentes enfrentamientos en su anterior embajada. En general, el obispo de Cremona no era bien visto en Constantinopla, porque no había sabido mantener una actitud diplomática y había expresado frecuentemente su opinión acerca de los griegos.

Asbag, en cambio, por haberse formado en el ambiente cosmopolita de Córdoba, sabía bien cuán necesario era conocer primeramente las características de los hombres de otras culturas cuando se pretendía negociar algún asunto con ellos. Por eso decidió no perder el tiempo y buscar la manera de irse ganando a las autoridades.

Estaba claro que debía comenzar por el anfitrión de aquella fiesta campestre: el eparca Digenis. Él era el hombre más importante de Constantinopla después del basileus y el patriarca, y tenía a su favor el hecho de servir de nexo entre uno y otro, pues gobernaba la ciudad y era el responsable de la organización de las grandes ceremonias en las que ambos habían de participar forzosamente. Al mismo tiempo, era el mayor potentado de Bizancio, puesto que sumaba a su propia fortuna la de su esposa, la singular Danielis.

Bastaba con estar con él un momento para darse cuenta de que Digenis era un vano presuntuoso cuya única ocupación era hacer que todo el mundo girase a su alrededor. Era un hombre pequeño de estatura, que lucía una brillante calva y una permanente sonrisa de intención indescifrable. Jamás daba la impresión de alterarse, pero su fina ironía estaba siempre en funcionamiento. No obstante, su inteligencia y su capacidad estaban a la vista y eran sin duda la causa de que Juan Zimisces le hubiera aupado a un cargo tan elevado cuando fue proclamado emperador, tras haber contado durante años con sus servicios como mayordomo y administrador de sus posesiones. Ahora, dueño de sus propias casas, tierras, criados, esclavos y, además, sabedor de que desempeñaba el cargo de más alta responsabilidad de Constantinopla, estaba muy pagado de sí mismo y casi no prestaba atención a nadie, pendiente únicamente de que se le escuchase a él.

Asbag concluyó que ante un hombre como Digenis la única táctica posible era la de la adulación; la única que Luitprando jamás habría puesto en práctica. Alabó el buen gusto de la decoración, la exquisitez de los platos y las ropas de los criados, y aprovechó la ocasión para colar algunas referencias a Córdoba.

—¡Ah! ¿Conoces Córdoba? —se sorprendió el eparca.

—Naturalmente —respondió Asbag, esforzándose en hacerse el interesante—. Me eduqué allí, en la corte del califa; serví en su biblioteca y fui consejero de Alhaquén II.

—¡Ah, qué maravilla! —exclamó Danielis, la mujer de Digenis—. ¡Cuánto me gustaría conocer Córdoba!

En ese momento, Asbag descubrió la manera de irse adentrando entre los bizantinos relevantes para alcanzar su propósito. La mujer del eparca, Danielis, era todo lo contrario de su marido: culta, refinada, aristócrata de una vieja dinastía, pero despierta a la vez, amante de la poesía y de todo lo que resultara ajeno a lo práctico. Aprovechando que Digenis se encontraba como casi siempre enfrascado en su petulante monólogo para despertar admiración entre un corro de aduladores invitados, el obispo se fue apartando un poco con ella, hablándole de Córdoba.

Le estuvo contando cómo era la vida en Medina Azahara, las costumbres de las mujeres, las ceremonias de palacio, el complicado mundo de los eunucos y los harenes, aderezado todo con ciertas dosis de fantasía y sin dejar de exagerar en los detalles. El primer paso se había dado. Pero no pudieron continuar con su animada charla, porque alguien reclamó la atención de todos los presentes.

—¡Señores, atención! —gritó uno de los mayordomos—. ¡Es la hora del juego de los leopardos!

En ese momento, aparecieron doce lacayos a lo lejos, acercándose con un leopardo cada uno sujeto por una cadena. Un gran murmullo de admiración se elevó entre todos los presentes.

—¿De qué se trata? —le preguntó Asbag a Danielis.

—¡Oh, cosas de mi esposo! —respondió ella con cierto desdén—. Ahora soltarán a unas pobres gacelas y tendremos que ver cómo los leopardos las atrapan después de perseguirlas por el prado. ¡En todas las fiestas hay que atender al dichoso numerito! Y más tarde, cuando llegue el emperador, repetirá de nuevo la exhibición. Aquí no se concibe una reunión campestre sin un juego de leopardos.

—¡Ah! ¿Entonces, vendrá el emperador? —se apresuró a preguntar Asbag.

—Sí, claro, está confirmada su asistencia. En realidad esta fiesta es para él. Le encanta reunirse a beber vino con sus antiguos compañeros y apostar en las competiciones de leopardos adiestrados.

Efectivamente, al cabo de un rato se presentó Juan Zimisces, acompañado por todo el esplendor de su parentela y sus eunucos de confianza. Digenis corrió hacia él y se postró reverentemente en su presencia. Los invitados también se inclinaron y prorrumpieron en aplausos y aclamaciones.

El emperador llevaba sus propios leopardos. Y lo primero que se hizo fue ordenar que diera comienzo la cacería. Desde unos cajones que se encontraban en un extremo del prado, los lacayos soltaron a unas gacelas que fueron perseguidas por las fieras, por parejas, en diferentes carreras, mientras los espectadores apostaban por unas u otras identificándolas por los colores de sus collares.

Mientras todo el mundo contemplaba el espectáculo, Asbag se fijó en la gran cantidad de hermosas damas que habían llegado en el séquito del basileus. Al igual que las otras que estaban invitadas a la fiesta, todas bebían vino, charlaban con los caballeros y reían con naturalidad.

—Aquí las mujeres viven con mucha libertad —le comentó a Danielis—. Esto en Córdoba sería impensable.

—Oh, sí —respondió ella—. No podemos quejarnos. Hay mujeres que incluso viven solas, gestionando ellas mismas sus propiedades y gobernando a su servidumbre. Y, naturalmente, escogen a los hombres con los que quieren relacionarse. Así es Constantinopla. Supongo que ello no te causará escándalo.

—No, no. Cada pueblo tiene derecho a regirse por sus propias costumbres. Pero dime una cosa: ¿es alguna de esas damas la princesa Ana?

—No, ninguna de ellas —respondió Danielis—. Esas mujeres pertenecen a la familia de Juan Zimisces y Ana es de otra línea.

—¿Tú la conoces? —le preguntó Asbag.

—Sí, claro. Es amiga mía. ¿Por qué?

—Oh, por nada, por nada...

Cuando finalizó la cacería, la fiesta continuó. El emperador y los demás invitados se acercaron entonces a las mesas para comer y beber algo, y Asbag aprovechó la ocasión para aproximarse. Reclamó un momento la atención de Juan Zimisces y, llevándolo aparte, le expresó una vez más los deseos cordiales de Otón I y la bendición especial del papa Juan XIII. El basileus hizo un gesto prepotente y dijo:

—No fue así como se expresó Luitprando en la anterior embajada. ¿Sigue el viejo obsesionado con llevarse a la princesa Ana para el sajón?

Asbag comprendió que la cosa sería mucho más difícil de lo que pensó en un principio y decidió andarse con suma cautela.

—Bueno —respondió—, la princesa es para su hijo. Si el Papa bendice esa unión, Otón estaría dispuesto a retirarse de Apulia y Calabria.

Había oído comentar eso a Luitprando, aunque sabía que este no se rebajaría jamás a proponer una negociación.

—¡Vaya, vaya! —exclamó sonriente el emperador—. Eso ya es otro cantar. Pasa mañana por mi palacio y hablaremos del asunto. Y, ahora, vayamos a brindar con los demás.

Asbag se quedó encantado al comprobar que las cosas empezaban a solucionarse. Seguro como estaba de que Luitprando difícilmente se recuperaría del todo, decidió seguir haciendo las cosas a su modo. Al fin y al cabo, se trataba de conseguir como fuera la mano de la princesa Ana para Otón el Joven, y esa era en definitiva la única manera de poder regresar a Roma y, desde allí, a Córdoba.

Sin embargo, a medida que avanzaba la jornada de fiesta, no se dio cuenta de que estaban surgiendo complicaciones. Hasta que repentinamente reparó en la necesidad de ir a ver cómo se encontraban Fulmaro y Raphael.

Al primero lo encontró repantigado sobre la hierba, completamente ebrio y ahíto de comida, y tuvo que ir en busca de los criados para que lo trasportaran hasta la mula y lo sacaran de allí cuanto antes. Por otro lado, en lo que a los lombardos se refería, la cosa era mucho más complicada, puesto que andaban por ahí, dispersos, borrachos también unos e ilocalizables otros. Fue preguntando por Raphael, pero nadie lo había visto por ningún sitio, por lo que empezó a preocuparse seriamente.

Danielis, a la que no se le escapaba nada, advirtió desde lejos la inquieta búsqueda del obispo y se apresuró a ir adonde él estaba.

—¿Se puede saber por qué andas preocupado de aquí para allá? —le preguntó—. ¿Sucede algo?

Asbag decidió sincerarse. Danielis le inspiraba cierta confianza.

—Se trata de Raphael, uno de los miembros de la legación —explicó—; no consigo localizarlo. Estos hombres no están habituados a este tipo de reuniones y...

—¡Ah, el joven conde! —exclamó ella—. Yo te llevaré al lugar donde se encuentra.

Asbag siguió a Danielis por entre los setos de los jardines, hasta las traseras del palacio, donde había una hermosa laguna rodeada de sauces y surcada en todas direcciones por cisnes y gansos.

—Allí está —le dijo ella, señalando hacia unos matorrales.

Raphael estaba abrazado a una muchacha. Cuando Asbag llegó hasta ellos, se quedaron sorprendidos y abochornados. Ella era extraordinariamente hermosa: alta, esbelta, de cabello oscuro y brillantes ojos verdes. El obispo sintió que nunca había visto a un ser tan hermoso y se quedó como paralizado. Ella echó a correr y se perdió en la espesura del jardín, mientras las carcajadas de Danielis se oían desde lejos.

—Pero... ¿te has vuelto loco? —recriminó el obispo a Raphael—. ¿No quedamos en que seríais prudentes? Lo vais a echar todo a perder...

El joven conde, sin decir nada, corrió también en la dirección de la muchacha.

—¿Quién era esa muchacha? —le preguntó Asbag a Danielis.

—Es Teofano, una sobrina del emperador. Según la opinión de todo el mundo, la dama más bella de Bizancio. Tu joven y apuesto conde no tiene mal gusto... Pero que se ande con precaución. Juan Zimisces no tiene hijos y esa sobrina lo es todo para él...

69

Córdoba, año 971

En el gran patio de columnas del palacio resonaba el estruendo de las espadas. Abuámir sostenía un escudo redondo y paraba una y otra vez los golpes que le lanzaba un contrincante en la sesión de entrenamiento que, como cada día, se desarrollaba ante la mirada supervisora de Ben Afla en las dependencias de su señorial residencia. Habían sido casi seis meses de maduración y ahora el verano llegaba a su fin, al tiempo que se apreciaba ya la soltura y la familiaridad que cada uno de los alumnos mostraba a la hora de sostener la ligera cimitarra de caballero o el circular escudo de resistente cuero de buey.

—¡Bueno, basta por hoy! —ordenó Ben Afla desde la galería.

Los aprendices de guerrero soltaron las armas y se fueron quitando los protectores. Se sudaba copiosamente en aquellas sesiones, por lo que después se iban directamente hacia el estanque del jardín para refrescarse.

—Tú espera un momento —le dijo Ben Afla a Abuámir—. Me gustaría hablar contigo.

Un criado acudió con una jarra de agua y Abuámir bebió con ansiedad. Después contestó:

—Bien, tú dirás.

Ambos salieron a los jardines y comenzaron un calmado paseo por un delgado pasillo que discurría entre dos líneas de esbeltos cipreses. Ben Afla le habló pausadamente:

—Querido amigo, el verano ya se termina. Cuando acudiste a mí a principios de año para pedirme que te adiestrara en el arte de las armas, antes de que llegara el próximo invierno, sinceramente, pensé que ese tiempo sería insuficiente. Pero no quise desanimarte, y decidí que mejor era eso que nada. Ahora veo con claridad que te minusvaloré en aquel momento. Suponía que, al no ser ya un muchacho, te resultaría difícil educar los reflejos y ganar agilidad.

—Entonces, ¿crees que estoy preparado? —le interrumpió Abuámir.

—Bueno, no voy a decirte que seas ya un guerrero —respondió Ben Afla—. Eso solo se consigue después de haber estado en un verdadero campo de batalla, pero has adelantado mucho en poco tiempo y, sin duda, podrás desenvolverte frente a cualquier adversario adiestrado...

—¿Lo dices en serio? —se entusiasmó Abuámir.

—Sí, completamente. Por lo que a mí respecta, no tengo ningún inconveniente en certificar que tu preparación en mi escuela ha sido suficiente.

Abuámir besó las manos del veterano militar.

—Oh, no, no... —dijo Ben Afla—. No tienes nada que agradecerme. Agradece al Todopoderoso las cualidades con que te ha dotado. Y, ahora, sígueme; he de mostrarte algo.

Cruzaron todo el jardín y llegaron al final de la extensa propiedad que el noble tenía en el centro de Córdoba, a las caballerizas. En un rincón, colgado de unos clavos en las paredes de adobe, había algo cubierto con unas viejas mantas. Ben Afla las retiró y apareció una flamante armadura. Estaba confeccionada con flexibles piezas de cuero, con revestimientos metálicos, bien engarzados, pulidos y brillantes, cotas de malla, puntiagudo yelmo y una magnífica coraza.

—¿Eh...? —se maravilló Abuámir—. ¿Y esto?

—Es tuya —sentenció Ben Afla—. A partir de hoy podrás lucirla.

—¡Por Alá! ¡Es demasiado! Ahora comprendo; por esto mandaste que me tomaran medidas... Pero... ¡debe de valer una fortuna!

—Y yo debo ser honesto —contestó Ben Afla—. Aunque yo la

mandé hacer a mi armero de confianza, y dispuse cómo tendría que confeccionarla, fue el gran visir Al Mosafi quien la costeó en su integridad.

—¿Al Mosafi? —se extrañó él.

—Sí. Me visitó hace un mes para interesarse por tus progresos. Y yo le dije la verdad: que en breve serías un adiestrado caballero. Entonces se entusiasmó, y ambos acordamos que necesitarías pronto tu armadura para recibir el nombramiento de jefe de la shurta. Pues bien, ahí la tienes. Es digna del gran hombre que ha de llevarla.

Esa misma mañana, Ben Afla y Abuámir acudieron a la notaría del cadí para extender el pliego de certificaciones que un caballero necesitaba para entrar a formar parte de cualquier cuerpo de armas del califa. Y por la tarde el flamante caballero, luciendo su brillante armadura, se dirigía hacia Azahara para recibir su nombramiento, acompañado por Ben Afla y por los jóvenes alumnos de su escuela de armas.

Al Mosafi no pudo ocultar el entusiasmo que le causaba ver a su protegido convertido en un guerrero. Inmediatamente dispuso lo necesario para que prestara juramento y ocupara su nuevo cargo al frente de las fuerzas que se ocupaban de mantener el orden dentro de la ciudad de Córdoba y en el amplio territorio que la rodeaba, hacia las sierras y las murallas de Azahara por un lado y más allá del Guadalquivir, en la gran extensión de las munyas, por otro. Un nuevo poder que acudía a las manos de Abuámir, para sumarse al de tesorero, director de la Ceca y administrador de todos los bienes de la sayida y del heredero Hixem.

Después de tomar posesión de su cargo, Abuámir recibió los parabienes y felicitaciones de los más altos dignatarios y pasó revista a los destacamentos de guardias que habían de estar bajo su mando. Y con la última luz de la tarde se encaminó hacia los alcázares, como conducido mecánicamente por un impulso que le nacía muy dentro.

Hacía más de medio año que no veía a Subh. Había sido una separación muy dolorosa, pero sentía que había sido necesaria. Era como si hubiera percibido justo a tiempo que aquella relación era lo único que podía causarle problemas. Después de que se hubieran levantado contra él las iras de los eunucos de Azahara y de que el príncipe Al Moguira se hubiera sentido desairado, lo peor que podía sucederle era que empezaran a circular las habladurías. Sabía que el asunto de la litera de plata había levantado la polémica y que sus frecuentes estancias en la munya de Al Ruh caldeaban un cierto ambiente de sospecha. ¿No habría sido el momento oportuno de retirarse prudentemente?

Subh le pareció más bella que nunca; sería por el tiempo transcurrido sin verla. Con frecuencia había querido recordar su rostro, cada facción, cada gesto, sus dulces ojos intensamente azules y el oro de su pelo, pero era como si se borrase de su mente cada vez que se esforzaba en retener la imagen. Ahora estaba ahí, con su suave túnica de lino verde, mirándole con gesto de asombro, en el pequeño patio de las enredaderas.

Ella dejó caer un tiesto que sostenía entre las manos y soltó un grito de emoción. Los loros se alborotaron en su jaula y sus familiares voces le devolvieron a Abuámir el recuerdo de los primeros días en el palacio. Sisnán y Al Fasí también se alborotaron y acudieron a manifestar sin reparos su alegría de verle.

—¡Ah, qué armadura! —exclamaban—. ¡Eres un mawala guerrero, señor Abuámir! ¡Pareces un gran general!

Ella le contempló primero, de arriba abajo, con extrañados ojos de sorpresa. Luego se abrazó a su cuello. Él la abrazó sin contenerse; sintió el cuerpo frágil bajo la tersa tela de la túnica, la suavidad de su mejilla, el sabor salado de una lágrima de emoción que recogió con sus labios.

El pequeño Hixem ya estaba en la cama. Cenaron juntos los cuatro, unidos por la común alegría; no era momento de guardar las distancias. Subh y los eunucos disfrutaron con las aventuras que Abuámir les contó de sus pasados días en las sierras; historias de osos y de lobos, de noches de vagar perdidos por los montes, orientándose por las estrellas, padeciendo hambre y sed. Admiraron nuevamente la armadura, empuñaron con temor la afilada espada, tomaron en peso el escudo y se probaron el yelmo. Hubo risas, agudos chismorreos de Sisnán y atrevidos cuentos picantes de Al Fasí. Todos querían recuperar el tiempo perdido.

Más tarde Subh propuso subir a la torre. Los eunucos sintieron entonces que debían retirarse prudentemente y se perdieron por sus aposentos.

Arriba, un suave viento de otoño traía el aroma de la tierra removida en los campos. La ciudad brillaba abajo, iluminada por sus faroles recién encendidos. Un bello cielo rojo se extendía desde la línea del horizonte en el poniente.

—¿Sabes una cosa? —le dijo ella—, pensé que no ibas a volver.

—Pero... ¿por qué?

—No lo sé. No podía evitarlo. Sentía que toda aquella felicidad ya se había ido y no iba a regresar.

—Anda, ven aquí —le pidió él. La atrajo hacia sí y la estrechó dulcemente—. Ya ves que estoy aquí. ¿Por qué siempre has de temer a lo que ha de venir? ¿Por qué te atormentas? El tiempo se lleva las cosas, es cierto: pero él mismo trae otras. Así es la vida.

—Eso lo dices porque tu vida es diferente —repuso ella—. Pero para mí todo es igual. Los hombres vais y venís a vuestro antojo; sois los únicos dueños de cuanto ha de sucederos. A mí, en cambio, ¿qué me queda? Esperar, solamente esperar y esperar.

—Bueno, ahora estamos juntos. ¿Qué te preocupa?

—Que nunca podremos ser nosotros —respondió ella en tono triste.

—¿«Nosotros»? ¿Qué quieres decir con eso?

—Tú perteneces a tu propio destino. Te preocupa prosperar, ser cada vez más poderoso, acumular cargos... Y eso es comprensible. ¿Quién puede impedirte que construyas tu propia vida? Pero a mí, ¿qué me queda? Ser la sayida, es decir, la favorita del califa, de un hombre al que en el fondo no pertenezco. ¿Podría alguien cambiar eso? No. Mi vida es una permanente mentira. Soy de él, pero sé que no soy suya. Mi corazón te pertenece a ti, pero tampoco puedo ser tuya... ¿Entiendes ahora por qué nunca seremos «nosotros»?

Subh rompió a llorar. Y Abuámir sintió que algo había cambiado. Deseaba en aquel momento que todo fuera como siempre, que ella continuara confiando ingenuamente en cuanto él le dijera, pero percibió que ya no se podía volver atrás, que le empezaba a fastidiar aquella forma complicada que ella tenía de analizar las cosas últimamente. Creía que aún tendría la fuerza de animarla, de tornar las cosas del color que él quisiera, como siempre había sucedido entre ellos.

—Vamos, no llores —le dijo—. ¿Por qué te empeñas en estropear este momento? Es inútil recordar continuamente lo que no se puede cambiar. Las cosas son así. ¿Las he hecho yo de esa manera? Estamos aquí y eso es lo que ahora importa…

—¡Jura que no me dejarás nunca! —le pidió ella de repente.

—¡Eh! ¿A qué viene eso ahora?

—¡Júralo! —insistió ella.

—Sí, claro, lo juro. ¿Crees que podría olvidarme de ti fácilmente?

La brisa fue volviéndose más fresca. Ya no era una noche de verano, sino que el ambiente anunciaba otra estación, más fría y de noches más largas.

70

Constantinopla, año 971

Hacía semanas que Luitprando permanecía postrado en su lecho, sumido casi permanentemente en un profundo sueño, con una bronca respiración que brotaba de su acartonada boca, entreabierta, torcida. Les costaba despertarlo una vez al día para suministrarle algún alimento líquido que tragaba con gran dificultad. Luego comenzaba a rezar el padrenuestro, pero casi ningún día conseguía completarlo antes de volver a caer en brazos de la inconsciencia.

Asbag y Fulmaro, como cada mañana, permanecieron rezando el oficio junto a la cama del obispo enfermo, confiando en que le pudieran llegar los ecos de los salmos hasta donde quiera que le tuviera retenido su somnolienta enfermedad.

Al finalizar la oración, ambos se santiguaron y rociaron a Luitprando con agua bendita. Fulmaro dijo en tono resignado:

—Tendremos que ir pensando en algo. Este se muere y no vamos a quedarnos aquí toda la vida…

—Tengamos paciencia —dijo Asbag—. He conseguido hablar ya un par de veces con el basileus y parece inclinado a conceder la mano de la princesa Ana.

—¿Más paciencia? —replicó el grueso obispo—. Llevamos meses aguardando esa respuesta. Después de la fiesta de la casa campestre del eparca aseguraste que la cosa se solucionaría en breve. Aquello fue en la Pascua. Y, ya ves, el verano se va. Dentro de poco más de un mes cerrarán los puertos. ¿Pretendes acaso que permanezcamos aquí un año más? ¡Yo, desde luego, no estoy dispuesto!

—¡Por favor! —repuso Asbag—. Es cuestión de un par de semanas. Déjame hacer a mí. Danielis, la mujer del eparca, me está ayudando mucho en este tema. Me ha garantizado que las cosas marchan muy bien.

—¡Y digo yo! —protestó Fulmaro—: ¿para qué diantres necesitamos a esa princesa griega? ¿No puede el emperador casarse con una princesa sajona, franca o italiana? Si, de todas formas, ese se muere…

—¡Cállate! —gritó de repente Luitprando, incorporándose en su lecho con un rostro crispado y con su único ojo gris abierto y clavado en Fulmaro—. ¡Glotón y perezoso saco de grasa! ¡Todavía estoy vivo!

Fulmaro cayó hacia atrás desde su asiento y quedó sentado en el suelo con el pánico grabado en el semblante.

—¡Luitprando! —exclamó Asbag—. ¡Gracias a Dios!

El obispo de Cremona pidió agua y, cuando se la acercaron a los labios, la bebió con avidez. Luego se dejó caer en los almohadones y comenzó una especie de monólogo delirante:

—La princesa debe ser llevada a Roma… Hay que unir el imperio… Un Augusto, necesitamos un Augusto… Alguien debe convencer a los francos, alguien debe convencer al rey sajón… Alguien tiene que convencer a esos griegos… Si alguien no lo hace, el mundo terminará siendo sarraceno.

—¡Luitprando! —le decía Asbag—. ¡Eh, Luitprando! Abre los ojos. Soy Asbag.

—¿Eh…? —exclamó él, abriendo de nuevo el ojo sano—. ¡Ah, Asbag! ¡Dios sea loado! ¡Me voy, he de descansar! Tengo que marcharme ya…

—¿Qué dices? ¿Adónde piensas ir? —le preguntaba Asbag desde su confusión.

—A la casa de mis padres; ellos me esperan…

—No, no, nada de eso —le dijo Asbag, pasándole un paño húmedo por la frente—. Antes has de concluir tu misión. Necesitas reponerte. Se trata solo de eso. Estás fatigado, nada más.

El obispo se incorporó de nuevo y aferró la túnica de Asbag con la mano que no tenía paralizada. Como haciendo un gran esfuerzo, dijo:

—¡No! He de irme, lo sé; acaban de decírmelo. Pero prométeme que te llevarás contigo a la princesa… ¡Júralo! ¡Júralo por tu sagrado ministerio!

—Pero… ¿Qué dices? Basta, cálmate y descansa…

—¡Júralo! ¡Júralo! ¡Júralo! —insistía Luitprando como fuera de sí.

—Sí… Lo juro —respondió Asbag con un hilo de voz.

—¡Sostén tu pectoral y díselo al crucifijo! —exigió el obispo—. ¡Tú también, Fulmaro!

Asbag cogió su pectoral y Fulmaro hizo lo mismo.

—Lo juro. Juro que llevaré a la princesa bizantina a Roma —dijo Asbag.

Al oír aquello, Luitprando se desplomó y volvió a sumirse en un profundo sueño.

Fulmaro, que había observado aterrorizado toda la escena, se hincó entonces junto a la cama y comenzó a hacerse cruces, gimoteando y exclamando:

—¡Santísimo Cristo! ¡Ha vuelto desde las regiones del sueño para traer una encomienda! ¡Tú lo has escuchado! ¡Debemos llevarnos a la bizantina o perderemos nuestras almas! ¡Lo hemos jurado en su lecho de muerte!

—¡Bien, basta ya! —trató de calmarle Asbag—. Dejémosle solo, debe descansar. Se pondrá bien. Son cosas de la enfermedad.

Pasaron dos semanas más sin que Luitprando volviera a recobrar la consciencia. Ya no podían alimentarlo, y solo se mantenía con el poco líquido que conseguían introducirle en la garganta. Su cuerpo era un manojo de huesos que se había contraído hasta que las rodillas se le habían juntado con el pecho, en una rigidez que les impedía enderezarlo.

Desde el día de la fiesta campestre, Asbag no había dejado de visitar a la mujer del eparca al menos un par de veces a la semana.

Ahora, transcurridos seis meses, podía decirse que había una verdadera amistad entre ellos. Al principio hablaron de libros, de arte, de astronomía; contrastaron los conocimientos que ambos tenían en estas y otras materias. Luego hablaron del mundo, de la filosofía y de los viejos saberes olvidados. Asbag descubrió más tarde en Danielis a alguien a quien poder confiarse. Le contó su aventura, las calamidades pasadas; le comunicó la experiencia vivida, sus temores, sus sueños, sus incógnitas acerca de la vida. Él no sabía por qué, pero ella le inspiraba el deseo de abrir su alma. Nunca antes le había sucedido algo así.

Danielis también le contó su historia personal. Era la única hija de un magnate armenio que se había trasladado a Constantinopla en tiempos del emperador Romano II. No solo había heredado la fortuna de su padre, sino también una profunda tradición de sabiduría, de la que aún pervivía en algunos lugares de Siria como legado del viejo mundo griego. Había vivido siempre en la corte, pero se había sentido distinta. Era una mujer grande y hermosa todavía, a pesar de sus cincuenta años, que se había desposado con Digenis recientemente. Le confesó a Asbag que, al no tener necesidad inminente de unir su vida a un marido en su juventud, había dejado pasar los años esperando a que apareciera la persona ideal. Pero por delante de su vida solo habían pasado los libros y los años. Por eso, cuando Digenis le propuso el matrimonio lo aceptó, porque el eparca le pareció un hombre divertido, ideal para mitigar la soledad que había empezado a sufrir. No habían tenido hijos, pero ella aprendió a tolerar la descendencia que las concubinas le proporcionaban a su marido. Ahora era una genuina matrona, de vasta cultura cimentada en la Grecia de siempre, pero de serena imaginación y sensibilidad oriental.

Cuando Asbag se presentó aquel viernes por la mañana en su casa, la encontró como otras veces, con su larga bata de color violeta y dedicada a las plantas medicinales que cultivaba con esmero en su jardín. El cielo estaba cubierto de nubes, y unas primeras gotas de lluvia los obligaron a guarecerse bajo una especie de templete formado por un tejadillo de tejas verdes sostenido por seis marmóreas columnas dispuestas circularmente.

—El otoño ya está aquí —comentó Danielis.

—Sí —dijo él—. De eso quería hablarte. Pronto cerrarán el puerto y hemos de ir pensando en regresar a Roma.

—¿Cómo se encuentra Luitprando? —preguntó ella.

—Morirá en cualquier momento. Lo asombroso es que viva aún. Se sustenta de aire y de agua.

La lluvia empezó a arreciar, las gotas repiqueteaban en el tejadillo y en las hojas de los árboles. Un delicioso aroma empezó a desprenderse de la tierra húmeda y de las plantas aromáticas. Los dos aspiraron profundamente y saborearon aquel aire limpio y perfumado. Permanecieron un rato sin decir nada, como unidos en la agradable experiencia que no precisaba ser comentada. Al cabo, Danielis dijo:

—Seguís empeñados en llevaros a la princesa Ana a Roma. ¿No es así?

Asbag asintió con un movimiento de cabeza. Ella prosiguió:

—Pues siento decirte que será difícil. He hablado frecuentemente de ello con mi marido y él a su vez ha hecho las gestiones oportunas ante el basileus.

—¿Y bien? —se impacientó Asbag.

—Bueno —respondió ella sin ocultar su desilusión—. Hay muchas cosas que están por medio… y que tú no conoces. He de decirte la verdad, puesto que confío en ti plenamente. Pero nadie, absolutamente nadie, debe saber jamás lo que voy a contarte… Y mucho menos en Roma.

—¡Por favor! No conozco a nadie en Roma. Ya sabes que me embarqué en esta empresa únicamente para acompañar a Luitprando, y ¿podría decirle ahora algo a él?

—Bien, confío en ti. Es una historia larga que trataré de resumir. Ana es hija de Romano II, ya lo sabes, un emperador, digamos, «legítimo» por ser descendiente de Constantino. Cosa que no sucedía con el anterior, Nicéforo, que no era más que un general aupado a emperador. Al igual que el actual Juan Zimisces, que le sucedió después de asesinarle en complicidad con la esposa de aquel. Que a su vez era amante de este…

—¡Dios mío! —exclamó Asbag.

—Sí, ya ves, por eso te dije que todo es muy complicado. Pues bien, para poder restablecer la legitimidad, Juan Zimisces se casó con la actual emperatriz Teodora, hermana del genuino Romano II y tía por tanto de Ana. Como comprenderás, después de todo ese lío, es lógico que la verdadera dinastía se cuide mucho de guardar la sucesión legítima. Y ahí juega un papel importantísimo el patriarca Polyenctos, que, además de no tragar a Juan Zimisces por considerarlo un pecador y un corrupto, es radicalmente partidario de que no reinen otros que los legítimos sucesores.

—¿Y eso qué tiene que ver con que la princesa Ana se case con Otón?

—Tiene que ver muchísimo. Si Polyenctos no reconoce otra dinastía de emperadores romanos que la que desciende de Constantino, ¿cómo va a reconocer a los sajones, que para él son bárbaros?

—Comprendo —dijo Asbag—. ¿Y si hablara yo con él?

—No te recibirá. Es un anciano testarudo que vive enclaustrado en uno de los monasterios de la ciudad. Y, además, desde que Luitprando se enfrentó a él, no quiere oír hablar de Roma.

—Entonces, Danielis, ¿qué me queda por hacer? —le preguntó Asbag, desolado.

—Todavía queda una posibilidad. Ir a ver a la propia Ana. Es libre, por ser mayor. Y, aunque debe obediencia al basileus, Juan Zimisces nunca se atreverá a contrariarla; tiene mucho que callar.

—¡Vayamos ahora mismo! —propuso él con ansia.

El obispo y la mujer del eparca salieron en dirección al gran palacio, acompañados por los eunucos, que sostenían dos grandes sombrillas. Llovía a ratos y el sol salía de vez en cuando haciendo brillar las piedras mojadas de los grandes edificios. Todas las calles eran una exposición de frutas de todo tipo, aunque resaltaban especialmente los jugosos racimos de uvas blancas o negras y las grandes granadas abiertas que mostraban sus atractivos corazones.

Ana le pareció a Asbag una mujer extraña; no podía decirse que fuera fea, pero tampoco resultaba hermosa. En la larga conversación que mantuvieron solo decía «sí», «no» o «no sé». Pero finalmente se le escapó un dato que vino a desbaratar por completo toda posibilidad de seguir adelante con el plan de Danielis: los búlgaros se habían adelantado y habían solicitado su mano para el rey Boris II. El arzobispo de Kiev había estado allí una semana antes y Ana se había comprometido. No había nada que hacer.

Esa misma tarde, Danielis sonsacó a su marido que el propio eparca y el basileus, con la mediación del patriarca, habían estado de acuerdo en concertar el matrimonio entre el príncipe de Kiev y la princesa bizantina. Cuando le comunicó a Asbag sus últimas averiguaciones, este se sintió desolado.

—Lo siento, Asbag —le dijo ella—. Lo siento muchísimo. Mi esposo me ocultó todo, aun sabiendo que yo trataba de ayudarte. Digenis ha jugado contigo y conmigo, pero él es así. Le debe todo a Juan Zimisces y jamás haría nada que pudiera contradecirle.

—Y yo lo siento por Luitprando —repuso Asbag—. Le prometí que haría lo posible para llevar a buen fin su misión; y he fracasado. Ahora no me queda más remedio que embarcarme con él, moribundo, y regresar a Cremona. En fin, Dios ha querido que las cosas sucedieran de esta forma. Lo único que me preocupa ahora es que Otón se sienta ofendido y se desencadene de nuevo la guerra en los territorios bizantinos de Italia.

—Admite un consejo —le rogó Danielis—. Tú lo has intentado, no te sientas ahora desolado. Regresa a tu tierra, vuelve a Córdoba. Que el obispo de Colonia se lleve a Luitprando, y tú embárcate directamente. Conozco a viajeros que siguen esa ruta antes del invierno; puedo garantizarte un rápido regreso a Hispania. Al fin y al cabo, ¿qué pintarás en Cremona cuando el anciano haya muerto?

—No sé —respondió él—. Tendré que pensarlo. Me sabe muy mal dejarle ahora solo. Es un hombre que ha luchado mucho y no se merece eso. Confió plenamente en mí y siento que debo acompañarle hasta el final.

71

Constantinopla, año 971

En el puerto de Constantinopla la nave italiana estaba dispuesta para zarpar. Lo último en subir por la pasarela había sido la litera que transportaba al moribundo Luitprando, que fue acomodado en un resguardado camarote interior, donde habían de viajar los otros dos obispos.

Asbag y Fulmaro se impacientaban en el muelle, llenos de preocupación porque el conde Raphael no llegaba. Ambos interrogaban al caballero que ejercía de lugarteniente.

—Pero, vamos a ver, ¿dices que lo viste camino del gran palacio? ¿Que iba a ver a alguien?

—¡Ya os lo he repetido diez veces! —respondió él—. Me dijo anoche que iba a despedirse de alguien, y que estaría aquí a primera hora… ¿Cuánto tiempo necesita ese para despedirse?

—Si no lo habéis visto esta mañana es porque no regresó anoche —concluyó Asbag—. Le ha debido de suceder algo.

—¡Que se quede aquí! —sentenció Fulmaro—. ¡Él se lo ha buscado!

—¡De ninguna manera! —negó enfurecido el caballero lombardo—. Hay que ir a buscarlo. No nos moveremos de aquí sin él.

En esta discusión estaban cuando apareció un destacamento de guardias del palacio real con un oficial al frente.

—¡Vosotros, latinos! —llamó la atención el heraldo.

—¿Qué ha sucedido? —se apresuró a preguntarle Asbag.

—Por orden del eparca, debéis comparecer en el palacio imperial. Uno de vuestros hombres ha sido hecho preso.

—¿Eh...? —se extrañaron—. ¡Raphael! ¡Lo han detenido! —concluyeron.

—¡Lo sabía! —se enardeció Fulmaro—. ¡Ese endiablado lombardo ha liado alguna! ¡Vaya por Dios! ¡Precisamente hoy! ¡Tenía que ser cuando íbamos a dejar este fastidioso país!

Se dirigieron a toda prisa a la parte alta de la ciudad y se presentaron llenos de preocupación en los cuarteles de la guardia, donde los aguardaba el eparca. Cuando le preguntaron por lo sucedido, Digenis dio las explicaciones pertinentes:

—Ese joven de vuestra legación, Raphael, ha sido sorprendido dentro de las dependencias del palacio, en las habitaciones de las mujeres. No podemos consentir que os marchéis mientras el asunto está en manos de nuestros jueces. Tendréis que dar una explicación al basileus.

—Pero ¡cómo es posible! —exclamó Asbag, sorprendido.

—Nadie podía negarle la entrada —prosiguió el eparca—. Entró ayer tranquilamente, puesto que era miembro de vuestra embajada y los guardias supusieron que se trataba de una visita oficial, y se quedó en el palacio durante toda la noche. Y lo peor es que fue hallado nada menos que en la habitación de la sobrina del basileus.

—¿Qué? —dijo Asbag.

—¡Maldito lombardo! —exclamó Fulmaro con un resoplido de furia.

Pidieron ver al preso, pero el eparca no lo permitió. El basileus se encontraba fuera de Constantinopla y no regresaría hasta pasados un par de días.

—Mientras el basileus no esté aquí —concluyó Digenis—, yo no puedo hacer nada. Se trata de un asunto muy serio y él es el único que puede decidir lo que los jueces han de hacer. ¡Tened en cuenta que se trata de una grave ofensa a la familia imperial!

Hubieron de volver a la residencia en la que se habían hospedado antes. Luitprando empeoraba; a veces su respiración se cortaba y parecía que había expirado. Pero su malogrado cuerpo seguía aferrado a la vida. Asbag llegó a pensar que había en él una oculta energía que le impedía dejar este mundo sin que la misión fuera llevada a buen fin, y que algo de él seguía obrando para impedir que dejaran Bizancio sin llevarse a la princesa.

Se sintió desolado y sumido en una total confusión. No solo habían fracasado en la misión sino que habían provocado un grave incidente diplomático. ¿Con qué cara podían regresar a Roma llevando a Luitprando moribundo y un conflicto con el basileus? Una única idea le rondaba la cabeza: regresar a Córdoba y verse libre de todas aquellas complicaciones que de ninguna manera se había buscado. Pero seguía siendo incapaz de sacudirse el pacto que había hecho con Luitprando.

Por la tarde montó en su mula y fue a la casa campestre del eparca. Pensó que Danielis sería la única capaz de comprenderle y de darle ánimos en aquel momento.

—¡Cómo! ¿Todavía aquí? —se sorprendió ella al verle, pues se habían despedido el día anterior.

Ella escuchaba el relato de Asbag con la respiración contenida, tan nerviosa como el propio obispo.

—… De manera que pasó toda la noche con Teofano en su dormitorio —decía Asbag—. Y de madrugada los sorprendió una de las ayas, que fue corriendo a comunicárselo a la hermana del emperador. Ya te puedes imaginar lo que debió de suceder.

—¡Ah, Teofano! —exclamó Danielis, muy consternada—. ¡Esa cabeza de chorlito! Se ha enamorado locamente de tu conde. Debí suponer que sucedería algo así.

—¿Sabías lo que estaba pasando entre ellos? —preguntó el mozárabe con gesto de pasmo.

—¡Claro! ¿Eres tonto? ¿No recuerdas lo que sucedió en el jardín el día de la fiesta?

—¡Ah, era ella! —recordó Asbag.

—¡Vamos allí! —propuso Danielis con resolución, poniéndose en pie—. Conozco muy bien a la muchacha; mejor que su propia madre. Siempre la he querido como a una hermana o una hija. Yo misma la enseñé a leer y a escribir, y todo cuanto ella sabe lo aprendió de mí.

La mujer del eparca se echó una capa sobre los hombros, y el obispo y ella salieron a paso ligero en sus mulas con destino al gran palacio.

Fueron directamente a las dependencias de las mujeres. El dormitorio de Teofano era un caos. La joven estaba acurrucada en el regazo de una enorme aya, llorando, mientras criadas y damas entraban y salían sin parar, alborotadas, con el constante griterío de fondo de la madre, que estaba hecha una furia. Al ver a Asbag, empezaron todas a increparle, pero él no comprendía nada, puesto que lo hacían en su lengua armenia.

—¡Bueno! ¡Basta, basta! —dijo Danielis con autoridad—. ¿Queréis dejarme a mí con ella? ¡Vamos! ¡Por favor! Salid todas. El obispo romano y yo solucionaremos esto.

Las mujeres se hicieron las remolonas, pero al cabo salieron una a una. Respetaban a Danielis porque representaba a la vieja nobleza de Constantinopla y porque era una mujer culta y temperamental, cuyo prestigio estaba por encima del de la familia armenia de Juan Zimisces, que al fin y al cabo era un hatajo de advenedizos.

Cuando Asbag y las dos mujeres se quedaron solos, Teofano se arrojó en los brazos de Danielis deshaciéndose en lágrimas.

—¡Ay, qué vergüenza, Danielis! ¡Qué horror! ¿Por qué ha tenido que ocurrir esto?

—Bueno, bueno, mi pequeña —la consoló Daniclis—. Eso ya pasó. Ahora lo importante es hallar un remedio.

Teofano pareció calmarse al momento. Asbag se fijó en ella. Sin duda era la mujer más hermosa que podía encontrarse en lugar alguno. Casi llegó a comprender en aquel momento la obcecación y la imprudencia del joven Raphael. Era esbelta, de largo y delicado cuello, de sedosos cabellos castaños y labios finos que dejaban ver unos perfectos dientecillos blancos, pero sus ojos verdes bastaban para hacer enloquecer a cualquiera.

—Tú le quieres, ¿no es verdad? —le preguntó Danielis.

—Sí, mucho, muchísimo —respondió ella—. Pero ¿qué puedo hacer yo? Vinieron los guardias y se lo llevaron…

—No te forzaría…, ¿verdad? —le preguntó Asbag.

Ella bajó la cabeza, avergonzada.

—Bien, bien, mi querida —le dijo Danielis—. Lo siento, pero tengo que decirte esto: no querrás que le corten la cabeza…

Ella rompió a gritar en un ataque de nerviosismo. Danielis le dio una bofetada para hacerla volver en sí.

—¡Bueno! ¡Ya está bien! —le dijo—. Si has consentido, debes asumir tu parte de culpa. Pobre, pobre niña —dijo ahora para tranquilizarla—. Ya sé cuánto quieres a Raphael. No te preocupes. Lo arreglaremos…

—¿Cómo? —decía ella, llorando—. Danielis, ¿cómo?

Mientras la tenía abrazada, acariciándole el pelo, Danielis se dirigió a Asbag:

—Cuando se produce una deshonra, las leyes de Bizancio establecen dos soluciones, para el caso de que se trate de solteros: si ambos son consentidores, que se casen y aquí no ha pasado nada…

—¿Y si no? —preguntó Asbag con ansiedad.

—Si él la ha deshonrado, se le corta la cabeza sin más contemplaciones.

—Pero este no es el caso —repuso Asbag—, puesto que ambos consintieron.

—Sí, pero ¿crees tú que Juan Zimisces estará dispuesto a admitir que su sobrina preferida estaba prendada de un conde latino? Te recuerdo que él no tiene hijos y que ella es como su hija…

—Entonces, ¿qué se puede hacer? —dijo él, y mirando a Teofano añadió—: ¿Querrías tú casarte con Raphael y vivir en Lombardía el resto de tu vida?

—¿Querrá él? —preguntó ella a su vez.

—¡Ya lo ves! —le señaló Danielis a Asbag—. Tienes que hablar con el conde, y decirle lo que ha de hacer si quiere conservar su cabeza.

—¡Pero no me dejan verlo! —replicó Asbag.

—¡Bah! —dijo la mujer del eparca—. Déjalo de mi cuenta. Digenis estará de acuerdo en que será mejor presentarle al basileus el problema con una solución.

Danielis habló con su marido y, efectivamente, este consintió enseguida en que Asbag se entrevistara con el preso. Un oficial condujo hasta una oscura y pestilente mazmorra al obispo mozárabe y a Fulmaro.

Raphael, que estaba encogido en un rincón, dio un salto hacia ellos al verlos entrar. Pero Fulmaro lo sujetó por el pecho y comenzó a abofetearle, gritando:

—¡Idiota! ¡Cómo se te ha ocurrido! ¿No tenías tú que protegernos a nosotros? ¡Mira la que has armado! ¡Te van a decapitar!

—¡Déjalo! —exclamó Asbag, interponiéndose entre los dos—. ¡No es momento ahora de discutir!

—¡La culpa la tiene el Papa! —dijo el grueso obispo—. Por mandar a niños a hacer tareas de hombres.

—¡Claro, si hubiera estado comiendo y bebiendo a todas horas como tú...! —protestó Raphael—. ¿Qué has hecho tú en todo este tiempo? ¿De qué ha servido esta misión? ¿Habéis logrado acaso algo de lo que Luitprando os encomendó?

—¡He dicho «basta»! —zanjó Asbag la cuestión—. No podemos estar divididos ahora. Lo único que podemos hacer es tratar de solucionar este asunto lo mejor posible. A ver, tú —dijo dirigiéndose a Raphael—: quieres a esa muchacha, ¿no?

—Sí —respondió él con rotundidad.

—¡Pues ya está! —sentenció Asbag—. Se vendrá con nosotros a Italia y te casarás con ella, así salvarás tu cabeza y su honra. ¡No se hable más!

—¡Ah, eso es muy fácil de decir! —replicó Fulmaro—. Solo hay un inconveniente: que este se casó el año pasado con la hija del duque de Verona.

—¡Oh, no, no, no! —exclamó Asbag llevándose las manos a la cabeza—. ¡Has engañado a esa pobre joven! ¡Te mereces lo que va a sucederte!

Salieron de la prisión y Asbag regresó a las dependencias de las mujeres donde aguardaban Teofano y Danielis. Llevó aparte a esta última y le contó lo sucedido. Ella le escuchó con perplejo interés. La expresión de su rostro era tensa. Se volvió y, mirando hacia el vano de una ventana, dijo:

—¡Es terrible! No lo siento solo por él, que morirá sin remedio;

me preocupa ella, puesto que una mujer deshonrada y encima por un adúltero tiene por delante un negro futuro en la corte. Deberá regresar a Armenia, donde la familia la tratará peor que a una criada.

—¡Pero ella no lo sabía! —repuso Asbag—. Cedió a la seducción, pero no sabía nada…

—Sí —comentó ella—. Eso es lo malo. Raphael es muy hermoso y no ha pasado inadvertido que andaban prendados el uno del otro. ¿Crees que alguien se va a creer aquí que él la forzó aunque Juan Zimisces le corte la cabeza? ¡Vamos! No conoces cómo es Constantinopla. Esa pobre está perdida para siempre.

Asbag la miraba con los ojos muy abiertos, espantado, como aguardando a que ella propusiera alguna salida.

—Lo siento —prosiguió Danielis—, no se puede hacer nada. Pero más vale no decirle a nadie que él está casado. Siempre será mejor una deshonra sin adulterio… Lo digo por ella.

—Confía en mí —dijo Asbag—. En fin, si no se puede hacer nada, esperaremos a la decisión del basileus y regresaremos a Roma.

72

Constantinopla, año 971

Junto al lecho donde Luitprando agonizaba, Asbag rezaba en voz alta uno de los salmos:

> Desde lo hondo a ti grito, Señor;
> estén tus oídos atentos
> a la voz de mi súplica.
> Mi alma espera en el Señor,
> espera en su palabra.
> Mi alma aguardaba al Señor,
> más que el centinela a la aurora...

Luitprando pareció moverse y soltó una especie de profundo ronquido, algo que Asbag interpretó como un suspiro. Se abalanzó sobre la cama y le gritó al moribundo:

—¡Luitprando, Luitprando!

La vida del obispo de Cremona seguía latente, por más que intentara comunicarse con él. Aun así, como otras veces, Asbag le habló:

—Luitprando, por favor, dondequiera que se encuentre tu espíritu, mándame una señal. Ya ves lo que sucede. Tú me metiste en esto. Te lo suplico, ayúdame. Todo está resultando un fracaso. Hoy regresará el basileus y condenará sin duda a muerte a ese muchacho. Teofano será siempre una desgraciada. Y... —suspiró— he de regresar a Roma con las manos vacías... Te he fallado. Confiaste a este pobre mozárabe una empresa demasiado elevada. Si se hubiera tratado de Recemundo, seguro que todo habría funcionado...

Más tarde se llegó hasta Santa Sofía. La gran catedral le inspiraba tranquilidad y confianza, que en esos momentos era lo que más necesitaba. Paseaba por la inmensa basílica central, oyendo sus propios pasos en el misterioso silencio, sumido en sus cavilaciones, dejando que las enigmáticas miradas de las imágenes de los mosaicos le penetraran, sin pedirles nada, percibiendo el inescrutable vacío de creer.

De repente, oyó unas pisadas aceleradas que resonaban en el enorme espacio de la catedral, bajo la cúpula principal. Se volvió y vio acercarse a Danielis acompañada por una criada. Al llegar a él, ella se santiguó a la manera griega, de derecha a izquierda. Después sonrió con un gesto luminoso y dijo:

—¡Lo tengo!

—¿Eh? —dijo él, sorprendido.

—Tengo la solución a todos tus problemas. Tengo a tu princesa bizantina. Podrás llevarle a Otón una esposa griega.

—¡La princesa Ana! —exclamó Asbag en alta voz.

—¡Chsss...! —susurró ella—. Calla, pueden oírnos... Vayamos a un lugar más discreto.

Danielis tiró de él y le llevó hasta una de las capillas laterales, donde, en penumbra, siguieron hablando.

—Escucha con atención sin interrumpirme —le pidió ella. Luego, prosiguió en voz baja—: Te digo que tengo a tu princesa. Teofano es la mujer que necesitas. ¡Cómo no hemos caído en ello antes!

—¿Eh? ¿Teofano...?

—¡He dicho que no me interrumpas! —se enojó ella—. Sí, Teofano es la princesa ideal. Es de sangre porfirogéneta, puesto que es sobrina directa de un emperador reinante que no tiene descendencia. ¡Está clarísimo! En vez de quedarse aquí a soportar todas las habladurías de la corte, se irá contigo y será la emperatriz de Occidente. Juan

Zimisces estará de acuerdo, pues nadie sabrá lo del adulterio. Raphael salvará su vida y… ¡Todos contentos!

Asbag se hincó de rodillas y, con los brazos extendidos, exclamó mirando al cielo:

—¡Dios sea loado! ¡Dios sea bendito, alabado, ensalzado! ¡Por siempre y para siempre…!

Después, se levantó de un salto y se arrojó hacia Danielis para abrazarla y cubrirla de besos.

—¡Eh…! —exclamó ella—. ¡A ver si vamos a organizar un lío peor todavía nosotros dos, ahora que todo se ha solucionado!

Danielis se encargó de organizarlo todo. Ella misma convenció a su marido y después al basileus, que, pasado el disgusto inicial, estuvo plenamente conforme con el plan. Ahora, solo quedaba hacer los trámites lo antes posible para evitar que se levantara mayor revuelo. Se redactaron las cartas correspondientes con los permisos del emperador y los de los padres de la joven; se fijó la dote, con los regalos, vestidos, joyas, damas de compañía, esclavos; y en tres días todo estaba dispuesto para zarpar.

Cuando Asbag tuvo los documentos en su mano, con las firmas, los sellos y todas las formalidades, acudió al lecho de Luitprando y se los leyó como si él pudiera escucharlo. Después le besó el anillo al obispo agonizante y le dijo:

—Te saliste con la tuya, viejo testarudo. El emperador del año 1000 será de sangre griega y romana.

Esa misma noche, Luitprando expiró. Asbag concluyó que su espíritu se iba al fin a descansar, conforme con el modo en que se había resuelto la misión.

Las honras fúnebres se hicieron en la basílica del Pantocrátor, que era la favorita del difunto, primero en el rito bizantino y después en el rito romano. Finalizadas las celebraciones, unos embalsamadores prepararon el cadáver con diversas sustancias conservantes y lo introdujeron en un ataúd de madera, revestido por dentro con plomo y perfectamente sellado.

Sin embargo, todavía los aguardaba un inconveniente. Cuando fueron a cargar el sarcófago en el barco, el capitán y toda la tripulación se negaron en redondo a hacer el viaje llevando un cadáver a bordo. Eran unos sicilianos supersticiosos.

Asbag y Fulmaro tuvieron que ordenar que trasladaran de nuevo la caja al palacio.

—Me sabe mal enterrarlo aquí, en Constantinopla —comentó Asbag—; ya sabes cómo él detestaba este país.

—Sí, tienes razón —asintió Fulmaro—, pero no podemos hacer nada. Ya has visto cómo se han puesto los marineros. Además, la tierra es tierra; aquí, en Roma, en Cremona y en cualquier otro lugar. Le pondremos su mejor casulla, pagaremos una tumba digna en una de las iglesias de la ciudad y ya está. ¿Qué otra cosa podemos hacer por él?

—¡Claro! —exclamó Asbag—. ¡Las casullas, eso es! ¿Dónde están las casullas de lujo que trajimos para la Pascua?

—En el barco —respondió Fulmaro—. Los criados las embarcaron en el gran baúl donde iban también las mitras, los báculos y los demás objetos de culto.

—¡Ordena inmediatamente que lo descarguen otra vez y que lo traigan aquí!

—¿Para qué? —se extrañó el obispo de Colonia.

—¿No comprendes? Diremos que lo necesitamos para el entierro. Meteremos en el gran baúl el cuerpo de Luitprando y lo subiremos al barco como si tal cosa. Y en esa iglesia que has dicho enterraremos el ataúd vacío. Así podremos enterrar en Cremona a su obispo. Es lo que él se merece.

Al día siguiente, una caja vacía quedaba tapiada en la pequeña iglesia de un monasterio de Constantinopla, y el cadáver de Luitprando descansaba en postura fetal dentro del baúl, totalmente cubierto por ornamentos litúrgicos, en la bodega del barco italiano que se disponía a zarpar de un momento a otro.

En la cubierta, la princesa Teofano fue acomodada por sus criados bajo un baldaquino aislado con cortinas de seda. Raphael y sus hombres se esforzaban con el resto de la tripulación por disponer todo para la partida. Fulmaro aguardaba aún en tierra, sentado en su butaca al pie de la pasarela, para no alargar su estancia en el temido barco ni un momento más de lo estrictamente necesario.

Danielis había acudido a despedirlos y conversaba con Asbag a cierta distancia. La suave brisa del Bósforo agitaba el sencillo velo de tul que caía prendido de los cabellos de la dama, en los cuales brillaban las horquillas de plata. Su sonrisa era espléndida y luminosa, como siempre, pero un fondo triste se reflejaba en sus ojos oscuros.

—Nunca podré agradecerte cuanto has hecho por nosotros —le decía Asbag.

—Solo he sido un instrumento —respondió ella—. ¿Iba a consentir acaso que muriera ese joven? ¿Y que Teofano fuera una desgraciada el resto de su vida? Tú también eres un instrumento. Agradezco a Dios el haberte conocido.

—Dios se sirve de nosotros —repuso él—. Pero eso es algo difícil de apreciar algunas veces.

—Sí, estoy convencida de ello. Cuando me narraste las peripecias que habías vivido en esos viajes en los que te viste transportado, sin que esa fuera tu voluntad, comprendí que nuestras calamidades siempre tienen un sentido. Si no te hubiera sucedido todo eso, nunca se habrían solucionado estos problemas. Ya sabes, Dios les complica siempre la vida a los que ama. A ti debe de quererte mucho.

—¡Ja, ja, ja…! —rio él—. Si de complicaciones se trata…, no puedo quejarme.

—Yo he aprendido mucho gracias a ti. A mí, ya ves, me suceden tan pocas cosas interesantes…

La trompeta que anunciaba la partida sonó en ese momento. Las velas se desplegaron y el piloto los apremió desde el barco.

—Bueno, hay que despedirse —dijo Asbag—. ¡Que Dios te bendiga, Danielis! Rezaré siempre por ti.

—Yo también —contestó ella—. Cuida de Teofano. Y, recuerda, si te sucede todavía algo, será porque Dios espera más de ti.

—¡No lo olvidaré!

El barco empezó a retirarse del muelle, y las velas se hincharon, al tiempo que los remeros lo hacían avanzar veloz con rítmicas paladas. Salir del Cuerno de Oro y dejar la ciudad atrás era una imagen que difícilmente se podría olvidar. Danielis seguía inmóvil en el puerto, junto a su criada de confianza que sostenía la llamativa sombrilla anaranjada. Mientras su imagen desaparecía en la distancia, agitaba la mano en un adiós que Asbag sintió para siempre.

Según había jurado solemnemente antes de ser liberado, Raphael no volvió a acercarse a Teofano. No obstante, como Asbag se había temido, la presencia de los dos enamorados en el reducido espacio del barco empezó a acarrear complicaciones. Tal vez la joven había imaginado que las cosas iban a ser de otra manera al dejar Constantinopla, pero una severa aya que habían puesto a su cargo, bien aleccionada, estuvo constantemente pendiente de que ni siquiera sus ojos buscaran al conde. Nada más perderse Bizancio en el horizonte, la princesa dio rienda suelta al llanto y cundió el desconcierto entre sus damas de compañía.

Asbag lamentó tener que intervenir. Recordó entonces que ya una vez se había encontrado en una situación semejante, cuando tuvo que convencer a la vascona Subh de que se aviniese a la relación con Alhaquén. Muchas veces le había pesado aquella intervención. El obispo mozárabe había sido siempre partidario de que nadie debe mediar en las cosas del amor, por ser un sentimiento puro, ingobernable y misterioso, pero las circunstancias le empujaban entonces, como ahora, a dar explicaciones sobre lo más inexplicable.

Cuando Asbag, a petición de las damas, fue a consolar a Teofano, se dio cuenta de que además había otro inconveniente: ella apenas le conocía y no tenía por qué confiar en él. La cosa se presentaba difícil.

Cuando entró en la especie de dosel donde estaba echada suspirando sobre un montón de almohadones, ella le miró y él sintió un escalofrío al enfrentarse con aquellos hermosísimos ojos verdes cargados de desolación y de preguntas. ¿Qué podía decirle ahora?

—¿Te han explicado bien para qué vas a Roma? —decidió preguntarle el obispo.

Ella se llevó las manos a la cara y se dio la vuelta.

—¿Qué quieres de mí? —dijo—. ¿Qué queréis todos de mí?

Él sintió que la cosa sería aún más difícil.

—Nada —le respondió—. Nadie te pide nada. Solo quiero saber si puedo ayudarte de alguna manera.

—¡No! —le gritó Teofano a la cara.

—Bien —dijo él apesadumbrado—, veo que no quieres que te consuele nadie. Ahora mismo traeré a Raphael y, si es a él a quien quieres, por mi parte no hay ningún inconveniente. En este barco, una vez muerto Luitprando, yo soy el que manda. Ni tu aya ni nadie podrá impedirme que te junte con el hombre al que amas.

Asbag no sabía por qué había dicho aquello. Él mismo se sorprendió en medio de su nerviosismo y su desconcierto, y una especie de vértigo le asaltó después de comprometerse con aquellas palabras. Pero se sorprendió aún más cuando, al hacer ademán de salir, ella se arrojó sobre él y le asió por la túnica diciendo:

—¡No, no! ¡No traigas a Raphael! ¡Ya no le quiero! Me engañó…

—Entonces —dijo el obispo—, ¿ya no habrá más vida para ti? ¿A Raphael era a lo único a lo que aspirabas en este mundo?

Vio que ella se estremecía y advirtió que sus palabras surtían efecto y que empezaba a estar dispuesta a razonar.

—¿Conoces acaso al príncipe que te espera en Roma? —prosiguió.

—¡Bah, es un sajón! —refunfuñó ella.

—¡Vaya! —dijo él—. De manera que lo que habías soñado toda tu vida era tener a un lombardo, ¿no?

—Antes… de conocer a Raphael no sabía cómo eran los lombardos —respondió Teofano con un hilo de voz.

—¿Ves qué tonta eres? —le dijo el obispo.

Por fin, ella sonrió.

—Querida niña —prosiguió él—, tienes solo dieciocho años. ¿Qué es eso en una vida? Todo lo que hayas podido oír acerca de la vida, del mundo, ¿qué es ante la realidad de lo que puede aguardarte? No tengas ningún miedo. Has sufrido un desengaño, un primer golpe, y te ha pillado por sorpresa. Pero eso no lo es todo. ¿Qué sabes tú de lo que Dios puede tenerte reservado? El príncipe Otón tiene ahora tu edad, y le aguarda ser el emperador de la cristiandad de Occidente. Cientos de princesas y damas de Europa sueñan con la suerte que a ti te ha correspondido…

—Sí, lo sé —le interrumpió ella—. Pero ¿puedes comprender tú acaso el vacío que siento yo aquí dentro?

—¡Bah! El tiempo todo lo cura. Cuando llegues a Roma y toda la corte esté pendiente de ti ni te acordarás del lombardo.

Teofano sonrió otra vez.

—Dime una cosa —preguntó—, ¿cómo es Otón? ¿Tú lo has visto?

—Sí, lo conocí en Aquisgrán. Es alto, rubio, fuerte y… Bueno, ya lo verás tú; por mucho que yo te cuente… Piensa que es un príncipe, educado en la corte del gran Carolo y coronado ya por el mismísimo Papa de Roma. Serás la emperatriz más importante del mundo. Pero eso has de ganártelo… ¿Te portarás bien ahora?

—Te lo prometo —respondió ella haciendo la cruz en su pecho.

—Así me gusta. Danielis estará contenta cuando le escriba y le cuente lo bien que te sentará ser emperatriz. Me pidió que cuidara de ti.

—Ella es lo mejor de Constantinopla —dijo Teofano.

—Sin duda —confirmó Asbag.

Al salir del baldaquino, el obispo mozárabe experimentó un gran alivio. Rezó: «Dios mío, ¿por qué has de meterme siempre en estos líos?».

Después de un viaje sin incidentes por el gran mosaico de las islas griegas, y cuando se sentían ya casi en casa por dejar atrás las últimas, que son las islas Jónicas, se levantó una imponente tormenta frente a Corfú. Resultaba peligrosísimo acercar el barco hasta tierra, puesto que las olas podían hacerlo pedazos, y permanecer en el mar implicaba estar a merced del impetuoso viento y del violento movimiento de las aguas, que zarandeaban la nave como un insignificante cascarón.

La tripulación bregaba sobre la cubierta, mientras los pasajeros se aferraban a lo que podían dentro de la bodega, rezando a todos los santos y suplicando a voz en cuello a Dios para que los librara del trance. Todo rodaba por el suelo, los equipajes iban de un lado a otro y el agua entraba a chorros.

El capitán y un grupo de marineros bajaron para amarrar con maromas los bultos y evitar así males mayores. Entonces sucedió algo del todo desagradable: el baúl de los ornamentos volcó y apareció el seco cadáver de Luitprando en medio de las casullas, como una tétrica imagen a la luz inestable de los zarandeados faroles. Las damas lanzaron un agudo grito de terror.

—¡Es el obispo! —exclamó el capitán—. ¡Oh, Luitprando, es él! ¡El muerto!

—¡Hay que arrojarlo! ¡Fuera, hay que tirarlo al mar! —secundaron otras voces inmediatamente.

—¡No! —salió al paso Asbag—. ¡Nada de eso!

—¡Si no lo tiramos moriremos todos! —replicó el capitán.

—¡Tiradlo! ¡Fuera! ¡Al mar! —gritaron los marineros.

Asbag, viendo que no podía detenerlos, miró a Fulmaro buscando su apoyo. El grueso obispo estaba en un rincón, acurrucado y dominado por el pánico. De repente, se puso en pie y se acercó hasta el cadáver, se lo cargó al hombro y subió con él las escaleras que conducían a la cubierta.

—¡No, Fulmaro! ¡No lo hagas! —le gritaba Asbag corriendo detrás de él.

Pero cuando llegó arriba, solo tuvo tiempo de ver cómo el obispo de Colonia arrojaba el cuerpo por la borda y después se santiguaba mirando al cielo.

Pasadas unas horas remitió la tormenta. Un encrespado cielo gris quedaba atrás sobre las costas griegas. De frente, se abría el mar Adriático con un hermoso sol de atardecer en el horizonte.

Asbag miró al mar plomizo que se extendía hacia oriente, en el lado contrario al bello poniente rojizo. Le habló a las aguas como si Luitprando pudiera escucharle desde ellas:

—Ni Grecia ni Roma, ni Oriente ni Occidente... Justo en el medio; ahí habías de reposar para siempre, en la mitad del camino que recorriste tantas veces para unir ambos extremos. ¡Dios lo ha querido así! ¡Que Él te guarde en su Gloria!

Y envió una bendición al mar.

73

Córdoba, año 973

La estancia que Abuámir se había mandado construir en su nueva munya había sido ideada por él mismo, para satisfacer el deseo que había sentido siempre de habitar en un lugar hecho a su manera. Desde el balcón que daba al este se dominaba una gran extensión de la vega del Guadalquivir, con las mieses doradas y los verdes árboles frutales próximos al río. Desde la otra ventana se divisaba la mejor vista de Córdoba: el gran puente erigido por los romanos, cuya cabecera terminaba en la puerta de Alcántara; la mezquita mayor sobresaliendo por encima de las murallas; los alcázares y el apretado conjunto de edificios, con palmeras finas y enhiestas que salpicaban aquí o allá el panorama escapándose desde los patios.

La amplia habitación le servía de gabinete, lugar de descanso en la intimidad y dormitorio. Era una especie de torreta levantada en un tercer nivel, separada del segundo piso de la casa por un pasadizo al aire libre que volaba desde el salón principal. En ella tenía sus libros, sus armas y sus halcones.

Echado en un diván, leyendo un viejo libro de crónicas de héroes y leyendas épicas, se estremeció de placer al ver su propia armadura, brillante, recién pulida, erguida frente a él en su soporte y aguardándole vacía, con las correas suaves y las hebillas dispuestas para ajustarse a su cuerpo. Era como si ya formara parte de él, como si le perteneciera como algo propio de su personalidad; lo mismo que la espada que descansaba en su funda al lado, lista para prolongar su brazo. «Ya soy un guerrero de Alá; un fiel hijo de la yihad», se dijo, dejándose invadir por un escalofrío extraño, por una energía que le nacía de dentro, le tensaba los nervios y le hacía sentirse llamado a algo; algo sublime, lejano y próximo a la vez.

Se levantó y se acercó a la armadura, la acarició; era como si ella le hablara, sin palabras, con un misterioso fluido de sentimientos. Extrajo la espada de su vaina; se fijó en la brillante hoja de acero, la acarició, y también el mango de bronce con delicadas palabras del Corán labradas en él. La empuñó y la extendió hacia la ventana. Un cálido sol anaranjado despedía sus rayos desde el naciente, y un dorado reflejo bañó el templado metal. Estiró el brazo y se fijó en él: con el entrenamiento se había fortalecido; le agradó contemplarlo y lo tensó aún más. «El brazo de Dios —pensó—. La espada de Alá». Eran frases que había leído desde niño en los libros, en boca de implacables guerreros lanzados a extender la fe del Profeta. Frases que ahora, frente a aquella armadura y aquella espada, parecían pertenecerle a él como propias. El estremecimiento volvió ahora con mayor intensidad. «Las tierras de Alá son vastas hasta el infinito —le vino ahora a la mente—, ¿quién extenderá sus dominios?».

El misterioso sentimiento se hizo más fuerte y percibió que el alma le ardía dentro, como queriendo escaparse, como queriendo volar por encima de la extensa llanura de la vega.

Su halcón favorito estaba allí a un lado, sobre su alcándara, con los fieros ojos clavados en el pedazo de cielo que se veía desde la ventana; miró a Abuámir y ahuecó las plumas, como pidiéndole algo, y al momento volvió la mirada escrutando nuevamente el espacio abierto. Abuámir se fijó en un bando de palomas que acudían a posarse en los sembrados, y comprendió la inquietud del halcón. Soltó las pihuelas y el ave se subió en su puño. Lo acercó a la ventana. La primera paloma que alzó el vuelo hizo que la rapaz saltara como un resorte y volara como una veloz flecha hacia ella. Se produjo un impacto seco en el aire y una explosión de plumas desprendidas. Cazador y presa caían enlazados en un baile mortal. «Así lo quiere Dios —pensó Abuámir—: hay halcones y palomas volando en un mismo cielo, pero a cada uno le corresponde un destino diferente».

—¡Amo! ¡Amo Abuámir! —Le sacó de sus cavilaciones una voz y un persistente golpeteo en la puerta.

Abrió y se encontró con el criado.

—Amo, en el recibidor te aguarda el gran visir.

Abuámir se sorprendió de aquella visita repentina.

—Bien, ahora bajo —dijo—. Acomódalo y ofrécele algún refresco. ¡Ah!, y recoge el halcón que está desplumando una paloma en el trigal.

Abuámir se puso el albornoz, se lio el turbante y bajó al salón principal de la casa, donde Al Mosafi degustaba un tazón de agua fresca perfumada con almizcle mientras miraba los campos desde una ventana.

—¡Magnífico halcón! —comentó al ver llegar a Abuámir.

—¡Ah, lo has visto! —dijo Abuámir.

—Sí. Llegaba justo en ese momento. Los guardias que me acompañaban y yo vimos la maravillosa escena a poca distancia.

—¿Y, bien, a qué debo esta inesperada visita? —preguntó Abuámir.

—Bueno, ha surgido algo que debía comunicarte inmediatamente. Pensé que lo mejor era que yo viniera en persona; se trata de un asunto que no admite demora y no quise perder tiempo en citarte. Además, así tengo la oportunidad de conocer tu casa, de la que tanto he oído hablar.

—¿Se trata de algún asunto grave? —se inquietó Abuámir.

—Según se mire —respondió el visir—. Pero no te sobresaltes. Lo que sucede no concierne directamente a tu función en Córdoba; se trata de un problema surgido en África.

—¿En Mauritania? ¿En los dominios africanos del califa?

—Exactamente. Los príncipes idrisíes han vuelto a rebelarse. Atacaron a nuestro ejército en Mahran y mataron a mil quinientos hombres, incluido el general Ibn Tumlus. Los supervivientes regresaron a Ceuta y han pedido refuerzos. El califa decidió enviar al general Galib, ya sabes, el que defiende la Marca del norte. Le ha ordenado venir desde Medinaceli, y en un par de semanas partirá con un gran ejército para cruzar el estrecho.

—Eso quiere decir que el problema es grave —observó Abuámir, meditabundo—, y que habrá una gran guerra. ¿No es así?

—Sí. Se trata de destronar definitivamente a los traidores idrisíes para evitar que entreguen Mauritania al califa de Egipto. Para ello, Alhaquén piensa repartir oro a manos llenas entre los señores que apoyan a los rebeldes, para comprarlos.

—¿Más dinero? —se sorprendió Abuámir—. ¡Pero si se han mandado cantidades enormes de monedas! Yo mismo ordené su embalaje en la Ceca.

—Ese es precisamente el problema —explicó Al Mosafi—. Todo ese dinero se ha derrochado sin sentido, y parece ser que no ha llegado a las manos de los mauritanos. Algo está sucediendo: o no saben administrarlo o...

—O alguien se ha quedado con él —continuó Abuámir.

—Eso mismo —confirmó el visir—. Y ahí precisamente comienza tu cometido. Se necesita un intendente hábil y experimentado que sea capaz de poner las cosas en su sitio. Alguien que, además de hacer de tesorero, sea un militar, capaz de asumir el sistema de vida de los hombres de armas.

—¿Quiere eso decir que he de ir a Mauritania?

—Sí, así lo ha dispuesto el califa. Te incorporarás al grupo de oficiales del general Galib y serás el encargado de que el oro llegue a su destino.

Cuando Abuámir le contó a Ben Afla el destino militar que le había encomendado el califa, el viejo general se entusiasmó.

—¡Alá sea ensalzado! —exclamó—. Al fin ha llegado tu momento. Ningún lugar como África para emprender la carrera de las armas. Allí empecé yo, y allí he enviado a mis hijos mayores, como bien sabes, gracias a la ayuda que tan generosamente me brindaste. Ahora, ellos se incorporarán inmediatamente a tu servicio con todos sus hombres. Además, te daré cartas para algunos viejos conocidos míos: el gobernador de Tánger y, sobre todo, para mi gran amigo Al Tuchibí, antiguo gobernador de Zaragoza; él te ayudará en cuanto necesites.

Inmediatamente, Ben Afla se sentó a su escritorio y escribió las cartas, las firmó, las selló y las enrolló cuidadosamente. Las puso en manos de Abuámir y añadió:

—Y, si no tienes inconveniente, me encargaré de que te acompañen mi hijo Hamed y un buen grupo de caballeros jóvenes que desean ardientemente una oportunidad como esta.

—Noble Ben Afla, ¿no es demasiado todo eso? —le dijo Abuámir, emocionado.

—Es mucho menos de lo que te mereces —respondió el veterano—. Estoy seguro de que después de esta campaña se hablará de ti en todo el reino.

El propio califa salió a despedirlos a las puertas de Córdoba. Un gran ejército, con el general Galib al frente, tomaba el camino del sur para ir hasta Algeciras, donde había de embarcarse hacia Tánger. Córdoba entera cruzó el puente para ver partir a la gran fila de caballeros precedidos de los estandartes y seguidos por una infinidad de mulas que cargaban con toda la impedimenta.

Según le correspondía como jefe de la shurta cordobesa con poderes especiales del califa, Abuámir ocupaba un lugar preponderante junto a los guardias en la comitiva que iba al frente de las huestes. Su aspecto no pasaba desapercibido; con la ondulante capa de seda verde que se extendía hasta las ancas de su caballo negro, adornado con los bellos jaeces que heredó de su padre y con la brida de Ben Afla; su armadura impecablemente limpia y brillante; la loriga pulida, ajustada a su cuerpo; y su propio séquito de caballeros, mayordomos, criados, esclavos y maestros de armas, al frente de los cuales se incorporó Utmán. Y, como intendente militar y tesorero real, Alhaquén puso bajo su mando un importante contingente de la guardia especial de Azahara.

Antes de llegar al puerto de Algeciras, en la cuarta jornada de camino, el general Galib, que iba siempre a la cabeza del ejército, se apartó a un lado y aguardó a que Abuámir pasase para cubrir un trecho del camino cabalgando juntos. Se habían conocido una semana antes en

Azahara, cuando el califa les había encomendado la campaña militar, exhortándolos a trabajar juntos y a entenderse, sobre todo en la forma de utilizar el tesoro que llevaban consigo para granjearse adeptos.

—¿Conoces Mauritania? —le preguntó Galib.

—No —respondió él—. Nunca estuve allí, aunque soy originario de la Axarquía y, como comprenderás, he conocido a muchos beréberes.

—¡Hummm…! Los africanos son gente complicada —explicó el general—. Tan pronto se unen como una piña como se disgregan y se despedazan entre sí como perros rabiosos. Cualquiera que pueda juntar a veinte hombres armados se erige en caudillo y pretende ser un príncipe. Siempre han vivido de esa manera.

—Bueno —repuso Abuámir—. Es algo que tendremos que aprovechar a nuestro favor.

—Sí. Lo difícil es saber por dónde se ha de empezar.

—Llevamos más monedas que puntas de lanzas y flechas —comentó Abuámir—, para arrojarlas en todas direcciones…

—¡Ah! ¿Crees que el califa de Al Qahira no habrá disparado ya sus dinares?

—Bien, si es así, habrá que ver si pesan más que los nuestros.

—¡Bah! —replicó Galib—. No soy partidario de solucionar las cosas con oro. Los rebeldes lo toman y se calman, pero cuando se lo gastan vuelven otra vez a las andadas. Es como dejar que el halcón devore la presa que ha cazado; se acostumbra a satisfacerse a sus anchas y luego obedece solo cuando le interesa. No, al halcón hay que tenerlo siempre con hambre…

—Tienes razón, mawala —repuso Abuámir—. Pero, aunque al halcón no se le debe permitir que se coma a la presa, siempre se le da la parte más suculenta, que es el corazón o el hígado. Así, aunque se quede con hambre, se muestra agradecido y se siente importante ante el amo que premia su esfuerzo. Estimo que lo que hay que hacer con esos caudillos mauritanos es tenerlos permanentemente engolosinados con asignaciones frecuentes, pero no cuantiosas, y al mismo tiempo persuadirlos de que son dignos miembros de un gran imperio, no mercenarios asalariados.

—¿Y quién podrá convencerlos de eso? —dijo el general en tono escéptico—. Son incapaces de sentirse parte de nada; prefieren ser cabeza de ratón antes que cola de león. Ya lo verás. No entienden otra forma de vida que la que aprendieron de sus mayores.

—Habrá que intentarlo —contestó él.

—Sí, en eso tienes razón. Es lo que opina el califa y para ello llevamos ahí todo ese oro. Tú eres el encargado de hacer esas negociaciones. Si consigues convencerlos…

En el puerto de Algeciras aguardaba amarrada la gran flota de Alándalus, preparada para empezar a transportar al otro lado del estrecho a la nutrida hueste. Una importante cantidad de naves particulares, pesqueras y comerciales se sumó a las operaciones de trasladar soldados e impedimenta. Durante días, los barcos no descansaron ni de día ni de noche.

Cuando Abuámir divisó a lo lejos, sobre el horizonte azul del mar, la oscura línea de tierra africana, le invadió la emoción de la aventura y el deseo de triunfar en hazañas que luego fueran escritas en los libros.

74

Roma, año 972

El 14 de abril de 972, Roma bullía bajo un radiante sol de mediodía, después de que en la basílica de San Pedro el papa Juan XIII bendijera las bodas de Otón II con la princesa bizantina Teofano. Había sido una ceremonia grandiosa, celebrada en presencia de los emperadores Otón y Adelaida, así como de los representantes de los principales reinos de la cristiandad, que habían acudido a presentar sus parabienes y sus respetos, para acogerse a la sombra del poder del nuevo y flamante césar que habría de heredar el cetro de su padre.

Después de seis meses, Asbag se había acostumbrado a la Roma que le sorprendió a su llegada, con las ruinas de sus foros desparramadas por todas partes, columnas, pórticos, callejuelas, bodegas, talleres y decrépitos caserones; la mayor amalgama de grandeza y miseria, pasado y presente, que pudiera llegar a encontrarse. Sin embargo, aunque todo se caía a pedazos, algo hablaba de eternidad en las calles abarrotadas de gentes diversas, en las plazas luminosas y en los puentes construidos sobre el lento y perseverante fluir del Tíber; y sobre todo, sus grandiosas basílicas, que se levantaban desafiantes junto al esplendor de otros edificios que el tiempo hacía desmoronarse.

El obispo mozárabe había sido tratado como un alto dignatario de la curia romana, después de que presentara a Teofano a la emperatriz Adelaida y luego al Papa. En los siete meses anteriores a la boda, a petición de la joven, él había sido su preceptor, su capellán personal y el encargado de estar presente en las entrevistas que ambos prometidos mantuvieron para conocerse. Había comprobado lleno de satisfacción interior la buena impresión que se habían causado mutuamente los dos jóvenes y cómo había nacido entre ellos una amistad primero y el amor después. Se sintió sinceramente feliz al ver que sus sacrificadas aventuras habían dado fruto. Y presintió que Luitprando se alegraba en el cielo.

En la corte imperial, Asbag se movía con naturalidad; no solo por ser ya un experto en las lenguas al uso, sino porque su fama de clérigo instruido, conocedor del mundo y dotado de serena sabiduría le fueron acercando a los hombres célebres que por entonces se encontraban en Roma. Entre ellos, conoció a Mayolo, el abad de Cluny, un monje austero y piadoso, cuya santidad se predicaba de boca en boca y que había llegado a convertirse en el consejero personal de la emperatriz Adelaida.

Desde que el mozárabe y el abad se conocieron, surgió entre ellos un mutuo entendimiento que iba más allá de los meros asuntos concernientes a la educación y a la futura boda de Teofano. Hablaban de Dios, desde la experiencia de cada uno, de su misterio último y escondido por encima de las tradiciones y los ritos de los hombres. Fue Mayolo quien convenció a Asbag de que demorara su viaje de regreso a Córdoba para acompañarle a él hasta su abadía, la más celebre en aquel tiempo, que se encontraba allende los Alpes. Asbag comprendió que no podía desaprovechar aquella oportunidad y accedió a la invitación, ilusionado por conocer la gran biblioteca que atesoraban los monjes cistercienses y deseoso de llevarse consigo a Córdoba todas las copias que pudiera.

Pero antes de que llegara el día del viaje, que estaba previsto para una semana después de la boda, Asbag conoció a un personaje singular. Se trataba de otro monje: Gerberto de Aurillac, que había ido a Roma acompañando al conde Borrell de Cataluña para servirle de intérprete ante los magnates del Imperio y la curia romana, con la que el conde necesitaba realizar importantes gestiones.

Fue el joven Gerberto, espontáneo y directo, el que se presentó a Asbag de sopetón después de la ceremonia de la boda, cuando la comitiva nupcial se dirigía hacia la basílica de San Pablo Extramuros para orar ante la tumba del otro gran apóstol de Roma e impetrar su protección.

La multitud se había lanzado a la calle para aclamar a los nuevos esposos, formando un verdadero estruendo de gritos, palmadas y música, que no cesaba a los lados de la vía por la que transitaba el cortejo, mientras los encargados de distribuir limosnas arrojaban lejos monedas para apartar a la turba y abrir paso.

Asbag iba en la fila que seguía al Sumo Pontífice, junto al resto de los cardenales, obispos y presbíteros, sobre una gran mula que conducía un palafrenero. Fue entonces cuando Gerberto se adelantó y se puso a su altura, incitando a su pequeño asno con los talones.

—¡Eh, padre! —le gritó—. ¡Oscuf! ¡Oscuf Asbag! —le gritó luego en árabe, lo cual significaba «obispo».

Asbag se sorprendió al escuchar aquello y se volvió sobre su montura. Entonces se encontró a su lado al joven monje, montado a una altura más baja en su inferior cabalgadura. Gerberto tenía unos treinta años y un vivo y sonriente rostro en el que destacaban sus abiertos e interrogantes ojos azules.

—¿Me conoces? —le preguntó Asbag.

—¡Claro! —respondió Gerberto—. Se habla mucho últimamente de vos en Roma. Trajisteis a la bizantina.

—¿Necesitas algo de mí? —le preguntó el mozárabe, sin salir aún de su sorpresa.

—Vengo de Hispania, ¿sabéis? —le dijo el joven monje.

—¿Eh? ¿De Hispania?

—Sí, de Cataluña, del monasterio de Ripoll —respondió Gerberto.

—¡Ah, de Cataluña!

A partir de aquel momento, hicieron juntos el recorrido que la comitiva había de seguir, cruzando la puerta Colina, junto al castillo de Santángelo, el puente sobre el Tíber y toda la ciudad, bordeando el Palatino y el Aventino, para llegar a la puerta de San Pablo y continuar por la vía Ostiense hasta la gran basílica en cuyo interior se veneraba el sepulcro del apóstol.

Allí, el Pontífice descendió de su litera y, teniendo a su derecha al emperador y a su izquierda al archidiácono, avanzó hasta el baldaquino que ocupaba el lugar central del crucero de la basílica. Detrás iban los nuevos esposos y todo el cortejo. Delante del altar, Otón II prestó el siguiente juramento sobre el Evangelio que sostenía el subdiácono: «Yo Otón, rey de los romanos y, Dios mediante, futuro emperador, prometo, aseguro, empeño mi palabra y juro delante de Dios y de san Pedro y san Pablo que seré protector y defensor de la santa y apostólica Iglesia romana y del actual Sumo Pontífice y de sus sucesores, amparándolos en sus necesidades y conveniencias, conservando sus posesiones, honores y derechos, cuanto con el favor divino me sea posible, según mi saber y poder, con fe pura y recta. Así Dios me ayude y estos santos Evangelios».

Dicho esto, todos se postraron en tierra y el archidiácono entonó las letanías, tras las cuales la *schola cantorum* inició el canto del gradual y después el aleluya.

Mientras sonaba el hermoso canto, Asbag se fijaba en todo, como queriendo retener aquel momento: el emperador sentado en su trono, con el cetro, el manto y el globo áureo; el Sumo Pontífice con las vestiduras de la ceremonia del pontifical; todos los signos visibles de la cristiandad estaban allí, frente a él, como queriendo expresarle algo.

Acabada la celebración, el emperador recibió reverencialmente la bendición papal e inmediatamente se dirigió hacia la salida, donde el Sumo Pontífice debía montar sobre su caballo, para tenerle el estribo y sujetarlo del freno; una vez que el Papa hubo subido, lo guio un poco. Luego montó él en su propio caballo y se situó a la izquierda de Juan XIII para cabalgar con él en dirección a la ciudad, seguidos de la emperatriz Adelaida y de los recién casados.

El resto de la comitiva se dispersó allí mismo. Unos acudían a los banquetes de boda y otros se distribuían por la ciudad para proseguir la fiesta, ahora en su lado profano, en la multitud de tabernas que Roma ofrecía a sus visitantes.

Asbag se sintió profundamente conmovido por la ceremonia que acababa de contemplar. Regresó al interior de la basílica. Necesitaba rezar. En ese momento acudieron a su mente los versos del Salmo 70:

> Dios mío, confía tu juicio al rey, tu justicia al hijo de reyes: para que rija a tu pueblo con justicia, a tus humildes con rectitud.

No se había dado cuenta de que Gerberto estaba a su lado, respetando su silencio. Ahora continuó la oración en voz alta:

> Que los montes traigan paz, y los collados justicia. Que él defienda a los humildes del pueblo, socorra a los hijos del pobre y quebrante al explotador.

—¿Por qué recitas ese salmo ahora precisamente? —le preguntó Gerberto.

—Me preguntaba si un solo rey sería la solución de los problemas del mundo —respondió Asbag.

—Hay un solo Dios… —repuso el monje.

—Sí, pero múltiples formas de entender Su misterio. Si la mayoría de los hombres estamos de acuerdo en que Dios es uno solo y, aun así, no nos ponemos de acuerdo en la forma en que debemos dirigirnos a Él, ¿cómo íbamos a aceptar a un único gobernante? ¿No es toda forma de imperio una falacia?

Gerberto se quedó pensativo ante estas palabras. La gran basílica dedicada a san Pablo estaba ya en silencio, después de que la muchedumbre hubiera salido. Solo algunos pocos rezaban en el inmenso espacio vacío.

—¡Ah, eso que dices me suena a Al Farabi! —dijo al fin Gerberto.

—¿Conoces al filósofo persa? —se sorprendió Asbag.

—¡Naturalmente! Ya te dije que vengo de Cataluña, del monasterio de Ripoll, donde se traducen los principales libros que los mozárabes envían desde Alándalus. El kalam, Al Kindi, Rhazes o *Las gemas de la sabiduría* de Al Farabi, junto con las grandes obras de Platón y Aristóteles, son de uso normal allí.

—¡Vaya! —exclamó Asbag—. Muchos de esos libros que viste en Cataluña seguramente salieron de mi *scriptorium* de Córdoba.

—¡Claro! —se entusiasmó Gerberto—. Ya lo sabía, y por eso deseaba tanto conocerte. ¿Sería mucho pedirte que me contaras tu aventura? Me dijeron que los vikingos te mantuvieron preso en Jacobland tras capturarte cuando peregrinabas a la tumba del apóstol. ¿Querrías narrarme lo que viste en aquellas tierras?

—Con mucho gusto —respondió el mozárabe—. Pero salgamos de aquí. Pasearemos por Roma mientras te lo cuento todo. Y después tú me hablarás de Cataluña y de los conocimientos que allí adquiriste.

El obispo y el monje salieron de San Pablo Extramuros y pusieron rumbo a Roma por la vía Ostiense.

A ambos lados de la amplia calzada, se elevaban soberbias villas semiocultas entre espesos y umbríos jardines. Más adelante, emergían por encima de los pinos de densas copas los muros rojizos de la muralla, sobresaliendo detrás de ellos la gran pirámide de piedra que sirvió de mausoleo a Cayo Cestio. Grandes bandadas de pájaros retornaban a pernoctar en los álamos de las orillas del Tíber.

Asbag le contó al joven monje las peripecias vividas, y este a su vez le explicó que de muchacho estudió en el monasterio de Saint-Géraud, reformado por Cluny, y que viajó después por Cataluña, una de las regiones más interesantes de la época desde el punto de vista intelectual, tanto por su cercanía a la culta Hispania musulmana como por la existencia del monasterio de Santa María de Ripoll, que poseía doscientos manuscritos aproximadamente y era frecuentado por monjes que conocían tanto el árabe como el latín. En Ripoll se encontraban, entre otros, una importante serie de tratados árabes de astronomía y aritmética. Llevado a Roma después, en una embajada catalana del conde Borrell, el joven Gerberto impresionó al papa Juan XIII por su doctrina, puesto que en Italia y en Alemania los conocimientos tanto musicales como matemáticos eran muy escasos.

Asbag también se impresionó ante la sabiduría de Gerberto de Aurillac. Y lo que no llegaría a saber jamás el obispo mozárabe es que el docto monje aquitano sería llevado después por los azares de la vida a seguir al archidiácono de Reims, excelente maestro de lógica en dicha ciudad, donde llegaría a ser preceptor de importantes personajes, entre los que estarían Riquer de Reims, Fulberto de Chartres y Juan de Auxuerre. Más tarde regresaría a Roma; el emperador Otón II le haría abad del monasterio de Bobbio, famoso por su biblioteca; y finalmente se convertiría en maestro y confidente de Otón III, hijo de Otón II y Teofano, de quien escribiría en el año 999: *Griego de nacimiento, romano por el Imperio, vos reivindicaréis como derecho hereditario los tesoros de la sabiduría griega y romana, ¿no hay en ello algo de divino?*

Gerberto llegaría a ser el Papa del año 1000, con el nombre de Silvestre II.

75

África, año 973

Por primera vez en su vida, Abuámir se halló en contacto con el ejército y con sus jefes. Era precisamente lo que deseaba, pero habría preferido, sin duda, que ocurriese en otras circunstancias y condiciones. Su tarea era extremadamente difícil y delicada. Había sido enviado al campamento para ejercer sobre los generales una vigilancia, siempre odiosa, y vio que su interés de ganárselos tendría que vencer el recelo con que ellos le miraron en un primer momento. Gracias a su singular destreza, cuyo secreto él solo poseía, supo salir del apuro y conciliar sus ambiciones con el deber que le había llevado allí.

Desde que desembarcó en Casr Masmuda, entre Tánger y Ceuta, tuvo la precaución de visitar a cada uno de los gobernadores de los territorios por los que fueron pasando. Como es natural, ante la llegada de un enviado tan directo del califa, los magnates se apresuraban a cumplimentarle para congraciarse, pero él, lejos de adoptar ademanes prepotentes y distantes, se prodigaba en simpatía con ellos y procuraba seducirlos exhibiendo el oro que llevaba, así como los soberbios vestidos, aunque sin darle aún nada de ello a nadie. De esta manera consiguió que se incorporara a las huestes cordobesas un gran número de señores que antes se habían mostrado tibios y reticentes. Y todo se desenvolvió después como él lo había previsto: enseguida corrió por los territorios de África la noticia de que el intendente general del ejército del califa llevaba un enorme y suculento tesoro para los que se sumaran a la causa de Córdoba. Pero de momento no tuvo que gastar un dinar en ganarse a aquellos jefes.

Mientras tanto, se informó bien de la situación, y concluyó que el rebelde Aben Kenun no tenía tantos partidarios como en un principio habían supuesto. La mayoría de los jefes africanos estaban vacilantes, y la sola presencia de la gran hueste cordobesa los impulsó a buscar la forma de llegar a un acuerdo.

De manera que, pasado poco tiempo, permanecían solo fieles al rey idrisí su hermano Yusof y algunos parientes más. No obstante, el reducto que había escogido para refugiarse, en las escarpadas montañas que ellos dominaban a la perfección, hizo que el ejército detuviese su avance momentáneamente.

El idrisí permanecía en una fortaleza situada en la cresta más elevada, llamada Hachar al Nasr. Y el campamento de los cordobeses tuvo que montarse en una amplia llanura, para esperar a que llegaran instrucciones de Galib, que se encontraba sometiendo a las regiones de la costa, con la ayuda de las tropas del visir Yahya ben Mohamed al Tuchibí, virrey de la frontera superior.

Por fin, se presentó el general para ponerse al frente del asedio, y se llevó una gran alegría al comprobar que el único lugar que permanecía en rebelión era aquel escarpado picacho. Pero, desde luego, estaba decidido a poner el broche final a la campaña, lanzándose a toda costa a tomar la fortaleza de Aben Kenun para que en Córdoba se supiera que el general Galib había sido una vez más el que había alzado el estandarte victorioso del califa.

La roca de las Águilas sobresalía a lo lejos, con su inexpugnable alcázar encaramado en el imponente peñasco de laderas escarpadas, que servía de refugio al rey idrisí y a los rebeldes que le seguían. La visión del baluarte resultaba desafiante, al frente de la gran llanura donde ya se habían asentado los campamentos del ejército cordobés.

Los altos mandos militares se habían reunido en la tienda del general Galib para analizar la situación y adoptar las primeras medidas frente a un asedio que se prometía largo. El jefe de los observadores terminaba de exponer su informe y concluía diciendo:

—Como podéis comprobar, la situación es muy complicada. Si

nos lanzamos, a costa de lo que sea, a intentar el asedio, perderemos miles de hombres. Y si nos empecinamos en el sitio, las cosa puede prolongarse indefinidamente. Tienen un buen manantial, aparte de los aljibes repletos por las recientes lluvias, graneros que han ido llenando durante meses, rebaños, aceite, legumbres…

Galib dio un puñetazo en la mesa. Con visible enojo, gritó:

—¡Maldito Aben Kenun! ¿Qué pretende con su obstinación?

Un grueso general respondió:

—Aburrirnos, solo eso. Sabe que no pueden llegarle refuerzos desde Egipto estando nosotros aquí. Nadie puede hacer nada frente a nuestro ejército.

—Habrá que negociar —propuso Al Tuchibí.

—¡Eso, más despacio! —replicó Galib—. Ya se han gastado miles de dinares y ¿de qué ha servido?

Abuámir, que escuchaba atentamente, decidió intervenir:

—El Comendador de los Creyentes ha pedido que el problema no se alargue más. Quiere una solución rápida al precio que sea. ¿Hay posibilidades de parlamentar con Aben Kenun?

—¡Bah! —respondió uno de los jefes—. Son la gente más tozuda que pueda hallarse. Se habla con ellos, pero van a lo suyo. No sé lo que les habrá prometido el califa de Egipto, pero no parecen inclinados a avenirse a razones. Créeme, estos africanos no entienden otros idiomas que el del dinero en abundancia o el de la espada.

—¡Nada de negociaciones por ahora! —replicó Galib—. ¡Tienen que aprender de una vez para siempre quiénes somos los cordobeses! Esta vez llevaremos sus cabezas para clavarlas en los muros de Azahara. Si hemos traído a todo este ejército será para aplastarlos para siempre.

—Pero el califa ha sugerido que negociemos. Todo ese oro que he traído conmigo es para eso —repuso Abuámir.

—Empléalo en los jefes que no se han rebelado aún —respondió Galib—. Y déjame a mí a ese cerdo de ahí arriba. Mis ingenieros saben construir máquinas de guerra que podrán con esa enriscada guarida.

—Bien, bien —dijo Abuámir—. Ordena que empiecen a fabricar los artefactos. Mientras tanto, yo haré mis negociaciones.

Al día siguiente comenzaron los preparativos del asalto. Los expertos dieron las órdenes necesarias, y se empezaron a transportar grandes cargamentos de madera cuesta arriba, hasta una distancia prudencial para no ser alcanzados por las flechas de los hombres de Aben Kenun. Sin embargo, desde el primer momento se vio que la tarea no sería nada fácil, puesto que no había espacio suficiente para maniobrar, dada la irregularidad del terreno. Aun así, Galib seguía empeñado en que se preparara el ataque a costa de lo que fuera.

Todos los días Abuámir ascendía hasta donde los ingenieros preparaban sus torres y sus artefactos. Vista de cerca, más bien parecía una tarea propia de águilas, la de intentar saltar los muros de Hachar al Nasr. No había ningún costado fácil; estaba rodeada de precipicios por todas partes, que descendían en melladas rocas. Podía divisarse el camino de cabras que servía para subir a la única puerta visible desde lejos. Nadie decía nada, pero él apreció el malhumor de los hombres a los que se había pedido un imposible.

Para colmo, cuando estaban terminadas gran parte de las escaleras y algunas de las torres, los rebeldes salieron una noche y mataron a un millar de soldados cordobeses, entre los que figuraban los principales ingenieros, cuyo campamento estaba próximo a los artefactos. No es necesario decir que arrojaron por la pendiente las recién construidas máquinas de guerra y las hicieron pedazos.

A Abuámir le despertó el revuelo. Los hombres gritaban en la confusión de la noche sin luna y corrían de un lado para otro, sin que nadie supiera a ciencia cierta qué estaba sucediendo.

—¡Es arriba! —gritó uno de los oficiales—. ¡En el campamento de los ingenieros!

Poco después se vio una serpenteante fila de antorchas que ascendía aprisa por la ladera. Abuámir montó sobre su caballo y galopó en aquella dirección. Los oficiales gritaban sus órdenes, y pronto miles de hombres ponían rumbo a la pendiente chocando unos con otros en la oscuridad.

Cuando se consiguió recuperar cierto control de la situación, estaba ya amaneciendo y las primeras luces comenzaban a desvelar los últimos residuos de la refriega. Los rebeldes huían por el camino de cabras y desaparecían por la puerta de la fortaleza, mientras una gran lluvia de flechas y piedras les cubría la retirada desde la muralla.

Llevado por un extraño impulso, Abuámir sacó fuerzas del agotamiento que le había causado ir de un lado a otro durante la oscuridad y corrió tras ellos, espoleando a su caballo por la acusada pendiente.

—¡Apresad a alguno! —gritó—. ¡Aunque sea uno solo!

Como si sus voces fueran las únicas órdenes que hubiera que obedecer, un buen número de caballeros galoparon decididos a dar alcance a los últimos rebeldes de la fila que corría por el sendero, hasta que consiguieron llegar a su altura, lejos todavía de los proyectiles que volaban desde las almenas.

—¡Apresadlos, apresadlos! —insistió Abuámir—. ¡No los matéis!

Los últimos rebeldes serían una treintena de muchachos desaliñados que jadeaban extenuados y se arrojaban al suelo para suplicar clemencia, aterrorizados ante la presencia de un centenar de caballeros con armaduras y grandes lanzas.

—¡Vamos! —ordenó Abuámir—. ¡Conducidlos al campamento!

A la altura de las tiendas de los ingenieros, se encontraron con el general Galib, que maldecía hecho una furia al comprobar con sus propios ojos el desastroso resultado de la escaramuza: hombres muertos por todas partes, pilas enteras de madera quemada y restos de la maquinaria destrozada. Al ver a los prisioneros, ordenó:

—Llevadlos otra vez arriba, lo más cerca posible de la fortaleza, y sometedlos a toda clase de tormentos para que los vean morir los suyos lentamente. ¡Así sabrán contra quién se enfrentan!

Pero Abuámir le llevó aparte y le pidió:

—Déjame a esos hombres solamente un día, luego podrás hacer con ellos lo que quieras.

—¿Para qué? —preguntó Galib—. ¿Piensas acaso interrogarlos? ¿Crees que te van a decir algo diferente de lo que ya sabemos?

—Tú déjamelos —insistió Abuámir—. No tenemos nada que perder probando una estrategia. Recomponer toda esa maquinaria llevaría días, y es posible que no podamos intentar el asedio hasta pasadas algunas semanas.

—Está bien —accedió Galib—. Son tuyos. Pero dudo mucho que te sirvan de algo.

Los carceleros se sorprendieron cuando Abuámir, en vez de pedirles que torturaran cruelmente a los muchachos, les ordenó que les sirvieran comida y que no los maltrataran. Después, él mismo se acercó adonde estaban presos. Los miró uno por uno y, finalmente, se dirigió al que presentaba un aspecto más refinado.

—¿Alguno de vosotros es pariente de Aben Kenun?

El muchacho agachó la cabeza y no respondió.

—¿Eres tú acaso pariente de Aben Kenun? —insistió Abuámir—. Ya habéis visto que podría haberos matado cruelmente... ¡Vamos!, si no habláis, mañana os harán pedazos...

—¿Qué quieres de nosotros? —respondió otro de los jóvenes, uno delgado y de piel cetrina.

—Que llevéis un mensaje al príncipe idrisí, solo eso —respondió Abuámir con decisión.

—Yo soy sobrino de Aben Kenun —dijo el joven.

Abuámir se sintió satisfecho de haber confiado en su fina intuición. Desde el primer momento supuso que alguno de los jóvenes sería pariente o allegado del rey rebelde, puesto que sabía que en la fortaleza no había más de mil hombres, de los cuales, un centenar o más serían parientes del idrisí, ya que los clanes africanos eran muy numerosos.

Llevó al muchacho hasta donde guardaba el gran tesoro que había llevado desde Córdoba y se lo mostró en su integridad, explicándole que el califa le había mandado allí para hacer un trato beneficioso para todos. Luego soltó a los treinta prisioneros.

Cuando Galib supo lo que había hecho, montó en cólera.

—¡Maldición! —gritó—. ¿Te has vuelto loco?

—Confía en mí —le pidió Abuámir—. Si hubieras matado a esos desdichados, ¿qué habríamos conseguido sino enrabietar aún más a ese rebelde?

—¡Ah, ja, ja, ja...! —rio con ironía el general—. ¡Qué ingenuo eres!

Al día siguiente, con las primeras luces de la mañana, una gran fila de hombres a caballo, sobre mulas y a pie comenzó a descender la empinada pendiente de Hachar al Nasr, portando grandes banderas hechas de tela blanca. Para sorpresa de todo el mundo, incluido Abuámir, Aben Kenun había resuelto entregar la fortaleza.

El señor idrisí asistió con Galib, en la mezquita de Hachar al Nasr, a la oración del viernes, en la que el sermón fue pronunciado en nombre de Alhaquén II. A continuación Galib regresó a Hispania, llevándose consigo al vencido y a sus parientes, que fueron recibidos en Córdoba en una magnífica fiesta después de prestar solemne homenaje al califa en Medina Azahara. Luego quedaron instalados en la capital como grandes señores y recibieron los medios para vivir con lujosa holgura.

En cuanto a Abuámir, se quedó en África, con el nombramiento de gran cadí de los dominios califales en el Magreb occidental, cargo que desempeñó con sumo tacto y eludiendo con mucho cuidado herir la susceptibilidad de los generales. Estos no escatimaron elogios, y él pudo establecer entre ellos relaciones que habían de serle preciosas. Además, su estancia en África le permitió estudiar la verdadera situación política del país y trabar amistad con los principales jefes norteafricanos.

76

Fez, año 973

Desde su palacio en la parte más elevada de la medina, Abuámir contemplaba el contorno irregular de las murallas de Fez. La ciudad había sido fundada cien años atrás por Idris I, imán y soberano, y ahora, después de décadas de conflictos, rebeliones, saqueos e incendios, la pequeña mezquita que contenía el túmulo bajo el cual reposaban los restos del fundador seguía siendo venerada día a día por una población abigarrada, irregular, formada por toda la gama de razas que podían encontrarse en el norte de África, desde los claros y lampiños eslavos a los oscuros negros de Mauritania. Así era Fez, la más apretada concentración de gente, animales, mezquitas, talleres, mercados y fuentes que podía darse en un espacio tan reducido.

Como visir gobernador del Magreb occidental, Abuámir podía haber escogido para su residencia Tánger o Ceuta, tal y como habían hecho sus antecesores, pero ¿no suponía eso a fin de cuentas seguir en Alándalus? Había llevado consigo hombres y oro en cantidad suficiente para instalarse como un verdadero rey y, con el peligro idrisí conjurado después de la capitulación de Hachar al Nasr, no necesitaba para nada tener un pie en la península. Había llegado para él el momento de saborear por primera vez el poder en toda su plenitud.

Los cielos de África son diferentes; lo apreció dejándose bañar por el suave sol de la tarde en la parte más alta de la terraza. Los dulces y anaranjados reflejos acariciaban el complejo conjunto de formas: paredes, cornisas, azoteas, tejados; las colinas cercanas, las más alejadas; las alamedas del río y los exuberantes palmerales que se extendían fuera de las murallas. En cambio, abajo, el laberinto de la medina se había ya oscurecido, en la umbría que propiciaban los elevados edificios que dominaban el irregular terreno sobre el que se asentaba la ciudad. Pero no por ello se paraba la vida; por el contrario, aunque cesaba el ruido de los cascos de los asnos en el empedrado, la gente seguía en la calle: vendedores, tratantes, forasteros, holgazanes, mendigos, ciegos, niños y soldados se lanzaban a un deambular que no se apagaba hasta la medianoche. Y algo de Fez no cesaba nunca; el fuerte olor a cuero que impregnaba la ciudad entera y que el calor del verano intensificaba en el ambiente, que en algunos lugares se hacía irrespirable.

Un criado subió para avisarle de que los invitados estaban ya en el patio. Abuámir interrumpió entonces su absorta contemplación al recordar que esa noche había de dar una fiesta a los magnates llegados desde las principales regiones leales a Córdoba. Descendió la escalera que conducía al bajo y, al llegar a la galería, se topó con el delicioso perfume que los criados habían derramado por el patio de columnas.

Los señores de Tremecen, Ovjda y Taza estaban ya allí, ataviados con riquísimos ropajes: túnicas de brocado, capas de fieltro y seda, turbantes de finísimo algodón, espadas enfundadas en brillante plata ornada de pedrería y babuchas de suave piel de gacela. Como una sola persona, los tres se arrojaron a los pies de Abuámir. Luego entraron sus criados portando los regalos: colmillos de elefante, huevos de avestruz, pieles de serpiente, halcones, esencias, especias, piedras de almizcle selecto, alfombras… Y una sorpresa que guardaban para el final: cuatro mujeres, cuyas bellezas permanecían completamente ocultas bajo largas túnicas y velos que las cubrían de la cara a los pies.

Abuámir les agradeció los presentes y les indicó que pasaran a la mesa, que estaba dispuesta en el centro del patio, sobre un colorido suelo de tapices cubiertos de aromáticos pétalos de rosas.

A diferencia de lo que sucedía en Córdoba, los patios de Fez eran de dimensiones reducidas, y la elevación de los edificios los hacía recogidos e íntimos, como único centro de la casa al que daban todas las estancias. Los palacios estaban, pues, edificados más a lo alto que a lo ancho.

No es que Abuámir no se divirtiera en aquella comida con los rudos señores africanos, pero a él le hubiera gustado beber vino, algo que no admitían las estrictas tradiciones del reino idrisí. Aunque los invitados tenían su propia forma de divertirse: desde que llegaron no hicieron otra cosa que contar chistes picantes y hacer alusiones a la actividad sexual de cada uno de ellos. Esto sorprendió a Abuámir, puesto que el más joven tendría más de setenta años. A él le preguntaban constantemente cuántas veces lo hacía, cuántas mujeres tenía y qué recursos usaba para mantener su potencia. No era a eso a lo que él estaba acostumbrado en Córdoba, donde las pasiones de cada uno formaban parte de su esfera íntima.

Finalmente terminó por aburrirse. Pero aún no sabía lo que le esperaba. Uno de aquellos viejos nobles sacó una cajita de entre sus vestiduras y la puso encima de la mesa.

—¡Ahora veréis! —dijo, abriendo la caja.

—¡Oh, alas de mosca verde! —exclamó otro de los ancianos.

—Nada de eso —replicó el de la caja—. Se trata de mosca azul, de las montañas. Me han costado seis dinares de oro.

—¡Ah! —exclamaron los otros al unísono.

Abuámir no comprendía nada de aquello, hasta que se sorprendió al ver que cada uno de los nobles se echaba un pellizco de aquellas alas a la boca y lo tragaba con un buche de sirope.

Extrañados, viendo que Abuámir no hacía lo mismo, le preguntaron:

—¿Eh? ¿No tomas alas? ¿No las necesitas?

—¿Para qué? —preguntó Abuámir.

—¡Ah, ja, ja, ja…! —rieron.

—Pues ¿para qué va a ser? Para que se te ponga… —dijo uno de ellos con un gesto muy expresivo.

—¡Ah, ya! —respondió Abuámir. Y, para no desairarlos, tomó también un pellizco de aquellas alas de mosca.

Otro de los jefes colocó entonces un envoltorio encima de la mesa, deslió un cordel y varios pedazos de telas, y apareció una especie de cuerno grueso.

—¡Oh, un cuerno de unicornio! —exclamó uno de los viejos.

—¿Eh? ¿De unicornio? —preguntó atónito Abuámir.

—Sí —respondió el anciano jefe—. En las praderas del país de los negros se cría una bestia enorme; su carne es basta y dura, pero el cuerno que le crece encima de la nariz es lo más preciado para sustentar la fortaleza del varón en las cosas del amor. Verás, ordena que traigan un mortero.

Un criado obedeció la orden, y el viejo rayó con una navaja el cuerno extrayendo unas esquirlas que luego machó con habilidad en el mortero. Añadió un chorro de agua y se lo ofreció al resto de los comensales.

—Basta con un par de tragos —dijo.

Todos bebieron. Y, cuando el último hubo apurado el recipiente, el tercer jefe sacó también algo y lo depositó en la mesa.

—¡Ah, mandrágora! —dijeron los otros dos.

—Sí —dijo el viejo—. La raíz con forma de cuerpo de hombre, que al ser arrancada de la tierra da un grito de horror que hace morir inmediatamente al que lo escucha.

—Entonces, ¿cómo se consigue? —peguntó Abuámir.

—¿No lo sabes? —dijo el jefe—. Solo hay una manera: cuando se encuentra la planta, se ata una cuerda al tallo, cuyo extremo se anuda a su vez al collar de un perro. Después, el que recolecta la raíz se aleja a una buena distancia y llama al perro. El animal corre hacia su amo y saca la raíz en forma de hombrecillo cuya sangre lleva la sustancia más beneficiosa que pueda hallarse.

—¡Hummm…! ¡Qué interesante! —comentó Abuámir.

El anciano tostó un pedazo de la raíz en el fuego y luego lo majó en el mortero junto con un puñado de hierbas.

—¡Hala, comed! —dijo ofreciéndolo.

Una vez más, todos tomaron aquello. Y el que parecía ser el mayor de todos y por lo visto llevaba la voz cantante se puso en pie y se frotó las manos.

—Y ahora, hermanos —dijo—, apliquémonos a esas muchachas.

Las cuatro mujeres se habían sentado algo retiradas, bajo la galería del patio, y dormitaban apoyadas las unas contra las otras. El anciano se acercó a ellas y les dio con el pie.

—¡Eh, vosotras, vamos, acercaos a la mesa!

Las mujeres bostezaron, se desperezaron y se pusieron en pie temerosas.

—¡Hala, hala, venid, ricas! —las llamó otro de los jefes—. ¡Que no os va a pasar nada malo!

El más anciano las acercó a empujones; les descubrió el rostro a las cuatro y acercó a ellas una lámpara.

—¡Qué! ¿Qué os parecen? —preguntó con una sonrisa que mostraba unas desdentadas y ennegrecidas encías.

Las cuatro mujeres eran de belleza espectacular. Y parecían escogidas para todos los gustos: una de pequeña estatura, otra alta y algo gruesa, otra de piel totalmente negra y una cuarta esbelta y bien proporcionada, que se cubrió el rostro inmediatamente con las manos.

—¡Oye, tú! —recriminó el viejo a esta última—. ¿Pero quién te has creído que eres? ¡Muéstrate! —La agarró por el cabello y comenzó a propinarle bofetadas.

—¡Déjala! —exclamó Abuámir.

—Ah, bueno, si la prefieres… —dijo el jefe—. Pero te advierto que es la más descarada. —La agarró por un brazo y la sentó de un empujón sobre las piernas de Abuámir.

La muchacha se cubrió inmediatamente y, rígida, se echó a temblar. Abuámir estaba sorprendido ante todo aquello.

—¡Ji, ji, ji…! —reía el desdentado anciano, mientras iba repartiendo a las jóvenes—. ¿A que son majas? Son vírgenes las cuatro, hijas de los rebeldes rifeños. Yo mismo le entregué a Galib las cabezas de sus padres y sus hermanos —explicó—. Mis mujeres las han bañado, perfumado y vestido con cariño para esta noche tan especial.

La escena que se produjo a continuación desconcertó aún más a Abuámir: uno de los ancianos desnudó a una de las jóvenes y, tras verterle miel en el pecho, empezó a lamérsela con una larga lengua; otro de ellos se arrojó encima de otra muchacha y comenzó a tratarla con gran brusquedad; y el tercero, sin ningún pudor, se quitó la ropa y empezó a aprovecharse de la que le correspondía.

Abuámir se puso en pie de repente y se excusó:

—Lo siento, amigos, pero en mi país no estamos acostumbrados a satisfacer nuestras pasiones en público; me retiro.

Los ancianos se miraron con gesto de extrañeza, y el que llevaba la voz cantante dijo, encogiéndose de hombros:

—Como quieras; si prefieres desvirgarla en tu alcoba...

Abuámir tomó a la joven de la mano y subieron las escaleras. Al llegar a la habitación, la muchacha, que permanecía con el rostro cubierto, se echó en la cama y se subió la túnica, mostrando un vientre liso y de morena piel.

—¿Qué haces? —le dijo Abuámir.

—¡Vamos, maldito cerdo, a qué esperas! —dijo ella con rabia—. ¡Toma lo que te corresponde!

Abuámir sonrió y dijo con calma:

—¿Crees que yo robaría algo que puedo conseguir por mí mismo? ¿Piensas que soy de la calaña de esos asquerosos viejos?

La mujer le miraba con unos fieros ojos negros, bajo las alargadas y perfectas cejas oscuras; jadeaba como un animal enfurecido y dispuesto a saltar sobre su acosador. Un gran velo le cubría el rostro, el cuello y el pecho, y un espeso turbante ocultaba el color de su pelo.

—¿Cómo te llamas? —le preguntó Abuámir, como queriendo romper aquella tensión.

—¡No te importa! —le espetó ella.

—¡Vaya, qué orgullo! —comentó él—. ¿No quieres que seamos amigos?

—¡Cabrón! —contestó ella—. ¡Hazte amigo de las cabras con las que fornicas!

—Bueno, bueno... Veo que no hay forma de razonar contigo. Está bien. Apártate de ahí, esa es mi cama y quiero dormir; hoy ha sido un día muy fatigoso para mí.

Ella seguía rígida, mirándole con felinos ojos. Su pecho se alzaba y bajaba bruscamente bajo el velo morado, a causa de su respiración violenta, y sus manos crispadas aferraban la manta. No se movió ni dijo nada.

—¿No me has oído? —insistió Abuámir—. Apártate de ahí ahora mismo.

Ella no se inmutó. Abuámir se fue hacia ella y la agarró fuertemente por las muñecas para levantarla de la cama. Ella se abalanzó entonces sobre él y le clavó las uñas en el rostro, al tiempo que le mordía un hombro.

—¡Pero qué…! —soltó él—. ¿Estás loca?

Se inició un forcejeo. La muchacha era fuerte y manoteaba en un desenfrenado e histérico ataque, lanzaba las rodillas y golpeaba a Abuámir en el estómago. Él se enfureció y la sujetó por el turbante para inmovilizarla. Las telas se desprendieron, el velo cayó, y apareció el rostro y una larguísima, brillante y ondulada cabellera negra.

Abuámir la empujó y ella quedó recostada en la pared, con un gesto agresivo que resaltaba sus rasgos. La habitación estaba en penumbra, pero él se sorprendió al ver su cuello esbelto, sus perfectas facciones y sus hombros finos, brillantes de sudor, iluminados por la tenue luz de la vela. Acercó la llama y se maravilló aún más al contemplar su piel que parecía de bronce, morena, tersa y resplandeciente.

—¡Dios, qué hermosa eres! —exclamó, con una sorpresa que brotaba del fondo de su alma. Ella entonces se tiró al suelo y se acurrucó en un rincón, llorando y gritando:

—¡No, por favor! ¡No me hagas daño! ¡No me desvirgues! ¡Por Alá! ¡Por la santa memoria del Profeta!

—Vamos, vamos —la calmó él—. ¿No te he dicho ya que no te haré nada? Puedes marcharte, ahí tienes la puerta.

Abuámir abrió la puerta y le mostró la salida a la joven. Ella se puso en pie, pero cuando iba a salir se volvió hacia él y rompió a gemir nuevamente.

—¿Quieres que esos viejos me quiten lo que tú has respetado?

—Bien, puedes quedarte ahí si quieres —respondió él. Cogió la manta y se la dio a la mujer.

Ella se tendió en el suelo, a un lado de la cama. Abuámir se acostó, sopló la vela y la oscuridad se hizo en la alcoba. Durante un buen rato estuvo intentando dormirse, pero oía los lamentos de la joven. Luego, como queriendo calmarla, dijo:

—¿No quieres decirme cómo te llamas?

Pareció que no contestaría, pero al cabo dijo:

—Nahar.

—¡Vaya, menos mal! —comentó él—. Creí que no conocería tu nombre. ¿Querrás decirme ahora lo que te ha sucedido? ¿Cómo fuiste a parar a manos de esos hombres?

—Ya oíste lo que contó ese viejo baboso —respondió Nahar—. Mi padre se rebeló y se puso a favor del príncipe idrisí; después sus propios hombres le traicionaron. Una mañana llegaron los guerreros de Tremecen, entre los que estaban algunos de mis parientes, y me arrancaron de los brazos de mi madre para entregarme a ese jefe. Nadie me puso la mano encima. ¡Te lo juro! Mi flor está intacta...

—Bueno, bueno. Aquí no te pasará nada. Ahora duerme. Mañana seguiremos hablando.

Por la mañana, Abuámir despertó, después de haber dormido escasamente, impresionado por lo que había sucedido la noche anterior. Nahar yacía en el suelo, envuelta en la manta y con su espectacular cabellera desparramada por el tapiz de blanca lana. La primera luz entraba por un ventanuco y él se maravilló contemplando la gran belleza de la muchacha. No quiso despertarla. Bajó al patio central del palacio. Los tres jefes estaban roncando sobre las alfombras junto a las otras mujeres. Él entrechocó las palmas y gritó:

—¡Vamos, fuera de aquí! ¿Os habéis creído que esto es una mancebía? ¡Recoged vuestras cosas y marchaos!

Los jefes se levantaron asustados y se fueron con sus caballos, sus criados y las mujeres.

Abuámir regresó entonces a la alcoba. Nahar se había cubierto el cabello y el rostro y estaba en un rincón. Nada más verle entrar, le preguntó:

—¿Piensas venderme?

—No —respondió él—. ¿Tienes adónde ir?

—Mataron a toda mi familia —contestó ella—. En mi casa ahora vivirá otra gente.

—Bien —sentenció él—. Puedes quedarte aquí. Ve a la cocina y que las mujeres se ocupen de ti.

77

Merseburg, año 973

La muerte repentina del papa Juan XIII en septiembre del año 972 demoró una vez más el regreso de Asbag a Córdoba. Parecía que le perseguían los acontecimientos. No se podía consagrar un nuevo papa antes de que los embajadores del emperador hubieran comprobado la regularidad de la elección y recibido la promesa con juramento de gobernar la Iglesia conforme al derecho y la justicia. Por eso, el emperador decidió permanecer en Roma. Y, naturalmente, el abad Mayolo interrumpió su partida hacia Cluny, puesto que era uno de los consejeros de Otón en estos asuntos.

Cuando finalmente fue elegido y consagrado el candidato imperial, Benedicto VI, después de largas deliberaciones y conflictos, se les había echado encima el invierno. La ceremonia tuvo lugar en Letrán el 19 de enero, y ya no hubo más remedio que quedarse en Roma, puesto que los Alpes resultaban imposibles de cruzar debido a las nevadas.

Pero en marzo apretó el sol y los caminos se apisonaron para que el emperador pudiera irse a Quedliburg. Asbag pensó entonces que Mayolo decidiría poner por fin rumbo a su abadía, pero una vez más los acontecimientos frustraron sus deseos: el emir de Sicilia, aliado con los sarracenos del litoral de Provenza, empezó a hacer incursiones en el país comprendido entre los Alpes y el Ródano. En estas circunstancias resultaba muy aventurado emprender un viaje hacia Cluny desde Italia. Por otra parte, el puerto de Ostia se cerró, debido al terror que causaban los piratas sarracenos. No quedaba pues otro remedio que incorporarse a la comitiva del emperador y viajar hacia Germania.

Era ya la Pascua cuando llegaron a Quedliburg, y el emperador lo celebró junto a su hijo. Después marcharía hacia Merseburg, donde celebraría la Ascensión. Allí se sintió profundamente afligido al enterarse de la muerte de Hermann Billung, el último de sus viejos camaradas. Se le vio decaer a partir de aquel momento. Después de su primera esposa había perdido a su hijo Livdolfo y a su hermano Enrique. Posteriormente habían muerto su madre, Matilde, su hermano Bruno, su hijo Guillermo, el arzobispo de Maguncia, el margrave Gerón y, por último, Hermann Billung.

Una mañana, después de la misa, el abad Mayolo le comunicó a Asbag que estaba preocupado por la salud del emperador.

—Está triste —le dijo—. Ha perdido su natural fortaleza y anda cabizbajo. Me temo lo peor. Estos guerreros sajones son así: parecen unos muchachos casi toda su vida, hasta que, de repente, su rostro se ensombrece y empiezan a flaquearles las piernas… Me preocupa que pudiera sucederle algo. Otón II es apenas un adolescente que no dispone de la experiencia y la autoridad de su padre. Además, no es seguro que los magnates estén dispuestos a seguirle.

—Dios proveerá —repuso Asbag, para tranquilizar al abad.

—Sí, confiemos en su Divina Providencia.

Mayolo era un hombre maduro, robusto y de hablar pausado y cálido, que dirigía la abadía de Cluny desde hacía cuarenta años. Originario de una noble familia de Aviñón, gozaba de gran prestigio; orador agradable, subyugaba a sus auditores por su firmeza y su fe llena de convencimiento, pues no pensaba en otra cosa que vivir para Dios y llevar a los demás a Él. Parecía realzar tanto el ideal de monje benedictino que se le llamaba el príncipe de la vida. Siguiendo el método trazado por Odón, no dejó de viajar por el bien de la reforma, y así llegó a interesar a la mayoría de los príncipes de Occidente; a Otón el Grande y a su hijo Otón II, entre ellos. Pero sobre todo había sabido ganarse a la emperatriz Adelaida, que se había convertido en su mayor seguidora y le daba toda clase de facilidades para proseguir su misión de reforma monacal. Con esta ayuda, Mayolo había fundado o restaurado monasterios en Payerne, Fellines y Saint-Amand; en el condado de Trois-Châteaux, Saint-Honorat. En el reino de Francia reformó Marmoutier, Saint-Maur-des-Fossés y Cormery. En Roma estableció la regla de los monasterios ya reformados por Odón adonde había vuelto el desorden. También, gracias a la protección de la casa de Sajonia, introdujo las costumbres de Cluny en Italia; en Pavía fundó la abadía de Santa María y reformó algunas otras; en Ravena reformó San Apolinar in Classe. Era pues un abad fiel a la causa del Imperio, puesto que había recibido de él la posibilidad de hacer grandes cosas en Occidente. Por eso era lógico que se preocupara por el futuro si faltaba Otón II.

Cuando Asbag empezaba a aburrirse en Merseburg, aguardando a que Mayolo se decidiese de una vez por todas a emprender su vuelta a Cluny, sucedió algo que le dio la oportunidad de sentirse útil. El abad había tenido conocimiento de que había llegado una embajada de sarracenos para entrevistarse con los cancilleres del emperador, y le pareció adecuado pedirle al obispo mozárabe que interviniera.

—Al fin y al cabo —le dijo—, fuisteis consejero de un rey de sarracenos, ¿quién mejor que vos podría interpretar sus intenciones?

—¿De dónde vienen esos musulmanes? —le preguntó Asbag.

—Son enviados del califa de Egipto.

—En concreto, ¿qué habré de negociar?

—Oh, se trata de algo complejo. Desde que el califa Al Muiz se instaló con toda su corte en Egipto, en el Mediterráneo no ha vuelto a haber paz. Esos embajadores pretenderán seguramente que el emperador les pague algún tributo a cambio de respetar a nuestros comerciantes. Es algo que viene de largo… Los sarracenos pujan por hacerse los únicos dueños del mar y de las costas del sur de Europa. Ya les pertenece Sicilia y con frecuencia se aventuran a hacer incursiones en el litoral de Italia. En vuestra conversación con ellos habréis de procurar conocer cuáles son sus verdaderas intenciones.

Esa misma tarde, un canciller del emperador fue a recoger a Asbag al monasterio donde se hospedaba. El encuentro con los embajadores musulmanes se celebraría en el palacio central de Merseburg, y ambos se trasladaron allí.

El legado del califa fatimí le pareció a Asbag un hombre enigmático. Su acento árabe era genuinamente bagdadí, pero las maneras y el aspecto parecían los propios de un instruido negociante persa, de los que él había visto con frecuencia en Azahara, durante el tiempo que estuvo en la biblioteca de Alhaquén. Se llamaba Aben al Kutí. Era delgado, de mirada misteriosa, largos brazos y una luenga barba oscura sobre el pecho. Vestía con el albornoz de Persia, prolongado hasta los pies, que asomaban calzados en unas puntiagudas babuchas curvadas hacia arriba. Sus postraciones, reverencias y saludos empalagosos, hechos de cumplido, terminaron por convencer a Asbag de que se trataba de un hombre educado en los usos de los mercaderes.

Cuando el mozárabe pronunció el saludo, Al Kutí dio una especie de respingo que luego trató de disimular. Sin duda reconoció inmediatamente el acento hispano del obispo y no pudo evitar la sorpresa, pues de todos era conocida la enemistad que existía desde antiguo entre el califa fatimí y el de Córdoba. Sobre todo desde que el soberano de Egipto había pretendido extender sus dominios hasta el norte de África Occidental.

—¿Eres súbdito del príncipe de Córdoba? —preguntó Al Kutí, exhibiendo una enigmática sonrisa.

—Bueno —respondió Asbag para escapar del trance—, soy un obispo de la Iglesia… Dependo directamente del Papa de Roma; él es mi rey.

—¡Ah, muy bien! —exclamó satisfecho el embajador musulmán—. ¡Mejor! ¡Mucho mejor! Mi señor, el Príncipe de los Creyentes, el gran califa de Al Muziya al Qahira saluda al mumpti de Roma y al emperador de los rumíes, y pide la protección de Alá para ellos. Yo, su humilde servidor, me pongo a sus pies.

Asbag se inclinó moderadamente para acoger la fórmula. Después, midiendo con cautela sus palabras, dijo:

—El augusto emperador de los romanos, Otón el Grande, me autoriza a preguntarte en su nombre qué es lo que deseas de él.

Al Kutí exhibió de nuevo su sonrisa y, sin apenas inmutarse, respondió:

—Ah, muy agradecidos. Siempre es bueno parlamentar con alguien que conoce a la perfección la lengua de los árabes, pero las órdenes de mi señor son muy explícitas: solo manifestaremos sus deseos en presencia del rey de los rumíes.

—¿Qué pasa? —dijo Asbag extendiendo las manos—. ¿Desconfías de mí?

—Oh, no, no, no… Nada de eso. Eres un obispo y te debes a la verdad. Pero, ya te lo he dicho, el califa ha sido muy exigente en eso: sus embajadores solo hablarán ante el emperador.

Aquello desconcertó a Asbag. Detrás de él, un poco alejado, se encontraba el *magnus canciliarius* del emperador. Como estaban hablando en árabe, el ministro no entendía una palabra y se impacientó.

—¿Qué sucede? —preguntó el canciller—. ¿Qué es lo que piden?

—Quieren entrevistarse con el emperador —le respondió Asbag.

—¿Eh…? ¿Pero quiénes se han creído que son? —respondió el ministro enardecido.

—¡Chsss…! ¡Un momento, por favor! —le contuvo Asbag.

La situación se puso tensa. Al Kutí alzó la vista con un gesto altanero.

—Bien, bien —dijo con frialdad—. Si el orgullo de vuestro rey le impide recibir a los dignatarios del Príncipe de los Creyentes…

—No, por favor —se apresuró a decir el mozárabe—. Lo que sucede es que la salud del emperador no es buena hoy; se encuentra algo fatigado y necesita descansar.

—Bien, en ese caso, aguardaremos a que se reponga —dijo el embajador musulmán.

Asbag comprendió que el asunto se presentaba difícil. Se despidió por el momento de Al Kutí y fue inmediatamente a ver al abad Mayolo. Le dijo:

—No hablarán con nadie que no sea el emperador en persona.

—¿Cómo? —exclamó el abad—. ¿Y a qué creéis que se debe esa actitud?

—Está muy claro. Afirman que su monarca es un igual del rey de los romanos. No están dispuestos a admitir ninguna soberanía superior a la de su monarca. Traen instrucciones muy precisas.

—¡Vaya por Dios! —exclamó disgustado Mayolo—. ¿Y qué pensáis que querrán plantearle a Otón?

—¡Hummm…! Me temo que su actitud será amenazadora. Seguramente buscan un pacto. Se consideran los dueños del Mediterráneo y pretenderán imponer un tributo.

—¡Oh, no! —se quejó Mayolo—. ¡Lo que faltaba! No podemos darle ese disgusto al emperador, precisamente ahora que está tan deprimido. Es el momento más inoportuno para iniciar una guerra contra los sarracenos. ¿Y si no los recibe?

—Lo tomarán como una gran ofensa —respondió el mozárabe—. Regresarán a Al Qahira y, seguramente, en breve los barcos sarracenos empezarán a asolar el litoral del Imperio. Pienso que será mejor que Otón los reciba.

El abad Mayolo se quedó pensativo, con un profundo gesto de preocupación grabado en el rostro. Después dijo:

—Veo que no tenemos otro remedio. Lo que yo pretendía era mantener a Su Majestad alejado de los problemas por un cierto tiempo. Su espíritu se encuentra desolado y necesitaba retirarse en la oración para implorar la paz del corazón. Pero veo que Satanás no piensa darle esa tregua. El próximo domingo es Pentecostés; pediremos al Espíritu Santo que todo se solucione favorablemente. Hablaré hoy mismo con el emperador. Hace algún tiempo que casi no quiere ver a nadie, excepto a sus familiares y a mi humilde persona.

Instalaron el trono del emperador en el salón principal del palacio. La decoración era muy austera: un gran blasón de madera con los colores imperiales en la pared frontal, seis sillas tapizadas de cuero y una gran piel de búfalo que cubría el suelo en el centro. El embajador sarraceno, sus dos acompañantes, el canciller Mayolo y Asbag aguardaban en silencio. El obispo mozárabe le había pedido un momento antes a Al Kutí que fuera lo más breve posible.

Otón entró apoyándose en el hombro de su hijo. Su barba estaba completamente blanca y su mirada perdida. Se sentó en el trono y el joven Otón permaneció de pie a su lado.

Cuando el abad Mayolo hubo terminado de rezar una plegaria, Asbag presentó al embajador musulmán. Al Kutí se arrojó al suelo y pronunció una por una las fórmulas de salutación. El emperador escuchó aquellas palabras incomprensibles para él con escaso entusiasmo. Después el mozárabe las tradujo resumiendo cuanto pudo.

Otón, con una voz fatigosa y gutural, preguntó:

—¿Qué es lo que tu señor quiere de mí?

Asbag tradujo. El embajador pronunció su discurso:

—Mi señor, el Comendador de los Creyentes, califa de Al Qahira, rey de Egipto, Mahdiya, Alejandría, Barqah, Túnez y Trípoli, recibe ya tributo de Córcega, Cerdeña, Baleares y Sicilia. Su flota es poderosa y ha recibido del Todopoderoso el encargo de velar por la paz en el mar Mediterráneo. Una paz a la que todos hemos de contribuir. Tú eres el rey de los romanos y por ello te interesa también que el amplio litoral de tu reino se encuentre protegido. Y, para ello, mi señor te solicita la módica suma de diez mil dinares de oro, de cualquier acuñación, más cincuenta doncellas de cabellos rubios, de buena presencia. Si quieres, puedes hacerme entrega a mí de tal tributo, o ponerlo en manos del emir de Palermo anualmente; él se encargará de hacerlo llegar a Al Qahira.

Asbag se quedó lívido. Un frío sudor empezó a correrle por la espalda. Permaneció durante un rato como paralizado, pero todos aguardaban su traducción. Finalmente, se decidió y explicó puntualmente lo que Al Kutí exigía.

El rostro de Otón se congestionó de repente. Se puso en pie y quiso decir algo, pero un repentino ataque de tos se lo impidió. Su hijo le golpeó suavemente en la espalda. Después le llevaron un vaso con agua. Cuando a duras penas el emperador pudo expresarse, lo hizo a gritos, entrecortadamente, entre toses:

—¡Fuera...! ¡Maldito sarraceno! ¡Que lo echen a patadas de mi presencia! ¡Fuera!

El joven Otón se acercó entonces, enfurecido, hasta donde estaban Asbag y Mayolo estupefactos.

—¡Pero...! ¡Cómo se os ocurre...! ¡Vamos, ya habéis oído a mi padre, que se marchen esos sarracenos!

Padre e hijo desaparecieron por la puerta de la estancia que daba a sus aposentos. El resto de los presentes se quedaron petrificados, mirándose unos a otros. Mayolo reaccionó entonces y corrió detrás de Otón, pero antes de salir le dijo a Asbag:

—¡Despedidlos! Hacedlo con la mayor delicadeza posible, pero ¡despedidlos!

Cuando los musulmanes y el mozárabe se quedaron solos en el salón, Asbag intentó esbozar una sonrisa para quitarle hierro al suceso.

—Bueno, ya habéis visto, el emperador tiene algo de catarro...

Pero Al Kutí enarcó las cejas, irguió la espalda y dijo:

—¡Tu rey se arrepentirá! ¿Crees que no he comprendido lo que ha pasado? ¿Piensas que soy tonto?

Dicho esto, salió airadamente, seguido de sus acompañantes. Ese mismo día abandonaron Merseburg.

78

Fez, año 973

Nahar ocupaba por completo la mente de Abuámir; no podía dejar de pensar en ella. Nunca antes el deseo de una mujer le había obsesionado de aquella manera. Desde su más temprana juventud, su naturaleza fogosa había tenido siempre dónde desahogarse, sin necesidad de buscar demasiado. Se había acostumbrado desde siempre a ser él el deseado. Alguna criada de la casa, las jóvenes del mercado, una viuda rica y más tarde una bella princesa de cabellos dorados; por no hablar de las múltiples ocasiones esporádicas en la que alguna mujer se había rendido a él nada más conocerlo. Pero esta vez era diferente. Ella ni siquiera le miraba. A veces incluso tenía la sensación de que sentía hacia él un oculto desprecio.

Que Nahar hubiera sido un obsequio de aquellos viejos miserables la convertía en una propiedad de Abuámir. Nada más que eso. Y ello ocasionaba que la relación entre ellos estuviera desequilibrada desde un principio. No es lo mismo pertenecer a alguien por dominio que por amor. Él lo sabía, y por eso ansiaba cada vez más sentirse amado por ella. No estaba acostumbrado a conseguir el amor por otro poder que no fuera el fuego de su mirada o el intenso atractivo con que Dios le había dotado.

Pero esta vez todos sus trucos de seducción se estrellaban como contra un muro. Procuraba cruzarse con ella en cualquier rincón de la casa, le lanzaba una sonrisa, una mirada ardiente. Nada. Ella bajaba los ojos y seguía su camino, o le sostenía la incitación desafiante, como respondiéndole: «Sí, ya sé que soy tuya, que me deseas y que puedes tomarme cuando quieras, pero tendrás que hacer uso de tu derecho sobre mí». Ella le desconcertaba. Algunas veces intentó hablarle, como sin interés, de cosas insustanciales, para comprobar si algo en ella delataba un sentimiento, alguna esperanza para él, pero era peor, porque ella contestaba fríamente, sin ocultar en absoluto su desprecio y su indiferencia. Incluso seguía ocupándose de sus asuntos como si nada, sacando agua del pozo, barriendo el enlosado del patio, retirando las hojas secas de los geranios, hasta que él llegaba a enojarse. Una vez la sostuvo furioso, apretándole con los dedos un brazo.

—¿Quieres escucharme? —le gritó, incapaz de dominarse.

Ella sonrió con insultante ironía, soltó el cántaro en el suelo y sacó pecho frente a él.

—¿Me lo vas a hacer aquí o subo a la alcoba? —le dijo entre dientes—. ¿O prefieres que me unte miel en los pechos como les gustaba a esos viejos?

Él la abofeteó. Y enseguida se dio cuenta de que el no poder controlarse le humillaba aún más. Corrió tras ella y le suplicó:

—¡Perdóname!

Nahar se volvió entonces y escupió al suelo con desprecio.

A partir de aquel día Abuámir procuró no cruzarse más en su camino. Temía encontrarse con sus ojos. No obstante, soñaba con ella, cuando era capaz de dormir, porque empezó a tardar en conciliar el sueño. Buscó por ahí mujeres, para sentirse seguro, a las que hechizó enseguida con sus ojos; se emborrachó, hizo el ridículo; se le cayeron gruesos lagrimones al escuchar poesías de amor. ¿Qué le estaba sucediendo? Lo peor de todo fue descubrirse a sí mismo buscándola furtivamente, espiándola desde las galerías, ocultándose tras los arbustos del huerto. Ya no podía más.

Pronto empezó a recibir quejas de las mujeres de la casa. Ella era arrogante y dominadora. Se había educado en la casa de un jefe orgulloso de las montañas, se había acostumbrado a ser dueña y señora, y a que todo el mundo diera vueltas a su alrededor.

Desde que Abuámir se instaló en Fez, Utmán se ocupó de todos los asuntos domésticos; estaba acostumbrado a ello puesto que ya lo había hecho para Ben Afla, y sabía gobernar tanto a la servidumbre como a los guardias de un gobernador. No era alguien refinado, eso ya lo sabía Abuámir, pero resultaba insustituible a la hora de atender a los africanos y tenía un especial sexto sentido para adivinar la verdadera intención de las personas. Una mañana le habló a Abuámir acerca de Nahar.

—Cuidado con esa mujer —le advirtió—. Es una fiera. Golpea a las criadas y se cree la dueña de la casa, cuando no es nada más que una esclava.

—Bien, bien —respondió Abuámir—, ya me ocuparé yo de eso. Pero comprende que fue arrancada de su pueblo y que perdió cruelmente a sus familiares.

—Sí, ya lo sé. Solo quería prevenirte. Esa gente de las montañas, si no se la pone en su sitio, termina por creerse con derecho a todo. No te confundas; no se trata solo de una pobrecilla huérfana... Ten cuidado.

Abuámir dio vueltas en su cama a la hora de la siesta. Por primera vez en su vida experimentó la desconcertante sensación de no saber cómo resolver un problema. Por una parte deseaba mostrarse indiferente ante aquella mujer y recobrar el dominio sobre sí mismo, ponerle las cosas claras y no volver a pensar en ello. Pero no era capaz de quitársela de la cabeza. Se dio cuenta de que ya ni siquiera se acordaba de Subh. Ello terminó de desconcertarle del todo.

El calor se hacía insoportable. Estaba echado boca arriba, mirando al techo, y el sudor parecía adherirle la espalda al colchón. Decidió levantarse y salir al fresco.

En la galería exterior, que daba a un huerto con frondosos naranjos que crecían apretados en torno a un pozo y a un estanque, se encontró con el espeso silencio de la hora más cálida del día. El aire era tórrido e inmóvil, y el dulce olor de las flores de azahar subía con el denso vaho. Un palomo emitía un monótono arrullo desde algún doblado.

Estuvo contemplando cómo el sol castigaba los tejados y las azoteas, en la extraña quietud producida por el reposo general de la siesta. De repente percibió un débil murmullo de voces femeninas y vio entre la sombra de los naranjos a dos mujeres que se acercaban al pozo. Eran Nahar y una de las criadas.

Se sentaron en el borde del estanque e introdujeron los pies en el agua. Las dos se remangaron el vestido por encima de las rodillas, de manera que las piernas de una y otra resplandecieron al sol. La criada era menuda, delgada y de piel blanca, poco agradable a la vista. Nahar en cambio tenía unos miembros largos, de aterciopelada piel cobriza sobre una carne prieta, firme. Su negra y larguísima cabellera le caía a lo largo de la espalda y brillaba limpia y sedosa.

Una extraña sensación acometió a Abuámir; una especie de nudo que se adueñaba de su estómago y un profundo deseo de contemplarla, allí donde estaba, junto al agua plateada del estanque que enviaba reflejos a su cuello y sus brazos. Entonces se rindió definitivamente a la evidencia: se había enamorado perdidamente de ella.

La criada era más joven que Nahar, tendría apenas quince años, y a su lado parecía débil e indefensa. Las dos balanceaban los pies y chapoteaban de vez en cuando mientras conversaban, hasta que la pequeña se levantó y se situó detrás de Nahar. Durante un rato, le estuvo acariciando el pelo, haciéndole trenzas y manejándoselo con sus manitas blancas y ágiles, que se introducían por la espesa y lisa melena.

Ante aquella escena tan sugestiva, Abuámir llegó al colmo de su arrobamiento, pero aún tendría que soportar ver a Nahar introducirse en el agua hasta la cintura y contemplar el vestido mojado ceñido a su cuerpo. Algo saltó entonces dentro de él como un resorte, y se decidió a bajar allí y hablar con ella.

Cuando se presentó junto al pozo, a la criada se le escapó un agudo grito de sorpresa.

—¡Vete! —le gritó Abuámir.

La muchacha corrió entre los naranjos, asustada. Y Nahar cruzó los brazos sobre el pecho.

—Tú, quédate —le dijo él—. Tengo que hablar contigo.

—¿Ahora? —protestó Nahar—. ¿No podías esperar a que terminara de refrescarme?

—¡Vamos, sal del agua! —le ordenó él.

Nahar obedeció. La melena le caía mojada hacia atrás y su rostro mostraba su habitual gesto fiero y arrogante.

—Bueno, ¿qué quieres ahora? —dijo con tono distante, mientras se retorcía el pelo para escurrirlo.

—Estoy harto de que hagas en mi casa lo que te da la gana —respondió él—. Utmán me ha dicho que pegas a las criadas y las manipulas como si fueras la dueña. Nadie te obliga a estar aquí. Ya lo sabes…

—¡Ah! —replicó ella—. ¿Entonces, puedo marcharme?

—Por mí te puedes ir hoy mismo. Si no estás dispuesta a comportarte conforme a lo que eres…

Sin decir nada más, Nahar le dio la espalda y echó a andar con paso decidido por entre los naranjos.

—¡Eh, espera! —gritó Abuámir.

Pero ella hizo caso omiso y se perdió por la puerta que daba entrada a sus dependencias. Él la siguió. Cuando llegó a su alcoba, ella ya había extendido una tela sobre la que estaba poniendo sus escasas pertenencias para liar un hato.

—¿Qué haces? —le preguntó él.

Una vez más, Nahar no respondió. Se echó el bulto al hombro y se encaminó a la puerta que estaba en las traseras del palacio.

—¡Ah, te marchas! —dijo él—. Muy bien, haz lo que quieras.

La vio salir con sus andares resueltos. Se fijó en la túnica mojada, pegada a sus glúteos firmes, y en sus talones desnudos ennegrecidos sobre el enlosado de la calle, hasta que torció una esquina y desapareció de su vista.

—¡Adiós! ¡Adiós! ¡Adiós para siempre! —gritó él con rabia dando un fuerte portazo.

Se apoyó en el fresco muro del zaguán. Su mente estaba en blanco, y el pulso le latía aceleradamente. En ese momento deseaba correr tras ella y golpearla como a una mula cerril, hasta domarla, o incluso matarla. Pero una idea acudió a su mente: la de que la violarían inmediatamente, en cuanto alguien se diera cuenta de que era una mujer que no le pertenecía a nadie. Por ahí, sola, no duraría ni un día sin que alguien le pusiera la mano encima. «Terminará en una mancebía, siendo de todo el mundo menos mía», pensó.

Salió y corrió como un loco por las calles. La hora de la siesta estaba terminando y comenzaban a abrirse los talleres. Subió una cuesta, atravesó varias plazoletas, pasó junto a las pequeñas mezquitas. Una gran angustia se apoderó de él cuando tomó conciencia de que en aquel laberinto le sería difícil encontrarla. La gente empezaba ya a transitar y los hortelanos se dirigían en sus pequeños asnos a los huertos de las afueras. Pensó que ella pretendería tal vez regresar a las montañas, y se dirigió en su loca carrera hacia la puerta de la ciudad.

Bajo el gran arco, un rebaño de cabras se apretujaba en su regreso de los pastos exteriores. Nahar se debatía entre los animales abriéndose paso hacia la puerta. Abuámir avanzó apartando a las cabras y la alcanzó. La sujetó por un brazo y tiró de ella. Forcejearon. Pero él consiguió dominarla y la llevó a empujones por las calles, hasta el palacio. En el zaguán, nada más cerrar la puerta, la rodeó con sus brazos y la estrechó contra sí, mientras sentía seca y acartonada su garganta y el corazón que parecía querer escapársele del pecho.

—¡Nahar! ¡Nahar! ¡Te amo! ¡Quiéreme, por favor! ¡Te daré lo que desees! ¡Ámame, te lo ruego!

Ella estaba húmeda aún por el agua del estanque y por el sudor, pero su aroma era dulce y agradable, a almizcle y agua de rosas. Permanecía quieta, jadeante, pero dócil y suelta. Él la cubrió de besos, y de lágrimas. Siguió suplicándole, mientras le quitaba la túnica mojada y buscaba frenéticamente su cuerpo.

79

Memleben, año 973

La noche anterior a la festividad de Pentecostés, cuando finalizó la liturgia, Asbag se acercó a Mayolo y le dijo:

—No puedo quedarme aquí eternamente. Debo pensar en partir uno de estos días. Deseo ardientemente regresar a Córdoba.

—Sí, lo comprendo —dijo el abad—. Os prometí que iríamos a Cluny antes de que llegara el verano para que pudierais regresar a Hispania desde allí. Pero, ya lo veis, la salud del emperador no es muy buena y me siento obligado a permanecer aquí.

—¿Qué es lo que te preocupa? —le preguntó el mozárabe—. La vida ha de seguir su curso. Es natural que un hombre que ha luchado tanto se sienta agotado. Y si ha de morir... ¿Qué? ¿No hemos de rendir todos el alma?

Mayolo hizo un expresivo gesto de aprobación.

—Es cierto eso que decís —respondió—. Pero, sinceramente, veo al joven Otón aún muy inmaduro para sucederle. Los nobles le rendirán honores en su proclamación en Roma, pero ello no asegura su soberanía. Como en tiempos de su padre, los duques empiezan a recelar, según he sabido. Además, en Baviera gobierna Enrique el Pendenciero, su primo, que probablemente esté ya conspirando con Abraham de Freising. No sé... Tengo oscuros presentimientos... Nos aguardan tiempos difíciles... Muy difíciles.

—¿Dices eso por el fin de mileno?

—¡Hummm…! Sarracenos en el Mediterráneo, normandos de fe débil y reciente, nobles pendencieros, clérigos corrompidos…

—¡Bah! —replicó Asbag—. Son las miserias que siempre han rondado al hombre.

—Sí —contestó el abad con tono grave—. Pero hay algo que me preocupa mucho más que todo eso…

—¿De qué se trata?

—De Roma. Mientras Otón el Grande viva, el papado estará seguro. Pero la nobleza italiana es muy peligrosa. Temo que pronto los cabecillas que siguen a Crescencio, hijo de Teodora la Joven, quieran de nuevo controlar al Papa. Y Benedicto VI es débil…

Esa misma noche, Asbag se vio asaltado por terribles pesadillas, como ya le había sucedido otras veces: avanzaba a duras penas por arrasados campos sembrados de muertos; suplicaba a Dios, pero no era escuchado; finalmente se veía a sí mismo en mitad de un gran templo en llamas, abrazado a un frío sepulcro de mármol. Se despertó empapado en sudor, aterrorizado e invadido por una fatal confusión en la oscuridad de la noche. Desde su angustia, oró: «Señor, no estés callado, en silencio e inmóvil, Dios mío».

El obispo sintió que el mundo iba por su lado, que la gente hacía lo que quería y las naciones se gobernaban como si Dios no existiera. «No se cuenta contigo. Y tú estás callado», le dijo. Pidió que se vieran nubes de luz o columnas de fuego. Saltó desde su lecho y fue a la ventana. La abrió. La ciudad germana descansaba en silencio bajo la noche cerrada. Deseó entonces que se oyeran las trompetas del Ángel o que se sintieran los vientos de Pentecostés. Pero el frío silencio era lo único que reinaba sobre los tejados.

Por la mañana, el emperador salió a la pequeña plaza que se extendía entre el palacio y la catedral. Repartió regalos entre los pobres. Asbag vio a la multitud vitorearle, contenida por una hilera de soldados. Pero el monarca estaba ausente, pálido y con un visible temblor en las manos. Asbag supo luego de boca del abad Mayolo que había comido solo un poco y que se había acostado de nuevo.

Por la tarde acudió toda la corte a la iglesia para asistir a la misa de vísperas. El emperador y la emperatriz entraron los últimos en el templo. Durante la lectura del Evangelio a Otón le subió la fiebre y se tambaleó. Un denso murmullo recorrió la nave del templo. Uno de los príncipes acercó una silla y, no bien se hubo sentado, su cabeza cayó hacia un lado como si hubiese muerto. Sin embargo, se recuperó de nuevo. Recibió la eucaristía y lo sacaron rápidamente.

Cuando terminó la misa, Asbag y Mayolo acudieron aprisa a las dependencias imperiales. Al llegar al pasillo que conducía al dormitorio real, oyeron los responsos de los monjes. El emperador había muerto sin sufrimiento un momento antes.

Después de las primeras honras fúnebres, los príncipes se ocuparon de que el cadáver del emperador fuese trasladado a Magdeburgo, donde sería enterrado al lado de Edith, su primera esposa, en cuyo recuerdo hacía constantes donativos a la Iglesia. Pero la emperatriz Adelaida no quiso desplazarse hasta allí, porque nunca se había sentido a gusto en Sajonia, y le pidió a Mayolo que la acompañase hasta Ravena para confortarla por el camino, puesto que deseaba pasar el resto de sus días junto a San Apolinar in Classe, en cuya reforma había colaborado con el abad de Cluny.

Antes de que pasara del todo el verano, satisfecho el deseo de la emperatriz, Mayolo acordó que era ya demasiado el tiempo que faltaba del monasterio cluniacense, y decidió por fin regresar a él, lo cual llenó de alegría al obispo mozárabe que le había acompañado durante todo este tiempo. Así pues, preparadas todas las cosas necesarias, emprendieron el fatigoso camino.

Pasaron por Bolonia, Módena, Fidenza y Aosta, en un trabajoso recorrido cuya dificultad mayor estuvo en los ascensos a las alturas alpinas del Gran San Bernardo, pero finalmente comenzaron a descender de las elevadísimas montañas.

El abad y el mozárabe iban acompañados por una docena de monjes, medio centenar de caballeros armados que los escoltaban y un buen número de viajeros que se había unido a ellos para seguir la ruta más seguros. La columna caminaba con lentitud, a pequeñas jornadas de tres leguas diarias para no fatigar a los hombres y a los caballos. Llevaban, además, una impedimenta grande.

Entre las dos paredes del desfiladero, y en una extensión de una legua, había lugar para un valle sembrado de grandes piedras desparramadas, junto a las cuales nacían grupos espesos de retamas, plantas de beleño y de digital. El camino, una calzada estrecha por donde apenas podían marchar tres hombres a la par, se abría al principio como una cortadura, entre dos paredes de roca, luego bordeaba el valle y huía serpenteando hasta dominar el desfiladero.

El tiempo estaba hermoso, la tarde tranquila y apacible; las hojas amarilleaban en los árboles de ambos lados del camino y el follaje de los robledales en la falda de los montes empezaba a enrojecer. Había nubarrones en el cielo, en la dirección de los valles que se divisaban a lo lejos.

Mayolo y Asbag iban a caballo, el uno junto al otro, a paso lento, por las piedras diseminadas que entorpecían la marcha.

—Dentro de poco llegaremos a Ginebra —comentó Mayolo—. Con lo cual, nuestro viaje estará casi terminado.

—¡Gracias a Dios! —exclamó Asbag—. ¡Deseo descansar!

—Sí. Vuestra peregrinación ha sido demasiado larga. Salisteis de vuestra ciudad para visitar la tumba de Santiago y Dios os ha llevado por el mundo, como a su pueblo por el desierto en un largo vagar. ¿Os pesa haber sufrido ese itinerario?

—No, en absoluto —respondió el mozárabe con rotundidad—. Gracias a mi aventura he comprendido que la vida es camino, que somos peregrinos y extranjeros, no vagabundos sin una meta; y que nos falta aún la plenitud suprema del bien y la gloria que es el final de nuestro viaje. Aunque dentro de poco llegue por fin a Córdoba, sé que mi viaje no habrá terminado si Dios no lo quiere así.

—Efectivamente —asintió Mayolo—. Nuestra verdadera vida permanece oculta en Dios; solo se nos revelará en el futuro, cuando llegue ese día esperado. Así pues, solo la parusía traerá nuestra redención completa, el cumplimiento definitivo de las promesas de Dios. Y las metas de este mundo, por muy grandes y felices que sean, se quedan pálidas ante el esplendor de la gloria futura. Mientras caminamos en la vida seguimos expuestos a toda clase de sufrimientos, fatigas y luchas; tenemos que combatir constantemente para no sucumbir al desaliento, puesto que llevamos un tesoro precioso en vasijas de barro. Hay que seguir caminando…

—¡Ay! —suspiró Asbag—. ¡Cuándo llegará esa meta final! A veces, está uno tan cansado…

Un poco más adelante, se desató una tormenta; las nubes comenzaron a invadir rápidamente el cielo y lo encapotaron en poco tiempo. Unos minutos después gruesas gotas cayeron sobre el camino. El chaparrón fue arreciando y los jinetes tuvieron que descender de sus cabalgaduras para ponerse a cubierto.

Permanecieron un largo rato bajo mantas, soportando la lluvia. Los viajeros se aterrorizaron cuando los relámpagos empezaron a surcar el cielo con sus cárdenos resplandores y los truenos retumbaron en los montes. Entonces se acercaron varios hombres para pedirles a los clérigos que elevaran una plegaria.

Mayolo extrajo de su equipaje una reliquia que llevaba consigo y la depositó sobre una piedra. Todos se arrodillaron, y los monjes entonaron las letanías. Al cabo de un rato cesó la tormenta y apareció un cielo limpio en el que empezaban a brillar las estrellas. El capitán que iba al frente de los caballeros dijo:

—Habrá que detenerse para pasar la noche. Si continuamos por este camino tan pedregoso, cualquiera podría tropezar en la oscuridad y lastimarse.

—Bien —asintió el abad—. Que cada uno saque lo que tenga seco y se prepare para dormir. Mañana, con la primera luz, continuaremos. Queda ya poco trayecto montañoso.

La noche transcurrió fría y húmeda, con lejanos aullidos de lobos y sin la posibilidad de encender hogueras, puesto que la leña estaba muy mojada.

Cuando Asbag pudo dormirse por fin, sobre el duro suelo, acudieron a su mente los sueños, causados por la fatiga y la incomodidad. Soñó que se encontraba en una isla, rodeada por un mar hostil, embravecido, oscuro y tenebroso. Buscaba la manera de salir de allí, junto con otras personas cuyos rostros le resultaban desconocidos, pero por más que iba de un lado para otro, siempre se encontraba finalmente detenido por miedo a perecer en el temible oleaje. Después el mar empezó a enviar cadáveres, cientos de ellos, que quedaban tendidos en la orilla.

Entonces despertó. Un gran silencio dominaba la noche oscura, en cuyo cielo brillaba una infinidad de estrellas. Los montes parecían gigantescas figuras inmóviles y expectantes. Sintió miedo; un profundo temor de vivir, de la soledad del hombre en medio de la vida, del azar amenazador, del riesgo del camino. Se acordó de rezar. Y lo hizo con palabras del Salmo 26:

> El Señor es mi luz y mi salvación,
> ¿a quién temeré?
> El Señor es la defensa de mi vida,
> ¿quién me hará temblar?

Se serenó al musitar aquellos versos. Procuró sentir esa luz, la única luz. «Eres Tú, Señor —oró—. Tú eres mi luz. La firmeza de Tu palabra, la garantía de Tu verdad, la permanencia de Tu eternidad. Solo con saber que estás ahí, siento tranquilidad en mi alma». Invadido por la tranquilidad y la calma, el mozárabe logró conciliar de nuevo el sueño.

Al día siguiente, reanudaron el viaje muy temprano. Finalmente dejaban el desfiladero que tan incómodo resultaba por ser un camino en pendiente y pedregoso. El sol apareció en un luminoso valle, por el que discurría el río Draco, más sereno ahora, después de serpentear y dar vueltas en círculo entre los Alpes, como un impetuoso arroyo de montaña.

Aunque no habían abandonado aún el tortuoso sendero, divisaban ya la planicie con sus árboles frutales, las tierras de labor y la villa de Pons Ursari. Al final del desfiladero, pasando el boquete que le da acceso a la izquierda, oculto por varias filas de árboles, había un cerro ingente formado por peñascos. Visto por entre los árboles parecía un castillo en ruinas. La columna pasaba lentamente junto a esta especie de fortaleza natural cuando alguien gritó:

—¡Atención! ¡Hay gente ahí arriba!

Asbag alzó la vista, como el resto de los viajeros. Efectivamente, se veían unas siluetas de personas que se movían, pero que se ocultaron rápidamente.

—Deben de ser pastores —dijo uno de los soldados.

Siguieron adelante un poco más y atravesaron el río, de manera que solo les quedaban ya los difíciles recodos que había que remontar antes de llegar a la planicie, cuando, súbitamente, sonaron unos fieros y aterradores gritos que se convirtieron pronto en una feroz algarada que descendía desde los montes. Entonces se vieron turbados por una amenazante masa de gente armada que venía hacia ellos desde atrás y desde los cerros de los laterales. El capitán de los caballeros se hacía oír entre el tumulto:

—¡Una emboscada! ¡Una emboscada! ¡Agrupaos!

—¡Madre de Dios! —exclamó Mayolo—. ¿Quiénes son esa gente?

—¡Sarracenos! —respondió el capitán—. ¡Dios nos asista!

Los caballeros volvieron sobre sus pasos y se enzarzaron en un violento combate con los atacantes, que ya habían abatido a muchos de los viajeros que iban en la cola a pie o a lomos de asnos.

—¡Hay que huir! —gritó Mayolo—. ¡Galopemos hacia la aldea!

Lograron salir del desfiladero, pero en los primeros llanos apareció una horda mayor aún que la anterior cerrándoles el paso. Los sarracenos consiguieron detener a los caballos y echaron mano a los hábitos de los clérigos, derribándolos de sus monturas.

Asbag vio caer a Mayolo y al momento cayó también, entre los pies de un montón de atacantes que se abalanzaban ferozmente sobre él.

Cuando le tenían sujeto, vio cómo el palafrenero del abad defendía a su amo, asestando golpes con su espada a diestro y siniestro, para evitar que se acercaran los atacantes, hasta que Mayolo le sujetó gritándole:

—¡Es inútil! ¡Rindámonos!

En ese momento un arquero disparó una flecha al criado y, en vez de alcanzar a este, se clavó en la mano con la que el abad le sujetaba por el hombro.

El fragor del combate cesó. Los sarracenos rodeaban a los viajeros que quedaban vivos. Lo que Asbag vio a continuación fue terrible: sin más lucha, empezaron a asesinar cruelmente a los caballeros, a los criados y a todos los que consideraban que no eran de interés como cautivos. El mozárabe suplicó con gritos desgarradores.

—¡No! ¡Por favor! ¡Por Alá! ¡No hagáis eso…!

Pero de nada sirvió su intercesión. Limpiamente, con un corte en la garganta, cada uno de los desdichados caía al suelo y se desangraba como una res sacrificada.

80

Fréjus, Francia, año 973

En Frexinetum, en la costa de Provenza, los sarracenos habían adaptado la antigua ciudad portuaria, destruyendo muchas de las edificaciones precedentes y construyendo otras, como la pequeña mezquita que ocupaba el centro de la plaza, pero el conjunto de fortificaciones, ruinas y almacenes no dejaba de ser un lugar desolado, al que no podría aplicarse otro nombre que el de «nido de piratas». Allí confluían embarcaciones alejandrinas, sicilianas, norteafricanas y levantinas, además de las autóctonas, dedicadas todas ellas a traer y llevar los frutos del botín que conseguían en sus correrías por todo el Mediterráneo. Como suele suceder en tales sitios, Fréjus era un lugar sin ley, por mucho que se empeñaran en querer demostrar que dependían del emir de Balarmuh de Sicilia, que a su vez estaba bajo la autoridad del califa fatimí de Al Qahira.

Nada más llegar, encerraron al abad Mayolo y a Asbag en una lúgubre cueva que servía de mazmorra, en la cual había ya una docena de personas capturadas también por los bandidos. El viaje hasta allí desde Pons Ursari, donde fueron hechos cautivos, fue penoso, a marcha forzada y por irregulares terrenos, por lo que llegaron extenuados y con la ropa hecha jirones.

Entre los otros prisioneros que estaban en la cueva, figuraba un noble de un territorio cercano a Cluny que reconoció inmediatamente al abad. Enseguida se abalanzó hacia él, se arrodilló y le besó la mano. Los demás eran viajeros, comerciantes o recaudadores de tributos de diversos lugares del sur de Francia. Algunos llevaban allí meses de cautiverio y se encontraban muy desmejorados.

Mayolo parecía un hombre impasible, ajeno casi a lo que les estaba sucediendo, pero lo que de verdad le ocurría era que su mente discurría solo por los cauces de la fe. Asbag se dio cuenta de ello a medida que pasaban los días en aquella cueva. El único interés del abad era mantenerse en oración y hacer rezar a todo el mundo. Al principio, los cautivos obedecieron fervorosamente, de rodillas y recitando de continuo las jaculatorias que él repetía en una especie de trance místico, pero al tercer día algunos comenzaron a desertar de aquel «combate espiritual» que, según Mayolo, había que mantener con el demonio sin darle tregua.

Al cuarto día se le metió en la cabeza que todos ayunasen. Cuando el carcelero introdujo en la cueva, como cada mañana, un mugriento cesto con unos cuantos chuscos negros y duros, un puñado de castañas y el cántaro de agua, el abad dijo:

—¡Nada de comida! Solo agua. ¡Que nadie caiga en tentación! Hay que orar y ayunar. Solo de esa manera venceremos al demonio. Nuestras armas son el ayuno y la oración.

Los cautivos se miraron unos a otros y nadie se atrevió a acercarse al cesto. Si la situación no hubiera sido tan penosa, a Asbag aquello le habría resultado algo cómico: se hallaban en un estado lamentable, muertos de frío, miedo y hambre, y al abad no le parecía aquello suficiente penitencia, impuesta ya por las circunstancias. Sin embargo, el mozárabe no consideró oportuno enfrentarse a la autoridad moral de Mayolo, puesto que su fama de santidad parecía confortar a sus desdichados compañeros de celda.

Al quinto día, al ver que no probaban alimento alguno, el carcelero fue a avisar al jefe de los sarracenos. Este se presentó en la puerta, a contraluz, y momentáneamente no lo reconocieron, pero cuando entró en la cueva se llevaron una sorpresa. Era Al Kutí, el embajador que se presentó en Merseburg para solicitar el tributo al emperador.

Al reconocerlo, Mayolo se puso en pie enardecido.

—¡Apártate, Satanás! —le gritó—. ¿A qué vienes a perturbar nuestra paz?

—¿No queréis esos panes? —preguntó el sarraceno—. ¿Queréis acaso desconcertarme? ¡Allá vosotros! No se os traerán más alimentos mientras no hagáis caso de esos.

—¡No solo de pan vive el hombre! —sentenció el abad.

—¡Vaya! ¡Qué delicados! —dijo con ironía Al Kutí—. Claro, como estáis acostumbrados a las viandas de la mesa de vuestro emperador… ¿Y qué es lo que queréis, pues? ¿Capones? ¿Uvas de Corinto? ¿Pastel de manzanas…?

—¡Ja, ja, ja…! —rio el carcelero—. ¡Aquí solo tenemos pan y castañas!

—¡… Sino de toda palabra que sale de la boca de Dios! —les increpó Mayolo—. ¡No tentarás al Señor tu Dios! ¡Solo a Dios hay que adorar! ¡Infieles! ¡Hijos de Satanás!

Al Kutí se fue hacia él, le zarandeó y le abofeteó. El abad rodó por el suelo y Asbag corrió a socorrerlo.

—¡No, déjalo, por Dios! —suplicó el mozárabe—. ¿No ves que ha perdido la cabeza?

—¡Más vale que comáis! —dijo Al Kutí—. No quiero perder las sustanciosas ganancias que pienso obtener con vuestro rescate.

Cuando los sarracenos cerraron la puerta y los cautivos se quedaron solos en la cueva, Mayolo alzó un dedo con autoridad y, a modo de sermón, dijo:

—Hemos ganado la primera batalla al demonio. Nuestras armas están resultando eficaces. No olvidéis que a Dios le agrada la mortificación, y que nuestros sufrimientos suben como incienso a su presencia… Y ahora, ya que hemos vencido en tan singular batalla, podemos tomar algo de alimento, pero con moderación.

«¡Menos mal!», pensó Asbag, y casi se le escapó en voz alta. Los cautivos abrieron unos ojos de entusiasmo y se abalanzaron sobre el cesto de los panes y las castañas, con un gran alivio por verse liberados del ayuno.

Esa noche, cuando dormían rendidos por el agotamiento a causa de su desgracia, el abad despertó súbitamente a Asbag.

—¡Obispo Asbag! ¡Obispo Asbag, despertad! —le decía—. He tenido una visión.

—¿Eh…? ¿Qué…? ¿Una visión…? —murmuró él, sumido en la somnolencia.

—Sí, escuchad, se trataba de una visión divina. El gobernador de los romanos, vestido con ropajes apostólicos, aparecía ante mí sosteniendo un incensario de oro que humeaba.

—¿Y qué significa eso? —le preguntó Asbag, perplejo.

—Es un anuncio de que seremos liberados pronto.

Cuando de madrugada entró la primera luz a través de la reja que cerraba la cueva, Mayolo estaba descosiendo su ampuloso manto, dando fuertes tirones para romper los hilos. Asbag pensó que el abad había perdido definitivamente la cabeza.

—¿Qué es lo que haces? —le increpó—. ¡No te rompas el manto!

—Sí, sí —contestó Mayolo—. He de hacerlo… Mirad lo que llevo cosido en el forro.

Cuando terminó de descoserlo, sacó un librito que llevaba entre los pliegues y dijo:

—Es el libro de san Jerónimo sobre la Asunción de la Virgen; lo llevo cosido en el manto desde hace años. Anoche, después de la visión divina, lo recordé.

Dicho esto, ante el asombro de Asbag, Mayolo empezó a hojear el librito y a hacer cuentas con los dedos.

—¡El veinticuatro! —exclamó—. ¡El veinticuatro es la Asunción! ¡Ese día seremos liberados!

Asbag concluyó que, en efecto, el abad había perdido por completo la razón.

El cautiverio se prolongó durante meses, en los que el número de los desdichados habitantes de la cueva fue variando; unos se iban porque sus parientes entregaban el rescate y eran devueltos a sus pueblos, pero llegaban otros, de manera que el negocio de Al Kutí nunca dejaba de funcionar. Y con los recién llegados entraban noticias en la prisión. Gracias a un capitán francés capturado, supieron que las sumas pedidas a cambio del abad Mayolo eran exorbitantes.

—¡Ojalá no paguen nada! —dijo el abad—. De todas formas, la Virgen María ha resuelto ya que se rompan nuestras cadenas.

Una mañana, cuando amanecía, los despertó un gran revuelo que provenía del exterior: voces y pisadas de un tropel de gente que se aproximaba a la cueva.

—¡Todo el mundo fuera! —gritó el carcelero—. ¡Vamos! ¿No estáis oyendo? ¡Salid!

Se echaron las capas por encima y salieron. En el exterior estaban Al Kutí y todos sus hombres, con sus armas, los caballos y varias mulas cargadas con fardos.

—¡Vamos, a toda prisa! —les ordenó el sarraceno—. ¡Nos marchamos al puerto!

El puerto no era otra cosa que un dique de contención y un sencillo embarcadero, abajo, al pie del acantilado rocoso. El pueblo quedaba un poco alejado y se extendía por la costa en conjuntos de casas y restos de fortificación separados entre sí por intervalos irregulares. De manera que comenzaron a descender apresuradamente entre los peñascos, por una peligrosa vereda estrecha y sumamente empinada.

De momento no supieron los cautivos el porqué de aquella carrera hacia las embarcaciones, pero pronto se dieron cuenta de que los perseguía una multitud de guerreros procedentes de las montañas que empezaban a tomar el pueblo.

—¡Son hombres del emperador! —gritó el capitán cautivo al reparar en ellos—. ¡Vienen a liberarnos!

—¡Lo sabía! ¡Lo sabía!¡Es la Virgen! —gritaba Mayolo.

No obstante, como iban amenazados a punta de espada, los cautivos no tuvieron más remedio que correr con los sarracenos hacia el puerto.

Cientos de piratas subieron a los barcos, cargando en ellos cuantas pertenencias habían podido sacar de sus guaridas: tesoros, animales, alimentos y cautivos. Mientras tanto, los que habían quedado rezagados se batían en retirada o eran abatidos por la numerosísima hueste imperial.

A empujones, hicieron subir a la gran embarcación de Al Kutí a los prisioneros, entre cabras, mulos y caballos, en un apretujamiento general de animales y personas que pretendían acceder a la cubierta. Hasta que el piloto de la nave vio que ya eran demasiados y empezó a gritar:

—¡Basta! ¡Basta o nos hundiremos! ¡Retirad las pasarelas! ¡A los remos! ¡Remeros, a los remos!

El barco empezó a alejarse del muelle, aunque todavía muchos de los piratas intentaban encaramarse a él trepando por los costados y otros muchos caían al agua desde las pasarelas que se retiraban.

A todo esto, los soldados imperiales alcanzaron la costa. Y mientras el barco de Al Kutí se alejaba, se entabló un gran combate entre los atacantes y los sarracenos que no habían conseguido embarcarse. La fuerza cristiana era muy superior y enseguida puso fin a las vidas de los piratas con ensañamiento, sin piedad, para que los que se escapaban mar adentro vieran con rabia cómo cortaban la cabeza a sus compañeros y las arrojaban al mar, que se tiñó rápidamente de rojo.

Miles de flechas empezaron a llover sobre el barco, cuyos remeros casi reventaban del denodado esfuerzo por alejarse a toda prisa. Las saetas se clavaban en las maderas, en los animales, en los sacos de grano, o volaban por entre los palos con feroces zumbidos que hacían agacharse a todo el mundo o ponerse a cubierto donde podían. Al fin el piloto consiguió situar la embarcación lejos del alcance de los arqueros imperiales. Entonces los piratas empezaron a hacer gestos obscenos, a brincar sobre la cubierta y a lanzar maldiciones a los atacantes, como niños traviesos haciendo rabiar a sus perseguidores, a pesar del espectáculo sangriento que tenían enfrente.

Viendo que ya estaban suficientemente alejados, Al Kutí ordenó al piloto:

—¡Detén el barco! Echaremos aquí el ancla.

La flota pirata sarracena quedó anclada a cierta distancia de la costa. Al Kutí se acercó entonces a Asbag.

—Esos perros rabiosos vienen a por su abad —le dijo—. Yo puedo degollarlo ahora delante de sus narices e irme a Al Qahira…

El mozárabe se horrorizó al escuchar aquello.

—Pero sería un mal negocio —prosiguió Al Kutí con ironía—. De manera que no pienso irme sin el oro que esperaba conseguir por él. Y tú me servirás de mensajero, puesto que conoces nuestra lengua y la de ellos. Regresarás a tierra, les dirás que ahora pido el doble del oro que antes solicité a la abadía, y que si no quieren el trato, iré mandándoles pedacitos del abad.

Lanzaron al mar una barca, con dos remeros, un sarraceno que sostenía un paño blanco y el obispo mozárabe, al que pusieron una mitra para garantizar que sería respetado por los arqueros.

Cuando iban llegando a tierra, el pequeño bote tuvo que avanzar entre cientos de cuerpos y cabezas separadas que flotaban cerca de la orilla. Estaba anocheciendo, y las hogueras de los soldados imperiales comenzaban a encenderse entre las oscuras piedras del acantilado. Asbag oró en silencio y, ante aquella visión, recordó el Apocalipsis:

El mar devolvió a sus muertos…

Al ver arribar la barca, un grupo de hombres y un heraldo se acercaron corriendo hacia ella con amenazadoras lanzas en ristre.

—¿Tú quién eres? —gritó el heraldo a Asbag, al verlo con ropajes de eclesiástico.

—Soy un obispo cautivo de los sarracenos —respondió Asbag—. Me envían para parlamentar. Llevadme inmediatamente con vuestro jefe supremo.

Condujeron al mozárabe hasta la fortificación de Fréjus. En ella compartían la cena un caballero alto, varios oficiales y dos monjes. Asbag les explicó lo que Al Kutí le había encomendado, asegurándoles que el jefe de los sarracenos estaba dispuesto a tratar con suma crueldad a Mayolo. El caballero dijo:

—Ya nos lo temíamos. Cuando vimos que los barcos se detenían a distancia, supusimos que el abad estaba aún vivo y que no se marcharían sin intentar al menos conseguir el rescate.

—Iremos a por ese oro —dijo uno de los monjes con resolución—. Pero necesitamos por lo menos dos días para reunirlo. Díselo así a ese diabólico infiel.

Asbag regresó al barco para comunicar la respuesta. Al Kutí se frotó las manos de satisfacción al enterarse de que aceptaban la transacción.

Aunque los monjes se demoraron una semana sobre el tiempo previsto y el mozárabe tuvo que hacer dos viajes más a tierra con el apremio del jefe sarraceno, finalmente llegó la comunicación de que estaban preparados para efectuar el intercambio.

El lugar escogido se hallaba en unas rocas que se adentraban en el mar, formando una pequeña península de arrecifes. Allí los monjes depositaron el arcón con el oro. El barco de Al Kutí se acercó con precaución. Se trataba de dejar al abad al tiempo que se recogía el rescate, mientras los soldados permanecían a gran distancia.

El abad descendió custodiado por dos forzudos piratas que comprobaron el contenido del cofre. Una vez que se cercioraron de que todo era correcto, subieron el oro y el barco empezó a retirarse deprisa. Entonces Asbag, angustiado, le preguntó a Al Kutí:

—¿Y yo? ¿Qué pasa conmigo?

—Tú te vienes. Ese dinero es por el abad, pero tú no entras en el trato.

No lo pensó dos veces; el mozárabe dio un empujón al sarraceno y se encaramó en la borda. Saltó. La suerte no estaba de su parte y fue a darse contra las rocas, en una zona poco profunda. Sintió que los huesos de una pierna se le quebraban y lo asaltó un gran dolor, junto con la sensación del agua fría. Intentó a rastras aferrarse a las rocas para trepar por ellas, pero el movimiento de las olas se lo impedía.

—¡Agarradlo! ¡Que no escape! —gritaba desde el barco Al Kutí.

Los dos fornidos piratas se arrojaron al agua y lo asieron, le rodearon con una soga a la altura de las axilas y lo subieron a tirones por el costado del barco.

Sobre la cubierta, jadeante, tosiendo por el agua que le había entrado por las vías respiratorias, Asbag vio que tenía rota la pierna, vuelta hacia arriba a la altura de la rodilla, con huesos a la vista y abundante sangre.

—¡Idiota! —le gritaba Al Kutí—. ¡Mira lo que te has hecho!

El barco se alejó a toda velocidad de la costa, se unió al resto de la flota pirata y puso rumbo a alta mar.

Sus compañeros cautivos le hicieron una cura rudimentaria al obispo, con unas tablas y unos jirones de trapo apretados para enderezar la pierna.

Una de las mujeres se acercó a él y le entregó algo. Era el pequeño libro del abad Mayolo, que debió de caérsele antes de que descendiera a tierra. El mozárabe lo tomó entre las manos, y en ese momento recordó que era el día de la Asunción de la Virgen María de 973.

Cautivo de nuevo, mojado, helado de frío y herido, sobre la cubierta del barco, clamó a Dios una vez más, sintiendo su desamparo:

¿Hasta cuándo, Señor, seguirás olvidándome?
¿Hasta cuándo me esconderás tu rostro?
¿Hasta cuándo he de vivir atemorizado,
con el corazón oprimido todo el día?
¿Hasta cuándo van a triunfar sobre mí los males?

81

Córdoba, año 976

La gran columna del ejército mercenario africano se detuvo frente a Córdoba, al otro lado del Guadalquivir, en la inmensa explanada destinada a que las huestes levantaran sus tiendas.

Era el mediodía de una calurosa jornada del final del verano, dedicada toda ella a montar el campamento, y los soldados hicieron una pausa en su tarea para ir a refrescarse al río. Miles de hombres de oscura piel comenzaron a chapotear en las plateadas y mansas aguas de las orillas.

Pero Abuámir no tenía tiempo para descansar. El gran visir Chafar al Mosafi le aguardaba en la cabecera del puente, junto a la mezquita mayor, para dispensarle el recibimiento protocolario y abrirle las puertas de la ciudad.

El gobernador de los territorios africanos del califato, con su flamante y pulida armadura, sobre su imponente caballo con bridas de pedrería, llegó al arco de la entrada seguido por los generales, la guardia personal y su servidumbre. Descabalgó, besó el suelo bajo el arco y se postró ante el primer ministro. Al Mosafi lo alzó del suelo y le besó con afecto. Ambos personajes cruzaron la mirada y se sonrieron. La gran multitud que había acudido al recibimiento a pesar del calor prorrumpió en vítores.

—¡Viva Abuámir! ¡Bienvenido! ¡Qué Alá te bendiga!

—¿Los oyes? —le preguntó Al Mosafi—. Como verás, me he encargado de propagar tus hazañas por África. Mandé a los pregoneros que avisaran de tu llegada para que acudieran a recibirte.

—Yo te lo agradezco —respondió Abuámir complacido—. Es agradable sentirse aclamado como un héroe.

—Bien, ahora entremos en la mezquita para agradecer los dones del Todopoderoso —propuso el gran visir.

Abuámir y el resto de los generales se despojaron de las corazas, las lorigas y demás piezas de sus armaduras; se descalzaron y comenzaron la ablución en las fuentes. Al desprenderse de los pesados y ardientes hierros, le invadió una placentera sensación, que se acentuó al contacto con el agua. Pero fue la entrada entre las columnas de la fresca y umbría mezquita lo que le proporcionó un misterioso estado de sosiego y satisfacción mientras avanzaba por el gran bosque de troncos de piedra, escuchando tan solo el murmullo de las plegarias.

Se arrodillaron ante el mihrab y entonaron las suras correspondientes, y luego subió el predicador al mimbar para exaltar los hechos del Profeta, la misericordia de Dios providente y su protección sobre el reino de Córdoba. Abuámir sintió más que nunca que aquellas palabras eran para él.

Después del rezo, se despidió de Al Mosafi en la puerta de la mezquita, quedando para el día siguiente en Azahara a primera hora. Y desde allí se dirigió a su munya, seguido por la servidumbre y por una carreta cubierta por toldos, donde habían viajado Nahar y los dos hijos que había tenido de Abuámir en los tres años siguientes a su boda con él.

Cuando llegaron a la entrada de la munya, toda la servidumbre había salido a recibirlos. La casa estaba limpia, fresca y perfumada por el romero que habían esparcido en las losas del patio central, y las criadas acudieron con panderos para entonar una canción de bienvenida.

Nahar tomó posesión, orgullosa y decidida, recorriendo hasta el último rincón del palacio, para conocer al milímetro los espacios y las personas que habría de gobernar desde aquel día. Dispuso cuál había de ser su propia alcoba en las dependencias de las mujeres y acomodó también a las tres concubinas que Abuámir se había traído de África.

Él, mientras tanto, tomó un baño, se envolvió en una gran toalla y se tumbó en la sala fresca que había junto al aljibe, intentando dejar la mente en blanco, pero no lo consiguió. Tenía múltiples cosas en la cabeza. ¿Por qué le había mandado llamar con tanta urgencia el gran visir? Durante tres años había vivido aislado en África, sin saber nada de Córdoba, dedicado al gobierno de los difíciles territorios que le encomendaron. No es que hubiera sido mucho tiempo, pero le habían sucedido tantas cosas que le parecía una eternidad. Nunca antes había dependido de nadie, hasta que Nahar entró en su vida. ¿Era ella quien había cambiado tanto su vida? Le había dado dos hijos, y no es que hubiera sido ella quien le proporcionó las tres concubinas, pero desde luego le había facilitado mucho las cosas para que ahora cuatro mujeres formaran parte de su vida. ¿Después de esto era él el mismo? Pensó entonces en Subh y, como otras veces en África, reparó en que no la echaba de menos. Era una sensación extraña aquella de que se borrase en su mente la imagen de alguien que había significado tanto para él. Pero ahora era diferente; ella estaba ahí, muy cerca, y en un momento u otro tendría que ir a verla. La idea le turbó. Sentía cierta curiosidad, eso sí, pero más que por saber cómo estaría ella después de ese tiempo, por conocer la reacción que se produciría en él al encontrarse con su mirada. Aunque habían pasado solo tres años, Subh pertenecía a otro tiempo, a otra vida. Incluso le daba pereza tener que reanudar aquella relación. Nahar era demasiado fuerte, demasiado omnipotente, como para compartir su amor con otra mujer, aunque fuera Subh. Ni siquiera aquellas concubinas, a pesar de ser jóvenes y hermosas y de vivir en su casa, habían pasado de ser un mero pasatiempo, una obligación incluso.

Decidió no meditar más sobre ello. El tiempo pondría cada cosa en su sitio. ¿Por qué preocuparse ahora? Cuando llegase el momento de encontrarse con ella, tendría la ocasión de pensar en comportarse de la manera más oportuna. Pero había ahora algo que le preocupaba aún más que eso. ¿Qué se esperaba de él? Si le habían hecho dejar África apresuradamente, cuando su gestión había sido impecable, era seguramente para encomendarle otra misión. Pero no sabía nada del porqué de aquella orden de regreso. Se había presentado un emisario con un billete firmado por el gran visir, sin explicación alguna, con la orden pura y simple de presentarse en Córdoba con el ejército mercenario lo antes posible. Esto le desconcertaba aún más. ¿Por qué con el ejército mercenario? ¿Había algún conflicto con los reinos del norte? O, peor aún, ¿se trataba de algún problema interno de gravedad? En todo caso, hasta el día siguiente no podría saberlo.

La incertidumbre no le impidió dormir. Por la mañana muy temprano iba camino de Azahara, con la mente descansada y el cuerpo repuesto del largo viaje de los días anteriores.

Sin embargo, el que mostraba señales visibles de no haber descansado era Al Mosafi. Abuámir percibió enseguida que el visir estaba preocupado y nervioso. Sin preguntarle siquiera por la gestión de las provincias africanas, fue al grano directamente. Cuando ambos estuvieron solos en su despacho le dijo:

—Querido Abuámir, no sabes cómo he deseado que regresaras cuanto antes. Te necesito. ¡Gracias a Dios que estás por fin aquí!

—Pero… ¿Sucede algo grave? —se preocupó Abuámir.

—Sí, gravísimo —respondió el visir con rotundidad.

—Bien, ¿de qué se trata?

—Del califa, el mismísimo Príncipe de los Creyentes.

—¿Está enfermo? ¿Su vida corre peligro?

—No se sabe nada —dijo Al Mosafi con ansiedad—. Nada de nada.

—¿Eh?

—Como lo oyes. Hace más de un mes que nadie sabe nada de él. La última vez que le vi estaba gravemente enfermo; apenas podía hablar y tenía la mente perdida. Después los eunucos prohibieron a todo el mundo que se acercara al palacio, incluido a mí, con el pretexto de que necesitaba descansar y aislarse de los problemas para reponerse. Y hasta el momento presente no se ha vuelto a saber nada más.

—¿Se estará muriendo?

—O…

—¿O qué? —preguntó Abuámir—. ¡Vamos! ¡Habla!

—O tal vez haya muerto ya.

—¿Muerto? ¿El califa…?

—Sí. Los eunucos mantienen cerradas a cal y canto sus dependencias. No olvides que son ellos los que gobiernan a su guardia privada. Ellos son los que más perjudicados pueden salir en el caso de que muriera, puesto que perderían su posición preponderante en el palacio. Por eso no quieren que nadie sepa nada del estado del califa. Hace ya tiempo que ni siquiera los médicos tienen acceso a la cámara real.

—Pero eso es absurdo —repuso Abuámir—. Si el califa ha muerto, como sugieres, tarde o temprano tendrá que saberse. ¿De qué les sirve custodiar un cadáver?

—De nada, puesto que hace ya dos meses que yo me ocupo de todos los asuntos del gobierno.

—¿Entonces?

—Precisamente por eso te he mandado venir a Córdoba. Me temo que traman algo en relación con la sucesión al trono.

—¿Que traman algo? El único sucesor al trono es Hixem, según el juramento legítimo que toda la corte, el gobierno y ellos mismos hicieron en la mezquita mayor delante del propio Alhaquén. ¿Qué pueden estar tramando? ¿Quién puede saltarse tal juramento?

—¡Al Moguira! —dijo Al Mosafi angustiado.

—¿Al Moguira? Pero ¿cómo…?

—Sí, Al Moguira. Es hijo de Abderramán, hermano por tanto del actual califa; es joven, goza de cierta popularidad entre determinados nobles y, lo que a ellos más les interesa, es manejable por Chawdar y Al Nizami. Con un califa así, los eunucos tienen asegurado el poder total del reino.

—¡Por todos los iblis! —se enfureció Abuámir—. ¡No podemos consentirlo! ¡Malditos eunucos!

—¿Comprendes ahora por qué estoy tan preocupado? —le dijo el gran visir sosteniéndolo por los hombros y mirándole directamente a los ojos—. ¿Has pensado en lo que nos sucederá a nosotros si esos endiablados zorros llegan a hacerse con el poder?

En el rostro de Abuámir se dibujó la perplejidad y el terror.

—Y… ¿qué podemos hacer? —preguntó desde su confusión.

—No está todo perdido —dijo con calma Al Mosafi—. En primer lugar, todo esto son suposiciones; hemos de averiguar si el califa ha muerto. Si aún vive, no se puede hacer nada. Pero si, efectivamente, ya ha fallecido, hay que empezar a moverse de inmediato.

—¿Cómo podemos saber eso?

—Solo hay una manera: la sayida.

—¡La sayida! ¡Subh! ¡Claro! —exclamó Abuámir.

—Debes ir a hablar con ella inmediatamente. El jefe de la guardia solo dejará pasar a la sayida y al príncipe heredero. Por mucho que los eunucos se opongan, los guardias de Azahara jamás se atreverán a ponerles a ellos las manos encima, tendrán que dejarlos pasar. Pero eso debe hacerse inmediatamente. Mientras tanto, yo me ocuparé de aislar a Al Moguira. Apostaré vigilancia en torno a su palacio y le impediré salir, para evitar que pueda entrevistarse con los eunucos o empezar a crearse partidarios entre los magnates.

—¿Sabe alguien más todo esto? —preguntó Abuámir.

—¡Nadie! ¡Nadie debe saber nada! ¡Solo tú y yo! Si empicza a formarse revuelo y los visires comienzan a sospechar, la cosa puede complicarse. Debemos actuar con suma rapidez y cautela.

—Pero… si el califa ha muerto, y efectivamente así lo sabemos mañana mismo, ¿qué habremos de hacer a continuación? ¿Cuál es el resto del plan?

—Entronizar a Hixem inmediatamente —respondió Al Mosafi con rotundidad.

—¿Cómo? ¿Un califa de diez años?

—¡Naturalmente! Con un regente que se ocupe de todo durante su minoría de edad, un hachib, un primer ministro al frente de los asuntos del gobierno, alguien experimentado que conozca los secretos del Estado.

—Tú, por supuesto —le dijo Abuámir.

—Sí, yo. Y alguien que gobierne la casa del príncipe, un administrador con el título de visir, alguien con grandes poderes en el reino y con autoridad para dirigir la formación del califa. Ese, naturalmente, serás tú.

—¿Yo? ¿Visir? —se quedó boquiabierto Abuámir.

—¡Claro! Tú y yo unidos, haciendo grandes cosas, poniendo definitivamente en orden el Estado, para dejarlo más tarde en manos de un califa bien formado, capaz, justo y equilibrado.

—¿Y los eunucos? ¿Y Al Moguira? ¿Consentirán algo así?

—Tendrán que aceptarlo. Pero si vemos en ellos el menor asomo de complot, los quitaremos de en medio. ¿Serás capaz de ponerlos en su sitio?

—Cuenta conmigo. Ya me han hecho pasar suficiente… Ahora ha llegado mi momento. No los temo. ¡Te lo juro! Ahora sabrán quién soy yo.

—Y tú debes confiar en mí —le pidió el visir—. Solo si permanecemos unidos podremos llevar nuestro plan adelante.

82

Sicilia, año 976

El agua subía y retrocedía en la suave pendiente de la playa, bañando la arena con la espuma de mansas olas. Un bello cielo se fundía con un mar azul que se hacía anaranjado en el horizonte. Reinaba la paz del atardecer, hecha de la sensación cálida del sol en la picl, mezclada con las frescas ráfagas de la brisa marítima. Allí donde las olas rompían en la arena, tres niños recogían conchas, charlando entre ellos, con un murmullo de vocecillas que se confundían a veces con los gritos de las gaviotas.

Asbag, recostado en unas rocas, meditaba, dormitaba a ratos. Cuando sus párpados, que sentía pesados, se abrían, contemplaba el infinito espacio que tenía delante. «Al otro lado está Hispania –pensaba–; el Levante, la Manxa… y Córdoba». Recordó entonces el salmo:

> Quién tuviera alas de paloma
> para volar y posarse.
> Emigraría lejos…

Llevaba ya tres años en Sicilia. «¿Cuánto más, Señor?», pensaba. Era demasiado tiempo para estar en una isla, por grande que fuera; para alguien que había sido arrancado de su tierra hacía más de siete años, y llevado como por alas de águila por el mundo: Jutlandia, Germania, Constantinopla, Italia… ¿Es que su vida había de terminar allí? ¿Es que Dios había determinado que el resto de sus años, diez, veinte, treinta tal vez, discurriesen allí? ¿O tenía Dios reservado algo más para él? Se hacía estas y más preguntas, procurando no perder la esperanza, procurando confiar en una Providencia que hasta ahora no le había abandonado.

Después de embolsarse la cuantiosa suma del rescate del abad Mayolo, el astuto Al Kutí había decidido sacarle el mayor partido a su captura. El barco puso rumbo a Sicilia, donde el embajador pirata se congració con el emir Hasan al Kalbí, entregándole como regalo el mejor botín que había conseguido en su correría europea: un obispo de la Iglesia católica. Pero no un obispo cualquiera, sino uno que manejaba a la perfección la lengua árabe, así como la latina y la griega. Un precioso tesoro que el emir quiso aprovechar al máximo. Cuando averiguó que Asbag conocía, además de las lenguas, las ciencias, y que los libros no tenían secretos para él, le puso al frente de la educación de su primogénito, Selim. Y desde entonces se quedó en el palacio de Halisah, en Balarmuh, que era como llamaban a la próspera Palermo.

El príncipe Selim había cumplido diez años, y en los últimos tres Asbag le había enseñado cuanto ahora sabía: leer y escribir en árabe, contar, sumar, restar, las estaciones, el calendario, la geografía, las estrellas, la historia de los hombres y, últimamente, habían dado comienzo las primeras lecciones de lengua latina. Y el mozárabe no solo lo hizo con cariño, sino que disfrutó con ello. Le entregaron un niño malcriado y rebelde, acostumbrado a vivir entre eunucos, de los que había aprendido a insultar, maldecir y escupir a la cara maliciosas e irónicas palabras; y Asbag había odiado al principio la difícil tarea que le encomendaban. Pero un esclavo, aunque sea el más culto, no puede negarse a aceptar su tarea. Luego el tiempo y la paciencia lo pusieron todo en su sitio, como suele suceder. Se enamoró de su trabajo. Era un hombre maduro sin hijos, solo en un mundo hostil y de gente poco cultivada; la dedicación al niño terminó por absorberle y cautivarle, convirtiéndose en su única razón de vivir.

Cuando se limaron sus asperezas de niño caprichoso, Selim desveló los encantos que guardaba en el fondo de su alma. El príncipe no era robusto, pero tampoco era uno de esos niños delicados que a fuerza de criarse entre algodones andan sobrados en carnes o se forman delgaduchos y enfermizos. Por el contrario, era vivo, fuerte y despierto, de piel morena y oscuros cabellos rizados; y sus ojos, aunque afectados de un ligero estrabismo, mostraban una mirada interrogante. En el tiempo dedicado a él, Asbag se había maravillado, apreciando la satisfacción de escribir en su alma, como en una tabla rasa, los conocimientos, la sabiduría más elemental y el arte del razonamiento.

Y vio brotar en él el milagro de los puros sentimientos que Dios mismo deposita en el fondo de los hombres. Y el niño, agradecido, le amaba ahora más que a nadie, con un amor verdadero, nacido de la admiración y el respeto hacia quien le mostraba todo un universo abierto y luminoso. Hacía ya tiempo que entre ellos fluía una mutua comunicación de sentimientos, aunque Selim era todavía rebelde a veces.

Asbag alzó la vista. Los tres niños se habían alejado demasiado según su parecer. Pero enseguida corrió tras ellos uno de los eunucos y les advirtió que debían regresar. También los criados respetaban al obispo, aunque al principio le hicieron sufrir, como le sucede a cualquiera que llega como un advenedizo a una casa para ocuparse de las más altas responsabilidades sin habérselo ganado antes. Hubo celos y envidias, pero la paciencia del mozárabe era inmensa, y puede más el silencio y la calma que el más violento enfrentamiento. Ahora nadie cuestionaba su posición, pues a todos seduce la sabiduría de un alma con poso.

Selim se acercó hasta donde estaba él, mientras los otros niños seguían con los pies en el agua.

—¿Qué es esto, Asbag? —le preguntó, mostrándole algo que había encontrado en la orilla.

—¡Oh, es un caballito de mar! —respondió Asbag, observándolo detenidamente.

—¿Eh…? —se sorprendió el niño—. ¿En el mar hay caballos?

—¡Ja, ja, ja…! —rio el obispo—. No. Se le llama caballito por su forma pero es un animalejo del agua, algo más parecido a un pez. ¿Ves? Su cabecita recuerda a la del caballo, pero el conjunto de la figura es diferente.

—¿Y tú por qué sabes eso? ¿Has estado en el fondo del mar?

—¡Oh, no! Nadie puede estar en el fondo del mar. Lo sé porque en un antiguo libro había una ilustración donde aparecía esta criatura. Pero, si he de serte sincero, te confieso que es la primera vez que veo uno de verdad.

—¿Dónde podré ver yo uno de esos libros?

—Bueno, aquí en Sicilia no hay ninguno de ellos. Pero si fueras a Córdoba, a la gran biblioteca del califa, podrías encontrar cientos.

Los ojos del niño se abrieron llenos de asombro. Se acercó más al obispo y le asió por la manga de la túnica con ansiedad.

—¡Vayamos a Córdoba! —le suplicó—. ¡Le pediremos el barco al emir y partiremos mañana!

—No, no, Selim, no podemos ir. Es un viaje largo y peligroso, hay piratas y hombres malvados por todas partes…

—Entonces… ¿nunca podré ver uno de esos libros?

Asbag lo abrazó cariñosamente; le entusiasmaba esa curiosidad y ese deseo de saber de Selim.

—Haremos una cosa —respondió—, escribiremos nosotros uno. Te enseñaré a manejar el cálamo y dibujaremos animales como los que se encuentran en los libros de Córdoba.

—¿De veras? —exclamó entusiasmado el niño—. ¡Júralo! ¡Júralo por el Profeta! ¿Sabrás hacerlo?

—Sí, claro. Lo vi muchas veces, lo recuerdo perfectamente y conozco la manera de hacerlo.

Selim daba saltos de alegría, giraba sobre sí mismo, bailaba y palmeaba de alegría.

—Y, ahora, regresemos; es tarde ya —le dijo el mozárabe—. Vístete y avisa a los eunucos de que regresamos al palacio.

Por el camino de vuelta a la ciudad, la vista era hermosa: el monte Pelegrino al fondo, las laderas cubiertas de viñas que parecían derramarse por la pendiente hasta las mismas murallas; el robusto Al Qasr, en la parte más alta de la ciudadela, y el complejo y abigarrado conjunto de tejados, cúpulas y azoteas que se amontonaban en torno al palacio de Al Sqabila.

Asbag iba delante, caminando trabajosamente, apoyándose en

una especie de largo cayado de pastor, pues la caída que sufrió en el acantilado de Frexinetum le dejó una pronunciada cojera, después de que los huesos soldaran mal, a pesar del tiempo transcurrido. Detrás iban los eunucos, Hume y Sika, dos eslavos maduros, reservados y ceremoniosos, que ya se habían ocupado antes del emir y que ahora tenían encomendado el cuidado de su hijo. Y, por último, avanzaban los tres niños con los dos criados y dos parejas de guardianes del palacio.

Antes de llegar a la barbacana de la muralla, Asbag percibió el olor nauseabundo, al que no terminaba de acostumbrarse pese a que pasaba por allí todos los días, del lugar donde se exhibían los despojos de los ajusticiados. Se trataba de una oquedad en el terraplén que ascendía desde el mismo borde del camino, en la que revoloteaba un enjambre de moscas con su característico zumbido, sobre las sanguinolentas losas de piedra repletas de huesos con carne pegada aún, cráneos, vísceras putrefactas y amarillentas grasas de los cuerpos descuartizados, alrededor de los cuales merodeaban cuervos, perros y gatos asilvestrados. El obispo torció la cabeza hacia el lado contrario a aquel lugar y apretó el paso, musitando entre dientes una oración.

Sin embargo, cuando los niños y los criados llegaron junto al repugnante espectáculo, se detuvieron y comenzaron a arrojar piedras. El obispo escuchó un golpe seco y la voz de Selim:

—¿Has visto? ¡Le he dado!

Se volvió y vio cómo los niños se agachaban para recoger piedras con las que ejercitaban la puntería contra los cráneos. Entonces corrió, horrorizado, en dirección a ellos gritando:

—¡No! ¡Por el amor de Dios! ¡No hagáis eso! ¡Basta!

Selim, sosteniendo una piedra en la mano con la que pretendía proseguir el macabro juego, se detuvo.

—¿Por qué? —replicó—. ¡Esos malditos eran traidores, bandidos y enemigos del emir! ¡Están ahí para que todo el mundo vea cómo terminan tales hombres!

—¡No, Selim! —repuso Asbag—. No hay hombres malditos, solo hay hombres desgraciados. Ya te lo dije una vez. Todos los hombres son hijos de Dios y sus cuerpos deben ser respetados porque resucitarán un día.

El niño, contrariado, apretó los dientes con rabia y dudó por un momento, pero, como viera que sus amigos aguardaban su reacción, finalmente alzó la piedra y la arrojó de tal modo que impactó fuertemente en uno de los cráneos, que rodó por el suelo.

—¡Toma! —exclamó otro de los niños—. ¡Qué puntería!

Asbag se enfureció, se abalanzó sobre Selim y, sosteniéndole por los hombros, lo zarandeó gritándole:

—¡Está bien, niño desobediente! ¡No tendrás libro de animales! ¡Tú no haces lo que te pido, pues yo no haré lo que tú me pides!

El obispo soltó al muchacho y se encaminó resoplando hacia la barbacana, con grandes pasos que acentuaban su cojera. Detrás, Selim le gritaba:

—¡Sí, lo harás! ¡Harás lo que yo te mande! ¡Mi padre mandará que te azoten! ¡Eres un esclavo y yo soy tu amo!

Después de cruzar la puerta de entrada a la ciudad, Asbag puso rumbo al barrio cristiano, mientras los eunucos, los criados y los niños subían la cuesta que conducía al palacio. La voz del niño seguía oyéndose.

—¡Sí, ve a la iglesia! ¡Pero harás el libro! ¡Lo harás…!

El barrio cristiano de Balarmuh era pequeño, polvoriento y de casas pobretonas y bajas. En el centro había una iglesia muy antigua, edificada por cristianos de los siglos precedentes con piedras y ladrillos de barro cocido. El mozárabe entró en ella. Era una nave de reducidas dimensiones, íntima y fresca, con finas aberturas verticales por las que entraban dos líneas de luz exterior. Al frente, suspendido de la pared del ábside, había un crucifijo rudimentario, con un Cristo hierático de grandes ojos y rígidos brazos.

El obispo se arrodilló con dificultad, le dolían los huesos de la pierna. Después se postró, dejando caer el peso de su tronco sobre los codos apoyados en el suelo de frías lastras, bajo las que reposaban generaciones de cristianos sicilianos. Estaba profundamente compungido. Oró:

Como están los ojos de los esclavos
fijos en las manos de sus señores,

así están nuestros ojos en el Señor
esperando su misericordia.
Misericordia, Señor, misericordia,
que estamos saciados de desprecios...

El silencio de aquel lugar le confortaba. Fue como si se hiciera el vacío en su mente, como si desapareciera todo sentimiento negativo, aunque nada esperanzador acudiera en su lugar. Solo el silencio, la nada, el descanso, la paz. ¿Por qué preocuparse? La vida es camino, recordó al fin. ¿Por qué inquietarse? Solo esperar, confiar.

La puerta crujió detrás de él y unos pasos renqueantes resonaron en el interior del pequeño templo. Era Jacomo al Usquf, el anciano obispo de Balarmuh.

Asbag alzó la cabeza y vio su rostro sabio y bondadoso. Era el único cristiano instruido de la isla, a pesar de que llevaba aislado más de cincuenta años. Había sido el único consuelo que el mozárabe tuvo desde que llegó cautivo a Sicilia. Y la única persona que podía darle consejos.

—Asbag, querido Asbag, ¿te encuentras bien? —le preguntó.

—He vuelto a sufrir un percance con mi pupilo.

—¡Ay, cuánto te hará padecer ese niño sarraceno! ¡Su padre el emir debería liberarte de esa pesada carga!

—El caso es que amo a ese niño —dijo el mozárabe poniéndose en pie—. Él no tiene la culpa, pobrecillo, de comportarse así. Además, generalmente es bueno y dócil... Pero fue maliciado y eso le sale a veces.

—Sí, ya lo sé —respondió el anciano—; cuando se tuerce...

—Hace un momento suplicaba a Dios la paciencia. Creo que es lo único que necesito ahora. No sé cuánto tiempo me tendrá Él aquí ni qué es lo que pretende de mí; lo acepto, lo acepto de corazón. Pero a veces es tan difícil...

—Confía. Él te mostrará el camino.

—Sabes cómo ha sido mi vida; te lo he contado. Cuando iba camino de Cluny con el abad Mayolo, antes de que nos apresaran, creía que el final de mi viaje estaba próximo; intuía con tanta claridad que mis penalidades iban a terminar... Y, ya ves, mi peregrinación continúa aún...

—La vida del hombre solo cobra sentido en el futuro —sentenció el sabio Jacomo—. Y el futuro pertenece únicamente a Dios. En el mundo todo se tambalea y todo cambia. El hombre es inconstante y voluble como pluma al viento, nada es estable, nada es fijo, nada permanece; y en un mundo de inseguridad e inconstancia... Solo Dios es roca. Él permanece cuando todo pasa. Él es firme, fijo, eterno. Él es el único que podrá darte seguridad en cualquier lugar donde estés; aquí o en tu lejana tierra. Solo en Él podrás encontrar refugio, sentirte seguro y hallar paz. Él es tu roca.

—Sí —asintió Asbag—, pero yo soy el inseguro. Esa es mi mayor prueba: que yo mismo no estoy firme. Soy un manojo de dudas. Dudo y vacilo a cada paso... Ayer mismo me sentía seguro; hoy, después de lo que me pasó hace un rato al regresar de la playa, la incertidumbre vuelve a anidar dentro de mí. Eso ha sido toda mi vida: una gran incertidumbre; hago cien propósitos y no puedo culminar ninguno; comienzo cien proyectos y no acabo ninguno; emprendo cien viajes y no llego a ninguna parte...

—¡Ah, querido Asbag, ese es tu sino! —le dijo Jacomo con cariño—. ¿No será tu aventura un viaje del corazón? ¿No pretenderá Dios llevarte por caminos intrincados para mostrarte que todo es mutable y que solo Él permanece?

El mozárabe se quedó pensativo por un momento. Aquellas palabras le habían tocado el alma. Sin decir nada más, tomó la mano del anciano obispo de Balarmuh y la besó con reverencia.

Después de orar en la vieja iglesia del barrio cristiano, regresó al palacio del emir, que se encontraba al lado del antiguo *decumano* romano, convertido ahora en hermoso emporio cuyas mercancías estaban ya siendo recogidas.

La nueva ciudadela, donde Hasan tenía su residencia, era pequeña y exquisita, a diferencia de la Galca que era la antigua Paleapolis que ahora estaba casi en ruinas. Desde su ventana del palacio, Asbag contemplaba el mar que recortaba la costa, entre las desembocaduras de los dos pequeños ríos Papiero y Kemonia.

Viendo caer la noche en la cala, con sus primeras estrellas luciendo sobre la línea del horizonte, el mozárabe oró en silencio: «Eres tú, Señor. Tú eres mi Roca. La firmeza de tu palabra, la garantía de tu verdad, la permanencia de tu eternidad. La Roca que se destaca a lo lejos en medio de las olas y arenas y vientos y tormentas. Solo con saber que estás ahí, siento tranquilidad en mi alma».

El crujido de la puerta de la alcoba interrumpió su oración. Era el pequeño Selim, descalzo y con su largo camisón de dormir. El mozárabe y él se miraron, esperando ambos que el otro dijera algo.

—¿Harás para mí ese libro? —dijo al fin el niño en tono meloso.

—No, si no me pides perdón por lo de esta tarde.

—¿Perdón? —preguntó Selim con sorpresa—. Son los esclavos los que piden perdón.

—¡Vamos, Selim! —le dijo Asbag con autoridad—. Delante de la gente admito que me trates así, pero ya sabes que entre nosotros yo soy el maestro. Ya te he dicho cien veces que Dios no nos perdonará si nosotros no perdonamos... ni sabemos pedirnos perdón unos a otros.

El niño corrió hacia él y le abrazó con todas sus fuerzas.

—¡Ay, ay, Selim! —se quejó el obispo—. ¡Que me haces daño en la pierna mala! ¡No seas tan impetuoso!

—¿Me perdonas? —dijo Selim.

—¿Volverás a hacerlo?

—No, lo juro por la memoria del Profeta —replicó el niño con solemnidad.

—Bien, bien, te perdono.

—Entonces, ¿harás para mí ese libro?

—Sí, lo haré, lo haré...

Asbag acarició los cabellos oscuros y rizados de Selim. Sintió compasión de aquella cabecita. Percibió que el hombre en el fondo es un ser indefenso, con poder o sin él, con dicha o sin ella.

83

Córdoba, año 976

—¡Tres años esperándote! —sollozaba Subh en el jardín de los alcázares frente a Abuámir—. ¡Y vienes ahora para decirme que lo más importante en este momento es ir a Azahara!

—Pero... ¿no lo comprendes? —le decía él—. ¡Ya te he dicho que la única manera de saber cómo está Alhaquén es yendo allí!

—¡Y a mí qué! —replicó ella—. ¿Sabes cuánto tiempo lleva sin aparecer él por aquí? ¿Puedes imaginar lo sola que he estado en todo este tiempo? ¿Quién se ha preocupado por mí?

Abuámir se fue hacia ella y la estrechó entre sus brazos; se dio cuenta de que había engordado apreciablemente en esos tres años: sus caderas eran mucho más anchas y sus brazos se habían puesto rollizos. Pensó que la quería, pero ahora de una forma distinta, entrañable, solo eso.

—¡Vamos, vamos, mi princesa! —le dijo—. Razona, por favor. Hemos de ir allí; por el bien del pequeño Hixem, por tu propio bien...

—¡Y esos eunucos! —protestó ella—. ¿Crees que podré soportar volver a ver a esos repugnantes eunucos?

—Pero, querida, si ellos no estarán. Chawdar y Al Nizami asistirán al sermón de la mezquita, como todos los viernes. Hemos de ir allí, ¿no lo comprendes? Es posible que el califa... —Tuvo que decírselo—. Bueno, es posible que el califa... haya muerto ya.

—¿Qué? —murmuró ella con unos ojos perdidos y llorosos.

—Sí, es muy posible que ya haya muerto. ¿Comprendes ahora mi insistencia?

Subh fue corriendo a buscar al príncipe Hixem. Cuando Abuámir lo vio se quedó sorprendido; el muchacho había cumplido ya once años y había crecido mucho: era alto, rubio y de bellos ojos, claros como los de su madre, pero era aún más tímido que tres años atrás.

Al llegar al palacio del califa en Azahara se dieron cuenta de que sucedía algo extraño. Reinaba la oscuridad en todas las dependencias, pues las persianas estaban bajadas y había espesos cortinajes; algo que Alhaquén jamás habría consentido, puesto que amaba la claridad y siempre quería que hubiera luz abundante. Los numerosos criados, chambelanes y guardianes eunucos se pusieron muy nerviosos al ver a la sayida. Uno de ellos, un mayordomo grueso de cierta edad, se interpuso entre ellos y la puerta que daba al corredor principal que conducía a la alcoba real.

—No, no, no, sayida, por la memoria de Mahoma —suplicaba—. Si te dejo pasar, Chawdar me cortará la cabeza. ¡No lo hagas, te lo ruego!

—¡Aparta, estúpido! —le gritó Abuámir quitándolo de en medio de un empujón.

Al cruzar la puerta, les llegó un intenso y envolvente olor a alcanfor. El pasillo estaba completamente oscuro y no había guardianes ni criados. Subh, Abuámir y el príncipe avanzaron apresurados hacia la gran puerta de bronce que brillaba tímidamente en la penumbra del fondo. El chambelán gritaba detrás de ellos:

—¡No, no, por favor...!

Abuámir empujó la puerta y se detuvo un momento, antes de entrar. El saloncito que había delante de la alcoba estaba completamente a oscuras.

—¡Quedaos aquí, entraré primero yo! —les pidió a la madre y al hijo.

Abuámir entró con sumo cuidado. En cuanto sus ojos se hicieron a la penumbra, se postró en el suelo, al ver a Alhaquén sentado al fondo en su sillón. El olor a alcanfor y a pócimas era insoportable.

—¡Señor, disculpa…! —suplicó con la frente pegada al suelo.

Pero inmediatamente oyó un agudo grito de terror detrás de sí. Subh había descorrido una cortina y la luz había entrado en la estancia. Alzó la vista y se encontró con el rostro del califa muerto: los ojos estaban hundidos en las cuencas, secos; la piel acartonada y los cabellos y la barba, lacios, crecidos. La visión era espeluznante.

—¡Vamos, fuera de aquí! —les gritó él a Subh y al príncipe—. ¡Salgamos!

Corrieron por los pasillos, horrorizados, buscando la salida. En el exterior del palacio los aguardaba Al Mosafi con un gesto interrogante.

—¿Qué pasa? ¿Qué sucede ahí dentro? —les preguntó—. ¡Vamos, hablad, que me tenéis en ascuas!

—¡Está muerto! —le dijo Abuámir—. ¡Muerto y bien muerto! ¡Desde hace mucho tiempo!

—¡Me lo temía! ¡Al fin se desveló el misterio! —dijo el visir—. Pobre Alhaquén, ha muerto con la misma discreción con la que vivió siempre.

Fueron corriendo al palacio de Al Mosafi, cuya modesta entrada estaba junto a los jardines del gran palacio del califa, y esperaron allí a ver qué sucedía cuando llegaran los grandes fatas Chawdar y Al Nizami, que no tardarían ya en regresar de la mezquita de Córdoba.

—En cuanto sepan que ya conocemos su secreto —comentó el visir—, tendrán que anunciar la muerte. No les quedará más remedio.

—¿Crees que el resto de los servidores de palacio lo sabía? —le preguntó Abuámir—. Me refiero al centenar de eunucos y a los guardias.

—¡Oh, no, de ninguna manera! —respondió Al Mosafi—. Nadie excepto ellos tenía acceso al interior; ellos y sus cuatro o cinco eunucos de confianza. Ahora deberán anunciarlo en el harén, y todo el palacio se enterará.

Un espeso silencio y una calma tensa se adueñaron de Azahara en los momentos siguientes, que parecieron una eternidad. El gran visir permanecía pegado a la ventana que daba a la puerta de los jardines, por donde se entraba al palacio real.

—¡Ya están ahí! —exclamó de repente.

Abuámir se asomó también. Chawdar y Al Nizami descendían de sus literas y se dirigían a la puerta, acompañados por sus criados, con las sombrilla, los perros y los camellos que los seguían a todas partes.

La incertidumbre de la espera alargó el tiempo que siguió a su entrada en el palacio. Abuámir y Al Mosafi permanecían pegados a la ventana, casi conteniendo la respiración y con el pulso acelerado.

De repente estalló el griterío, como si una jaula de locos se hubiera abierto y sus ocupantes se hubiesen puesto de acuerdo. Centenares de eunucos y de mujeres salieron corriendo y gimiendo a los jardines, arrancándose los cabellos a tirones, destrozando los parterres donde crecían coloridas flores y arrojándose puñados de tierra por encima.

—¡Ya se han enterado! —afirmó Al Mosafi.

Subh se contagió también al escuchar aquel impresionante coro de lamentos y tuvo un ataque de histerismo. Se arrojó al suelo y empezó a convulsionarse. El rubio príncipe permanecía asustado en un rincón, con sus inmensos ojos azules muy abiertos. Abuámir se abalanzó sobre la sayida para calmarla.

—¡Ya, Subh, ya ha pasado todo…! Ahora serás libre; por fin podrás vivir tu propia vida. Eres la gran señora de Córdoba; la madre del heredero…, la reina madre…

—¡No hay que perder tiempo! —dijo el gran visir—. Iré inmediatamente al palacio real para hacerme el desentendido. Ellos no deben saber nunca que vosotros estáis aquí conmigo. Nadie debe sospechar que todo esto lo hemos tramado juntos.

—Y nosotros, ¿qué hacemos? —le preguntó Abuámir.

—Tú no te apartes de Hixem. No os mováis de aquí. Nadie debe conocer el lugar donde se encuentra el príncipe mientras no se aclare todo. Su vida ahora corre mucho peligro. En cuanto se propague por toda Córdoba la noticia de la muerte del califa, los partidarios de Al Moguira querrán terminar con él cuanto antes. ¿Comprendes?

—¡Confía en mí! —le tranquilizó Abuámir—. Mientras el niño esté conmigo nadie sabrá su paradero. Tú ve rápidamente a ver qué pretenden esos eunucos.

El gran visir estuvo más de dos horas en el palacio del califa muerto, un tiempo que a Abuámir se le hizo eterno. Confiaba plenamente en el visir Al Mosafi, pero no pudo evitar que lo asaltara la duda en aquel momento. ¿Y si los eunucos y el gran visir se ponían de acuerdo y maquinaban otra cosa?

A fin de cuentas, Al Mosafi era un político que ya había ejercido importantes cargos en tiempos de Abderramán. ¿Quién le garantizaba a Abuámir que no le interesara más Al Moguira, hijo de aquel califa, que Hixem? ¿Sería capaz de oponerse a los intereses de los fatas? Estaba dando vueltas en su cabeza a estas sospechas cuando se presentó por fin el gran visir. Abuámir pensó en su espada; llevó la mano a la empuñadura, mecánicamente, se fue hacia él y le preguntó:

—¿Qué ha pasado? ¿Qué pretenden esos?

—Lo que me temía —respondió el visir con circunspección—. No están dispuestos a aceptar a Hixem como califa; temen que tú puedas llegar a manipularle. Odian a Subh. ¿Crees que soportarían a una cristiana como reina? Y, además, me han insinuado que entre tú y ella hay algo… Sospechan que habéis sido siempre amantes…

—¡Malditos! —se enfureció él—. ¿Y qué es lo que pretenden?

—Te hablaré con absoluta franqueza. ¿Confías completamente en mí?

—¡Vamos, ya lo sabes! —se impacientó Abuámir—. ¡Habla ya!

—Me han propuesto acabar contigo y con la sayida, y quedarse ellos con el niño… No quieren hacerle daño al pequeño. Pero a ti no te perdonarían jamás. Solo aceptarán a Al Moguira como califa. Es lo que siempre me he temido.

—¿Y tú qué les has dicho ante tales proposiciones?

—Por supuesto, les he dado la razón en todo. Si no lo hubiera hecho, en cuanto les hubiera dado la espalda me habrían clavado sus puñales. ¡Los conozco demasiado bien! Les he hecho creer que el plan me parecía idóneo y me he comprometido a dar con el paradero de la sayida y del príncipe para entregárselos. Ellos, por su parte, ya estarán organizando a la guardia del califa para buscarte y acabar contigo cuanto antes. A ti es a quien más temen.

—¡Endiabladas brujas! —exclamó él con ansiedad—. ¿Qué hemos de hacer ahora?

—Conservar la calma, lo primero —propuso Al Mosafi—. Debes ir inmediatamente al campamento de tus mercenarios africanos y rodearte de hombres de confianza. Después deberás dirigirte lo antes posible al palacio de Al Moguira y...

—¿Y...? —se impacientó él.

—Y matarlo, naturalmente. Si los eunucos no tienen a su candidato tendrán que conformarse.

—¿Matar yo al príncipe Al Moguira?

—Por supuesto. De eso depende tu vida y la de Subh. ¿Crees que alguien se atrevería a hacerlo? ¡Vamos, no te arredres! ¡Hazlo!

Abuámir fue al campamento, pero antes pasó por su casa y se puso la armadura. Mandó a Qut en busca de Ben Afla y Utmán, y envió criados a todos sus amigos, a los hijos del difunto Ben Hodair, a los militares y hombres influyentes que le debían favores. Un estado de gran agitación lo dominaba; en vez de sentir temor, le sobrevino una misteriosa energía, una especie de delirio, un deseo de controlar aquella situación.

A caballo, con los jóvenes y experimentados caballeros que le acompañaban siempre, cruzó toda Córdoba. La gente empezaba a enterarse de lo que había sucedido y se lanzaba a la calle para pregonar la noticia. La ciudad lloraba a su califa.

Era la hora de la siesta cuando llegaron frente a la puerta del espectacular palacio de Al Moguira, y se encontraron al príncipe que salía en aquel momento con sus guardias y sus criados. Cuando vio a Abuámir sobre su gran caballo y con todas las armas, el terror se le dibujó en el rostro.

—¡Ah! Abuámir... —balbució—. He sabido ahora mismo que mi hermano el califa ha muerto y me dirigía a Azahara.

—¡Un momento! —le dijo Abuámir—. He de hablar contigo. Después iremos juntos a Azahara.

Al Moguira se puso lívido. Sus guardias le miraban a él y a los hombres de Abuámir, esperando a ver qué sucedía. Hubo un momento de tensión en el que parecía que las únicas que hablarían ya serían las armas. Pero Abuámir no quería entablar un combate que le perjudicara frente a los ciudadanos; jamás se planteó una solución violenta. Por eso, insistió en tono amable:

—No tienes nada que temer, amado Al Moguira. Entremos y dialoguemos solamente. Lo único que pretendo es garantizar tu seguridad y que se decida lo mejor para ti en este momento.

El príncipe sonrió tímidamente e hizo un gesto femenino, como de desvalimiento.

—Bien… bien… —titubeó—. Entremos…

Abuámir le siguió hasta su cámara personal. Cuando estuvieron los dos solos, después de despedir a todos los eunucos, le habló directamente:

—No tengo nada contra ti, Al Moguira, ambos somos amigos, buenos amigos. Pero juraste un día en la mezquita mayor que respetarías la voluntad de tu hermano con respecto al trono. Tu sobrino Hixem es el único califa posible. Si no estás dispuesto a aceptar eso, tu vida no vale nada para mí.

—¡Ah! —gritó el príncipe, dando un gran salto hacia atrás y cayendo con todos los cojines desde el diván—. ¡No, por favor! ¡No pienses eso de mí! ¡Jamás he pretendido ser califa! ¡Lo juro!

—¡Vamos, no te hagas ahora el tonto! El gran visir ha hablado hoy mismo con los fatas y se lo han contado todo. ¿Crees que no se sabe ya en toda la corte lo que ellos pretenden?

—¡Que se vayan esos a la mierda! —exclamó Al Moguira, incorporándose—. ¡Eso será lo que ellos quieren! Pero yo… ¿Es que no vale mi palabra? ¡Hixem es el califa! ¡Delante de Dios! ¡Él es el heredero! ¡Créeme! ¡Lo juro! ¡Lo juro!

Abuámir se quedó pensativo. Vio al príncipe aterrorizado, indefenso y sin fuerzas. En ese momento pensó que decía la verdad. Decidió cambiar el plan y respetarle la vida. Al fin y al cabo, ¿era Al Moguira alguien peligroso? Siempre le había parecido un individuo caprichoso, empalagoso y repelente, pero se veía incapaz de darle muerte.

Dejó al príncipe en el salón y salió del palacio para hablar con sus hombres. Ben Afla aguardaba con su espada en la mano.

—¿Ya? —le preguntó al verle salir.

—No, no puedo hacerlo. No me parece que ese desgraciado sea un peligro —dijo él.

—Pero… ¿te has vuelto loco? —replicó Ben Afla—. Si lo dejas con vida, siempre será una amenaza para Hixem. ¿Vas a contrariar al gran visir después de la confianza que te ha demostrado?

—No, no lo haré —respondió él—. Mandaré recado y le diré que Al Moguira ha jurado no levantarse contra su sobrino. No me mancharé las manos con la sangre de un hombre que no me parece terrible. ¡Que me traigan papel, cálamo y tinta! He de escribir una carta.

Escribió, pues, a Al Mosafi diciéndole que había encontrado al príncipe en la mejor de las disposiciones, que no había nada que temer por su parte y que, por consiguiente, le pedía autorización para perdonarle la vida. Encargó a Utmán que llevase la carta al ministro a todo galope y se dispuso a esperar la respuesta.

Cuando Utmán regresó, poco después, entregó la respuesta de Al Mosafi en un billete escrito en estos términos:

> Lo estás echando todo a perder con tus escrúpulos, y comienzo a creer que me has engañado. Cumple con lo que te comprometiste. Hazlo o tendré que depositar mi confianza en otras personas.

Mientras Abuámir leía la misiva, Ben Afla, sus hijos y el resto de los caballeros nobles se impacientaban.

—¿Qué dice? —le preguntó Ben Afla.

—Me pide que lo haga —respondió él con gesto de disgusto.

—Pues no se hable más, vayamos dentro cuanto antes.

Abuámir, Utmán, Ben Afla y un puñado de hombres entraron. Los guardias, que ya se imaginaban algo, comenzaron a arrojar sus armas al suelo y a escapar corriendo, ante la presencia de nuevos caballeros que no dejaban de llegar a concentrarse frente al palacio.

—Entraré yo solo en el salón —dijo Abuámir a sus hombres.

Entró y se encontró a Al Moguira de hinojos, temblando, tal vez rezando. El príncipe alzó la vista con unos ojos de mirada cándida arrasados en lágrimas.

—¡Te pido por el Eterno que me perdones la vida y que reflexiones sobre lo que vas a hacer! —suplicó—. La muerte de mi hermano me aflige lo indecible. ¡Ojalá el reinado de mi sobrino sea largo y feliz!

Abuámir no dijo nada y le dio al príncipe la carta del gran visir con su sentencia de muerte. Después de leerla, Al Moguira rompió a gritar:

—¡No, no, por favor! ¡No, déjame vivir! ¡Por el Eterno…!

Abuámir salió de la sala, no queriendo contemplar el acto horrible que se iba a ejecutar. En la puerta, le hizo una seña a Utmán y al resto de los hombres. Estos, sabiendo ya lo que tenían que hacer, entraron.

—¡Nada de sangre! —les ordenó Abuámir antes de cerrar la puerta.

Los gritos del infeliz príncipe se ahogaron pronto. Los hombres lo estrangularon y lo llevaron al exterior arrastrándolo por los pies. Abuámir vio la larga trenza de color castaño claro y las delicadas manos con preciosos anillos. Colgaron el cadáver en una habitación contigua y luego mandaron llamar a los criados.

—¡Vuestro amo se ha ahorcado al conocer la muerte del califa! —les dijo Ben Afla con una frialdad pasmosa.

Abuámir y todos sus hombres se subieron a los caballos y salieron al galope de allí. Detrás de ellos, los aullidos de la servidumbre del príncipe se perdían bajo el rugido de los cascos de los caballos que se alejaban del palacio.

Cuando Abuámir regresó a Azahara, el gran visir ya tenía noticias de la muerte de Al Moguira, puesto que algunos guardias se habían adelantado para comunicárselo. Le dio las gracias con efusión, le abrazó como a un hijo, y le dijo:

—Ahora serás el hombre más importante de Córdoba después de mí. ¡Te lo juro!

Los eunucos Chawdar y Al Nizami no tardaron en saber que Al Mosafi los había engañado, desbaratando su proyecto. Aunque estarían furiosos al principio, esa misma tarde se apresuraron a ir en busca del gran visir para presentar excusas, diciendo que habían tenido una mala idea y que estaban plenamente dispuestos a aceptar a Hixem y a poner toda la guardia de Azahara a su disposición. El ministro, a pesar de que los odiaba y deseaba quitarlos de en medio, no podía pensar en castigarlos por temor al impresionante regimiento de guardias reales. Así que fingió aceptar sus explicaciones y, al menos en apariencia, quedó restablecida la paz entre unos y otros.

La mañana siguiente, toda la corte, nobles, funcionarios, dignatarios y generales recibieron la orden de ir al palacio. Al llegar, fueron conducidos al gran salón del trono, donde se levantó el velo verde y aparecieron en la tarima el joven califa Hixem, con toda la indumentaria propia del soberano, y cerca de él Al Mosafi, que tenía a Al Nizami a su derecha y a Chawdar a su izquierda. Los demás dignatarios ocupaban sus respectivos puestos.

El cadí Ben al Salim hizo que prestaran juramento al monarca, primero toda la parentela, después los visires, los servidores de la corte, los principales coraixitas y las personas notables de la capital. Y Abuámir se encargó de tomar juramento al resto de la asamblea.

En los días siguientes, se llevó a cabo la tarea más difícil: convencer a toda Córdoba de que una regencia era lo más favorable, puesto que había refractarios aún que empezaban a removerse. Pero Abuámir, gracias a su elocuencia y a su talento de persuasión, consiguió con tacto y habilidad ganarse poco a poco a todos los sectores. Aun así, el efecto de aprobación general de los nuevos gobernantes solo se logró definitivamente al publicarse la noticia de que quedaba abolida la contribución sobre el aceite, que era el impuesto más impopular. Aprovechando la reacción favorable a esta medida, Al Mosafi fue elevado a la dignidad de hachib, la más alta del Estado, y Abuámir recibía el título de visir y quedaba como adjunto del primer ministro y gran administrador del reino.

El 8 de octubre de 976 (10 safar 366), se ofreció a los cordobeses lo que más les gustaba: un gran jolgorio popular. Se paseó al pequeño califa montado en un caballo magníficamente enjaezado, en medio de un pomposo cortejo, al frente del cual iba el nuevo visir y administrador luciendo su espectacular armadura de parada, acompañado por sus guerreros de confianza, con un estruendo de tambores que hicieron retumbar los edificios de la ciudad.

VEINTE AÑOS DESPUÉS

84

Balarmuh, año 996

En el amplio patio de armas del palacio de Halisah de Balarmuh, una brillante luz de mediodía hacía relucir los trajes de fiesta de la corte del emirato. Desde Siracusa, Mazara, Messina y Taormina habían llegado los magnates, y un representante del califa fatimí de Al Qahira ocupaba un alto sillón situado sobre un tapiz en un extremo del estrado elevado para la ocasión. No se trataba de Bagdad, ni de Damasco, y mucho menos de Córdoba, pero la reducida corte de Sicilia había llegado a ser selecta: había poetas, astrólogos, hombres de ciencias, músicos y eruditos, atraídos los más de ellos por un príncipe hermoso, culto y justo, Selim aben Hasan al Kalbí, del cual se hablaba ya en todo el Mediterráneo. Si en tiempos del emir Hasan al Kalbí la fama de Selim se había extendido, cuánto más ahora, que, fallecido su padre, había accedido él al trono del emirato.

Los presentes esperaban aclamar la presencia del joven gobernante, cuyo lugar aguardaba vacío en el centro del estrado. La brisa llegaba desde la cala, fresca, aliviando a todos del peso de los lujosos ropajes, bajo un sol en su punto más elevado. Los rostros estaban radiantes, y el murmullo de la animada conversación ascendía hacia lo alto de las murallas donde ondeaban los estandartes del emirato. Abajo, en la ensenada, los barcos de los invitados y la gran flota siciliana descansaban en el puerto con las velas plegadas.

De repente, empezaron a sonar las chirimías, al fondo del patio, por donde estaba prevista la entrada. Todo el mundo volvió la cabeza hacia allí, y se vio cómo llegaban dos filas de músicos con los carrillos hinchados al máximo para arrancar el sonido de sus largos instrumentos de viento. Era una melodía solemne, que en ese momento sonaba festiva, máxime cuando se unieron a ellos las panderetas y los cascabeles. La emoción se contuvo solo por un momento, hasta que aparecieron los parientes del príncipe, sus hijos y consejeros; y detrás Selim, con su cautivadora sonrisa de dientes blancos en el rostro bronceado, y sus ojos negros, radiantes de vida y sabiduría. El recién nombrado emir saludaba a uno y otro lado, sin dejar de sonreír, extendiendo sus manos para dejar que quien quisiera se acercara a estrechárselas desde las filas laterales.

Acompañando a Selim en su entrada iba un anciano de crecida barba blanca, que se apoyaba en un largo bastón para vencer una ligera cojera que afectaba a su pierna izquierda. Era un hombre de mediana estatura, vestido con una discreta túnica oscura y que lucía una preciosa cruz en el pecho.

Uno de los presentes que aguardaban el paso del emir, un forastero llegado de lejos, preguntó a uno de los nobles locales:

—Y ese venerable anciano que acompaña a Selim, ¿quién es? ¿Tal vez un pariente cercano?

—¡Oh, es un dignatario cristiano! —respondió el noble—. Se llama Asbag aben Nabil. Fue traído a la isla hace más de veinte años e hizo de preceptor y maestro del príncipe. Selim lo ama más que a un padre, pues le enseñó cuanto sabe. Hay quien dice que a él debemos el lujo de tener un gobernante tan justo y luminoso.

—¡Ah, y cuánta razón tendrán! —observó el forastero—. ¡Nada como un hombre sabio a la sombra de un príncipe bueno!

Cuando el nuevo emir llegó al estrado, se sentó en el trono rodeado de la parentela y el consejo. Fue una ceremonia alegre y sencilla, aderezada con palmas, vítores y cantos, en la que los magnates de todos los rincones de Sicilia fueron presentando su respeto y sumisión a Selim, dejando a sus pies los regalos que llevaban. Y después se sirvió en el mismo patio un espléndido banquete que duró hasta las últimas horas de la tarde.

Antes de que anocheciera, cuando los últimos invitados daban aún cuenta de las sobras del banquete, Asbag se había retirado ya hacía tiempo a la torre donde tenía sus dependencias personales. El mozárabe había descansado un rato, había estado leyendo y, finalmente, como cada tarde, había subido a la azotea de la torre para contemplar la inmensidad del mar.

Muchos de los barcos que habían ido a la fiesta de coronación del emir se alejaban ya, siguiendo cada uno su rumbo en el sereno mar teñido de atardecer; otros salían del puerto, y otros permanecían amarrados en él.

Después de veinte años, hacía tiempo que Asbag no se hacía ya preguntas. Mirando aquel mar, le pareció que su alma se ensanchaba, contagiándose de un espacio tan dilatado, y que se perdían en ella las preguntas sobre el destino y el sentido de la búsqueda del hombre que antes tanto le habían hecho sufrir. «Él está aquí y allí. Donde esté yo; porque está conmigo», había concluido hacía tiempo. Qué pequeña y qué lejana veía ahora aquella necesidad de peregrinar que lo acuciaba en su juventud. Andar de aquí para allá no es algo del cuerpo; debe de ser la inquietud del alma que nace insatisfecha y en búsqueda. Eso sí, una pregunta más simple seguía encendida dentro de él: ¿qué había sido de Córdoba? Ahora sí que estaba lejana. Qué pocos navíos de Hispania habían recalado en Balarmuh; y los pocos que lo habían hecho eran de Levante, de ciudades lejanas y diferentes de Córdoba. Aun así, habían llegado algunas noticias: que el califa Alhaquén había muerto, que reinaba Hixem, su hijo, y que las cosas andaban ahora difíciles porque había combates con los reinos cristianos del norte. Era imposible saber más, ya que entre el califato cordobés y el de Al Qahira se había abierto desde antiguo un abismo de rivalidad que cerraba la puerta a cualquier posibilidad de relación entre los musulmanes hispanos y los aglabíes.

¿Sentía Asbag nostalgia de Córdoba? Ya ni siquiera se planteaba eso. La última vez que había buscado ese sentimiento había sido junto al monte Etna, en la ladera occidental, en un punto desde el que solo se divisaba tierra interior, durante un viaje en el que acompañó al príncipe por los pueblos de las montañas. Sería al dejar de ver el mar cuando la mente le dio un vuelco, y recordó que era un hombre de tierra adentro, de la vega de un gran río.

Pero Sicilia era como un diminuto continente, donde los aglabíes habían introducido desde hacía años los cultivos de la morera, la caña de azúcar, el naranjo, la palma datilera y el algodón, así como la cría de caballos, la industria de paños y la fabricación de objetos preciosos. No era, por tanto, tan diferente de Alándalus. Y, tachonada de mezquitas, Balarmuh se había convertido en una gran ciudad musulmana en la que se daban cita los más célebres poetas, lingüistas, pintores y teólogos llegados desde Persia y Arabia.

Y estaba, además de todo eso, el príncipe Selim. ¿Qué más puede desear un hombre que busca la sabiduría que ver florecer sus enseñanzas en la mente de un joven destinado a gobernar? Era lo que tantas veces habían deseado Alhaquén y el círculo de sus íntimos consejeros: el Estado ideal, que representa en la esfera social el mismo orden que impera en el universo y en el individuo. El universo está gobernado por Dios, y el Estado debería estar gobernado por el filósofo como hombre perfecto y encarnación de la razón pura: como rey y guía espiritual, como imán, legislador y profeta. Es lo que Alhaquén hubiera deseado, al igual que Asbag, para el príncipe Hixem. Pero ¿qué habría sido de él? ¿Quién se habría encargado de su educación? El hijo de Subh tendría ahora treinta años, los mismos que Selim. ¿Sería el gobernante bueno, justo y sabio que Alhaquén soñó dejar en Córdoba como sucesor suyo?

El mozárabe experimentó una ligera sacudida de tristeza al comprobar que ahora eso a él le importaba poco. Había unido su destino al lugar donde Dios había querido mandarle. ¿Y qué es al fin y al cabo la vida sino aceptar la voluntad de Dios?

Aceptación que Él había premiado, obediencia que había colmado de dones. ¿Era feliz a pesar de estar lejos? No dudaba de ello. Le hubiera gustado, eso sí, haber culminado su obra, y ver convertido a Selim en un cristiano convencido. Pero ¿cómo arriesgarse a tal cosa? Si hubiera intentado eso cuando pusieron al niño en sus manos, con tan solo diez años, le habrían cortado la cabeza, ¿y qué era más consecuente: hacer de él un hombre justo o no poder hacer nada? Cumplió su deber como pudo, Dios era testigo de ello. Podía descansar tranquilo al comprobar que muchas virtudes habían echado raíces en el alma de su discípulo; con eso bastaba, y eso le hacía feliz.

Cuando estaba sumido en estos pensamientos, se presentó Selim en la torre. Asbag, que le conocía como a un hijo, se alegró al adivinar en su semblante el gozo por aquella jornada de fiesta, y supuso que quería reflexionar con su maestro acerca de los momentos tan intensos vividos últimamente.

—Bueno, ya se van marchando los invitados. ¿Cómo se encuentra el flamante emir de Balarmuh? —preguntó el mozárabe.

—Soy feliz —respondió Selim con absoluta seguridad.

—¡Ah! ¿Lo dices en serio? ¡Hummm…! Creo que tus ojos delatan que has tomado demasiado vino de Messina.

—No, no, no… —respondió el emir con una sonrisita maliciosa—. Bien, sí; han sido unas cuantas copas… A ti no puedo engañarte. Pero la ocasión lo merecía. Y… ¡Soy feliz!

Asbag le miró con comprensivos ojos de maestro.

—Lo sé —le dijo—. Jamás me mentirías en un día como hoy. ¿Sabes?, cuando vi a toda esa gente ahí, aclamándote, fue para mí como un signo…

—¿Un signo?

—Sí, un extraño signo; perceptible pero difícil de explicar. Era… era como si un ciclo de cerrara. Como si Dios mismo hubiera descendido un rato desde su altura para pasearse por aquí abajo; como si Él sonriera satisfecho…

—¿Cómo? —preguntó el emir ladeando su rostro en un gesto de curiosidad ingenua.

—Ya te dije que me resultaría difícil de explicar. ¡Bah! Déjalo, son cosas de viejo…

—¡Oh, no! —insistió Selim—. ¡Por favor, intenta explicarme eso!

Asbag sonrió bondadosamente.

—¡Bueno! —contestó—. ¿Es que nunca vas a dejar de querer saber cosas? Bien, lo intentaré. Quería decirte que sentí con más fuerza que nunca que todo lo que nos sucede en el mundo, bueno o malo, tiene un sentido; y que a veces Dios ilumina nuestra mente para que podamos verlo. Pero eso siempre sucede en un momento especial, después de que hayan tenido lugar sucesos, cosas que entonces no se comprendían...

—¡*Anake... Anakefalaiosis!* —dijo Selim—. Esa palabra griega tan rara que un día me enseñaste y que significaba «recapitulación». Sí, eso es, ¡recapitulación!, lo recuerdo muy bien. Me leíste un texto de un sabio griego muy antiguo que hablaba de eso...

—¡Exactamente! —exclamó Asbag entusiasmado—. ¡Qué buena memoria tienes! Pues bien, se trata de eso: recapitulación; solo a la luz de un momento final, esplendoroso y feliz, tiene sentido todo lo que nos sucede. Es como el capítulo final de un libro que resume, explica y condensa lo que se quería exponer en todas las páginas anteriores. Eso es lo que quería decir ese griego, llamado Ireneo, en su texto.

—Lo comprendo perfectamente —dijo Selim—. Quieres decirme que hoy, al ver a la corte feliz, al verme por fin en el trono, aclamado por el pueblo en fiesta, has concluido que merecieron la pena todos tus esfuerzos para mostrarme cómo debe ser un buen gobernante.

—Sí, es eso, pero es mucho más —repuso el mozárabe—. Quiero decir que Dios tiene un plan para el hombre desde siempre. Hoy lo he visto con más claridad que nunca, y han cobrado sentido para mí el alejamiento de Córdoba, mis viajes y... y toda mi vida.

Selim se entristeció. Se acercó a Asbag y, sosteniéndolo por los hombros, le dijo:

—Dices eso como si fueras a morir pronto...

—¡Oh, no! Son cosas de viejo. Los viejos hablan así. No quiero yo entristecerte en este día tan feliz. Lo que quería explicarte es que, aunque parezca a veces que el plan de Dios es un desastre a causa de las dificultades, del dolor, los pecados y las maldades de los hombres, Dios vuelve a tomar su obra desde el principio para renovarla y restaurarla al final. Solo Él será capaz de crear una nueva humanidad, y en eso consistirá la última recapitulación.

Los ojos de Selim se iluminaron. Al obispo le gustaba verlo así, como cuando era un niño que se sorprendía felizmente ante sus enseñanzas. El joven emir le dijo:

—Me alegro mucho de que me hayas hablado de eso; es como si hubieras leído mis pensamientos. Siempre tienes explicaciones que se anticipan a las inquietudes de mi alma. Hacía tiempo que pensaba hablar contigo este día y decirte muchas cosas, pero jamás hubiera podido expresarlo como tú lo has hecho esta tarde...

El sol se apagaba ya en el horizonte del mar. La tarde en retirada no podía ser más hermosa. Asbag miraba atento a Selim, como esperando a que continuara expresándose. El joven extrajo algo de sus ropas: un pequeño libro de pastas de basta piel ajada. Lo abrió y se lo mostró al obispo.

—¿Recuerdas esto?

El obispo lo hojeó. En su cara se dibujó el placer de contemplar algo verdaderamente entrañable.

—¡Ah, es el libro de animales que hice para ti hace veinte años! —exclamó—. ¡Lo has conservado!

—De todos los libros que escribiste para mí es el que más quiero —observó Selim—, porque fue el primero.

El emir lo volvió a coger en sus manos y buscó una página concreta. Cuando la encontró, se la mostró a Asbag. Era el dibujo de un caballito de mar con su nombre escrito al pie.

—Esta es mi recapitulación —prosiguió Selim—. ¿Recuerdas este caballito de mar? Representa para mí el signo de todo lo que me enseñaste. Si no te hubiera conocido, y alguien me hubiera hablado de caballos de mar, habría pensado siempre que los caballos de Neptuno galopaban de veras en el fondo del Mediterráneo. Mi vida no habría pasado de ser la de un pirata poderoso, como lo fueron mis antepasados, pero ahora mi corte es culta, refinada, y mi verdadero tesoro son los libros que tengo y en los cuales leo que el mundo, a pesar del misterio que encierra, es para conocerlo y saber la verdad acerca de él.

Las lágrimas descendieron por el rostro del obispo y se perdieron entre la barba blanca. No habló. Asentía con la cabeza, emocionado, vencido por el efecto de tales palabras. Selim continuó:

—Y ahora he de decirte algo. Lo que más deseaba era que te encargaras de la educación de mis hijos, pero tú mismo me enseñaste que no debemos confundir nuestros deseos con lo que es razonable en cada momento. Ya me he servido suficientemente de ti a costa de tu propia vida. Ahora entiendo que debes seguir tu camino, y yo no quiero ser egoísta reteniéndote aquí mientras no tenga visos de terminar.

—¿Qué quieres decir? —preguntó el mozárabe perplejo.

—¡Vete, Asbag! ¡Eres libre! ¡Márchate a Roma y sigue dedicado a tu Iglesia!

—Pero… hace tiempo que dejé de pensar en eso…

—Por eso mismo. Márchate con calma y que Dios siga decidiendo sobre ti. ¿Qué sentido tiene que un hombre como tú termine aquí su peregrinación? Mañana pondré a tu disposición mi barco y daré órdenes de que te lleven hasta el puerto de Ostia. Los vientos del mar Tirreno son ahora favorables y será un viaje corto.

85

Roma, año 996

Cuando la nave del emir de Balarmuh arribó al puerto, en Ostia llovía copiosamente. Los caballos y las mulas resbalaban en las pasarelas cuando los hacían descender, pero, finalmente, la comitiva que debía acompañar a Asbag estuvo dispuesta a enfilar la vía Ostiense.

Era primavera en Roma; un mes de abril lluvioso, de cielos plomizos contra los que se recortaban las oscuras y redondeadas copas de los pinos que coronaban las colinas. Como siempre, una gran fila de transeúntes visitantes aguardaban frente a la puerta de San Pablo para pagar el tributo y entrar en la ciudad: clérigos, ilustres, peregrinos, oportunistas y negociantes; gentes de diversas procedencias que aguantaban el chaparrón en riguroso orden de llegada.

Cuando Asbag y sus acompañantes sicilianos accedieron al pasadizo de la puerta, el recaudador y los oficiales de la guardia se sorprendieron de que un grupo de sarracenos quisiera entrar en Roma, y preguntaron el motivo de la visita. El mozárabe mostró el pectoral y el anillo y respondió:

—Soy un obispo que desea visitar al Papa.

Los guardianes de la puerta se miraron entre sí con gesto extrañado y respondieron:

—¿Al Papa? ¿Pero no sabéis que no hay Papa ahora en Roma?

—¿Cómo? —se sorprendió Asbag—. ¿Qué queréis decir?

—Debéis de venir de muy lejos —respondió el heraldo de la

puerta—. ¿No os habéis enterado de que el papa Juan XV murió el mes pasado?

—¿Muerto…?

—Sí, muerto y enterrado. De momento no ha sido elegido el nuevo pontífice; y por eso… *Papa non habemus.*

—¡Vaya, qué contrariedad! —dijo Asbag desde su perplejidad.

El heraldo sugirió amablemente:

—Pero, padre, si tenéis que tratar algún asunto podéis hacerlo en la curia. Si lleváis el dinero suficiente, en los palacios de Letrán siempre habrá algún cardenal dispuesto a echaros una mano.

Pagaron el tributo y entraron en la ciudad. El Tíber fluía lento, caudaloso y turbio, como una gran serpiente que se deslizaba entre el Trastévere y el Palatino. El mozárabe percibió Roma más ruinosa, envejecida y sucia, pero eterna en sí misma, dueña de pasados gloriosos, presentes fugaces y futuros inciertos, transitada por muchedumbres a la zaga de los pedazos de esplendor que se desprendían de su renombrada grandeza, ilusoria las más de las veces.

Lo primero que hizo el obispo mozárabe fue ir a la basílica de San Pedro para arrodillarse ante la tumba del apóstol y rezar el credo, tal como hiciera veinticuatro años atrás, la primera vez que estuvo en Roma.

Después, siguiendo el consejo del heraldo de la puerta, fue hasta Letrán para explicar su situación. Sin embargo, cuando llegó allí, se encontró con que toda la curia estaba presa de una gran agitación. Los cardenales iban de un lado para otro, había discusiones, carreras por los pasillos y un estado general de nerviosismo. Intentó durante un buen rato que alguien le hiciera caso, sin conseguirlo; hasta que, finalmente, un clérigo se detuvo y le prestó atención.

—Soy un obispo de Córdoba, de Hispania —comenzó a explicar Asbag—, acabo de ser liberado de un largo cautiverio en Sicilia…

—Bueno, bueno —le interrumpió el clérigo impacientándose—, no es ahora momento de largas explicaciones…

—¡Pero bueno! —se enojó al fin el mozárabe—. ¿Se puede saber qué le pasa a todo el mundo?

—¡Que llega el nuevo Papa! —respondió el clérigo—. ¡Dentro de poco tiempo estará en Roma! Acaba de saberse.

—¿Quién es? —preguntó Asbag.

—Bruno, hijo del duque de Carintia, capellán y primo del rey Otón de los germanos. ¡Hay que preparar todo para recibirle!

Poco después, los palacios de Letrán comenzaron a vaciarse, porque todo el mundo empezó a acudir presuroso hacia San Pedro, que era donde tendría lugar el recibimiento. Asbag se vio envuelto por una gran muchedumbre cuando él también se encaminó hacia allí.

Fueron largas horas de espera, pero al atardecer apareció el cortejo del nuevo Papa. El mozárabe los vio llegar desde muy lejos, situado en una de las escalinatas de la gran explanada donde se habían dado cita las comisiones de dignatarios eclesiásticos y la multitud expectante.

Roma acogió la elección porque temía a Otón, que a su vez venía desde Ravena detrás de su candidato para poner las cosas en orden, antes de que la curia nombrara a alguien que a él no le pareciera adecuado según las indicaciones de sus consejeros.

Allí mismo, entre el gentío, Asbag supo que este Otón era el Tercero, hijo de Otón II y Teofano, la princesa que él llevó desde Constantinopla en el año 972; que su padre, Otón II, había muerto joven en el año 983 y que Teofano y su abuela Adelaida se habían ocupado de la regencia. Al morir Teofano, hacía cinco años, Adelaida hubo de asumir nuevamente la tutela. Al cumplir Otón los quince años de edad en el 995 exigió la emancipación. Lo primero que hizo el joven monarca fue poner en claro su posición respecto a Roma. Pasó la Navidad en Colonia, pero celebró la Pascua en Pavía. Durante el viaje a Roma tuvo noticias de la muerte del papa Juan XV. Entonces, en el mismo campamento que tenía junto a Ravena, nombró a su primo Bruno, quien iba ahora acompañado por los arzobispos de Maguncia y de Worms.

Asbag no salía de su asombro al escuchar todo aquello, pero comprobó que habían transcurrido ya los años suficientes para que se hubieran producido todos esos acontecimientos. En Sicilia había permanecido ajeno y alejado de todo eso. Llegaban noticias, pero eran parciales, sesgadas e interpretadas a su manera por los comerciantes que iban y venían. Además, el pontificado consideraba que Sicilia y Calabria eran territorios propios usurpados por los musulmanes, de manera que las relaciones eran prácticamente inexistentes.

Ahora, media vida desfilaba ante sus ojos. Tres emperadores y nada menos que siete papas se habían sucedido desde entonces.

Pero el paso del tiempo desde su anterior estancia en Roma había de reservarle aún otra misteriosa sorpresa. Cuando el cortejo del nuevo Papa llegó a la basílica, el mozárabe escuchó un nombre, que gracias a Dios, no había olvidado. Alguien, a su lado, dijo:

—¡Mira, es Gerberto de Aurillac!

—Perdonad. ¿Quién habéis dicho? —le preguntó Asbag al que había dicho aquello.

—Aquel, aquel de allí; el que está junto al nuevo Papa es Gerberto de Aurillac, el obispo consejero personal del emperador.

Gerberto de Aurillac, el joven monje que se acercó a Asbag cuando la comitiva nupcial de Otón y Teofano se dirigía a la basílica de San Pablo Extramuros. El mozárabe se abrió paso entre la gente, avanzando hacia donde Gerberto acababa de descabalgar. Algunos de los presentes protestaron, pero al ver su aspecto de venerable anciano finalmente le dejaron acercarse al alto dignatario.

—¡Gerberto! ¡Gerberto! —le gritó Asbag.

Al escuchar su nombre con tanta insistencia, el obispo se volvió hacia él, buscando entre la gente para ver quién era el que le llamaba. El mozárabe insistió:

—¡Gerberto, soy Asbag! ¡Soy el obispo de Córdoba que trajo a Teofano!

—¿Asbag? —dijo él con gesto de extrañeza, queriendo reconocerle.

—¡Traje a la emperatriz Teofano desde Constantinopla! —gritó el mozárabe con ansiedad—. ¿No lo recuerdas?

Los ojos de Gerberto se abrieron llenos de sorpresa. Miró de arriba abajo al anciano de larga barba blanca que le decía aquello y, finalmente, exclamó:

—¡Asbag! ¡Claro! ¡El oscuf de Alándalus!

Asbag recompensó y despidió a los acompañantes que Selim le encomendó, los cuales regresaron inmediatamente a Sicilia en el barco del emir. Y el obispo mozárabe fue a alojarse a la residencia que el arzobispo de Reims, Gerberto de Aurillac, había alquilado para sí en Roma, puesto que preveía que su estancia allí duraría algunos meses.

Los primeros días, Gerberto estuvo muy ocupado atendiendo a las labores propias de su oficio de canciller del emperador: visitar a los altos dignatarios eclesiásticos de Roma para convencerlos de que la elección de Bruno como Papa era lo más conveniente. No obstante, una vez terminadas estas gestiones, le dedicó la mañana a Asbag. Y el obispo mozárabe le explicó detenidamente las vicisitudes vividas desde su captura por los sarracenos hasta el momento presente.

—… Y eso es todo —concluía el mozárabe—. Selim puso su propio barco a mi disposición y me mandó aquí con una escolta. Lo demás, ya lo sabes.

El arzobispo de Reims, que había escuchado atentamente, permanecía con la manos entrelazadas sobre el regazo, hundido en un gran sillón tapizado con telas color escarlata. Sin salir de su asombro, observó:

—¡Vaya, vaya! ¡Qué interesante! La Providencia de Dios es realmente maravillosa. ¿Quién podría esperar que estuvieras aún vivo? Todo el mundo supuso que los sarracenos habían acabado contigo. Y todo eso que me has contado acerca de ese emir de Sicilia… es tan entrañable…

—Sí —asintió Asbag con la emoción grabada en el rostro—. Los caminos de Dios no son nuestros caminos.

—Yo también he sido maestro de un príncipe —explicó ahora Gerberto—. Como sabías, el emperador Otón II murió de fiebres, siendo muy joven. Su esposa Teofano me encomendó entonces la educación del hijo de ambos…

—¡Ah, Teofano! —le interrumpió Asbag—. ¿Qué fue de ella? ¿Cómo fue su vida?

—Murió hace cinco años, cuando había cumplido los cuarenta y ocho. ¡Qué criatura tan delicada y tan bella! Una auténtica reina.

—¿Fue feliz? —se interesó el mozárabe.

—Solo Dios lo sabe… Pero su vida fue intensa y fecunda. Se dedicó a su esposo con verdadera abnegación y nos dio a Otón, el actual rey, que es digno hijo de tales padres. Cuando murió el emperador, ella asumió la regencia, compartiéndola con la emperatriz Adelaida. Supo hacerlo muy bien. Era, además de bella, inteligente y culta. Era una verdadera griega, digna de su origen y de los buenos maestros que, según supe, tuvo en Bizancio.

—Yo conocí a su maestra, la sin par Danielis —observó Asbag—. ¡Ah, qué maravillosos recuerdos! ¡La vida ha pasado tan rápidamente…!

Gerberto asintió con la cabeza, pensativo. Después observó:

—Sí. Y, como tan sabiamente le explicaste al príncipe de Sicilia, solo en el final se descubre su sentido…

—*Anakefalaiosis* —sentenció Asbag—; esa es la palabra: recapitulación, según la antigua sabiduría de Ireneo.

—¡Oh, Ireneo de Lyon, claro! —exclamó Gerberto—. Según él, solo al final desvelará Dios el sentido de la Historia. Ahora todo es confuso, enrevesado; caminamos entre luces y sombras… Avanzamos sin saber lo que hay delante, amenazados por peligros, dificultades, temores, dudas… Pero hay un plan trazado desde antiguo, que se completará en el último día…

—Solo entonces será comprendido el camino andado —añadió el mozárabe.

—¿Crees que ese día está cerca? —le preguntó Gerberto, incorporándose en el sillón y fijando en él unos abiertos ojos llenos de inquietud.

—¿Por qué me lo preguntas a mí?

—No sé… Un hombre que ha visto el mundo debe de tener una intuición especial para adivinar los signos de algo tan trascendental…

—¿Lo dices porque se acerca el año 1000? —preguntó Asbag con serenidad.

—Bueno, por eso y por las convulsiones que sufre este mundo: violencias, desastres, pestes, guerras… Y, lo peor de todo, clérigos corruptos, falsarios, simoniacos, fornicadores… ¿No son signos de que la Bestia anda suelta?

—¿Signos? —replicó Asbag—. ¡Esas son las miserias del ser humano! ¿No has leído las Sagradas Escrituras? En todo tiempo hubo pecados.

—¿Y las estrellas? —repuso Gerberto—. Los astrólogos dicen que los signos hablan de un final.

—¡Bah! Nosotros no debemos creer en tales cosas. Nada hay escrito. ¿No recuerdas lo que dijo el Señor? «Nadie sabe el día ni la hora...».

—Entonces —dijo Gerberto aflojando su actitud—, ¿crees que llegado el fin del milenio todo seguirá igual?

—¡Oh, no! Nada será igual; nada de lo venidero será igual a lo de ahora o a lo de antes, pero el mundo no tiene por qué terminar. Nadie debe pensar eso, y menos nosotros, que pretendemos seguir la verdad revelada. Hemos de pensar que el mundo avanza hacia el encuentro con el Padre Eterno. La vida de cada uno ya es un mundo completo; en el caminar hacia una visión fascinante, arrebatadora, conmovedora, que todos hemos de vivir. Tras un gran dolor o una larga enfermedad, tras un gran temor o un peligro superado, cuando un amor o una amistad termina, cuando perdemos a un ser querido, ¿quién no ha sentido, al menos una vez en la vida, esa sensación de que todo se hundía y se acababa? ¿Quién no se ha visto sucumbir alguna vez? Pero después, también, el escalofrío de la aurora, esa sensación de amanecer, de que algo nuevo empieza y el mundo, a fin de cuentas, sigue... Y de que ese momento es como nacer otra vez...

Gerberto escuchaba atentamente, conmovido, vibrando ante estas palabras, asintiendo con un sereno movimiento de la cabeza.

—Veo que tu vagar por el mundo te ha hecho un hombre muy sabio —dijo—. ¿Qué harás ahora? ¡Quédate aquí, en Roma! Se necesitan obispos como tú.

—Oh, no, no... Quiero regresar a Hispania, a Córdoba; siento que es allí donde he de terminar mis días.

El rostro de Gerberto se ensombreció. Con tono grave, dijo:

—Siento entristecerte, amigo, pero no esperes encontrar la Córdoba que dejaste hace treinta años.

—¡Claro! Supongo que todo estará cambiado. Es la ley del paso del tiempo. Muchos de mis conocidos habrán muerto. Ya sé que Alhaquén desapareció y que reina Hixem...

—¡Hummm…! Me temo que los cambios son mucho más profundos de lo que te imaginas. En Córdoba gobierna un gran caudillo; un hombre temible, un guerrero feroz que tiene en jaque a todos los reinos del norte. Los cristianos han sufrido mucho últimamente. Las comunidades mozárabes de Alándalus se vacían y los hijos de la Iglesia huyen en oleadas hacia Cataluña… Siento tener que decirte esto, pero no creo que encuentres ya una sola iglesia en tu amada Córdoba.

—¡Pero qué me estás diciendo! —exclamó Asbag—. ¿Cómo puede haber sucedido algo tan espantoso?

—Sí, por favor, créeme —prosiguió Gerberto—. Yo fui secretario en la cancillería de Hugo Capeto, en Francia, y allí recibí numerosas cartas del conde Borrell de Barcelona solicitando ayuda frente a los moros de ese caudillo terrible. Asoló varias veces el norte y Cataluña, con una crueldad despiadada, especialmente contra nuestra fe. Son malos tiempos para la Iglesia de Hispania.

—¡Oh Dios mío! —se lamentó Asbag—. ¡Qué horror! ¡Qué habrá sido de mi diócesis!

—Muchos cordobeses huyeron hacia los condados de Barcelona, Gerona, Lérida, y los anexos de Ausona, Manresa y Vallés, donde el conde consiguió mantener a raya a los moros.

—¡He de ir! —dijo el mozárabe—. ¡He de ir allí inmediatamente! Con más motivo ahora que sufren persecuciones.

—¡Es una locura! —intentó disuadirle Gerberto—. No conseguirás nada yendo a Córdoba, créeme, las noticias que tenemos son absolutamente verídicas.

—¡Iré! De cualquier manera iré allí.

—Bien, nadie puede retenerte. Pero, hazme caso, no vayas directamente a Alándalus. Te aconsejo que vayas primeramente a Barcelona para formarte una idea de la situación. Desde allí podrás decidir con más tranquilidad lo que hacer después.

—¿Me ayudarás? —preguntó el mozárabe—. Tengo oro, del que me dio Selim en Sicilia, pero no sé qué puedo hacer… Ya ves que estoy torpe de piernas…

—¡Oh, por supuesto que te ayudaré! —dijo Gerberto poniéndose en pie—. Mejor dicho, ¡te ayudaremos! La Iglesia de Roma pondrá a tu disposición un barco de la flota papal, hombres, escolta… Lo que necesites. Si regresas a Hispania desde Roma, después de tantos sufrimientos y de tantos servicios prestados a la causa de la cristiandad, lo harás como te corresponde: como arzobispo.

—¿Eh? ¿Arzobispo?

—¡Naturalmente! Arzobispo de la sede de Toledo, que está vacante a causa de esos conflictos. Mira, el Papa será consagrado el próximo día 3 de mayo en Letrán y el día 25 coronará y consagrará a Otón III como emperador de los romanos. Inmediatamente, tú recibirás el palio arzobispal y podrás partir antes de junio hacia Barcelona. Déjalo todo en mis manos; me ocuparé de que tengas todas las facilidades.

86

Barcelona, año 996

En el castillo de proa, bajo un toldo de piel de buey y echado sobre un mullido jergón, Asbag había hecho la vida en el barco italiano que le llevaba a Hispania. Fue una travesía fácil según los marineros, con solo un día de mar picada, con vientos propicios y sin amenazantes piratas en las proximidades de Córcega, ya que habían sido expulsados hacía años de su nido de Frexinetum. Durante el viaje, el mozárabe se había entretenido hojeando, leyendo a trozos, los interesantes libros que Gerberto de Aurillac enviaba como obsequio a Cataluña. Y había gozado especialmente con un antifonario que le había regalado el nuevo papa Gregorio V en el momento de imponerle el palio arzobispal. Lleno de satisfacción después de haber participado, en primera fila, en la consagración papal y en la coronación del emperador, solo una pregunta agitaba su espíritu: ¿qué se encontraría en Alándalus?

Alguien dio el aviso. Asbag se incorporó y se asomó por encima de la baranda: la línea de tierra aparecía en el horizonte. Un escalofrío de emoción le sacudió.

La vela iba hinchada y el barco navegaba con ligereza, pero pareció volar cuando los marineros echaron mano a los remos para adentrarse en la curva del puerto.

Resultó muy agradable ver las murallas y las torres que guarnecían el burgo de Barcelona, resplandeciendo sobre el monte Taber, entre los collados y el agua azul, y la infinidad de casitas que se extendían por el llano litoral.

El puerto se hallaba atestado de embarcaciones. El espacio que había entre las aguas y los edificios era un hervidero de marinos, soldados, mercaderes, ciudadanos, todos ellos sentados delante de las tabernas, o caminando arriba y abajo, o haciendo transacciones con los navegantes que habían llegado hasta allí desde diversos lugares de Levante, Francia, Italia o del otro lado del Mediterráneo, y tenían sus mercancías extendidas ante sí.

Cuando Asbag y su escolta de caballeros romanos dejaron el puerto para encaminarse hacia la puerta principal de la ciudad, un ejército de chiquillos y curiosos se unió a ellos para acompañarlos.

La puerta estaba abierta, y solo un par de guardias se ocupaba de vigilar a quienes entraban y salían. Miraron con gesto de curiosidad a Asbag y, cuando este se identificó, el más joven de los dos se prestó inmediatamente a conducirlos a la ciudadela. Los suburbios estaban rebosantes de gente, parecía que hubiera fiestas o algún acontecimiento. Las callejas estaban empedradas y limpias, con casas de dos pisos y acogedoras plazoletas, donde los vendedores ofrecían sus productos a gritos, y otros voceadores buscaban conseguir nuevos clientes para las posadas del rabal.

Al llegar a la plaza donde se alzaban la iglesia catedral y la fortificación principal con su alta torre cuadrada, Asbag comprendió el porqué de todo aquel revuelo. Los abades, obispos y condes de todos los rincones de Cataluña habían ido a Barcelona con sus vasallos y criados, duplicando el número de sus habitantes. Las mulas y caballos, enjaezados con galas de parada, estaban amarrados a las argollas de los muros del castillo. Las puertas de la iglesia estaban abiertas y los cantos de los monjes salían a confundirse con el gran bullicio que reinaba en el exterior. Asbag se detuvo, como sorprendido, y el guardia le comentó:

—No han parado de celebrarse misas durante tres días.

Al llegar frente a la puerta del castillo, el joven empezó a vocear con entusiasmo:

—¡Un señor obispo de Roma! ¡Abrid! ¡Un señor obispo del Papa!

Rápidamente cayeron las aldabas, y un puñado de caballeros solícitos salió a besar la mano del mozárabe y a hincar la rodilla ante él.

—Pasad, pasad, padre, os estarán aguardando —dijo uno de ellos.

—¿Aguardando? —se extrañó Asbag.

—Sí, ya han llegado los obispos, abades, condes, vizcondes y vicarios… Nadie nos había dicho nada de un legado de Roma, pero ellos seguramente os aguardan…

Asbag no salía de su asombro. Fue conducido por los pasillos hacia el núcleo de la fortaleza, hasta una gran puerta. El caballero golpeó con los nudillos. Apareció un chambelán vestido de rojo, con una prominente barriga y un largo bastón en la mano. Miró el palio que Asbag llevaba sobre los hombros y exclamó en tono afectado:

—¡Oh, por san Jaime, un arzobispo! ¿De dónde?

—Viene de Roma, enviado por el Papa —se apresuró a responder el caballero.

—¡Ah, de Roma! ¡María Santísima!

El chambelán abrió las dos hojas de la gran puerta, golpeó con el bastón y gritó:

—¡Legado del Papa!

Inmediatamente se escuchó un revuelo. Al apartarse el chambelán que le obstruía la visión por estar delante de él, Asbag vio un amplio salón, iluminado por grandes ventanales, en cuyo centro, reunidos en torno a una larga mesa rectangular, había un buen grupo de dignatarios eclesiásticos y nobles que se ponían en pie.

El mozárabe avanzó, sosteniéndose en su báculo a causa de la cojera, paseó la vista por los presentes y, finalmente, la detuvo en el que le pareció el anfitrión, pues ocupaba la presidencia de la mesa. Con alta voz dijo:

—Dignísimos señores, humildemente, me presento. Soy el arzobispo de Toledo.

Un denso murmullo de sorpresa se levantó en el salón abovedado.

—¡Dios sea bendito! —exclamó uno de los obispos presentes—. ¿De Toledo?

—Sí —respondió Asbag—. El nuevo Papa, Gregorio V, me envía para tomar posesión de la sede. Acabo de llegar de Roma y confío en que me prestaréis la ayuda que necesito.

Los presentes, al oír aquello, se acercaron inmediatamente al mozárabe y lo rodearon. Se presentaron uno a uno: obispos de Barcelona, Gerona, Vic, Urgel y Elna; abades de Santa María de Ripoll, San Michel de Cuxa y San Pedro de Roda; el conde de Barcelona, Ramón Borrell, y el de Urgel, Armengol; además de algunos vizcondes y vicarios.

Cataluña estaba allí reunida. Asbag, sorprendido, quiso saber el motivo de aquella concentración. Fue el conde Ramón Borrell el que tomó la palabra para dar las explicaciones oportunas.

—Yo los he reunido —dijo—, porque se presentan tiempos difíciles...

El conde de Barcelona hizo una pausa, como para pensar lo que iba a decir a continuación. Era muy joven, tendría veinticinco años; era un hombre fornido de mediana estatura y barba rala, oscura, con unas pobladas cejas y unos profundos ojos de tono castaño y mirada penetrante. Entrelazó las manos, como en un gesto de concentración, y prosiguió:

—Tenemos la amenaza del moro otra vez en las barbas. El año pasado arrasó León, Carrión y Astorga. Castilla entera tiembla. Los reyes se hacen vasallos suyos o se repliegan a los montes. Destruye ciudades enteras, monasterios, iglesias... Nada queda en pie por donde él pasa. Ya vimos lo que pasó hace diez años cuando se nos metieron aquí, en Barcelona: arrasaron e incendiaron la ciudad...

Un murmullo de indignación y golpes de rabia en la mesa le impidieron continuar.

—¡Chsss...! ¡Por favor, dejadme hablar! —pidió el conde—. No hace falta comentar más lo que sucedió, todos lo vimos. Lo que tenemos que hacer ahora es prepararnos para que no vuelva a ocurrir.

Asbag se puso en pie y, después de pedir la palabra, preguntó:

—Hermanos, perdonad mi ignorancia, pero llevo largo tiempo fuera de Hispania. ¿Quién es ese rey moro que tanto os preocupa?

—El rey de Córdoba —respondió Ramón Borrell—. Él es el que gobierna a todos los moros de Alándalus.

—¿De Córdoba? —dijo en tono de extrañeza Asbag—. ¿Te refieres al califa? ¿Al hijo de Alhaquén?

—¡Vaya! —repuso el conde—. Desde luego lleváis mucho tiempo lejos. ¿No sabéis que hace años que un caudillo militar manda sobre los moros?

—¿Un caudillo? ¿Un general tal vez? —preguntó Asbag—. ¿Y el califa?

—El califa no pinta nada —repuso el conde—. Hace por lo menos veinte años que un sarraceno despiadado se hizo con todos los poderes; un tal Almansur, que significa victorioso. Él es ahora el que decide allí lo que hay que hacer.

—Y ¿de dónde es ese tal Almansur?

—No lo sé a ciencia cierta; dicen que vino de África… ¡Qué más da! El caso es que consiguió meterse en un puño a todos los moros, y fue entonces cuando empezó nuestro calvario.

—¿No habéis intentado parlamentar? —le preguntó el mozárabe—. Córdoba siempre ha apetecido los tributos.

—¡Bah! ¡Es inútil! —respondió con desdén el conde—. Ya no es como en tiempos de Alhaquén, cuando bastaba con pagar la cuota para tener paz. Ahora no hay tratados que valgan. Si se les pagan tributos, se los quedan, pero no cesan de importunar. No, nada de tributos, lo que quieren es echarnos y extender sus territorios. Aquí no hay más solución que la guerra.

—¡Eso, hay que unirse! —se enardecieron los demás—. ¡Hay que empezar a moverse! ¡Pongamos las cosas en su sitio! ¡Comencemos una campaña…!

—¡Chsss…! —pidió silencio el conde, descargando un fuerte puñetazo en la mesa—. De eso se trata. Pero con las cosas claras. Ya visteis que no podemos esperar nada de los francos. Hemos de romper definitivamente con ellos. La última vez nos enviaron un puñado de aventureros y se dieron por contentos…

—¡Sí, eso, fuera los franceses! —gritaron los presentes—. ¡No dependamos más de ellos! ¡A la mierda! ¡Fuera esos traidores!

—¡Por favor, dejadme terminar! —pidió una vez más el conde—. Ya mi padre, el conde Borrell, se hartó de esperar ayuda del rey franco. Envió carta tras carta, regalos y… ¿qué? Cuando el moro se presentó en Fraga, ¿qué hicieron? ¡Nada! Después de ver arrasada Barcelona, nos dimos cuenta de que había llegado el momento de constituirnos en un reino. Si tenemos otra vez problemas, no esperemos nada de nadie. ¡Nosotros! ¡Con la ayuda de Dios!

—¡Eso! ¡Nosotros! —secundaron las voces—. ¡Viva Cataluña! ¡Vivan los condes! ¡Vivan don Ramón Borrell y don Armengol…!

—Lo que tenemos que hacer ahora es reforzar la Marca —prosiguió el conde de Barcelona—, reconstruir los castillos destruidos por Almansur y repoblar las tierras abandonadas. ¡Dios no nos abandonará más en manos de los sarracenos!

Cuando terminó de hablar el conde, tomó la palabra el obispo de Barcelona, don Aetio, y con solemnidad dijo:

—Y ahora, señores, vayamos todos a la iglesia de San Pedro para encomendarnos. ¡Solo con la ayuda de Dios y la asistencia de los santos podremos vencer a nuestros enemigos!

Así se puso fin a la reunión, y los dignatarios eclesiásticos y los nobles se dispusieron a abandonar el castillo para dirigirse hacia el lugar propuesto por el obispo. Todavía en el salón, Asbag se acercó al conde y le dijo:

—Señor conde, el Papa te envía sus bendiciones. Pero, además de eso, te manda un buen número de reliquias de los mártires de Roma, las cuales fueron solicitadas hace años por tu noble padre, el conde Borrell. El obispo de Reims, Gerberto de Aurillac, se encargó de hacer las gestiones pertinentes en la curia romana. Él me encargó personalmente que pusiera en tus manos las reliquias con un mensaje especial: que no se había olvidado de lo que tu padre hizo por él en su juventud y que te tiene siempre presente en sus oraciones.

—¡Ah, Gerberto, claro! —exclamó con alegría Ramón Borrell—. Él acompañó a mi padre en su viaje a Roma hace veinticinco años, para servirle de canciller ante el Papa, cuando solicitamos la independencia de las diócesis del condado que dependían del arzobispo de Narbona. Gracias a él conseguimos que nombraran un arzobispo en

Tarragona, el desdichado don Atón, que luego fue asesinado en una conjura.

—Sí —asintió Asbag—, lo sé todo. Gerberto me lo contó. Él guarda muy buenos recuerdos de esta tierra. También me encargó que entregara un buen número de códices al monasterio de Ripoll.

—Bien, después, cuando termine la oración, podréis entregárselos al abad.

Por una de las puertas traseras de la muralla, salieron en solemne procesión hacia la iglesia de San Pedro de las Puellas. Atravesaron un barrio de estrechas callejuelas y llegaron frente a la fachada del templo, en cuyo interior aguardaba ya un buen número de monjes entonando cánticos.

En el altar habían expuesto varios relicarios, y los presentes se fueron arrodillando al entrar. Asbag consideró que ese era el momento oportuno para hacer entrega del obsequio del Papa. Ordenó a uno de sus acompañantes que fuera a por uno de los baúles de su equipaje y, mientras el romano salía de la iglesia a recoger el fardo que estaba sobre una mula, aprovechó para llamar la atención de todos los presentes e iniciar un discurso.

—Hermanos. Ya sé que estáis viviendo momentos difíciles. Corren malos tiempos para la fe y para la Iglesia en esta tierra. Oscuros nubarrones se acercan por el horizonte y el futuro aparece incierto. Pero no hemos de perder la esperanza. Dios no nos abandonará. Ya sabéis que vengo de Roma, y traigo conmigo bendiciones de la cristiandad. Recordad las palabras del Señor: «Sobre esta piedra edificaré mi Iglesia, y las fuerzas del infierno y los terrores diabólicos no la podrán derribar». Os hago entrega, en este momento de dificultad, de varias reliquias de los mártires de Roma. Ellos os asistirán, pues están contemplando el rostro de Dios.

Dicho esto, se acercó hasta el baúl que había llevado el mayordomo romano y lo abrió. Dentro aparecieron varias cajitas envueltas en paños, que el mozárabe fue abriendo a su vez para mostrar unos huesecillos cuya procedencia fue anunciando en voz alta:

—San Apolonio, san Esperancio, san Nazario, san Anteiro, san Lucio, san Justino…

Cuando Asbag terminó de presentar las reliquias, el obispo de Barcelona se puso en pie y dijo con gran emoción:

—¡Esto es una señal, hermanos! ¡Los santos mártires acuden en nuestra ayuda! ¡El Señor no nos abandona!

Los monjes entonaron las letanías. La emoción se palpaba en el ambiente y las lágrimas se derramaban hasta por los recios rostros de los hombres de armas.

Cuando salieron a la puerta, el conde Ramón Borrell llamó a Seniofredo, el abad de Santa María de Ripoll, para presentárselo al mozárabe a fin de que este pudiera hacerle entrega de los libros. El abad era un hombre de tez blanquecina y reluciente calva; sus ojos estaban rodeados de azuladas ojeras, pero iluminados de ardiente exaltación. Nada más acercarse a Asbag, le dijo:

—Pensaba venir a hablar con vos cuando terminase la oración.

—Ya sé que conociste a Gerberto cuando era aún un novicio en Ripoll —le dijo Asbag, creyendo que se refería a eso.

—Sí, pero además de hablar acerca de Gerberto, tengo una noticia para vos que os interesará sobremanera.

—Bien, tú dirás —le apremió Asbag.

—Me ha parecido escuchar que vuestra procedencia es mozárabe y que os educasteis en Córdoba —dijo Seniofredo.

—Así es.

—Pues bien, el obispo de Córdoba se encuentra en mi monasterio.

—¿Qué? —se sobresaltó Asbag—. ¿Qué me estás diciendo?

—Lo que oís. Numerosas comunidades de mozárabes tuvieron que huir cuando ese Almansur empezó a hacerles la vida imposible. Cruzaron la Marca y se aventuraron en nuestros territorios. Obispos, abades, presbíteros y monjes ingresaron en nuestros monasterios por no tener adónde ir...

—¡Pero si yo era el obispo de Córdoba! —dijo Asbag sin salir de su sorpresa—. Pero... ¡Claro! Supongo que al faltar yo durante tanto tiempo tuvieron que nombrar a otro. Y, ahora, dime, ¿cómo se llama? Seguramente he de conocerlo a él o a sus padres y abuelos.

—Se llama Juan. Pero será mejor que lo conozcáis vos en persona. Nadie mejor que él podrá ilustraros acerca de la situación en Alándalus. Mañana de madrugada partiré de regreso a mi abadía; deberíais ir allí conmigo, así tendréis ocasión de encontraros con el obispo Juan y con otros clérigos cordobeses, descansar durante un tiempo y conocer nuestra famosa biblioteca.

87

Monasterio de Ripoll, año 996

El abad Seniofredo estaba orgulloso de la nueva iglesia de su monasterio, inaugurada recientemente: cinco naves y cinco ábsides realzaban un espléndido templo como no había otro en todo el norte de Hispania. Santa María de Ripoll era ya algo más que una abadía; una verdadera ciudad se había formado en sus alrededores con gentes venidas de todas partes: nobles con sus familias y siervos que llegaban después de verse expulsados de sus tierras por los moros. Comunidades enteras de mozárabes, comerciantes, pastores con sus rebaños, jóvenes en busca de la sabiduría de los monjes, aprendices, herbolarios, albañiles, artesanos y enfermos que buscaban remedio a sus dolencias. Después de la iglesia, Seniofredo quiso enseñarle a Asbag lo demás: la sacristía, la sala capitular, la sala de monjes, el noviciado, el refectorio, las cocinas, los huertos, el patio y las letrinas.

El conjunto del monasterio no podía ser más completo. Sin embargo, el mozárabe estaba impaciente por encontrar lo que le había llevado hasta allí: el tal Juan, obispo de Córdoba.

Atravesaron un callejón que comunicaba con una serie de dependencias exteriores, donde residían las personas que, no siendo monjes, se habían incorporado a la vida rica y multiforme de la abadía.

Llegaron frente a un caserón, en cuya puerta dormitaba un criado, sentado en el umbral y recostado en las frescas piedras que rodeaban la entrada.

—¡Eh, tú! —le despertó el abad—. Anda, ve a llamar a tu amo.

El muchacho se desperezó y se puso en pie con desgana, para desaparecer entre las hojas de la vieja puerta. Al momento, se asomó alguien desde una de las ventanas y dijo:

—¡Subid, por favor, señores!

Entraron en el amplio zaguán y subieron por una escalera interior que comunicaba con el alto. Arriba los aguardaba un hombre de unos cincuenta años, de cerrada barba grisácea y tez morena, vestido con una larga túnica oscura, que al ver a Seniofredo exclamó:

—¡Ah, querido abad! Ya veo que has regresado de Barcelona. ¿Cómo fue vuestra reunión?

—Todos siguen estando con el conde —respondió Seniofredo—. A partir de ahora, nadie espera ya nada de los francos...

—¿Quiere eso decir que rendiréis vasallaje a Almansur? —preguntó él.

—No, de ninguna manera. El conde quiere preparar una campaña; ha pedido que se formen juntas y que se alcen en todas partes para ir a defender la Marca. Pero ya tendré tiempo de contároslo todo con detalle. Ahora quiero presentaros a alguien.

Asbag no dejaba de mirar a aquel hombre. Temblaba de emoción al escuchar el acento cordobés. Sin esperar a que el abad dijera nada más, se anticipó y preguntó:

—¿Eres de Córdoba? ¿De la capital?

—Sí —respondió el hombre de la túnica oscura.

—¿Cómo te llamas? ¿Cuál es tu apellido? —le preguntó Asbag lleno de impaciencia—. ¿De qué familia eres?

—Me llamo Juan —respondió él—. Soy hijo de Walid ben Jayzuran, juez de los cristianos de Córdoba.

Asbag se tambaleó; a punto estuvo de perder el equilibrio y rodar por la escalera que estaba detrás de él. Sus ojos enrojecieron y la boca se le entreabrió, dejando pasar una respiración sonora, entrecortada. Un gemido brotó de su garganta al tiempo que extendía unas manos temblorosas, con una voz casi inaudible, ahogada por la emoción, dijo:

—¡Juan...! ¡Juan aben Walid...! Hijo mío...

Juan miró a Seniofredo extrañado, encogiéndose de hombros.

—¡Juan…! Soy Asbag, el obispo —prosiguió el mozárabe—. Soy yo… ¿No me reconoces?

Juan abrió unos grandes ojos de sorpresa y miró a Asbag, buscándole bajo los treinta años que habían obrado sobre su cuerpo.

—¡Oh…! ¡Dios! —balbució.

Los dos se abrazaron, llorando; se separaban, se miraban y volvían a juntarse sin ser capaces de asimilar el misterioso capricho del destino.

El abad Seniofredo los dejó solos más tarde, cuando ya se habían repuesto del sorprendente encuentro. Asbag y Juan se sentaron bajo un gran ciprés y estuvieron hablando durante horas, llorando a ratos, recordando.

—Y eso fue todo —concluía Asbag su relato—. Gerberto de Aurillac me facilitó la entrevista con el nuevo Papa y este, sin más, me impuso el palio como arzobispo de Toledo. Fue en Barcelona donde me dijeron que aquí, en Ripoll, había un obispo de Córdoba… Y ahora, dime tú, ¿cómo llegaste a ser el nuevo obispo?

—Pensaba ahora que mi potestad había dejado de ser válida —dijo Juan—, puesto que a mí me nombraron en la suposición de que tú, el legítimo obispo de Córdoba, habías muerto…

—¿Qué dices? —replicó Asbag—. Nada de eso. Tu nombramiento y tu consagración son perfectamente válidos, ya que mi ausencia fue suficientemente prolongada. Además, yo ya no soy el titular de la sede cordobesa; ahora soy arzobispo de Toledo. Y, en todo caso, ¿no puedo yo revalidar tu nombramiento?

Juan sonrió, con un fondo de tristeza en los ojos.

—Sí… ¿pero de qué me sirve ahora? —respondió—. Como te decía antes, después de conseguir ocultarme de los vikingos cuando fuiste hecho preso por ellos en Galicia, regresé a Córdoba. Allí terminé mi formación en el escuela de San Zoilo. Después fue cuando te dieron por muerto al no volverse a tener noticias. Luego murió mi padre. Pasaron los años. Ya ves, el consejo de los cristianos se reunió, y decidieron presentarme como candidato a la sede. Ejercí el cargo durante diez años, hasta que ese Almansur se hizo con todo el poder y empezaron los problemas para la comunidad de mozárabes.

—¿Quién es ese Almansur? —preguntó Asbag—. Seguramente, he de conocerle. Fui consejero de Alhaquén y por la chancillería pasaban todos los altos militares del califato. ¿Era entonces célebre?

—No sé decirte quién era. No olvides que yo era apenas un muchacho cuando emprendimos la peregrinación. Por entonces conocía yo a pocos musulmanes. Solo puedo decirte que administraba el tesoro real y que fue cadí de Sevilla y después de África.

—Hummm… No, no me suena de nada. En fin, ha pasado tanto tiempo…

—¡Es alguien terrible! —dijo Juan, con pavor en el rostro—. En vez de proteger a los cristianos frente a los fanáticos ulemas, como hacía el bueno del califa Alhaquén, hizo la vista gorda y se mantuvo impasible cuando nos saquearon las viviendas y nos quemaron las iglesias. ¡Le daba igual! Está obsesionado con echar a todos los cristianos de Hispania y continuar la invasión que sus antepasados árabes iniciaron hace siglos. Hace ya diez años, salió de Córdoba un día de mayo con todos sus ejércitos, pasó por Murcia y fue reuniendo refuerzos por el camino, formando una gran hueste, aguerrida y bien armada. Para defender a sus caballos contra las armas de los francos de Cataluña, los protegió con planchas de hierro. Una vez pasado el Ebro, atacó y destruyó castillos y pueblos cerca del río Gayá, se apoderó de las tierras del Penedés y fue a poner sitio a Barcelona. Yo estaba ya allí con gran número de fugitivos cordobeses y lo presencié todo. Después de poner a sangre y fuego los alrededores, asaltó las murallas a pesar de ser buenas, con sus torres y fortalezas, y la ciudad sucumbió al asalto. El saqueo y el incendio causaron enormes daños; además, se llevaron un botín cuantioso, pues allí habíamos llevado los tesoros y documentos, con ánimo de salvarlos, cuantos nos refugiábamos en la ciudad. Fuimos hechos cautivos junto a personajes notables de la ciudad, como el arcediano de la catedral, el obispo Arnulfo, el juez Arús, tres hijos del vizconde de Gerona y once monjes de San Cugat del Vallés. Gracias a Dios, el conde Borrell II se había salvado, consiguiendo huir, y fue enormemente caritativo y generoso al reunir dinero suficiente para redimirnos pronto. Desde entonces, estoy aquí en Ripoll.

—¡Vaya! —dijo Asbag—. Tú también has tenido que sufrir.

—¿Y quién no? —repuso Juan—. Son tiempos difíciles. Parece que el mundo está dominado por un poder maligno y tiránico con una capacidad de destrucción ilimitada. ¿Será el fin de los tiempos? ¿Se irá haciendo esa tiranía más y más intolerable hasta que, repentinamente, llegue la hora de los santos de Dios?

—¿Tú también estás cayendo en eso? —le preguntó Asbag preocupado—. ¿Estás llegando a pensar que en estos cuatro últimos años del milenio terminará el mundo?

—¿Cómo no pensarlo? Para mí el mundo ha terminado. ¿Qué nos queda de lo que teníamos en Córdoba?

—¡Ah, no, no…! —replicó Asbag—. Por favor, no pienses de esa manera. El mundo continúa, la vida sigue. Mientras haya tierra, hombres, hijos de Dios, nada va a terminar… Es absurdo confundir las dificultades inherentes a la vida con la consumación final. No, no debes creer en eso.

—Entonces, ¿qué hacer? ¿Cómo actuar ante una realidad que se desmorona?

—Siguiendo adelante —respondió Asbag con rotundidad—. Cuando algo se termina, es porque algo nuevo está comenzando.

—¿Puedes decirme qué es lo que está comenzando?

—Vengo de Roma, querido Juan. Allí también reina el terror ante la proximidad del milenio de la encarnación de Cristo. Terror, porque, como te sucede a ti, todo parece confirmar que Satán se ha desencadenado y anda suelto. Allí, en Roma, la ignominia había gobernado durante este siglo décimo. El conde Teofilacte, su esposa y su hija Marozia habían utilizado el trono pontificio como una pieza más de sus escabrosas intrigas. Yo lo he conocido; he estado allí y me lo han contado…

—¿Y no son eso signos que confirman mis temores? —le interrumpió Juan.

—Déjame terminar —le pidió Asbag—. Sin embargo, no faltan signos que anuncian un renacer de nuestra fe. ¿Qué me dices del renacimiento del monacato? Puedes verlo en este monasterio y en cientos como este que se inauguran por toda la cristiandad. Los monjes de Cluny fundan decenas de ellos, nuevos, y reforman otros.

Hicieron una larga pausa de silencio, en la que ambos parecían meditar sobre todo aquello. La luz del atardecer iluminaba las colinas, llenas de maleza dorada y coronadas por peñascos grises. Los monjes regresaban ya de sus labores, trayendo leña y plantas aromáticas para fabricar elixires, pues era la época de recogida.

—Estuve presente en el coronamiento del emperador Otón III, ¿sabes? —prosiguió Asbag—. Apareció en la basílica de San Pedro cubierto con un manto en el que estaban bordadas escenas del Apocalipsis. El nuevo emperador de los romanos habla griego y latín, y se siente más romano y bizantino que germánico. Trasladará su gobierno a Roma para crear un nuevo imperio romano cristiano. Creció rodeado de monjes durante toda su infancia y hay en él un deseo de perfección que le llevará a hacer cosas grandes por la cristiandad. ¿No es eso un signo claro de los nuevos tiempos?

—Tienes razón —respondió Juan, asintiendo con la cabeza—. Hemos de fijarnos en el lado bueno de las cosas, y no siempre en el malo. Tú puedes hablar mejor que nadie de ello, puesto que has padecido incontables dificultades. Pero… ¿qué podemos hacer? El mundo sigue, y seguirá; ¿hemos de quedarnos a un lado del camino para verlo pasar? Me refiero, claro está, a los que hemos sido apartados por la fuerza de las circunstancias.

—¿Apartados? —Asbag irguió la espalda—. ¡Nada de eso! Mientras hay vida, hay esperanza. Tú y yo regresaremos a Córdoba el próximo año, cuando las cosas se calmen. Ahora la tormenta está reciente y todo es confuso. Pero ya verás cómo las aguas han de retornar a su cauce. Dios espera todavía mucho de nosotros.

La campana empezó a sonar llamando a vísperas. La luz decrecía. Ambos obispos, sin decir nada, se encaminaron hacia la iglesia del monasterio.

El canto de los monjes se elevó llenando las naves del templo. Era un maravilloso salmo:

> Señor, Tú has sido nuestro refugio
> de generación en generación.
> Antes que naciesen los montes

o fuera engendrado el orbe de la tierra,
desde siempre y por siempre tú eres Dios.
Mil años en tu presencia
son un ayer, que pasó;
una vela nocturna…

88

Córdoba, año 997

Había soñado tantas veces, despierto y dormido, con su llegada a Córdoba, que cuando Asbag vio la ciudad por primera vez,
resplandeciendo en el llano, desde un recodo del camino, no pudo
evitar una extraña sensación de irrealidad. Pero al fin estaba ahí,
brillante bajo un sol que se hallaba en su punto más alto. Desde la
ladera, el mozárabe se detuvo a contemplar un rato. Le pareció
como descendida del cielo, «radiante como una novia», como la
Jerusalén de los salmos del rey David; como una paloma venida a
posarse a la margen del río. Todo hombre lleva una ciudad inscri-
ta en el corazón; la de los recuerdos de la infancia, la que guarda
en su seno una casa, una calle, con rumores de niños jugando,
olores de comida recién hecha escapando por las chimeneas, el
martilleo de lluvia en los tejados, el calor del hogar en el invierno,
el refugio del fuego exterior en los veranos; pregoneros mañaneros, parloteos de vecinas, riñas, canturreos y carcajadas. Una ciudad que en cada esquina, en cada plaza, guarda el misterio del
pasado y el presente; en un aroma, en un sonido, en el sol de la
tarde sobre una pared, en el raro espacio del tiempo detenido,
capaz de evocar el recuerdo más dulce. Para cada uno, su ciudad
reserva una atmósfera cálida y hospitalaria que no podrá hallar en
ninguna otra parte del mundo; que cuando se está lejos sabe presentarse en los sueños, como llamando al retorno. Y, especialmen-

te, cuando se está en el final de la vida, viene a recordarnos en qué lugar nos aguarda un pedacito de tierra acogedora para envolver amorosamente el descanso de los huesos. Una ciudad donde resucitar una mañana, en los albores del tiempo nuevo, para correr hasta su plaza y abrazar a los seres más queridos.

Asbag y Juan iban vestidos con ropas discretas, sin nada que pudiera delatar que ambos eran obispos. Cualquiera podría pensar que eran un padre y un hijo, árabes ambos, de Murcia, Valencia, Sevilla o cualquier otro lugar de Alándalus. Pagaron el tributo en la puerta y se adentraron en el laberinto de callejuelas que se extendía desde el adarve. Aparentemente todo seguía igual; poco o casi nada había cambiado en treinta años, salvo algo en el rostro de la gente; algo difícil de determinar, pero lejanamente perceptible.

No habían determinado previamente adónde se dirigirían, pero caminaban con decisión, sin necesidad de ponerse de acuerdo, por las calles que conducían al barrio cristiano. Iban sin hablar, animosos, tirando de las bridas de sus mulas y fijando los ojos en el cálido espectáculo de la medina a esas horas del mediodía.

—Prepárate para encontrar allí cualquier cosa —comentó Juan, como leyendo el pensamiento de Asbag.

—Sí, sí —respondió mecánicamente él—, hemos de ser fuertes.

Faltaban solo un par de calles; el corazón les latía fuertemente. Llegaron al callejón de los libreros. Un hombre se los quedó mirando, o al menos eso les pareció a ellos.

—No te vuelvas, no te vuelvas —dijo Juan entre dientes—. A ti es difícil que pueda reconocerte alguien, pero a mí…

Por fin el barrio cristiano, la plazoleta y San Zoilo. El corazón de Asbag dio un vuelco. Sintió casi irreprimibles deseos de arrojarse de bruces y besar el suelo, pero se contuvo y se conformó con suspirar profundamente y dejar que se le escapara un reguero de lágrimas. Enfrente estaba el caserón del obispo, donde residió durante sus últimos años en Córdoba, los balcones del viejo taller y los bajos de la escuela; todo cerrado y visiblemente abandonado.

Había bestias amarradas junto a la iglesia y hombres sentados en los escalones, y las puertas estaban abiertas de par en par.

—Entremos, entremos en la iglesia —propuso Asbag—. Parece que todo sigue igual...

Los dos obispos atravesaron el arco de herradura, como tantas veces, y se adentraron en la nave fresca y umbría. Cuando sus ojos se hicieron a la penumbra, se encontraron con que había jergones de paja, sacos y petates amontonados en las naves laterales; hombres echados, durmiendo, arropados con mantas, y otros sentados compartiendo alimentos sobre esteras de esparto. Olía a pies, a cuerpos sudorosos, a cueros, paja y grasa de caballo. Faltaban las pinturas de las paredes, que estaban encaladas, y también el crucifijo y los elementos litúrgicos.

—Pero... ¿qué ha pasado aquí? —se preguntó Asbag horrorizado.

—¡San Zoilo bendito! —exclamó Juan.

—¡Eh, señores! —les gritó alguien desde el fondo—. ¡Pasad, pasad!

Un hombre menudo, calvo y sonriente iba hacia ellos.

—¡Bienvenidos, señores! —les decía—. Aquí estaréis de maravilla. Solo un dinar de cobre. Si queréis cocinar, por esa puerta... Y, en la otra parte, en el patio encontraréis a un criado que os proporcionará un cántaro de agua para bañaros y el bacín para hacer vuestras necesidades. Todo entra en el precio...

—¡Qué dices! —le espetó Juan con energía.

—Ah, bueno, si no os gusta... —replicó el hombrecillo—. ¿Dónde vais a encontrar una fonda mejor que esta, tan fresca y con los techos tan elevados? Si queréis puedo encargaros comida, o reservaros un rincón separado por un biombo...

De repente, el hombre se quedó callado, con los ojos horrorizados fijos en Juan, como si hubiera visto una aparición.

—¡Mumpti! —exclamó balbuciendo—. ¡Mumpti Juan! ¿Eres tú?

—¡Chsss...! —le silenció Juan, sujetándolo por un brazo y arrastrándolo a un lugar aparte—. ¡Qué has hecho, desgraciado! —le recriminó—. ¿Has convertido San Zoilo en una fonda?

El hombrecillo se tiró de rodillas a los pies de Juan, aferrándose a sus ropas y buscándole las manos para besárselas.

—¡Oh, Dios mío! ¡Perdóname! —sollozó—. ¡Pensaba que no regresarías! ¡Han pasado ya diez años! ¡Lo hice por mis hijos! ¡Que Dios me perdone! ¡Que san Zoilo se apiade de mí!

—¡Calla! ¡Calla, idiota! —le ordenó Juan a media voz—. ¡Nos está mirando todo el mundo!

—Vamos, vamos a mi casa —propuso entonces el fondista—. Está donde siempre, ahí al lado…

Siguieron al hombrecillo hasta su casa, que estaba junto a la iglesia, como un anexo a ella. Al contemplar las alfombras, los muebles y los criados que se apresuraron a atenderlos, Juan comentó con ironía:

—¡Vaya, vaya! Has prosperado. Se ve que la fonda de san Zoilo da beneficios.

—¡Oh, sí! Bueno… no. Digo… —balbució el fondista confundido—. Pero pasad, pasad, y poneos cómodos.

En un saloncito lujoso, pero decorado con sumo mal gusto, el hombrecillo les ofreció vino y comida, deshaciéndose en atenciones para con ellos. Después, entre lágrimas, les explicó:

—Perdóname, mumpti Juan. Cuando os marchasteis la iglesia se quedó sola. Yo entraba cada día, por la puerta trasera, para espantar a las palomas que querían anidar dentro; barría los excrementos y la suciedad que entraba por las ventanas… Pero luego la saquearon, echaron la puerta abajo y se llevaron lo que de valor quedaba. ¿Qué iba a hacer yo? ¿Dejar que se convirtiera en refugio de pordioseros? ¿Permitir que se cayera a pedazos? Primero quise residir en ella con mi familia, pero mi mujer se negó por respeto. Luego me ofrecieron algún dinero y la posibilidad de poner la fonda… No fue idea mía, te lo juro. Un fondista de la medina me lo propuso… ¿Qué podía hacer? ¿He pecado? ¿Podrá Dios perdonarme?

Juan seguía mirándole con ojos de indignación. Alargó la mano y le sujetó, agarrándole fuertemente por la pechera.

—¡Maldito ambicioso! —le gritó—. ¿No has oído que «no podéis servir a Dios y al dinero»? ¡Juraste tu oficio de sacristán! ¡Has ofendido al santo!

—¡Basta! —ordenó Asbag—. ¡Suéltalo! ¡No nos pongamos nerviosos! ¿Qué ganamos ahora con estas cosas? Todos nos fuimos, tú también te fuiste… Hemos de ser comprensivos.

El hombrecillo, al escuchar con atención la voz de Asbag, se puso en pie de repente y dio un grito:

—¡Ah…! ¡Mumpti Asbag! ¡Estás vivo! ¡Eres el obispo Asbag! ¡Te reconozco perfectamente! ¿No me recuerdas? Soy Doro, Teodoro; fui alumno tuyo en la escuela… ¡Oh, hace tanto tiempo…! Me dabas panecillos y nueces… ¡Pasaba yo tanta hambre entonces!

Asbag le miró lleno de cariño, buscando en su memoria. Al fin, recuperándolo del abismo de los años, exclamó:

—¡Doro! ¡Claro! ¡El pequeño Doro! ¡Te recuerdo perfectamente!

Teodoro saltó hacia el obispo y se recostó en su pecho, sollozando. Asbag le abrazó como a alguien perdido, querido y entrañable, encontrado; como si Doro fuera el signo del tiempo pasado.

—¡Padre! ¡Padre Asbag! —decía Doro—. ¡Creíamos que estabas muerto!

Hablaron durante largo tiempo, hasta la noche. Los obispos le preguntaron cuanto querían saber acerca de la ciudad. Y Doro les fue contando con detalle lo que había sido de cada uno de los cristianos conocidos; de los que habían muerto, a causa de la vejez, las enfermedades y asesinados por los fanáticos musulmanes; de los que se habían marchado para huir al norte; de los que se habían hecho musulmanes y de los que, como él, se habían vuelto tibios y se habían acomodado a las nuevas circunstancias.

—Ya veis —concluía Doro—; no lo hemos tenido fácil.

—Sí, son malos tiempos —admitió Juan—, pero al menos deberías haber respetado la iglesia.

—Lo siento, ahora me arrepiento —se justificaba él—. Necesitaba vivir de algo… Pero, como habéis visto, no he metido putas…

—¡Ah, era lo que faltaba! —dijo Juan con ironía.

—Bien, bien, dejemos eso —zanjó la cuestión Asbag—. Y, dime, Doro, ¿sabes qué fue de mi amigo Fayic al Fiqui, el maestro? Vivía muy cerca de aquí.

—¿Fayic al Fiqui? A ver, déjame recordar…

—¡Fayic! —le explicó Asbag—. ¡El arquitecto! Trabajaba en la ampliación de la mezquita mayor. Hizo la peregrinación a La Meca… ¿No lo recuerdas? Tú eras todavía un niño…

—¡Ah, claro, Fayic al Fiqui! ¡Lo conozco! Es el maestro principal de las obras de la mezquita mayor. Es ya anciano, pero está estupendamente. Sigue viviendo ahí, en la plaza del estanque, con sus hijos y sus nietos.

—¡Dios sea loado! —exclamó Asbag—. Él nos ayudará. Mañana iremos a su casa. Fayic es un musulmán piadoso que sabrá explicarnos el porqué de todo lo que ha sucedido en el palacio.

—¿Y ahora qué hacemos? —preguntó Juan.

—Nos quedaremos aquí, en la posada.

—¿Aquí? —replicó Juan—. ¿En la iglesia de San Zoilo?

—¡Naturalmente! —sentenció el mozárabe—. ¿Dónde estaremos mejor? Esta es nuestra casa, y mientras estemos en Córdoba viviremos aquí.

Por la mañana, muy temprano, fueron a la casa de Fayic al Fiqui. Una gruesa mujer les abrió la puerta y los hizo pasar al zaguán. Fayic apareció al momento. Estaba perfectamente reconocible; a pesar de las canas y las arrugas, era él. Sin embargo, tardó en reconocer a Asbag. Pero, finalmente, sin que el obispo le desvelara su identidad, cayó en la cuenta. Hubo abrazos, lágrimas, rememoración de acontecimientos vividos juntos. Después cada uno contó la historia personal de los años de separación. Fayic llamó a sus hijos, mujeres y nietos, y los sentó a su mesa para compartir la comida. Y en los postres, Asbag sugirió que se quedaran solos para poder departir con mayor tranquilidad. Juan también se despidió y se fue a hacer gestiones por su cuenta. Entonces, cuando al fin estuvieron ambos amigos en total intimidad, Asbag le pidió que le hablara de los últimos días de Alhaquén.

—Poco puedo decirte —respondió Fayic—, puesto que todo es un misterio y nadie sabe a ciencia cierta lo que sucedió en realidad. Y los que saben algo, nada dicen por temor a las represalias. Hay mucho miedo, ¿sabes? Almansur sabe acallar los rumores…

—Pero ¿cómo llegó ese Almansur al poder?

—Ya hacía tiempo que era un hombre poderoso; administraba los tesoros, gobernaba la casa de la moneda, lo nombraron un importante general... Recordarás a Al Mosafi, ¿no?, al gran visir. Pues fue él quien depositó cada vez más poderes en manos del que entonces era un joven ambicioso... Después él supo ir apartando al primer ministro, relegándolo, dándolo de lado, ¿comprendes? La estrella de Almansur crecía y la de Al Mosafi se iba apagando...

—¿Cómo consentía eso el califa?

—Ah, el califa era entonces todavía un niño. Además —Fayic bajó la voz, como para contar algo extremadamente delicado—, las malas lenguas decían que Almansur era amante de la sayida... Y así, claro, teniendo a la madre, tenía al hijo...

—¿Cómo? —se sobresaltó Asbag—. ¡Te refieres a Subh! ¿Quieres insinuarme que Aurora, la vascona, la madre de los príncipes, estaba liada con ese tal Almansur?

—Lo decía todo el mundo. Toda Córdoba chismorreaba a costa del rumor. Hasta circulaban coplas y todo.

—Pero... ¡Cómo es posible! ¿Quién era ese Almansur que tenía acceso al serrallo del propio califa?

—¿Cómo quién...? Espera un momento —dijo Fayic con un gesto de gran extrañeza—. Me está pareciendo que no sabes quién es Almansur... ¿Es que no te imaginas siquiera quién puede ser?

—No, no lo sé. ¿Cómo iba a saberlo? Llevo treinta años fuera de Córdoba. Es media vida.

—O sea que... —repuso estupefacto Fayic— ¿no le conoces? ¿No te ha dicho el obispo quién es?

—No, ya te digo. Juan no sabe explicarme de quién se trata. Ten en cuenta que él era apenas un muchacho imberbe cuando yo era el obispo de Córdoba. Vamos, habla, ¿quién es?

Fayic le miró, meneó la cabeza en un gesto de perplejidad y respondió con rotundidad:

—¡Abuámir! ¡Mohamed Abuámir! ¡Él es Almansur!

Asbag se quedó petrificado. Buscó en su mente. Recordó perfectamente al joven impetuoso, distinguido y amable que él mismo, en perfecto acuerdo con el visir Al Mosafi, puso al frente de la casa de Subh.

—No, no es posible… —balbució.

—Sí. Él fue el que consiguió hacerse con más y más poderes, seduciendo a unos y otros, con sus buenas maneras y su talante amigable y servicial, al principio, pero a base de intrigas y conspiraciones más tarde. Quitando de en medio a quien pudiera hacerle la más mínima sombra. Él relegó a Al Mosafi y al propio califa Hixem para brillar solo él. ¡Nada, excepto su persona, le ha interesado jamás!

—¡Oh, Dios! Aún no puedo creerlo. Era tan inteligente y a la vez parecía tan puro… ¿Quién podría adivinar entonces que escondía dobles intenciones?

—Pues, ya ves. En vez de estar agradecido a Subh y a su protector Al Mosafi, la abandonó a ella, traicionándola y arrinconando a su hijo, y resolvió hacer caer al gran visir. Le fue quitando poderes poco a poco, a él y a sus hijos, hasta dejarlos mermados, solos, empobrecidos y despreciados por todo el mundo.

—Pero ¿Al Mosafi no pudo defenderse? ¿Tanto poder tenía Abuámir? —preguntó el arzobispo sin salir de su asombro.

—Ah, al principio no sospechaba nada; no era Abuámir quien le inspiraba temores; por el contrario, le creía su mejor amigo. Era a Galib, el general gobernador de la frontera inferior, al que temía, porque ejercía la mayor influencia sobre las tropas.

—Ah, le recuerdo perfectamente —asintió Asbag—. Le conocí en Medinaceli. Era un guerrero de imponente presencia.

—Pues bien —prosiguió Fayic—, Galib odiaba a Al Mosafi y no trataba de ocultarlo. No olvides que el gran visir fue siempre el ojo derecho de Alhaquén, por lo que era inevitable que alguien tan importante e influyente como el general viese a Al Mosafi como un advenedizo salido de la nada y encumbrado sin haber manejado nunca una espada. No, un militar no podía tolerar eso. En apariencia siguió obedeciéndole, pero por su conducta demostraba que no contaba con él una vez que murió Alhaquén.

—¿Y qué pasó después? —se inquietó el obispo.

—Pues que Al Mosafi tenía la suficiente perspicacia para no ignorar el peligro que le amenazaba, y en su angustia pidió consejo a los visires, y sobre todo a Abuámir. ¿Y qué crees que hizo este? En vez de mediar, reforzó su amistad con Galib y sin duda trazó un plan, pues no repugnaban a su ambición las vías tortuosas. El caso es que dejaron aparte al gran visir. Abuámir se casó con la hija de Galib y desde entonces se hicieron inseparables. Al Mosafi empezó a decaer, pues los militares no lo querían y comenzaron a tramar la forma de quitarlo de en medio de una vez por todas. Y, finalmente, consiguieron una orden del califa, después de que Abuámir, seguramente, convenciera a Subh, y destituyeron al gran visir. Como podrás suponer, Abuámir ocupó inmediatamente su puesto.

—¿Y qué fue de Al Mosafi?

—Murió años después, en la más absoluta miseria, tras haber pasado años de cárceles y humillaciones de todo tipo. Aunque Abuámir respetó siempre su vida, parecía encontrar un bárbaro placer en atormentarle. Durante cinco años el antes gran visir arrastró esta triste y penosa existencia, a pesar de su avanzada edad y de los disgustos sufridos. Hasta que encontraron su cadáver bajo los arcos de la mezquita mayor, cubierto con un alquicel viejo. Yo mismo vi cómo un amortajador lavaba el cuerpo en las fuentes de las abluciones, y cómo lo colocaban después, no exagero nada, sobre la hoja de una puerta arrancada de sus goznes para llevarlo a enterrar en las afueras.

—¡Dios se apiade de él! —dijo con pena Asbag—. ¿Y Subh? ¿Qué fue de ella?

—Vive en los alcázares, como siempre. Se sabe poco de la sayida.

—¡Oh, me gustaría entrevistarme con ella! ¿Crees que será posible?

—¡No, de ninguna manera! ¡Nadie puede entrar allí! Abuámir no lo consiente.

—Pero ella querrá verme. Estoy seguro —dijo Asbag con ansiedad.

—Sí, pero, tanto a ella como al califa, Abuámir los mantiene aislados detrás de infinitas barreras. A ella solo se la ve… ¡Espera un momento! ¿De verdad estás dispuesto a arriesgarte para hablar con ella?

—Sí, vamos, habla. ¿Dónde puedo verla?

—Solo hay un sitio al que nunca falta: la pequeña mezquita del santo Al Muin, todos los viernes. Allí reposan bajo un túmulo, junto al del santo, los restos de su hijo, el pequeño príncipe Abderramán. Si consigues burlar a los guardias y acercarte a ella...

89

Córdoba, año 997

Frente a la mezquita de Al Muin, sentados en el umbral de una casa, Asbag y Fayic aguardaban a que la sayida apareciera en cualquier momento por uno u otro extremo de la calle. Ambos se habían vestido con ropas harapientas y apenas se diferenciaban del hervidero de mendigos, ciegos e inválidos que se iba formando junto a la puerta.

—¿Vendrá? ¿Estás seguro? —se impacientaba Asbag.

—Sí, vendrá, vendrá —respondía Fayic en tono fatigoso—. Te lo he dicho cien veces. Nunca ha faltado. ¿Por qué crees que están aquí todos estos pordioseros? Falta aún un rato para que el muecín llame a la oración del mediodía, pero antes llegará ella.

—¿Era tan necesario vestirse así? ¿No hubiera sido mejor aguardar dentro de la mezquita, junto a las tumbas?

—No, de ninguna manera. Los guardias echarán a todo el mundo. En el interior solo estarán ella, los eunucos y las mujeres que la acompañan. Pero después de la oración repartirá limosnas a los mendigos en la puerta. Entonces podrás acercarte a ella.

Siguieron aguardando todavía un buen rato, mientras la calleja empezaba a abarrotarse de gente. Asbag pensó que le sería difícil luchar contra aquella muchedumbre para acceder a Subh y decidió avanzar hacia la puerta antes de que le resultara imposible. En ese momento vio al muecín salir y mirar hacia el reloj de sol que estaba dibujado en la pared encalada del alminar. La sombra de la varilla señalaba exactamente la raya correspondiente al mediodía. El muecín se remangó el vestido y, a través de un ventanal que daba al interior de la torre, se le vio subir por la escalera de madera. Entonces el obispo se desanimó al pensar que ella tal vez no vendría esta vez.

Pero al poco estalló un revuelo en uno de los extremos de la calle y los pordioseros se alborotaron. Al momento aparecieron unos cuantos guardias armados con varas y empezaron a apartar a todo el mundo para dejar libre la entrada.

—¡Ya está ahí! —exclamó alguien—. ¡Señora! ¡Sayida! ¡Alá te guarde!

Asbag apenas vio nada, salvo un grupo de gente ricamente ataviada que subió aprisa las escaleras de la mezquita, y la puerta que se cerró tras ellos cuando hubieron entrado todos. En ese instante, sonó desde lo alto el canto del muecín.

Los pordioseros, ciegos, cojos, lisiados, se arrojaron al suelo e iniciaron sus oraciones. Asbag hizo lo propio, para no desentonar, y se puso de hinojos junto a Fayic, en el apretado espacio entre los malogrados cuerpos vestidos con andrajosas ropas.

La oración concluyó, y se oyó el chirrido de los cerrojos al descorrerse. La puerta se abrió.

—¡Ahora! ¡Ahora! —le gritó Fayic al obispo, mientras le abría paso a empujones por entre la gente.

Asbag alzó la vista y vio a un grupo de mujeres con grandes cestos repartiendo panecillos que les eran arrancados de las manos. Buscó con la mirada, pero no daba con Subh. Avanzó, desesperado, hasta los escalones de la entrada. Cayó al suelo y se arrastró. Volvió a alzar los ojos. Nada. Sintió codazos, golpes, gritos en sus oídos. Empezó a perder la esperanza.

No obstante, cuando iba ya a desistir, vio salir de la mezquita a una mujer alta, madura y de singular presencia, con la cara descubierta, que llevaba una túnica blanca amplia y un velo de tul sobre los cabellos y enrollado en torno al cuello.

—¡Esa! ¡Esa es! —le gritó Fayic desde detrás.

Asbag sacó fuerzas de donde pudo, se levantó y se lanzó hacia ella. Entonces tuvo la acertada idea de llamarla por su nombre cristiano.

—¡Aurora! ¡Aurora! ¡Soy Asbag! ¡El obispo!

El resto de los gritos ahogaba la voz del mozárabe, pero ella debió de oírlo, porque un gesto de extrañeza se dibujó en su rostro y se la vio buscar con la mirada. Asbag consiguió entonces asirla de una mano y tirar de ella, insistiendo.

—¡Aurora! ¡Soy Asbag! ¡El obispo! ¡Mírame, por favor!

Ella le miró a los ojos. Al instante se puso pálida y se tambaleó como en una especie de desvanecimiento. Entonces, uno de los eunucos saltó hacia el obispo y le propinó un fuerte empujón, gritándole:

—¡Estúpido! ¿Qué haces? ¿Qué le has hecho a la sayida?

Cuatro o cinco guardias cayeron sobre él asiéndolo por todos lados. Él seguía llamándola.

—¡Aurora! ¡Aurora! ¡Soy el obispo!

—¡Quietos! —gritó entonces ella con autoridad—. ¡Soltadlo! ¡Soltad al anciano!

Se hizo un gran silencio. Fue como si todo el mundo se quedara paralizado por un momento. Los pordioseros se echaron atrás por temor a los guardias, y la pequeña escalinata quedó despejada, con Subh sobresaliendo entre el resto de las mujeres, alta, hermosa y con una extraña expresión, mezcla de sorpresa y pavor. Descendió las escaleras y fue hacia Asbag, sin dejar de mirarle a los ojos.

—O… obispo —balbució mientras le observaba bien—. ¿Eres… eres tú?

—Sí, Aurora, soy yo —respondió él, extrayendo el crucifijo pectoral de entre los harapos.

Ella, mecánicamente, hizo ademán de doblar la rodilla y acercarse a besarle la cruz, pero él la retuvo:

—No, no, sayida… Aquí no. Entremos en la mezquita.

Ante el asombro de todos, Subh y Asbag entraron en la pequeña mezquita de Al Muin. Se descalzaron, y ella corrió los cerrojos de la puerta. En un gesto instintivo, ambos se volvieron hacia el túmulo del santo. La tela verde con bordadas letras doradas cubría la tumba;

junto a ella, otro paño, este de color blanco, cubría a su vez el pequeño túmulo del príncipe Abderramán.

Ella se recostó en la pared encalada y se echó a temblar.

—¡Aurora! ¿Qué te sucede? —se inquietó él—. ¡No pasa nada,
soy yo!

—Cuando un muerto se aparece…, algo va a suceder —dijo ella
con la mirada perdida.

—¡Oh, no, no…! —repuso él aproximándose para calmarla—.
No soy un fantasma. Soy yo en persona. ¡Tócame! Soy de carne y
hueso. No morí, nunca he muerto… He vivido cautivo todo este
tiempo.

—¿Has venido para castigarme? —le preguntó ella, aún presa del
terror.

—¿Castigarte? ¿Qué dices? ¡Vamos! ¡Vuelve en ti! ¿No ves que soy
yo…?

—¿Qué quieres de mí?

—Nada, solo hablar contigo. Ayudarte. No te deseo ningún
mal. Confía en mí. Confía en Dios. Él te ama, no temas…

Cuando Subh escuchó aquello, volvió el color a sus mejillas. Se
abalanzó hacia el obispo y besó el crucifijo. Él la abrazó entonces.
Sintió que su cuerpo abultaba mucho más; se había convertido en
una mujerona grande y madura, pero seguía siendo hermosa; sus ojos
aún se revelaban, desvalidos en el fondo.

—¡Ay, obispo Asbag! —sollozó ella—. ¿Por qué te fuiste? ¿Por
qué me dejaste? ¡He sufrido tanto…!

—Bueno, ya… tranquilízate. Ya estoy aquí… No pasa nada…

Ella se separó entonces de él y se acercó a la pequeña tumba de
su hijo.

—Aquí está mi niño… El califa mandó que lo enterraran aquí.
Reza tú sobre él.

—No, él no está ahí —le dijo Asbag—. Era un niño y estará en
el cielo.

Dicho esto, empezó a pronunciar un responso sobre el túmulo de
Abderramán, haciendo la señal de la cruz con la mano. Subh escuchaba atentamente, con ojos perdidos, y se santiguaba.

—Bien —dijo el obispo—, debemos irnos de aquí. Esa gente de ahí fuera debe de estar impacientándose. Pero hemos de vernos inmediatamente. Hoy mismo. ¿Dónde podrá ser?

—En los alcázares —respondió ella, más tranquila—. Ve allí esta tarde. Daré orden de que te dejen pasar.

—¿Crees que podré entrar? ¿Lo consentirán esos guardias?

—¡Allí mando yo! —replicó ella con energía.

Esa misma tarde, en los alcázares, Asbag se sorprendió cuando nadie le puso el menor impedimento para entrar a ver a la sayida. Un eunuco le aguardaba en la puerta y le condujo amablemente a través de los corredores. Naturalmente, el obispo se había quitado ya los harapos y llevaba sus ropas cordobesas, sin ningún distintivo visible de su condición de clérigo. Nada más ver a Subh, le dijo:

—Me habían dicho que vivías aislada, bajo vigilancia, casi secuestrada…

—¡Ja! —replicó ella enojada—. Eso es lo que la gente se cree. Al califa podrá tenerlo encerrado, pero conmigo no puede. Jamás se atrevería a privarme de mi libertad. Amir es muy listo; por nada del mundo haría algo que lo asemejara a aquellos eunucos asquerosos, Chawdar y Al Nizami. Ellos sí que me tenían encerrada.

—Entonces, ¿por qué no te dejas ver? Eres viuda…, la viuda del califa. Si Almansur no te lo impide, puedes hacer lo que quieras…

—No tengo necesidad de ir a parte alguna —respondió Subh con un mohín de desprecio—. La gente es mala. Córdoba no me quiere, no me ha querido nunca… Para ellos soy sospechosa de impiedad; una cristiana del norte, nada más que eso…

—Pero… ¿has seguido siendo cristiana?

— ¡Bah! ¡Qué se yo! Cristiana, musulmana, casada, soltera, favorita, libre, cautiva, navarra, cordobesa, princesa, concubina, reina, madre del califa… ¿Sé acaso yo misma lo que soy? ¿Me han dejado saberlo alguna vez? Sabrás todo, ¿no? Ya te lo habrán contado… Sabrás lo que me pasó… Todo el mundo lo sabe ya…

Rompió a llorar de nuevo. Pasaba de la rabia a las lágrimas constantemente. Asbag se dio cuenta de que se había convertido en una mujer despechada, que guardaba un nudo de desengaños en su interior. No quería escuchar, tan solo hablar, quejarse en un monólogo que ponía de manifiesto todas sus frustraciones y desconsuelos acumulados durante años. El obispo se fijó en el rictus de amargura que se había grabado en su rostro, en las arrugas marcadas, en el cabello antes rubio y ahora grisáceo y sin brillo. Meditó sobre si confesarle o no que conocía su relación adúltera. Finalmente, optó por decirle:

—Sí, lo he sabido. Si te refieres a lo tuyo con Abuámir…

—¡Él me engañó! Pequé por su culpa. Yo estaba tan sola… Alhaquén jamás se preocupó por mí, ya lo sabes. Se enfrascaba en sus asuntos; sus libros, sus sabios, sus teólogos… Ni siquiera los niños le preocuparon nunca. Estaba casado con la biblioteca. Ay, si al menos hubiera sido un padre… Luego vino Amir. Era maravilloso; tenía soluciones para todo. La vida empezó a ser diferente. Cuando me vi libre del harén, aquí, en mi propia casa, y con él al frente de todo… Era feliz. Era como haber subido al cielo de repente. Desaparecieron los eunucos, desaparecieron los temores…

Sus ojos se perdían en el vacío, embebidos en los bellos recuerdos, como si aquellos momentos estuvieran aún ahí. Sin embargo, al momento, su rostro se ensombreció.

—Pero me engañó… —prosiguió—. Me engañé yo misma porque pensé que todo aquello era para siempre… Después él cambió. Solo le interesaban las armas, los asuntos de guerra… Su mirada también se transformó: sus ojos… sus ojos eran diferentes. Él quería el poder a toda costa; dominar sobre todo y sobre todos. Yo le decía: «Déjalo ya, Amir, no te compliques más». Pero él seguía… Empezó a recelar de todo el mundo. Al principio se entendía muy bien con Al Mosafi, pero luego también desconfiaba de él. ¡Pobre Al Mosafi! Le hizo la vida imposible. El pobre ministro quiso casar a uno de sus hijos con la hija del general Galib; para congraciarse con él, ¿comprendes?, pero Abuámir lo estropeó todo. Se empeñó en casarse él con esa mujer. Asma se llamaba. Yo me negué, no por celos, sino porque ella me parecía peligrosa. Pero él me decía: «Lo hago por ti, por nosotros. Nuestro único enemigo puede ser ahora Galib. Tiene mucho poder». Y al final se salió con la suya. Se casó con ella. Con esa caprichosa, embustera y pretenciosa.

—¿Qué tal se llevó él con su suegro? —le preguntó el obispo—. Me refiero al general Galib.

—¡Bah! Igual que con todo el mundo. Al principio estuvieron muy unidos y planearon acabar con Al Mosafi. Organizaron guerras juntos; decidieron ir a por los cristianos del norte. Querían ser los dueños del mundo. Pero después surgieron problemas entre ellos. Los demás generales seguían a Abuámir, y Galib empezó a sentir envidia. El propio Abuámir me contó que, un día que se encontraban juntos en la torre de un castillo de la frontera, se puso a abrumarle a recriminaciones. Y Abuámir le respondió de tal forma que el general se enfureció y lo llamó «perro». Luego desenvainaron las espadas, y de no ser porque los separaron, habrían terminado mal. Desde aquel día Abuámir no se fiaba de nadie, y no sintió alivio hasta que Galib murió en una refriega contra los cristianos.

—¿Y los eunucos Chawdar y Al Nizami? ¿Cómo consiguió librarse de ellos? —quiso saber Asbag.

—¡Ah, esos malditos! —respondió ella con odio en la mirada—. Gracias a Dios, supo quitárselos de en medio. Después de asesinar al príncipe Al Moguira, Abuámir los tenía en un puño. Luego ellos se fueron retirando. Eran ya viejos. Todavía intentaron conspirar algo contra Abuámir, pero les salió mal. Murieron en sus palacios, de viejos, olvidados por todos.

—Para conseguir todo eso, Abuámir debió de tener muchos amigos y partidarios, ¿no?

—Siempre le rodeaba mucha gente, pero él era hombre de pocos amigos. Después fue perdiendo a los pocos amigos que le quedaban. No consentía que le echaran en cara sus fallos; quería que le estuvieran adulando y adorando continuamente... Incluso ese poeta, Ramadi, al que llamaban el Loco, aquel que tenía el Jardín en las afueras donde tanto gustaba de ir a beber vino Abuámir; pues bien, incluso con ese rompió. Fue un día que el poeta entonó unas ingeniosas sátiras haciendo referencia a un zorro; Abuámir, que no era tonto, adivinó enseguida que ese era el mote con el que se le conocía en toda Córdoba entre sus detractores. A partir de ese momento, prohibió a todo el mundo que le dirigiera la palabra al Loco. Condenado así a un mutismo perpetuo, el pobre poeta vagó en adelante por las calles, como un muerto viviente. Y eso no es nada; a otros los mandó asesinar por mucho menos. Quien intentara enfrentarse a él, estaba perdido...

—Y ahora, dime, si quieres hablar de ello —le pidió el obispo a ella delicadamente—, ¿qué sucedió con tu hijo Hixem? ¿Cómo consiguió relegarlo de esa manera? Y ¿cómo es que lo consintió el pueblo? Córdoba siempre ha amado a sus califas legítimos.

—Al principio todo el mundo aceptó que gobernara Abuámir. Era tan inteligente y tan decidido... El pequeño Hixem tenía poco más de diez años, ¿cómo iba a gobernar? Pobrecito. Además, Abuámir amaba a mi niño, o al menos a mí me lo parecía. Cuidaba de él como si fuera su propio hijo. Me encantaba ver a mis niños con él. Incluso cuando murió el príncipe Abderramán, se comportó tan bien conmigo...

—Entonces, ¿qué sucedió? ¿Quién se ocupó de la educación de Hixem?

—Todavía en vida, Alhaquén le nombró un preceptor, Zobaidi, un hombre sabio y bueno de su biblioteca, pero, en realidad, era Abuámir el que se encargaba de formar a Hixem. Además, el niño no quería a otro que a él. Y es lógico, yo amaba a Amir, y los niños saben captar eso... Después murió el califa, y entonces Abuámir apartó a Zobaidi. A mí no me pareció mal, puesto que confiaba tanto en él, que no quería que nadie más se ocupara del pequeño. Aun así, Zobaidi siguió intentando acercarse a Hixem, para poder cumplir con la promesa que le había hecho a Alhaquén. Siempre que Abuámir se ausentaba por sus asuntos de la guerra, Zobaidi iba a encargarse del muchacho.

—¿Vive ese Zobaidi? —preguntó Asbag con interés.

—Sí. Es uno de los ulemas de la mezquita mayor. Él podrá explicarte con palabras más claras lo que yo no puedo por mi incultura.

—Iré a verle mañana. Pero, dime, ¿por qué consentiste que Almansur le robara el sitio a tu hijo?

—¡Fui una estúpida! —respondió Subh con amargura—. Abuámir me hacía creer que era mejor que él se ocupara de todo, mientras el niño se iba preparando. Pero Hixem crecía, y el momento de que tomara él las riendas no llegaba. Además, estaba esa mujer, Nahar, una africana que le dio los primeros hijos. Se empeñó en que le construyeran un palacio en las afueras. Y Abuámir empezó a erigir nada menos que una nueva ciudad, con un gran palacio para él y otros para los grandes dignatarios. Cuando estuvo terminada, Azahara se quedó sola. De manera que los asuntos de Estado se trataban en otra parte, aunque mi hijo era ya mayor de edad. De ahí en adelante le fue fácil vigilar al califa y excluirle de toda participación en los negocios. No descuidó un solo detalle para hacer su aislamiento lo más completo posible. No contento con rodearle de guardias y de espías, mandó cercar el palacio real con una muralla y un foso, castigando con la mayor severidad a cualquiera que se atreviera a acercarse. Hixem, desde entonces, está realmente prisionero. Solo yo puedo ir allí a verle.

—¡Dios santo! ¡Es terrible! ¿Y tú no has intentado nada?

—¡Oh, sí! Con la ayuda de Zobaidi tuve valor suficiente para implicarme en una conspiración. Yo no temo a Almansur. Había cierto descontento en el pueblo porque no veían a Hixem. El pueblo ama a mi hijo, ¿sabes? No solo por ser hijo de su bueno y virtuoso Alhaquén II, y nieto del glorioso Abderramán, sino por ser legítimo, hermoso de presencia, dulce de rostro; eso gusta en Córdoba. Pues bien, varios ulemas y alfaquíes vinieron a verme y me propusieron un plan. Se trataba de que yo convenciera a mi hijo de que se decidiera a reinar de una vez por todas. Accedí. Mis emisarios propagaron por todas partes que el califa quería, por fin, ser libre reinando por sí mismo, y que para librarse de su carcelero contaba con la lealtad de sus fieles súbditos.

—¿Cuándo fue eso?

—El año pasado, mientras él estaba arrasando el reino de León.

—¿Y qué sucedió?

—La cosa llegó lejos —respondió ella con un gesto fiero—. Mis emisarios cruzaron el estrecho, y en el mismo momento en que se formaban en Córdoba juntas de sediciosos, el virrey de Mauritania, Ziri aben Atsa, alzó estandarte de rebelión, declarando que no se podía consentir por más tiempo que el legítimo soberano estuviese cautivo de un ministro.

—¿Quién es ese Ziri? —se interesó el obispo.

—El único hombre a quien teme Almansur. Un jefe semibárbaro que anda por los desiertos. Alguien que conoció bien a Abuámir en la juventud, cuando él estuvo en África.

—¿Y…?

—Te asombrarás al saber hasta dónde llegó mi atrevimiento. El tesoro estaba en el palacio real. Tomé de allí ochenta mil monedas de oro y las mandé meter en un centenar de cántaros. Luego ordené que vertieran miel, ajenjo y vino, y que pusieran un rótulo en cada cántaro. El administrador no concibió sospechas y conseguí que mis esclavos sacaran la caja, que trasladaron unos leales alfaquíes a Mauritania. Como comprenderás, se trataba de pagar a un gran ejército mercenario…

—¡Me asombras! ¡Qué valiente fuiste! ¿Y qué sucedió?

—Pues que Almansur se enteró. Tiene espías por todas partes. Reunió a los visires, a los magistrados, a los ulemas y a todos los personajes ilustres de la corte, y les hizo ver que yo me permitía apoderarme de los fondos del erario público. Con ello consiguió trasladar el tesoro a otro lugar, cuya ubicación nadie conoce. Desde entonces no volvió a visitarme. Pero se entrevistó con Hixem. Le habló, y gracias al ascendiente y la superioridad que siempre ejerció sobre él, le convenció. Mi hijo le confesó que no era capaz de gobernar por sí mismo, y le contó lo de Ziri. Entonces Abuámir consiguió de él una declaración escrita, para quitar todo pretexto a los rebeldes. El califa la firmó en presencia de muchos nobles, que la firmaron también como testigos. Después, viendo que era preciso contentar al pueblo, el mes pasado se pasearon juntos, el califa y él, luciendo sus mejores galas, a caballo por toda Córdoba, acompañados de toda la corte. Una gran multitud se agolpó a su paso y los vio sonrientes, como un padre y un hijo. Como comprenderás, no se oyó un solo grito sedicioso ni se turbó el orden…

—¿Y tú? ¿Qué sentiste?

—Me sentí vencida, humillada una vez más, agotada y destrozada… Pero comprendo a mi hijo; jamás sería capaz de enfrentarse a Abuámir; es superior a él… ¡Pobre niño mío!

Asbag se quedó pensativo, mirándola. Lo acometió una extraña sensación ante todo aquello; percibió con nitidez la absurdidad de la vida algunas veces, su cruel ironía. Vio la existencia de Subh como algo ajeno a ella, como un vacío juego de circunstancias en las que Abuámir era el único protagonista. En ese momento le invadió una gran compasión, una comprensiva ternura, alejada de pecados y culpas. Le cogió las manos, se las apretó con cariño y le preguntó:

—Háblame con franqueza; a mí no debes ocultarme el fondo de tu corazón. ¿Le quieres aún? ¿Amas todavía a Abuámir?

Ella perdió los ojos en el vacío. Respondió:

—Recuerdo que una vez me hizo la mujer más feliz del mundo. Pero me ha hecho sufrir como a nadie… He comprendido lo parecidos que pueden llegar a ser el odio y el amor…

90

Córdoba, año 997

En el patio de la madraza de la mezquita mayor, Asbag sufrió un desvanecimiento. Habían sido demasiadas emociones; estaba agotado. Quiso apoyarse en una de las columnas, pero finalmente cayó al suelo.

—¡Eh, abuelo! —le gritó alguien—. ¿Qué te sucede?

El obispo se sentía como en el fondo de un pozo. Forzaba los ojos para ver más allá de la niebla que tenía delante, pero solo atisbaba sombras. «¡Dios mío! ¿Estaré muriendo?», pensó. Había sido demasiado terco. Ya se sintió mal por la mañana, pero se negó a que Juan le acompañara a la mezquita por temor a que alguien pudiera reconocerlo, ya que él había estado en Córdoba hacía menos tiempo. Pensó que era mejor que se quedara en la fonda. Al fin y al cabo, esta era la última gestión que le quedaba por hacer: encontrar a Zobaidi y conocer la visión de un sabio sobre todo lo que había sucedido en Córdoba; solo así podría adivinar si existía alguna posibilidad de que algo pudiera volver a ser como antes. En el fondo, Asbag estaba obsesionado por indagar en el misterio último de Abuámir, para hallar respuestas a muchas incógnitas que ni siquiera Subh había podido aclararle. Por eso, y porque en cierta manera se consideraba culpable por haber sido él uno de los que le abrieron las puertas de la casa de Alhaquén. Acuciado por esta obsesión, había ido de un lado para otro desde que llegó a Córdoba, sin apenas descansar, sin reparar en que ya era un hombre de casi setenta años.

—¡Vamos, aprisa, traed un poco de agua para este pobre hombre! —oyó, mientras seguía haciendo fuerza para despegar los párpados.

Se sintió extrañamente aturdido, pesado unas veces y ligero otras, invadido por un hormigueo y un sudor frío. Le colocaron algo debajo de la cabeza y notó el agua fría en el rostro. Alguien echaba aire con un abanico. Parecía que empezaba a recuperar las fuerzas.

—¡Eh! ¿Qué me ha pasado? —dijo al fin.

Abrió los ojos y vio un corro de gente a su alrededor: ancianos alfaquíes y jóvenes estudiantes de la madraza. Le ayudaron a incorporarse y se sentó recostado en una columna.

—Sufriste un mareo, maestro —respondió uno de los jóvenes—. Será por el calor; hace mucho calor ahí fuera.

—Oh, sí, ya me siento mejor —dijo Asbag.

—¿Buscabas a alguien, maestro? —le preguntó uno de los teólogos.

En ese momento, Asbag se dio cuenta de que le habían confundido con un alfaquí, que era lo que él había pretendido al ponerse el atuendo adecuado para pasar inadvertido en la madraza. Se había disfrazado tantas veces en los últimos días que casi lo había olvidado.

—¿Deseabas hablar con alguien? —insistió el maestro.

—Ah, sí… Zobaidi, el ulema Zobaidi… —balbució.

—Bien, si te encuentras ya más repuesto, te llevaré junto a él.

Apoyado en el hombro de uno de los jóvenes alumnos, Asbag fue conducido al interior de la mezquita. Atravesaron el bosque de columnas a cuyos pies permanecían sentados numerosos estudiosos absortos en sus lecturas y en sus meditaciones, hasta un rincón donde había un anciano sobre una estera, retorcido sobre sí mismo como un tronco de olivo.

—¡Maestro! ¡Maestro Zobaidi! —le gritó el alfaquí.

El anciano no se inmutó.

—¡Maestro! ¡Eh, maestro Zobaidi! —insistió—. Está algo sordo, ¿sabes? —le explicó a Asbag.

Zobaidi alzó la cabeza y extendió las manos. Asbag se dio cuenta de que además de sordo estaba ciego. Entonces pensó que sería muy complicado hablar con él, por lo que le pidió al alfaquí:

—Necesito hablar con él en privado; ¿hay alguna habitación donde podamos ir? ¿Os importa que mantengamos nuestra conversación en la intimidad?

El alfaquí se encogió de hombros y respondió:

—Como quieras. Ahí está el cuarto del vigilante de noche. Cerrad la puerta y hablad cuanto queráis.

—¡Vamos, maestro! —le gritó el joven estudiante a Zobaidi—. ¡Levántate, que quieren hablar contigo!

Como mecánicamente, el anciano se aferró a las manos del joven y se enderezó con gran dificultad. Asbag quiso ayudar.

—¡Deja, deja tú! —le frenó el alfaquí.

Los cuatro avanzaron por el pasillo muy despacio, al paso trabajoso de Zobaidi, que se dejaba conducir sin haber dicho aún ni una palabra.

En el cuarto del vigilante, Asbag se cercioró de que la puerta estaba bien cerrada y se sentó junto al maestro en el catre que, como único mueble, ocupaba casi toda la minúscula estancia.

Miró a Zobaidi con detenimiento. Le limpió un hilo de baba que se le descolgaba desde el labio. El anciano estaba descuidado, sucio, y olía a orines. Había menguado mucho; apenas abultaba. Recordó en ese momento el aspecto que tenía cuando dirigía la gran biblioteca de Alhaquén; entonces tendría cuarenta años: era delgado, austero y meditabundo, pero sonriente. Fue el discípulo favorito de Al Qali, el sabio que más bellamente hablaba según la opinión de todos, y de él adquirió una sabiduría limpia, libre de fanatismos, abierta a todo lo que fuera conocimiento, viniera de donde viniera. El anterior califa tuvo siempre una especial predilección por él y no podía prescindir de sus opiniones templadas y ecuánimes a la hora de organizar las tertulias a las que era tan aficionado.

El obispo se acercó cuanto pudo al oído del maestro y le dijo:

—Zobaidi, soy Asbag aben Nabil. ¿Me recuerdas?

El anciano sabio alargó una mano temblorosa y sarmentosa. Asbag la tomó. Así, con la mano apretada entre las suyas, insistió:

—Soy Asbag, el obispo. ¡Asbag! ¡Asbag aben Nabil!

Tenía que recordarlo; habían trabajado juntos muchas horas, habían hablado largo y tendido y habían acompañado al anterior califa en muchas tertulias. Los ancianos, por perdida que tengan la cabeza, se acuerdan siempre del pasado lejano.

—¿Recuerdas? —siguió intentándolo—. ¡La biblioteca! ¡La biblioteca de Alhaquén!

—¡Ah, vienes de la biblioteca! —dijo al fin el maestro—. ¡Asbag, vienes de la biblioteca!

—¡Gracias a Dios! —exclamó el obispo—. ¡Te acuerdas! ¡Te acuerdas de mí!

—¡Claro! ¿Cómo iba a olvidarte? Escribes de maravilla. Le he dicho al príncipe Alhaquén que hay que ampliar la biblioteca. ¿Has visto la falta que hace…? ¡Ah, cuántos libros…!

Asbag se dio cuenta de que el viejo, además de sordo y ciego, estaba aquejado ya de locura senil. Se desilusionó al ver que no podría mantener una conversación con él, pero no dejó de intentarlo.

—Maestro, por favor, recuerda; Alhaquén murió, murió hace años…

—¿Murió? —preguntó Zobaidi con cara de sorpresa.

—Sí, maestro, todos hemos de morir. Ahora el califa es Hixem, el hijo de Subh, ¿lo recuerdas?

—Ah, Hixem, pobre Hixem… —balbució el anciano.

—¿Qué sucedió, maestro? ¿Qué sucedió con Abuámir?

Al escuchar ese nombre, Zobaidi se puso rígido de repente; su respiración se aceleró y apretó las manos de Asbag. Empezó a gritar:

—¡Él! ¡Él quemó la biblioteca! ¡Fue él! ¡Abuámir la quemó! ¡Yo lo vi! ¡Qué los iblis le perjudiquen! ¡Que Alá le haga arder en su fuego!

Entonces se abrió la puerta del cuarto y entró el alfaquí, sobresaltado.

—¡Chsss…! —intentó acallar al anciano—. ¡Calla, maestro!

—¡Él la quemó! ¡Maldito! ¡Hijo de Satanás! —seguía gritando.

—¿Qué le has dicho? ¿Quién eres? —le preguntó el alfaquí a Asbag.

—¡Calma! ¡Calma! Solo quería saber algunas cosas… —dijo él, preocupado por lo que había sucedido.

Cuando Zobaidi se calmó, el alfaquí cerró la puerta por dentro y se encaró con Asbag.

—¿Quién te manda? ¿A qué has venido? Habla sin miedo.

Asbag decidió hablar con franqueza. En realidad nada tenía que perder.

—Soy Asbag aben Nabil. Yo era el obispo de los cristianos de Córdoba en tiempos de Alhaquén. Trabajé junto a Zobaidi en la biblioteca del califa. He pasado años en países lejanos, y regresé hace dos días. Solo quería preguntarle algunas cosas al maestro.

—Te recuerdo perfectamente —dijo con serenidad el alfaquí, para sorpresa de Asbag—. Yo he sido siempre discípulo de Zobaidi. Gracias a Dios, conseguí salvar algunos libros cuando se quemó la biblioteca y, entre ellos, conservo alguno de los que tú copiaste.

—¡Oh, Dios mío! —exclamó el obispo—. ¿Se quemó la biblioteca?

—Sí, Almansur la quemó.

—Pero… ¿por qué? ¿Qué ganaba con ello?

—Como otras tantas cosas, lo hizo por su propio bien.

—¿Por su propio bien?

—Almansur ha sido siempre un musulmán muy tibio. No se le puede censurar que haya sido libre en materia de fe: era demasiado prudente para pregonar algo que habría causado problemas. Pero se decía por ahí que era poco piadoso. A los ulemas eso no les gustaba, y él lo sabía.

—¿Y eso qué tenía que ver con la biblioteca?

—Quiso ganarse a los ulemas fanáticos, a los más radicales. ¿Qué mejor forma que destruyendo los libros filosóficos de Alhaquén? Ya sabes que a los ortodoxos les pareció siempre un peligro esa biblioteca. Almansur los reunió. Convocó a Azahara a los fanáticos Acili, Aben Dacuan y otros, los condujo a la biblioteca y les dijo que, con el propósito de acabar con los libros que trataban de filosofía, de astronomía o de otras ciencias, prohibidas por la religión, les rogaba que ellos mismos decidieran cuáles debían apartarse. Pusieron inmediatamente manos a la obra, y cuando terminaron su tarea Almansur mandó arrojar los libros condenados a una gran hoguera. Y, a fin de demostrar su celo por la fe, quemó algunos con sus propias manos.

—¡Por el Altísimo! ¡Es terrible! —se horrorizó Asbag.

—Sí, lo es. Y el pobre Zobaidi estaba allí, presente. Desde entonces perdió la razón. La dedicación de toda su vida ardía ante sus ojos.

—¿Y Hixem lo consintió?

—Era todavía un muchacho. Pienso que Almansur lo hizo también para que el joven califa no pudiera seguir los pasos de su padre. Según el testimonio de Zobaidi, que fue su maestro, Hixem daba muestras en su infancia de las más felices disposiciones; aprendía cuanto le enseñaban con gran facilidad y tenía un juicio más sólido que la mayoría de los niños de su edad. Por eso Almansur empezó a sentir celos de él cuando fue creciendo, porque podía hacerle sombra, y quiso oscurecer su inteligencia apartándole de los libros y de cualquier contacto con la sabiduría. Por eso construyó Al Medina al Zahira, para alejar a todo el mundo de Azahara, donde estaba aún tan vivo el recuerdo del sabio Alhaquén. ¡Dios maldiga a ese tirano!

—¡Dios le maldiga! ¡Dios le maldiga! —dijo el anciano Zobaidi como un eco—. ¡Cuánto daño! ¡Cuánto daño ha hecho!

—¿Pero ese Almansur no teme a Dios? —se enardeció Asbag—. ¿No cree que Dios nos ha de juzgar por nuestras obras? ¿No cree en Él?

El alfaquí meditó lo que iba a responder y al cabo dijo:

—Cuando se hizo llamar Almansur Bilá, es decir, «ayudado por Dios», quiso también que le rindieran honores propios de rey. Y exigió que su nombre fuera pronunciado junto al del califa en la plegaria de la mezquita. Ya ves, esa es su forma de querer congraciarse con el Altísimo. Ahora se propone realizar una obra que, según dicen, él cree que Dios le pide. Pero, como en tantos otros actos, puedes estar seguro de que lo que busca es su propio lucimiento.

—¿De qué se trata? —le preguntó Asbag.

—Ir con su ejército a Compostela para arrasar el templo más renombrado de los cristianos.

Asbag sintió como una sacudida. Se quedó mudo. Entonces, el maestro Zobaidi comenzó una especie de monólogo delirante:

—Así dijo Alá en el Corán: «Cada uno gustará la muerte»; «Todo perece, salvo Él». Por tanto, todo morirá al primer toque de trompeta del ángel Gabriel. Todo será destruido, aniquilado, arrasado; solo permanecerán el trono de Alá, la tabla de la vida y la pluma que escribe el destino…

91

Córdoba, año 997

A mediados de abril el ejército cordobés regresó de su última campaña. El rumor de la llegada corrió dos días antes por la ciudad, de manera que cuando apareció la gran hueste en el horizonte toda la población había salido de los muros para recibirla. Únicamente se quedaron en sus casas los que estaban enfermos y guardaban cama; como Asbag, que llevaba una semana aquejado de fiebres, sin poder levantarse. Aun así, cuando supo que el ejército estaba ya a las puertas de la ciudad, echó un pie al suelo y quiso salir a la calle.

—¿Estás loco? —le retuvo Juan—. ¿Quieres empeorar ahora que te vas recuperando?

—He de ir, he de ver a Almansur —dijo él.

—¿A Almansur? ¿Crees que vas a poder acercarte a su caballo con la multitud de gente que se apretujará alrededor de su guardia? Ni siquiera yo que me encuentro sano me atrevería a intentarlo.

Después del esfuerzo, Asbag se desplomó de nuevo en el jergón, sudoroso y dominado por los temblores.

—Hay que saber si es verdad que el objetivo de su próxima campaña será destruir Santiago de Compostela; hay que averiguarlo —decía.

—¡Vamos, descansa! —se enojó Juan—. Deja eso ahora. Hay tiempo. ¿Crees que, recién llegados, estarán dispuestos a emprender un viaje como ese? Ya nos enteraremos. Ahora lo único importante es que te repongas.

Llevaban ya más de un mes en Córdoba, alojados en la casa de Doro, junto a la posada, y durante todo ese tiempo no habían dejado de hacer averiguaciones. Habían visto a los pocos cristianos que quedaban y habían recorrido las iglesias y monasterios. Se habían llevado un gran disgusto porque el panorama era desolador: apenas quedaban unos cuantos ermitaños, perdidos en las sierras, poco instruidos y embrutecidos por los años de aislamiento; en la ciudad la mayoría de los que se habían decidido a no emigrar se había convertido a la religión musulmana o se mostraban tibios e indiferentes. En cuanto a los edificios, habían sido ocupados, convertidos en mezquitas o estaban en ruinas. Para ambos obispos, que habían conocido el esplendor de la comunidad mozárabe cordobesa, la situación no podría ser causa de mayor aflicción.

—Aquí no hacemos nada —se quejaba Juan—. No deberíamos haber venido. Ya imaginábamos lo que íbamos a encontrar. ¿De qué nos ha servido llevarnos este disgusto?

—No, no digas eso —replicó Asbag—. Este es nuestro sitio, y es aquí donde debemos estar. Hemos sido felices aquí, ¿vamos a quejarnos ahora que vienen las dificultades? Recuerda a Job: «Si aceptamos de Dios los bienes, ¿no vamos a aceptar los males? El Señor me lo dio y el Señor me lo quitó; ¡alabado sea el nombre del Señor!».

—Pero no hay nadie; no queda nada...

—Ten paciencia. Dios nos mostrará el sentido de todo esto. Él nos mostrará el camino.

—Lo siento, no puedo verlo; no puedo entender cuál es nuestra misión aquí. Desde que gobierna ese Almansur, Alándalus ha cambiado. Una vida ha terminado. Nada de lo de antes volverá. Siempre ha habido dificultades, persecuciones, pero esto es diferente. Es como si una barrera, un muro, hubiera separado dos mundos: en el norte la cristiandad florece, se fundan monasterios, se construyen catedrales, se consagran templos; en cambio, aquí todo se ha perdido... Y ahora eso: ¿crees que si a ese tirano cruel se le ha metido en la cabeza destruir Santiago alguien podrá detenerle? Saqueó León, Zamora, Sahagún... y Barcelona, ante las barbas de los francos. ¡Nada podrá detenerle!

—¡No digas eso! —le recriminó Asbag—. ¡No compares el templo del apóstol con esas plazas!

—¡Bah! ¿Qué es el templo del apóstol para él? Es más, ¿qué representa para sus hombres? Un atractivo botín, solo eso. ¿Crees que los guerreros que le acompañan se van a detener ante el santuario? No, no lo harán; han destruido ya cientos de iglesias. Para ellos es una más.

—Es muy grande el significado de ese templo para la cristiandad —repuso Asbag—. Los reinos cristianos no lo consentirán.

—Siento recordártelo —dijo Juan con amargura—, pero en esa hueste que acaba de llegar a Córdoba figuran centenares de leoneses, castellanos y navarros, nobles los más de ellos acompañados por los hombres de sus territorios… ¿No son acaso cristianos? Ya te he dicho que el mundo ha cambiado; a esos hombres solo les seduce la elevada paga que Almansur les ofrece y el suculento botín que obtienen en la guerra.

—Confío en que serán incapaces de ir contra Santiago.

—Dios te oiga. Pero dejemos esto. No quiero ya preocuparte aún más. Descansa ahora para que se marche tu fiebre. Después decidiremos qué es lo mejor.

Avanzó la primavera y las fiebres abandonaron por fin a Asbag, pero le quedó una gran flojedad de piernas de resultas de su enfermedad. Se pasaba el tiempo bajo una palmera que había en el destartalado corral de la casa de Doro, donde se amontonaban los trastos viejos de la iglesia y los restos de objetos que habían servido para el culto. Cuando empezaron los calores, también dormía allí, porque estaba más fresco y porque no deseaba quitarle su sitio a alguno de los catorce hijos de Doro.

Cuando se hubo recuperado un poco, se acercó hasta la cercana calle de los libreros, donde había estado su casa, en el alto de uno de los establecimientos que se dedicaban a comprar y vender libros, y a despachar tintas, pergaminos, cálamos y demás utensilios de escritura. Aparentemente, no había cambios; todo seguía igual que siempre, con los libreros dedicados a lo suyo y el familiar aroma de los materiales en el ambiente. Pero las personas habían cambiado. A la puerta de su casa había un hombre maduro que se apresuró a preguntarle si necesitaba alguna cosa. Asbag entró en la tienda y estuvo ojeando los estantes; el contenido de los libros también había cambiado: sobreabundaban los manuscritos de los empalagosos poetas orientales y las fantásticas crónicas de héroes desconocidos; y, cómo no, el *Collar único o incomparable* de Ibn Adb Rabbih, obra extensísima dedicada a los problemas de la educación y el saber, de la cual todo musulmán que se consideraba instruido encargaba una copia.

Después de indagar con cautela, Asbag supo que los libreros cristianos se habían marchado hacía tiempo hacia el norte, y, entre ellos, sus familiares y conocidos. Era imposible saber hacia dónde habían encaminado sus pasos.

Cuando regresó a San Zoilo, tomó un baño y se tumbó en una estera al borde del aljibe para poder descender fácilmente; le gustaba refrescarse en el agua tibia, pues tenía aún grabado en la mente el fuego de los largos días de fiebres. Echado y arropado con una sábana limpia, miles de recuerdos acudieron a él: las fiestas de la Natividad, el Domingo de Ramos, Pascua, Pentecostés; la celebración del año cristiano. Se acordó del rumor de las plegarias de los monjes en la madrugada, de las recitaciones de las oraciones y de las fórmulas de fe en la cercana escuela, de las largas horas de estudio de la doctrina de los Padres de la Iglesia y de las *Etimologías* de san Isidoro. Reparó entonces en que, además de todo eso, a esta Córdoba de Almansur le faltaba algo: el sonido de las campanas. En tiempos de Al Nasir hubo también una persecución y los alfaquíes exigieron que las campanas fueran de madera. Asbag no había olvidado aquel sonido de las llamadas de las iglesias en su infancia. Sin embargo, más tarde, los tintineos metálicos habían vuelto a marcar las horas de la oración y de la liturgia del barrio cristiano.

Cerró los ojos. Se esforzó en reconciliar los bellos recuerdos con el presente. Se tranquilizó. Pero en ese momento le sobresaltó la voz chillona de Doro, que resonó en la bóveda del aljibe:

—¡Obispo Asbag! ¿Obispo Asbag?

—¿Eh…?

—Vengo del campamento de los soldados, del otro lado del río. ¿Puedes imaginar lo que he visto allí? —dijo Doro.

—¡Vamos, habla!

—A unos sacerdotes diciendo misa.

—¿Cómo?

—Lo que estás oyendo. Fui allí para ofrecer mi fonda a los oficiales… Compréndeme…, pagan bien y, bueno, ellos están cansados de las largas horas sobre el caballo…

—Bien, bien, Doro, no te justifiques —replicó impacientemente Asbag—. Al grano; a lo que me interesa… ¿Dices que has visto decir misa en el campamento de las huestes de Almansur?

—Sí, hace un momento. En la parte del campamento donde estaban acampados los mercenarios cristianos, los sacerdotes que vienen con ellos dicen misa a diario. Sabía que te interesaría la noticia.

—¡Ve a buscar al obispo Juan! —ordenó Asbag—. Hemos de ir allí inmediatamente.

Cuando llegó Juan, Asbag había extendido sobre una alfombra los ropajes episcopales de uno y otro, que hasta ahora habían permanecido envueltos en uno de los fardos que se trajeron desde Ripoll: albas, casullas, superhumerales, mitras y báculos con las flámulas o gallardetes de cada uno.

—Pero ¿qué…? —se sorprendió Juan—. ¿Por qué has sacado todo esto?

—Ha llegado el momento de dar la cara —respondió Asbag.

Con las indumentarias de sus rangos, el obispo y el arzobispo se montaron en sus mulas y pusieron rumbo al campamento militar de Córdoba. Como solía suceder cuando algo vistoso recorría las calles, una harapienta y curiosa chiquillería callejera se puso a seguirlos como un improvisado séquito. Asbag, que lo había previsto, echó mano a su alforja y arrojó puñados de dátiles.

Ya desde el puente se divisaba el pequeño rabal del otro lado del río y el infinito mar de tiendas que se perdía en el horizonte de la vega.

Cualquiera podía entrar en el campamento, por lo que constantemente transitaban por él vendedores ambulantes, prostitutas, alcahuetes y curiosos. Nadie se extrañó del paso de los dos obispos, a pesar de su atuendo.

En las primeras líneas de tiendas de campaña, preguntaron por el campamento de los mercenarios cristianos.

—¿Los rumíes? —dijo con indiferencia un soldado africano—. Allí, hacia poniente, ya verás los estandartes.

Se sorprendieron al avistar las insignias bordadas con cruces y signos de las casas nobiliarias más antiguas de León, Navarra y Castilla. Los criados preparaban la comida delante de las tiendas, sacudían alfombras en las traseras o barrían con grandes escobones debajo de los sombrajos. Al ver a los prelados, corrieron hacia ellos reclamando bendiciones.

—¿Y vuestros amos? —les preguntó Asbag.

—Están en la ciudad —respondieron—. Regresarán a la hora del almuerzo.

Entonces preguntaron por los sacerdotes que había visto Doro a primera hora de la mañana. Les indicaron el lugar donde estaban acampados, y ambos obispos se dirigieron hacia allí.

En un lugar espacioso del campamento había un altar erigido sobre un estrado, con un sinfín de velas encendidas, toscas imágenes de la Virgen e innumerables relicarios colocados por todas partes. Alrededor del altar, en especies de pequeñas capillas de palos techados con ramas secas, varios sacerdotes celebraban misas, cada uno en un altar, con la asistencia de algunos soldados.

—Esperemos a que terminen —dijo Asbag.

Los obispos permanecieron a cierta distancia, para ver qué pasaba. No fue por mucho tiempo, porque uno de los sacerdotes impartía ya la bendición final. Entonces, los soldados echaron mano a su bolsa y le pagaron una cantidad al sacerdote. Al momento aparecieron otros soldados que aguardaban respetuosamente a un lado y se acercaron para celebrar otra misa. El sacerdote preparó todo de nuevo y comenzó el oficio.

—¿Estás viendo lo mismo que yo? —dijo Juan enfurecido.

—Sí —respondió Asbag—, son sacerdotes simoniacos.

En ese momento, alguien los llamó desde atrás:

—¡Eh, venerables padres!

Se volvieron y vieron acercarse hacia ellos a un grueso y sonrosado clérigo, vestido con un alba bordada en oro, que se ponía en ese momento una mitra.

—¿Eres obispo? —le preguntó Asbag.

—Sí —respondió el clérigo—. Ya veo que vosotros también. ¿De dónde sois?

—Yo soy el metropolitano de Toledo —respondió Asbag—, y él es obispo de Córdoba.

—¡Vaya, cuánto honor! —exclamó el grueso prelado—. Pues yo soy el obispo de Toro; el rey Bermudo II de León me nombró. Pero… ¿qué hacemos aquí? ¡Pasad a mi tienda! Comeremos algo y podremos hablar con más tranquilidad.

Entraron en la tienda y se acomodaron en un tapiz, sobre mullidos almohadones. Había hermosos muebles y lujosos objetos: jofainas de plata, vajillas y cortinajes de seda. La tienda parecía un pedacito de un palacio. Enseguida acudieron varios criados, que se pusieron a servirles.

Asbag quiso saber por qué el obispo de Toro, que se llamaba Fernández, se encontraba allí, en Córdoba, y no en su sede.

—Es una larga historia —respondió el obispo—. Supongo que por la misma razón que tienes tú para estar aquí y no en Toledo. Hoy las cosas están difíciles… Allí no hay nada más que moros; y para estar entre moros prefiero hacerlo aquí. La vida militar reporta mayores beneficios. Resulta que el rey de León, Bermudo, que es mi primo, me envió hace cuatro años a traerle a Almansur a su hija, la princesa Tarasia, para entregársela en matrimonio y, ya veis, decidí quedarme.

—Pero… ¿cuántas esposas tiene Almansur? —le preguntó Juan.

—¡Oh, cuatro, como todos esos malditos moros! —respondió Fernández—. Además de montones de concubinas. Fijaos, otra de sus mujeres es la princesa Abda, hija del rey de Pamplona Sancho Garcés II, llamado Abarca. Dicen por ahí que tiene especial predilección por las cristianas. Se aficionó con la sultana esa, Subh, la favorita del califa Alhaquén. ¡Ja, ja, ja…! —rio con una desagradable carcajada con sonido de trompeta cascada.

A Asbag empezó a resultarle cargante aquel obispo. Se dio cuenta enseguida de que era uno de esos prelados nombrados por los reyes del norte, como recompensa a algún favor, o para satisfacer sus deseos de sentirse poderosos, rodeados de dignatarios eclesiásticos. No obstante, les vino bien para enterarse de un montón de cosas.

—¿Quién es el jefe de los mercenarios? —le preguntó Asbag.

—Son varios. Por León es otro primo mío, Gonzalo; por Castilla un tal Gerome de Burgos; y por Navarra un hermano del rey García, Diego Sánchez.

—¿Hay muchos caballeros cristianos al servicio de Almansur? —quiso saber el mozárabe.

—¡Uf! Más de un centenar, con sus hombres; unos dos mil en total. ¡Lo mejor de lo mejor! Aquí están ahora mismo las armas más diestras de los cristianos.

Asbag se quedó estupefacto. Decidió ir al grano.

—¿Sabes que Almansur piensa marchar sobre Santiago de Compostela? —le preguntó.

—¡Claro! —respondió Fernández—. Todo el mundo lo sabe aquí. ¿Por qué creéis que llegan caballeros nuevos cada día, sino a sumarse a esa campaña?

—¿Quieres decir que los cristianos marcharán también sobre Santiago? —se indignó Asbag.

—¡Hombre, sobre Santiago no! Pero participamos en la campaña. Esos gallegos se lo tienen merecido…

—¡Pero qué dices, insensato! —saltó Juan—. ¿Vais a participar en ese sacrilegio?

—¿Sacrilegio? —Fernández hizo un mohín de disgusto—. Mirad, lo que haga el moro nos tiene sin cuidado; nosotros somos simples soldados que nos ganamos así la vida… No, no, no… Nada de sacrilegios… Nosotros no pensamos destruir el templo. ¡Que lo hagan los moros si es lo que quieren!

—¡Oh, Dios mío! —se quejó Asbag—. ¡Vayámonos! ¡Vayámonos de aquí enseguida! He de hablar con esos caballeros.

Fernández puso cara de extrañeza y dijo:

—Entonces, ¿no venís a hablar de negocios?

—¿De negocios? —dijo Asbag con expresión de no entender.

—Sí, de negocios. Pensaba ofreceros un buen número de misas. Los caballeros prefieren las de los obispos, como es natural, y yo no doy abasto. Por la mitad de los estipendios podéis decir cuantas seáis capaces. Me pagaréis la otra mitad y en paz.

No pudo terminar; Juan se lanzó sobre él y le agarró por el cuello.

—¡Maldito simoniaco! —le gritaba—. ¡Sacerdote del demonio!

Los criados salieron en defensa de su amo, y Asbag también terció, de modo que entre todos consiguieron que cesara la pelea.

—¡Vamos, aprisa! —dijo Asbag—. ¡No compliquemos las cosas!

Los dos obispos mozárabes salieron de la tienda. Detrás de ellos, Fernández bramaba:

—¡Esto lo pagaréis! ¡Lo pagaréis caro!

Asbag y Juan subieron a sus mulas y pusieron rumbo a la salida, al trote, pero, antes de llegar al final del campamento, una veintena de hombres armados los rodearon y los prendieron por orden de Fernández.

El grueso obispo corrió hasta ellos y, enrojecido de ira, les dijo:

—¡Quiénes os habéis creído que sois! ¿Pretendéis acaso venir hasta aquí a haceros los santos? ¿Pretendéis decirme a mí lo que está bien o mal…? Ya veremos lo que opinan los moros cuando os entregue a ellos.

92

Córdoba, año 997

Cuando los llevaron ante el cadí de Córdoba, y este los envió a una lúgubre mazmorra bajo la acusación de instigar a la rebelión en el campamento de los mercenarios, supusieron que terminarían pronto sus días, que en cualquier momento los pondrían en manos del verdugo para que les separara la cabeza del cuerpo. Por eso, se despidieron con un abrazo y rezaron cuando apareció uno de los guardias por la puerta diciendo:

—¡Vamos, arriba!

Ambos hicieron ademán de salir, pero el guardia le dijo a Juan:

—No, tú no; solo el viejo.

—Yo voy con él —insistió Juan.

Pero el guardia le dio un empujón y tiró solo de la cadena de Asbag para sacarlo de allí. El mozárabe se volvió hacia su compañero y le dijo sonriendo:

—¡Hasta la vida eterna!

Le condujeron por los oscuros pasillos que rezumaban agua por todas partes, hasta la escalera que ascendía a la luz exterior. Luego un patio, más escaleras y nuevamente pasillos. El obispo, renqueante, apenas podía seguir al guardia, que avanzaba a toda prisa delante de él. De repente se encontró en la calle, a la puerta de la prisión. Sin darle más explicaciones, lo entregaron a dos fornidos guerreros armados hasta los dientes que le subieron a una mula.

—¿Adónde me lleváis? —preguntó el obispo.

—Pronto lo sabrás —fue la única contestación que obtuvo.

Salieron de la ciudad por la puerta de los zocos, que era conocida como Bab al Chaid, y enfilaron un amplio y polvoriento camino, paralelo al río, fuera de la medina, en dirección a unas altas murallas de adobe que se levantaban más allá, hacia oriente.

Asbag adivinó enseguida que se trataba de Al Medina al Zahira, la nueva ciudad que Almansur se había construido en las afueras y adonde se habían trasladado los altos funcionarios de la administración del primer ministro. Entonces supuso que era allí donde se impartiría la justicia en el nuevo régimen.

La ciudad era tan espléndida o más que Azahara; grandes palacios se alineaban en sus amplias calles y reinaba la limpieza y el orden; había jardines regados, con árboles frutales, parterres con flores variadas y enormes jaulas repletas de pájaros exóticos.

A través de uno de los jardines, condujeron al obispo a un gigantesco palacio, con tres niveles de galerías en la fachada y bellísimos estucos. Había guardias por todos lados, sirvientes lujosamente vestidos y un exquisito orden por todas partes. Excepto por el rumor de las fuentes y un dulce canto de avecillas, el silencio era total.

—Tú espera aquí —le dijo el guardián a Asbag a media voz.

Era un amplio patio con numerosas ventanas al interior en sus altos muros. Allí aguardó poco tiempo, hasta que apareció un mayordomo que le indicó con un gesto que le siguiera. Atravesaron frescos pasillos y acogedoras estancias hasta llegar a una antesala, donde fue puesto en manos de otro mayordomo que le indicó con gesto altanero que se sentase.

El mayordomo también se sentó, junto a él, en un lujoso sillón. Era alto, delgado, con una mirada serena y un toque irónico en la comisura de sus labios. Transcurrió un largo rato, que a Asbag se le hacía eterno; se impacientó y le preguntó al mayordomo:

—¿A qué esperamos?

—¡Chsss...! —siseó largamente el mayordomo, llevándose el dedo a los labios.

Pasó otro largo rato, sin que se escuchase siquiera el vuelo de una mosca, y finalmente se abrió la gran puerta de la antesala, por la que apareció un tercer chambelán que hizo un gesto a Asbag para que se pusiera en pie. Entró todavía un chambelán más y le indicó al obispo que le siguiera.

Pasaron a una gran sala despejada, en cuyo fondo se encontraban varios hombres conversando en torno a una mesa de bronce rematada con ónice. Con un movimiento de la mano, el mayordomo le ordenó a Asbag que se detuviera y aguardara a cierta distancia.

Desde donde estaba, el mozárabe no alcanzaba a oír lo que los hombres estaban hablando entre sí, pero se fijó en cada uno: eran cinco, de edades semejantes, rayando la cincuentena; su aspecto y sus ademanes evidenciaban que eran militares de alto rango, generales o visires guerreros. Uno de ellos destacaba sobre los demás y se veía claramente que era el jefe de todos, por la deferencia que los otros mostraban hacia él. Sin embargo, el trato entre ellos era distendido; bromeaban, reían y bebían constantemente en las copas que, hábil y delicadamente, estaba presto a llenar un criado.

Asbag vio cómo el chambelán se acercaba discretamente y le decía algo al oído al que parecía ser el superior de los otros. El hombre miró hacia Asbag desde lejos. Después se puso en pie, dejó su copa en la mesa y avanzó hasta el obispo por el medio del salón.

A medida que se acercaba, el mozárabe no tuvo ya ninguna duda de quién se trataba: era Abuámir.

Cuando estuvo frente a él, lo reconoció sin ninguna dificultad. Aunque la última vez que lo vio era un joven de veintiséis años, y ahora abultaba el doble, su estatura, sus ademanes y el conjunto de la persona habían cambiado poco. Lo dos se estuvieron mirando sin decir nada por un momento. Almansur sonreía, sin distancias, como si no hubieran pasado treinta años.

—¿Eres Asbag? —le preguntó al mozárabe—. ¿Eres tú en persona? ¿Estas vivo?

—Sí, ya ves, Abuámir; Dios ha cuidado de mí.

—¡Ah, ja, ja, ja...! —rio él entusiasmado—. ¡Es increíble! ¡Quién lo diría, quién podría jurarlo!

Regresó junto a los otros militares y los despidió. Después condujo al obispo hasta los divanes y lo invitó a que se sentara. Le ofreció vino. Él también se llenó la copa.

—Me alegro, me alegro sinceramente de verte —dijo Abuámir—. Cuando me dijeron que habías regresado no podía creérmelo.

—¿Quién te lo dijo? —preguntó Asbag.

—¿Quién iba a ser? Subh. Le faltó tiempo para venir a mi palacio para intentar aterrorizarme con una sarta de supercherías de las suyas: que Dios te había mandado, que mi hora estaba cerca… ¡Qué sé yo cuántas otras tonterías! Creí que era otra de sus invenciones para fastidiarme, pero luego supe que un anciano obispo había sido hecho prisionero en el campamento por instigar a los cristianos… ¡Qué atrevido eres! Si no llego a enterarme de que te habían apresado, a estas horas… ¡Dios sabe qué te habría pasado!

Asbag no salía de su asombro. Se había imaginado a Almansur como una bestia cruel y sanguinaria; distante, encerrado en su mundo de poder y ambición. Y tenía frente a sí a Abuámir, algo más viejo, más grueso y con la barba encanecida, pero con la misma mirada despierta del joven que conoció entonces.

Durante un buen rato desapareció el abismo de tiempo que se abría entre ellos. Hablaron. El mozárabe le contó sus peripecias, y Abuámir las escuchó atentamente. Después hubo silencio. Entonces el abismo apareció: no quedaba más remedio que hablar del pasado; el tema estaba en el ambiente. El obispo fue directamente a lo que le interesaba y le preguntó al ministro por las comunidades de cristianos, por las persecuciones que habían sufrido hacía diez años.

Abuámir puso cara de circunstancias. Reflexionó por un momento. Luego, en tono de fastidio, dijo:

—¿Crees que fui yo quien echó a esos cristianos? ¿Crees que me molestaban? ¿Piensas que yo me ocupé de quitarlos de en medio porque los consideraba peligrosos? Te equivocas. Las cosas son mucho más complicadas. Fue el propio pueblo de Córdoba el que empezó a perseguirlos. Las cosas cambian; la gente cambia, de la noche a la mañana… ¿Sabes cuántos ulemas hay en Córdoba? ¡Cientos! Ulemas que no son como los de antes; no, ahora son cada vez más fanáticos. ¿Y crees que tus cristianos eran como los de antes? ¡Te equivocas!

Nada era ya como antes. Venían predicadores del norte a enardecerlos; surgieron conflictos, rebeliones… Llegaban constantemente noticias de incursiones en las fronteras.

»Los reyes, los condes y los obispos de los reinos cristianos querían a toda costa la guerra. La querían y la tuvieron. ¿Íbamos a quedarnos los musulmanes de brazos cruzados? Si no me hubiese movido, ¿qué habría pasado? ¿Les íbamos a dejar que bajaran cada día un poco más hasta meterse aquí, en nuestras barbas?

Asbag escuchaba en silencio los razonamientos de Abuámir, intentando comprender, pero eran tantos los interrogantes que se amontonaban en su mente que no era capaz de ver un sentido claro a todo aquello. Decidió entonces preguntarle acerca de Subh y del califa Hixem. Al fin y al cabo, fue él quien introdujo al joven administrador en la intimidad de los alcázares. ¿No tenía derecho a querer saber por qué había relegado al hijo de Alhaquén? Se lo preguntó sin rodeos. Abuámir se irguió, enrojeció de cólera y respondió también sin rodeos.

—¿Sabes quién habría gobernado una vez muerto Alhaquén si yo no hubiera intervenido? Yo te lo diré: los eunucos Chawdar y Al Nizami. Y cuando ellos hubieran muerto de viejos, después de haber manejado a Hixem a sus anchas, otros eunucos de palacio habrían tomado el relevo.

—¡Vamos, eso no puedes tú saberlo! —le replicó Asbag—. ¡Estaba Al Mosafi, al cual te encargaste de quitar pronto de en medio…!

—¡Bah! ¡Qué te habrán contado por ahí! —se enardeció Abuámir—. Ya me lo imagino: la triste historia lacrimógena del pobre gran visir, apartado, empobrecido, viejo y enfermo… ¿No te han contado que lo que en el fondo quería él era servirse de mí? ¿No te han dicho que tenía reservados para sus hijos, cuñados y sobrinos los mejores puestos de la administración? ¡Ah, Al Mosafi! Con su cara de santón siempre… ¡No sabes la ambición que se ocultaba tras su aparente ecuanimidad e impavidez! ¿Sabes quién me ordenó acabar con Al Moguira? ¿Crees acaso que no guardaba una daga afilada para mi espalda, para cuando le hubiera dejado de ser útil?

Asbag tuvo que guardar silencio. No podía opinar acerca de nada de eso, puesto que no había estado allí. Abuámir le miraba con ojos fieros, fuera de sí, apurando una y otra copa de vino. Había perdido la serenidad del principio.

El obispo se dio cuenta entonces de que era un hombre acosado por sus circunstancias pasadas, tal vez con remordimientos, y con necesidad de justificarse a cada momento.

—Ya sé lo que se dice por ahí de mí —prosiguió el ministro—. Es muy fácil hablar... Pero... ¿quién ha llevado este reino más alto que yo? ¡Dímelo! ¿Alhaquén?, con su fama de santo y bondadoso... Yo te diré lo que dejó Alhaquén: una administración envejecida, descuidada y en manos de corruptos eunucos eslavos; un ejército que empezaba a campar a su aire; unas fronteras desasistidas y a merced de los cristianos. ¡Ah, no! ¡Yo no iba a consentir eso! No puedes imaginar el esfuerzo que he tenido que hacer para poner todo en orden. Gobernar es como mudarse a una casa de la que acaban de salir sus antiguos inquilinos. ¿Qué hacen los inquilinos cuando se marchan? ¡Lo dejan todo hecho una pocilga!

—Nadie te pidió que lo hicieras —repuso Asbag—. No eres el hijo de un califa... Tú solo decidiste elevarte a la categoría de un rey...

—¡Él lo consintió! —replicó Abuámir señalando al cielo con el dedo.

—¿Te refieres al Todopoderoso?

—Sí, a Él. Lo que Dios quiere sucede; lo que Dios no quiere no sucede.

—Dios deja libres a los hombres —sentenció el obispo—, para que ellos se salven o se condenen según sus obras. Nada está escrito en las estrellas.

—Entonces, si hago mal, que Él me detenga. Y si no, ya me juzgará Él... ¿A qué has venido tú? ¿A juzgarme? ¿Te crees con derecho?

—Solo quería decirte que Alhaquén soñaba con formar a un príncipe justo, sabio y bondadoso, que lo sucediera como imán, legislador y profeta; un Comendador de los Creyentes capaz de comprender a sus súbditos y hacerlos prosperar en paz. Tú tuviste a ese príncipe en tus manos, cuando solo era un niño. Se te dio la oportunidad de cuidarlo, educarlo y poner el cetro en su mano. Pero te apropiaste de su herencia. Cuando los hombres tienen que justificarse por detentar lo que no les pertenece, inventan guerras y violencias. ¿Esas guerras han venido solas o las has buscado tú?

Abuámir se puso en pie. La rabia contenida estaba grabada en su rostro. Apuró el último sorbo.

—No tengo por qué seguir escuchándote —dijo—. Eso que has dicho es lo que tú piensas. Pero hay mucha gente en mi reino que me ama de veras. Ahora, por favor, márchate y no regreses a mi presencia. Subh tenía razón; has venido a perturbar mi espíritu…

Asbag se puso también en pie; Almansur le sacaba una cabeza y le miraba con dureza desde arriba.

—Antes de que me marche, dime una cosa —le pidió el obispo—, ¿es verdad que piensas arrasar el templo del apóstol Shant Yaqub de Compostela?

—Sí, lo es.

—¿Por qué quieres hacerlo? ¿Qué ganas con ello? Los reyes del norte te rinden tributo, luchan por ti, son tus vasallos… ¿Qué ganas infligiendo más dolor?

—No te esfuerces —dijo con rotundidad Abuámir—; ya está decidido. Tengo mis informaciones. Cuando se gobierna un reino no se puede ser iluso. Sé perfectamente que aquel lugar es el centro espiritual de los cristianos. Si lo dejo en pie, un día partiría de allí una fuerza incontenible que terminaría con nosotros. ¿No es eso como La Meca para nosotros, los musulmanes? ¿No es allí adonde vosotros peregrináis para recibir la fuerza de lo alto? De La Meca partieron un día mis antepasados y se hicieron con estas tierras… ¡Nadie vendrá de otro lugar a echar a mis hijos!

—Eso que dices es absurdo —replicó el obispo—. Nadie puede conocer el futuro. Si Dios quiere que ese sepulcro esté allí no es para que los hombres hagan un día proyectos de guerras en su templo. Dios quiere que los hombres se unan.

—Ve allí y dile eso a tus hermanos obispos del norte, a los astures y a los francos, que ya levantan estandartes con los signos de Shant Yaqub para llamar a la guerra a los cristianos.

—¡Los templos son solo piedras levantadas unas sobre otras! —le dijo Asbag—. ¿Crees que destruyéndolos podrías acabar con la obra de Dios?

—¿Sí?, pues veremos si Dios quiere que esa obra siga en pie —respondió Almansur con ironía—. Lo que Dios no quiere no sucede. ¡Qué Él me detenga! Y, ahora, márchate, por favor… Daré órdenes de que pongan en libertad a tu compañero y de que te den cuanto necesites para que puedas emprender tu viaje hacia tierras de cristianos. ¡Te prohíbo que sigas en Córdoba un solo día más! Si me desobedecéis, la próxima vez no seré tan condescendiente con vosotros.

—Solo contéstame a una pregunta más —le pidió el mozárabe.

—Bien, rápido, ¿de qué se trata?

—¿Que harás con el sepulcro del apóstol?

—Abrirlo… Y ordenar que arrojen los huesos al mar. Si como dicen, vinieron navegando, que regresen al lugar de donde salieron…

93

Viseu, año 997

Los condes de Braganza, Guarda, Vila Real y Viseu aguardaban a la llegada del ejército de Córdoba, acompañados por sus caballeros y sus peones, formando una larga hilera frente a las murallas de Viseu. Días antes habían enviado a sus mensajeros para pedirle a Almansur que respetara sus ciudades y sus tierras, a cambio de unírsele en la campaña contra Santiago de Compostela. Como presente de bienvenida, habían llevado grandes rebaños de vacas y ovejas, que pacían en el llano al cuidado de sus aterrorizados pastores, que huyeron despavoridos cuando los moros aparecieron por los montes.

El ejército de Almansur había cruzado ya Alándalus y las llamadas «tierras de nadie», en un rápido desplazamiento que se inició el día 3 de julio, y por el camino esta escena se había repetido incontables veces. Imposible calcular el número de guerreros que componían ya la gran hueste; ¿treinta mil?, ¿cuarenta mil tal vez? Hombres a pie y a caballo; no solo los que habían salido de Córdoba, sino también los miles de oportunistas que se incorporaban en las regiones que atravesaban, para evitar la destrucción o atraídos por la codicia de hacerse con las migajas del suculento botín que se esperaba conseguir en Compostela.

Asbag y Juan habían podido comprobar en persona lo que es ir detrás de un ejército en campaña. Es como seguir a una gigantesca bola de fuego; la estela de destrucción y muerte que va dejando a su paso resulta inefable. Salieron de Córdoba en pos de la vorágine guerrera porque no hay nada tan peligroso como intentar viajar por delante; es como querer huir de una tormenta: si has de detenerte por cualquier motivo en el camino, te alcanza la avanzadilla que se adelanta a toda prisa para investigar las perspectivas de conquista y de botín; se trata de un remolino compuesto por los más crueles y temerarios guerreros, cuya pasión desenfrenada de matar y destruir guía el avance del voluminoso ejército que los sigue y al que deben abrir camino y facilitar avituallamiento. Es por eso más seguro seguir la senda de desolación y dolor, detrás, donde solo quedan los humeantes rescoldos de los incendios, los cadáveres, las mujeres violadas y el dolor grabado en los rostros de los niños y ancianos que se quedan solos a la vera de los caminos.

Desde un elevado promontorio, a una distancia prudencial, Asbag y Juan vieron a Almansur avanzar por el llano, con la ondulante capa de seda blanca al viento y el brillante yelmo cónico con la larga visera cubriéndole desde la frente hasta el labio. Le seguían a pocos pasos sus guardias y los generales. Los condes se acercaron, descabalgaron y caminaron hacia él reverencialmente, inclinándose al llegar junto al pecho del gran caballo negro del ministro. Cambiaron unas cuantas palabras, Almansur alargó la mano y los cuatro nobles cristianos la besaron. Entonces uno de los generales moros se dirigió al trote hacia la primera línea de la hueste musulmana y estuvo dando órdenes. Al momento, los guerreros emprendieron una alocada carrera hacia los rebaños e hicieron presa en las reses, que empezaron a sacrificar allí mismo. Era como una inmensa jauría hambrienta, como un feroz hormiguero que en pocos minutos hizo desaparecer una ingente cantidad de carne, dejando el prado lleno de sangre, pieles y despojos.

Después se montó el campamento. Por los alrededores se levantó un mar de tiendas, y al caer la noche miles de pequeñas hogueras señalaban la gran extensión ocupada.

Asbag creyó llegado el momento de allegarse hasta el campamento de los caballeros cristianos.

—Hemos de ser prudentes —le dijo Juan—. Hay que evitar a

toda costa que nos suceda lo mismo que en Córdoba, con aquel obispo. ¿Cuál es tu plan?

—Abordaremos a los condes castellanos y leoneses. Son cristianos; jamás rechazarán a dos obispos. Además, tengo las cartas del Papa. Después iremos buscando la manera de disuadirlos de que participen en la destrucción de Santiago.

—¿Y crees que con ello ganaremos algo? —repuso Juan—. ¿Crees que si ellos se retiran evitaremos el desastre?

—No, sinceramente. Pero hemos de intentarlo. Me repugna pensar que guerreros cristianos participen en ese sacrilegio...

Ambos obispos se adentraron por el campamento, en la oscuridad de la noche. Cuando llegaron a la primera línea de tiendas castellanas, unos soldados les salieron al paso.

—¡Alto ahí! —dijo un heraldo—. ¿Quién va?

Les acercaron una antorcha.

—Somos dos obispos —respondió Asbag—. Llevadnos a presencia de vuestro señor.

El soldado avanzó delante de ellos y los condujo hasta una gran tienda, cuya cortina de entrada se encontraba echada, si bien se veía luz a través de las costuras. El heraldo solicitó permiso para entrar, y una voz desde dentro se lo permitió. Al momento salió y anunció:

—Mi señor dice que podéis pasar.

Asbag y Juan apartaron la cortina y entraron. Cuatro caballeros se pusieron en pie al ver entrar a los obispos. Por un momento se hizo el silencio. Después, Asbag se presentó:

—Soy el arzobispo de Toledo y mi hermano es el obispo de Córdoba. El Papa me envía. Aquí tenéis la carta que me entregó en Roma —dijo, extendiéndole el rollo al caballero de más edad.

El noble cristiano, que no sabía leer, se lo pasó a otro más joven, que lo observó con detenimiento y lo leyó bisbiseando las palabras latinas mientras los demás le miraban atentos.

—En efecto —dijo el caballero—, el Papa de Roma le envía; besémosle el anillo.

Los caballeros se acercaron y besaron el anillo de Asbag. Después, el noble de más edad dijo:

—Yo soy Peláez y estos son Aznar, Gonzalo y Jerónimo. Somos condes. Nuestros reyes, Bermudo II de León y Sancho II de Navarra, nos enviaron para que lucháramos al lado de Almansur, después de declararse vasallos suyos. Pero, por favor, sentaos, señores obispos, y compartid nuestra mesa.

Un criado llevó una gran hogaza, que Peláez partió con su puñal y repartió; después sirvieron carne asada, queso y una jarra de vino. Todos comieron con apetito.

Uno de los caballeros, de unos cincuenta años, de pelo gris y ojos claros, le dijo a Juan:

—En cierta ocasión, hace muchos años, conocí en Burgos a un obispo de Córdoba. Debía de ser tu antecesor. Lo había enviado allí el rey de los moros para hacer tratos con el obispo de Burgos, que entonces andaba alzado en armas.

Al escuchar aquello, Asbag soltó el pedazo de carne que se iba a llevar a la boca y miró al conde con una expresión de sorpresa.

—¡Yo era ese obispo! —exclamó—. ¡Claro! ¡Eres Jerónimo! Te recuerdo perfectamente; nos custodiaste por las sierras de Oca.

—¡Oh, Dios! —dijo Jerónimo—. El mundo es de verdad pequeño. ¿Quién podría imaginar que volveríamos a vernos?

—¿Qué fue de aquel obispo? ¿Don…? —preguntó Asbag.

—Don Nuño —respondió el conde.

—Sí, eso, don Nuño. ¿Qué fue de él?

—Murió guerreando, como era de esperar. Jamás llegó a consentir hacerse vasallo de los moros.

—¡Cuánto han cambiado las cosas! —suspiró Asbag—. Entonces se logró la paz con mucho esfuerzo y… ¿de qué ha servido?

—La guerra pertenece al mundo —repuso Jerónimo.

—No —replicó Asbag—. La guerra es patrimonio de los diablos, y los hombres se asocian a su reino de tinieblas.

Se hizo un gran silencio. Los caballeros se quedaron como paralizados, mirando al anciano obispo. Asbag prosiguió:

—Es el mismo demonio el que azuza a los espíritus de los hombres para que se destruyan unos a otros. Es él, que no quiere que quede piedra sobre piedra de las obras humanas…

El mozárabe se detuvo; no consideró prudente continuar, temiendo que sucediera algo parecido a lo de aquel día en Córdoba y que alguno de los caballeros se diera por aludido. Cierta tensión se apoderó del ambiente. Los rostros se ensombrecieron y ya nadie dijo nada más. Aunque las palabras de Asbag habían sido pocas y ambiguas, se vio que todos habían comprendido su sentido. Uno por uno, se fueron levantando y se despidieron. También Asbag y Juan se pusieron en pie, cuando solo quedaron en la tienda Jerónimo y los dos obispos. Pero el conde los retuvo.

—No, por favor —dijo—. ¿Podéis quedaros un momento más conmigo?

Los mozárabes volvieron a sentarse y aguardaron prudentemente a que el conde se explicara.

—Sé por qué habéis dicho eso —aseguró—. Pensáis que obramos mal al colaborar con el sarraceno en esta campaña. Deberíais andar con cuidado; si Almansur llega a enterarse de que andáis por ahí instigando a la rebelión no duraréis ni un día. Tiene espías en todas partes.

—Dime la verdad —se decidió a hablar con franqueza Asbag—. ¿Participaréis en ese sacrilegio? ¿No os dais cuenta de que lo que busca Almansur es terminar con la cristiandad? Y luego, ¿qué haréis? ¿Os haréis vosotros musulmanes; abandonaréis a Cristo?

—¡Eso nunca! —respondió Jerónimo, sacándose una cruz que guardaba junto a su pecho, colgada del cuello por un cordón.

—Entonces, ¿qué hacéis aquí?

—Ya te lo dijo Peláez. Nuestros reyes se hicieron vasallos de Almansur. ¿No hemos de seguirlos a ellos? ¿No fue Dios quien los eligió a ellos?

—¿Iréis, pues, contra Santiago? ¿Seréis capaces de hacer un mal tan grande?

El conde estaba tenso, su respiración estaba alterada y sus ojos encendidos de furia.

—¡No, no, no! —respondió—. ¡De ninguna manera!

Dicho esto, miró nervioso hacia la cortina de la puerta. Se acercó hasta ella y la apartó para echar un vistazo a un lado y a otro, por si alguien estaba escuchando. Después, bajando la voz, prosiguió:

—Jamás hemos pensado ir contra Santiago. Nos unimos a Almansur porque no teníamos otro remedio, pero cuando supimos en Córdoba que su objetivo era destruir el templo del apóstol… No, jamás se nos pasó por la cabeza cometer tal abominación. ¿Me creéis?

—Sí. Le dijo Asbag. Te creo de todo corazón.

Entonces el conde se aproximó más a ellos y les dijo:

—Tenemos un plan. Cuando llegasteis esta tarde, estábamos hablando de ello. Ya hemos enviado un mensajero a Portucale y otro a Tuy, diciéndoles que resistan y comunicándoles los puntos flacos del ejército de Almansur. Antes de llegar a Santiago, nos revolveremos contra los moros y les haremos todo el daño que podamos por la retaguardia.

—¡Oh, gracias a Dios! —exclamó Asbag—. Odio la guerra, pero pediré a Dios que os ayude. Hay que evitar a toda costa el desastre.

94

Portucale, año 997

Cuando llegaron frente a Portucale, se empezaron a preparar los ingenios de asedio: grandes torres revestidas de pieles, hileras de catapultas y arietes. Pero, por muy imponentes que fueran tales máquinas de guerra, daba la impresión de que no podían nada contra la gran fortaleza levantada al otro lado del Duero. Las murallas eran enormes, y la ciudadela se levantaba hacia el oeste por encima de la ciudad. Se trataba de una fortaleza de buen tamaño con un auténtico palacio. Era un fuerte bastión en su conjunto, no construido de barro ni junto al río, sino en piedra y en las laderas de un gran monte.

Asbag y Juan no se alojaban en el campamento guerrero, sino en el de la gran caravana de sirvientes, mujeres, comerciantes y aventureros, pero diariamente acudían a decir la misa al campamento cristiano.

Cuando todavía no se habían terminado de preparar las máquinas de guerra, una mañana, se oyó el brutal alarido de miles de hombres. De los bosques surgió una masa guerrera que se abalanzó hacia el campamento de Almansur. Eran los soldados cristianos de Portucale que se presentaron en un ataque sorpresa, después de haber bordeado el río más arriba, en grandes balsas que habían preparado después de recibir los mensajes de los leoneses. El combate duró un día entero. Los portucalenses atacaban y se retiraban a los bosques, una y otra vez, hasta que su número fue menguando y, finalmente, los pocos que quedaban desaparecieron definitivamente en la espesura.

A la mañana siguiente, al terminar la misa, el conde Jerónimo le pidió a Asbag que le siguiera a su tienda.

—El primer golpe ya se ha dado —le dijo—. Esos pobres portucalenses se han defendido como leones. Ahora faltan Braga y Tuy. Espero que los mensajes hayan llegado también allí.

—¿Qué haréis vosotros ahora? —le preguntó Asbag.

—Los hombres de Almansur destruirán Portucale. Será pronto; tal vez esta misma tarde. Nos mantendremos en la última línea porque todavía no ha llegado nuestro momento. Es mejor librar la batalla final en Tuy, donde ya deben de estar reuniéndose importantes contingentes de cristianos.

En efecto, esa misma tarde las huestes de Almansur cruzaron el Duero en grandes balsas. Al llegar al otro lado, los soldados musulmanes no tuvieron necesidad de asaltar las murallas. Se abrieron las grandes puertas de la fortaleza y los moros irrumpieron en el recinto. Los portucalenses tal vez esperaban clemencia, pero no la tuvieron. Pasó poco tiempo antes de que se alzaran las llamas y se vieran desde lejos las enormes humaredas oscuras elevándose hacia el firmamento.

La cosa duró un día, después del cual Asbag y Juan vieron algo horrible: rebaños de mujeres y niños llorosos conducidos al campamento como si fueran ganado, en calidad de botín de guerra.

En el transcurso de la marcha del día siguiente atravesaron la ciudad caída. Apestaba a carne corrompida por el calor, y las casas calcinadas en las que los portucalenses se habían quemado despedían el inconfundible olor de la carne abrasada. En lo hondo de su corazón el mozárabe clamó a Dios por haberle hecho ver aquello.

La escena se repitió una y otra vez en el camino hacia Tuy. El ejército avanzaba delante arrasando y, detrás, basta decir que iban cincuenta mil mulos en la caravana que los seguía. Puede imaginarse una amplia extensión que atestiguaba su paso: tierra pisoteada, polvorienta y sin una brizna de hierba. ¿Dónde puede haber pastos para tal cantidad de bestias? Todo el verde del suelo desaparecía, amén de los árboles talados, los ríos y arroyos enturbiados, las fuentes emponzoñadas, los pozos vacíos… y ese hedor nauseabundo, a cadáveres putrefactos, a heces de hombres y animales, a tierra quemada y a cenizas.

En Braga no hubo asedio ni destrucción. Fue la única ciudad respetada, porque su conde, Menendo González, amigo y aliado de Almansur desde hacía tiempo, salió a recibirle con regalos y lisonjas al camino. Entre los obsequios que le presentó, estaba el que más útil podía resultarle al ministro moro: la cabeza del mensajero que habían enviado por delante los caballeros leoneses y la lista de los nombres de los traidores.

A la mañana siguiente, las cabezas de los cristianos pendían de un entramado de palos en el centro del campamento. Los soldados de Almansur habían irrumpido por sorpresa en las tiendas leonesas y ni siquiera les habían dado tiempo de defenderse.

Reanudada la marcha, el ejército se precipitó como un torrente sobre la llanura. El monasterio de San Cosme y San Damián fue saqueado, y tomada por asalto la fortaleza de San Payo. Como gran número de habitantes del país se había refugiado en la mayor de las dos islas o, más bien, de las dos rocas que hay en la bahía de Vigo, los musulmanes pasaron por un vado que habían descubierto y despojaron a todos de cuanto habían llevado consigo, haciendo otro gran número de cautivos. Cruzaron el Ulla, saquearon y destruyeron Iria, famoso lugar de peregrinaciones como Santiago de Compostela, pues se decía que en aquel lugar había arribado la barca del apóstol.

El gran ejército musulmán se desparramó en incontables hordas guerreras que se distribuyeron por las rías para ir asolando los pueblos en su imparable ascenso hacia Santiago, al tiempo que llegaba también la flota de Alándalus, que se había trasladado desde el puerto atlántico de Qasr Abi Danis con provisiones y bagajes.

Asbag, agotado, enfermo de fiebres y bajo el peso de su edad en un cuerpo fatigado por aquel penoso viaje, se empeñó en tomar la delantera por los montes a las huestes destructoras, albergando aún la esperanza de que Santiago de Compostela fuera capaz de resistir el asedio.

Santiago de Compostela

El 10 de agosto avistaron la ciudad desde lo alto de un monte. Descendieron todo lo aprisa que pudieron, oyendo el tañir de las campanas que llamaban a rebato y viendo a lo lejos una gran hilera de personas que huían hacia el norte con rebaños, carretas y bestias cargadas de bultos.

—¡Dios santo! —exclamó Asbag—. ¡Huyen! ¡No piensan defender el templo!

Las torres de la hermosa basílica asomaban desde el centro de Compostela, circundadas por un luminoso burgo y una muralla redonda, con adarve y torres albarranas. El conjunto, singularmente bello, resaltaba sobre el verdor de los prados y los densos bosques.

Nadie les salió al paso en las puertas, que estaban abiertas de par en par. Por las calles se encontraron con los rezagados y con bandas de aprovechados que entraban y salían en las casas abandonadas para hacerse con lo que podían.

Cuando dejaron de sonar las campanas, un extraño silencio se apoderó de la ciudad. Después sonó el aullido lastimero de algunos perros, abandonados tal vez por sus amos en la huida. El cielo estaba encapotado y triste. De repente empezó a sonar un canto de monjes en algún sitio.

—Es un miserere —dijo Asbag—. ¡Démonos prisa; aún quedan monjes!

Al llegar a la plaza central, frente a la puerta principal de la basílica, una larga fila de monjes salía en ese momento entonando el triste salmo:

Líbrame de la sangre, oh Dios,
Dios, salvador mío,

y cantará mi lengua tu justicia.
Señor, me abrirás los labios,
y mi boca proclamará tus alabanzas.
Los sacrificios no te satisfacen:
si te ofreciera un holocausto, no lo querrías.
Mi sacrificio es un espíritu quebrantado;
un corazón quebrantado y humillado,
tú no lo desprecias.
Señor, por tu bondad, favorece a Sion,
reconstruye las murallas de Jerusalén:
entonces aceptarás los sacrificios rituales,
ofrendas y holocaustos,
sobre tus altares se inmolarán novillos.

Terminado el miserere, los monjes echaron a correr despavoridos hacia las salidas de la ciudad, en las mulas que tenían esperándolos en la plaza.

Asbag distinguió enseguida al abad y se dirigió hacia él.

—¡Eh, un momento! —le dijo.

—¿Quién eres tú? —le preguntó el monje, poniendo el pie en el estribo para subirse a su mula.

—El peligro todavía no es inminente —dijo Asbag—. Los moros están a una jornada de aquí.

—¿Cómo sabes tú eso?

—Hemos venido siguiendo al ejército. Somos dos obispos mozárabes de Alándalus.

—¿Qué queréis aquí, en un momento como este? —preguntó sorprendido el abad.

—Venerar el sepulcro. Solo eso —respondió Asbag.

El abad descendió de la mula y se acercó a él extrayendo una gran llave de entre sus ropas.

—¡Vamos, rápido! —dijo—. Esta es la llave de la puerta. Venerad al apóstol y huyamos cuanto antes.

La cerradura crujió cuando el abad dio con dificultad una vuelta a la llave con las dos manos. Empujó la enorme puerta de la basílica y apareció el fresco y oscuro templo: una nave amplia con columnas de piedra que la separaban de dos naves laterales.

Asbag y Juan avanzaron por el centro, llenos de emoción, hacia el altar mayor. Cientos de velas y lamparillas de aceite iluminaban la entrada a una cripta, cuya escalera descendía delante del altar de piedra, frente al ábside principal. Se postraron ante el sepulcro de mármol blanco. Reinaba un misterioso ambiente sacro. Asbag inició el credo:

> *Credo in unum Deum. Patrem omnipotentem*
> *factorem coeli et terrae, visibilium omnium*
> *et invisibilium…*

—¡Vamos! ¡Vamos, señores! —les apremió el abad—. ¡Deprisa, que peligran nuestras vidas!

Asbag se derrumbó entonces, en un llanto convulsivo e incontrolable, y cayó de bruces sobre la fría piedra del sepulcro. Todo era absurdo y cruel. Había aguardado durante treinta años aquel momento y ahora ni siquiera podía completar el credo. Deseó descansar, que su vida terminara allí mismo, y caer en el silencio para que cesara de una vez su penoso camino sembrado de guijarros.

Entre Juan y el abad le sacaron de allí. Iba como ausente, transido, con la mirada perdida. En este estado le subieron a su mula y pusieron rumbo hacia las puertas de la ciudad, para escapar a las abruptas laderas que se extendían hacia el oeste, en la dirección del mar.

No se habían alejado media legua cuando escucharon el griterío y el retumbo de miles de caballos de los moros que descendían desde el otro lado, por la falda de los montes del sur hacia Compostela. Se detuvieron para verlos llegar desde la distancia, puesto que no había cuidado, ya que les llevaría tiempo arrasar la ciudad.

El fragor de la destrucción era como un tronar continuo y lejano. Aunque era ya casi de noche, se hizo una gran claridad debido a los incendios que empezaron pronto a devorar las casas saqueadas. Además de estos fuegos, se veían grandes hachones ardiendo por todas partes, fuera de los muros. Y riadas de hombres cantaban, gritaban y rugían, armando alboroto, danzando en círculo.

—Bien —dijo el abad de Compostela—, aquí ya no hay nada más que ver. Prosigamos nuestro camino.

Los monjes, impávidos, con el rostro iluminado por los resplandores de los fuegos a pesar de la gran distancia, volvieron a subir sobre sus mulas y, sin decir palabra, retomaron el sendero que se perdía por los montes. Asbag, sentado en el suelo, con su capa sobre los hombros, contemplaba aquel infierno pavoroso.

—Vamos, Asbag —le dijo Juan—; aquí no hacemos ya nada. Sigamos a los monjes hacia Finisterre.

Asbag negó moviendo la cabeza a uno y otro lado. Dijo:

—No. No me moveré de aquí. Mañana llegará Almansur para ser testigo de la destrucción del sepulcro. Nadie se atreverá a tocarlo hasta que él llegue. He de ir allí y tratar una vez más de disuadirle.

—¿Estás loco? —replicó Juan—. ¡Eso es absurdo!

—No, no lo es. Si he llegado hasta aquí, sé que es por algo. Esto es como una visión; como el signo de algo...

—¿Eh? ¿Pero no ves a esa gente? Está enloquecida, borracha de sangre y fuego. No respetarán nada ni a nadie.

Asbag dirigió a Juan una mirada que lo expresaba todo.

—Puedes marcharte si quieres. Yo no me moveré de aquí —dijo—, hasta que amanezca, para regresar allí...

Dicho esto, se acercó hasta un recóndito lugar entre las peñas y extendió la capa para echarse a descansar.

Cuando amaneció llovía sobre Compostela, con una lluvia fina, pero densa como neblina, que apagaba los últimos rescoldos de los incendios que devoraron la basílica y la ciudad durante toda la noche. Cuando Juan se despertó, sobresaltado, vio a Asbag subido en la mula, empapado, sucio, pálido y con azuladas ojeras que delataban su lamentable estado.

—¿Vas a ir? —le preguntó—. ¿Vas a bajar ahí? ¡Por favor, sé razonable! Estás enfermo y cansado.

—Iré yo solo —contestó Asbag con energía—. Jamás se les ocurrirá hacer daño a un pobre viejo. Además, estarán dormidos, agotados por lo de anoche.

Arreó a la mula y comenzó a descender por el camino. Juan le siguió a distancia.

Asbag llegó a la ciudad en ruinas, convertida en un gran brasero que se extinguía bajo la lluvia, entre humos de maderas nobles quemadas que ascendían como incienso perfumado hacia la bóveda de nubes grises. Los guerreros estaban a cubierto en los prados, bajo los improvisados toldos, dormitando, como el mozárabe había supuesto, de manera que nadie le molestó.

Cuando llegó frente a la ruinas de la basílica, el sol apareció un momento, tímidamente, haciendo brillar los escombros mojados. Un rumor de aleteos de palomas llegó entonces con una bandada que venía desde la espesura a buscar los tejados desaparecidos. Las aves efectuaron un vuelo en círculo y, decepcionadas, regresaron al abrigo de los hayedos.

Apoyándose en su bastón, el mozárabe anduvo con pasos renqueantes, sorteando las piedras, las vigas calcinadas y los montones de carbón y cenizas. Finalmente, llegó ante la cripta. Solo quedaba en pie un semicírculo de piedras ennegrecidas de lo que fue el ábside del templo. Sacó fuerza de donde pudo y apartó varios maderos humeantes de delante de la entrada. El sepulcro estaba intacto. Se arrodilló junto a él.

En torno al mediodía, oyó un rumor de voces y pasos que hacían crujir los escombros. Se volvió hacia la puerta. Apareció una silueta a contraluz. No sintió temor alguno al ver a un gran guerrero revestido de armadura y con la espada en la mano. Era Abuámir.

Asbag alzó la cabeza hacia él y se echó hacia atrás la capucha que le cubría.

—¿Qué haces tú aquí? —le preguntó Abuámir.

—Estoy orando a Shant Yaqub —respondió el mozárabe.

—¿Qué le pides?

—Que ablande tu espíritu y respetes esta tumba santa.

Abuámir sonrió, de buen grado, como sorprendido por aquella respuesta ingenua. Dijo:

—Reza todo lo que quieras.

Dicho esto, salió de la cripta y dio órdenes a sus generales de que se respetara el sepulcro y se montara guardia ante él, sin que nadie molestara al anciano orante.

Asbag alzó los ojos al cielo y comenzó a musitar el himno del Apocalipsis:

Gracias te damos, Señor Dios omnipotente,
el que eres y el que eras,
porque has asumido el gran poder
y comenzaste a reinar.
Las naciones montaron en cólera,
mas llegó tu ira,
y el tiempo de que sean juzgados los muertos,
y de dar el galardón a tus siervos, los que hablaron de ti,
y a los santos y a los que temen tu nombre,
pequeños, grandes, insignificantes o poderosos,
y de arrimar a los que arruinaron la tierra...

95

Santiago de Compostela, año 997

Asbag permaneció junto al sepulcro de Santiago durante todo el día, bajo la lluvia persistente, envuelto en su capa y acurrucado entre las frías piedras del altar arruinado. Nadie le molestó, porque Almansur dio órdenes precisas de que se impidiese el paso a las proximidades de la tumba del santo, y apostó vigilantes en torno.

Juan vio desde lejos cómo las hordas guerreras arrasaban cuanto quedaba de la ciudad, murallas y edificios, y emprendían su marcha en dirección a Lamego. La gran columna se perdió entre los montes boscosos, llevándose consigo la fila de mujeres y niños llorosos, así como a los hombres cautivos que portaban las puertas de la ciudad y las campanas de la basílica como botín de excepción para ser exhibidas en Córdoba. A la caída de la tarde, cuando los últimos rezagados desaparecían en pos de la estela de barro dejada por tal cantidad de pisadas, una total desolación y un silencio de muerte cayeron sobre Compostela.

Juan descendió entonces del monte y recorrió las ruinas de la desdichada ciudad en dirección al lugar que ocupaba la basílica antes de ser destruida. Asbag seguía allí, junto al sepulcro. Juan reconoció enseguida la capa que cubría un inmóvil bulto. Se temió lo peor.

—¡Asbag! —gritó—. ¡Asbag! ¡Oh, Dios mío!

Pero las ropas rebulleron y salió una voz de entre ellas.

—Calla, no alborotes —dijo Asbag en tono sereno—. Recemos aquí un rato junto a los huesos del apóstol.

Juan vio cómo Asbag se enderezaba y se ponía de rodillas. Él también se arrodilló y ambos estuvieron rezando hasta que las sombras lo envolvieron todo.

Más tarde buscaron refugio bajo un tejadillo que había quedado en pie en una de las casas. Empapados, tiritando y en medio de una oscuridad y un silencio tenebroso, intentaron conciliar el sueño. Al cabo de un rato, un ave nocturna empezó a lanzar una especie de quejido lastimero desde los bosques.

—Asbag, ¿duermes? —preguntó Juan con débil voz.

—No, no puedo —respondió Asbag—. Las imágenes del horror acuden a mi mente.

—Me preguntaba por qué habrá respetado Almansur el sepulcro —dijo Juan.

—Justamente, ahora meditaba yo sobre eso. No puedo dejar de pensar en ello.

—Y... ¿qué opinas? ¿Crees que ha sido la mano de Dios la que lo ha detenido?

—Hummm... —respondió Asbag removiéndose—. Siempre he creído que Dios respeta la libertad de los hombres. Incluso... incluso cuando estos se obstinan en hacer el mal. Sinceramente, supuse que Almansur destruiría el sepulcro. Pero, ya ves, me equivoqué... Ahora no puedo dejar de pensar que Dios quiso que Almansur se detuviera en el último momento...

—¿Quieres decir que crees que Dios protegió el sepulcro?

—Eso mismo. Creo que la Divina Providencia obró para que solo esos restos permanecieran frente a la destrucción.

—Pero... ¡eso no tiene sentido! —replicó Juan—. ¿Por qué iba Dios a encargarse de proteger unos simples huesos, aunque fueran los del apóstol, y un sepulcro de mármol, consintiendo a la vez tanto dolor en la gente? Tú has visto a esos miles de hombres muertos y a esos centenares de cautivos... ¿No podía haber velado por ellos? ¿No podía haber detenido a Almansur como dices que hizo con el sepulcro?

La voz de Juan había sonado con energía; cuando dejó de hablar el silencio pareció aún mayor que antes.

—Lo siento —prosiguió Juan—. No quiero rebelarme contra Él, pero esta oscuridad y este silencio… Siento un vacío infinito; no puedo remediarlo… Es como si… como si todo fuera a terminar.

—No, nada va a terminar —repuso Asbag con una voz serena—. Dios permite el mal y de él obtendrá admirablemente el bien en esta y en la otra vida. Los hombres se agitan, se rebelan, sienten a veces la loca ilusión de que son los árbitros del universo, pero en realidad cualquier pensamiento, cualquier acto de voluntad obedece misteriosamente a los planes divinos. Incluso el mal y el dolor, permitidos, aunque no queridos, por Dios, están subordinados a la Divina Providencia. Las fuentes del llanto y del dolor, los infortunios y las tragedias de la existencia humana aparecen como inexplicables enigmas y motivos de impío escepticismo, pero hasta eso tiene un sentido…

Juan empezó a sollozar. Lleno de rabia dijo:

—¡Odio a ese Abuámir! ¡Odio a esos malditos musulmanes del demonio!

—¡Oh, no! —replicó Asbag—. No debes odiarlos. Odia el mal, pero compadece a quien lo hace. El odio es el primer paso para que no acaben los problemas del hombre.

—Pero ¿por qué se han vuelto así? Antes eran tolerantes. Vivíamos en paz. ¡Por Dios! ¿Qué ha sucedido?

—Los hombres somos así —dijo Asbag, paternalmente, poniéndole una mano en el hombro—. Nuestra finitud e imperfección nos hacen caer en esos errores. Ellos creen que así cumplen la voluntad de Dios. También los cristianos hacen guerras y causan dolor a otros hombres creyendo que lo hacen en nombre de la fe.

—¡Quién podrá solucionar tanto error! —suspiró Juan—. ¡Cómo podrá ponerse en orden tanta calamidad!

—¡Bah! Todo retornará a su lugar. No te angusties. Te comprendo, porque yo he vivido otras veces esta oscuridad. Hay crisis en la vida en que bajan las tinieblas, el horizonte se oscurece, se angustia el alma, no se entiende el dolor. Es como si todo se cerrara en un nudo apretado, sellado. Pero basta saber, en fe y esperanza, que el sello se abrirá un día y el nudo se soltará y dejará de ser el enigma que es. Entonces vendrá la luz y veremos con claridad, y comprenderemos lo que ahora nos resulta confuso.

—¿Y, mientras, qué hacer?

—Encontrar fuerzas para seguir y para hacer frente al dolor. El secreto es saber que ese sufrimiento que ahora nos aqueja, por duro e irracional que parezca, es en último término fuego que viene de arriba y que acrisola la vida. Ya sabes que en numerosas ocasiones me vi en circunstancias desgraciadas. Puedo asegurarte que todas cobraron finalmente sentido en el orden más amplio de lo que después ha sido mi vida. Un día emprendimos la peregrinación a este lugar; ahora sé que esa peregrinación ha concluido. Pero no por el hecho de haber llegado hasta aquí, eso es lo de menos, sino porque puedo ver mi vida terminada y mi testimonio completado dentro del plan que Dios tenía para mí.

—¿Aun en medio de toda esta desolación?

—Sí, sin duda. Cuanto nos rodea es pasajero, esta vida es solo un camino por el que pasamos y que se va quedando atrás. Así es la vida del hombre, pero así es también la vida de toda la humanidad. No debe perderse de vista el orden universal, en el que el hombre está inscrito, y debe mirarse a otro lugar, delante, en la vida eterna, donde la presente tiene su llegada. La vida fácil no revela lo que hay en el hombre, y mediocridades sin cuento andan por los caminos del mundo. Hoy me alegro en el alma de haber tenido un camino difícil… Y, ahora, descansemos. ¿Piensas acaso que dentro de unas horas no aparecerá un sol radiante para disipar toda esta oscuridad?

Las nubes que habían cubierto el cielo durante el día se habían desvanecido, y en la negra bóveda celeste lucía la Vía Láctea, como un brillante camino salpicado de estrellas que recorría el firmamento de parte a parte.

—Entonces… —dijo Juan—. ¿Tú no crees que el mundo terminará en el año 1000? ¿No crees que la Bestia anda ya suelta causando males sin cuento? ¿No te parece que ese Almansur es la Bestia?

—No, Juan, no lo creo. Un mundo termina, eso sí, porque vienen los tiempos nuevos, pero no es el final.

—Mil años son muchos años —repuso Juan—. Todo se hace

con un fin. A todo le llega su fin. Es lógico pensar que el tiempo también tiene su final e imaginar el cumplimiento y fin de este mundo.

—Sí. Pero ¿por qué ahora? Los calendarios son sistemas arbitrarios, convenciones humanas que nos permiten determinar en qué fecha nos encontramos. Pero el tiempo, considerado en sí mismo, ¿qué es? Mil años es solo un tiempo que se halla entre el tiempo de los hombres y la eternidad.

El ave nocturna volvió a emitir su llamada, como un pausado quejido, y un rumor lejano de agua llegaba desde los montes.

EPÍLOGO

En un pueblo del Algarve portugués, llamado Tavira, se conserva un epitafio fechado en el año 999 que hace referencia a la sepultura de un obispo mozárabe que posiblemente iba navegando, de regreso a Alándalus, en un barco procedente de la costa gallega, cuando le sobrevino la muerte. La estela dice que el tal obispo se llamaba Juliano.

A finales del 1002 se recibió en Roma una crónica de un clérigo hispano, a la que se ha llamado *Burguense*, que fue entregada al papa Silvestre II (Gerberto de Aurillac). En ella decía que «cerca de Medinaceli murió por fin Almansur, el azote de la cristiandad, y fue enterrado en el infierno…». Pero el cronista árabe Al Marrakusi destaca que se conservó una pequeña arca con el polvo que Almansur se sacudía de cada batalla, como ofrenda a la Dchihad de Almansur Bilá (el victorioso por la gloria de Alá).

NOTA HISTÓRICA

LA CÓRDOBA CALIFAL

En el 929 el emir de Córdoba Abderramán III toma la decisión de proclamarse califa y Comendador de los Creyentes, títulos que ya habían adoptado los omeyas de Siria y que ahora utilizaban los abasíes de Bagdad y los fatimíes del norte de África. De esta manera rompía los débiles lazos religiosos y administrativos que aún unían Alándalus con el califato de Damasco. Se inaugura así en la España musulmana una etapa de florecimiento inigualable, que la colocó al nivel de los países más prósperos del momento, y la fama de su capital, Córdoba, llegará a extenderse por todo el mundo. En la segunda mitad del siglo x la metrópoli contaba con una población de medio millón de habitantes, y en ella, según los historiadores árabes, había 130000 casas, 700 mezquitas, 300 baños públicos, 70 bibliotecas y un montón de librerías. Y todo aquello, cuando en todo Occidente no había ni una sola ciudad cuya población superara los 100000 habitantes.

Al belicoso Abderramán III sucede su hijo Alhaquén II, pacífico, culto, bibliófilo y amante de las letras y las ciencias. Subió al trono a los cuarenta y seis años de edad, por lo que poseía una madura experiencia que iba a permitirle llevar a la cumbre al régimen omeya. Durante los quince años de su reinado (961-976) Alándalus disfrutaría de paz interior, solamente interrumpida por algunas incursiones de corsarios daneses en las costas atlánticas entre el 966 y el 970. Es un tiempo además de convivencia y tolerancia entre las diferentes culturas y religiones que conviven en los territorios del califato.

Emulando y superando las metrópolis árabes del Oriente, la esplendorosa Córdoba empieza a gozar entonces, tanto en el exterior como en el propio país, de una reputación que ninguna otra ciudad de la península podía soñar disputarle. Un escritor árabe del siglo siguiente, Said de Toledo, en su libro sobre las *Categorías de las naciones*, nos dice que Alhaquén II «hizo venir de Bagdad, de Egipto y de todas las partes de Oriente las obras capitales más importantes y más raras, referentes a las ciencias antiguas y modernas. Hacia el final del reinado de su padre y durante su propio reinado personal, este califa reunió una cantidad casi igual a la que fue acopiada por los príncipes abasíes y en un tiempo infinitamente menor». La biblioteca que de este modo se fue reuniendo en Medina Azahara era de una riqueza inconmensurable. Comprendía nada menos que 400000 volúmenes, y su catálogo, reducido a una simple enumeración de los títulos de las obras y de la mención de los nombres de sus autores, llenaba cuarenta y cuatro registros de cincuenta hojas cada uno. Un verdadero ejército de buscadores de libros, de corredores y de copistas se movía por cuenta del monarca, prosiguiendo sus investigaciones bibliográficas por toda la extensión del mundo musulmán. En la misma Córdoba, un equipo muy numeroso de escribas, encuadernadores e iluminadores trabajaba bajo la vigilancia de un alto dignatario y del propio califa, para enriquecer constantemente la magnífica biblioteca, que contenía verdaderas maravillas.

LOS CÓDICES ILUMINADOS

No solo se escribía con bella caligrafía, sino que también iluminaban (decoraciones) los manuscritos con oro, plata o colores brillantes. Las iluminaciones podían consistir en miniaturas: letras iniciales, bordes ornamentales u otros elementos decorativos. Servían para ilustrar la narración, indicar divisiones dentro de un texto, contar historias o embellecer simplemente y agregar elementos visuales que encarecían el volumen. Estos dibujos se denominan miniaturas; no por su tamaño pequeño, sino por el uso de minio como pigmento principal.

Los ejemplos sobrevivientes más antiguos datan de la Antigüedad tardía (siglo III al siglo V), pero sería en la Europa medieval cuando la iluminación de manuscritos alcanzó su apogeo. Como en tantos otros lugares, en Alándalus los iluminadores trabajaban dentro de los talleres llamados *scriptoria*, donde producían obras destinadas a los propios monasterios, las iglesias, los nobles y los reyes. No debe olvidarse que, en la Alta Edad Media europea, el principal acopio de saber estuvo acumulado en los cenobios. Posteriormente también participaron las escuelas catedralicias. Los principales manuscritos iluminados fueron Biblias, Beatos, Libros de Horas, Salterios, Evangeliarios, Menologios o Santorales, etc. Generalmente se trataba de volúmenes de gran tamaño, pesados y de difícil manejo, que se realizaban a mano sobre pergamino, y compuestos por hojas rectangulares dobladas por la mitad, metidas unas dentro de otras y cosidas por su doblez. Las duras tapas de las cubiertas frecuentemente estaban igualmente decoradas y ennoblecidas por metales preciosos repujados y/o piedras preciosas. El idioma empleado era el latín culto y se utilizaban distintos tipos de letra. Al principio se usó la minúscula visigótica y esta fue posteriormente sustituida por la carolingia.

Los manuscritos llamados «mozárabes» fueron los realizados en la península ibérica hasta finales del siglo XI e incluso comienzos del XII, hasta que son reemplazados por la nueva corriente románica europea. La letra es visigótica, con buena caligrafía, y el texto se distribuye en dos columnas, a veces tres, ocupando toda la anchura de la página. Al final del texto, en el «colofón», constan los datos de los escribas, iluminadores, así como el lugar y la fecha en que se escriben. Los más célebres son los Beatos, que son las diferentes copias del libro titulado *Comentarios al Apocalipsis de San Juan* que escribió el monje Beato de Liébana en el siglo VIII y contiene copiosas miniaturas de impresionante expresividad. También está el códice llamado *Vitae*

Patrum, una recopilación de biografías de santos; el más antiguo datado es de tiempos del rey asturiano Alfonso III (año 902) y de manos del copista llamado Armentario, que lo iluminó para el abad Trasamundo. Actualmente se conserva en la Biblioteca Nacional. Destacan igualmente la *Biblia Vimara* o *Biblia de la catedral de León* (año 920), ilustrada para el abad Mauro del Monasterio de Albares; el *Antifonario de León*, libro para el canto de la liturgia mozárabe, un manuscrito de la primera mitad del siglo ix con agradables ilustraciones más cercanas a lo carolingio que a lo visigodo; la Biblia llamada *Codex Gothicus Legionensis*, conservada en la Colegiata de San Isidoro de León. Contiene 561 folios y 300 miniaturas; el *Códice Albeldense* o *Codex Vigilanus*, recopilación de concilios hispánicos, del fuero juzgo y de otros textos históricos, jurídicos y patrísticos, que actualmente se encuentra en la Biblioteca del Monasterio de El Escorial; el *Códice Emilianense,* que se empezó el mismo año en que se terminó el *Códice Albeldense* en el vecino Monasterio de San Millán de la Cogolla, y que cuenta con menos ilustraciones que el anterior, pero algunas de gran expresividad.

El papel debió de ser conocido también en aquella época, pues en los textos empieza a aparecer el nombre del oficio, *warraq* (papelero). Hay noticias de la existencia de auténticas fábricas que funcionaron durante siglos. En algunos manuscritos sobre pergamino del siglo x aparecen intercaladas hojas de papel de trapo hispánico.

Sin duda alguna, una pequeña parte de aquellos innumerables manuscritos se esconde todavía entre los recovecos de oscuras bibliotecas. Levi-Provenzal señala que algunos de estos volúmenes se encuentran en Fez; por ejemplo, uno que lleva la fecha venerable del año 359 (970), con la indicación de que fue transcrito para el califa Alhaquén II. Conservamos los nombres de varios de estos copistas: un siciliano emigrado a Córdoba, clérigos de las comunidades de cristianos y hasta una mujer, la poetisa Lubna. De ello nos hablan las obras de Ibn al Faradí, Ibn Bashkuwal y Dabbí.

LOS MOZÁRABES

Durante este periodo, una parte de la población cristiana y judía había conservado su religión, leyes y costumbres anteriores a la conquista por los árabes de la España visigoda. A las comunidades de cristianos se las llamó mozárabes. La voz procede del árabe *mustarib*, «arabizado», «el que quiere hacerse árabe o se arabiza», y bajo diversas formas (muztárabe, muzárabe, mosárabe, etcétera) aparece en los documentos hispanos de la Alta Edad Media con la misma acepción que actualmente le damos. El término es inusitado en la literatura hispanoárabe, en la que los mozárabes son llamados con los nombres generales de *ayamíes, nasraníes, rumíes, dimíes*, etcétera. Hoy también se aplica el adjetivo mozárabe a la liturgia hispanovisigótica, a la escritura visigótica y al arte hispanocristiano de los siglos IX al XI.

Como es sabido, la doctrina coránica ordena a los musulmanes respetar, bajo ciertas condiciones, las creencias religiosas de la «gente del Libro», es decir, de judíos y cristianos. Al producirse la conquista de España, los vencedores permitieron a las poblaciones que se habían sometido mediante pactos —la mayoría del país— el libre ejercicio de la religión cristiana y la plena posesión de sus iglesias y propiedades.

Más tarde, incluso después de las conversiones en masa de muchos mozárabes deseosos de gozar de un estatuto fiscal preferencial, puesto que los cristianos habían de pagar el *jaray* o impuesto, pervivía una considerable proporción de súbditos cristianos que formaban florecientes comunidades en las ciudades andaluzas.

En el siglo X los mozárabes formaban un minoritario grupo religioso y jurídico, no étnico ni lingüístico, dentro de la sociedad hispanomusulmana, vivían en barrios propios y poseían cementerios propios. Tres autoridades civiles elegidas entre ellos eran encargadas de la administración y el gobierno de cada comunidad. Un *comes*, personaje notorio, que ejercía las funciones de gobierno civil, siendo el más destacado el de Córdoba; un *judex*, llamado por los musulmanes cadí de los cristianos; y un *exceptor* o recaudador de tributos. En el nombramiento de estas tres autoridades influyó por lo general el gobierno musulmán, bien designándolos directamente, bien aprobando la propuesta presentada por los nobles mozárabes.

A esta minoría el califa le garantizó sin restricciones el libre ejercicio de su religión y culto. Los templos anteriores a la invasión, salvo aquellos que fueron convertidos en mezquitas tras la conquista, fueron respetados, y los mozárabes tenían derecho a repararlos, pero no a construir otros nuevos. Se tiene noticia, por ejemplo, de la existencia en Córdoba de más de diez iglesias, nueve en Toledo, cuatro en Mérida, etcétera. Las campanas podían ser utilizadas, aunque con moderación para no escandalizar a los buenos musulmanes. Abundaron las comunidades monásticas. En los alrededores de Córdoba llegaron a existir más de quince monasterios.

En el reinado de Alhaquén II, tenemos algunas noticias sobre importantes personajes mozárabes: el juez Walid ben Jayzuran, que sirvió de intérprete a Ordoño IV cuando este visitó al soberano cordobés en su capital en el año 962 (351). También sabemos de la labor destacada de los dignatarios eclesiásticos como embajadores en países cristianos, merced al conocimiento que tenían de las lenguas de la época, especialmente del Latín culto. Así, la misión que se encomendó a Rabí ben Zayd, el renombrado Recemundo, primero en la corte del Sacro Imperio y luego en el Oriente cristiano. Enviado por los ministros de Abderramán III, se puso en camino en la primavera de 955 y al cabo de diez semanas arribó al convento de Gorze, donde fue bien recibido por el abad, así como luego por el obispo de Metz. Unos meses más tarde llegaba a Fráncfort, corte del emperador, donde tuvo ocasión de conocer al prelado lombardo Luitprando de Cremona, a quien animó a componer su historia, la célebre *Antapodosis*, que el autor le dedicó. Más tarde, Rabí ben Zayd siguió desempeñando un buen papel en la corte califal de Alhaquén II, quien tenía en gran estima sus conocimientos filosóficos y astronómicos, y para quien redactó, hacia el 961, el célebre *kitab al anwa*, más conocido como «Calendario de Córdoba». Estas labores le valieron ser nombrado obispo de Elvira.

Como vemos, los miembros más influyentes de la Iglesia mozárabe estuvieron próximos al califa, realizando funciones de consejeros, intermediarios, intérpretes y embajadores. Conocemos el nombre de un arzobispo de Toledo, Juan, muerto en 956 (344), al que sucedió un prelado del que solo sabemos el nombre árabe, Ubaid Alah ibn Qasim, y que parece haber sido trasladado poco después a la sede metropolitana de Sevilla. Como obispo de Córdoba conocemos a un Asbag ibn Abd Alah ibn Nabil.

En los siglos IX y X los mozárabes de Alándalus tradujeron el Salterio y los Evangelios a la lengua árabe. Se conservan algunos manuscritos de dichas traducciones y algunos glosarios latinoárabes, como el conservado en Leiden (Holanda), que se remonta con toda probabilidad a la misma época.

En Toledo y en Córdoba estuvieron los centros más importantes de la cultura cristiana y estuvieron relacionados con los cristianos mozárabes del norte de España y con las escuelas más famosas de Europa. En Córdoba y Sevilla se mantuvo la tradición isidoriana y surgieron grandes figuras de los monasterios y escuelas catedralicias. Son de mencionar las figuras como Speraindeo, Eulogio, Álvaro y Sansón. Al primero de ellos se debe un *Apologético contra Mahoma*; a Eulogio la aportación de libros como la *Eneida de Virgilio* o la *Ciudad de Dios de san Agustín*. Esta inquietud mozárabe de Alándalus se propagó por el mundo cristiano, creciendo el afán por hallar buenos libros y leerlos, que además demostraba tener una especial caridad: no guardar el saber para sí solo, sino comunicarlo.

Los mozárabes también procuraron a los historiadores islámicos de Occidente el conocimiento –lleno de lagunas– de la historia romana, a través de una traducción árabe de las *Historias contra los paganos* compuestas en latín a principios del siglo V por el galaico Orosio, discípulo de san Agustín.

El final de los mozárabes es incierto y seguramente trágico. Los almorávides y almohades presionaron duramente a las comunidades cristianas de Alándalus, acabando por convertirlas, eliminarlas o dispersarlas. Hay indicios de un gran éxodo permanente de mozárabes durante los siglos siguientes, hasta que fue culminada la reconquista. Después la jerarquía eclesiástica posiblemente también sospechó de unos fieles que rezaban en árabe y que arrastraban costumbres muy parecidas a las del pueblo islámico vencido.

ALMANSUR

Mohamed ben Abi Amir pertenecía a un linaje yemení, era ambicioso e inteligente. Estudió leyes en Córdoba, haciéndose muy joven alfaquí y empleándose pronto en los puestos más bajos de la administración, redactando instancias por encargo. Más tarde fue auxiliar del cadí de la ciudad, lo que le proporcionaría la oportunidad de iniciar una fulgurante carrera política. En 967 el hachib Al Mosafi le nombraría administrador de los bienes y mayordomo de la favorita del califa Alhaquén II Subh Walá, la madre del príncipe heredero. Todas las crónicas recogen el dato, raro para la época, que hace referencia a que el califa, singularmente y de forma extraña a la costumbre, independizó a su favorita y la dotó de una gran fortuna, nombrándole a un mayordomo. En pocos años la protección de esta mujer hizo ascender vertiginosamente al futuro Almansur: primero fue nombrado inspector de moneda en la Ceca principal, luego cadí de Sevilla y Niebla, intendente de la casa del príncipe heredero, jefe de la policía de Córdoba y encargado de la intendencia del ejército de Galib que marchaba a África.

A la muerte de Alhaquén II, Almansur toma el partido del hachib, o primer ministro, defendiendo los derechos del heredero Hixem II, y es encargado de eliminar al pretendiente Al Moguira, hermano del califa. Gracias a esta operación será elevado a visir. Pero no conforme con este puesto secundario, Abuámir se propuso conseguir un ejército adicto a su persona para asegurarse protección y el máximo poder. La oportunidad le vino gracias a las inquietudes existentes en la frontera de León. Con el pretexto de ir a poner freno a los reinos cristianos, logró armar a sus partidarios y rodearse de importantes jefes militares.

Luego se deshizo mediante intrigas de quien había sido su máximo protector, el hachib Al Mosafi. Consiguiendo librarse también de los hijos de este y agenciándose con ello el título, los cargos y los privilegios que aquel tuviera. A partir de entonces y durante veinte años Almansur ejerce una implacable dictadura. Llegó a sustituir en la cancillería el sello del califa por el suyo propio, para después dar el paso decisivo al adoptar el título de *malik karim* («noble rey»). La oración de la mezquita, en adelante, se pronunciará en nombre del califa Hixem y del suyo. Y finalmente llegará a lograr un acta firmada por el soberano legítimo en la que se declaraba que el ejercicio de todo el gobierno del califato era exclusiva competencia del hachib.

Las crónicas musulmanas cuentan cincuenta campañas en el haber de Almansur, todas ellas terriblemente devastadoras para los territorios cristianos, pero la más audaz y famosa sería la campaña de 997 contra Santiago de Compostela, donde destruyó el templo más afamado de la cristiandad.

VIKINGOS

Los hombres del norte o normandos, para los musulmanes eran los machus o «adoradores del fuego», también llamados vikingos, hombres del *vik*, o «bahía», o varegos. Llegaban en grupos de diez a doce navíos que habían adaptado las mejores técnicas de navegación debidas a los frisones y otras desarrolladas autónomamente por los propios escandinavos. Los daneses, sobre todo, son los auténticos vikingos de los cronistas monacales y de las leyendas.

Realizaron expediciones en distintas oleadas, entre 966 y 971. Durante años estuvieron saqueando una y otra vez las costas gallegas, llegando a asaltar en el 970 la ciudad de Santiago de Compostela. No hay una crónica completa que describa con detalle estos hechos, pero se sabe que recorrieron las costas francesas y españolas, y que la ciudad gallega de Tuy fue incendiada, saqueada y su obispo secuestrado.

En las tumbas vikingas de Jutlandia, fechadas en el siglo x, se encontraron monedas de oro y plata árabes y bizantinas.

La ciudad vikinga de Haithabu o Hedeby se encontraba en el lugar en que el Shlei se ensancha en un estuario-fiordo que, desde la desembocadura en el Belt, penetra más de una treintena de kilómetros en la parte meridional de la península de Jutlandia. Estaba formada por casas de madera, con graneros y establos. Nacida del comercio y de la piratería, fue puerto y emporio entre el Rin y Escandinavia. En sus célebres mercados abiertos a intrépidos viajeros se intercambiaban pieles, ámbar y hierro por cerámica, vino y esclavos. El mercader árabe del califato cordobés Ibrahim at Tartushi la visitó y la describe como «muy gran ciudad en el confín extremo del Océano del mundo... Su población adora a Sirio, excepto unos pocos que son cristianos y que tienen una iglesia». Se refiere a la iglesia católica medieval primitiva y desaparecida, la primera entre los daneses, erigida por el monje Anscario hacia el 826.

Harald Diente Azul de Dinamarca (959-986) abandonó oficialmente el culto de los antiguos dioses paganos y se convirtió con toda su familia al cristianismo. Construyó una gran iglesia en Selling, flanqueada por una gran piedra cubierta de inscripciones, en las que aparecía Cristo con los brazos extendidos perdiéndose en una maraña de ornamentación serpentina. Incluso quiso rendir cuentas con el pasado del reino y no dudó en hacer del rey Gorm, su padre, todo un cristiano con carácter póstumo; pagano de toda la vida, el fallecido rey fue exhumado y enterrado de nuevo junto al altar de la vecina iglesia dedicada a la Santísima Trinidad. Las nuevas diócesis danesas se subordinaron a la sede metropolitana germana de Hamburgo-Brema, cuyo arzobispo era entonces Adaltag, que en algunas crónicas aparece con el nombre de Adelgango.

MONASTERIOS Y CLÉRIGOS AVENTUREROS

Es interesante destacar que, a pesar de la existencia de tantos peligros reales, hubo una gran movilidad en el siglo x. Los *scriptoria* monásticos trabajaban a pleno rendimiento, y las cátedras episcopales y las abadías tenían sus propias escuelas, cuyos maestros eran enviados de un lugar a otro para difundir sus enseñanzas, sorteando las más de las veces incontables dificultades.

Conocemos múltiples perfiles aventureros de estos dignatarios eclesiásticos. Por ejemplo, Luitprando de Cremona, que había recibido una buena cultura profana en Pavía antes de optar por la carrera eclesiástica. Tras unirse al emperador Otón I, logró vivir una serie de brillantes experiencias diplomáticas. En la corte del emperador conoció a un obispo mozárabe español que ejercía como embajador del califa de Córdoba. Más tarde Otón le envió a la corte del basileus de Constantinopla.

Desde el punto de vista cultural, la figura más notable del siglo x es, sin duda, el aquitano Gerberto de Aurillac, nacido hacia 940. De muchacho estudió en el monasterio de Saint-Géraud, reformado por Cluny y, entre el 967 y el 970, viajó por los condados que hoy forman Cataluña, una de las regiones más interesantes desde el punto de vista intelectual, tanto por la cercanía a la culta España musulmana como por la existencia del monasterio de Santa María de Ripoll, que poseía doscientos manuscritos aproximadamente, y que era frecuentado por monjes mozárabes que conocían tanto el árabe como el latín. En su gran biblioteca se encontraba, entre otras, una importante serie de tratados árabes de astronomía y aritmética. Llevado a Roma por una embajada catalana en 970, el joven Gerberto impresionó al papa Juan XIII por su doctrina. Gerberto llegaría a convertirse en el año 999 en el papa Silvestre II.

También tenemos noticias de la captura de Mayolo, abad del monasterio de Cluny en el desfiladero del Gran San Bernardo en el 973, por obra de los sarracenos del nido corsario de Frexinetum en Provenza (Garde-Freinet, junto a Saint-Tropez); que fue rescatado poco después mediante el pago de una considerable suma. Los *Anales Laubienses*, *Anales Leodienses* y *Lamberti Analaes*, así como la *Ex Syri vita S. Maioli*, describen detalladamente estos acontecimientos.

CONSTANTINOPLA

Al igual que el Imperio romano del periodo clásico, Bizancio comprendía varias razas distintas, que iban desde los montañeses armenios o los pastores vlacos nómadas a los pescadores griegos o los campesinos eslavos. Estaban unidos por los lazos de su ciudadanía común y por la fe cristiana y, en un plano más convencional, por las tradiciones intelectuales griegas. Por diversos que fueran su origen racial y su medio ambiente, es notable cómo los bizantinos que ascendieron a posiciones clave se adaptaron al sistema jerárquico que ligaba la sociedad y la vida política de Bizancio, mas, pese a la importancia que suele atribuirse al legado helenístico, deberíamos recordar que Bizancio siempre estuvo abierta a otras influencias, en particular, a la del mundo musulmán. En las fronteras existía una especie de cultura limítrofe, influida tanto por las tradiciones musulmanas como por las cristianas, e incluso en el corazón del Imperio había una corriente bilateral. Los eruditos musulmanes visitaban Constantinopla, y los bizantinos iban a trabajar a los centros musulmanes. Incluso los emperadores no dudaron en aceptar ciertas costumbres de la magnífica corte de los califas.

En pleno siglo x, Bizancio ofrecía una imagen rutilante y resplandeciente. El árabe Harum ibn Yahya, que se encontraba en la capital en calidad de prisionero de guerra, nos ha legado una descripción teñida de asombro: la lonja imperial en la catedral de Santa Sofía es un espacio de cuatro codos cuadrados totalmente incrustado de piedras preciosas, las bóvedas de la iglesia están totalmente recubiertas de oro y plata; en el hipódromo se corre con cuadrigas, como en la Roma antigua, y los ropajes de los aurigas llevan bordados de oro. Luitprando de Cremona, embajador de Otón I de Sajonia ante el basileus Nicéforo II Focas, en el año 968, quedó pésimamente impresionado por la altivez de aquel que, para él, no era más que un tirano griego (y que, por otra parte, se negaba a reconocer al soberano germánico como «emperador de los romanos»); no obstante, a pesar de sentirse humillado y molesto por el rígido y pomposo ceremonial de la corte bizantina, quedó maravillado por el trono imperial, del que escribió que estaba «construido de forma tal que en un momento parecía bajo, luego más alto, en ocasiones altísimo» y ante el cual «había un árbol de bronce dorado, cuyas ramas estaban llenas de pájaros del mismo material, de distintos géneros, que emitían cantos distintos».

Nicéforo II pudo burlarse del embajador Luitprando cuando fue a pedir una princesa bizantina para el hijo de Otón I, y las campañas militares de Otón contra los bizantinos en Apulia fracasaron. El sucesor de Nicéforo, Juan I, fue un diplomático más sutil y consideró conveniente conceder algo a Occidente. En 972 llegó a un compromiso, enviando como novia a Teofano, dama noble bizantina, en vez de la princesa macedonia que había pedido Otón (al parecer, Ana, que, no obstante, se casaría en 989 con el ruso Vladimiro). Su enlace con Otón y la coronación de ambos se conmemora en un marfil que hoy se encuentra en el Museo de Cluny, obra esencialmente bizantina con una inscripción en griego.

SICILIA

En el arco costero protegido por el monte Pelegrino, en Sicilia, Palermo había sido una escala fenicia en una especie de península entre los dos pequeños ríos Papirote y Kemonia. Entre las desembocaduras, el mar recortaba la costa, adentrándose en tierra mucho más de lo que, en la actualidad, lo hace el perfil de la cala y también de lo que se veía en la época de la ciudad árabe. La próspera Balarmuh de los emires conservaba todavía las antiguas murallas que rodeaban los barrios de Al Halgah, «el recinto» (La Galca; es la antigua Paleapolis), donde el emir había residido hasta el 938, y el Al Qasr (el castillo o antigua Neapolis). El mercader persa Ibn Hawqal describe el decumano como «hermoso emporio de distintas especies de mercancías». Un emir había ordenado construir la nueva ciudadela, Al Halisah, «La Elegida». A finales del siglo X eran momentos de esplendor en su corte, con poetas, sabios y artistas en torno a un príncipe singular, culto, bello y refinado, instruido según las crónicas por un obispo, aunque era un buen musulmán.

LOS CONDADOS DE CATALUÑA

El conde de Barcelona, Borrell (948-992), nieto de Wifredo el Velloso, inaugura una política separatista respecto de Francia, para lo que reforzaría sus lazos de amistad con los gobernantes de Córdoba y Roma. Enviaron para ello una serie de embajadas al califa Alhaquén II que darán buenos resultados. El propio conde se dirigirá en persona a Roma acompañado de Atón, obispo de Vic, y de Gerberto de Aurillac, con la finalidad de obtener para el primero el nombramiento de arzobispo de Tarragona y así separar definitivamente de la archidiócesis franca de Narbona las antiguas sedes situadas en los condados catalanes: Barcelona, Gerona, Vic, Urgel y Elna.

A la muerte del pacífico califa Alhaquén II (976), y la implantación durante el reinado de Hixem II del régimen amirí de Almansur, Barcelona será saqueada en el año 985. La embestida obliga al conde de Barcelona a intentar un cambio de política, así que solicita la ayuda franca para resistir a la ofensiva musulmana. No obstante, este intento de acercamiento no alcanzó ningún resultado práctico. La extinción de la dinastía carolingia en el 987 y el convencimiento de que nada podía esperar de los capetos fueron un pretexto invocado por Borrell para romper los lazos que unían al condado de Barcelona con la monarquía. Aunque separados Urgel y Barcelona por decisión de Borrell, los condes Armengol y Ramón Borrell mantuvieron una estrecha alianza frente a los ataques musulmanes en adelante.

SANTIAGO DE COMPOSTELA

El historiador magrebí Ibn Idari al Marrakusi narra así el ataque de Almansur contra Santiago de Compostela: «Llegó Almansur a la ciudad de Santiago, en los confines de Galicia, tierra que alberga la mayor ciudad santa cristiana existente en las tierras de Alándalus y en todas las tierras que la rodean. Los cristianos veneran tanto su iglesia como nosotros veneramos Al Caaba; pues en ella prestan los juramentos solemnes y a ella acuden en peregrinación desde los confines de Roma y desde mucho más allá...». Estas informaciones las había tomado Ibn Idari de la obra del gran historiador andalusí del siglo X Abn Marwan ibn Hayyân, testigo personal de las expediciones de Almansur y la fuente más fiable sobre esta época para los historiadores árabes.

Desde el siglo IX Santiago se había convertido en el foco de peregrinación más renombrado de la Europa occidental. El «camino de Santiago» era recorrido, como debía serlo aún durante todo el resto de la Edad Media, por innumerables peregrinos, venidos a menudo de muy lejos. Es sabido que, según una tradición piadosa que ha encontrado eco hasta en ciertos autores musulmanes, el apóstol Santiago el Mayor, al venir a evangelizar España, había desembarcado en Galicia, en Iria, la actual Padrón. Un obispo de Iria, Teodomiro, había descubierto milagrosamente la tumba del apóstol y trasladado sus restos al lugar en que más tarde sería elevada la ciudad de Santiago sobre el «campo de las Estrellas» (Compostela). La modesta iglesia construida en el siglo IX por el rey asturleonés Alfonso II fue transformada el año 910 por uno de sus sucesores, Alfonso III el Grande, en la rica basílica que fue destruida por Almansur.

El ataque contra Santiago de Compostela tuvo lugar a finales del verano del año 997. Ibn Hayyân cuenta que las huestes de Almansur «cruzaron el río Ulla, junto al cual se sitúa otro de los santuarios de Jacobo (la crónica se refiere al primitivo santuario compostelano de Santa María de Iria, actual Padrón) y que sigue en importancia al que encierra su sepultura...».

Ibn Idari nos dice que, cuando llegaron los musulmanes a la ciudad del santo, la encontraron totalmente desierta; solo estaba sentado, al lado del sepulcro, un viejo clérigo que, según dijo al jefe andalusí, estaba «rezando a Santiago». Después de saquear la ciudad y obtener un sustancioso botín, los musulmanes destruyeron las murallas, los edificios y la iglesia. Solo fue respetado misteriosamente aquel viejo sacerdote y el sepulcro del santo, ante el cual Almansur apostó guardias.